죄와 벌

죄와 벌 하

Преступление и наказание

표도르 도스토옙스키 장편소설
홍대화 옮김

PRESTUPLENIE I NAKAZANIE
by FEDOR DOSTOEVSKII (1866~1867)

일러두기

번역 대본은 F. M. Dostoevskii, *Sobranie sochinenii v dvenadtsati tomakh*(Moskva: Pravda, 1982)와 F. M. Dostoevskii, *Polnoe sobranie sochinenii v tridtsati tomakh* (Leningrad: Nauka, 1972~1990)를 주로 사용하였습니다. 다만 판본에 차이가 없는 한 옮긴이가 번역 대본을 임의로 선택하였습니다.

이 책은 실로 꿰매어 제본하는 정통적인 사철 방식으로 만들어졌습니다.
사철 방식으로 제본된 책은 오랫동안 보관해도 손상되지 않습니다.

제4부	407
제5부	527
제6부	643
에필로그	785
인간 본성의 이중성과 도덕적 니힐리즘 · 역자 해설	811
5막 비극으로서의 『죄와 벌』· 작품 평론 · 콘스탄틴 모출스키/홍대화 옮김	831
『죄와 벌』 줄거리 · 역자 요약	877
도스토옙스키 연보	883

『죄와 벌』 등장인물

라스콜니코프(로디온 로마노비치/로마니치. 로쟈. 로디카) 대학생. 주인공.
풀헤리야 알렉산드로브나 라스콜니코바 그의 어머니.
두냐(아브도티야 로마노브나 라스콜니코바. 두네치카) 그의 여동생.

라주미힌(드미트리 프로코피치) 대학생. 라스콜니코프의 친구.
조시모프 의사.
포르피리 페트로비치 예심 판사.

스비드리가일로프(아르카디 이바노비치) 지주.
마르파 페트로브나 스비드리가일로바 그의 아내.
표트르 페트로비치 루진 두냐의 약혼자.

마르멜라도프(세몬 자하로비치) 퇴역 관리.
카테리나 이바노브나 마르멜라도바 그의 두 번째 아내.
소냐(소피야 세묘노브나 마르멜라도바. 소네치카) 첫 부인 사이의 딸.
폴랴(폴레치카), **콜랴**, **리다**(리도치카, 료따) 그의 의붓자식들.
리페베흐젤 부인(아말리야 표도로브나/이바노브나/류드비코브나) 집주인.
레베쟈트니코프(안드레이 세묘노비치) 세입자. 자유주의자.

프라스코비야 파블로브나 집주인.
나스타시야 페트로브나 프라스코비야의 하녀.
알료나 이바노브나 전당포 여주인.
리자베타 이바노브나 그녀의 여동생.

니코딤 포미치 경찰서 서장.
일리야 페트로비치(포로흐) 육군 중위. 경찰서 부서장.
자묘토프(알렉산드르 그리고리예비치) 경찰서 사무관.

니콜라이 데멘티예프(니콜카) 칠장이.
드미트리(미티카) 칠장이.
코흐, **페스트랴코프** 전당포 손님.

4
제4부

1

〈내가 아직도 꿈을 꾸고 있는 걸까?〉 라스콜니코프는 다시 한 번 이런 생각을 했다. 그는 조심스럽고 미심쩍은 눈으로 뜻밖의 손님을 찬찬히 뜯어보았다.

「스비드리가일로프 씨라고? 이게 무슨 헛소리야? 그럴 리가 없어!」 마침내 그는 당황하여 큰 소리로 외쳤다.

이런 외침을 듣고도 손님은 놀라는 기색이 전혀 없었다.

「나는 두 가지 일 때문에 찾아왔습니다. 첫째로는 오래전부터 당신에 대해, 매우 흥미로울 뿐 아니라 좋은 소문을 많이 들어 왔기 때문에 직접 만나고 싶었고, 둘째로는 당신의 누이동생, 아브도티야 로마노브나와 직접 관련이 있는 한 가지 계획을 어쩌면 당신이 도와줄지 모른다는 생각이 들어서입니다. 만일 내가 아무런 소개도 없이 혼자서 댁의 동생을 찾아간다면, 동생은 선입견 때문에 나를 마당으로도 들이지 않을 겁니다. 그러나 당신이 도와준다면 일이 잘될 수도 있다는 생각이 들어서…….」

「잘못 생각하셨군요.」 라스콜니코프는 그의 말을 잘랐다.

「한 가지 묻겠소이다만, 두 분은 어제 도착하셨지요?」

라스콜니코프는 대답하지 않았다.

「어제였다는 것을 나도 알고 있습니다. 나도 겨우 사흘 전에 도착했지요. 그런데 그 사건에 관해서라면, 로디온 로마노비치, 변명하는 것도 쓸데없는 짓이긴 하지만, 그래도 이 점만큼은 분명히 말씀드리고 싶군요. 사실 그 사건 전체를 두고 보았을 때, 내가 뭐 그렇게 큰 죄를 범했다는 겁니까? 편견 없이 공정하게 판단했을 때 말입니다.」

라스콜니코프는 말없이 그를 찬찬히 보고만 있었다.

「자기 집에 있는 의지할 데 없는 아가씨의 꽁무니를 쫓아다니다가, 〈추잡한 제안으로 그 아가씨를 모욕했다〉는 건가요? (그래요, 내가 먼저 자진해서 그 얘기를 하지요!) 하지만 잘 생각해 보십시오, 나도 인간이므로 et nihil humanum(뭔가 인간적인 면이 있다 그겁니다)[1]……. 한마디로 말해서 나도 반할 수 있고, 사랑에도 빠질 수 있다 그 말입니다(물론 이건 우리 뜻대로 되는 일은 아니지요). 이렇게 생각해 보면 만사가 자연스럽게 설명될 수 있는 겁니다. 그런데 이때 문제는 내가 악당이냐, 아니면 희생자이냐 그 점에 있겠지요. 어떻게 희생자일 수 있냐고요? 내가 사랑하는 사람에게 미국이나 스위스로 도망가자고 제안했을 때는, 어쩌면 나도 고귀한 감정을 품었을 수도 있고, 서로 간에 행복을 만들어 보자고 생각했을 수도 있다는 말입니다……! 이성이란 정열의 노예니까 말이에요. 나는 그 누구보다도 나 자신을 망쳤단 말이오, 잘 생각해 보십시오……!」

「문제는 그게 아니지요.」 라스콜니코프는 혐오감을 느끼면서 그의 말을 끊었다. 「난 당신이 싫소. 당신이 옳건 그르건 상관없이 무조건 싫습니다. 당신과는 전혀 알고 지내고 싶지 않으니, 당장 나가시오……!」

스비드리가일로프는 갑자기 너털웃음을 터뜨렸다.

「하지만…… 당신도 만만찮구려!」 그는 아주 솔직하게 웃으면

[1] 기원전 2세기 로마 시대의 극작가 테렌티우스의 희곡 『고행자』중에 나오는 유명한 대사 homo sum, humani nihil a me alienum puto(나도 사람이라서 인간적인 것은 무엇이건 낯설지 않단 말이오)의 변형이다.

서 이렇게 말했다. 「당신을 좀 속여 보자고 생각했는데, 아니 당신은 정말 정곡을 찔렀어요!」

「그런 말을 하는 순간에도 당신은 계속 사람을 속이려 드는군요.」

「이게 또 무슨 말씀이십니까? 무슨 말씀이오?」 스비드리가일로프는 활짝 웃으면서 똑같은 말을 되풀이했다. 「이건 bonne guerre(명예로운 싸움)라고 불리는 것으로 가장 흔히 허용되는 속임수인데요……! 어쨌든 당신이 내 말을 끊으셨지만, 이러나저러나 상관없이 내가 다시 한번 말씀드리지요. 정원에서의 그 사건만 없었다면, 불쾌한 일이라곤 전혀 일어나지 않았을 겁니다. 마르파 페트로브나는…….」

「마르파 페트로브나 역시 당신이 죽였다면서요?」 라스콜니코프는 거칠게 다시 그의 말을 가로막았다.

「당신도 그 일에 대해서 들으셨나 보군요? 그러고 보니 듣지 않을 수가 없었겠군요……. 당신의 그 질문에 대해서는 정말 무슨 말을 해야 될지 모르겠습니다. 내 양심은 그 문제에 관한 한 한 점 부끄럼 없이 평온하지만 말이에요. 즉 내가 그 일에 대해 뭔가 두려워하고 있다고는 생각하지 마십시오. 모든 것이 지극히 정연하고 정확한 원인에 따라 일어난 거니까. 의사의 소견으로는 점심 식사를 포식한 후에 포도주를 반병이나 마시고서, 곧바로 목욕탕에 들어간 데서 발생한 뇌일혈이랍니다. 그 외에 다른 것은 발견할 수 없었어요……. 아니, 나도 이곳으로 오는 길에 기차간에서 잠시 동안 혼자 곰곰이 생각을 해보았소이다. 내가 어떤 정신적인 자극이나 혹은 그와 비슷한 것이라도 주어서 이 모든…… 재앙의 발생에 일조한 것은 아닐까 하고요. 그런데 절대 그럴 리 없다는 결론에 도달했지요.」

라스콜니코프는 웃기 시작했다.

「그렇게 걱정하는 게 취미인가 보군요!」

「왜 웃으시는 거요? 생각 좀 해보시구려. 나는 승마용 채찍으로 단 두 대밖에 때리지 않았고, 자국도 남지 않을 정도였소이다……. 나를 냉혈한이라고는 생각하지 마십시오. 그게 얼마나 추악한 행위인가 정도는 나도 잘 알고 있으니까. 하지만 나는 마르파 페트로브나가 이 일을 즐겼다는 사실 역시 확실히 알고 있단 말입니다. 말하자면 소일거리가 생긴 셈이었으니까요. 당신의 누이동생이 관련된 사건은 이제 소진될 대로 소진되어서, 마르파 페트로브나는 시내에 나갈 일이 없어지는 바람에, 사흘째나 집에 들어앉아 있었소이다. 편지로 사람들을 어지간히도 지겹게 만들었지요(그 편지를 읽은 사건에 대해서는 알고 계시겠지요?). 그런데 그 두 대의 채찍 사건이 마치 하늘에서 뚝 떨어진 것처럼 일어난 겁니다! 그 일을 당하자마자 그 여자가 처음으로 한 일은 마차를 준비시키라고 명령한 것이었어요……! 굳이 말할 필요도 없겠지만, 여자들은 겉으로 분개한 표정을 짓고 있어도 모욕당하는 일을 아주 기분 좋게 여기는 경우가 있거든요. 하기는 이건 모든 사람에게서 흔히 볼 수 있는 일이기도 하지만. 당신은 아십니까, 대체로 사람들은 모욕당하는 것을 아주 좋아한다는 사실을? 그런데 여자들은 특히 그렇답니다. 그것을 낙으로 삼는다고 해도 과언이 아닐 정도예요.」

라스콜니코프는 한순간 자리를 박차고 일어나 밖으로 나감으로써 이 만남을 끝내 버려야겠다는 생각을 하기도 했다. 그러나 어떤 호기심과 계산 비슷한 것이 그를 제지했다.

「당신은 싸움을 좋아하십니까?」 그가 무심하게 물었다.

「아니, 그다지 좋아하는 편은 아닙니다.」 스비드리가일로프는 느긋하게 대답했다. 「마르파 페트로브나와는 거의 싸운 적이 없었습니다. 우리는 아주 사이좋게 지냈지요. 아내는 언제나 나를 만족스럽게 생각했답니다. 7년을 같이 사는 동안 내가 채찍을 든 적은 딱 두 번밖에 없었는데(별것 아닌 또 한 번의 경우를 치지 않는다면 말이에요), 처음 그런 일이 일어난 것은 결혼한 지 두 달이 지나서 시골에 도착한 직후였고, 그리고 이번이 마지막이었지요. 당신은 나를 악당, 반동주의자, 농노제 지지자라고 생각하시겠지요? 허허…… 그래서 말인데, 로디온 로마노비치, 몇 년 전 아직 언론의 자유가 보장되었던 고마운 시절에 말이오, 우리 나라의 잡지들에서 어떤 귀족이 전국적으로 망신을 당한 사건이 있었는데, 혹시 기억하고 있습니까? 그런데 그 귀족의 이름이 생각나지 않는군! 왜 그 기차 안에서 어떤 독일 여자를 채찍으로 때린 사건[2] 말입니다. 기억나시오? 바로 같은 해에 〈신문 『세기(世紀)』의 추악한 행동〉[3]이 있지 않았습니까. (그 소설 『이집트의 밤』이 공개적으로 낭독된 사건 말입니다. 검은 눈동자여! 오, 너의 황금빛 젊은 시절은 어디로 갔느냐?) 그런데 내 의견을 말하자면, 내가 독일 여자를 채찍으로 때린 그 신사를 깊이 동정하는 것은 아니라는 겁니다. 왜냐하면 참으로 그런 짓은…… 동정할 만한 여지라고는 없으니까요! 그럼에도 불구하고 나는 이렇게 말하지 않을 수 없군요. 그런 도발적인 〈독일 여자〉가 있는 한 자기 자신을 완전히 절제하겠다고 장담할 만한 진보주의자는 단 한 사람도 없을 것 같소이다. 당시 이런 견지에서 사건을 보는 사람은 한 사람도 없었지요. 사실 참으로 인도적인 견해인데도 말이에요. 정말 그

---

[2] 신문들은 1860년대 말에 코즐랴이노프라는 지주가 리가의 여자 상인을 때린 사건을 대대적으로 보도했다. 이 사건에 대해서 도스토옙스키가 출판했던 잡지 『시대』는 코즐랴이노프를 옹호한 신문 『북방의 꿀벌』과 첨예한 논쟁을 벌였다.

[3] 카멘 비노고로프(P. I. 베인베르크의 필명)는 1861년 『세기』라는 신문에 페름에서 열린 문화 행사(문학과 음악의 밤)에서 톨마초바라는 여인이 〈수치심과 체면도 모르고〉 푸시킨의 소설 『이집트의 밤』의 주인공 클레오파트라의 독백을 공개적으로 낭독했다고 비난하는 기사를 실었다. 이 기사는 곧 진보적인 언론들의 반발을 샀고, 도스토옙스키 역시 이런 『세기』의 〈추악한 행동〉에 대해 반박하는 기사를 잡지 『시대』에 두 편 싣게 된다. 여기서 그는 톨마초바라는 여인을 옹호하면서 『이집트의 밤』의 작품성을 높이 평가하고 있다.

렇지 않습니까!」

이렇게 말하고 스비드리가일로프는 갑자기 웃음을 터뜨렸다. 라스콜니코프는 이 사람이 무언가를 단단히 결심하고 있으며, 어떤 교활한 속셈을 가지고 있음에 틀림없다고 느꼈다.

「당신은 며칠 동안 아무와도 이야기를 나누지 않은 것 같군요?」 그는 물었다.

「거의 그렇소이다. 그런데 왜 그러시오, 아마도 내가 이렇게 편안한 사람이라 놀란 모양이지요?」

「아니, 지나칠 정도로 호인인 점에 놀랐습니다.」

「당신의 무례한 질문에 화를 내지 않아서 그런 건가요? 그래서 그런 거요? 그러나…… 화를 낼 필요가 뭐가 있겠습니까? 당신이 묻는 말에 대답하면 그만인데.」 그는 놀랄 정도로 순박한 표정을 짓고는 이렇게 덧붙여 말했다. 「맹세코 나는 아무것에도 관심이 없습니다.」 그는 뭔가 생각에 잠긴 모습으로 계속 말했다. 「특히 지금은 아무 일도 하고 있지 않아요. 하긴 내게 뭔가 속셈이 있어서 비위를 맞추려 한다고 생각하는 것도 무리는 아니겠군요. 더구나 내가 내 입으로 댁의 누이동생에게 볼일이 있다고 했으니 말입니다. 그러나 정말 솔직히 말하자면, 나는 아주 따분해 죽을 지경이랍니다! 특히 요 사흘 동안은 더욱 그랬답니다. 그래서 당신을 만나게 된 게 여간 기쁜 게 아니에요. 화내지 마십시오, 로디온 로마노비치. 그런데 내가 보기에는 당신도 어쩐지 참 이상한 사람 같군요. 당신에게는 뭔가 있어요. 그것도 바로 지금 말이에요. 그러니까 지금 이 순간을 말하는 게 아니라, 대체로 요즘 말입니다……. 알겠습니다, 알겠어요, 더 이상 말하지 않겠습니다, 말하지 맙시다. 찡그리지 마시구려! 당신이 생각하는 것처럼 나도 그런 곰은 아니니까.」

라스콜니코프는 음울하게 그를 쳐다보았다.

「당신은 절대 곰이 아니지요.」 그는 말했다. 「내가 보기에 당신은 상류 사회 출신이거나, 아니면 최소한 경우에 맞춰 예의 바르게 행동할 줄도 아는 사람 같군요.」

「나는 어느 누구의 평가에도 관심이 없답니다.」 스비드리가일로프는 냉담하게 오만한 기색마저 띠고 대답했다. 「그러니까 속물이 안 될 이유도 없겠지요. 더구나 속물이라는 옷은 우리 나라에서 입기에 대단히 편안한 옷이니까. 그리고…… 만약 천성적으로 그런 성향을 지니고 있는 사람이라면 특히 그렇지요.」 스비드리가일로프는 다시 웃으면서 이렇게 덧붙여 말했다.

「하지만 내가 듣기로 당신은 이곳에 아는 사람이 많다면서요. 당신은 소위 〈연줄이 많은 사람〉 같은데요. 그렇다면 속셈이 있지 않은 다음에야 나를 도대체 무슨 일로 찾아온 겁니까?」

「당신 말이 옳습니다. 내게는 이곳에 아는 사람이 많답니다.」 스비드리가일로프는 정작 중요한 질문에 대해서는 대답도 하지 않고 말을 받았다. 「벌써 사람들을 만나기는 했지요. 사흘 동안이나 도시를 어슬렁댔으니까요. 이쪽에서 먼저 알아보기도 하고, 저쪽에서도 나를 알아보는 것 같습니다. 그거야 당연한 일이지요. 나로 말할 것 같으면 멋진 옷도 입었고, 가난뱅이 축에 들지도 않으니까요. 농노 해방이 우리에게는 그다지 영향을 미치지 않았답니다. 숲과 초원에 수분이 많아서 수입에 지장이 없습니다. 하지만…… 나는 그 친구들에게는 가지 않을 겁니다. 예전부터 진절머리가 났으니까요. 그래서 사흘 동안이나 쏘다녔으면서도, 아무에게도 찾아가서 인사하지 않았답니다. 그리고 또 이 도시가 어떤 곳입니까! 이 도시가 어떻게 됐나 한번 말씀해 보세요! 관리들과 온갖 신학생들이 우글거리지요! 하긴 한 8년 전쯤 내가 이곳에서 빈둥거리고 있었을 때는 알지 못했던 게 많더군요……. 나는 이제 오직 해부학 하나에만 희망을 걸고 있답니다. 이건 정말이에요!」

「해부학이라니요?」

「그 클럽이니, 뒤소[4]니, 그 유흥장이니 하는 것들, 혹은 그 진보니 하는 것들 모두 나 없이 잘들 해보라고 해요.」 그는 다시 묻는 말에는 신경도 쓰지 않고 계속해서 말했다. 「그런데 사기도박꾼이 되고 싶은 마음은 어쩐다?」

「당신은 사기도박꾼이기도 했나요?」

「당연한 일 아니겠습니까? 한 8년 전쯤에 우리는 정말 제일 멋진 녀석들만 모인 한 패거리였소이다. 함께 시간을 보냈지요. 그리고 모두들 예의를 아는 사람들로 시인들도 있었고, 자본가들도 있었답니다. 우리 러시아 사회에서 가장 예의 바른 사람들은 인생에서 수도 없이 깨져 본 사람들일 겁니다. 그걸 아십니까? 내가 이렇게 해이해진 것은 시골에 틀어박혀 있었기 때문이랍니다. 그 당시 네진 태생의 어떤 그리스 여자가 빚 때문에 나를 감옥에 집어넣으려고 했는데, 그때 갑자기 마르파 페트로브나가 나타나서 협상을 벌이더니 내 몸값으로 3만 루블의 은화를 지불합디다. (내 빚은 다 합해서 7만 루블이었소이다.) 그 이후 우리는 합법적인 결혼을 하게 되었고, 그 여자는 나를 보물이라도 되듯이 당장에 자기 시골로 데려갔소이다. 그 여자는 나보다 다섯 살이나 위였지만, 나를 아주 사랑했어요. 나는 7년 동안 시골에서 나온 적이 없었지요. 그런데 말씀이오, 그 여자는 타인의 명의로 꾸민 그 3만 루블의 차용 증서를 평생토록 자기 손에 꼭 쥐고 있었답니다. 그러니 내가 무슨 배반의 기미라도 보인다면, 그대로 함정에 빠져들게 되어 있었던 거지요! 충분히 그러고도 남을 여자였어요! 여자들에게는 그런 복잡한 감정들이 잘 어울리니까요.」

「만일 그 문서가 아니었다면, 도망을 쳤겠군요?」

「어떻게 말해야 할지 모르겠군요. 그 문서에 속박당한 건 아닙니다. 나 자신이 아무 데도 가고 싶지 않았어요. 내가 따분해하는 것을 보자, 마르파 페트로브나가 먼저 외국으로 나가자고 두 번

---

[4] 페테르부르크에 있는 레스토랑의 주인 이름이다.

이나 청하더군요. 하지만 가서 뭘 하겠소! 나는 옛날에도 외국에 가본 적이 있지만, 그곳에서는 언제나 역겨움을 느꼈답니다. 역겨울 정도는 아니라 하더라도, 나폴리 해변에 물드는 아침노을을 보고 있자니, 어쩐지 서글픈 생각이 듭디다! 무엇보다도 견딜 수 없는 것은 서글퍼지는 이유를 알 수는 없지만 그것이 실재한다는 거예요. 그래요, 아니 고국에서가 훨씬 나아요. 이곳에서는 적어도 모든 것을 남의 탓으로 돌리고, 변명을 할 수 있으니까. 나는 어쩌면 이제 북극으로 탐험을 떠날지 모릅니다. 왜냐하면 j'ai le vin mauvais(나는 술버릇이 고약해서) 술 마시는 것 역시 싫지만, 술을 끊고 나면 내게 남는 것은 전혀 없거든요. 여러 번 끊어 보려고도 했지요. 그런데 이번 주 일요일에 베르크[5]가 유수포프 공원에서 거대한 열기구를 타고 하늘을 날기 위해, 엄청난 금액을 걸고 동승자를 찾고 있다는데, 그게 정말이오?」

「왜, 날아가 보시려고요?」

「내가요? 아니요…… 그저…….」 스비드리가일로프는 무슨 생각에라도 잠긴 듯이 중얼거렸다.

〈이 사람 뭐야, 진심에서 하는 소릴까?〉 라스콜니코프는 생각했다.

「아니올시다, 그 문서가 나를 속박했던 것은 아니올시다.」 스비드리가일로프는 생각에 잠겨 계속 말했다. 「나 스스로가 시골에서 나오지 않았던 거지요. 그리고 마르파 페트로브나가 내 영명 축일에 그 문서를 돌려준 지가 벌써 1년이 지났군요. 게다가 아주 많은 돈을 선물로 주었어요. 그 여자는 재산이 많았거든요. 〈보세요, 내가 얼마나 당신을 신뢰하는지, 아르카디 이바노비치.〉 아내는 이렇게 말하더군요. 이렇게 말했다는 게 도저히 믿기지 않지요? 어쨌든 나는 시골에서 제법 괜찮은 지주가 되었답니다. 주변

---

[5] 베르크는 놀이동산의 소유주로 스스로를 발레 연출가, 열기구 항해가라고 불렀다.

에서도 나를 알아줄 정도였어요. 책들도 주문해서 보았지요. 마르파 페트로브나도 처음에는 좋다고 하다가, 나중에는 내가 지나치게 공부에 열중한다고 걱정을 하더군요.」

「가만 보니, 당신은 마르파 페트로브나를 몹시 그리워하고 있군요?」

「내가요? 그럴 수도 있지요, 정말 그럴 수도 있어요. 그런데 참, 당신은 유령을 믿습니까?」

「어떤 유령을 말씀하시는 거지요?」

「그냥 평범한 유령이지, 어떤 유령이겠습니까!」

「당신은 믿습니까?」

「예, 아니 아니, pour vous plaire(당신 마음에 들려면) 아니라고 해야겠지만…… 내 말은 꼭 없다는 것은 아니라는 뜻입니다…….」

「나타나기라도 했습니까?」

스비드리가일로프는 이상하게 그를 쳐다보았다.

「마르파 페트로브나가 나타났소이다.」 그는 입술을 일그러뜨리고 이상스러운 미소를 지으며 말했다.

「나타나다니요?」

「세 번이나 나타났소이다. 내가 그 여자를 처음 본 것은 바로 장례식 날, 무덤에서 돌아온 지 한 시간이 지났을 때였소. 그건 내가 이곳으로 떠나오기 하루 전의 일이었지요. 두 번째로 본 것은 이곳으로 오기 위해 길을 떠난 지 사흘째 되는 날로 새벽에 말라야 비셰라역에서였고, 세 번째는 두 시간 전에 내가 지금 살고 있는 아파트의 방에서였소이다. 그때 나는 방에 혼자 있었지요.」

「깨어 있을 때 나타났나요?」

「완전히 깨어 있을 때였습니다. 세 번 다 깨어 있을 때였지요. 와서는 한 1분 동안 이야기를 나누다가 문을 통해 나갔어요. 언제나 문을 통해서 나가지요. 치맛단을 바스락거리며 나가는 소리도 들리는 것만 같아요.」

「어쩐지 당신에게는 그런 일이 꼭 있을 것 같았어요!」 라스콜니코프는 느닷없이 이렇게 말하고는 곧 자기가 한 말에 스스로도 놀랐다. 그는 심하게 흥분해 있었다.

「그렇습니까? 그렇게 생각하셨습니까?」 스비드리가일로프가 놀라서 물었다. 「정말로 그러셨습니까? 그래서 내가 말하지 않았습니까, 우리에게는 무언가 공통점이 있다고요, 예?」

「당신은 한 번도 그런 말을 한 적이 없어요!」 라스콜니코프는 흥분해서 거칠게 대답했다.

「말하지 않았던가요?」

「그래요!」

「내가 말한 줄 알았는데. 아까 들어와서 당신이 눈을 감고 누워서 자는 시늉을 하는 것을 보자마자, 나는 그 순간 생각했습니다. 〈이 사람이 바로 그 사람이로구나!〉」

「그게 무슨 말입니까, 바로 그 사람이라니요? 무슨 말씀을 하시는 거예요?」 라스콜니코프가 외쳤다.

「무슨 말이냐고요? 무슨 말인지 나도 모르겠군요…….」 스비드리가일로프는 뭔가 갈피를 못 잡고서 솔직히 이렇게 말했다.

한동안 침묵이 흘렀다. 두 사람 다 서로의 눈을 뚫어지게 쳐다보았다.

「이 모든 게 허튼수작이야!」 라스콜니코프는 불만스럽게 외쳤다. 「그 여자가 와서 대체 당신에게 뭐라고 하나요?」

「그 여자요? 글쎄, 그게 아주 하찮은 말만 합니다. 놀랄 〈노〉 자 아닙니까? 그래서 더 화가 나더군요. 처음에 나타났을 때는 (아시겠지만 나는 그때 지쳐 있었습니다. 장례 미사, 찬송, 그다음에는 기도, 추모연이 끝나고, 마침내는 서재에 혼자 남아서 시가를 피우며 생각에 잠겨 있는데) 방으로 들어오더니 하는 말이, 〈여보, 아르카디 이바노비치, 오늘은 분주하게 쫓아다니느라고 탁상시계에 밥 주는 것을 잊으셨군요〉 하더군요. 사실 나는 7년 내내 매주 그 시계의 태엽을 감아 주었거든요. 그런데 내가 잊거나 하면 마르파가 언제나 그런 식으로 상기시켜 주곤 했답니다. 그리고 그다음 날 벌써 나는 이곳으로 떠나왔습니다. 밤새도록 잠을 제대로 못 잔 탓에 너무 피곤한 나머지 눈이 저절로 감기기에, 새벽녘에 역사(驛舍)에 들어가서 커피를 시켰는데, 문득 보니까 마르파 페트로브나가 손에 카드를 들고 내 옆에 앉아 있는 게 아니겠습니까. 그러고는 〈여행을 떠나시는데 내가 점을 봐드릴까요, 아르카디 이바노비치?〉 하지 않겠습니까? 그 여자는 점을 보는 데는 선수였거든요. 점을 봐달라고 하지 않은 게 안타깝군요! 어쨌든 나는 놀라서 도망쳐 버렸지요. 그런데 사실 바로 그때 기차가 출발한다는 종이 울렸어요. 오늘은 음식점에서 지독하게 형편없는 점심을 먹고, 배가 거북한 채로 앉아서 담배를 피우고 있는데, 느닷없이 마르파 페트로브나가 화려하게 성장을 하고, 새로 맞춘 뒷자락이 긴 녹색 비단옷을 입고 나타난 겁니다. 〈안녕하세요, 아르카디 이바노비치! 당신 취향에 이 드레스는 어때요? 아니시카는 이런 옷을 지을 줄 몰라요.〉 (아니시카는 우리 영지에서 살았던 옛 농노 중의 하나로 재봉사였습니다. 모스크바에서도 공부를 한 귀여운 아가씨였지요.) 그러더니 내 앞에 서서 몸을 빙그르르 돌려 옷을 보여 주는 게 아니겠어요. 나는 드레스를 살펴보고, 찬찬히 그녀의 얼굴을 쳐다보았지요. 〈마르파 페트로브나, 당신도 참 심심한가 보구려, 이런 하찮은 일로 이곳까지 와서 나를 괴롭히다니!〉라고 했더니, 〈아이 내 남편, 당신을 불안하게 해서는 안 되지요!〉라고 합니다. 나는 약을 올려 주고 싶어서 그녀에게 〈마르파 페트로브나, 나 결혼을 하고 싶어〉 하고 말했지요. 그랬더니 이럽디다. 〈그건 당신한테 달렸어요, 아르카디 이바노비치. 아내의 장례식도 채 치르기 전에 이렇게 금방 결혼을 하러 떠나다니, 정말 채신머리도 없군요. 좋은 여자를 선택한다면 몰라도. 나는 알아요. 그 애에게도, 당신에게도 그다지 좋은 일은 아니라는 걸요. 세상 사람들의 웃음거리나 될 뿐이에요.〉 그러고는 몸을 홱 돌려 나가 버렸어요. 그 치마꼬리 끌리는 소리가 꼭 들리는 것 같더군요. 정말 기가 막힌 일 아니겠습니까, 그렇지요?」

「하지만 당신 말이 다 거짓일 수도 있잖아요?」 라스콜니코프는 반박했다.

「나는 좀처럼 거짓말을 하지 않는답니다.」 스비드리가일로프는 생각에 잠겨 대답했는데, 질문이 무례하다는 것을 전혀 의식하지도 못한 것 같았다.

「그런 일이 있기 전에는 유령을 본 적이 없나요?」

「아...... 아니요. 보았지요. 꼭 한 번 본 적이 있습니다. 6년 전의 일이었어요. 우리 집에서 일하던 필까라는 문지기가 나타났지요. 그를 매장한 직후였는데도 나는 그 사실을 깜빡 잊고서 그를 불렀습니다. 〈필까, 담배 파이프를 가져와!〉 그랬더니 그놈이 들어와서는, 내 파이프가 있는 장식장 쪽으로 곧장 가는 게 아니겠습니까. 그래서 나는 앉아서 생각했지요. 〈이건 저놈이 내게 복수를 하려는 거다.〉 왜냐하면 죽기 직전에 우리는 심하게 다퉜거든요. 그래서 내가 〈어떻게 네놈이 감히 팔꿈치가 뚫린 옷을 입고 내 앞에 서 있을 수 있는 거냐, 이 버릇없는 놈아. 썩 나가거라!〉라고 했습니다. 그랬더니 몸을 돌려 나가더군요. 그리고 그 이후로는 더 이상 오지 않았습니다. 그때는 이 일을 마르파 페트로브나에게 얘기하지 않았어요. 그리고 그를 위한 추모연을 열까 하는 생각도 해보았지요. 양심의 가책이 되었으니까요.」

「의사에게 가보십시오.」

「그런 말씀을 하지 않으셔도 내가 건강하지 못하다는 것쯤은 나도 압니다. 정말 뭐가 안 좋은지는 모르지만. 그런데 내가 보기에는 내가 당신보다 다섯 배쯤은 건강한 것 같군요. 그런데 내가 당신에게 물었던 것은 유령이 나타난다는 것을 당신이 믿느냐,

아니냐가 아니었어요. 유령이 있다는 걸 믿는지 아닌지를 물었던 거지요.」

「아니요, 절대로 믿지 않습니다!」 라스콜니코프는 악의에 가득 찬 목소리로 이렇게 소리쳤다.

「보통 사람들은 어떻게 말하지요?」 스비드리가일로프는 시선을 돌리고 머리를 약간 숙이고서 혼잣말을 하듯이 중얼거리기 시작했다. 「사람들은 말하지요, 〈너는 환자다, 그러니까 네게 나타나는 것은 실재하지 않는 환상일 뿐이다〉. 엄격히 말해서 이 말은 비논리적입니다. 나는 유령이 환자들에게만 나타나는 것이라는 말에는 동의합니다. 하지만 이것은 유령이 환자가 아닌 사람에게는 나타나지 않는다는 것을 증명할 뿐이지, 그것이 존재하지 않는다는 것을 의미하지는 않아요.」

「물론, 그들은 존재하지 않습니다!」 라스콜니코프는 신경질적으로 고집스럽게 대답했다.

「존재하지 않는다고요? 그렇게 생각하십니까?」 스비드리가일로프는 천천히 그를 보면서 말을 이었다. 「이렇게 생각해 보면 어떨까요? (좀 도와주세요.) 〈유령, 이것은 말하자면 내세의 작은 조각과 파편 들이고, 그것들의 시작이다. 물론 건강한 사람에게는 그들이 보일 이유가 없다. 왜냐하면 건강한 사람은 가장 현세적인 사람이므로 완전과 질서를 위해 반드시 지상에서의 현세적인 삶만을 살아야 하기 때문이다. 그런데 조금이라도 병이 나서, 유기체 속의 정상적인 지상의 질서가 조금이라도 파괴되면, 다른 세계의 가능성이 나타나기 시작한다. 병이 깊어지면 깊어질수록 다른 세계와의 접촉이 더욱 빈번해지고, 그러다가 완전히 죽게 되면 그는 곧바로 그 다른 세계로 가게 되는 것이다.〉 나는 오랫동안 이렇게 생각해 왔소이다. 만일 내세의 삶을 믿는다면, 이런 생각도 믿을 수 있겠지요.」

「나는 내세의 삶을 믿지 않습니다.」 라스콜니코프는 말했다.

스비드리가일로프는 생각에 잠겨 앉아 있었다.
「만일 그곳에 거미들 혹은 그 비슷한 어떤 것밖에 없다면 어떨까요.」 그는 문득 말했다.
〈이 사람은 미쳤구나.〉 라스콜니코프는 생각했다.
「여전히 우리는 영원성을 한낱 이해할 수 없는 사상, 무언가 거대하고 거창한 것으로만 상상하고 있지요! 그런데 왜 반드시 거창해야만 할까요? 생각해 보시오, 그런 것들 대신에 그곳에 시골집의 목욕탕과 비슷한, 그을음에 찌든 작은 방 하나만 있고, 구석구석에 거미들만 가득하다면 말입니다. 이것이 영원의 전부라면 말이오. 때로 이와 비슷한 것들이 어른거릴 때가 있습니다.」
「정말 당신 머리엔 좀 더 위안이 될 만하고, 지당한 다른 생각은 전혀 떠오르지 않는단 말인가요!」 라스콜니코프는 고통스러운 감정에 사로잡혀 외쳤다.
「더 지당하다고요? 어떻게 알겠습니까? 어쩌면 이것이야말로 더 지당한 것일지도 모르지요. 나는 일부러라도 꼭 그렇게 생각하고 싶군요!」 스비드리가일로프는 멋쩍은 표정으로 웃으면서 대답했다.
라스콜니코프는 이런 기이한 대답을 듣자, 문득 어떤 오싹함을 느꼈다. 스비드리가일로프는 머리를 들고 뚫어지게 그를 쳐다보다가는 갑자기 웃음을 터뜨렸다.
「아니, 한번 생각해 보세요.」 그는 소리치기 시작했다. 「한 30분 전만 하더라도 우리는 서로의 얼굴도 몰랐고, 지금도 서로를 원수로 생각하고 있으며, 또 우리 사이에는 해결되지 않은 문제도 있는데, 그래도 우리는 지금 그 일을 제쳐 놓고, 무슨 문학 토론 같은 말만 늘어놓고 있지 않습니까! 그래서 내가 우리는 같은 들판에 열린 딸기라는 겁니다!」
「제발 부탁입니다.」 라스콜니코프는 노기를 띠고 말을 이었다. 「어째서 당신이 나를 찾아왔는지 어서 설명해 주셨으면 좋겠군요……. 그리고…… 그리고…… 나는 빨리 가봐야 할 곳이 있습니다. 시간이 없어요. 나는 나가 봐야 합니다…….」

「미안하군요, 용서하시구려. 당신의 누이동생 아브도티야 로마노브나는 루진 표트르 페트로비치 씨와 결혼할 생각인가요?」

「가능하면 내 누이동생에 대한 문제나, 그 아이의 이름은 언급하지 않았으면 좋겠군요. 도대체 이해할 수가 없어요. 당신이 정말 스비드리가일로프라면, 어떻게 감히 내 앞에서 그 아이의 이름을 입에 올릴 수 있습니까?」

「그분에 대해서 말하러 왔는데, 어떻게 언급하지 않을 수 있겠습니까?」

「좋아요. 그렇다면 말씀하세요. 하지만 빨리 하세요!」

「내 아내의 친척인 그 루진이라는 사람에 대해서는 당신도 이미 나름대로의 견해를 갖고 계시리라고 확신합니다. 만일 그와 반 시간이라도 마주 앉아 보았거나, 그에 대해 뭔가 확실하고 정확하게 들은 바가 있다면 말이죠. 그는 아브도티야 로마노브나의 배필감이 아닙니다. 내가 보기에 아브도티야 로마노브나는 이번 혼담에서 아주 넓은 마음으로 앞일은 생각지도 않고 희생하려고 하고 있습니다. 자기…… 자기 가족을 위해서이지요. 지금까지 당신에 대해 들은 바를 전부 종합해 본 결과, 그녀한테는 아무 손해가 가지 않게 하고 이 결혼을 깬다면 당신도 만족하실 것 같은데요. 이렇게 직접 당신을 만나 보니 더 확신이 가는군요.」

「당신 생각은 정말 유치하군요. 아니, 너무 뻔뻔스럽군요.」라스콜니코프는 말했다.

「당신 말은 내가 내 이익만을 챙기려 한다는 거군요. 걱정하지 마십시오, 로디온 로마노비치. 내가 만약 내 이익만을 챙기려고 애쓴다면, 이렇게 직설적으로 표현하지는 않을 겁니다. 나도 그런 바보는 아니니까요. 이 일에 대해 당신에게 한 가지 심리적으로 이상한 점을 말씀드리지요. 아까 내가 아브도티야 로마노브나에 대한 내 사랑을 변명하면서, 나는 나 자신이 희생자라고 했소이다. 바로 그렇습니다. 지금 나는 그녀에게 아무런 사랑도 느끼고 있지 않답니다. 그래서 나 자신도 이상할 지경이에요. 정말 그때는 나도 뭔가를 느꼈거든요……」

「게으르고 타락했기 때문에 그랬겠지요.」 라스콜니코프는 말을 가로챘다.

「사실 나는 게으르고 타락한 사람이올시다. 하지만 당신의 동생은 훌륭한 점을 너무 많이 지니고 있어서, 나도 감동을 느끼지 않을 수 없었습니다. 하지만 지금 와서 보니 그건 모두 어처구니없는 일들이었어요.」

「그걸 깨달은 지는 오래되었습니까?」

「예전에도 알기는 했지만, 결정적으로 확신하게 된 것은 사흘 전 페테르부르크에 온 바로 그 순간부터였지요. 모스크바에 있을 때만 해도 나는 아브도티야 로마노브나에게서 결혼 승낙을 받아 내기 위해 루진과 경쟁하러 오는 거라고 생각하고 있었거든요.」

「말을 막아서 미안합니다만, 간단하게 왜 여기 오셨는지부터 얘기하시면 안 되겠습니까? 일이 급해서요. 가야 할 곳이 있습니다……」

「기꺼이 그렇게 하지요. 이곳에 와서…… 여행을 좀 하기로 결심한 지금…… 나는 필요한 조처를 취해 두고 싶습니다. 내 아이들은 고모뻘 되는 친척에게 맡겼습니다. 그 애들은 제각기 재산을 갖고 있으니 내가 별 필요 없지요. 거참, 내가 어딜 봐서 아버지의 자격이 있겠습니까! 나는 마르파 페트로브나가 1년 전쯤 내게 선물한 것만 챙겼지요. 나는 그것으로 충분합니다. 미안하구려. 이제 우리 얘기를 하도록 합시다. 어쩌면 여행을 떠나게 될지도 모르니까, 그 전에 루진과의 일을 해결하고 싶소이다. 내가 그를 끔찍이 싫어하는 건 아니지만, 그 결혼을 마르파 페트로브나가 주선했다는 것을 알았을 때는 아내와 말다툼까지 했소. 나는 이제 당신의 도움으로 아브도티야 로마노브나를 만나고 싶습니다. 당신이 참석한 가운데 첫째로 루진 씨와의 결혼은 이익은커녕 손해만 입을 것이 분명하다는 사실을 그녀에게 설명해 주고 싶소. 그다음 얼마 전에 있었던 여러 가지 불쾌한 일에 대해 용서를 구하고, 1만 루블을 그녀에게 드릴 수 있도록 허락해 달라고 청하고 싶군요. 그래서 루진 씨와 헤어지는 것을 더 쉽게 해드리고 싶은 겁니다. 또 그럴 수만 있다면 그녀도 루진 씨와의 결별에 대해 별 이의가 없으리라고 확신하는데요.」

「당신은 정말로 미쳤군요!」 라스콜니코프는 화가 났다기보다는 너무 놀라서 외치기 시작했다. 「어떻게 감히 그런 말을 할 수 있지요!」

「나도 당신이 그렇게 소리칠 줄 알았습니다. 하지만 첫째로 나는 부자는 아니지만, 1만 루블 정도의 돈은 자유로이 쓸 수 있는 입장입니다. 말하자면 나는 그 돈이 전혀 필요 없습니다, 전혀. 만일 아브도티야 로마노브나가 받아들이지 않는다면, 나는 훨씬 더 어리석게 그 돈을 사용할 겁니다. 그게 첫 번째 이유이고, 둘째로 내 양심은 아주 편안합니다. 나는 아무런 속셈 없이 이것을 제안하는 거니까요. 믿든 믿지 않든, 나중에는 당신도, 아브도티야 로마노브나도 그걸 알게 될 겁니다. 문제는 내가 존경하는 당신 동생을 수없이 힘들게 하고 불쾌하게 했다는 겁니다. 그래서 나는 진심으로 회개하고 있고, 그 불쾌한 일들에 대한 배상의 차원에서가 아니라, 그냥 단순히 그녀를 위해 뭔가 유익한 일을 해주고 싶어서 이러는 겁니다. 내가 정말로 뭔가 이 일로 특권을 누리거나 한 가지라도 나쁜 짓을 하지 않겠다는 조건하에서요. 만약 내 제안에 타산이 1백만 분의 1이라도 섞여 있다면, 나는 이렇게 직설적인 방법으로 제안하지는 않을 겁니다. 그리고 또 기껏 1만 루블을 제안하지도 않을 거고요. 더구나 나는 불과 5주 전에 그녀에게 훨씬 더 많은 돈을 제안했으니까요. 게다가 어쩌면 나는 아주 빠른 시일 안에 어떤 아가씨와 결혼할지도 모릅니다. 그러니 어떤 식으로든 아브도티야 로마노브나에게 해를 주려 한다는 의심은 자연스레 사라지게 되는 거지요. 마지막으로 아브도티야 로마노브나가 루진 씨와 결혼한다 해도, 똑같은 금액을 받게 되리라는 사실을 말씀드리겠습니다. 다만 다른 쪽에서 받게 되는 거지요....... 화내지 마십시오, 로디온 로마노비치. 침착하고 냉정하게 판단하세요.」

이런 말을 하는 스비드리가일로프 자신은 아주 냉정하고 침착했다.

「이제 그만두세요.」 라스콜니코프는 말했다. 「어쨌든 이건 용서할 수 없을 정도로 무례한 짓입니다.」

「조금도 그렇지 않소이다. 그렇게만 생각하면 이 세상 사람들은 다른 사람에게 오로지 악만을 행할 수 있고, 반대로 선은 털끝만큼이라도 행할 권리가 없다는 말이 됩니다. 말도 안 되는 형식 때문에 말입니다. 그건 어처구니없는 일이에요. 예를 들어서 내가 죽은 다음 그 돈을 유언에 따라 당신의 누이에게 남긴다고 하면, 그때 가서도 누이가 그 돈을 거절할까요?」

「충분히 그럴 수 있지요.」

「아니, 그건 그렇지 않소이다. 하지만 그렇든 그렇지 않든, 그냥 그대로 내버려 둡시다. 그런데 그 1만 루블이라는 돈은 정말 요긴한 것입니다, 만일을 대비해서 말이에요. 아무튼 아브도티야 로마노브나에게 내가 한 말을 전해 주시기 바랍니다.」

「아니, 전하지 않겠습니다.」

「그렇다면 로디온 로마노비치, 내가 직접 따로 만날 수밖에 없겠군요. 그럼 곤란하지요.」

「만일 내가 전해 준다면 따로 만나지 않겠습니까?」

「정말 어떻게 말씀드려야 할지 모르겠군요. 꼭 한 번만이라면 무척 만나 보고 싶군요.」

「기대하지 마십시오.」

「안타깝군요. 하지만 당신은 나를 잘 모르시니까. 아마도 앞으로는 더 가까이 알게 되겠지요.」

「우리가 더 가까이 알게 되리라고 생각하십니까?」

「그렇게 되지 않으리라는 법은 없지 않습니까?」 스비드리가일로프는 미소를 지으며 이렇게 말하고는 일어나서 모자를 집어 들었다. 「당신을 괴롭히려고 한 것은 아니었소. 그리고 이곳으로 오면서 그다지 큰 기대를 걸지도 않았고요. 비록 오늘 아침에 당신을 보고 무척 놀라긴 했지만······.」

「오늘 아침 나를 어디서 보았다는 거지요?」 라스콜니코프는 불안한 기색으로 물었다.

「우연히 봤소이다······. 내가 보기에 당신에게는 무언가 나와 비슷한 점이 있는 것 같아요······. 걱정하지 마시오, 나는 그렇게 귀찮게 구는 사람은 아니니까. 사기도박꾼들과도 잘 지냈고, 내 먼 친척인 스비르베이 공작과 대관들도 나를 지겨워하지 않았소이다. 나는 라파엘로의 〈마돈나〉에 대해서 프릴루코바야 여사의 앨범에 몇 마디 쓸 줄도 알았고, 마르파 페트로브나와는 7년 동안 두문불출하면서 잘 살기도 했소이다. 옛날에는 센나야 거리에 있는 뱌젬스키[6]의 집에서도 묵어 보았고, 어쩌면 베르크와 함께 열기구를 타고 하늘로 날아갈지도 모릅니다.」

「좋습니다. 그런데 한 가지 묻지요, 당신은 곧 떠나십니까?」

「떠나다니요?」

「그 〈여행〉······ 말입니다. 당신이 말했잖소.」

「여행요? 아, 그거요······! 정말 여행에 대한 말을 했지요······. 그런데 그건 대단히 폭넓은 문제라서····· 당신이 그 여행의 뜻을 아신다면!」 그는 이렇게 말하고는 갑자기 큰 소리로 짧게 웃었다.

---

[6] 뱌젬스키의 집은 페테르부르크에 사는 걸인들, 부랑자들의 휴식처이자 숙박소였다고 한다.

「나는 어쩌면 여행 대신에 결혼을 할지도 모르겠소. 배필감을 소개받았거든요.」

「여기서요?」

「예.」

「언제 그럴 틈이 있었지요?」

「어쨌든 아브도티야 로마노브나와는 꼭 한 번 만나 보고 싶군요. 진지한 부탁입니다. 그럼 안녕히 계십시오……. 아, 참! 또 이걸 잊을 뻔했군! 로디온 로마노비치, 당신의 누이에게 마르파 페트로브나가 유언으로 3천 루블을 남겼다고 전해 주십시오. 이건 확실한 이야기올시다. 마르파 페트로브나는 죽기 1주일 전에 내 앞에서 그 유언장을 작성했으니까요. 2~3주 후면 아브도티야 로마노브나가 그 돈을 받을 수 있을 겁니다.」

「그게 정말입니까?」

「정말이고말고요. 그렇게 전해 주십시오. 그럼 소인, 이만 물러갑니다. 나는 이곳에서 그다지 멀지 않은 곳에 묵고 있답니다.」

스비드리가일로프는 나가다가 문에서 라주미힌과 몸을 부딪쳤다.

2

8시가 가까워지고 있었다. 두 사람은 루진보다 먼저 도착하려고 바칼레예프의 하숙집을 향해 발걸음을 재촉했다.

「그런데 그 사람은 누구야?」 라주미힌은 거리로 나오자마자 물었다.

「스비드리가일로프라는 사람인데, 누이동생이 가정 교사로 일하고 있을 때 모욕을 준 지주야. 그가 치근덕거리는 바람에 두냐는 그의 부인 마르파 페트로브나에게 쫓겨나서 그 집을 나왔어.

나중에 마르파 페트로브나가 두냐에게 용서를 구했다고 하더군. 그런데 그 여자가 이번에 갑자기 죽었다는 거야. 아까 너도 그 여자에 대한 이야기를 들었지. 왠지는 모르지만 나는 그 사람이 몹시 두려워. 그는 아내의 장례식을 치르자마자 이곳으로 왔는데, 아주 이상한 사람이야. 그리고 뭔가를 결심한 기색이야……. 그는 마치 뭔가를 알고 있는 것 같아……. 그에게서 두냐를 보호해 줘……. 나는 이 말을 네게 하고 싶었어, 듣고 있는 거야?」

「보호한다! 그 사람이 아브도티야 로마노브나에게 무슨 짓을 할 수 있겠어? 하지만 고맙다, 로댜. 내게 그런 말을 해주니……. 그래, 같이 보호해 주자……! 그런데 어디서 산다고 하든?」

「몰라.」

「왜 물어보지 않았어? 에이, 아쉽군! 하지만 내가 알아내지!」

「그 사람 얼굴을 보았니?」 라스콜니코프는 잠시 침묵한 후에 물었다.

「응, 기억해 두었어. 똑똑히 기억해 두었어.」

「너 그 사람을 본 게 확실한 거야? 정말 제대로 봤어?」 라스콜니코프는 고집스럽게 물었다.

「그래, 분명히 기억한다니까. 수천 명 중에서도 알아볼 거야. 나는 사람들의 얼굴을 잘 기억하는 데 소질이 있다고.」

그들은 다시 침묵했다.

「음…… 그렇다면…….」 라스콜니코프는 중얼거렸다. 「그게 아니라면…… 나는 이런 생각이 들었어……. 아직도 그런 생각이 들어……. 이 모든 게 환상일 수도 있다는 생각 말이야.」

「무슨 말을 하고 있는 거야? 도대체 이해할 수가 없구나.」

「쭉 그렇게들 말했잖아.」 라스콜니코프는 일그러진 미소를 띠고서 말을 이었다. 「내가 미쳤다고. 나도 이제 내가 정말 미쳤는지도 모르고, 그래서 환영만이 보이는 것인지도 모른다는 생각이 들어!」

「이게 또 무슨 말이야?」

「누가 알겠어! 내가 정말 미쳤는지 말이야. 요 며칠 동안 내가 본 모든 것들은 어쩌면 상상 속에서만 있었던 일인지도 몰라……」

「에이, 로댜! 또 머리가 혼란스러워졌구나……! 그 사람이 무슨 말을 한 거냐? 왜 온 거야?」

라스콜니코프는 대답하지 않았고, 라주미힌은 잠시 생각에 잠겼다.

「자, 내 말을 들어 봐.」 라주미힌은 말하기 시작했다. 「너에게 왔었는데 자고 있더군. 그래서 나는 점심 식사를 한 다음 포르피리에게 갔어. 자묘토프는 여전히 그 집에 있더라. 난 말을 꺼내려고 했는데, 도무지 말이 나오지 않는 거야. 아무리 해도 제대로 말을 꺼낼 수가 없었어. 그들은 무슨 일인지 전혀 알 수가 없다는 표정이었고, 또 이해할 수도 없는 모양이었어. 그런데 당황하는 기색도 없더라고. 나는 포르피리를 창 쪽으로 끌어내서 이야기를 시작했는데, 왜 그런지 또 말문이 막히는 거야. 그 형도 딴청을 부리고, 나도 딴청을 부리다가, 마침내는 내가 그 형 상판에 주먹을 들이대면서 친척의 입장에서 두들겨 패주겠다고 말했어. 그는 나를 한번 쳐다보고는 그만이야. 나는 침을 뱉어 주고 밖으로 나왔어. 그게 다야. 너무 어리석었지. 자묘토프와는 단 한 마디도 나누지 않았어. 그런데 말이야, 생각 좀 해봐. 나는 일을 망쳐 놓았다고 생각했는데, 계단을 내려오다 보니까 문득 한 가지 생각이 떠오르는 거야. 너와 내가 왜 이렇게 안달을 하고 있는 걸까? 만일 네게 위험이 있다면, 혹은 뭐든 다른 어떤 것이 있다면, 좋아, 그래야겠지. 그런데 네가 어떻다는 거지! 너는 이 일과는 아무 상관이 없잖아. 그러니까 그냥 그들에게 침이나 뱉어 주면 그만이야. 나중에 둘이서 함께 그놈들을 실컷 놀려 주자고. 내가 네 입장이라면 놈들의 혼을 빼놓겠어. 나중에 창피해서 어쩔 줄 모르게 말이야! 내버려 둬. 나중에 실컷 두들겨 줄 수 있을 거야. 지금은 그냥 웃어 주자고!」

「물론, 그렇지!」 라스콜니코프는 대답했다. 〈내일이 되면 네가 무슨 말을 하게 될까?〉 그는 생각했다. 이상한 일은 지금까지 단 한 번도 그의 머릿속에 〈라주미힌이 알게 되면 무슨 생각을 하게 될까?〉라는 의문이 떠오르지 않았다는 점이다. 이런 생각을 하면서 라스콜니코프는 뚫어지게 그를 쳐다보았다. 포르피리를 찾아갔다던 라주미힌의 이야기는 그다지 그의 흥미를 끌지 않았다. 벌써부터 너무나 많은 생각들이 사라졌다가 다시 떠오르곤 했다……!

그들은 복도에서 루진과 마주쳤다. 그는 정확히 8시에 나타나서, 방을 찾고 있던 중이었다. 세 사람은 서로를 쳐다보지도 않고, 인사도 나누지 않은 채 방 안으로 함께 들어가게 되었다. 젊은 사람들이 먼저 방으로 들어가고 난 다음, 표트르 페트로비치는 예의를 차리기 위해 문 앞에서 외투를 벗으며 약간 시간을 지체했다. 풀헤리야 알렉산드로브나는 재빨리 그를 맞으러 문까지 나왔다. 두냐는 오빠와 인사를 나눴다.

표트르 페트로비치는 들어와서 더 점잔을 뺐지만, 그런대로 상냥한 태도로 여인들에게 고개를 숙여 인사했다. 그러나 조금 당황한 듯 어쩔 줄을 모르는 기색이 역력했다. 풀헤리야 알렉산드로브나 역시 곤혹스러운 듯한 표정으로 그들을 사모바르가 끓고 있는 둥근 탁자 앞에 앉혔다. 두냐와 루진은 탁자를 가운데 두고 마주 앉았고, 라주미힌과 라스콜니코프는 풀헤리야 알렉산드로브나의 맞은편에 앉았다. 라주미힌은 루진 쪽으로 가까이 앉았고, 라스콜니코프는 두냐의 옆에 앉았다.

잠시 동안 침묵이 흘렀다. 표트르 페트로비치는 향수 냄새가 나는 삼베 손수건을 천천히 꺼내서는, 선량한 자신의 체면이 깎였으니 그 해명을 꼭 들어야겠다는 듯이 코를 풀었다. 현관에 있을 때, 그는 외투도 벗지 않고 그냥 가버림으로써 여인들이 혹독하고 충격적인 대가를 치르고 모든 상황을 인식할 수 있게 할까 하는 생각도 했다. 그러나 그는 그것을 실행하지는 못했다. 더구나 그는 분명치 않은 것을 좋아하지 않는 사람이었고, 지금은 해명을 들어야만 하는 상황이었다. 만약 그의 요구가 이렇게 노골적으로 무시되었다면, 필시 어떤 이유가 있는 것이므로 우선 그것을 알아야겠다는 생각이 든 것이다. 대가를 치르게 하는 일은 언제라도 할 수 있으며, 더구나 모든 것이 그의 손아귀에 있지 않은가.

「여행이 편안했으리라고는 생각합니다만?」 그는 풀헤리야 알렉산드로브나에게 의례적인 인사를 건넸다.

「다행히도 괜찮았어요, 표트르 페트로비치.」

「그 말씀을 들으니 대단히 기쁘군요. 아브도티야 로마노브나께서는 지치지 않으셨나요?」

「저는 젊고 건강하니까 피곤하지 않았지만, 어머니께서는 많이 힘들어하셨어요.」 두냐는 대답했다.

「어쩌겠습니까, 우리 나라의 철로는 너무 길어서 탈인걸요. 이를테면 〈어머니 러시아〉가 너무 광활한 거지요……. 어제는 꼭 마중을 나가고 싶었습니다만, 그럴 수가 없었습니다. 하지만 특별히 어려운 점은 없었을 거라고 생각되는데요?」

「오, 그렇지 않아요, 표트르 페트로비치. 우리는 정말 어쩔 줄을 몰랐답니다.」 풀헤리야 알렉산드로브나는 특별한 억양을 사용하면서 급히 말하기 시작했다. 「만일 하느님께서 어제 우리에게 드미트리 프로코피치를 보내 주지 않으셨다면, 우리는 정말 어떻게 되었을지 모르겠어요. 자, 이분은 드미트리 프로코피치 라주미힌 씨예요.」 그녀는 루진에게 그를 소개했다.

「물론 압니다. 어제…… 인사할 기회가 있었지요.」 루진은 중얼거리며 적의에 찬 모습으로 라주미힌을 노려보고는, 얼굴을 찡그리며 입을 다물었다. 표트르 페트로비치는 사람들 사이에서 극도로 상냥한 듯하고, 또 친절하다는 평가를 특히 받고 싶어 하지만, 조금이라도 일이 자기 뜻대로 되지 않으면 그 즉시 모든 장점을 잃어버리고, 모임에 활기를 불어넣는 신사가 아니라 뚱하니 꾸어 온 보릿자루처럼 되어 버리는 그런 부류의 사람이었다. 모두들 또다시 입을 다물었다. 라스콜니코프는 침묵을 고집하고 있었고, 아브도티야 로마노브나는 때가 될 때까지 침묵을 깨고 싶지 않았으며, 라주미힌은 할 말이 없었다. 풀헤리야 알렉산드로브나는 다시 불안해지기 시작했다.

「마르파 페트로브나가 돌아가셨는데, 들으셨어요?」 그녀는 자기가 할 수 있는 가장 손쉬운 이야깃거리에 의지해서 말문을 열었다.

「물론이지요, 들었습니다. 제일 먼저 그 소식을 들었지요. 그리고 저는 지금 여러분에게 아르카디 이바노비치 스비드리가일로프가 부인의 장례식을 치르자마자 페테르부르크로 황급히 떠났다는 말을 전하려고 온 겁니다. 적어도 제가 들은 가장 정확한 소식에 따르면 그렇습니다.」

「페테르부르크요? 이곳으로요?」 두냐는 불안한 기색으로 이렇게 묻고는, 어머니와 시선을 주고받았다.

「정확히 그렇습니다. 그리고 물론 서둘러 떠났다는 점이나, 또 이전의 상황들을 봐서나, 그가 목적도 없이 떠난 것은 아닐 겁니다.」

「세상에! 정말로 그 사람이 이곳에서도 두냐를 가만히 내버려두지 않으려는 걸까요?」 풀헤리야 알렉산드로브나는 소리쳤다.

「제가 보기에 어머님이나 아브도티야 로마노브나가 그렇게 불안해하실 필요는 없을 것 같은데요. 물론 두 분이 그 사람과 아무 관계도 맺지 않으시겠다면 말입니다. 저로 말씀드릴 것 같으면, 지금 그 사람의 뒷조사를 하고 있습니다. 그가 어디 묵고 있는지 알아보고 있는 중이지요…….」

「아아, 표트르 페트로비치, 당신이 얼마나 나를 놀라게 했는지 상상하실 수도 없을 거예요!」 풀헤리야 알렉산드로브나가 말을 이었다. 「나는 그 사람을 두 번밖에 본 적이 없지만, 내가 보기에도 그 사람은 무시무시한 사람인 것 같아요, 아주 무서운 사람요! 나는 마르파 페트로브나가 죽은 게 그 사람 때문이라고 확신해요.」

「그 문제에 관해서라면 그렇게 단정적으로 결론을 내릴 수는 없지요. 제게는 정확한 정보가 있습니다. 그 사람이 그녀의 죽음을 앞당겼다는, 그러니까 그녀에게 모욕을 줘서 정신적인 영향을 끼쳤을 거라는 생각에 대해서는 왈가왈부하지 않겠습니다. 하지만 그의 행동이나 덕성에 관한 한 당신 생각과 같습니다. 현재로서는 그가 부자인지 아닌지, 마르파 페트로브나가 그에게 유산을 얼마나 남겼는지는 잘 모르지만, 빠른 시일 안에 곧 알게 되겠지요. 하지만 아주 적은 재산이나마 돈이 생겼기 때문에 이 페테르부르크에서 또 옛 버릇이 나올 겁니다. 그는 악한 중에서도 가장 사악하고 파렴치한 인간입니다! 8년 전 불행하게도 그를 너무 사랑해서 그의 빚을 갚아 준 마르파 페트로브나가 그의 또 다른 문제도 해결해 주었다는 확실한 근거를 저는 가지고 있습니다. 그자는 시베리아 유형에 처해질 수도 있을 만큼 잔인하고 기괴한 살인 사건에 연루됐었는데, 그녀의 노력과 희생 덕택에 그 형사 사건을 초기에 무마할 수 있었습니다. 그는 바로 그런 사람입니다.」

「오, 맙소사!」 풀헤리야 알렉산드로브나가 외쳤다. 라스콜니코프는 주의 깊게 그의 이야기에 귀를 기울였다.

「그 사건에 대해서 정확히 알고 계시다는 말씀이 사실인가요?」 두냐는 엄격하고 위엄 있는 어조로 물었다.

「저는 돌아가신 마르파 페트로브나로부터 들은 비밀만을 말하고 있을 따름입니다. 법률적인 견지에서 본다면, 그 사건에는 대단히 모호한 점이 있다는 것을 지적해야 되겠군요. 소규모 고리대금업과 그 밖의 다른 일에도 종사하고 있는 레슬리흐라는 어떤 외국인 여자가 이곳 페테르부르크에 살았습니다. 그리고 아직도 이곳에 살고 있는 것 같더군요. 스비드리가일로프는 옛날부터 이 레슬리흐라는 여자와 다분히 비밀스럽고 내밀한 관계를 맺고 있었는데, 그 여자는, 아마도 조카라고 하던가요. 먼 친척뻘 되는 열다섯, 아니 어쩌면 열네 살 정도밖에 안 되는 농인 소녀를 데리고 있었습니다. 레슬리흐는 그 아이를 극도로 증오해서 사사건건 욕을 하고, 비인간적으로 때리기까지 했다고 하더군요. 그런데 어느 날 그 아이가 다락에서 목을 맨 채 발견된 겁니다. 자살로 판명되었지요. 일반적인 절차를 거쳐서, 그것으로 사건은 일단락 지어졌는데, 나중에 그 아이가 스비드리가일로프에게 잔혹하게…… 농락을 당했다는 밀고가 들어왔습니다. 사실 모든 일이 불확실했고, 그 밀고를 한 사람이 신뢰를 얻지 못하던 악명 높은 독일 여자였기 때문에, 결국 마르파 페트로브나의 노력과 돈 덕분에 그 밀고는 없었던 것으로 처리되었지요. 모든 일이 소문으로만 끝났습니다. 그렇지만 그 소문이 전혀 사실무근은 아니었어요. 물론 아브도티야 로마노브나, 당신 역시 아직 농노제가 있었던 6년 전에 그들 집에서 필리프라는 사나이가 고문 끝에 죽었다는 소문을 들으셨지요?」

「저는 정반대로 들었어요. 그 필리프라는 사람이 스스로 목을 매었다고요.」

「물론 그렇습니다. 그렇지만 강요를 받았거나, 아니면 더 좋게 말해서 그가 스비드리가일로프 씨의 끊임없는 학대와 매질을 견디다 못해 죽을 수밖에는 없었다고 해야겠지요.」

「저는 그건 모르겠어요.」 두냐는 냉담하게 대답했다. 「저는 다만 아주 이상한 이야기를 들었어요. 그 필리프라는 사람은 우울증 증세가 있는 독학 철학자였다고 하더군요. 사람들 말로는 〈책을 너무 많이 읽었다〉고 해요. 그리고 그 사람은 스비드리가일로프의 매질보다는 조롱 때문에 목을 맸을 거라고 하던데요. 내가 있을 때 스비드리가일로프는 사람들에게 잘 대해 주었고, 사람들 역시 그 사람을 따랐어요. 사실 필리프가 죽은 것에 대해서 그를 비난하기는 했지만.」

「제가 보니, 아브도티야 로마노브나, 당신은 갑자기 그를 변호하려 드는 것 같군요.」루진은 모호한 미소를 띠면서 말했다. 「그는 여자들에게 매우 음흉한 작자입니다. 여자들한테는 매혹적으로 보이지요. 의문사한 마르파 페트로브나의 비참한 경우만 봐도 알 수 있지요. 그자가 보나 마나 또 그런 짓을 저지를 텐데, 그에 대비해서 당신과 어머님께 충고드리고 싶었을 따름입니다. 제 개인적인 의견을 말씀드리자면, 저는 그 사람이 틀림없이 또 빚 때문에 감옥에 갈 것이라고 확신합니다. 마르파 페트로브나는 아이들을 고려해서 한 번도 그에게 무언가를 확고히 남겨 줄 생각을 가져 본 적이 없었습니다. 그러므로 만약 그에게 뭐가를 남겼다면, 그건 최소한의 돈으로 금방 사라질 재산이지요. 그런 성벽의 사람은 1년도 버티지 못할 겁니다.」

「표트르 페트로비치, 부탁드려요. 이제 스비드리가일로프에 대한 이야기는 그만두도록 하지요. 그 사람 이야기 때문에 우울해졌어요.」두냐가 말했다.

「그 사람이 방금 내게 찾아왔었어.」라스콜니코프가 불쑥 이렇게 말하며 처음으로 말문을 열었다.

사방에서 비명 소리가 터졌고, 모두들 그를 쳐다보았다. 표트르 페트로비치마저도 흥분했다.

「한 30분 전에 내가 자고 있을 때 들어와서는, 나를 깨우고 자기를 소개하더군.」라스콜니코프는 말을 이었다. 「그는 제법 명랑하고 거침이 없었어. 그리고 전적으로 자기와 친해지리라고 믿고 있더군. 그런데 그 사람이 너와 무척 만나고 싶어 하더구나, 두냐. 너와 만날 수 있도록 중간에서 힘써 달라고 내게 부탁했단다. 한 가지 네게 제안할 것이 있다면서, 그 내용을 말해 주었어. 또 마르파 페트로브나가 죽기 1주일 전에 두냐 네게 유산으로 3천 루블을 남겼다고 하더라. 그 돈을 머지않아 받을 수 있다고 하더구나.」

「저런, 고마울 데가!」 풀헤리야 알렉산드로브나는 이렇게 외치면서 성호를 그었다. 「그분을 위해서 기도해라, 두냐. 기도하거라!」

「그건 사실입니다.」 루진이 불쑥 끼어들었다.

「그래서, 그래서 그다음에는 뭐래요?」 두냐가 초조해하면서 물었다.

「그다음에 그 사람이 자기는 부자가 아니라고, 모든 재산은 아이들에게 돌아갔고, 지금 애들은 고모뻘 되는 친척에게 있다고 하더구나. 그러고는 어딘가 내 집에서 멀지 않은 곳에 묵고 있다고 하던데, 어디인지는 나도 몰라. 물어보지 않았어…….」

「그런데 그 사람이 두냐에게 무엇을 제안하겠다는 거냐?」 깜짝 놀란 풀헤리야 알렉산드로브나가 물었다. 「그 말을 네게 하더냐?」

「예, 했어요.」

「뭐라고 하든?」

「다음에 이야기하지요.」 라스콜니코프는 입을 다물고 차를 마시기 시작했다.

표트르 페트로비치는 시계를 꺼내서 보았다.

「그럼 저는 일이 있어서 가봐야겠습니다. 여러분을 방해하지 않겠습니다.」 그는 약간은 성이 난 모습으로 이렇게 말하고는 의자에서 일어났다.

「남아 주세요, 표트르 페트로비치.」 두냐가 말했다. 「당신은 저녁 내내 이곳에 계실 작정이었잖아요. 더구나 어머니와 무슨 할 말이 있다고 쓰시지 않았던가요?」

「사실 그랬지요, 아브도티야 로마노브나.」 표트르 페트로비치는 다시 자리에 앉았지만, 여전히 손에 모자를 들고서 위압적으로 말했다. 「나는 정말로 당신과 또 무한히 존경하는 어머님과 함께 이야기를 나누고 싶었습니다. 대단히 중요한 문제입니다. 그런데 당신의 오빠가 내가 있는 자리에서는 스비드리가일로프 씨의 제안에 대해 설명할 수 없다니, 나도…… 다른 사람들이 있는 앞에서는…… 지극히 중요한 문제에 대해서는 의논하고 싶지도 않고, 또 할 수도 없군요. 더구나 나의 중대하고 간곡한 요청도 들어주지 않았는데…….」

루진은 쓰디쓴 표정을 짓고 거만하게 입을 다물었다.

「우리가 만날 때, 오빠가 오지 않았으면 좋겠다는 당신의 요청을 듣지 않은 것은 제가 고집했기 때문이에요.」 두냐가 말했다. 「당신은 오빠가 당신을 모욕했다고 쓰셨는데, 저는 이런 문제는 즉시 해명되어야 하고, 두 분은 반드시 화해해야 한다고 생각해요. 만일 오빠가 정말로 당신을 모욕했다면, 오빠는 반드시 당신에게 용서를 빌어야 하고, 또 그렇게 할 거예요.」

표트르 페트로비치는 이 말을 듣자 곧장 거드름을 피우기 시작했다.

「좋게 생각하려고 아무리 애를 써도 절대로 잊을 수 없는 그런 모욕이 있습니다, 아브도티야 로마노브나. 모든 것에는 넘어서는 안 될 선이 있는 겁니다. 왜냐하면 한번 넘어서면 도저히 돌이킬 수 없으니까요.」

「저는 그런 말을 하는 게 아니에요, 표트르 페트로비치.」 두냐는 약간은 초조하게 그의 말을 막았다. 「우리의 장래는 이제 이 모든 문제를 되도록 빨리 해명해서 잘 해결할 수 있느냐, 없느냐에 달렸다는 것을 이해해 주시기 바랍니다. 단도직입적으로 솔직하게 말씀드리지만, 저는 이 일을 달리 생각할 수가 없어요. 만일 당신이 조금이라도 저를 소중하게 여기신다면, 어려우시겠지만 오늘로 이 모든 일을 없었던 것으로 해주세요. 다시 말씀드릴게요. 만일 오빠가 나빴다면, 오빠는 사죄할 거예요.」

「당신이 이 문제를 그렇게 생각하시다니 놀랍군요, 아브도티야 로마노브나.」 루진은 점점 더 화를 냈다. 「당신을 존중하고, 다시 말해서 당신을 숭배하지만, 나는 당신의 집안 식구 중에서 누군가를 전혀 조금도 사랑하지 않을 수 있는 겁니다. 당신의 손길에서 오는 행복을 기대하기는 하지만, 그렇다고 해서 마음에 들지 않는 의무를 떠맡을 수는 없단 말입니다…….」

「제발, 이제 그만 진정하세요, 표트르 페트로비치.」 두냐는 감정이 격해져서 그의 말을 가로막았다. 「제가 언제나 생각해 왔고, 또 그렇게 생각하고 싶은 현명하고 고결한 분이 되어 주세요. 저는 당신에게 큰 약속을 했어요. 저는 당신의 약혼자예요. 이 문제를 제게 맡겨 주세요. 그리고 제가 공정하게 판단할 능력이 있다는 것을 믿어 주세요. 지금 제가 판관의 역할을 스스로 맡은 것은 당신과 마찬가지로 우리 오빠에게도 놀라운 일일 거예요. 당신의 편지를 받고 나서, 오빠에게 오늘 이 만남에 반드시 와달라고 청했을 때, 저는 오빠에게 제 의도에 대해 전혀 말하지 않았어요. 제발 잘 생각해 주세요. 만일 두 분이 화해하지 않는다면, 저는 당신과 오빠 두 사람 중에서 한 사람을 선택해야만 해요. 오빠도 당신도 문제를 그렇게 만들어 버렸어요. 저는 선택에서 실수하고 싶지 않고, 또 그래서도 안 되지요. 당신을 위해서 저는 오빠와 혈육의 정을 끊어야 하고, 오빠를 위해서는 당신과 헤어져야 해요. 저는 지금 오빠가 진정으로 내 오빠인지, 그리고 당신에 대해서는, 내가 당신에게 소중한 존재인지, 당신이 나를 소중하게 생각하고 있는지, 진정 당신이 내 남편이 될 수 있는지를 알고 싶고, 또 알 수 있으리라고 생각해요.」

「아브도티야 로마노브나.」 루진은 일그러진 얼굴로 말했다. 「당신의 말은 무척이나 내게 의미심장하군요. 당신과의 관계에서 내게 허용된 입장으로 보았을 때, 이건 정말 모욕적이기까지 합니다. 나와…… 불손한 청년을 한 선상에 놓고 모욕적이고 괴상한 비교를 하는 것은 말할 것도 없이, 당신 말 하나만 보더라도 당신은 나와 한 약속을 파기할 수 있는 가능성마저 인정하고 있습니다. 당신은 〈나냐 아니면 오빠냐?〉라고 말함으로써 내가 당신에게 얼마나 하찮은 존재인가를 보여 주었습니다……. 나는 우리 관계와…… 우리 사이에 존재하는 의무를 생각했을 때, 이런 것은 용납할 수 없어요.」

「어떻게 그렇게 말씀하실 수 있지요!」 두냐는 얼굴을 붉히며 말을 이었다. 「나는 내가 이제까지 살아오면서 가장 귀하게 생각한 것, 지금까지 내 〈전〉 생애를 형성하고 있었던 모든 것을 걸고 당신의 문제를 고려하고 있어요. 그런데 당신은 내가 당신을 〈과소평가〉한다고 갑자기 화를 내시는 건가요!」

라스콜니코프는 입을 다물고 독기에 가득 찬 미소를 지었다. 라주미힌은 흥분해서 온몸을 떨었다. 그러나 표트르 페트로비치는 그 비난에 꿈쩍도 하지 않았다. 오히려 한마디 한마디를 할 때마다 더욱 트집을 잡고 화를 내는 것으로 보아, 그는 그것을 즐기기라도 하는 듯싶었다.

「일생의 반려자가 될 사람에 대한 사랑, 남편에 대한 사랑은 오빠에 대한 사랑을 뛰어넘어야 하는 겁니다.」 그는 훈계하듯이 말했다. 「어쨌든 나는 그와 같은 선상에 서 있을 수 없습니다……. 아까 나는 당신의 오빠 앞에서는 무슨 일로 왔는지 설명하고 싶지도 않고, 또 할 수도 없다고 주장했지만, 그래도 이제는 존경하는 어머님께 한 가지 가장 근본적이고, 내게는 모욕적인 문제에 대해 반드시 해명을 들어 두고 싶군요.」 그는 풀헤리야 알렉산드로브나에게 말했다. 「아드님께서는 어제 라숫킨 씨가 — 아니, 성함이 맞는 것 같긴 한데, 죄송합니다, 성함을 완전히 잊어버렸군요(그는 라주미힌에게 정중하게 머리를 숙였다) — 계시는 자리에서 나의 생각을 왜곡함으로써 나를 모욕했습니다. 일전에 커피를 마시면서 개인적인 얘기를 나누다가, 이미 인생의 쓴맛을 겪어 본 가난한 여자와 결혼하는 것이 유복하게 자란 여자와 결혼하는 것보다 도덕적으로 더 유익할 뿐 아니라, 부부 관계에서도 유리하다는 말을 한 적이 있습니다. 아드님께서는 그 말의 의미를 아주 졸렬하게 과장해서는, 내가 나쁜 속셈을 가지고 있다고 비난했는데, 제가 보기에는 그의 그런 태도는 어머니의 편지 때문인 것 같더군요. 만일 풀헤리야 알렉산드로브나, 당신이 이 오해를 풀어 주셔서 저를 충분히 안심시켜 주신다면 만족할 것 같습니다. 당신이 로디온 로마노비치에게 보낸 편지에서 제 말을 어떤 식으로 전달하셨는지 설명해 주셨으면 좋겠습니다.」

「기억이 나지 않네요.」 풀헤리야 알렉산드로브나는 당황스러웠다. 「내가 이해한 대로 전했을 뿐이에요. 로댜가 당신에게 어떻게 전했는지는 몰라도…… 어쩌면 로댜가 뭔가를 과장했을 수도 있지요.」

「당신이 그런 뜻을 비치지 않았다면, 그가 과장할 수도 없었겠지요.」

「표트르 페트로비치.」 풀헤리야 알렉산드로브나가 당당하게 말했다. 「나와 두냐가 당신의 말을 아주 나쁜 쪽으로 받아들이지 않았다는 증거는 우리가 〈이곳에 와 있다〉는 바로 이 사실이에요.」

「말씀 잘 하셨어요, 엄마!」 두냐가 동조하면서 말했다.

「그러니까 이번에도 내 잘못이라는 말씀이군요!」 루진은 화를 냈다.

「그런데 표트르 페트로비치, 당신은 계속 로디온을 비난하시는데요, 당신 자신도 엊그제 편지에서 그에 대해 거짓말을 쓰셨더군요.」 용기가 난 풀헤리야 알렉산드로브나가 말했다.

「나는 어떤 거짓말도 쓴 기억이 없습니다.」

「당신은 썼어요.」 라스콜니코프가 루진에게 몸을 돌리면서 단호하게 말했다. 「사실 내가 어제 돈을 준 것은 마차에 깔려 죽은 사람의 과부였는데, 당신은 마치 내가 그의 딸에게 준 것처럼 썼더군요(난 어제까지 그 딸을 본 적이 한 번도 없었습니다). 당신은 나와 가족 사이에 싸움을 붙이려고 그 말을 썼을 테지요. 그런데 그 목적을 위해서 당신은 알지도 못하는 아가씨의 행실에 대해서 아주 비열한 표현을 썼더군요. 그건 모두 야비한 비방입니다.」

「죄송합니다만……」 루진은 증오심으로 부들부들 떨면서 대답했다. 「내가 편지에서 당신의 행동과 성격에 대해서 쓴 것은 오직 당신의 누이와 어머니께서 당신이 어떤 모습인지, 당신이 내게 어떤 인상을 주었는지 알려 달라고 하신 부탁을 들어주기 위해서였습니다. 내 편지에 언급된 것 중에서 한 줄이라도 부당한 문구가 있었다면 지적해 주십시오. 당신은 돈을 허비하지도 않았고, 그 가족은 불행하긴 하지만 온전치 않은 인간은 하나도 없다는 말씀입니까?」

「내 생각에 당신의 장점을 다 긁어모아도, 당신이 돌을 던지고 있는 그 불쌍한 아가씨의 새끼손가락만큼의 가치도 없어요.」

「그러니까 당신은 그 여자를 당신의 어머니와 동생이 있는 자리에 데려올 수도 있다는 말인가요?」

「안됐소만, 나는 오늘 벌써 그 일을 실행했소이다. 오늘 그 아가씨를 어머니, 두냐와 나란히 앉혔단 말이오.」

「로쟈!」 풀헤리야 알렉산드로브나가 소리쳤다.

두냐는 얼굴을 붉혔고, 라주미힌은 이맛살을 찌푸렸다. 루진은 독살스럽고 오만하게 미소 지었다.

「직접 보셨지요, 아브도티야 로마노브나.」 그가 말했다. 「이런데 어떻게 화해가 가능하단 말씀입니까? 이로써 이제 그 일은 완전히 분명해진 것으로 생각되는군요. 가족이 만나 기쁘고, 비밀 얘기도 할 텐데, 방해하고 싶지 않으니까 가보겠습니다(그는 의자에서 일어나 모자를 집어 들었다). 그러나 가기 전에 감히 한마디 드리고 싶은 말씀은 앞으로는 이런 만남, 이런 타협을 피할 수 있었으면 좋겠다는 겁니다. 특히 존경하는 풀헤리야 알렉산드로브나, 당신에게 이 점을 부탁드리겠습니다. 저는 다른 사람이 아닌 바로 당신에게 편지를 썼던 거니까요.」

풀헤리야 알렉산드로브나는 슬며시 화가 났다.

「마치 당신은 우리를 완전히 당신 수하에 둔 것 같군요, 표트르 페트로비치. 두냐가 왜 당신의 요청을 들어줄 수 없었는지 이유를 이미 설명했잖아요. 이 애는 좋은 뜻으로 그랬던 거예요. 당신이 쓴 편지는 꼭 명령 같더군요. 당신이 바라는 모든 것을 우리가 명령으로 생각해야 한다는 말씀인가요? 그렇다면 나는 그와는 반대로 이야기하고 싶네요. 당신은 지금 우리에게 특히 더 자상하고 관대하게 대해 줘야 하는 거예요. 왜냐하면 우리는 모든 것을 버리고, 오로지 당신만 믿고 이곳으로 왔으니까요. 그러니 그렇지 않아도 우리는 거의 당신 손아귀에 있는 것이나 다름없지 않습니까?」

「그건 정말 부당한 말씀이군요, 풀헤리야 알렉산드로브나. 특히 지금 마르파 페트로브나가 유산으로 3천 루블을 남겨 주었다는 사실을 알게 된 마당에 말입니다. 그리고 저를 대하시는 말투가 완전히 달라진 걸 보니, 그게 마침 참 잘됐다고 여기시는 것 같군요.」 그는 가시 돋친 어투로 말했다.

「그런 말씀을 하시는 걸 보니, 당신이 의지할 데 없는 우리의 상황을 이용하려고 했다고 여겨도 되겠군요.」 두냐가 분노에 가득 차서 말했다.

「하지만 적어도 지금은 그런 것을 기대할 수 없겠군요. 그리고 특히 아르카디 이바노비치 스비드리가일로프가 당신의 오빠에게 전적으로 부탁한 비밀 제안을 전달하는 것을 방해하고 싶지 않습니다. 보아하니 그 제안은 당신에게도 중요한 의미, 어쩌면 대단히 마음에 드는 의미를 지니고 있을지도 모르겠습니다.」

「오, 이럴 수가!」 풀헤리야 알렉산드로브나가 탄식했다.

라주미힌은 제자리에 앉아 있을 수가 없었다.

「이래도 너는 수치스럽지 않단 말이냐, 두냐?」 라스콜니코프가 물었다.

「수치스러워, 오빠.」 두냐가 말했다. 「표트르 페트로비치, 어서 나가세요!」 그녀는 화가 나서 창백해진 얼굴로 그에게 말했다.

표트르 페트로비치는 이런 결말이 오리라고는 전혀 예상치 못했던 것 같았다. 그는 자기 자신과 자신의 힘, 그리고 자신의 희생자들이 처한 오갈 데 없는 상황에 지나치게 기대를 걸고 있었던 것이다. 여전히 그는 믿을 수가 없었다. 그의 안색이 창백해졌고, 입술은 떨리기 시작했다.

「아브도티야 로마노브나, 만일 내가 지금 이런 대접을 받고 이 문을 나서게 되면 ─ 이걸 염두에 두시오 ─ 다시는 돌아오지 않을 거요. 잘 생각해 보시오! 내 결심은 확고합니다.」

「너무나 뻔뻔스럽군요!」 두냐는 급히 자리에서 일어나며 외쳤다. 「나는 당신이 되돌아오는 걸 바라지도 않아요!」

「어떻게 이럴 수가 있지? 아니, 어떻게 이럴 수가 있소?」 최후의 순간까지도 이런 결말을 믿을 수 없었던 루진은 마지막 희망마저 완전히 놓쳐 버리자 이렇게 외쳤다. 「이렇게 끝낸단 말이군! 하지만 아브도티야 로마노브나, 나는 항의할 수도 있어요.」

「무슨 권리로 이 아이에게 그런 말을 하는 거예요?」 풀헤리야 알렉산드로브나가 격렬히 따지고 나섰다. 「무슨 일로 항의하겠다는 거예요? 무슨 권리로? 내가 당신 같은 사람에게 내 딸을 내줄 것 같아요? 나가요, 아주 가버려요! 우리 스스로 이렇게 부당한 일을 자청했으니 우리 잘못이지, 무엇보다도 내 잘못이 더 크다…….」

「하지만 풀헤리야 알렉산드로브나!」 루진이 미친 듯이 화를 냈다.「나를 그런 약속으로 속박해 놓고, 이제 와서 거절을 하다니……. 그래서 결국…… 결국에는 나를, 그러니까 그런 경비를 지출하도록 끌어들인 거군요…….」

이 마지막 불평은 표트르 페트로비치의 성격을 그대로 보여 주는 것이었다. 지금까지 화를 참으려고 애쓰느라 얼굴이 창백해져 있던 라스콜니코프는 이 말을 듣자, 더 이상 주체하지 못하고 큰 소리로 웃음을 터뜨리고야 말았다. 그러나 풀헤리야 알렉산드로브나는 이성을 잃고 소리쳤다.

「경비라고요? 무슨 경비 말이오? 지금 우리 짐 궤짝에 대해서 말씀하시는 건가요? 그건 차장이 당신에게 공짜로 날라 주었을 텐데요. 세상에, 우리가 당신을 속박하다니! 정신 좀 차리세요, 표트르 페트로비치. 당신이 우리의 손발을 묶은 것이지, 우리가 당신을 묶은 것은 아니었어요!」

「이제 됐어요, 엄마, 이제 그만하세요!」 아브도티야 로마노브나가 간청했다. 「표트르 페트로비치, 제발 부탁이니 여기서 나가 주세요!」

「나가지요, 하지만 마지막으로 딱 한마디만 하겠습니다!」 그는 이제 거의 자제심을 잃고 말했다. 「당신의 어머니께서는 완전히 잊으신 것 같은데요. 그러니까 당신에 대해 나쁜 소문이 시내 구석구석까지 퍼졌을 때, 나는 당신과 결혼하기로 결심했단 말입니다. 당신을 위해 사람들의 생각을 무시하고 당신의 명예를 회복시켰으므로, 물론 나는 충분한 보상을 기대할 수도 있고, 당신에게 감사를 요구할 수도 있었단 말이에요……. 그런데 이제야 눈을 떴습니다! 내가 사람들의 생각을 무시하고 너무 성급하게 행동했다는 사실을 이제야 알겠군요…….」

「저 사람 미친 거 아냐!」 라주미힌이 자리에서 벌떡 일어나, 그를 혼내 줄 기세로 소리쳤다.

「당신은 정말 비열하고 악한 사람이에요!」 두냐는 말했다.

「한마디도 하지 마! 움직이지도 마!」 라스콜니코프는 라주미힌을 말리면서 외쳤다. 그러고는 루진의 코끝까지 바짝 다가갔다.

「여기서 나가시오!」 그는 조용히 또렷하게 말했다. 「단 한 마디라도 더 하면……」

표트르 페트로비치는 몇 초 동안 증오심 때문에 창백하게 일그러진 얼굴로 그를 바라보고는, 몸을 돌려 밖으로 나갔다. 물론 이 사람이 라스콜니코프를 향해 가슴에 품은 독기 어린 증오심은 누구도 느끼기 힘든 것이었다. 그는 이 모든 일의 원인을 오로지 한 사람, 라스콜니코프에게서만 찾았다. 여기서 주목해야 될 것은 그가 계단을 내려가면서도, 어쩌면 일이 완전히 끝난 것이 아닐 수도 있고, 여인들과의 관계가 〈충분히〉 회복될 수도 있으리라고 생각했다는 점이다.

3

무엇보다도 중요한 점은 그가 최후의 순간까지도 이와 같은 결말을 전혀 예기치 못했다는 것이다. 그는 가난하고 의지할 데 없는 두 여인이 자신의 손아귀에서 벗어날 수 있으리라고는 도저히 상상할 수 없었기 때문에 끝까지 호통치고 오만하게 굴었던 것이다. 그가 이런 확신을 가질 수 있었던 것은 허영심과, 자기도 취라고 부르는 편이 더 나을 듯한 자신감 때문이었다. 아무것도 없는 상태에서 그만한 성공을 이루어 낸 표트르 페트로비치는 병적일 정도로 자기 자신에게 도취되어 있고, 자기 능력과 지성을 아주 높이 평가하고 있어서, 때로 혼자 있을 때면 거울 속에 비친 자기 얼굴을 넋을 잃고 쳐다보기까지 하는 인물이었다. 이 세상에서 그가 제일 사랑하고 높이 평가하는 것은 온갖 수단과 노력으로 일궈 낸 자기 재산이었다. 이 재산이 그를 그보다 높은 위치에 있는 사람들과 동등하게 만들어 주었기 때문이다.

조금 전 두냐에게 나쁜 소문에도 불구하고 그녀를 아내로 맞이하려고 결심했다고 잔인하게 말했을 때, 표트르 페트로비치는 진심이었다. 그리고 그는 그녀의 〈비열한 배은망덕함〉에 대해서 깊은 분노마저 느끼고 있었다. 하지만 그가 두냐에게 청혼을 했을 때는 사실 그녀에 대한 모든 비방이 말도 안 되는 헛소문이라는 것을 이미 확실하게 알고 난 뒤였다. 마르파 페트로브나가 스스로 그 소문을 공개적으로 번복했고, 도시의 모든 사람들도 그 사건을 잊고 두냐를 따뜻하게 감싸 준 지가 이미 오래된 터였다……. 그러므로 그 자신도 이미 모든 사정을 알고 있었다는 것을 부인할 수는 없는 일이었다. 그럼에도 그는 두냐를 자신의 위치까지 상승시키려고 한 자기 결단을 여전히 높이 평가하며, 그런 결심이 영웅적인 행동이었다고 생각했다. 지금 두냐에게 이것에 대해 토로한 것도 그가 벌써 몇 번씩이나 도취되어서, 생각만 해도 기뻐서 어쩔 줄 몰랐던 자신의 비밀스러운 생각을 발설한 것뿐인데, 어째서 다른 사람들은 그의 영웅적인 행동에 도취될 수 없는지 도저히 이해가 되지 않았다. 라스콜니코프를 찾아갔을 때도, 그는 마땅한 보상을 받고 더없이 달콤한 아첨의 말을 들을 은인의 심정으로 그 방에 들어갔던 것이다. 그러니 지금 그가 계단을 내려오면서, 자기가 엄청난 모욕을 당했고, 사람들이 자신의 미덕을 몰라준다고 여긴 것도 당연한 일이었다.

두냐는 그에게 없어서는 안 될 존재였다. 그녀를 단념한다는 것은 상상할 수도 없는 일이었다. 이미 오래전부터, 벌써 몇 년 동안이나 그는 결혼을 생각하며 달콤한 꿈을 꾸면서, 줄곧 돈을 저축하며 때를 기다리고 있었다. 그는 흐뭇한 마음을 품고서 마음속 깊이, 정숙하며 가난하고(반드시 가난해야 했다), 아주 젊고 대단히 아름다우며, 또 가문도 좋고 교육도 받았고, 그러면서도 수없이 많은 불행을 겪어서 겁을 집어먹은 나머지 그의 앞에 납작 엎드릴 수 있는 그런 아가씨를 머릿속에 그리고 있었다. 그 아가씨는 평생토록 그를 자신의 구원자로 생각하고 경배하며, 오로지 그 한 사람에게만 복종하고, 그로 인해서만 놀랄 수 있는 여인이어야 했다. 그는 쉬는 시간마다 틈틈이 조용한 가운데 이 매혹적이고 즐거운 테마를 가지고 얼마나 많은 장면들과 달콤한 이야기들을 머릿속에 그려 보았는지 모른다! 그리고 이제 그 수년간의 꿈이 거의 실현될 찰나였다. 아브도티야 로마노브나의 아름다움과 교양이 그를 놀라게 했고, 그녀의 오갈 데 없는 처지가 그를 극도로 자극했다. 게다가 거기에는 그가 꿈꾸었던 그 이상의 것도 있었다. 자존심과 개성이 강하고 덕성스러우며, 교양과 교육의 정도로 봐서도 자기보다 수준이 높은(그는 이것을 느꼈다) 그런 아가씨가 나타났던 것이다. 그런데 그러한 존재가 이제 평생 동안 그의 영웅적인 행동 덕분에 그에게 감사한 마음으로 노예처럼 굴종하고, 그에 대한 경외감 때문에 자신을 낮추게 될 것이며, 자기는 이제 그녀에게 무한하고 완전한 지배력을 휘두르게 될 터였다……! 이 일이 있기 얼마 전, 그는 마치 고의인 것처럼 오랫동안의 숙고와 기다림 끝에 완전히 방침을 바꿔서, 보다 폭넓은 활동 영역에 들어감과 동시에 오래전부터 동경해 오던 상류 사회에도 서서히 발을 들여놓기로 결심했던 것이다. 한마디로 말해서, 그는 페테르부르크로 진출해 보기로 결심했다. 그는 이 일에 여자가 〈대단히〉 많은 도움을 줄 수 있다는 사실을 잘 알고 있었다. 아름답고 덕성스럽고 교양 있는 여인의 매력이 그의 앞길을 놀랄 만큼 순조롭게 이끌어 줄 것이고, 많은 사람들을 그에게로 끌어다 줄 것이며, 그에게 후광이 되어 줄 것이었다……. 그런데 이제 이 모든 계획이 무너진 것이다! 이 갑작스럽고도 어처구니없는 결별로 인해 그는 청천벽력과도 같은 충격을 받았다. 이건 정말 추악한 장난이요, 난센스였다! 그는 아주 조금 거드름을 피워 보앉을 뿐, 아직 할 말도 제대로 다 하지 못했던 것이다. 그는 진심으로 그런 것이 아니라 너무 흥분해서 그런 것뿐인데, 이렇게 심각한 결과를 초래하다니! 더구나 그는 두냐를 자기 방식대로 사랑하여, 마음속으로는 벌써 그녀 위에서 군림하고 있었는데, 그런데 갑자기……! 안 된다! 내일, 내일 이 모든 사태를 수습하고, 상처를 치유하고, 바로잡아야 한다. 제일 중요한 것은 이 모든 일의 원인인 그 젖비린내 나는 오만한 풋내기를 때려눕혀야 한다는 것이다. 그런데 어쩐 일인지 자기도 모르는 사이에 고통스러운 감정과 함께 라주미힌이 그의 머릿속에 떠올랐다……. 그러나 그에 관해서는 곧 마음을 놓았다. 〈그 녀석을 스비드리가일로프와 함께 나란히 놓다니 당치도 않아!〉 그러나 그가 진정으로 심각하게 두려워한 사람은 바로 스비드리가일로프였다……. 한마디로 말해서 또 많은 골칫거리들이 생긴 것이다.

「아니에요, 누구보다도 제 잘못이 커요!」 두냐는 어머니를 안고 입을 맞추면서 말했다. 「나는 그 사람의 돈에 현혹되었던 거예요. 그렇지만 오빠, 맹세하지만 나는 그 사람이 그렇게 형편없는 사람일 줄은 상상도 하지 못했어. 만일 그가 어떤 사람인지 조금만 더 일찍 알았더라면, 어떤 일이 있어도 현혹되지 않았을 거야! 나를 너무 책망하지 마, 오빠!」

「하느님이 구해 주신 거야! 하느님이!」 풀헤리야 알렉산드로브나는 중얼거렸으나, 그것은 무의식적인 행동이었고, 그녀는 아직도 무슨 일이 일어났는지 잘 이해하지 못하는 것 같았다.

모두들 기뻐했고, 5분 후에는 웃음을 터뜨리기까지 했다. 이제 두냐만이 조금 전에 있었던 일을 상기하면서, 때때로 창백한 얼굴로 눈살을 찌푸릴 뿐이었다. 풀헤리야 알렉산드로브나는 자기도 역시 기뻐하게 되리라고는 꿈에도 생각하지 못했다. 아침까지만 해도 루진과의 결별은 무서운 재앙으로 생각되었던 것이다. 한편,

라주미힌은 환희에 가득 차 있었다. 그는 그 환희를 아직 마음 놓고 표현할 수는 없었지만, 마치 5푸트[7]나 되는 저울추가 그의 심장에서 떨어져 나간 듯이, 열병 환자처럼 온몸을 떨고 있었다. 이제 그는 그들에게 자신의 전 생애를 바치고, 그들에게 봉사할 권리를 얻게 된 것이다……. 지금이라도 무슨 일이 일어날지 누가 알겠는가! 하지만 앞으로의 일에 대해 생각하면 그는 더욱 조바심이 나서, 그 생각을 머리에서 몰아내며 상상에 빠져드는 것을 두려워하기도 했다. 그러나 라스콜니코프만은 여전히 같은 자리에 앉아서, 음울하리만큼 멍한 상태에 빠져 있었다. 루진을 쫓아내야 한다고 어느 누구보다도 고집을 부렸던 그가 방금 일어난 일에는 별로 관심이 없어 보였다. 두냐는 은연중에 그가 여전히 자기에게 화를 내고 있다고 생각했다. 풀헤리야 알렉산드로브나는 겁먹은 표정으로 그를 쳐다보았다.

「스비드리가일로프가 오빠에게 뭐라고 했어?」 두냐가 그에게 다가갔다.

「아, 그래, 그래!」 풀헤리야 알렉산드로브나가 소리쳤다.

라스콜니코프는 고개를 들었다.

「그 사람이 꼭 너에게 1만 루블의 돈을 선사하고 싶다고 하더구나. 그러면서 내가 있는 자리에서 너를 꼭 한 번 만나 보고 싶다고 하던데.」

「만나 본다고! 절대로 안 될 일이다!」 풀헤리야 알렉산드로브나가 외쳤다. 「어떻게 감히 두냐에게 돈을 준다는 거냐!」

라스콜니코프는 스비드리가일로프와 나눈 이야기를 (다분히 무뚝뚝한 어조로) 전달했다. 이때 그는 공연스레 쓸데없는 얘기로 빠지지 않기 위해서, 또 꼭 필요한 말 이외에 다른 말을 하는 것이 싫었기 때문에 마르파 페트로브나의 유령에 대한 이야기는 빼버렸다.

[7] 약 82킬로그램.

「뭐라고 대답했어?」 두냐가 물었다.

「처음에는 네게 아무 말도 전하지 않겠다고 했지. 그랬더니 그러면 자기가 온갖 수단을 동원해서라도 너와 직접 만날 거라고 하더구나. 자기가 네게 가졌던 정열은 일시적인 것에 불과했고, 지금 자기는 너에 대해 아무런 감정도 느끼지 않는다고 단언하더라……. 그런데 그는 네가 루진과 결혼하는 것을 원치 않더구나……. 대체로 말들이 앞뒤가 맞질 않았어.」

「그 사람을 어떻게 생각해, 오빠? 오빠가 보기에는 그 사람 어땠어?」

「솔직히 말해서 잘 이해할 수가 없더구나. 1만 루블을 주겠다고 제안하면서, 자기는 부자가 아니라고 하다가는, 또 어디론가 떠나고 싶다고도 하고, 10분 뒤에는 자기가 그런 말을 한 것도 잊어버렸어. 그러더니 갑자기 또 결혼을 하고 싶다고 하면서, 벌써 누군가 중매를 섰다고도 하고……. 물론 그 사람에게는 무슨 목적이 있을 테고, 분명 그 목적은 나쁜 것이겠지. 하지만 그 사람이 너에게 나쁜 의도를 품고 있으면서, 그렇게 어리석은 짓을 하려 든다는 게 어쩐지 이상하다는 생각도 들었어……. 물론 나는 너를 위해서 그 돈을 일언지하에 거절했다. 정말 이상한 사람으로 보이더구나. 그리고 약간은 미친 것 같기도 하고……. 하지만 내가 잘못 본 것일 수도 있지. 어쩌면 그자가 속이려고 일부러 그런 것일 수도 있어. 마르파 페트로브나의 죽음이 그에게 큰 충격을 준 것 같더구나…….」

「주여, 그녀에게 안식을 주소서!」 풀헤리야 알렉산드로브나가 탄식하며 말했다. 「영원히, 영원히 그녀를 위해서 기도할 테다! 그 3천 루블이 없었다면 지금 우리는 어떻게 되었겠느냐, 두냐! 주여, 마치 하늘에서 내려온 돈 같구나! 아, 로냐, 아침까지만 해도 우리에게 남은 돈은 단돈 3루블밖에 되지 않았단다. 나와 두냐는 그 사람이 스스로 줄 때까지는 그에게서 돈을 빌리지 않으려고 했단다. 그래서 어디서든 시계라도 전당 잡힐 생각이었어.」

두냐는 스비드리가일로프의 제안에 크게 놀란 것 같았다. 그녀는 줄곧 생각에 잠긴 채 서 있었다.

「그는 뭔가 아주 무서운 일을 꾸미고 있어!」 그녀는 온몸을 부들부들 떨다시피 하면서 거의 혼잣말로 이렇게 속삭였다.

라스콜니코프는 그녀의 심상찮은 공포심을 느낄 수 있었다.

「나는 어쩐지 그 사람을 자주 보게 될 것 같아.」 그는 두냐에게 말했다.

「잘 감시합시다! 내가 그를 추적하지요!」 라주미힌이 힘차게 외쳤다. 「눈을 떼지 않겠습니다! 로댜가 내게 허락했으니까요. 로댜는 내게 아까 이런 말을 했습니다. 〈두냐를 보호해 줘!〉라고요. 당신도 허락해 주시겠지요, 아브도티야 로마노브나?」

두냐는 미소를 짓고 그에게 손을 내밀었지만, 그녀의 얼굴에서 근심의 기색은 여전히 사라지지 않았다. 풀헤리야 알렉산드로브나는 걱정스레 그녀를 바라보았다. 하지만 3천 루블이란 돈이 분명 그녀를 안심시킨 것 같았다.

15분 후에는 모두들 활기 넘치는 대화를 나누고 있었다. 이야기에 끼어들지는 않았지만, 라스콜니코프마저 잠시 주의 깊게 귀를 기울일 정도였다. 주로 열변을 토한 사람은 라주미힌이었다.

「두 분이 왜, 왜 떠나셔야 한다는 거지요?」 그는 승리감에 도취된 듯 환희에 넘쳐서 이야기를 장황하게 늘어놓기 시작했다. 「그런 시골에서 무슨 일을 하시렵니까? 중요한 것은 여러분들이 이곳에 모두 함께 있다는 점이고, 또 서로를 필요로 한다는 점입니다. 얼마나 서로에게 필요한 존재들인지, 제 말을 이해하시겠지요? 당분간이라도…… 저를 친구로 삼으시고, 동료로 생각해 주십시오. 우리 함께 훌륭한 사업을 생각해 봅시다. 들어 보세요, 제가 여러분께 모든 것을 자세하게 설명해 드릴게요, 모든 사업 계획을! 아직 아무 일도 일어나지 않았던 오늘 아침에 벌써 제 머릿속에는 어떤 계획이 떠올랐습니다……. 자, 들어 보세요. 제게는 삼촌이 한 분 계시는데(제가 소개해 드릴게요. 아주 멋지고 존경받을 만한 노인이에요!), 그 삼촌에게는 1천 루블의 재산이 있습니다. 삼촌은 연금으로 살면 되니까, 그 돈이 필요하지 않다고 하시는군요. 2년째 삼촌은 제게 그 1천 루블을 빌려 가라고 고집을 부리시는데, 연 6퍼센트의 이자만 지불하면 된다고 하셨어요. 그냥 저를 도와주고 싶어서 그러신다는 것쯤은 저도 잘 알고 있습니다. 하지만 작년에는 그 돈이 제게 필요 없었습니다. 그런데 올해에는 삼촌이 오시는 대로 그 돈을 쓰기로 마음먹었습니다. 여러분은 그 3천 루블 중에서 1천 루블을 제게 주십시오. 착수금은 그것으로도 충분하니까요. 우리의 돈을 합치는 겁니다. 그럼, 어떤 일을 하면 될까요?」

라주미힌은 자신의 사업안을 자세히 펼치기 시작했다. 거의 모든 서점들과 출판업자들은 자기 상품에 대해 아는 것이 적어서 좋은 출판업자가 되지 못하기 십상이지만, 괜찮은 출판물은 대체로 수지가 맞고 때로는 많은 이익을 남긴다고 그는 열심히 설명했다. 라주미힌은 벌써 2년 동안이나 다른 출판사를 위해서 일을 했고, 유럽의 3개 국어에 능통하기 때문에 출판 활동을 하려는 꿈을 꾸어 오고 있었다. 엿새 전에 그가 라스콜니코프에게 자기 독일어가 〈신통치 않다고〉 말한 것은 라스콜니코프가 번역물의 반과 3루블의 선수금을 가져가게 하려고 거짓말을 한 것에 지나지 않았으며, 라스콜니코프도 그 말이 거짓말이라는 것을 잘 알고 있었다.

「왜, 왜 가장 중요한 자산 중 하나인 자기 자본이 생겼는데, 좋은 기회를 놓쳐야 합니까?」 라주미힌은 흥분했다. 「물론 많은 노력이 필요하겠지요. 하지만 우리 함께 노력해 봅시다. 어머니, 아브도티야 로마노브나, 나, 로디온 모두가 말이에요……. 다른 출판물들은 지금 아주 많은 이익을 남기고 있어요! 사업의 중요한 기초는 바로 어떤 것을 번역해야 할지를 아는 일입니다. 함께 번역도 하고, 출판도 하고, 공부도 하고, 모든 것을 함께 해나갑시다. 저는 경험이 많으니까, 도움이 될 수 있을 거예요. 출판사 여기저기를 뛰어다닌 지가 벌써 2년이 넘어서 그들의 내막을 모조리 알고 있습니다. 대단한 사람들만 할 수 있는 일은 아닙니다, 믿어 주세요! 왜 굴러 들어오는 호박을 찹니까! 저도 두세 가지 정도의 책을 알고 있는데, 그것을 머릿속에 비밀스럽게 간직하고 있습니다. 그 책들을 번역해서 출판하겠다는 생각 하나만으로도 한 권당 1백 루블의 이익을 받아 낼 수 있을 겁니다. 그 책들 중 한 권은 출판하려는 아이디어에만 5백 루블을 준다고 해도 응하고 싶지 않을 정도예요. 자, 어떻게 생각하세요, 내가 누군가에게 이런 말을 하면, 저런 얼간이가 다 있나 하고 의심을 하겠지요! 사무, 인쇄소, 종이, 판매에 관한 모든 일은 저에게 맡겨 주십시오! 하나하나 다 잘 알고 있으니까요! 조그맣게 시작해서 크게 확장합시다. 최소한 그것으로 생계는 해결할 수 있을 것이고, 어쨌든 본전은 건질 수 있을 겁니다.」

두냐의 눈동자가 반짝거렸다.

「당신의 계획은 제 마음에 꼭 들어요, 드미트리 프로코피치.」 그녀는 말했다.

「나는 그런 일에 대해서는 아무것도 모르지만.」 풀헤리야 알렉산드로브나가 자신의 생각을 말했다. 「어쩌면 좋은 계획일지도 모르겠구려, 하느님만이 아시겠지만. 새로운 일이라서 알 수가 있어야지. 물론 우리는 잠시 동안이라도 이곳에 남아 있어야 하니까……」

이렇게 말하며 그녀는 아들을 보았다.

「오빠는 어떻게 생각해?」 두냐가 말했다.

「아주 좋은 생각이군.」 그는 대답했다. 「물론 사업에 대해서 미리부터 꿈꿔서는 안 되겠지만, 대여섯 권의 책이라면 틀림없이 성공할 수 있어. 나도 마땅한 책을 한 권 알고 있거든. 저 친구의 사업 수완에 대해서라면 의심할 여지가 없지, 사업을 잘 아는 친구이니까……. 하지만 아직은 좀 더 논의해야지…….」

「만세!」 라주미힌이 소리 지르기 시작했다. 「잠깐만, 여기 이 집에 같은 주인이 가지고 있는 아파트가 하나 있는데요, 이 방들과는 연결되지 않은 독립된 아파트예요. 가구도 딸려 있고, 가격도 저렴하고, 방은 작긴 하지만 세 개나 됩니다. 우선은 그 아파트를 빌리기로 하지요. 내가 내일 당신의 시계를 전당포에 맡기고 돈을 가져올게요. 그러면 모든 일이 잘 풀릴 겁니다. 중요한 것은 세 사람이 함께 살 수 있다는 겁니다. 로댜와 두 분이 함께…… 아니, 어딜 가는 거야, 로댜?」

「로댜, 왜 벌써 가려고 하는 거냐?」 풀헤리야 알렉산드로브나가 깜짝 놀라며 물었다.

「이렇게 중요한 이야기를 하고 있는 중인데!」 라주미힌이 소리쳤다.

두냐는 믿을 수 없다는 듯한 놀란 표정으로 오빠를 바라보았다. 그의 손에는 학생모가 들려 있었다. 그는 나갈 채비를 하고 있었다.

「모두들 나의 장례식을 치르거나, 나와 영원히 이별하는 사람들 같군.」 그는 웬일인지 이상한 투로 말했다.

그는 웃고 있었지만, 그 표정은 미소를 짓고 있는 것이 아닌 것도 같았다.

「하지만 누가 알겠어, 이게 마지막 만남이 될지.」 그는 자기도 모르게 이렇게 말했다.

속으로 이런 생각을 하다가, 자기도 모르게 그 생각이 말이 되어 튀어나와 버린 것이다.

「무슨 일이냐, 로댜!」 어머니가 비명을 질렀다.

「어디로 가는 거야, 오빠?」 두냐가 이상한 듯 물었다.

「그냥, 꼭 가야 할 곳이 있어.」 그는 무슨 말을 해야 할지 혼란스럽다는 듯이 당황해하며 대답했다. 그러나 그의 창백한 얼굴에는 어쩐지 단호한 결단이 서려 있었다.

「나는 이곳으로 오면서…… 말하고 싶었어……. 나는, 어머니…… 그리고 두냐 네게, 두 사람에게 우리는 어쩌면 당분간 떨어져 지내는 것이 더 나을지 모른다는 말을 하고 싶었어요. 나는 몸도 좋지 않고, 마음도 불안해요……. 나중에 올게요, 가능해지면…… 그러면 내가 먼저 올게요. 나는 두 사람을 잊지 않고 사랑하고 있어요……. 나를 내버려 두세요! 나를 혼자 내버려 두세요! 나는 예전에도 이미 이렇게 결심했어요……. 이걸 결심했던 거예요……. 내게 무슨 일이 생겨도, 내가 죽든 살든, 어쨌든 나는 혼자 있고 싶어요. 나를 완전히 잊어 주세요. 그게 더 나아요……. 나에 대해 묻고 다니지 마세요. 필요하면 내가 올게요, 아니면…… 두 사람을 부르든지요. 어쩌면 모든 일이 원래대로 회복될지도 몰라요……! 나를 사랑한다면 지금은 나를 내버려 두세요……. 그렇게 하지 않으면 나는 두 사람을 증오할 거예요. 그런 느낌이 들어요……. 그럼 안녕히!」

「오, 하느님!」 풀헤리야 알렉산드로브나가 외쳤다.

어머니도 동생도 무서운 공포에 휩싸였다. 라주미힌 역시 마찬가지였다.

「로댜! 로댜! 우리 서로 화해하자꾸나, 예전처럼 지내자꾸나!」 가련한 어머니가 목메어 소리쳤다.

그는 느릿느릿하게 문 쪽으로 몸을 돌리고는 천천히 방에서 나갔다. 두냐는 그의 뒤를 쫓아갔다.

「오빠! 엄마한테 이게 무슨 짓이야!」 그녀는 화가 난 시선으로 그를 쏘아보면서 나지막하게 말했다.

라스콜니코프는 무거운 눈길로 그녀를 바라보았다.

「아무 일도 아냐, 난 올 거야. 자주 들를게!」 그는 무슨 말을 하고 있는지도 분명히 의식하지 못하고서, 반쯤은 가라앉은 목소리로 속삭였다. 그러고는 방 밖으로 나갔다.

「무정하고 못된 이기주의자!」 두냐가 외쳤다.

「그는 미쳤지 무정한 것이 아닙니다! 그는 정신이 나갔어요! 정말로 그걸 모르시겠어요? 그런 말을 하는 것을 보니 당신이 무정하군요……!」 라주미힌이 그녀의 손을 꼭 붙잡고, 그녀의 귀에 뜨거운 목소리로 속삭였다.

「곧 오겠습니다!」 라주미힌은 거의 정신을 잃은 풀헤리야 알렉산드로브나에게 이렇게 외치고는, 방 밖으로 뛰어나갔다.

라스콜니코프는 복도 끝에서 그를 기다리고 있었다.

「네가 뛰어나올 줄 알고 기다리고 있었어.」 라스콜니코프는 말했다. 「그들에게 돌아가서 그들과 함께 있어 줘……. 내일도 그들과 함께 있어 주고…… 항상 그렇게 해줘. 어쩌면…… 나도 오게 될지 몰라…… 만일 가능하다면. 그럼 잘 있어!」

이렇게 말하고는 그는 손을 내밀지도 않고 그에게서 멀어져 갔다.

「어디로 가는 거야? 왜 그래? 무슨 일이 있는 거야? 정말 이럴 수 있어……?」 완전히 당황한 라주미힌이 투덜거렸다.

라스콜니코프는 다시 멈춰 섰다.

「이것으로 끝이야. 다시는 내게 아무 말도 묻지 마. 내겐 대답해 줄 말이 없어……. 내게 오지도 마. 내가 이곳으로 오게 될지도 모르니까……. 나를 내버려 둬. 하지만 두 사람을…… 〈내버려 두지는 마〉. 내 말 알아듣겠어?」

복도는 어두웠다. 그들은 전등 옆에 서 있었다. 잠깐 동안 그들은 말없이 서로를 그렇게 바라보았다. 라주미힌은 평생토록 이 순간을 잊을 수 없었다. 라스콜니코프의 타는 듯이 날카로운 눈동자는 매 순간 더욱 강렬해져서, 그의 영혼을 꿰뚫어 영혼 속까지 다다를 것 같았다. 문득 라주미힌이 몸을 부르르 떨었다. 무언가 이상한 일이 그들 사이에 일어난 것 같았다……. 어떤 상념이 마치 암시처럼 스쳐 지나갔다. 뭔가 무시무시하며 끔찍하고, 갑자기 두 사람 모두가 이해하게 된 그런 어떤 상념이……. 라주미힌의 얼굴은 죽은 사람처럼 창백해졌다.

「이제 이해가 가니……?」 라스콜니코프가 고통스럽게 일그러진 얼굴로 불쑥 말했다.「돌아가, 그들에게 가봐.」 그는 이렇게 말하고는, 재빨리 몸을 돌려 건물 밖으로 나갔다.

그날 밤 풀헤리야 알렉산드로브나의 방에서 무슨 일이 일어났는지를 굳이 설명할 필요는 없을 것이다. 라주미힌은 방으로 돌아와서 두 사람을 위로하며, 병중에 있는 로댜가 쉴 수 있도록 도와주어야 한다고, 로댜는 반드시 돌아올 것이며, 매일 들를 것이고, 지금 신경이 날카로워져 있으니까, 그를 자극해서는 안 된다고 그들을 설득했다. 그리고 매일 자기가 그를 돌볼 것이며, 가장 훌륭한 의사에게 진찰을 받도록 하겠다고 맹세도 했다……. 즉 그날 저녁 이후로 라주미힌은 그들에게 아들이자 오빠가 된 것이다.

4

라스콜니코프는 그 길로 소냐가 살고 있는 운하 위의 집을 향해 걸어갔다. 3층으로 된 몹시 낡은 건물에는 녹색 페인트가 칠해져 있었다. 그는 경비원을 찾아서, 재봉사 카페르나우모프가 어디에 살고 있는지 대충 알아냈다. 마당의 한쪽 구석에서 좁고 어두운 계단으로 통하는 입구를 찾아낸 그는 마침내 2층으로 올라가서 마당에 면한 회랑 복도로 나오게 되었다. 그가 카페르나우모프 집의 문이 어디쯤 있을지 몰라 어둠 속을 헤매고 있을 때, 갑자기 그로부터 세 발자국 떨어진 곳에서 문이 하나 열렸다. 그는 그 문을 반사적으로 붙잡았다.

「거기 누구세요?」 여자의 불안해하는 목소리가 들려왔다.

「저예요……. 당신을 찾아왔습니다.」 라스콜니코프는 이렇게 대답하고, 좁은 현관 안으로 들어섰다. 그곳의 찌그러진 의자 위에 놓여 있는 일그러진 청동 촛대 위에서는 초가 타고 있었다.

「당신이군요! 하느님 맙소사!」 소냐는 가냘픈 목소리로 외치고는, 얼어붙은 듯 그 자리에서 몸이 굳어 버렸다.

「당신 방은 어느 쪽이지요? 이쪽입니까?」

그리고 라스콜니코프는 그녀를 보지 않으려고 애쓰면서, 서둘러 방 안으로 들어갔다.

잠시 후 소냐도 초를 들고 들어왔다. 그녀는 초를 내려놓고, 깊은 흥분을 감추지 못한 채 당황해서 어쩔 줄 모르는 모습으로 그의 앞에 섰다. 그의 갑작스러운 방문이 그녀를 놀라게 한 것 같았다. 갑자기 그녀의 창백한 얼굴이 붉어졌고, 눈에는 눈물마저 고였다……. 그녀는 속이 울렁거리며 부끄럽기도 하고, 달콤한 기분이 들기도 했다……. 라스콜니코프는 재빠르게 몸을 돌려서 책상 옆 의자에 앉았다. 그는 흘끔 방 전체를 둘러보았다.

방은 컸지만 천장이 아주 낮았다. 이 방은 카페르나우모프가 유일하게 세를 준 방이었는데, 왼쪽 벽에는 그의 집으로 통하는 문이 닫혀 있었다. 반대편 오른쪽 벽에는 항상 꼭 잠겨 있는 다른 문이 보였는데, 그 문 뒤로는 다른 번호가 붙은 이웃 아파트가 있었다. 소냐의 방은 어쩐지 창고처럼 보였고, 심하게 일그러진 네모꼴을 하고 있어서, 무언가 기형적인 느낌이 들었다. 운하를 향해 세 개의 창을 낸 벽은 방을 비스듬히 가로지르고 있었으므로, 이로 인해 방의 한쪽 구석은 지독할 정도로 예각을 이루면서 안으로 깊숙이 들어가 있었다. 그래서 약한 불빛 아래에서는 그 구석에 무엇이 놓여 있는지 잘 알아볼 수가 없을 정도였다. 또한 다른 구석은 지나칠 정도로 흉한 둔각을 이루고 있었다. 이 널찍한 방에 가구라고는 거의 없다시피 했다. 방의 오른쪽 구석에 침대가 놓여 있었고, 그 침대 옆 문 가까운 곳에는 의자가 놓여 있었다. 침대가 놓여 있는 벽에는 다른 아파트로 통하는 문이 있었고, 그 문 옆에는 푸른 식탁보가 씌워진, 단순한 모양의 얇은 판자로 만든 탁자가 있었다. 그리고 그 앞에 두 개의 등나무 의자가 놓여 있었다. 예각에 가까운 맞은편 벽에는 작고 소박한 나무 서랍장이 빈 공간에서 길을 잃은 듯이 서 있었다. 이것이 방 안에 있는 가구의 전부였다. 낡아서 누렇게 된 너덜너덜한 벽지가 사방에 우중충하게 발라져 있었다. 겨울에는 습기가 많고 탄산 가스 냄새가 날 게 분명했다. 옹색함이 이곳저곳에서 역력히 모습을 드러내고 있었다. 침대에는 가리는 천마저 없을 정도였다.

소냐는 예의 없이 자기 방을 찬찬히 뜯어보고 있는 손님을 말없이 바라보고 있었다. 그러다가 그녀는 심판관이자 자신의 운명을 결정하는 사람 앞에 서 있기라도 하듯이 두려워하며, 온몸을 떨기 시작했다.

「너무 늦었지요……. 11시인가요?」 그는 아직도 그녀에게 시선을 주지 않으면서 물었다.

「예.」 소냐는 중얼거렸다. 「아, 그래요, 맞아요!」 그녀는 마치 무슨 탈출구라도 찾은 듯이 갑자기 서둘러 말하기 시작했다. 「지금 주인집에서 시계 종이 울렸어요……. 나도 들었어요……. 맞아요.」

「내가 당신 집에 오는 것도 이것으로 마지막이에요.」 라스콜니코프는 그녀를 처음 찾아간 것인데도 음울한 어조로 이렇게 말했다. 「어쩌면 나는 당신을 더 이상 못 볼지도 몰라요…….」

「어디로…… 떠나세요?」

「모르겠어요……. 모든 것은 내일 알게 되겠지요…….」

「그럼 내일 카테리나 이바노브나에게 가지 않으실 건가요?」 소냐의 목소리는 떨렸다.

「아직 몰라요. 내일이 되면 다 알게 되겠지요……. 문제는 그게 아니라, 나는 할 말이 있어서 왔어요…….」

그는 생각이 가득한 시선을 들어 그녀를 쳐다보았다. 그리고 문득 자기는 앉아 있는데, 그녀는 여전히 그의 앞에 서 있다는 사실을 알아챘다.

「왜 그렇게 서 있는 거지요? 앉아요.」 그는 갑자기 억양을 바꾸고는 조용하고 상냥한 목소리로 말했다.

그녀가 앉았다. 그는 동정 어린 부드러운 시선으로 그녀를 잠시 동안 쳐다보았다.

「당신은 정말 어지간히도 말랐군요! 당신 손을 좀 봐요! 완전히 새하얗군요. 손가락도 꼭 죽은 사람 것 같아요.」

그는 그녀의 손을 잡았다. 소냐는 힘없이 미소 지었다.

「저는 항상 이랬어요.」 그녀가 말했다.

「집에서 살 때도 이랬나요?」

「예.」

「물론 그랬겠지요!」 그는 토막토막 끊어지는 목소리로 이렇게 말했다. 그의 얼굴 표정과 목소리는 다시 변했다. 그는 다시 한번 주위를 돌아보았다.

「카페르나우모프에게서 방을 빌렸나요?」

「예…….」

「카페르나우모프 식구들은 저기 문 뒤쪽에서 사나요?」

「예……. 그들 역시 이것과 똑같은 방에서 살아요.」

「모두 한방에서요?」

「한방에서요.」

「이런 방에 있으면 밤에는 무섭겠는데요.」 그가 침울한 투로 말했다.

「주인집 사람들은 아주 좋고 친절해요.」 소냐는 여전히 정신을 차리지 못한 듯이, 상황을 잘 판단하지 못하고 이렇게 대답했다.

「가구들 전부, 모든 게…… 주인집 거예요. 그리고 그 사람들은 아주 착하고, 아이들 역시 제게 자주 놀러 와요…….」

「말을 제대로 하지 못하는 사람들이라지요?」

「예……. 바깥주인은 말을 더듬고 다리를 절어요. 부인도 그렇고요……. 부인은 말을 더듬는다기보다는 말을 끝까지 하지 못하는 편이에요. 부인은 마음씨가 고와요, 아주. 남편은 예전에 경비원으로 일했는데, 아이들이 일곱이고…… 제일 큰 아이만 말을 더듬어요. 나머지 아이들은 몸이 약한 편이지만…… 말을 더듬지는 않아요……. 그런데 어디서 그 사람들에 대한 이야기를 들으셨어요?」 그녀는 좀 놀란 표정으로 물었다.

「당신 아버지가 그때 모든 걸 말씀해 주셨어요. 그분은 당신에 대해서도 다 말해 주었지요……. 당신이 6시에 나갔다가 9시가 지나서 돌아왔다는 것도, 카테리나 이바노브나가 당신의 침대 발치에 무릎을 꿇고 있었다는 것도요.」

소냐는 당황했다.

「나는 오늘 꼭 그분을 뵌 것만 같아요.」 그녀는 주저하면서 속삭였다.

「누구를요?」

「아버지를요. 10시쯤 이 근처 골목길을 따라 걷고 있었는데, 앞에서 걸어가고 계시는 분이 아버지 같잖아요. 어찌나 아버지 같은지. 나는 카테리나 이바노브나에게 들러 볼 생각도 했어요…….」

「골목길을 걷고 있었다고요?」

「예.」 소냐는 당황해서 눈을 내리깔고, 갈라진 목소리로 속삭였다.

「당신이 아버지 집에 있을 때, 카테리나 이바노브나는 당신에게 거의 손찌검을 하다시피 했다면서요?」

「아니, 그게 무슨, 그게 무슨 말씀이세요, 그렇지 않았어요!」 소냐는 약간 놀라면서 그를 바라보았다.

「그럼 당신은 카테리나 이바노브나를 사랑합니까?」

「카테리나 이바노브나를요? 그럼요, 어떻게 사랑하지 않을 수 있어요?」 소냐는 애처롭게 말끝을 흐리면서, 괴로운 듯이 갑자기 두 손을 모았다. 「아! 만일 당신이…… 어머니를 조금이라도 아신다면. 어머니는 꼭 어린아이 같으세요……. 어머니는 정신이 온전치 못하세요……. 슬픔 때문이에요. 얼마나 현명하고…… 얼마나 관대하고…… 얼마나 착했는데요! 당신은 아무것도, 아무것도 몰라요…… 아아!」

소냐는 격해져서 괴로워하며, 두 손을 쥐어틀고 절망에 빠진 사람처럼 이렇게 말했다. 그녀의 창백한 두 뺨은 또다시 붉어졌고, 눈동자에는 고뇌의 빛이 역력했다. 마음속 깊이 슬픔에 차서 뭔가를 표현하고, 얘기하고, 옹호해 주고 싶은 심정이 가득한 것 같았다. 어떤 〈무한한〉 동정심이 — 이런 표현이 가능하다면 — 갑자기 그녀의 얼굴에 나타났다.

「때렸어요! 그게 어때서요! 오, 하느님, 때렸어요! 때렸다고 해서, 그게 어떻다는 거지요? 그래서 어떻다고요? 당신은 아무것도 몰라요, 아무것도…… 그분은 너무나도 불행한, 아, 너무나도 불행한 분이에요! 그리고 병이 드셨고요……. 어머니는 정의를 찾고 계세요……. 그분은 순수해요. 어머니는 모든 일에는 정의가 있어야 한다고 믿고 있고, 또 그것을 요구하고 계세요……. 아무리 괴로운 일을 당해도 어머니는 부당한 짓을 하지는 않으실 분이에요. 사람들 사이에 왜 정의가 없는 건지 도저히 이해할 수 없기에 울화가 치미시는 거예요……. 마치 어린아이 같아요, 어린아이! 어머니는 정의로운 분이세요, 정의로운 분!」

「당신은 앞으로 어떻게 되는 거지요?」

소냐는 그의 질문에 오히려 자신이 묻는 듯한 눈초리로 그를 바라보았다.

「식구들 모두 당신에게 달려 있지 않습니까. 사실상 전에도 모든 것이 당신에게 달려 있었고, 돌아가신 분도 술에 취한 채 당신에게 돈을 얻으러 왔어요. 그런데 이제 앞으로는 어떻게 될까요?」

「모르겠어요.」 소냐는 슬픈 목소리로 말했다.

「식구들은 그곳에 남아서 계속 지낼 수 있을까요?」

「모르겠어요. 식구들은 그 아파트에 남아야 해요. 그런데 듣자하니 여주인이 오늘 나가 줬으면 좋겠다고 했대요. 카테리나 이바노브나는 단 1분도 그곳을 떠나지 않을 거라고 했고요.」

「어째서 그분은 그렇게 용감한 겁니까? 당신에게 기대를 걸고 있는 건가요?」

「오, 아니에요, 그런 말씀 마세요……! 우리는 한집안 식구인걸요.」 소냐는 갑자기 다시 흥분하면서 화를 내기까지 했다. 카나리아나 다른 작은 새가 화를 낸다면 꼭 그와 같은 모습일 것 같았다. 「어머니는 어떻게 하지요? 어떻게 해요, 어떻게?」 그녀는 격앙된 목소리로 물었다. 「오늘 얼마나, 얼마나 많이 우셨는지 몰라요! 어머니의 머리가 혼란스럽다는 것을 아시지요? 정신이 나가셨어요. 어린아이처럼 내일은 모든 게 격식에 맞아야 하고, 음식들도 다 준비되어야 한다고 불안해하시는가 하면…… 손을 쥐어짜고 피를 토하면서 울고, 갑자기 절망에 빠져서 벽에 머리를 찧기도 하셨어요. 그러는가 하면, 또 금방 모든 것을 당신에게 기대하면서 위안을 얻으세요. 당신이 이제 자신을 도와줄 거라고 하시면서요. 어디선가 적은 돈이라도 빌려서 저와 함께 자신이 살던 고향으로 가서, 좋은 가문의 아가씨들을 위한 기숙 학교를 열자고 하세요. 저를 사감 선생으로 쓰시겠다고, 그러면 우리에게 완전히 새롭고 아름다운 삶이 시작되는 거라고 하시면서, 저를 안고 키스하면서 위로하시는데, 그것을 굳게 믿고 계시는 거예요! 그런 환상을 믿고 계세요! 어떻게 그 말을 반박할 수 있겠어요? 오늘은 종일 아이들을 씻기고 청소를 하고 옷을 고치고, 그 약한 몸으로 혼자 방에 있는 빨래 통을 끌다가 숨이 차서 그대로 침대에 누워 버리셨어요. 아침에는 폴랴와 료냐[8]에게 구두를 사주려고 시장에 갔었어요. 아이들 구두가 다 떨어졌거든요. 그런데 계산을 해보니까 돈이 모자라는 거예요. 아주 많이 모자랐어요, 어머니는 정말 귀엽고 예쁜 구두를 고르셨거든요. 왜냐하면 어머니에게는 고상한 취미가 있으시거든요, 당신은 모르겠지만요……. 그러니까 그 상점 안에서 상인들이 보는 앞에서 돈이 모자란다고 울음을 터뜨리시는 거예요……. 아, 보기가 얼마나 딱하던지.」

「그 말을 들으니 당신이…… 이렇게 사는 것도 이해가 가는군요.」 라스콜니코프는 쓴웃음을 지으면서 말했다.

「그럼 당신은 어머니가 딱하지 않다는 말씀이세요? 불쌍하지 않으세요?」 소냐가 또다시 고함쳤다. 「당신은 아직 아무것도 모를 때, 마지막으로 가지고 있던 돈을 다 내주셨잖아요, 저는 알아요. 그러니 만약 당신이 모든 것을 보셨다면 어떠셨겠어요, 오, 하느님! 내가 얼마나 어머니를 많이 울렸는지 몰라요! 지난주에도 그랬어요! 오, 내가 그랬어요! 아버지가 돌아가시기 바로 1주일 전에도 그랬다고요! 난 너무 무정한 짓을 했어요! 내가 그런 짓을 얼마나, 얼마나 많이 했는지 몰라요. 오늘도 종일 그 일이 생각나서 마음이 얼마나 아팠는지 몰라요!」

소냐는 기억에서 오는 아픔 때문에 말을 하는 도중에 손을 쥐어틀었다.

「당신이 무정한 사람이라고요?」

「예, 내가 그래요, 내가! 나는 그때 집에 갔었어요.」 그녀는 울면서 계속해서 말했다. 「돌아가신 아버지가 말씀하셨죠,〈소냐, 책을 좀 읽어 다오. 어쩐지 머리가 아프구나, 거기…… 그곳에 놓인 책을 좀 읽어 다오.〉 아버지에게는 어떤 책이 있었는데, 안드레

---

[8] 카테리나 이바노브나의 막내딸 리다가 남자아이로 바뀐 것으로 작가의 착각이나 오류로 보인다. 료냐는 남자 이름 레오니트의 애칭이다.

이 세묘노비치에게서 빌린 것이었어요. 그 사람은 같은 건물에 살고 있는데, 참 우스운 책들을 빌려줬어요. 그런데 내가 말했어요, 〈난 가봐야 해요.〉 그냥 읽기가 싫었거든요. 내가 집에 갔던 이유는 카테리나 이바노브나에게 옷깃을 보여 주고 싶었기 때문이에요. 상인 리자베타가 내게 옷깃들이며 덧소매들을 싼값으로 팔았는데, 모두 아주 좋은 물건들로 무늬까지 있는 새것이었어요. 그 물건이 카테리나 이바노브나의 마음에 꼭 들었나 봐요. 어머니는 옷깃을 달고는, 거울 속에 모습을 비춰 보면서 아주 마음에 들어 하셨어요. 그래서 〈내게 선물로 다오, 소냐. 제발 부탁이야〉 하고 말씀하시는 거예요. 〈제발 부탁이야〉라고 간청하신 걸 보면, 몹시 가지고 싶으셨던 모양이에요. 하지만 그 옷깃이 어머니에게 무슨 소용이 있겠어요? 다만 예전의 행복했던 시절을 생각나게 할 뿐이잖아요! 거울 속의 모습을 들여다보면서 도취해 있었지만, 어머니에게는 제대로 된 옷 한 벌 없고, 제대로 된 물건 하나 없잖아요. 벌써 몇 년 동안이나! 어머니는 자존심이 강하셔서 마지막으로 남은 돈을 남에게 적선해 주실망정, 결코 어떤 사람에게도 부탁한 적이 없는 분이세요. 그런데 그날은 부탁을 하시는 거였어요. 정말 어머니의 마음에 들었던 거지요! 그런데 나는 주기가 싫었어요. 그래서 〈어디에다가 쓰시려고 그러세요, 카테리나 이바노브나?〉라고 말했어요. 정말 그렇게 말했어요, 〈어디에다가요?〉라고요. 그런 말을 어머니에게 할 필요는 없었잖아요! 어머니는 그냥 나를 보고만 계시더군요. 내가 거절한 것이 어머니는 너무나 너무나 괴로우셨던 거예요. 그런 모습을 볼 때 정말 마음이 아팠어요……. 어머니는 옷깃 때문이 아니라, 내가 거절한 것이 괴로우셨던 거예요. 나는 그걸 알았어요……. 아, 할 수만 있다면 지금이라도 모든 말을 되돌릴 텐데, 그때 한 말을 바꿀 수 있었으면……. 오, 나는…… 어쩌자고 이런 말을 하는지……! 당신과는 아무 상관이 없는 얘긴데!」

「상인 리자베타와는 아는 사이였나요?」

「예……. 당신도 아세요?」 소냐가 약간은 놀라면서 되물었다.

「카테리나 이바노브나는 심한 폐병에 걸렸고, 이제 곧 죽을 거예요.」 라스콜니코프는 잠시 입을 다물었다가, 질문에는 대답도 하지 않고 말했다.

「오, 아니, 아니에요, 아니에요!」 소냐는 무의식적인 몸짓으로 마치 아니라고 말해 달라는 듯이 그의 두 손을 부여잡았다.

「죽는 편이 더 나을 겁니다.」

「아니에요, 그렇지 않아요, 절대 그렇지 않아요!」 그녀는 놀라서 무의식적으로 같은 말을 반복했다.

「그럼 아이들은? 그때 가서 당신이 아이들을 맡지 않으면, 아이들은 어디로 가게 될까요?」

「오, 나도 모르겠어요!」 소냐는 거의 절망적으로 외치면서 손으로 머리를 감쌌다. 이런 생각이 벌써 몇 번이나 그녀의 머리를 스친 것이 분명했다. 그는 다만 그 생각을 다시 한번 상기시킨 데 불과한 것 같았다.

「카테리나 이바노브나가 살아 있다 해도, 당신이 병이 나서 병원으로 가게 되면, 그럼 그때는 어떻게 될까요?」 그는 무자비하게도 계속 추궁해 들어갔다.

「아, 그게, 그게 무슨 말씀이세요! 그런 일은 일어날 리가 없어요!」 소냐의 얼굴은 무서운 공포로 일그러졌다.

「어떻게 그런 일이 일어나지 않는단 말이지요?」 그는 잔인하게 비웃는 듯한 얼굴로 계속 말했다. 「당신이라고 보장된 것은 아니잖아요? 그렇게 되면 그들은 어떻게 될까요? 온 식구가 거리로 나앉겠지요. 어머니는 기침을 해대면서 구걸을 하고, 오늘처럼 어디서든 머리를 벽에 짓찧으며 몸부림을 치겠지요. 그럼 아이들은 울어 댈 테고……. 그러다가 쓰러지면 경찰서에 옮겨져서, 병원에서 죽겠지요. 그렇지만 아이들은…….」

「오, 아니에요……! 하느님이 허락하지 않으실 거예요!」 마침내 소냐의 짓눌린 가슴에서 이런 말이 터져 나왔다. 그녀는 애원하듯이 그를 바라보면서 말없이 간절하게 두 손을 모으고, 마치 모든 것이 그에게 달려 있다는 듯이 그의 말을 듣고 있었다.

라스콜니코프는 일어나서 방 안을 돌아다니기 시작했다. 1분이 흘렀다. 소냐는 손과 머리를 축 늘어뜨리고 비탄에 빠진 모습으로 서 있었다.

「돈을 모을 수는 없나요? 불행에 대비해서 저축을 할 수는 없어요?」 그는 갑자기 그녀 앞에 멈춰 서서 물었다.

「아니요.」 소냐는 작은 소리로 말했다.

「물론, 아니겠지! 그런데 시도는 해봤어요?」 그는 빈정대는 듯한 투로 물었다.

「물론이에요.」

「그러고는 실패했군! 물론 그랬겠지! 물어보나 마나지!」

그러고는 다시 방 안을 서성거리기 시작했다. 그리고 또다시 1분이 흘렀다.

「매일 돈을 벌 수 있는 것은 아니지요?」

소냐는 아까보다도 더 당황했고, 그녀의 얼굴은 붉게 달아올랐다.

「예.」 그녀는 괴로움을 참으며 마지못해 작은 목소리로 대답했다.

「아마 폴랴도 똑같은 길을 걷게 되겠지.」 그는 불쑥 이렇게 말했다.

「아니에요! 아니에요! 그럴 리가 없어요, 아니에요!」 절망에 빠진 사람처럼, 소냐는 마치 누군가가 그녀를 칼로 찌르기라도 한 듯이 큰 소리로 외쳤다. 「하느님이, 하느님이 그런 무서운 일은 절대로 허락하지 않으실 거예요……!」

「다른 사람들에게도 일어나는 일이오.」

「아니에요, 아니에요! 하느님이 그 애를 보호하실 거예요……!」그녀는 정신없이 똑같은 말을 반복했다.

「그래요? 어쩌면 하느님은 안 계실지도 모르잖소.」라스콜니코프는 그녀가 괴로워하는 모습을 즐기기라도 하듯이, 이렇게 대답하고는 웃음을 터뜨리면서 그녀를 바라보았다.

소냐의 얼굴이 갑자기 무섭게 변하더니 부르르 떨렸다. 그녀는 형언할 수 없는 비난의 눈초리로 그를 바라보면서 무언가 말하려 했지만, 아무 말도 내뱉을 수 없었다. 다만 갑자기 두 손으로 얼굴을 가리고 비통한 울음을 터뜨렸을 뿐이었다.

「당신은 카테리나 이바노브나가 정신이 온전하지 못하다고 하지만, 당신이야말로 제정신이 아니군요.」그는 잠시 동안 말을 하지 않고 있다가 이렇게 말했다.

그리고 5분이 흘렀다. 그는 여전히 말없이 그녀를 외면한 채 방 안을 이리저리 서성거리고 있었다. 그러고는 마침내 그녀에게 다가갔다. 그의 눈동자는 빛나고 있었다. 그는 두 손으로 그녀의 어깨를 붙잡고, 눈물을 흘리고 있는 그녀의 얼굴을 똑바로 쳐다보았다. 그의 불타는 듯한 시선은 냉정하고 날카로웠으며, 그의 입술은 심하게 떨리고 있었다……. 그는 갑자기 온몸을 굽혀 땅에 엎드리더니 그녀의 발에 키스했다. 소냐는 공포에 질려, 마치 미친 사람을 피하듯이 그에게서 물러났다. 사실 그는 그 순간 완전히 미친 사람처럼 보였다.

「이게 무슨 짓이에요, 왜 이러시는 거예요? 내게 절을 하다니!」그녀는 새파랗게 질린 채 이렇게 중얼거렸다. 그녀의 심장은 갑자기 아플 정도로 죄어들었다.

그는 곧 일어났다.

「나는 당신에게 절한 것이 아니라, 온 인류의 고통에 절을 한 거요.」그는 웬일인지 거칠게 말하고는, 창 쪽으로 다가갔다.「들어 봐요.」그는 1분 후 다시 그녀에게로 다가와 이렇게 말하기 시작했다. 「나는 조금 전에 어떤 무례한 녀석에게 그놈이 당신의 새 끼손가락 하나보다 가치가 없다고 말해 주었어요……. 그리고 내가 누이동생에게 오늘 당신과 같이 앉을 수 있는 영광을 누리게 해주었다고도요.」

「아, 그런 말을 그분들에게 했단 말인가요! 여동생이 있는 자리에서요?」 소냐는 놀라서 물었다. 「나와 함께 앉다니! 그것이 영광이라니! 나는…… 더러운 여자예요……. 나는 큰, 크나큰 죄인이에요! 아, 그게 무슨 말씀이세요!」

「내가 그렇게 말한 건 당신의 수치와 죄 때문이 아니라 당신의 위대한 고통 때문이야. 당신이 큰 죄인이라면, 그건 그렇겠지.」 그는 열띤 목소리로 말했다. 「당신이 죄인인 이유는 다른 것은 다 제쳐 두고라도, 당신이 〈공연히〉 자신을 죽이고 팔아먹었기 때문이야. 어떻게 그 일이 무서운 일이 아니라고 할 수 있겠어! 당신이 그렇게도 증오하는 시궁창 속에서 살고 있으면서도, 동시에 그런 짓으로는 아무도 도울 수 없고, 구할 수도 없다는 것을 안다는 사실(그건 눈만 똑바로 뜨고 있으면 알 수 있는 일이야), 그게 어떻게 무서운 일이 아닐 수 있겠어! 이제 내게 말해 봐요.」 그는 극도로 흥분한 채로 계속했다. 「어떻게 당신 내면에는 그런 치욕과 저급함이 그와는 정반대인 성스러운 다른 감정들과 함께 섞여 있을 수 있는 거지? 그냥 이대로 거꾸로 물속으로 뛰어들어 그것으로 모든 일에 종지부를 찍는 것이 더 정당하고 맞아, 수천 배는 더 정당하고 이성적인 일은 아닐까?」

「그럼 그들은 어떻게 하지요?」 소냐는 고통스러운 표정으로 그를 바라보면서, 그의 말에는 전혀 놀라는 기색도 없이 힘없는 목소리로 물었다. 라스콜니코프는 이상스럽다는 듯이 그녀를 바라보았다.

그는 그녀의 시선 속에서 모든 것을 읽어 낼 수 있었다. 그러니까 그녀 자신에게도 이런 생각이 떠올랐던 것이다. 어쩌면 절망에 빠져서 단번에 모든 일을 끝내 버렸으면 좋겠다고 심각하게 생각한 적이 여러 번 있었는지도 모른다. 지금 그의 제안에 전혀 놀라지 않을 정도로 그 생각을 진지하게 했는지도 모른다. 그의 말이 잔인했다는 것조차도 그녀는 알아채지 못했다(그가 눈치챌 수 있을 정도로 그녀는 그의 비난의 의미, 그녀의 수치에 대한 그의 특별한 견해의 의미도 알아채지 못했다). 그러나 수치스럽고 치욕스러운 상황에 대한 생각 때문에 오래전부터 끔찍할 정도로 그녀의 마음이 갈기갈기 찢겨져 있었다는 사실을 그는 충분히 이해할 수 있었다. 그는 이렇게 생각했다. 지금까지 단번에 삶을 청산하고자 하는 결심을 그녀가 자제할 수 있었던 것은 도대체 무엇 때문이었을까? 그제야 비로소 그는 가난하고 어린 아이들과 반미치광이가 되어 머리를 벽에 찧는 불쌍한 폐병 환자 카테리나 이바노브나가 그녀에게 어떤 의미를 지니고 있는지를 충분히 이해할 수 있었다.

그러나 어쨌든 약간이나마 받은 교육과 타고난 성품으로 미뤄 보아 소냐가 무슨 일이 있어도 이런 생활을 지속할 수 없으리라는 점 또한 그에게는 분명한 사실로 여겨졌다. 그에게는 이런 의문이 떠올랐다. 오랫동안 이런 상태에서 살면서 물에 빠져 죽을 힘도 부족했다면, 왜 미치지 않았을까? 물론 그는 소냐의 상황이 불행하게도 유일하게 예외적인 경우가 아니라, 사회에서 흔히 볼 수 있는 우연한 현상이라는 사실을 잘 알고 있었다. 그러나 바로 그 상황의 우연성, 그녀가 받은 약간의 교육과 그때까지의 그녀의 삶이 그 혐오스러운 길에 첫발을 들여놓는 순간, 곧장 그녀를 파멸시켜 버릴 수도 있지 않았을까? 무엇이 그녀를 지탱해 주고 있는 것일까? 음탕한 생활을 즐기는 건 아닐까? 이 온갖 치욕은 분명 그녀를 기계적으로만 건드렸을 뿐이고, 진정 음란한 마음은 아직 한 방울도 그녀의 심장 속을 파고들지 못했다. 그녀는 지금 그 앞에 실제로 서 있지 않은가…….

〈그녀 앞에는 세 갈래의 길이 놓여 있다〉고 그는 생각했다. 〈운하에 몸을 던지거나, 정신 병동에 가게 되거나, 아니면…… 아니면, 마침내는 이성을 교란시키고 마음을 굳게 하는 음탕한 생활에 빠져드는 길이다.〉 마지막 생각이 그에게는 무엇보다도 더 혐오스럽게 느껴졌다. 그러나 그는 회의주의자였고, 젊었으며, 추상적이기에는 너무 냉정한 사고를 가진 사람이었다. 그러므로 마지막 결론, 즉 음탕한 길이 무엇보다도 그럴듯하다는 점을 믿지 않을 수 없었다.

〈그러나 정말로 그게 사실일까?〉 그는 속으로 외쳤다. 〈진정 영혼의 순수함을 아직 간직하고 있는 이 존재도 결국은 그 더럽고 악취 나는 시궁창에 의식적으로 빠져들게 될 것인가? 진정으로 그런 몰락이 시작되었단 말인가? 그랬기 때문에 그녀는 지금까지 견뎌 낼 수 있었고, 그 죄악이 그녀에게는 그다지 혐오스럽게 여겨지지 않았던 것일까? 아니다, 아니야, 그럴 리가 없다!〉 그는 조금 전에 소냐가 그랬던 것처럼 절규했다. 〈아냐, 죄의식이 지금까지 그녀로 하여금 운하에 빠져 죽을 생각을 억누를 수 있게 해주었던 것이다. 그리고 《그들》, 《그 가족들》이……. 만일 그녀가 지금까지도 미치지 않았다면…… 그러나 그녀가 미치지 않았다고 누가 장담할 수 있을까? 과연 그녀는 정상적인 사고를 하고 있는 것일까? 정말로 정상적인 사람이 그녀처럼 그렇게 말할 수 있는 것일까? 건전한 상식을 지닌 사람이라면, 과연 그녀처럼 그렇게 판단할 수 있을까? 이미 자기를 끌어당기고 있는 악취 나는 시궁창 바로 위에, 파멸 바로 위에 저렇게 버젓이 버티고 앉아서, 과연 위험에 대해 경고하는 소리에도 귀를 막고 손을 내저을 수 있는 걸까? 어떻게 된 셈일까? 혹시 그녀는 기적을 기다리고 있는 것은 아닐까? 틀림없이 그럴 것이다. 이 모든 것이 정말 발광의 징후들은 아닐까?〉

그는 집요하게 생각에 몰두했다. 이런 결론이 다른 어떤 것보다도 훨씬 그의 마음에 들기조차 했다. 그는 뚫어질 듯이 그녀를 쏘아보기 시작했다.

「그러면 당신은 간절하게 하느님께 기도하겠군요, 소냐?」그는 그녀에게 물었다.

소냐는 아무 말도 하지 않았다. 그는 그녀의 옆에 서서 그녀의 대답을 기다렸다.

「하느님이 안 계시면 내가 어떻게 살아갈 수 있겠어요?」그녀는 반짝이는 눈동자를 흘끗 그에게 던지고, 빠르고 힘 있게 낮은 목소리로 말했다. 그리고 그의 손을 굳게 잡았다.

〈그래, 바로 이것이다!〉그는 생각했다.

「그런데 그 대가로 하느님은 당신에게 어떤 일을 해주죠?」그는 좀 더 캐물었다.

소냐는 대답할 수 없다는 듯이 오랫동안 말을 하지 않았다. 그녀의 연약한 가슴은 흥분한 탓인지 헐떡이고 있었다.

「그만두세요! 묻지 마세요! 당신은 물을 자격이 없어요……!」그녀는 분개하여 엄한 눈빛으로 그를 바라보면서 외쳤다.

〈바로 이거로구나! 바로 이거야!〉그는 속으로 집요하게 이 말을 반복했다.

「모든 것을 해결해 주십니다!」그녀는 또다시 눈을 내리깔고, 빠른 말투로 속삭이듯이 말했다.

〈여기에 결론이 있다! 바로 이것이 결론에 대한 설명이다!〉속으로 그는 단정을 내리면서, 탐욕스러운 호기심을 가지고 그녀를 뜯어보았다.

그는 새롭고 이상한, 병적이라고도 할 수 있는 감정을 느끼면서, 이 창백하고 여윈 균형 잡히지 않은 모난 얼굴과 준엄하고 강렬한 감정으로 불타오를 수 있는 그 온순한 푸른 눈동자, 분노와 분개로 인해서 아직까지도 떨고 있는 그녀의 작은 몸을 바라보았다. 이 모든 것이 그에게는 더더욱 이상하게 여겨졌고, 불가사의

하게 생각되었다. 〈유로디비[9]다! 유로디비야!〉 그는 속으로 단언했다.

서랍장 위에는 책이 한 권 놓여 있었다. 그는 앞뒤로 서성거릴 때마다 그 책을 볼 수 있었는데, 이제 그는 그 책을 집어 들어 들여다보았다. 그것은 러시아어판 『신약 성서』였다. 그 오래된 낡은 책은 가죽 장정이 되어 있었다.

「이건 어디서 난 거죠?」 그는 방을 가로질러 그녀에게 물었다. 그녀는 아까 서 있던 장소에, 책상에서 세 걸음 떨어진 곳에 그대로 서 있었다.

「누가 가져다주었어요.」 그녀는 그에게 눈길을 돌리지 않고, 마지못해서 대답했다.

「누가 가져다주었지요?」

「내가 부탁했더니, 리자베타가 가져왔어요.」

〈리자베타! 이상한 일이로군!〉 그는 생각했다. 웬일인지 시간이 지남에 따라 그에게는 소냐에게 있는 모든 것이 점점 더 이상하고 기묘한 것으로 생각되었다. 그는 촛불이 있는 쪽으로 책을 가져와서, 책장을 넘기기 시작했다.

「라자로에 대한 이야기는 어디 있죠?」 그는 갑자기 물어보았다.

소냐는 고집스럽게 바닥을 응시한 채 아무 대답도 하지 않았다. 그녀는 책상으로부터 약간 비스듬히 서 있었다.

「라자로의 부활에 대한 이야기는 어디 있죠? 내게 찾아 줘요,

[9] 수행의 방법으로 기이한 행적을 일삼던 수도자들을 가리키는 말이다. 동방 정교의 수도 생활에서는 완전한 고독을 추구하는 은둔 생활이 이상으로 간주되는데, 세속적인 생활에서는 미치광이 행세를 하면, 완전한 고독을 얻을 수 있다고 생각하는 사람들이 나타났다. 이때부터 동방에서는 그리스도를 온전히 사랑하기 위해 상식을 벗어난 기묘한 생활 태도를 취하거나 미친 짓을 하는 수도자가 많이 나타났다. 러시아 정교회는 36명의 유로디비를 성인으로 모시고 있다.

소냐.」

그녀는 그를 곁눈질로 보았다.

「그쪽이 아니에요······. 〈요한의 복음서〉에 있어요······.」 그녀는 그에게로 오지 않고 냉정하게 말했다.

「찾아서 내게 읽어 줘요.」 그는 이렇게 말하고는 자리에 앉아서, 책상에 팔을 괴고 손으로 머리를 받친 채 침울한 얼굴로 들을 채비를 하고, 시선을 한곳에 고정시켰다.

〈이 여자도 3주만 지나면 정신 병동으로 가게 되겠지. 환영하는 바야! 상황이 더 나빠지지 않는다면 나도 거기 있게 될지 모르니까.〉 그는 속으로 중얼댔다.

소냐는 라스콜니코프의 이상한 부탁을 듣고서 주저하다가 미심쩍은 표정을 한 채 책상 쪽으로 발걸음을 옮겼다. 그녀는 책을 집어 들었다.

「정말로 읽어 본 적이 없으세요?」 그녀는 책상 너머로 흘끗 그를 쳐다보고는 물었다. 그녀의 목소리는 더욱 냉정해져 있었다.

「오래전에 읽었죠······ 학교 다닐 때. 읽어 줘요!」

「성당에서는 들어 본 적이 없어요?」

「나는······ 다니지 않아요. 당신은 그곳에 자주 가요?」

「아니요.」 소냐는 속삭였다.

라스콜니코프는 빙그레 웃었다.

「그렇겠군요······. 그럼 아버지 장례식에도 가지 않을 거예요?」

「갈 거예요. 지난주에도 갔었어요······. 추도 미사가 있었어요.」

「누구의 추도 미사였죠?」

「리자베타요. 도끼로 살해당했어요.」

그의 관자놀이가 점점 더 심하게 뛰놀았다. 그리고 머리가 어지러워지기 시작했다.

「당신은 리자베타와 친한 사이였나요?」

「예······. 정직한 여자였어요······. 제게 놀러 왔지요······ 어쩌다가요……. 자주 올 수가 없었거든요. 우리는 함께 성서를 읽고…… 이야기를 나누었어요. 그녀는 하느님을 뵐 거예요.」

책에서나 읽을 수 있는 그녀의 말들이 그에게는 이상하게 들렸다. 그리고 리자베타와 비밀스러운 만남을 가졌다는 것과 두 사람 다 유로디비라는 사실 모두 그에게는 새로운 정보였다.

〈여기 있다 보면 나도 유로디비가 되겠군! 감염되겠어!〉 그는 생각했다. 「읽어 줘요!」 그는 갑자기 신경질적으로 소리쳤다.

소냐는 여전히 주저하고 있었다. 그녀의 심장이 고동쳤다. 그녀는 감히 그에게 읽어 줄 수가 없었다. 그는 거의 고통에 가까운 표정으로 〈불행한 미치광이 여자〉를 바라보고 있었다.

「왜 읽어 달라고 하시는 거예요? 당신은 믿지도 않잖아요……?」 그녀는 조용히 숨을 헐떡이면서 낮은 목소리로 말했다.

「읽어 줘요! 난 듣고 싶어요!」 그는 고집을 부렸다. 「리자베타에게는 읽어 주었잖아요!」

소냐는 책을 펼치고, 라자로의 이야기가 있는 부분을 찾았다. 그녀의 손은 떨렸고, 목소리는 나오지 않았다. 그녀는 두 번이나 읽으려고 시도했지만, 여전히 첫 단어도 소리 내어 읽을 수가 없었다.

「마리아와 마르타 자매가 사는 베다니아 동네에 라자로라는 병자가 있었다……」 그녀는 마침내 어렵사리 읽어 나갔다. 그러나 세 번째 단어에서부터 그녀의 목소리는 갈라지기 시작하더니, 지나치게 팽팽히 조여진 현처럼 끊어져 버렸다. 그녀는 숨을 쉴 수가 없었고, 가슴이 죄어들었다.

라스콜니코프는 왜 소냐가 그에게 읽어 주기를 주저하는지 조금은 이해할 수 있었다. 그리고 그것을 알면 알수록 더욱 거칠고 신경질적으로 읽어 달라고 졸랐다. 그는 그녀가 지금 〈자기가 가지고 있는〉 모든 것을 내보이고 누설하는 것이 얼마나 어려운지 너무나 잘 이해하고 있었다. 사실 이런 감정들이 어쩌면 현재 그녀의 〈비밀〉을 형성해 주고 있으리라는 점을 그는 깨달았다. 아니, 그것은 어쩌면 아주 오래전 어린 시절에, 불행한 아버지와 슬픔 때문에 미쳐 버린 계모 옆에서 배고픈 아이들과, 추악한 비명과 욕설로 가득한 가정에서 자랄 때부터 그녀가 가진 비밀이었는지도 모른다. 그러나 그는 이제 알았다. 아니 확실히 깨달은 것 같았다. 지금 성서를 읽기 시작하는 그녀가 몹시 괴로워하며, 무언가를 두려워하고 있지만, 고통스러울 정도의 온갖 번민과 공포에도 불구하고 그가 들을 수 있도록 바로 〈그에게〉 반드시 〈지금〉 이 책을 읽어 주고 싶어 한다는 사실을. 〈나중에 무슨 일이 일어나든 상관없어!〉 ······그는 이 모든 것을 그녀의 시선과 감정적인 동요에서 읽을 수 있었다······. 그녀는 안간힘을 다해 1절 첫머리에서 그녀의 목소리를 끊었던 목 경련을 억누르며, 계속해서 「요한의 복음서」 11장을 읽어 나갔다.

「많은 유다인들이 오빠의 죽음을 슬퍼하고 있는 마르타와 마리아를 위로하러 와 있었다. 예수께서 오신다는 소식을 듣고 마르타는 마중을 나갔다. 그동안 마리아는 집 안에 있었다. 마르타는 예수께 이렇게 말하였다. 〈주님, 주님께서 여기에 계셨더라면 제 오빠는 죽지 않았을 것입니다. 그러나 지금이라도 주님께서 구하시기만 하면 무엇이든지 하느님께서 다 이루어 주실 줄 압니다.〉」

여기서 그녀는 또다시 읽기를 멈췄다. 자기 목소리가 떨릴 것이며, 또다시 갈라지게 될 것이라는 생각 때문에 부끄러웠던 것이다······.

「〈네 오빠는 다시 살아날 것이다.〉 예수께서 이렇게 말씀하시자 마르타는 〈마지막 날 부활 때에 다시 살아나리라는 것은 저도 알고 있습니다〉 하고 말하였다. 예수께서 〈나는 《부활이요 생명이니》 나를 믿는 사람은 죽더라도 살겠고 또 살아서 믿는 사람은 영원히 죽지 않을 것이다. 너는 이것을 믿느냐?〉 하고 물으셨다.

마르타가 예수께 대답하였다.

〈숨을 몰아쉬는 것이 고통스럽기라도 한 듯이 소냐는 토막토막 끊기는 목소리로 힘겹게 글을 읽어 내려가는데, 그 모습이 마치 모든 사람이 듣고 있는 가운데 하는 신앙 고백 같았다.〉

〈예, 주님, 주님께서는 이 세상에 오시기로 약속된 그리스도이시며 하느님의 아드님이신 것을 믿습니다.〉」

그녀는 읽기를 멈추고 재빨리 그에게 눈길을 돌리려 했으나, 곧 자신을 억제하고 계속해서 읽어 나가기 시작했다. 라스콜니코프는 움직이지도, 몸을 돌리지도 않고, 책상에 팔을 괴고 다른 쪽을 응시하고 앉아서 듣고 있었다. 그녀는 32절까지 계속 읽었다.

「마리아는 예수께서 계신 곳에 찾아가 뵙고 그 앞에 엎드려 〈주님, 주님께서 여기에 계셨더라면 제 오빠가 죽지 않았을 것입니다〉 하고 말하였다. 예수께서 마리아뿐만 아니라 같이 따라온 유다인들까지 우는 것을 보시고 비통한 마음이 북받쳐 올랐다. 〈그를 어디에 묻었느냐?〉 하고 예수께서 물으시자 그들이 〈주님, 오셔서 보십시오〉 하고 대답하였다. 예수께서는 눈물을 흘리셨다. 그래서 유다인들은 〈저것 보시오. 라자로를 무척 사랑했던가 봅니다〉 하고 말하였다. 또 그들 가운데에는 〈소경의 눈을 뜨게 한 사람이 라자로를 죽지 않게 할 수가 없었단 말인가?〉 하는 사람도 있었다.」

라스콜니코프는 그녀에게 몸을 돌리고 흥분한 눈으로 그녀를 바라보았다. 그렇다, 역시 그랬다! 그녀는 정말로 오한이라도 난 듯이 이미 온몸을 떨고 있었다. 그는 이때를 기다리고 있었다. 그녀는 전대미문의 가장 위대한 기적에 대한 말에 다가가고 있었고, 엄청난 승리감에 사로잡혔다. 그녀의 목소리는 금속처럼 낭랑해졌고, 승리감과 기쁨이 그 속에서 울리며 목소리를 힘 있게 만들어 주고 있었다. 눈앞이 아득해지면서 읽고 있던 글자 모양이 그녀 앞에서 흔들렸지만, 그녀는 자기가 읽고 있는 부분을 완전히 외우고 있었다.

〈소경의 눈을 뜨게 한 사람이 라자로를 죽지 않게 할 수가 없었단 말인가?〉라는 마지막 절에서 그녀는 목소리를 내리깔고, 강력하고 고집스럽게 믿지 않는 자들, 눈먼 유다인들, 이제 곧 1분 후면 벼락을 맞은 사람처럼 넘어져서 통곡하며 믿게 될 사람들의 의심과 비난과 비방을 전했다. 〈그리고 《이 사람》, 마찬가지로 눈이 멀어서 믿지 않는 《이 사람》 역시도 이제 듣게 될 것이고, 그 역시 이제 믿게 될 것이다. 그렇다, 그렇다! 이제 곧!〉 그녀는 이렇게 꿈꾸었고, 이런 기대로 기뻐서 몸을 떨었다.

「예수께서는 다시 비통한 심정에 잠겨 무덤으로 가셨다. 그 무덤은 동굴로 되어 있었고 입구는 돌로 막혀 있었다. 예수께서 〈돌을 치워라〉 하시자 죽은 사람의 누이 마르타가 〈주님, 그가 죽은 지 《나흘》이나 되어서 벌써 냄새가 납니다〉 하고 말씀드렸다.」

그녀는 〈나흘〉이라는 단어를 힘주어 읽었다.

「예수께서 마르타에게 〈네가 믿기만 하면 하느님의 영광을 보게 되리라고 내가 말하지 않았느냐?〉 하시자 사람들이 돌을 치웠다. 예수께서는 하늘을 우러러보시며 이렇게 기도하셨다. 〈아버지, 제 청을 들어주셔서 감사합니다. 그리고 언제나 제 청을 들어주시는 것을 저는 잘 압니다. 그러나 이제 저는 여기 둘러선 사람들로 하여금 아버지께서 저를 보내 주셨다는 것을 믿게 하려고 이 말을 합니다.〉 말씀을 마치시고 〈라자로야, 나오너라〉 하고 큰 소리로 외치시자 죽었던 사람이 밖으로 나왔는데,

(그녀는 감격에 겨워 큰 소리로, 마치 그 장면을 눈으로 보기라도 하듯이 온몸에 오한이 끼치는 것을 느끼며 후들후들 떨면서 읽어 내려갔다.)

손발은 베로 묶여 있었고 얼굴은 수건으로 감겨 있었다. 예수께서 사람들에게 〈그를 풀어 주어 가게 하여라〉 하고 말씀하셨다. 〈마리아를 찾아왔다가 예수께서 하신 일을 본 많은 유다인들

이 예수를 믿게 되었다.〉」

그녀는 더 이상 읽지 않았고, 읽을 수도 없었다. 그녀는 책을 덮고는 빠른 동작으로 의자에서 일어났다.

「라자로의 부활에 대한 이야기는 이것으로 다예요.」 그녀는 띄엄띄엄 냉정하게 말하고는, 시선을 들어 감히 그를 바라보는 것도 부끄러운 듯 옆으로 몸을 돌려 꼼짝도 하지 않고 서 있었다. 열광적인 전율이 여전히 그녀를 사로잡고 있었다. 남은 양초는 비뚤어진 촛대 위에서, 이 가난한 방에서 영원한 책을 읽기 위해 기묘하게 만난 살인자와 매춘부를 희미하게 비추며, 이미 한참 전부터 꺼져 가고 있었다. 5분, 아니 그 이상의 시간이 흘렀다.

「할 말이 있어서 이곳에 왔어요.」 라스콜니코프는 갑자기 얼굴을 찌푸리며 큰 소리로 말했다. 그러고는 일어나서 소냐에게 다가왔다. 소냐는 말없이 고개를 들었다. 그의 시선은 너무나 준엄했고, 어떤 강한 결의를 보여 주었다.

「나는 오늘 가족을 버렸어요.」 그는 말했다. 「어머니와 누이동생을 버렸어요. 나는 이제 그들에게로 가지 않을 거예요. 나는 가족과의 모든 관계를 끊어 버렸어요.」

「왜요?」 아연실색한 소냐가 물어보았다. 얼마 전에 있었던 그의 어머니와 누이와의 만남은 분명치 않으면서도 강한 인상을 그녀에게 남겼던 것이다. 그녀는 결별에 대한 소식을 듣고 거의 공포감에 사로잡혔다.

「내게는 이제 당신 한 사람뿐이에요.」 그가 말했다. 「함께 갑시다……. 그래서 당신한테 온 거예요. 우리 모두 저주를 받은 사람들이야. 그러니 함께 갑시다!」

그의 눈동자가 빛났다. 〈미친 사람 같아!〉 소냐는 생각했다.

「어디로 가요?」 그녀는 두려워하면서 물었고, 자기도 모르게 뒤로 물러섰다.

「난들 아나요? 나는 다만 같은 길이라는 것, 분명 그렇다는 것만은 알죠. 그뿐이에요. 우리의 행선지는 같아요!」

그녀는 그를 쳐다보았지만, 아무것도 이해할 수 없었다. 그녀는 다만 그가 너무나 불행하다는 사실만을 깨달을 수 있을 뿐이었다.

「당신이 말을 해도, 그것을 이해할 수 있는 사람은 아무도 없을 거예요.」 그는 계속해서 말했다. 「그러나 나는 이해할 수 있어요. 당신은 내게 필요한 존재이고, 그래서 내가 당신에게로 온 거야.」

「이해할 수 없어요……」 소냐는 속삭였다.

「나중에 알게 될 거예요. 당신 역시 똑같은 일을 했잖아요? 당신 역시 선을 넘어선 거죠……. 넘어설 수 있었던 거지. 당신은 자기 몸에 손을 댔고, 스스로를 죽여 버렸어요……. 〈자기 생명〉을 말이죠. (어차피 마찬가지야!) 당신이 정신과 이성으로 살아갈 수 있다 해도, 결국에 가서는 센나야 광장에서 죽게 될 거예요……. 그렇지만 당신은 참을 수 없게 될 테고, 만약 〈혼자〉 남게 된다면 당신도 나처럼 미쳐 버리게 될 거예요. 당신은 지금도 벌써 미친 사람 같으니까. 그러니 우리는 같은 길을 가야 해요! 그러니 함께 갑시다!」

「어째서요? 왜 그런 말씀을 하세요!」 소냐는 그의 말에 이상하게도 격렬한 흥분을 느끼면서 말했다.

「왜냐고요? 왜냐하면 이대로 있을 수는 없으니까요, 그게 이유죠! 하느님이 허락하지 않으실 거라고 어린아이처럼 소리치며 울고불고하는 대신에, 이제는 진지하고 솔직하게 생각해 봐야 해요! 자, 정말 내일이라도 당신이 병원에 가게 되면, 어떤 일이 벌어질까요? 그 여자는 제정신이 아니고 폐병도 심하니까 곧 죽을 겁니다. 그럼 아이들은? 폴랴는 파멸하지 않을까요? 정말로 당신은 이 골목에서 어머니가 구걸을 시키려고 밖으로 내보낸 아이들을 보지 못했다는 겁니까? 난 그 어머니들이 어디에서 어떻게 사는지 잘 알고 있어요. 그런 곳에서는 아이들이 아이들로 남아 있을 수가 없죠. 그곳에서는 일곱 살짜리 아이가 음탕해지고 도둑이 돼요. 그런데 아이들은 그리스도의 형상이라고 하잖아요. 〈하늘나라가 그들의 것이다〉[10]라고 하잖아요. 예수는 아이들을 존중하고 사랑하라고 명령했어요, 인류의 미래이니까……」

「그럼 어떻게 해야 해요, 어떻게?」 소냐는 손을 쥐어틀면서 신경질적으로 울부짖으며 계속 물었다.

「어떻게 하느냐고요? 부숴야 할 것은 단번에 때려 부수어 버려야 해요, 그러면 돼요. 그리고 고통을 스스로 짊어지는 거죠! 뭐라고? 이해하지 못하겠다고요? 나중에 이해하게 되겠지……. 자유와 권력, 그중에서도 중요한 것은 권력입니다! 떨고 있는 모든 피조물들과 모든 개미 군단들에 대한 권력……! 그것이 목적입니다! 이것을 잘 기억해 둬요! 이것이 내 이별 선물이니까요! 어쩌면 이제 당신과 이야기를 하는 것도 이번이 마지막일지 몰라요. 만일 내일 내가 오지 않는다면, 모든 일을 직접 듣게 되겠죠. 그러면 지금 내가 한 말들을 기억해 둬요. 살다 보면 나중에 언젠가, 1년 후에라도 이 말이 무슨 뜻인지 이해하게 될 테니까요. 만약 내가 내일 오게 되면, 누가 리자베타를 죽였는지 당신에게 말해 주겠어요. 그럼, 잘 있어요!」

소냐는 놀라움으로 온몸을 부르르 떨었다.

「당신은 정말 누가 죽였는지를 아신다는 말이에요?」 그녀는 공포로 인해 온몸이 얼어붙는 것을 느끼며, 거칠게 그를 바라보면서 물었다.

「알고 있어요, 나중에 이야기해 줄게요……. 당신, 당신 한 사람에게만! 나는 당신을 선택한 거예요. 나는 당신에게 용서를 구하러 오지는 않을 겁니다, 이야기해 주려는 것뿐이죠. 나는 오래전에 당신을 선택했어요. 당신의 아버지가 당신에 대해 말한 순간부터, 아직 리자베타가 살아 있을 때부터 나는 이미 이 이야기를

10 「마태오의 복음서」 5장 10절의 일부.

당신에게 해주어야겠다고 생각했어요. 잘 있어요. 악수를 청하지 말고, 내일 봅시다!」

그가 나갔다. 소냐는 마치 미친 사람을 보듯이 그를 바라보았다. 하기는 그녀 자신이 마치 정신이 나간 것 같았다. 그리고 그녀도 그 점을 느끼고 있었다. 그녀는 현기증이 났다. 〈오, 하느님! 리자베타를 누가 죽였는지 그가 어떻게 안단 말이지? 이게 무슨 소리람? 너무 무섭다!〉 그러나 이때 그녀의 머릿속에 〈그 생각〉은 떠오르지 않았다. 결단코, 결단코⋯⋯! 〈오, 그는 분명 너무 불행한 사람일 거야⋯⋯! 그는 어머니와 누이동생을 버렸어. 왜 그랬을까? 무슨 일이 있었을까? 무슨 의도로 그런 걸까? 그가 그녀에게 한 말은 무엇이었을까? 그는 그녀의 발에 키스하고 이렇게 말했다⋯⋯. 말했다(그는 분명히 이런 말을 했다). 그녀 없이는 이미 살 수가 없다고⋯⋯. 오, 맙소사!〉

소냐는 그날 밤을 오한과 고열에 시달리며 보냈다. 그녀는 때로 자리에서 일어나 울면서 손을 뒤틀다가는 또다시 병적인 꿈속으로 빠져들었다. 그녀는 꿈에 폴랴와 카테리나 이바노브나, 리자베타, 복음서를 읽는 장면, 그리고 그 사람⋯⋯ 그 사람, 그의 창백한 얼굴과 타는 듯한 눈동자를 보았다⋯⋯. 그는 그녀의 발에 키스하면서 울었다⋯⋯. 오, 하느님!

소냐의 방과 게르트루드 카를로브나 레슬리흐의 방을 갈라놓은 바로 그 문 뒤, 오른쪽에 있던 그 문 뒤에는 레슬리흐의 아파트에 속해 있고, 임대해 주려 했지만 오래전부터 비어 있는 중간 방이 있었다. 그래서 그 방의 문에는 광고문이 붙어 있었고, 운하로 난 창에는 종이가 붙여져 있었다. 소냐는 오래전부터 이 방에는 아무도 살고 있지 않다고 생각했다. 그런데 그들이 이야기를 나눈 그 시간, 비어 있던 바로 그 방문 옆에 스비드리가일로프가 몰래 숨어서 그들의 말을 엿듣고 있었다. 라스콜니코프가 나가자 그는 잠시 서서 생각을 하더니, 빈방과 연결되어 있는 자기 방에 발꿈치를 들고 가서 의자를 가져와서는 소리 없이 소냐의 방으로 통하는 문 바로 옆에 놓아두었다. 그들의 대화는 그에게 흥미롭고 의미심장하게 여겨졌으며, 그의 구미에 너무나도 꼭 맞는 것이었다. 그래서 그는 앞으로, 예를 들면 혹시 내일이라도 긴 시간 동안 죽 서 있어야 할지 모르는 불편함을 또다시 겪지 않으려고, 모든 점에서 큰 만족감을 얻기 위해 될수록 편안한 자리를 만들려고 의자를 옮겨 놓았던 것이다.

5

다음 날 아침 11시 정각에 라스콜니코프는 구역 경찰서 예심부의 건물에 들어가 자신이 출두했음을 포르피리 페트로비치에게 알려 달라고 부탁했다. 그리고 그렇게 오랫동안 그를 기다리게 하는 데 놀라지 않을 수 없었다. 최소한 그를 부를 때까지 10분이라는 시간이 걸렸다. 그의 생각으로는 사람들이 곧장 자기에게 달려들어야만 할 것 같았다. 대기실에 서 있는 동안 여러 사람들이 그의 곁을 지나갔지만, 그에게 볼일이 있는 사람은 아무도 없는 것 같았다. 사무실인 듯한 옆방에서는 몇 사람의 서기가 앉아서 뭔가를 쓰고 있었다. 그런데 이들 중 라스콜니코프가 누구인지, 무슨 일로 왔는지를 알고 있는 사람은 없는 게 분명했다. 그는 불안하고 미심쩍은 눈으로 주변을 두리번거리면서 혹시 주위에 호송병과 같은 사람은 없는지, 그가 어디로든 도망가지 못하게 지키도록 명령을 받은 무슨 비밀스러운 눈동자는 없는지 찬찬히 살펴보았지만, 그런 기색은 전혀 보이지 않았다. 그는 다만 한결같이 자질구레한 일에 매달려 있는 사무관들의 얼굴과 그 밖의 몇 사람을 보았을 뿐, 그가 지금 어디로든 밖으로 나간다 할지라도 그를 붙잡을 사람은 하나도 발견하지 못했다. 만일 정말로 어제의 그 수수께끼 같은 사내, 즉 땅에서 갑자기 튀어나온 것 같은 그 환영이 모든 사실을 알고 있고 모든 것을 보았다면, 라스콜니코프가 이렇게 지금 태연히 서서 기다리도록 내려려 둘 리가 없지 않겠느냐는 생각이 더욱더 그의 마음속에서 확고해져 갔다. 그리고 오늘 11시가 되어서 제 발로 그가 이곳에 나타날 때까지, 그를 기다렸을 리도 만무하지 않겠는가? 그 사내가 아직 아무것도 고발하지 않았거나…… 아니면, 아니면 그 사내 역시 아무것도 모르고 있을 뿐 아니라, 자기 눈으로 본 것이라곤 하나도 없을 것이라는 결론이 도출되었다(사실 그가 어떻게 볼 수 있었겠는가?). 그러니 어제 라스콜니코프에게 일어난 모든 일은 또다시 예민해진 그의 병적인 상상력에 의해 부풀려진 환영에 불과한 것인지도 모른다. 이런 결론은 심한 불안감과 절망에 빠져 있었던 어제부터 그의 마음속에서 이미 확고해지기 시작했다. 이 모든 일을 다시 생각하며 새로운 전투를 준비하고 있는 지금, 그는 문득 자기가 몸을 떨고 있다는 사실을 깨달았다. 그리고 그 증오스러운 포르피리 페트로비치 앞에 선다는 사실만으로도 자기가 공포에 떨고 있다는 생각이 들자, 분노가 다시 그의 마음속에서 끓어오르기 시작했다. 무엇보다도 싫은 것은 그 사람과 다시 만나야 한다는 사실이었다. 그는 이루 말할 수 없을 만큼 한없이 그를 증오했고, 어떻게 해서든 본색을 드러내고야 말 자신의 증오심으로 인해 두려운 마음마저 들었다. 그의 분노는 너무나 강렬했기 때문에 이런 생각이 드는 즉시 그 떨림도 사라졌다. 그는 냉정하고 무례한 태도로 방 안에 들어갈 준비를 하면서, 가능한 한 말을 하지 않고 듣기만 하기로, 이번만은 최소한 무슨 일이 있어도 병적으로 예민한 신경을 억누르기로 마음을 다져 먹었다. 바로 이때 포르피리 페트로비치가 그를 불렀다.

그 시간 포르피리 페트로비치는 자신의 방에 혼자 있었다. 그곳은 크지도 작지도 않은 방으로, 거기에는 큰 탁자와 그 앞의 방

수포가 씌워진 소파, 사무용 책상이 있었고, 구석에는 장롱과 몇 개의 의자들이 놓여 있었다. 이것들은 모두 광택을 잘 낸 노란 목재로 만든 관청의 비품들이었다. 칸막이라고 부르는 것이 더 나을 만한 벽의 한쪽 구석에는 문이 나 있었지만, 그 문은 지금 닫혀 있었다. 그 칸막이 뒤쪽에는 또 다른 방들이 붙어 있음이 분명했다. 라스콜니코프가 들어갔을 때, 포르피리 페트로비치는 때마침 그 문을 잠그고 있었다. 그래서 그제야 그들은 단둘이서 마주 앉게 되었다. 겉으로 보기에 그는 대단히 명랑하고 기분 좋은 표정으로 손님을 맞이했다. 몇 분이 지나자, 라스콜니코프는 곧 몇 가지 징후로 보아 그가 무슨 이유 때문인지 당황하고 있다는 것을 깨달았다. 그것은 분명 뜻밖의 일로 어리둥절해 있거나, 아니면 아주 비밀스러운 일을 혼자 하다가 들킨 사람의 모습이었다.

「여어, 이것 좀 보시게나……! 이렇게 누추한 곳을 찾아 주시다니…….」 포르피리 페트로비치는 그에게 두 손을 내밀면서 말을 꺼냈다. 「자, 앉으십시오, 노형! 혹여 제가 이것 좀 보시게나라든가…… 노형이라고 부르는 것이 싫지는 않은지 모르겠군요. 이런 말은 tout court(너무 막역하게 구는 건가요)? 너무 허물없이 군다고 생각하지는 말아 주십시오……. 자, 여기 소파에 앉으세요.」

라스콜니코프는 그에게서 눈을 떼지 않고 앉았다.

〈누추한 곳〉이라고 하거나, 허물없이 굴어서 미안하다고 사죄하는 것이나, 〈tout court〉와 같은 프랑스어를 쓰는 것, 이런 모든 것들은 특별한 징후를 보여 주는 것이었다. 〈그런데 이 사람은 내게 두 손을 내밀어 놓고도, 한 손도 내게 주지 않고 곧 거둬 버렸어.〉 이런 미심쩍은 생각이 그의 머리를 스치고 지나갔다. 두 사람다 서로를 살피고 있었지만, 두 사람 모두 시선이 마주치면 곧바로 번개처럼 서로에게서 시선을 돌려 버렸다.

「저는 신청서를 가져왔습니다……. 시계에 관한 것이지요……. 여기 있습니다. 이렇게 쓰면 될까요? 아니면 다시 써야 할까요?」

「뭐라고요? 신청서라고요? 아, 예, 그렇지요……. 걱정하지 마십시오, 맞습니다. 그렇게 쓰시면 됩니다.」 포르피리 페트로비치는 어디론가 서둘러 갈 데가 있다는 듯이 황급하게 말했다. 그러면서도 그는 곧 신청서를 집어 들고 읽어 내려갔다. 「정확합니다. 더 이상은 아무것도 필요 없습니다.」 그는 여전히 빠른 말투로 이렇게 확인해 주고는, 신청서를 탁자 위에 올려놓았다. 그러나 다른 말을 시작하다가 1분도 채 되지 않아, 탁자에서 신청서를 집어 들어 자기 사무용 책상 위로 옮겨 놓는 것이었다.

「당신은 어제 제게 〈분명히〉…… 정식으로…… 제가 어떻게 그…… 살해당한 노파를 알게 되었는지…… 물어보고 싶다고 하신 것 같은데요?」 라스콜니코프가 다시 말을 꺼내려고 했다. 〈그런데 왜 나는 《분명히》라는 말을 했을까?〉 이런 생각이 번개처럼 스치고 지나갔다. 〈그리고 왜 나는 그 《분명히》라는 말을 덧붙인 것에 대해 이렇게 걱정을 하는 걸까?〉 그다음에는 곧 다른 생각이 번개처럼 떠올랐다가는 사라져 버렸다.

그리고 그는 문득 포르피리와 단 한 번 접촉한 것으로도, 단 두 마디를 나눈 것으로도, 단 두 번 시선을 교환한 것으로도 그의 병적인 소심함이 한순간에 괴물 같은 크기로 자라났다는 것을 느꼈고…… 그건 아주 위험한 일이라는 것을 깨달았다. 이제 신경이 예민해지면서 흥분이 배가되었다. 〈큰일이다! 큰일이야……! 또 말실수를 하겠다.〉

「예예, 예! 걱정하지 마십시오! 시간은 많으니까요, 시간은 많습니다.」 포르피리 페트로비치는 책상 근처를 앞뒤로 왔다 갔다 하면서 중얼거렸다. 이런 그의 행동에는 아무런 목적이 없는 듯이 보였다. 그는 창에서 사무용 책상 쪽으로 가기도 하고, 그러다가는 또다시 탁자 쪽으로 몸을 움직이면서, 라스콜니코프의 의심 가득한 시선을 피하다가, 갑자기 한자리에 우뚝 멈춰 서서 그를 뚫어지게 노려보는 것이었다. 이때 동그랗고 뚱뚱한 그의 작은 체구는 극도로 이상하게 보였는데, 그 모습은 마치 이리저리 굴러다니다가 사방 벽과 모서리에 부딪혀서 튕겨져 나오는 공과 비슷했다.

「충분합니다, 시간은 충분합니다……! 담배를 피우십니까? 담배가 있으세요? 자, 여기 궐련을 태우시지요…….」 그는 손님에게 궐련을 권하면서 말했다. 「아시다시피 제가 당신을 이리로 모셨습니다만, 제 숙소는 바로 저기 칸막이 뒤편에 있습니다……. 관사(官舍)이지요. 그러나 저는 지금 당분간이기는 하지만 제 개인 소유의 집에서 살고 있습니다. 수리할 데가 좀 있어서요. 수리가 거의 다 끝나 갑니다만……. 관사라고 하는 것은 참 좋은 거지요, 그렇지 않습니까? 어떻게 생각하십니까?」

「예, 좋은 거지요.」 라스콜니코프는 비웃음을 머금은 눈으로 그를 바라보면서 대답했다.

「멋진 거지요. 멋진 것…….」 포르피리는 마치 전혀 딴 일에 정신이 팔린 듯 같은 말을 반복했다. 「예! 멋지고말고요!」 끝에 가서는 거의 소리를 지르다시피 하면서 그는 라스콜니코프에게 시선을 던지고, 그로부터 두 발자국 떨어진 곳에서 걸음을 멈춰 섰다. 관사는 멋지다고 멍청하게 반복하는 그의 실없는 말은 그가 손님에게 던지고 있는 깊은 생각에 잠긴, 수수께끼 같은 진지한 시선과는 너무나도 어울리지 않는 것이었다.

이것은 라스콜니코프의 적개심을 더욱 강하게 부채질했다. 그래서 그는 이미 조심성 없이 빈정거리는 도전적인 태도를 억누를 수가 없었다.

「아실지 모르겠지만,」 그는 사뭇 불손한 태도로 포르피리를 바라보면서, 그 불손함에서 쾌감을 느끼는지 갑자기 이렇게 물었다. 「어떤 심리(審理)의 원칙, 심리의 기법이 존재하는 것 같더군요. 모든 예심 판사들이 처음에는 가능한 한 아주 멀리서부터, 하찮은 일로부터 시작하든지, 아니면 심각하더라도 전혀 상관이 없는 일로부터 시작하는 법칙 말입니다. 즉 신문을 받고 있는 사람의 마음을 편안하게 해줘서, 그의 조심성을 흐트러뜨린 다음, 갑자기 예기치 못한 방식으로 가장 치명적이고 위험한 질문을 그 사람의 정수리에 내리치는 그런 방식 말입니다. 그렇지 않습니까? 모든 원칙과 지시 사항에서 이런 것들은 아직까지도 금과옥조 격으로 언급되는 것 같던데요?」

「그렇다면 그것이…… 당신은 관사에 대해 내가 한 말을 그렇게 생각하셨나 보군요……. 그런 건가요?」 이렇게 말하고 나서 포르피리 페트로비치는 얼굴을 찡그리며 눈을 깜박거렸다. 뭔가 유쾌하고 교활한 표정이 그의 얼굴을 스치고 지나갔다. 그러자 갑자기 이마의 주름살이 펴지고 눈이 가늘어지며 얼굴의 윤곽이 길게 늘어지더니, 그는 문득 라스콜니코프를 똑바로 쳐다보며 온몸을 흔들면서 신경질적으로 오랫동안 웃어 대는 것이었다. 라스콜니코프 역시 억지로 웃으려 했다. 그도 역시 웃으려는 것을 보자, 포르피리는 얼굴이 거의 잿빛으로 변할 정도로 더욱 자지러지게 웃는 것이었다. 라스콜니코프의 혐오감은 갑자기 모든 조심성의 한계를 넘어 버렸다. 그는 웃기를 멈추고 얼굴을 찌푸린 채 시선을 떼지 않고서, 포르피리가 무슨 속셈이라도 있는 양 멈출 줄 모르고 웃어 대는 모습을 오랫동안 가증스럽다는 듯한 표정으로 노려보았다. 조심성이 없기는 양쪽 다 마찬가지였다. 포르피리 페트로비치는 손님이 그 웃음을 가증스럽게 받아들이는데도, 뻔히 그가 있는 앞에서 그를 비웃는 듯한 태도를 취했고, 그런 상황에 대해 조금도 당황하는 기색이 없었다. 이 점이 라스콜니코프는 마음에 걸렸다. 그는 포르피리 페트로비치가 조금 전에도 전혀 당황하지 않았으며, 오히려 자기 자신이 함정에 빠졌다는 것을 확실히 깨달았다. 여기에는 그가 아직 모르는 무언가, 어떤 속셈이 분명 존재했다. 어쩌면 모든 것이 이미 갖춰져서, 지금이라도 당장 그것이 드러나 그의 머리 위로 무너져 내릴지 모르는 일이었다…….

그는 즉각 일에 착수하기로 하고 자리에서 일어나 모자를 집어 들었다.

「포르피리 페트로비치.」 그는 단호하게 몹시 격분해서 말을 꺼냈다. 「당신은 어제 내가 신문을 받으러 와주었으면 좋겠다고 하셨습니다(그는 특별히 〈신문〉이라는 단어를 고집했다). 그래서 제가 온 겁니다. 만일 당신에게 무엇이든 필요한 것이 있으면 물어보십시오. 만일 그렇지 않다면, 저는 가보겠습니다. 저는 시간이 없습니다, 볼일이 있으니까요……. 저는 당신도…… 이미 아시다시피…… 말에 깔려 죽은 관리의 장례식에 가봐야 합니다…….」 이런 말을 덧붙이고 나서, 그는 이내 그런 말을 한 것에 부아가 치밀었다. 그래서 더욱 짜증스러운 투로 말했다. 「정말 저는 이 모든 일에 넌더리가 났습니다. 듣고 계십니까? 이미 오래전부터……. 제가 병이 난 건 이 일 때문이기도 합니다……. 한마디로 말해서…….」 그는 병에 대해 언급한 것은 더욱 적절치 못했다고 느끼며, 거의 소리를 지르다시피 했다. 「한마디로 말해서, 제게 질문을 하시든지, 아니면 지금 당장 저를 놓아주십시오……. 그리고 만일 질문을 하시려거든, 형식을 갖춰서 해주십시오! 그렇지 않으면 사양하겠습니다. 그럼 이만, 안녕히 계십시오. 이제 우리 두 사람에게는 더 이상 할 말이 없는 것 같군요.」

「아이고! 이게 무슨 말씀이십니까! 무엇에 대해서 당신에게 묻는다는 말씀입니까.」 포르피리 페트로비치는 갑자기 말투와 표정을 바꾸고서 한순간에 웃음도 멈추고 허둥대기 시작했다. 「진정하십시오.」 그는 또다시 사방으로 몸을 움직이더니, 갑자기 라스콜니코프를 앉히려고 허둥댔다. 「시간은 많습니다. 시간은 많아요. 그리고 내가 할 질문들도 다 쓸데없는 것들이고요! 나는 오히려 당신이 저를 찾아와 주셔서 대단히 기쁩니다……. 나는 당신을 손님으로 맞이하고 있습니다. 이 빌어먹을 웃음에 대해서라면,

로디온 로마노비치, 노형, 나를 용서하세요. 로디온 로마노비치? 당신을 노형으로 불러도 되겠지요……? 내가 신경질적인 사람이라, 당신의 그 날카로운 지적에 웃음을 참을 수 없었던 겁니다. 어떤 때는 30분씩이나 탄성 고무처럼 온몸을 떨면서 웃기도 한답니다……. 잘 웃는 편이지요. 그러나 이런 체질 때문에 뇌졸중이 두렵답니다. 앉으세요, 왜 이러십니까……? 자, 자, 젊은 양반, 앉지 않으면 화가 났다고 생각하겠습니다…….」

라스콜니코프는 여전히 분노에 찬 모습으로 얼굴을 찌푸리고, 이런 말을 잠자코 들으면서 이 모든 광경을 관찰했다. 결국 그는 자리에 앉았으나, 손에는 여전히 학생모를 들고 있었다.

「제가 한 가지를 말씀드리지요, 로디온 로마노비치 선생. 나 자신, 즉 내 성격에 대해서 말하자면…….」 포르피리 페트로비치는 여전히 손님과 눈을 마주치는 것을 피하고 싶은지 방 안을 서성대면서 계속해서 말을 이었다. 「아시다시피 나는 독신이고, 사교계에도 출입하지 않는 보잘것없는 사람입니다. 게다가 손을 댈 수 없을 정도로 이미 손발이 곱아 버려 시들어 빠진 인간입니다……. 이미 다 된 인간이지요……. 그리고…… 그리고 당신도 아실지 모르겠지만, 로디온 로마노비치, 우리 나라, 즉 우리 러시아에서는, 그리고 그 무엇보다도 우리 페테르부르크 사회에서는 지식인 두 사람, 당신과 나처럼 서로에 대해서 그다지 잘 알지는 못하지만 서로를 존경하는 두 사람이 이렇게 한자리에 있게 되면, 30분 내내 할 말을 전혀 찾지 못하는 경우가 많습니다. 쌍방이 몸이 굳은 채 앉고 나서는 당황해 버리고 말지요. 모든 사람에게는 나름대로의 이야깃거리가 있기 마련이지요. 부인들이라든가, 예를 들면…… 예를 들면 상류 계층의 인물들, 사교계의 인물들에게도 항상 이야깃거리라는 것이 있습니다. C'est de rigueur(그것은 반드시 필요한 것이니까요). 그런데 우리 같은 중류층의 사람들은 모두들 당황하기도 잘하고, 말도 별로 많이 하지 않습니다……. 주로 생각만 하는 거지요. 왜 이런 일이 일어나는 걸까요, 젊은 양반? 사회에 대한 관심이 없어서일까요, 아니면 상대방을 속이고 싶지 않을 정도로 우리가 정직해서일까요? 잘 모르겠습니다. 어떻게 생각하십니까? 그 학생모를 좀 내려놓으세요. 꼭 당장이라도 나가려고 하는 사람 같아서 보기가 좋지 않군요……. 저는 대단히 기쁩니다…….」

라스콜니코프는 학생모를 내려놓고, 여전히 한마디의 말도 없이 얼굴을 찌푸린 채 포르피리의 모호하고 장황한 얘기에 진지하게 귀를 기울였다. 〈정말로 이 사나이는 이런 어리석은 수다로 나의 관심을 흐트러뜨리려고 하는 걸까?〉

「커피를 권하지는 않겠습니다, 장소가 장소이니만큼. 하지만 5분 정도 친구와 앉아 있지 못할 것도 없지요, 머리도 식힐 겸 말입니다.」 포르피리는 멈추지 않고 지껄여 댔다. 「아시다시피 이 관리의 직무라는 것이…… 젊은 양반, 내가 이렇게 정신없이 걸어 다닌다고 해서 화를 내지는 마세요. 죄송하지만 노형, 나는 당신이 화를 낼까 봐 무척 염려가 되는군요. 이런 운동은 제게 꼭 필요한 것이거든요. 내내 앉아 있기 때문에, 이렇게 한 5분 동안 걸어 다니고 나면 기분이 좋아집니다……. 치질 때문에 그렇답니다……. 그래서 운동으로 치료해 볼 생각입니다. 사람들 말로는 문관들 중에서 5등 문관들이나, 심지어 3등 문관들까지도 기꺼이 줄넘기를 한다고 하더군요. 하여간 요즘은 과학 만능의 시대니까요……. 그렇습니다……. 이곳의 직무와 신문, 그 모든 형식에 대해서 말할 것 같으면…… 이해해 주십시오, 로디온 로마노비치. 그 신문이라는 것은, 때로 신문을 받는 사람보다도 신문하는 사람을 더욱 갈팡질팡하게 만들 때가 있지요……. 그것은 노형이 아주 정당하고 날카롭게 지적하신 대로입니다(라스콜니코프는 한 번도 그와 같은 것을 지적한 적이 없었다). 갈피를 못 잡게 합니다! 정말로 갈피를 잡을 수가 없어요! 한결같이 같은 소리를 북을 치듯이 하고 있는 거지요! 이제 개혁이 진행 중이라서, 우리는 명칭만이라도 바꿔 보려고 합니다, 헤헤헤! 그런데 우리의 심리상의 수법에 관한 것이라면, 나는 당신의 날카로운 지적에 전적으로 찬성합니다. 어떤 피고든지, 예를 들어 머리가 우둔한 농민 출신의 피고라 할지라도, 처음에는 전혀 관계도 없는 질문들을 퍼부어서 그를 안심시키다가(당신의 적절한 표현에 따르면 말입니다), 그다음에는 느닷없이 정수리를 칼등으로 내리치듯 어리둥절하게 만든다는 것을 누가 모르겠습니까, 헤헤헤! 바로 정수리를 내리친다는 거지요. 당신의 그 아주 적절한 표현에 따르자면 말입니다, 헤헤! 당신은 정말로 내가 당신의 아파트를 조사하고 싶어 한다고 생각하셨단 말씀이군요……. 헤헤! 당신은 정말 비꼬기를 좋아하시는 분이에요. 아니, 이제 더 이상 말하지 않겠습니다! 아, 그래요, 말 한마디가 적절한 다른 말을 생각나게 하고, 생각 하나가 다른 생각을 불러일으키지요. 당신은 조금 전에 형식이라는 것에 대해서 언급했지요, 그러니까 그 신문의 형식 말입니다……. 그런데 그 형식이라는 것이 무엇입니까! 아시다시피 형식이라는 것은 대개의 경우 아무것도 아닙니다. 때로는 그냥 서로 친하게 이야기를 나누는 편이 훨씬 이로울 때가 있습니다. 형식이라는 것은 결단코 사라지지 않습니다. 이 점에 관해서는 내가 당신을 안심시켜 드리지요. 그리고 내가 묻겠습니다만, 본질적으로 말해서 형식이 도대체 무엇입니까? 예심 판사가 매번 형식이란 것에 얽매여서는 안 되겠지요. 예심 판사의 일이라는 것은, 말하자면 나름대로의 자유로운 예술이거나, 그와 비슷한 작업이니까요……. 헤헤헤……!」

포르피리 페트로비치는 잠시 동안 숨을 돌렸다. 그는 끊임없이 의미 없는 공허한 말들을 퍼붓다가 갑자기 무언가 수수께끼 같은 말들을 내비치고, 그러다가는 금방 무의미한 말들로 비켜 갔다. 그는 통통하게 살이 오른 다리를 더욱 재빠르게 놀리면서 방 안을 거의 뛰어다니다시피 하고 있었다. 그리고 계속 바닥만 쳐다보고, 오른손을 등에 댄 채 왼손을 끊임없이 휘저으면서, 번번이 하는 말들과는 전혀 어울리지 않는 여러 가지 손짓을 하는 것이었다. 라스콜니코프는 문득 그가 방을 뛰어다니다가 문 근처에서 두 번 잠깐씩 멈춰 서서, 귀를 기울이는 것 같은 행동을 하는 것을 눈치챘다……. 〈무엇을 기다리고 있는 것일까?〉

「그리고 당신은 정말 옳은 말씀을 하셨습니다.」 또다시 포르피리가 명랑하게, 너무나도 순진한 표정을 짓고 라스콜니코프를 쳐다보면서, 말을 이었다(이때 라스콜니코프는 몸을 부르르 떨고, 순간적으로 도전에 응할 준비를 했다). 「신문의 형식에 대해 당신이 그렇게 날카롭게 비웃으신 것은 참으로 옳은 말씀이십니다, 헤헤! 우리가 사용하는 난해한 심리적 방법들은 (물론 다 그런 것은 아닙니다만) 지극히 우스꽝스러운 것이라서, 만약 그 형식에 지나치게 얽매이면, 오히려 도움이 되지 않기도 하지요. 그렇습니다……. 또다시 형식에 대해 말씀드리고 있군요. 자, 만일 내게 맡겨진 어떤 사건의 범인으로 이 사람, 혹은 저 사람, 혹은 제3의 인물을 생각하고 있다고, 아니 좀 더 적절히 표현해서 의심하고 있다고 합시다……. 그런데 당신은 법률가가 될 준비를 하고 계시지요, 로디온 로마노비치?」

「예, 그랬습니다…….」

「자, 그렇다면, 내 말은 당신에게는 이를테면 장래를 위한 참고가 되겠군요. 내가 당신을 감히 가르치려 든다고는 생각하지 마십시오. 더구나 당신은 범죄에 대해 그토록 훌륭한 논문을 쓰신 분 아닙니까! 아니요, 나는 다만 사실의 차원에서 감히 한 가지 예를 들고 싶은 것뿐입니다. 자, 만일 내가, 예를 들어 A, B 혹은 C라는 사람을 범인으로 생각하고 있다면, 내가 묻겠습니다. 설사 내가 그를 곤란하게 할 증거물을 가지고 있다 할지라도, 때가 되기 전에 그 사람을 불안하게 할 필요가 사실 어디 있겠습니까? 예를 들어 속히 체포해야 할 사람도 있겠지요. 하지만 전혀 다른 종류의 사람도 있거든요. 이건 사실입니다. 어째서 그로 하여금 거리를 마음대로 활보하도록 내버려 두어서는 안 된다는 거지요, 헤헤! 아니, 당신은 이해가 잘 가지 않는 것 같군요. 내가 보다 더 명료하게 설명을 해드리지요. 예를 들어 내가 그를 너무 빨리 잡아넣으면, 나는 그것으로 그에게 도덕적인 지지를 해주는 꼴이 됩니다, 헤헤! 당신은 웃고 계시는군요? (라스콜니코프는 웃을 생각조차 하고 있지 않았다. 그는 이를 악물고 불타는 듯한 시선을 포르피리의 눈에서 떼지 않고 앉아 있었다.) 하지만 실제로는 이렇습니다. 어떤 사람들은 특별히 대해 주어야 하거든요. 왜냐하면 사람들은 다양하지만, 그 다양한 사람들에 대한 실제적인 방법은 하나밖에 없으니까요. 이제 방금 당신은 증거에 대해서 말씀하셨지요. 그런데 그 증거, 그 증거라는 것이 말이에요, 선생, 대부분의 경우에 서로 다른 두 끝을 말할 수도 있거든요. 나는 한갓 예심 판사라서, 인정하건대 약한 사람이기도 합니다. 나는 심리가, 말하자면 수학적으로 분명하게 제시되기를 원하고 있습니다. 2×2=4인 것과 같은 그런 증거를 원하고 있습니다! 직접적이고 논쟁할 여지가 없는 증거를 말입니다! 그런데 때도 되기 전에 그를 감옥에 집어넣으면, 설령 〈그 사람〉이 바로 범인이라는 것을 내가 확신하고 있다 할지라도, 앞으로 그 이상의 증거를 잡을 방법을 포기하는 격이 됩니다. 왜 그럴까요? 왜냐하면 나는 그에게 일정한 위치를 부여해 주고, 말하자면 심리적인 방향을 설정해 줘서, 안심시키게 되는 거니까요. 그리고 자신이 체포되었다는 것을 깨닫게 되자마자 그는 자기 껍데기 속으로 도망쳐 버릴 겁니다. 사람들 말로는 알마강 전투 이후에[11] 현명한 사람들은 세바스토폴에서 적들이 이제 곧 본격적인 공격으로 세바스토폴을 점령하지 않을까 굉장히 두려워했다고 합니다. 그런데 적들이 정공

---

11 크림 전쟁 중 1854년 9월 8일에서 20일 사이에 알마강 전투에서 있었던 러시아군의 대패와 후퇴 사건을 말한다.

법의 포위 공격을 선호해서, 첫 번째 평행호를 파는 것을 보고, 현명한 사람들은 무척 기뻐하고 안심했다고 하더군요. 정공법의 포위로 점령하려면, 최소한 2개월이나 걸릴 테니까 말입니다! 또 웃는군요. 또 믿지 않으시는 겁니까? 물론 당신 말씀도 맞습니다. 당신이 옳아요, 옳습니다! 이 모든 것은 특수한 경우입니다. 당신의 말씀에 동의하겠습니다. 지금 제시한 경우는 정말로 특수한 경우입니다! 그러나 그래도 말씀이에요, 선량하신 로디온 로마노비치, 이 모든 것을 잘 관찰해 보아야 합니다. 모든 심리상의 형식들과 원칙들이 고려되고, 또 계산되어 책에 기록된 일반적인 경우라는 것은 전혀 존재하지 않거든요. 모든 종류의 사건들, 이를테면 모든 종류의 범죄를 보더라도, 그것이 일단 현실에서 발생하기만 하면, 그것은 당장에 완전히 특수한 경우가 되어 버리지요. 때로는 예전의 것들과는 하나도 닮은 점이 없는 그런 것으로 변해 버린답니다. 때로는 대단히 우스꽝스러운 경우도 생기지요. 그러므로 만약 내가 어떤 사람을 멋대로 내버려 두고, 그를 붙잡지도 않고 괴롭히지도 않고, 다만 내가 모든 것을 빠짐없이 알고 있고, 밤낮으로 그를 쫓아다니고 있으며, 잠도 자지 않고 지키고 있다는 걸 알게 하고, 적어도 그런 의심을 품게 한다 합시다. 만일 그가 나의 손아귀 아래서 늘 의심과 위협을 느끼게 된다면, 그럼 그는 하늘에 맹세컨대, 스스로 기진맥진해져서 자기 발로 내게 와서는 정말로 2×2 같은 방식의 행동을 해버리게 될 겁니다. 말하자면 수학적인 형태를 갖게 되는 것이지요. 그건 정말 유쾌한 일입니다. 이런 일은 우매한 농부에게도 일어날 수 있는 일이니, 하물며 우리의 형제, 대단히 똑똑한 사람, 즉 어떤 방면으로 특별히 발달된 사람에게는 더할 나위도 없는 일이겠지요! 그러니 노형, 사람이 어떤 방면으로 발달했는지를 이해하는 것은 아주 중요한 일입니다. 신경, 신경, 당신은 그 신경에 대해서 잊으셨더군요! 그런데 최근에 들어 그 신경이라는 것은 또 얼마나 병들어 망가져서 예민해져 있습니까……! 또 짜증, 짜증은 또 얼마나 많습니까! 그래서 드리는 말씀인데, 이것은 때로 광맥과도 같은 것입니다! 그를 풀어 두고 거리를 활보하게 내버려 둔다고 해서, 내가 걱정할 것이라고는 하나도 없습니다! 그렇게 활보하고 다니라고 하지요. 그렇게 내버려 둡시다. 나는 그렇지 않아도 그가 나의 포획물이고, 그가 어디로든 내게서 도망치지 못한다는 사실을 잘 알고 있으니까요! 그가 어디로 도망칠 수 있겠습니까, 헤헤! 외국으로요? 외국으로는 폴란드인이나 도망을 치지, 그는 아닙니다. 더구나 내가 뒤를 쫓으면서 방법을 강구해 두었으니까요. 국내의 오지로 도망칠 수 있을까요? 그런 곳에는 진짜배기 무식한 러시아 농부들이 사는데, 현대적으로 발달된 사람은 우리 농부들과 같은 그런 이방인들과 사느니, 차라리 감옥에서 사는 편이 더 낫다고 생각할 겁니다, 헤헤! 그렇지만 이런 말들은 모두 쓸데없는 소리이고, 표면적인 얘기에 불과합니다. 도망을 간다는 게 뭡니까! 그것은 형식적인 것에 불과합니다. 중요한 것은 그게 아니지요. 그는 도망갈 곳이 없다는 이유 하나 때문에 내게서 도망칠 수 없는 것이 아니라, 심리적으로 내게서 도망을 칠 수 없습니다, 헤헤! 멋진 표현이지요! 그는 설사 도망갈 곳이 있다 하더라도 자연의 법칙상 내게서 도망칠 수 없는 겁니다. 불 주변을 날아다니는 나방을 보셨습니까? 자, 그는 계속해서 내 주변을 맴돌 겁니다. 마치 나방이 불 옆을 맴돌듯이 말입니다. 자유도 마음에 들지 않고, 생각에 잠겨서는 길을 잃고 고민을 하다가 거미줄에 걸리기라도 한 것처럼 자기를 꽁꽁 묶고는 주변을 헝클어뜨리면서 죽도록 자기 자신을 괴롭히겠지요……! 그것뿐이겠습니까, 스스로 내게 2×2와 같은 수학적인 증거를 준비해 오는 겁니다. 다만 저는 그에게 약간 긴 말미를 주면 되는 것이지요……. 그는 계속 제 주변을 맴돌며, 점차로 반경을 좁히고 또 좁히다가 훌쩍! 곧장 제 입으로 날아들어 올 겁니다. 그럼, 저는 그를 삼켜 버리면 그만이지요. 그건 대단히 기분 좋은 일이에요, 헤헤헤! 못 믿으시겠습니까?」

라스콜니코프는 대답하지 않았다. 그는 창백한 얼굴로 꼼짝도 하지 않고 앉아서 여전히 긴장된 표정으로 포르피리의 얼굴을 뚫어지게 쳐다보았다.

〈멋진 강의로군!〉 그는 등골이 서늘해지는 것을 느끼면서 생각했다. 〈이건 어제처럼 고양이가 쥐를 희롱하는 정도의 얘기가 아니다. 그가 공연스레 자기 힘을 과시하고…… 암시를 하는 것이 아닐 것이다. 그런 행동을 하기에 이 사내는 지나치게 영리하다! 여기에는 다른 목적이 있다. 그런데 그것이 무엇일까? 아아, 쓸데없는 짓이야, 이 친구야. 나를 놀라게 하고 속여 먹으려고 하다니! 네게는 증거가 없어. 어제의 사내는 존재하지 않는다! 너는 다만 나를 당황하게 하고, 섣불리 자극해서, 그런 상태에서 허점을 잡고 싶은 것뿐이야. 거짓말이나 하다가 나가떨어지겠지, 나가떨어질 거야! 그런데 왜, 왜 이 사람은 이렇게까지 내게 암시를 하는 걸까……? 내 신경이 쇠약해져 있다는 걸 계산에 넣었기 때문일까……? 아냐, 친구, 네가 뭔가를 준비해 두었다 해도, 거짓말을 하다가는 들통이 날 것이다……. 자, 한번 두고 보자, 네가 저곳에 무엇을 준비해 두었는지.〉

그리고 그는 마음을 다잡으며, 알 수 없는 무서운 재앙에 대비했다. 시간이 흐름에 따라 그는 벌떡 일어나 그 자리에서 포르피리의 목을 졸라 버리고 싶은 충동을 느꼈다. 그는 이곳으로 들어올 때부터 이런 자신의 적개심을 경계했다. 입술이 마르고, 심장이 쑤시며, 입 안에 거품이 일기 시작했다는 것을 느꼈다. 그러나 그는 어떻게 해서든 입을 다물고 때가 될 때까지 한마디도 내뱉지 않기로 결심했다. 그는 이것이 그의 입장에서는 최상의 전술이라는 것을 알고 있었다. 왜냐하면 그가 말실수를 하지 않을 수 있을 뿐 아니라, 그 침묵으로 적을 자극하여 오히려 상대방으로 하여금 말실수를 하게 만들 수도 있기 때문이었다. 최소한 그는 이것을 기대했다.

「아니, 보아하니 당신은 내 말을 믿지 않는군요. 내가 당신에게 근거 없는 얘기를 하고 있다고 생각하시나 보군요.」 포르피리는 다시 말을 시작했는데, 점점 더 기분이 좋아지는지 연방 웃어 대며, 또다시 방 안을 돌기 시작했다. 「물론 당신이 옳습니다. 제 모양새가 워낙 이렇게 생겨 먹어서, 다른 사람들에게는 오직 우스꽝스러운 생각만 불러일으키니까요. 그야말로 어릿광대이지요. 그렇지만 저는 당신에게 이런 말씀을 드리고 싶군요. 반복해서 말씀드리지만, 로디온 로마노비치, 노형, 이 나이 든 사람을 용서하십시오. 당신은 아직 젊은, 말하자면 이제 막 피어나기 시작한 젊은이이니까, 모든 젊은이들이 그러하듯이 인간의 지성을 무엇보다도 높이 평가하시겠지요. 지성의 기지, 오성의 추상적인 결론들이 당신을 유혹하겠지요. 이것은 예전의 오스트리아의 군사 회의와 똑같은 것입니다. 전쟁에 관한 내 판단하에서는 말입니다. 그들은 자기들 서재에서 작전상으로는 나폴레옹을 패퇴시키고 포로로 잡기도 했지요. 모든 것이 아주 뛰어난 솜씨로 계산되고 추론된 거지요. 그런데 마크 장군이 자기 휘하의 전 군대와 함께 항복한 겁니다.[12] 헤헤헤! 압니다, 알아요. 로디온 로마노비치, 당신은 나를 비웃고 있군요. 내가 문관이면서 전쟁사를 들먹인다고 말입니다. 하지만 어쩌겠습니까, 그게 내 약점인 것을. 나는 군에 관련된 일을 좋아합니다. 난 온갖 종류의 군 전황 보고를 즐겨 읽습니다……. 나는 직업을 잘못 택했어요. 군에서 활동했으면 좋았을걸. 이건 참말입니다. 나폴레옹 정도는 못 되었을지라도, 소

---

12 마크 장군이 총사령관으로 있던 오스트리아 군대는 1805년, 울름 지역에서 나폴레옹의 포로가 된다. 이 패배 이후에 마크 장군이 쿠투조프 장군의 참모 진영에 나타나는 장면은 톨스토이의 『전쟁과 평화』 제1권 제2부 제3장에 자세히 묘사되어 있다. 톨스토이는 그 장을, 『죄와 벌』이 잡지 『러시아 통보』에 게재되던 때와 거의 동일한 시기에 같은 잡지에 실었다.

령까지는 되었을 겁니다. 헤헤헤! 자, 이제 내가 당신에게 바로 그 〈특수한 경우〉가 가지고 있는 진실에 대해 상세히 말씀드리지요. 현상과 본질이란 말입니다, 노형, 중요한 대상입니다. 아하, 때로는 아주 주도면밀한 계획도 꼼짝 못 하게 만들지요! 자, 나이 든 사람의 말에 귀를 기울이세요. 내가 진지하게 드리는 말씀입니다, 로디온 로마노비치(이런 말을 하자, 겨우 서른다섯 살밖에 되지 않은 포르피리 페트로비치는 정말로 확 늙어 버린 것 같았다. 목소리마저도 변했고, 왠지 몸 전체가 굽어 버린 것 같았다). 게다가 나는 솔직한 사람이거든요……. 노형 생각에는 어떻습니까? 내가 솔직한 사람인가요, 아닌가요? 다분히 그렇다는 생각이 드는데요. 이런 이야기를 공짜로 해주면서도, 보상도 바라지 않는 걸 보면 말입니다. 헤헤! 그럼 계속하겠습니다. 내 생각에 재치란 대단한 물건입니다. 이것은 말하자면 자연의 아름다움이며, 인생의 위안으로서 어떤 요술도 부릴 수 있을 것 같은 물건입니다. 그러니 하잘것없는 예심 판사가 그것을 어떻게 간과할 수 있겠습니까? 더구나 언제나 그렇듯이 예심 판사라는 사람이 자기 망상에 푹 빠져 있을 때는 말입니다. 그 역시 사람이니까요! 그런데 그때 인간의 자연적 본성이라는 것이 가련한 예심 판사를 구해 줍니다. 그게 문제이지요! 〈모든 장애를 뛰어넘으려는〉(당신의 날카롭고 재치 있는 표현에 따르면 말입니다) 젊은이가 자기 재치에 푹 빠져 버려서는, 이것에 대해서는 미처 생각을 못 하는 거지요. 가령 그가 거짓말을 했다고 합시다. 어떤 사람이 말이오. 이건 알려지지 않은 〈특수한 경우〉이지요. 그 사람은 멋지게 가장 교활한 수법으로 거짓말을 하고 나서는, 잔뜩 승리감을 느끼며, 자기 재치의 열매를 즐기려고 하는 것처럼 보입니다. 그런데 그만 꽈당! 그가 가장 흥미롭고 충격적인 시점에서 그만 기절을 해버리는 거예요. 이것은 가령 병이나, 때로는 방 안의 후텁지근한 공기 때문일 수도 있겠지요! 하지만 어쨌든 그건 꼬투리를 잡히게 합니다! 비할 데 없이 거짓말을 잘하기는 했지만, 그는 그만 그 자연적 본성이라는 것을 염두에 두지 않았던 거예요. 그러니 그 교활함이라는 것은 어디로 날아가 버린 것일까요! 어떤 때는 재치 있는 장난에 몰두해서, 그는 자기를 의심하고 있는 사람을 바보로 만들기도 하고, 마치 일부러인 것처럼 장난이라도 치듯이 창백해지기도 합니다. 그런데 그 모습이 너무나도 〈자연스러워서〉, 즉 지나칠 정도로 진실에 가까워서, 또 한 번 빌미를 주게 됩니다! 처음에는 속였다 할지라도, 만약 상대방이 빈틈없는 사람이라면, 하룻밤 사이에 곰곰이 따져 보게 됩니다. 하나하나가 다 그런 식이에요! 그러니 어쩌겠습니까? 자기가 먼저 선수 쳐서 부르지도 않은 곳에 얼굴을 내밀기 시작하고, 아무 말 않아야 좋을 것들에 대해서 끊임없이 지껄여 대면서, 여러 가지 암시를 흘리기 시작하는 겁니다. 헤헤! 그런가 하면 스스로 와서는 묻기 시작하지요. 〈왜 나를 이렇게 오랫동안 잡아가지 않는 겁니까?〉라고요. 헤헤헤! 이런 일은 예리하고 재치 있는 사람에게도 일어날 수 있는 일입니다. 심리학자에게도, 문학가에게도요! 자연의 거울이라는 것, 그 거울은 대단히 투명하거든요! 그것을 보면서 즐기시라, 바로 그거지요! 그런데 왜 그렇게 창백해지셨습니까, 로디온 로마노비치. 숨이 막히십니까, 창문을 열어 드릴까요?」

「그런 걱정은 그만하십시오.」라스콜니코프는 이렇게 외치고는, 갑자기 껄껄 웃어 대기 시작했다. 「아무 걱정 마십시오!」

포르피리는 그의 앞에 멈춰 서서 기다리다가, 느닷없이 그를 따라 웃기 시작했다. 라스콜니코프는 갑자기 웃음을 싹 거두고 의자에서 일어났다.

「포르피리 페트로비치!」 그는 후들후들 떨리는 두 다리로 겨우 서 있을 정도였지만, 큰 소리로 또박또박 분명하게 말했다. 「저는 그 노파와 노파의 동생 리자베타의 살인 사건에 대해 당신이 제게 혐의를 두고 있다는 사실을 이제 똑똑히 알겠습니다. 분명히 말해 두지만, 저는 이 모든 일에 이미 오래전부터 넌더리가 나 있었습니다. 만일 저를 합법적으로 조사할 권리가 있다고 생각하시면 조사하십시오. 그리고 체포할 권리가 있다면 체포하십시오. 그러나 면전에서 나를 비웃고 괴롭히는 것은 용납할 수 없습니다.」

그의 입술은 갑자기 떨리기 시작했고, 눈동자는 미친 듯이 불타올랐으며, 이제까지 억제되었던 목소리가 크게 울리기 시작했다.

「용납하지 않겠습니다!」 그는 갑자기 힘껏 주먹으로 탁자를 내리치면서 버럭 소리쳤다. 「내 말 듣고 있습니까, 포르피리 페트로비치? 용납할 수 없어요!」

「어이구, 이런, 이게 무슨 짓입니까!」 포르피리 페트로비치는 자못 놀란 듯이 비명을 질렀다. 「노형, 로디온 로마노비치! 이보세요! 하느님, 맙소사! 왜 이러십니까?」

「용납할 수 없어!」 또 한 번 라스콜니코프는 소리를 지르려 했다.

「선생, 좀 조용히 하세요! 소리를 듣고 사람들이 달려오겠습니다! 그럼 우리가 그 사람들한테 무슨 말을 하겠습니까, 생각을 좀 해보세요!」 포르피리 페트로비치는 자기 얼굴을 라스콜니코프에게 바짝 갖다 대고, 겁이 난다는 듯이 낮은 목소리로 말했다.

「용납할 수 없어! 용납할 수 없어!」 라스콜니코프는 기계적으로 같은 말을 반복했지만, 그 목소리가 갑자기 작아졌다.

포르피리는 황급히 몸을 돌려서, 창문을 열기 위해 달려갔다.

「공기를 바꿔야 해요, 신선한 공기로! 당신은 물이라도 마셔야겠어요. 이건 발작입니다!」 그는 문으로 달려가서 물을 시키려고 하다가, 때마침 구석에서 물이 담긴 유리잔을 발견할 수 있었다.

「노형, 좀 마시세요.」 그는 유리잔을 들고 그에게 달려가면서 작은 소리로 말했다. 「도움이 될 겁니다······.」 놀라고 동정하는 포르피리 페트로비치의 태도가 너무나도 자연스러웠기 때문에, 라스콜니코프는 입을 다물고 강렬한 호기심으로 그를 살펴보기 시작했다. 그러나 물잔을 받지는 않았다.

「로디온 로마노비치! 허허, 선생! 이러면 당신은 미쳐 버릴 겁니다. 이건 진심에서 하는 소리입니다, 으흠! 자, 마시세요! 조금이라도 좀 마셔 보세요!」

그는 어쨌든 그의 손에 억지로 물잔을 들려 주었다. 라스콜니코프는 반사적으로 물잔을 입에 가져가려 했지만, 곧 정신을 차리고 혐오스럽다는 듯이 잔을 탁자에 내려놓았다.

「그래요, 당신에게 발작 증세가 좀 있었군요! 이러시면 당신은 또다시 병이 재발해 몸져눕게 될 겁니다.」 포르피리 페트로비치는 우정 어린 동정심을 내보이며 허둥댔다. 그의 얼굴에는 당황한 빛이 역력했다. 「세상에! 왜 그렇게 자신을 돌보지 않는 겁니까? 어제 드미트리 프로코피치가 내게 왔었습니다. 인정하겠습니다. 예, 내 성격이 독살스럽고 더럽다는 건 인정하겠습니다. 그런데 이런 성격 때문에 어떤 일이 벌어진 줄 아십니까······! 세상에! 어제 당신이 나가고 난 다음 드미트리가 제게 와서, 우리는 함께 식사를 했지요. 드미트리는 계속 으르렁댔고, 저는 두 손을 다 들 수밖에 없었습니다. 그래서 생각해 봤는데······ 혹시 그가 당신 부탁으로 온 겁니까? 앉으세요, 자, 제발 앉으세요!」

「아니요, 내가 보낸 것이 아닙니다! 하지만 그가 당신에게 왔다는 사실과 그 이유는 알고 있습니다.」 라스콜니코프는 거칠게 대답했다.

「아셨습니까?」

「알고 있었습니다. 그래서 어쨌다는 거지요?」

「그리고 로디온 로마노비치, 나는 노형의 굉장한 모험에 대해서도 알고 있습니다. 전부 다 알고 있어요! 당신이 늦은 밤에 〈아파트를 구하러 다닌 것〉도, 종을 울려 댄 것도, 피에 대해서 물어

본 것도, 일꾼들과 경비원들의 얼을 빼놓은 것도 알고 있습니다. 나는 당시 당신의 정신 상태를 잘 이해하고 있습니다....... 어쨌든 당신은 자기 자신을 미치게 만들 거예요. 하늘에 맹세코 그럴 겁니다! 그러다가는 머리가 이상해질 거예요! 당신 속에는 분노가 너무나 강하게 끓고 있어요. 처음에는 운명에 의해, 나중에는 경찰서에서 받은 모욕 때문에 얻은 고결한 분노이지요. 그래서 당신은 이곳저곳을 쫓아다니면서, 이를테면 어서 모든 사람들로 하여금 정신을 차리도록 해서 단번에 이 모든 일에 종지부를 찍으려고 하는 거겠지요. 왜냐하면 당신은 이 모든 어리석은 짓거리, 모든 의심에 진짜로 넌더리가 났을 테니까요. 그렇지요? 당신의 기분을 제가 정확히 알아맞혔지요......? 하지만 당신은 그렇게 함으로써 자신뿐 아니라 우리 라주미힌까지도 헤매게 만들고 있습니다. 그런데 그는 이런 일을 겪기에는 너무나도 〈착한 사람〉이거든요. 당신도 아시지 않습니까. 당신은 병에 걸렸고, 그는 선량하니까, 그 병이라는 것이 그에게도 전염되겠습니다....... 지금이라도 마음을 가라앉히면, 내가 한 가지를 말씀드리지요....... 앉으세요, 선생, 제발 부탁입니다! 자, 조금 쉬세요. 정말 얼굴이 안됐습니다. 자, 앉으세요.」

라스콜니코프는 앉았다. 몸의 전율은 사라졌지만, 온몸에서 열이 나고 있었다. 너무나 놀란 그는 자기 시중을 들고 있는 포르피리 페트로비치의 말을 긴장한 채 듣고 있었다. 그는 단 한 마디도 그의 말을 믿지 않았지만, 왠지 믿고 싶은 이상한 충동을 느꼈다. 포르피리가 느닷없이 아파트에 대해서 한 말은 그를 굉장히 놀라게 했다. 〈어떻게 이럴 수가 있지? 그렇다면 이 사람은 아파트에 대해서 알고 있었단 말인가?〉 갑자기 이런 생각이 떠올랐다. 〈그런데 자기 입으로 내게 그 사실을 말하다니!〉

「그렇습니다. 병리 심리학에 관련된, 이와 거의 비슷한 사건이 하나 있었지요.」 포르피리는 이어서 빠르게 말했다. 「어떤 사람이

자기가 한 살인 사건의 범인이라고 자백을 했지요. 온갖 환각들을 만들어 내서는 물증들을 제시하고, 상황을 자세히 이야기하고, 어찌나 고집을 피우던지 모든 사람들이 어리둥절할 지경이었습니다. 그런데 그가 왜 그랬을까요? 그 사람은 자기도 모르게 그 살인 사건의 부분적인 원인이 되었는데, 그것도 아주 일부에 지나지 않았습니다. 그런데 자기가 살인자에게 구실을 제공했다는 사실을 알고 난 다음부터는 고민을 시작하다가, 의식이 흐려져서 헛것을 보고, 마침내는 정신이 완전히 나간 나머지, 바로 자기가 살인자라고 스스로 믿어 버리게 된 겁니다! 결국에는 원로원이 사건을 조사해서, 그 불행한 사나이의 결백은 입증이 되었지요. 그는 자혜원에 보내졌습니다. 원로원에 감사할 일이에요! 참 대단한 일이지요! 그러니 당신도 어떻게 될지 모르는 일 아니겠습니까, 노형? 그런 생각들에 신경이 자극되어서, 밤에 종을 울리며 피에 대해 물으러 다니다 보면 열병을 초래할 수도 있는 일이에요! 사실 나는 사건을 처리하면서 온갖 심리(心理)를 연구해 봐서 압니다만, 그러다가는 종탑이나 창에서 뛰어내리게 될지도 모른답니다. 그런 충동은 대단히 유혹적이거든요. 종도 마찬가지이지요……. 병이에요, 병, 로디온 로마노비치! 당신은 자기 병을 지나치게 과소평가하시는 것 같아요. 경험이 풍부한 의사와 상담해 보라고 충고하고 싶군요. 당신을 봐준 그 뚱뚱한 의사는 도대체 뭡니까……! 당신은 헛것을 보고 있는 겁니다! 그 일들은 모두 의식이 몽롱한 가운데 저질러진 일이겠지요……!」

한순간 라스콜니코프는 심한 현기증을 느꼈다.

〈과연, 과연…….〉 그에게 이런 생각이 스쳤다. 〈이 사람이 지금도 거짓말을 하고 있는 것일까? 불가능한 일이다! 불가능한 일이야.〉 그는 이런 생각을 떨쳐 버렸다. 이런 생각이 광기 어린 맹렬한 분노를 불러일으켰고, 그는 이로 인해 미칠 것만 같았다.

「그건 정신이 몽롱해서 저지른 일이 아닙니다. 나는 제정신이었습니다!」 그는 포르피리의 의도를 헤아리기 위해 온 신경을 곤두세우고 소리쳤다. 「제정신이었어요, 제정신! 듣고 있습니까?」

「예, 이해합니다, 듣고 있습니다! 당신은 어제도 의식이 흐렸던 것이 아니라고 하셨지요. 의식이 멀쩡했다는 것을 특히 강조하기까지 하셨습니다! 당신이 무슨 말을 할지 다 알고 있습니다! 저런……! 그런데 내 말을 좀 들어 보세요, 로디온 로마노비치 선생. 그런데 이 상황을 한 번이라도 살펴보십시다. 만약 당신이 정말 죄를 지었거나, 그 저주스러운 사건에 조금이라도 연루되어 있다면, 그 모든 일을 정신이 몽롱해서 한 짓이 아니라고 당신 입으로 주장할 수 있는 일일까요? 정반대로 온전한 정신으로 그랬다고 그렇게 고집스럽게 특별히 강조할 수가 있는 일일까요? 과연 그럴 수 있을까요? 예? 제가 생각하기에는 정반대로 행동할 것 같은데요. 만약 당신이 뭔가 잘못을 저질렀다고 느낀다면, 당신은 바로 이렇게, 즉 정신이 몽롱한 가운데 그런 짓을 저질렀다고 주장해야만 하지 않을까요! 그렇지 않습니까? 그렇지요?」

이 질문 속에는 뭔가 교활한 의미가 내포되어 있었다. 라스콜니코프는 자신에게 허리를 구부리며 고개를 들이대고 있는 포르피리를 피해 소파의 등받이에 깊숙이 몸을 기대고, 입을 다문 채 의심 가득한 눈동자로 그를 뚫어질 듯이 노려보았다.

「라주미힌에 대한 문제도 그렇습니다, 그 사람 문제도 그래요. 그 사람이 어제 스스로 말을 하러 온 건가요, 아니면 당신의 사주로 온 건가요? 당신은 그가 자발적으로 온 거라고 분명히 말하고, 당신의 사주로 왔다는 사실을 숨겨야만 하겠지요! 그런데 당신은 본인의 사주로 왔다고 주장하고 있지 않습니까!」

라스콜니코프는 결단코 그런 주장을 한 적이 없었다. 그는 등골이 오싹해졌다.

「당신은 온통 거짓말만 하고 있군요.」 그는 입술을 비틀어 창백한 미소를 지으며 천천히 약한 목소리로 말했다. 「당신은 또 내가 한 장난과 내 대답을 이미 다 알고 있다는 걸 보여 주고 싶은 거요.」 그는 벌써부터 자기가 어떤 말을 해야 되는지 생각해 보지도 않고 있다는 걸 느끼면서 말했다. 「당신은 나를 겁주거나…… 아니면 그냥 나를 가지고 노는 거겠지…….」

이 말을 하면서도 계속해서 그를 노려보는 라스콜니코프의 눈에서 갑자기 주체할 수 없는 증오심이 번뜩였다.

「당신은 거짓말을 하고 있어요!」 그는 소리쳤다. 「범죄자의 입장에서는 될 수 있으면 숨기지 않아도 무방한 것은 사실대로 얘기하는 것이 가장 좋은 도피 방법이라는 것을 당신도 잘 알고 있지 않습니까. 나는 당신을 믿지 않아요!」

「당신은 정말로 경솔한 사람이군요!」 포르피리는 히히 하고 소리를 내어 웃었다. 「노형, 당신은 정말 다루기 힘든 사람이군요. 당신에게는 일종의 편집증이 있는 것 같습니다. 그렇게도 나를 못 믿으시겠습니까? 나는 이렇게 단언하겠습니다, 당신은 내 말을 믿고 있다고요. 이미 4분의 1아르신은 믿었으니까, 1아르신 전체를 믿을 수 있도록 해드리지요. 왜냐하면 나는 당신을 진심으로 사랑하고 있으니까요. 진심으로 당신이 잘되었으면 해서 이러는 겁니다.」

라스콜니코프의 입술이 떨리기 시작했다.

「예, 진심으로 바라고 있고말고요. 그래서 분명히 말씀드리겠습니다.」 그는 약간은 친근한 태도로 라스콜니코프의 팔꿈치 윗부분을 붙잡고 계속해서 말했다. 「분명히 말씀드립니다만, 자신의 병에 주의하십시오. 게다가 지금은 당신의 가족이 와 있지 않습니까. 가족을 좀 생각하세요. 선생은 가족의 마음을 편안하게 해주고, 돌봐 주어야 할 텐데, 도리어 그분들을 놀라게 하고만 있으니…….」

「그게 당신과 무슨 상관이지요? 그리고 당신이 그것을 어떻게 아셨습니까? 왜 그렇게 관심이 많은 거지요? 당신은 내 뒤를 쫓고 있군요, 그걸 보여 주고 싶은 거군요?」

「선생! 그건 당신, 당신에게서 다 알아낸 겁니다! 당신은 흥분한 나머지 나와 다른 사람들에게 미리 얘기한 것도 깨닫지 못하는군요. 드미트리 프로코피치 라주미힌에게서도 어제 흥미로운 일들을 많이 알아냈습니다. 아니, 당신이 내 말을 가로막았지만, 그래도 얘기하겠습니다. 그 의심 때문에 총명한 당신도 사물에 대한 올바른 판단 능력을 상실해 버리고 말았습니다. 예를 들면 또 똑같은 이야기이지만, 종에 대한 것만 보아도 그렇습니다. 그렇게 귀중한 정보, 사실(그건 중대한 사실입니다!)을 나는 기꺼이 당신에게 말씀드리지 않았습니까, 나는 예심 판사인데도 말입니다! 그런데도 당신은 아무것도 모르겠다는 말씀입니까? 내가 만약 당신을 아주 약간만이라도 의심한다면, 내가 이렇게 행동할 수 있을까요? 그와는 반대로 처음에는 당신의 의심을 무디게 만들고, 내가 그런 사실을 이미 알고 있다는 것을 눈치채지 못하도록 한 다음, 당신의 주의를 반대 방향으로 돌리고는, 느닷없이 도끼날의 등으로 정수리를(당신의 표현에 따르자면 말입니다) 내리찍듯이 당신을 당황하게 만들었어야 하겠지요. 〈그러니까 노형, 당신은 밤 10시쯤, 아니 11시가 가까운 시각에 살해된 사람의 아파트에서 이런저런 행동을 했지요? 왜 종을 울렸습니까? 왜 피에 대해서 물었습니까? 왜 경비원들의 정신을 빼놓고, 경찰서와 부서장에게 가자고 했습니까?〉라고 말입니다. 만일 내가 눈곱만큼이라도 당신을 의심했다면, 이렇게 행동했어야 할 겁니다. 그러고는 모든 형식을 갖추어서 당신에게서 진술을 받아 낸 다음, 가택 수색을 하고, 당신을 체포하겠지요……. 그러니 내가 당신에게 전혀 다른 행동을 하는 것을 보면, 나는 당신을 전혀 의심하지 않는 겁니다! 되풀이해서 말씀드리지만, 당신은 정상적인 시각을 잃어버린 나머지 아무것도 이해하지 못하고 있어요!」

라스콜니코프는 온몸을 부르르 떨었고, 포르피리 페트로비치는 그것을 너무나도 또렷이 보았다.

「당신은 계속 거짓말을 하고 있어요!」 라스콜니코프는 소리쳤다. 「나는 당신의 목적을 모르지만, 당신이 하는 말은 다 거짓말이야……. 방금 전에 당신은 조금도 그런 의미로 말하지 않았어. 내가 잘못 들었을 리가 없어……. 당신은 거짓말을 하고 있어!」

「내가 거짓말을 하고 있다고요?」 포르피리는 흥분한 것 같았지만, 여전히 명랑하고 조소 어린 표정을 유지한 채, 라스콜니코프가 그에 대해서 어떤 의견을 가지고 있는가에 대해 조금도 걱정하는 기색 없이 그의 말을 가로막았다. 「내가 거짓말을 하고 있다고요……? 자, 조금 전에 내가 당신에게 어떤 행동을 취했습니까? 스스로 당신에게 방어할 모든 수단을 은근히 암시하고, 가르쳐 주지 않았습니까? 〈그건 병이나 섬망증 때문이었고, 너무 큰 모욕을 당해서 그런 거다. 우울증에다가 경찰서에서 벌어진 일들 때문이다〉라고 심리학마저 끌어들이지 않았습니까? 예? 헤헤헤! 이제야 말이지만, 방어를 위한 모든 심리학적인 수단과 변명, 구실들이라는 것은 극도로 믿을 수 없을 뿐 아니라, 전혀 다른 방식으로 해석될 수 있는 거지요. 〈그건 병, 착란, 환상, 환각이었습니다. 아무것도 기억이 나지 않습니다〉라고 다들 말하지만, 노형, 그런데 병에 걸렸을 때, 정신이 혼미할 때, 다른 환상이 아니라 왜 바로 그런 환상들만이 어른거리는 걸까요? 다른 것들도 보일 수 있는 거 아닙니까? 그렇지요? 헤헤헤!」

라스콜니코프는 경멸스럽다는 듯한 표정으로 오만하게 그를 쳐다보았다.

「한마디로 말해서…….」 그는 일어나서 포르피리를 약간 뒤로 밀어내고는 큰 소리로 고집스럽게 말했다. 「한마디로 말해서, 나는 알고 싶군요. 당신은 내게 혐의가 전혀 없다고 생각하시는 겁니까, 〈아닙니까〉? 말씀해 주십시오, 포르피리 페트로비치. 확실하게 최종적으로 어서 말씀해 주십시오, 지금 당장!」

「정말 난처하군요! 정말 당신은 나를 난처하게 만드는군요.」 포르피리는 조금도 걱정하는 기색을 보이지 않고, 대단히 명랑하고 교활한 표정을 지으며 외쳤다. 「왜 그렇게 알고 싶어 하시는 거지요? 아무도 당신을 괴롭히지 않는데, 당신은 왜 그렇게도 많이 알고 싶은 겁니까? 당신은 꼭 어린아이 같군요. 이건 손에 불을 쥐어 달라고 하는 격이에요! 왜 그렇게 걱정을 하십니까? 왜 그렇게 당신 발로 우리에게 와서 꼬치꼬치 캐묻는 겁니까, 어떤 이유에서 그러시는 겁니까? 헤헤헤!」

「다시 한번 말씀드리겠습니다.」 라스콜니코프는 격노해서 소리쳤다. 「나는 더 이상은 참을 수가 없습니다……」

「뭐를 말입니까? 이렇게 불확실한 상황을요?」 포르피리가 말을 가로챘다.

「나를 조롱하지 마세요! 나는 싫습니다……! 싫다고 하지 않았습니까……! 나는 참을 수 없어요, 싫어요……! 아시겠어요? 아시겠습니까?」 그는 또다시 주먹으로 탁자를 치면서 외쳤다.

「좀 조용히 하십시오, 좀 조용히! 사람들이 듣겠습니다! 진지하게 충고하는 겁니다, 자기 몸을 돌보십시오. 이건 농담이 아닙니다!」 포르피리는 속삭였다. 이번에 그의 얼굴에는 조금 전의 아낙 같은 순박함이나 놀란 표정이라고는 전혀 없었다. 그와는 반대로 그는 지금 눈살을 찌푸리고, 마치 모든 비밀과 모호함을 한꺼번에 밝히기라도 할 것처럼 엄중한 〈명령을 내렸다〉. 그러나 그것도 한순간이었다. 라스콜니코프는 당황해서 갑자기 심한 흥분 상태에 빠져들었다. 그런데 이상한 것은 그가 폭발할 정도로 강한 분노에 사로잡혀 있으면서도, 또다시 조용히 하라는 그 명령에 복종했다는 점이다.

「나는 나를 괴롭히는 것을 그냥 두고 보지는 않을 겁니다!」 그는 갑자기 조금 전과 마찬가지로 낮은 목소리로 말하기 시작했으나, 상대방의 명령에 복종하지 않을 수 없었던 자기 자신을 순간적으로 증오스럽고 고통스럽게 의식했다. 그리고 이 의식 때문에 더욱 광분 상태에 빠져들었다. 「나를 체포하십시오, 나를 수색하세요. 그러나 형식을 갖추어서 행동해 주십시오. 나를 가지고 놀지 마세요! 감히 그럴 생각도 하지 마십시오……」

「형식에 대해서는 걱정하지 마시라니까요.」 포르피리는 아까처럼 교활한 비웃음을 머금고, 마치 라스콜니코프의 모습을 즐기기라도 하듯이 그의 말을 가로막았다. 「나는 당신을, 노형, 편하게 초대한 겁니다. 아주 친한 친구 사이로 말이에요!」

「나는 당신의 우정을 원치 않습니다. 오히려 그것에 침을 뱉어 주겠어요! 아시겠습니까? 자, 이제 나는 모자를 들고 나가렵니다. 자, 체포하실 작정이라면, 이제 뭐라고 하실 겁니까?」

그는 학생모를 집어 들고, 문 쪽으로 가기 시작했다.

「그런데 참, 깜짝 놀랄 만한 선물을 보고 싶지는 않으십니까?」 포르피리가 또다시 그의 팔꿈치 윗부분을 붙들어, 그를 문 옆에 멈춰 세우고는 히죽거리기 시작했다. 그는 점점 더 기세가 등등해지고 재미있어했다. 이것이 결정적으로 라스콜니코프를 화나게 했다.

「어떤 선물 말입니까? 뭡니까?」 그는 발걸음을 딱 멈추고, 공포 속에서 포르피리를 바라보며 물었다.

「깜짝 놀랄 만한 선물은 바로 저기, 저 문 뒤쪽에 앉아 있습니다, 헤헤헤! (그는 손가락으로 칸막이에 나 있는, 그의 관사로 향하는 문을 가리켰다.) 도망가지 못하도록 자물쇠로 잠가 두었지요.」

「그게 뭡니까? 어디 있습니까? 뭐예요……?」 라스콜니코프는 그쪽으로 다가가서 문을 열려고 했지만, 문은 잠겨 있었다.

「잠겨 있습니다. 이게 그 열쇠이지요!」

그리고 그는 정말로 주머니에서 열쇠를 꺼내어 보여 주었다.

「당신은 거짓말을 하고 있어!」 라스콜니코프는 이미 자제력을 잃고 고함치기 시작했다. 「거짓말이야, 이 저주받을 어릿광대 같으니!」 그리고 출입문 쪽으로 뒷걸음질 치면서도 조금도 겁먹은 기색이 없는 포르피리에게 달려들었다.

「나는 전부, 전부 다 알고 있어!」 라스콜니코프는 펄쩍 뛰어 그에게로 다가섰다. 「너는 거짓말을 하면서 나를 조롱하고 있는 거야. 내가 스스로 정체를 폭로하도록……」

「더 이상 폭로할 것도 없을 텐데요, 노형. 로디온 로마노비치, 당신은 제정신이 아닙니다. 소리치지 마시오, 사람을 부르겠습니다!」

「거짓말이야, 아무것도 없을 거야! 사람들을 불러 봐! 너는 내가 병이 났다는 것을 아니까, 나를 자극해서 미치도록 화가 나게 만들어서는 자백하게 하려는 거야. 그게 네 목적이야! 아니, 내게 물증을 내놔! 나는 모든 것을 알았어! 네게는 물증이 없어, 다만 자묘토프처럼 시시껄렁하고 엉터리 같은 추측만이 있을 뿐이지……! 너는 내 성격을 잘 알고 있으니까, 나를 격분시킨 다음, 갑자기 신부(神父)니 배심원 같은 것으로 나를 어리둥절하게 만들려는 거야……. 그들을 기다리고 있나? 그런 거야? 무엇을 기다리고 있지? 어디 있어? 어서 내놔 봐!」

「여기서 무슨 배심원들이란 말씀입니까, 노형! 정말 상상력도 대단하군요! 이런 식이면 당신이 말한 대로 형식을 갖춰 처리할 수도 없겠군요. 당신은 일을 어떻게 처리하는 건지 모르고 있어요……. 형식은 아무 데도 도망가지 않습니다. 그건 당신도 알게 될 겁니다……!」 포르피리는 문 쪽에 귀를 기울이면서 중얼댔다.

마침 이때 다른 방으로 통하는 문 바로 옆에서 시끄러운 소리가 들리는 것 같았다.

「아, 이제야 오는군!」 라스콜니코프가 소리쳤다. 「당신은 저 사람들을 부르러 보냈군……! 저 사람들을 기다린 거야……! 계산을 다 해두었어……. 자, 이곳으로 다들 데려와 봐, 배심원들, 증인들, 원하는 대로……. 데려와 봐! 나는 준비됐어! 난 준비됐어……!」

그런데 이때 갑자기 일반적인 사건의 진행상 도저히 예견할 수 없었던 이상한 일이 벌어졌다. 그건 라스콜니코프도, 포르피리 페트로비치도 전혀 예측할 수 없었던 결말이었다.

6

나중에 그 순간을 회상할 때, 라스콜니코프는 모든 것을 다음과 같은 순서로 기억했다.

문 뒤에서 들린 시끄러운 소리는 갑자기 빠른 속도로 커지더니 문이 조금씩 열리기 시작했다.

「무슨 일이야?」 포르피리 페트로비치가 불만에 가득 찬 목소리로 물었다. 「내가 미리 경고해 두었잖아…….」

잠시 동안 대답이 없었다. 그러나 문 뒤에 몇 사람이 서서, 마치 누군가를 밀치고 있는 것 같은 소리가 들렸다.

「거기 무슨 일이야?」 포르피리 페트로비치가 불안해하면서 다시 물었다.

「피고 니콜라이를 데려왔습니다.」 누군가의 목소리가 들렸다.

「안 돼! 저리 데려가! 기다리라고 해……! 왜 그가 여기까지 들어왔지! 왜 이렇게 어수선한가!」 포르피리는 문으로 달려가서 소리치기 시작했다.

「그런데 이 사람이…….」 또다시 같은 목소리가 들리는 듯싶더니, 소리가 끊어졌다.

2초도 채 되지 않는 순간 티격태격 몸싸움이 벌어졌다. 다음 순간 누군가 갑자기 사람을 억지로 밀친 모양이었다. 그 뒤를 이어 몹시 창백한 어떤 사내가 포르피리 페트로비치의 사무실로 곧장 들어왔다.

이 사내의 모습은 첫눈에도 이상했다. 그는 눈앞을 정면으로 바라보았지만, 아무것도 보지 못하는 것 같았다. 그의 눈은 결단으로 번득이는 반면, 얼굴은 이미 죽은 사람처럼 창백했다. 그의 모습은 마치 사형장에 끌려가는 사람과 비슷했다. 전혀 핏기가 없는 그의 입술은 떨리고 있었다.

그는 평민복을 입고, 머리의 뒤통수 부분을 짧게 깎아 올리고, 갸름하고 여윈 얼굴을 지닌 중키에 메마른 체격의 아주 젊은 청년이었다. 엉겁결에 떠밀렸던 사람이 첫 번째로 그의 뒤를 쫓아 방 안으로 들어와서는, 그의 어깨를 붙잡았다. 그는 호송병이었다. 그러나 니콜라이는 그 손을 뿌리치고, 다시 한번 그의 손아귀에서 벗어났다.

문 옆에는 호기심 많은 사람들 몇몇이 모여들기 시작했다. 그들 중 어떤 사람들은 방 안으로 들어오기까지 했다. 이 모든 것이 거의 순식간에 일어난 일이었다.

「저리로 가. 아직 일러! 부를 때까지 기다리라고 했잖아……! 왜 이 친구를 이렇게 빨리 데려왔나?」 당황한 듯한 포르피리 페트로비치가 분통이 터진다는 듯한 표정을 짓고 중얼거렸다. 그러나 니콜라이는 느닷없이 무릎을 꿇었다.

「왜 이러나?」 포르피리는 놀라서 소리쳤다.

「제가 죄를 저질렀습니다요! 제 짓입니다요! 제가 살인자예요!」 니콜라이는 약간은 숨을 헐떡이는 것 같았지만, 그래도 우렁우렁한 목소리로 대뜸 이렇게 말했다.

약 10초간의 침묵이 흘렀다. 모두들 놀라서 얼어붙은 것 같았다. 호송병마저도 뒷걸음질을 치면서 더 이상은 니콜라이에게 다가오지 못하고, 반사적으로 문 쪽으로 물러나 꼼짝도 하지 않고 섰다.

「그게 무슨 소리야?」 한순간 아연실색해서 온몸이 굳어 있던 포르피리 페트로비치가 마침내 소리쳤다.

「제가…… 살인자입니다요…….」 니콜라이가 잠시 동안 입을 다물고 있다가 반복해서 말했다.

「네가 어떻게…… 어떻게…… 누구를 죽였다고?」

포르피리 페트로비치는 분명 당황한 것 같았다.

니콜라이는 다시 잠시 동안 침묵했다.

「알료나 이바노브나와 그녀의 여동생, 리자베타 이바노브나를 제가…… 죽였습니다요……. 도끼로……. 정신이 나갔었습니다요…….」 그는 갑자기 이렇게 말하고는 또다시 입을 다물었다. 그는 여전히 무릎을 꿇고 앉아 있었다.

포르피리 페트로비치는 생각에 잠긴 듯이 잠시 서 있더니, 다시 몸을 재빠르게 움직여 손을 내저으면서, 초대받지 않은 목격자들을 밖으로 내쫓았다. 그들은 순식간에 사라졌고, 문은 닫혔다. 그는 구석에 서서 니콜라이를 멍하게 바라보고 있는 라스콜니코프를 흘끗 돌아보고는 그에게로 다가가려다가, 돌연 발걸음을 멈추고 그를 쳐다보더니, 곧 니콜라이에게로 시선을 옮겼다. 그러고는 또다시 라스콜니코프와 니콜라이를 번갈아 바라보았다. 그러더니 넋이 나간 듯 니콜라이에게 달려들었다.

「너는 그 정신이 나갔다는 소리로 먼저 선수를 치겠다는 거냐, 뭐냐?」 그는 적개심에 불타 그에게 외쳐 댔다. 「네가 정신이 나갔었는지, 아니었는지 나는 아직 그런 걸 네게 묻지 않았어……. 말해 봐, 네가 죽였나?」

「제가 살인자입니다요……. 물증을 보여 드리겠습니다요…….」 니콜라이가 말했다.

「오! 무엇으로 죽였나?」

「도끼로요. 미리 준비해 두었습니다요.」

「에이, 어지간히도 급하게 구는군! 혼자서 했나?」

니콜라이는 질문을 이해하지 못했다.

「혼자서 죽였어?」

「혼자서 했습니다요. 미티카는 죄가 없습니다요. 이 일과는 전혀 상관이 없습니다요.」

「미티카 이야기는 서둘러 할 필요가 없어! 어허……! 그러면 그때 어떻게 계단에서 뛰어 내려올 수 있었지? 경비원들이 너희 두 사람을 보았다지 않아?」

「주의를 다른 데로 돌리려고…… 그때…… 미티카와 함께 뛰어 나왔습니다요.」 할 말을 미리 준비라도 한 듯이 니콜라이는 황급히 대답했다.

「내 그럴 줄 알았어!」 포르피리 페트로비치는 독기에 가득 찬 목소리로 외쳤다. 「이야기를 꾸며 대고 있어!」 그는 혼잣말을 하듯이 이렇게 중얼대고는, 갑자기 또 한 번 라스콜니코프를 흘끗 쳐다보았다.

그는 니콜라이에게 너무 열중한 나머지 순간적으로 라스콜니코프의 존재를 잊고 있었다. 이제야 정신을 차린 그는 당황하기까지 했다…….

「로디온 로마노비치, 선생! 죄송합니다.」 그는 라스콜니코프에게 급히 다가갔다. 「이래서는 안 되는데, 미안합니다……. 이제 이곳에서 당신이 할 일은 없군요……. 나 자신에게도……. 당신도 보시다시피 정말 깜짝 놀랄 만한 일이 벌어졌습니다……! 이거 미안하게 되었습니다!」

그러고는 그의 손을 잡고 문을 가리켰다.

「당신도 이런 일은 미처 예상하지 못하셨던 것 같군요?」 물론 아직 아무것도 분명하게 이해하지 못했지만, 그래도 벌써 상당히 힘을 되찾은 라스콜니코프가 이렇게 말했다.

「당신도, 선생, 예상치 못하셨군요. 손을 또 그렇게 떨고 계시니 말입니다! 헤헤!」

「당신도 떨고 있군요, 포르피리 페트로비치.」

「저도 떨고 있습니다. 예상치 못했던 일이니까요……!」

그들은 이미 문 곁에 서 있었다. 포르피리는 라스콜니코프가 나가 주기만을 초조하게 기다리고 있었다.

「그런데 놀랄 만한 선물을 보여 주지 않으실 겁니까?」 라스콜니코프가 갑자기 말했다.

「그렇게 말씀하시지만 당신도 이를 덜덜 떨고 있군요, 헤헤! 당신은 비꼬기를 좋아하시는 분이에요! 자, 그럼 다음에 보십시다.」

「제 생각으로는 이것으로 그만 〈안녕히〉인 것 같은데요!」

「주님께서 인도하시는 대로 되겠지요!」 포르피리는 일그러진 미소를 띠고 말했다.

사무실을 지나오면서, 라스콜니코프는 많은 사람들이 그를 뚫어지게 쳐다보는 것을 알았다. 그는 현관 대기실에 모여 있던 사람들 중에서 그날 밤 경찰서로 가자고 자신이 청했던 〈바로 그 집〉의 경비원 두 사람을 알아볼 수 있었다. 그들은 서서 뭔가를 기다리고 있었다. 계단으로 나오자마자, 그는 등 뒤에서 그를 부르는 포르피리 페트로비치의 목소리를 들을 수 있었다. 그가 몸을 돌리자, 포르피리가 숨을 헐떡이면서 그의 뒤를 쫓아오는 것이 보였다.

「한 가지 더 드릴 말씀이 있습니다, 로디온 로마노비치. 저쪽의 일은 모두 하느님께서 인도하시는 대로 되겠지만, 그래도 어쨌든 형식을 갖춰서 당신께 무언가 꼭 물어봐야 할 것이 있을 것 같습니다……. 그러니 우리는 또 만나야 할 것 같군요, 그렇지 않습니까?」

그리고 포르피리는 그의 앞에 미소를 지으며 멈춰 섰다.

「그렇지요?」 그는 다시 한번 덧붙여 말했다.

그는 또 무언가 할 말이 있지만, 차마 말을 꺼내지 못하는 듯했다.

「그런데 포르피리 페트로비치, 조금 전에 있었던 일은 용서하십시오……. 제가 좀 흥분했습니다.」 용기를 회복한 라스콜니코프는 거드름을 피우고 싶은 참을 수 없는 욕망을 느끼며 말을 건넸다.

「괜찮습니다, 괜찮아요…….」 포르피리는 기쁨에 가득 찬 표정으로 말을 가로막았다. 「나도…… 내가 워낙 비꼬기를 좋아해서 후회하고 있습니다, 후회하고 있어요! 그럼 또다시 뵙겠습니다. 만일 하느님께서 인도하시면 꼭 뵙게 되겠지요……!」

「그때는 서로에 대해 완전히 알게 되겠군요?」 라스콜니코프가 말을 받았다.

「서로에 대해 완전히 알게 되겠지요.」 포르피리 페트로비치는 맞장구를 치고는, 얼굴을 찌푸리고 몹시 심각한 표정으로 그를 바라보았다. 「이제 영명 축일 파티[13]에 가십니까?」

「장례식입니다.」

「아 참, 그렇지, 장례식이지! 건강을 조심하십시오, 건강을…….」

「그런데 저는 당신을 위해 뭘 빌어 드려야 할지 모르겠군요!」 벌써 계단을 내려가고 있던 라스콜니코프는 말을 받았다. 그러다가 문득 포르피리를 향해 몸을 돌리고서 이렇게 말했다. 「더한 성공을 기원해야겠지요. 그런데 당신의 직무라는 것도 참 우스꽝스럽군요!」

「어째서 우스꽝스럽다는 거지요?」 역시 자리를 뜨려던 포르피리 페트로비치는 귀가 솔깃했는지 물었다.

「어떻게 그렇지 않다고 할 수 있겠어요? 그 불쌍한 사람 니콜라이가 자백하기 전까지만 해도, 당신은 분명 나름의 심리적인 방식을 사용해서 그를 몹시도 괴롭히고 고통스럽게 했을 거 아니

---

13 제정 러시아는 러시아 정교회를 국교로 인정했으므로, 모든 신생아들은 정교회 성당에서 세례명을 받았다. 그리고 그 세례명과 같은 이름의 성자의 제일을 영명 축일이라 하여 매년 생일처럼 특별히 기념했다.

겠습니까. 밤이고 낮이고 그에게 〈너는 살인자이다, 너는 살인자이다!〉라고 반복했겠지요. 그런데 지금 그가 자백을 하자, 당신은 또다시 그의 뼈를 쑤시기 시작하는 겁니다. 〈거짓말하지 마, 너는 살인자가 아냐! 네가 살인자일 리 없어! 너는 이야기를 꾸며 대고 있어!〉라고 말입니다. 자, 이러니 어떻게 당신의 직무가 우스꽝스럽지 않다고 할 수 있겠습니까?」

「헤헤헤! 내가 방금 니콜라이에게 〈이야기를 꾸며 대고 있다〉고 한 말을 들으셨군요?」

「어떻게 듣지 않을 수 있겠습니까?」

「헤헤! 정말 총명하십니다, 총명하세요. 모든 것을 눈치채시니 말이에요! 정말로 재치가 번뜩이는 지성이에요! 가장 우스꽝스러운 부분을 잘도 잡아내시는군요……. 헤헤! 작가 중에서 그런 재주가 제일 많은 사람이 고골이던가요?」

「예, 고골이 그렇지요.」

「예, 고골이지요……. 그럼 다시 만나 뵐 때까지 편히 지내십시오.」

「다시 만나 뵐 때까지 안녕히 계십시오…….」

라스콜니코프는 곧장 집으로 돌아왔다. 너무나도 놀라고 혼란스러워진 그는 집에 돌아와서 소파에 몸을 던지고는, 15분 동안 앉아 쉬면서, 다만 얼마간이라도 생각을 집중시키려고 애를 썼다. 니콜라이에 대해서는 생각해 보려고도 하지 않았다. 그는 자기가 패배했다고 생각했다. 그리고 니콜라이의 자백에는 뭔가 설명될 수 없는 것, 뭔가 지금은 그가 도저히 이해할 수 없는 부분이 있다는 것도 느꼈다. 이제 일의 결과는 분명해졌다. 거짓말은 탄로 나지 않을 수 없을 것이다. 그리고 그때가 되면 또다시 그를 붙잡고 늘어질 것이다. 그러나 최소한 그때까지만이라도 그는 자유로울 것이다. 그러므로 무언가 자신을 위해 반드시 손을 쓰지 않으면 안 된다는 것도 깨달았다. 왜냐하면 위험을 피할 수는 없는 상황이었기 때문이다.

 그러나 그 위험은 어느 정도일까? 상황은 이미 드러나기 시작했다. 포르피리와 조금 전에 있었던 일들을 〈대충〉 상기해 보았을 때, 그는 다시 한번 공포에 질려 몸을 떨지 않을 수 없었다. 물론 그는 포르피리의 목적을 전부 이해할 수는 없었다. 그러나 그 간계의 일부는 드러났고, 포르피리가 〈진행〉시키고 있는 게임이 그에게 얼마나 무서운 것인지를 그보다 더 잘 이해할 수 있는 사람은 아무도 없었다. 그리고 아직 일부이기는 하지만, 라스콜니코프는 자신의 정체를 명백히 드러냈을 수도 있는 일이었다. 그의 병적인 성격을 첫눈에 확실히 간파한 포르피리는 지나치게 단호하기는 했지만, 그래도 상당히 적합한 방식으로 행동을 취했던 것이다. 아까 라스콜니코프는 지나칠 정도로 자신에게 치명상을 가했다. 그렇지만 아직까지는 포르피리가 〈진실에〉 접근하지 못했고, 모든 것이 상대적일 뿐이라는 점에는 논쟁할 여지가 없었다. 그러나 정말로 모든 게 지금 그가 이해한 바대로일까? 그런 것일까? 그가 잘못 이해하고 있는 것은 아닐까? 오늘 포르피리는 어떤 결론에 도달했을까? 진정으로 오늘 그에게 뭔가 준비되어 있었던 것은 아닐까? 그랬다면 그것은 과연 무엇이었을까? 정말로 그는 무언가를 기다리고 있었던 것일까, 그랬을까? 니콜라이 때문에 벌어진 일이 아니었다면, 그들은 오늘 어떤 식으로 헤어졌을까?

 포르피리는 자신의 속셈을 거의 다 보여 주었다. 물론 모험이었지만, 그것들을 보여 주었다(라스콜니코프에게는 그런 것 같았다). 그리고 포르피리에게 무언가 더 있었다면, 그는 그것도 보여 주었을 것이다. 그런데 그 〈깜짝 놀랄 만한 선물〉이란 무엇이었을까? 그저 조롱이었을까? 그것에 뭔가 뜻하는 바가 있었던 것일까, 아닐까? 그 속에 확실히 기소가 가능한 어떤 물증 같은 것이 숨겨져 있었던 건 아닐까? 어제 그 사내는? 그는 어디로 사라져 버린 것일까? 그는 과연 오늘 어디에 있었을까? 포르피리에게 뭔가 확실한 것이 있다면, 그것은 물론 어제 그 사내와 관련이 있는 것이리라…….

그는 소파에 앉아서 머리를 떨군 채, 무릎에 팔꿈치를 대고 두 손으로 머리를 감쌌다. 신경질적인 전율이 그의 몸 전체를 휘감았다. 마침내 그는 일어나서 학생모를 쥐고, 잠시 생각한 뒤 문 쪽으로 발걸음을 옮겼다.

그는 최소한 오늘만큼은 자기가 안전하다고 확신했다. 갑자기 그는 마음속 깊은 곳에서 뿌듯함을 느꼈다. 그는 어서 카테리나 이바노브나에게 가고 싶었다. 물론 장례식에 가기에는 이미 늦은 시간이었지만, 점심때의 추모연에는 때맞춰 갈 수 있을 것 같았다. 그러면 거기서 그는 소냐를 보게 될 것이다.

그는 발걸음을 멈추고 잠시 서서 생각에 잠겼다. 그의 입술에는 병적인 미소가 번졌다.

「오늘이다! 오늘!」 그는 혼잣말을 반복했다. 「그래, 오늘이다! 반드시 그래야 한다…….」

그가 문을 열려는 순간, 갑자기 그 문이 저절로 열리기 시작했다. 그는 몸을 떨면서 뒷걸음질 쳤다. 문이 조용히 천천히 열리더니, 문득 어떤 사람이 나타났다. 그는 〈땅에서 솟아난 듯한〉 어제의 그 사내였다.

사내는 문지방에 멈춰 서서 말없이 라스콜니코프를 바라보고는, 방 안으로 발걸음을 옮겼다. 그는 어제와 똑같은 모습으로 같은 옷을 입고 있었으나, 그의 얼굴과 눈빛은 눈에 띄게 달라져 있었다. 그는 지금 왠지 기가 죽은 표정으로 라스콜니코프를 쳐다보더니 잠시 서서 깊은 한숨을 내쉬었다. 손바닥을 뺨에 대고 머리를 한쪽으로 기울이기만 하면, 영락없는 아낙네의 모습이었다.

「무슨 일이지요?」 죽은 사람처럼 창백해진 라스콜니코프가 물었다.

사내는 아무 말도 하지 않고 느닷없이 바닥에 닿도록 몸을 숙여 그에게 깊숙이 절을 했다. 최소한 오른쪽 손가락 끝이 땅에 닿을 정도였다.

「무슨 일이세요?」 라스콜니코프가 외쳤다.

「잘못했습니다.」 사내는 조용히 말했다.

「무엇을요?」

「나쁜 마음을 품었었습니다요.」

두 사람은 서로의 얼굴을 쳐다보았다.

「화가 났었습니다. 그때 당신이 취해 있었는지는 모르지만, 우리에게 와서 경비원들에게 경찰서로 가자고 하면서 피에 대해 물었을 때, 공연스레 당신을 술 취한 사람으로 여기고 그대로 가게 한 것에 화가 났었습니다. 어찌나 화가 나던지 참을 수가 있어야지요. 그래서 당신이 말한 주소를 기억해 두었다가 어제 이곳에 와서 물어보았습니다……」

「누가 왔었지요?」 라스콜니코프는 순간적으로 기억을 더듬으면서 말을 막았다.

「제가 왔었지요. 당신을 화나게 했었습죠.」

「그러니까 당신이 바로 그 집에서 온 사람이군요?」

「예, 저는 그때 거기서 사람들과 함께 서 있었습니다. 기억이 나지 않으세요? 그전부터 그곳에서 돈벌이를 하고 있었지요. 저는 모피를 가공하는 직공인데, 그 집에서 일거리를 받고 있지요……. 그래서 더 화가 났던 겁니다…….」

이때 문득 라스콜니코프의 머릿속에 사흘 전 문 아래에서 있었던 일이 전부 선명하게 떠올랐다. 그는 경비원들 말고도 그곳에 다른 사람들이 몇 명 더 있었고, 여자들도 서 있었다는 것이 생각났다. 그는 자신을 곧장 경찰서로 데리고 가자고 했던 목소리가 기억났다. 말한 사람의 얼굴은 기억나지 않고, 지금도 그 얼굴을 전혀 알아볼 수 없지만, 그때 자기가 그 사람에게 뭔가 대답을 하면서 그쪽으로 몸을 돌렸던 것이 생각났다……

 이렇게 해서 어제의 모든 공포는 해결되었다. 그는 자기가 이렇게 〈아무것도 아닌 일로〉 파멸할 수도 있었고, 스스로 파멸을 자초할 수도 있었다는 생각이 들자 더욱 등골이 오싹해졌다. 그렇다면 아파트를 구하려고 한 것과 피에 대해 물은 것 이외에는 이 사내가 할 말이라고는 아무것도 없었던 것이다. 그러니 포르피리에게도 역시 이런 〈헛소리〉 외에는 그 어떤 물증도 없는 것이다. 〈서로 다른 두 끝〉을 가리키는 〈심리(心理)〉 외에 확실한 것은 아무것도 없었다. 그러니 만약 앞으로 더한 물증이 나타나지 않는다면(그리고 그 물증이라는 것은 더 이상 나타나서는 안 될 일이다. 절대로 그래서는 안 된다, 그래서는!), 그렇다면…… 그에게 포르피리가 무슨 짓을 할 수 있단 말인가? 체포한다 하더라도 무슨 수로 그의 유죄를 입증할 수 있단 말인가? 그리고 보니 포르피리도 지금에 와서야, 이제야 아파트에 대한 일을 안 것이다. 이제까지 그는 모르고 있었던 것이다.

 「당신이 오늘 그 이야기를 포르피리에게 했군요……. 내가 왔었다고요?」 그는 갑작스레 든 생각에 놀라서 외쳤다.

 「포르피리라굽쇼?」

 「예심 판사 말입니다.」

 「했습니다. 경비원들은 가지 않았는데 나는 갔었지요.」

 「오늘요?」

 「당신이 오기 1분 전쯤에요. 저는 하시는 말씀을 모두 듣고 있었습니다. 그분이 당신을 괴롭히는 것도요.」

 「어디서요? 무슨 소리를요? 언제요?」

 「거기서요, 그의 방 칸막이 뒤에서요. 내내 거기 앉아 있었습죠.」

 「뭐라고요? 그럼 당신이 바로 그 깜짝 놀랄 만한 선물이었군요? 어떻게 이런 일이 있을 수 있단 말입니까? 계속 말씀해 보세요.」

 직공은 말하기 시작했다.「내 말을 듣고서 경비원들은 이미 시간이 늦었고, 경찰서에서 바로 그때 알리지 않았다고 화를 낼 거라며 가려고 듣지 않았어요. 저는 그것 때문에 화가 치밀어 잠까지 안 올 지경이었지요. 그래서 혼자 알아보기로 했어요. 그래서 어제 모든 것을 알아보고 오늘 갔습니다. 그랬더니 처음에는 그분이 없더군요. 한 시간 더 있다가 가봤더니 만나 주지를 않더라고요. 세 번째 갔더니 들여보내 주었습니다. 저는 어떤 일이 있었는지 다 보고하기 시작했지요. 그랬더니 그분은 방 안을 뛰어다니기 시작하면서 자기 가슴을 주먹으로 치는 거예요. 그러더니 〈이 등신 같은 것들, 날 이렇게 골탕 먹이다니! 이런 일을 진작 알았더라면, 호송병을 보내 놈을 데려왔을 텐데!〉라고 하더군요. 그다음에는 밖으로 뛰어나가서 누군가를 부르더니, 한쪽에서 그 사람과 이야기를 나눴어요. 그러고는 다시 내게로 와서 이것저것 물으면서 욕설을 퍼붓고 나를 몹시 힐난했어요. 저는 그에게 모든 것을 고발하고, 어제 당신이 내가 한 말에 감히 대답도 하지 못하더라고, 당신이 나를 알아보지도 못하더라고 말했지요. 그랬더니 그분은 또 뛰어다니면서 자기 가슴을 계속 치면서 화를 내더군요. 그런데 당신이 왔다고 하니까 칸막이 뒤에 가서 무슨 말을 듣더라도 꼼짝하지 말고 앉아 있으라고 했어요. 손수 의자를 갖다주고는 저를 가뒀습니다요. 어쩌면 저를 부를 수도 있다고 하면서요. 그리고 니콜라이가 오고, 그다음 당신이 돌아가자 저를 밖으로 나오게 했습니다. 그는 또 저를 부를 거라고 하면서, 더 물어볼 게 있다고 하더군요…….」

「당신이 있을 때 니콜라이를 신문하던가요?」

「당신이 나가자 곧 저를 나오게 했어요. 그러고는 니콜라이를 신문하기 시작했지요.」

 직공은 말을 멈추고는 또다시 갑자기 손이 바닥에 닿도록 깊이 절을 했다.

「모함을 하고 나쁜 마음을 품었던 것을 용서하십시오.」

「주님께서 용서하실 겁니다.」 라스콜니코프가 이렇게 대답하자, 직공은 또다시 그에게 절을 했다. 그러나 이번에는 바닥에 닿을 만큼이 아니라 허리까지만 몸을 숙였다. 그러고는 천천히 몸을 돌려 방에서 나갔다. 〈모든 것이 서로 다른 양 끝을 가리키고 있다. 서로 다른 양 끝을.〉 라스콜니코프는 이렇게 반복해서 말하며, 그 어느 때보다도 더 원기 왕성하게 방을 나섰다.

〈이제부터 또다시 싸워 보자.〉 그는 계단을 내려오면서 독기 어린 비웃음을 머금고는 이렇게 말했다. 증오심은 자기 자신을 향하고 있었다. 그는 자신의 〈소심함〉을 상기하고는 경멸감과 수치심을 느꼈다.

5
제5부

1

 두냐와 풀헤리야 알렉산드로브나를 상대로 운명을 좌우하는 담판을 짓고 난 다음 날 아침, 표트르 페트로비치는 마치 술에서 깨어난 것 같은 기분이 들었다. 무엇보다도 불쾌했던 것은 그가 어제까지만 해도 그저 환상에 지나지 않는 사건으로 여겼고, 이미 일어난 일이기는 하지만 그래도 아직은 여전히 있을 수 없는 일로 생각했던 그 일을 이제는 돌이킬 수 없는 사실로 서서히 받아들이지 않을 수 없게 되었다는 것이었다. 상처받은 자존심이 검은 뱀처럼 그의 심장을 밤새도록 빨아 댔다. 표트르 페트로비치는 침대에서 일어나자마자 거울을 들여다보았다. 혹시라도 밤사이에 담즙이 얼굴 전체에 퍼지지는 않았는지 걱정이 되었던 것이다. 그러나 아직 그런 흔적은 보이지 않았다. 최근 들어 살이 조금 오른 뽀얗고 곱상한 자기 얼굴을 본 표트르 페트로비치는 어쩌면 다른 장소에서 보다 더 나은 색싯감을 찾을 수 있을지도 모른다는 확신이 들어서, 잠시 위안을 얻기까지 했다. 그러나 곧 정신을 차린 그는 옆에다 침을 거칠게 내뱉고 말았다. 이런 그의 행동은 한방에서 지내고 있는 젊은 친구, 안드레이 세묘노비치 레베자트니코프의 얼굴에서 무언의 조소를 자아내게 했다. 그것을 눈치챈 표트르 페트로비치는 그 미소를 나중에 젊은 친구와의 관계를 청산할 날을 위해 마음속에 새겨 두었다. 최근에 그는 이미 많은 점들을 그런 식으로 계산해 놓고 있었던 것이다. 어제 만남의 결과를 안드레이 세묘노비치에게 굳이 이야기할 필요가 없었다는 생각이 순간적으로 들자, 그의 증오심은 배가되었다. 이것은 화가 나면 지나칠 정도로 폭발해 버리고 마는 성질 때문에 그가 홧김에 저지른 두 번째 실수였다……. 그 결과 이날 아침에는 마치 계획된 것처럼 불쾌한 일들이 꼬리를 물고 이어졌다. 대법원에서도 그가 심혈을 기울이던 재판 업무의 실패가 그를 기다리고 있었다. 무엇보다도 그를 화나게 했던 사람은 그가 머지않아 결혼할 것을 대비하여 세를 얻어 자기 돈으로 직접 수리를 하고 있는 아파트의 주인이었다. 그 주인은 돈 많은 독일인 수공업자였는데, 어떤 일이 있어도 얼마 전에 체결한 임대차 계약을 해지할 수 없다고 고집을 부렸다. 표트르 페트로비치가 거의 새 집처럼 단장된 아파트를 그에게 고스란히 돌려주겠다고 하는데도, 그는 계약서에 명시된 위약금 전부를 지불하라고 요구했다. 가구점에서도 마찬가지였다. 그들도 그가 사기는 했으나 아직 집으로 배달되지 않은 가구의 선금 중 단 1루블도 반환하려 들지 않았다. 〈가구 때문에 일부러 결혼을 할 수는 없잖나!〉 표트르 페트로비치는 속으로 이를 갈았다. 그 순간 또다시 좌절된 소망이 그의 뇌리를 스치고 지나갔다. 〈진정 모든 일이 돌이킬 수 없는 방향으로 완전히 끝나 버린 것일까? 다시 한번 시작해 볼 수는 없는 것일까?〉 두냐에 대한 생각이 또 한 번 그의 심장을 유혹하듯이 콕콕 찌르기 시작했다. 그는 고통스러운 심정으로 그 순간을 참아 냈다. 만약 지금 한마디 기원만으로 라스콜니코프를 죽일 수 있다면, 표트르 페트로비치는 즉시 그렇게 했을 것이다.

〈그뿐 아니라, 내가 그들에게 한 푼도 주지 않은 것 역시 실수였다.〉 그는 침통한 기색으로 레베자트니코프의 방으로 돌아오면서 생각했다. 〈제기랄, 내가 왜 그렇게 인색하게 굴었을까? 무슨 나쁜 뜻이 있었던 것도 아닌데! 돈 한 푼 없이 고생을 좀 시킨

다음, 그들이 마치 나를 하느님 바라보듯 보게 되기를 바랐을 뿐인데. 그게 오히려 그들을 훌쩍 도망치게 만들었으니……! 쳇……! 아니, 만약 내가 그동안 그들에게, 예를 들어 예단 준비와 선물 명목으로, 혹은 크노프 상점과 영국 상점에서 여러 가지 보석함, 화장용 케이스, 장신구, 옷감 같은 온갖 잡동사니를 살 수 있도록 1천5백 루블 정도만 주었더라도, 모든 일은 더 순조롭게…… 그리고 더 확실하게 처리되었을 텐데! 그런 족속들은 파혼할 경우에는 반드시 받은 선물과 돈을 돌려줘야 한다고 생각하니까, 돌려주는 것이 아깝고 괴로워서, 이렇게 쉽게 나를 거절할 수는 없었을 거야! 그리고 양심에도 거리꼈을 테고! 이를테면 지금까지 돈을 아끼지 않고 친절하게 대해 준 사람을 그렇게 갑자기 뿌리칠 수는 없다고 생각했을 테지……! 음, 내가 실수했다!〉 표트르 페트로비치는 다시 한번 이를 갈며 자신이 바보였음을 인정했다. 물론 속으로 말이다.

이런 결론에 도달하자, 그는 나갈 때보다도 두 배나 더 독이 오른 모습으로 돌아오게 되었다. 그는 카테리나 이바노브나의 방에서 진행 중인 추모연 준비에 호기심이 생겼다. 어제도 이 추모연에 대해 무슨 말인가를 들은 적이 있었고, 초대받은 기억이 나기도 했다. 그러나 그는 자기 일에 바빴던 터라 나머지 일들은 모두 관심 밖으로 치워 버리고 있었다. 카테리나 이바노브나가 없는 사이(그녀는 묘지에 가고 없었다), 준비된 식탁 주변을 분주히 오가던 리페베호젤[1] 여사에게 황급히 찾아간 그는, 추모연이 성대하게 준비되었으며, 건물에 세 들어 사는 사람들 대부분이 초대되었다는 사실을 알아냈다. 그들 중에는 고인과 안면이 전혀 없는 사람들도 섞여 있었고, 지난번에 카테리나 이바노브나와 한바탕 몸싸움을 벌인 안드레이 세묘노비치 레베자트니코프마저 초대되

---

[1] 이름과 부칭은 아말리야 이바노브나로 마르멜라도프 가족과 루진 등이 사는 건물의 여주인이다.

었다고 했다. 그리고 표트르 페트로비치 역시 초대되었는데, 세 든 사람들 중에서 가장 중요한 손님으로서, 그가 참석해 주기를 학수고대하고 있다는 것이었다. 아말리야 이바노브나 자신도 지난날의 온갖 불쾌한 사건에도 불구하고 대단히 정중하게 초대를 받았다. 그래서 이에 몹시 만족한 그녀는 주인 행세를 하면서 지금 동분서주하고 있었던 것이다. 그뿐만 아니라 그녀는 상복이긴 하지만 새로 장만한 비단옷에 여러 가지 장식을 화려하게 달고 한껏 맵시를 자랑하고 있었다. 이런 사실과 정보들이 표트르 페트로비치에게 어떤 계획을 꾸미도록 만들었다. 그는 생각에 잠긴 표정으로 자기 방, 즉 안드레이 레베자트니코프의 방으로 돌아왔다. 문제는 초대받은 사람들 중에 라스콜니코프도 있음을 그가 알았다는 것이다.

안드레이 세묘노비치는 어쩐 일인지 아침부터 줄곧 집에 들어앉아 있었다. 이 청년과 표트르 페트로비치 사이에는 자연스럽다고는 하지만 어쩐지 기묘한 관계가 형성되어 있었다. 표트르 페트로비치는 안드레이 세묘노비치의 방에 거처를 정한 바로 그날부터 덮어놓고 그를 경멸하고 증오했지만, 그와 동시에 약간은 그를 두려워하는 것 같기도 했다. 그가 페테르부르크에 도착한 날부터 그의 방에 거처를 정한 이유는 단지 돈을 아끼기 위해서만은 아니었다. 물론 그것이 가장 중요한 이유이긴 했지만, 다른 이유도 있었던 것이다. 시골에 있을 때부터 그는 자신의 제자였던 안드레이 세묘노비치가 가장 급진적인 젊은 진보주의자들 중 하나이며, 흥미롭고 신화적인 어떤 그룹에서 중요한 역할을 맡고 있다는 말을 들은 적이 있었다. 이 사실이 표트르 페트로비치에게는 인상적이었다. 모든 것을 알고 있고, 모든 사람들을 경멸하며 폭로하기를 좋아하는 강력한 그룹들은 이미 오래전부터 표트르 페트로비치로 하여금 특별하기는 하지만, 동시에 대단히 막연한 공포를 느끼게 했다. 물론 그가 아직 시골에 있을 때는 이런 종류의 그룹에 대한 정확한 개념을 대략적으로라도 스스로 정립할 수 없었다. 그는 다른 사람들처럼 페테르부르크에는 이런저런 진보주의자들, 니힐리스트들, 폭로자들이 존재한다는 사실을 들어서 알고 있었지만, 많은 사람들처럼 이런 명칭들의 의미와 내용을 엉뚱할 정도로 왜곡해서 과장하고 있었다. 그가 몇 년 동안 무엇보다도 두려워한 것은 다름 아닌 바로 그 폭로였다. 이것이 그를 터무니없이 계속해서 불안하게 만든 중요한 원인이었다. 특히 그가 페테르부르크로 활동 영역을 옮기고자 꿈꾸기 시작한 이후부터는 그 두려움이 더욱 심해졌다. 이런 이유로 그는 마치 어린아이들이 이따금 놀라듯이 그렇게 〈겁을 집어먹고〉 있었던 것이다. 몇 년 전 시골에서 그가 아직 출세를 겨우 꿈꾸기 시작할 무렵, 그는 자기가 추종했을 뿐만 아니라, 자기를 후원해 주기도 했던 주(州)의 유력 인사들이 잔혹하게 폭로당하는 경우를 두 번이나 목격한 적이 있었다. 한 경우는 폭로당한 인물이 명예를 잃는 추문으로만 끝났지만, 다른 경우는 대단히 성가신 결과로 번질 뻔했다. 그러니 표트르 페트로비치가 페테르부르크에 도착하자마자 무엇이 문제인지를 재빨리 알아보고, 만일 필요하다면 모든 경우를 대비해 미리 선수를 친 다음, 〈우리의 젊은 세대〉에게 아첨을 해놓아야겠다고 생각한 데에는 다 그만한 이유가 있었던 것이다. 그런 경우를 대비해 그는 안드레이 세묘노비치에게 기대를 걸고 있었다. 그래서 예를 들면 라스콜니코프를 방문하기 전에도, 다른 사람들의 주장 중에서 유명한 몇 구절을 미리 대강이나마 익혀 놓았던 것이다…….

물론 그는 안드레이 세묘노비치가 극도로 속물적이고 우둔하기 짝이 없는 인물이라는 것을 곧 간파해 낼 수 있었다. 그러나 이것이 표트르 페트로비치의 생각을 조금도 돌려놓지는 못했고, 그의 용기를 북돋워 주지도 못했다. 그가 진보주의자들은 모두가 얼간이라고 확신하게 되었다고 할지라도, 그의 불안은 사라지지 않았을 것이다. 그들이 지니고 있는 교리나 사상, 체계 따위는(안드레이 세묘노비치가 이런 것으로 그에게 따져 들었지만) 그의 관심을 끌지 못했다. 그에게는 나름의 목적이 있었던 것이다. 그는 다만 어서 빨리 다음과 같은 사실들을 알아내고 싶었다. 즉 〈거기에서는〉 어떤 일이 어떻게 일어나고 있는가? 〈그 사람들에게는〉 과연 힘이 있는가, 없는가? 그가 그렇게 두려워할 만한 무엇이 진정으로 그들에게는 있는 걸까, 없는 걸까? 만일 그가 이런저런 일을 행한다면 그들은 그를 폭로할 것인가, 말 것인가? 만일 폭로한다면 과연 어떤 것을 폭로할 것이며, 지금은 또 어떤 것들을 폭로하고 있는가? 또 만일 그들에게 정말로 힘이 있다면 어떻게 해서든 그들에게 아첨을 해놓고, 그들을 속여 볼 수는 없는 걸까? 예를 들어 출세의 기틀을 세우는 데 그들을 도구로 삼을 수는 없을까? 한마디로 말해서, 그의 앞에는 이러한 수백 가지의 질문들이 놓여 있었던 것이다.

안드레이 세묘노비치는 체액이 부족하여 임파선 종기를 앓고 있는 청년으로, 어떤 관청에서 일하고 있었다. 그는 키가 작고, 유난히 노란 머리칼과 구레나룻을 기르고 있었는데, 그의 구레나룻은 커틀릿 모양으로 멋지게 양쪽 뺨을 가리고 있었으므로, 그는 이 수염을 대단히 자랑스럽게 여겼다. 그 밖에도 그는 거의 항상 눈병을 앓고 있었다. 그는 마음이 대단히 여렸지만, 자신만만하게 말하는 투가 때로는 지나치게 불손하게 들리는 경우도 있었다. 그런데 그의 이런 말투는 외모와 너무 어울리지 않아서 항상 우스꽝스럽게 여겨지곤 했다. 그러나 아말리야 이바노브나의 집에서 그는 상당히 존경받는 세입자 축에 속했다. 왜냐하면 그는 주정을 부리지 않고, 방세도 꼬박꼬박 내는 편이었기 때문이다. 이런 좋은 점들도 있었지만, 실제로 안드레이 세묘노비치는 다소 멍청한 사람이었다. 그는 진보주의자들과 〈우리의 젊은 세대〉에 합류했는데, 그런 행동도 일시적인 정열에 지나지 않았다. 그는 가장 유행하고 있는 평범한 사상에 푹 빠져들어서, 곧바로 그 사상을 저속하게 만들어, 때로는 가장 진실한 모습으로 그 사상에 헌신하는 모든 것들을 순식간에 희화화시켜 놓고 마는 수많은 종류의 속물들, 나약한 조산아들, 모든 것을 어설프게만 배우는 고집쟁이들 중 하나였다.

레베자트니코프는 매우 선량한 사람이었음에도 불구하고, 동거인이자 옛 후견인인 표트르 페트로비치를 점점 견디기 힘들어 하게 되었다. 이런 일은 어째서인지 뜻밖에도 쌍방에서 동시에 일어나고야 말았다. 안드레이 세묘노비치가 아무리 우둔한 사람이라고 할지라도, 그는 표트르 페트로비치가 자기를 속이고 있으며, 속으로는 경멸하고 있을뿐더러 〈실상은 보기와는 전혀 다른 사람이라는 것〉을 조금씩 알아채기 시작했던 것이다. 그는 표트르 페트로비치에게 푸리에의 체계와 다윈의 이론을 설명하려고 했지만, 표트르 페트로비치는 특히 최근 들어 지나치게 빈정거리는 태도로 이런 이야기를 들었으며, 요 며칠 전에는 욕설까지 심하게 퍼붓기 시작했다. 문제는 그가 본능적으로 레베자트니코프의 실체를 파악하기 시작했다는 점이다. 즉 레베자트니코프가 저속하고 어리석은 사람일 뿐 아니라, 어쩌면 거짓말쟁이일지도 모르며, 그가 속한 그룹에서도 중요한 위치를 차지하고 있지 못하며, 다만 뭔가를 귀동냥으로 들은 것에 지나지 않을지 모른다는 사실들을 간파했던 것이다. 더구나 횡설수설하는 것으로 보아, 레베자트니코프는 자기가 〈선전하고 있는 것〉조차도 제대로 알지 못하고 있는 것 같은데, 어떤 면으로 봐서 이 사람이 폭로자일 수 있겠는가 하는 생각이 들었던 것이다. 말이 나오는 김에 지적하는 것이지만, 표트르 페트로비치는 한 열흘 동안(특히 처음에는) 안드레이 세묘노비치로부터 몹시 이상한 칭찬의 말을 기꺼이 받아들이고 있었다. 그 칭찬의 말이란, 예를 들면 그가 메샨스카야 거리 어딘가에 미래의 새로운 〈공산주의 공동체〉를 조속히 건설하는 일을 적극적으로 도와줄 사람이라든지, 혹은 그가 결혼한 지 한 달도 채 되기 전에 두냐가 정부를 맞아들이더라도 그것을 방해하지 않을 거라든지, 혹은 미래의 자기 자식들에게 세례를 받게 하지 않을 거라든지 하는, 하여간 그런 종류의 말들이었다. 그는 아무런 반박도 하지 않고, 이런 말들을 잠자코 듣고만 있었다. 표트르 페트로비치는 평소의 버릇대로 자신의 성격에 대한 지적들에 대해 반박하지 않고, 이런 식의 칭찬들도 용납했다. 그만큼 그가 칭찬이라면 어떤 종류의 것이라도 사족을 못 쓰기 때문이었다.

어떤 이유에서인지 이날 아침 표트르 페트로비치는 5퍼센트의 이자가 붙은 채권을 몇 장 바꿔 와서, 탁자 앞에 앉아 지폐와 채권 뭉치를 세고 있었다. 이제까지 돈이라고는 가져 본 적이 없는 안드레이 세묘노비치는 방 안을 왔다 갔다 하면서 그 돈뭉치를 무관심하게, 더 나아가서는 경멸스럽게 보는 척했다. 표트르 페트로비치는 안드레이 세묘노비치가 이런 큰돈을 정말로 무관심하게 볼 수 있으리라고는 절대 믿지 않았다. 안드레이 세묘노비치의 입장에서는 표트르 페트로비치가 그에 대해 그런 식으로 생각할 수 있는 위인일 뿐 아니라, 더 나아가 돈뭉치를 펼쳐 놓고 그의 하찮음과 그들 사이에 존재하는 현격한 차이를 상기시킴으로써 젊은 친구를 자극하고 조롱할 수 있는 기회를 얻어 기뻐할 것이라는 생각에 서글픈 마음이 들었다.

안드레이 세묘노비치는 표트르 페트로비치 앞에서 자기가 좋아하는 주제, 새롭고 특별한 〈공산주의 공동체〉의 설립에 대해 설파하기 시작했지만, 표트르 페트로비치가 전에 없이 초조해하고, 도무지 관심을 기울이려 하지 않는다는 사실을 발견했다. 주판알을 튀기는 소리 사이사이로 표트르 페트로비치에게서 새어 나오는 짤막한 반박과 지적에는 의도적인 무례함과 명백한 조롱이 섞여 있었다. 그러나 〈인도주의적인〉 안드레이 세묘노비치는 표트르 페트로비치의 짜증을 어제 두냐와의 결별에서 받은 충격 때문이라고 생각했다. 그래서 어서 이 주제로 이야기를 돌리고 싶은 욕망으로 불타올랐다. 그는 이 문제에 관해서 존경하는 친구를 위로해 주고, 장래의 그의 발전에 〈의심할 여지 없이〉 도움을 줄 만한, 무언가 진보적이며 선전의 가치가 있는 의견을 가지고 있었던 것이다.

「누구라고 했지……. 어느 과부의 집에서 무슨 추모연이 있다는 건가?」 표트르 페트로비치는 가장 흥미로운 부분에서 안드레이 세묘노비치의 말을 가로막고는 갑자기 이렇게 물었다.

「꼭 모르시는 것처럼 말씀하시네요. 제가 어제 벌써 그 일에 대해 말씀드리고, 그따위 온갖 의식들에 대한 진보적 사상을 설명해 드렸을 텐데요……. 그 과부는 당신 역시 초대했다고 하던데요. 어제 그 여자와 이야기를 나누셨잖아요…….」

「난 그 비렁뱅이 바보가 또 다른 바보인…… 라스콜니코프에게서 받은 돈을 추모연에 몽땅 써버릴 줄은 생각도 못 했어……. 방금 지나오다가 얼마나 놀랐는지, 그렇게 성대하게 준비할 줄 누가 알았겠나. 포도주까지 있더군……! 얼마나 많은 사람들을 초대한 거야? 그게 무슨 짓인지 모르겠어!」 표트르 페트로비치는 무슨 속셈이 있는지, 이렇게 얘기를 유도하면서 연방 꼬치꼬치 캐물었다. 「뭐야? 나를 초대했다고 했나?」 그는 머리를 들고 갑자기 이렇게 덧붙였다. 「그게 언제지? 기억이 나지 않는데. 하지만 나는 가지 않을 거네. 내가 거기 가서 무얼 하겠나? 어제 지나는 길에 잠깐 그 과부에게 죽은 관리의 가난한 배우자로서 연금을 일시적 보조라는 형식으로 받을 수 있을지 모른다고 얘기해 주었을 뿐인데, 설마 그 여자가 그 일로 나를 초대한 것은 아니겠지? 호호!」

「저도 가지 않을 생각입니다.」 레베자트니코프가 말했다.

「물론이지! 자기 손으로 그렇게 두들겨 팼는데. 양심에 찔리리라는 것쯤은 이해할 수 있어, 호호호!」

「누가 두들겨 팼다는 겁니까? 누구를요?」 레베자트니코프는 갑자기 당황해서 얼굴이 벌게지기까지 했다.

「자네가 한 달 전에 그 카테리나 이바노브나를 때리지 않았던가! 나는 어제 그렇게 들었는데…… 그래, 그게 바로 자네들의 신념이라는 거지……! 여성 문제라는 것도 엉망이 됐어, 호호호!」

이런 말을 내뱉고는, 속이 풀렸는지 표트르 페트로비치는 다시 주판알을 튀기기 시작했다.

「그건 터무니없는 중상모략입니다!」 이 이야기에 대해 누군가 상기시키기만 하면 항상 위축되던 레베자트니코프는 벌컥 화를 내고야 말았다. 「전혀 그런 게 아니었어요! 그리고 그건 전혀 다른 문제입니다……. 당신은 잘못 들으신 거예요. 중상모략이에요! 저는 그때 다만 자기방어를 했을 뿐입니다. 그 여자가 먼저 손톱을 세우고 내게 달려들었다고요……. 그 여자는 내 구레나룻을 모조리 쥐어뜯어 버렸어요……. 어느 누구에게나 자기 인격을 수호하는 것은 허용되어야 한다고 생각되는데요……. 게다가 저는 누가 되었든 제게 폭력을 행사하는 건 용납할 수 없습니다……. 원칙적으로요. 그런데 그건 거의 폭력이나 다름없었으니까요. 그럼 제가 어떻게 했어야 하나요? 그냥 가만히 그 여자 앞에 서 있어야 했나요? 저는 그 여자를 밀쳐 냈을 뿐입니다.」

「호호호!」 루진은 심술궂게 계속 비웃었다.

「화가 나니까 심술이 나서 싸움을 거시는군요……. 그건 터무니없는 모략이고, 더욱이 여성 문제와는 전혀 상관없는 일입니다! 당신은 제대로 이해하지 못하고 있어요. 저는 여성이 모든 점에서, 힘에 있어서도 남성과 동등하다고 인정된다면(벌써 그렇게 인정되고 있지요), 그렇다면 이런 점에서도 평등은 이뤄져야 한다고 생각합니다. 물론 나중에 그런 문제는 기본적으로 존재해서는 안 된다는 판단이 들었습니다만. 왜냐하면 싸움이라는 것은 존재해서는 안 될 일이고, 미래의 사회에서 싸움이란 생각할 수조차 없는 일이기 때문이지요……. 물론 싸움에서 평등을 찾는다는 것은 이상하겠지요. 그렇게 생각할 정도로 제가 어리석지는 않아요……. 설령 싸움이 존재하고는 있지만…… 즉 나중에는 없어지게 될지라도, 현재로서는 아직 존재한다고는 하지만……. 쳇! 제기랄! 당신과 이야기를 하다 보면 꼭 곁길로 빠지게 된다니까요! 저는 그런 불쾌한 사건 때문에 추모연에 가지 않으려는 게 아닙니다. 저는 다만 제 원칙에 따라서 가지 않는 겁니다. 그 추모연이라는 썩어 빠진 편견에 참여하고 싶지 않아서 가지 않는 거라고요. 바로 이런 이유 때문에 가지 않겠다는 거예요! 하지만 비웃어 주려고 한다면 가볼 수도 있겠지요……. 신부들이 오지 않는다니 안타깝군요. 만일 온다면 틀림없이 가볼 텐데.」

「그러니까 남이 차린 음식상에 가 앉아서, 그 상에 침을 뱉고 자네를 초대한 사람들에게도 똑같이 하겠다는 말이로군. 그렇게 하겠다는 말인가?」

「침을 뱉겠다는 말이 아니라, 항의해 보겠다는 겁니다. 유익한 목적을 위해 하는 행동이에요. 그렇게 함으로써 간접적으로 그들의 발전과 우리의 선동을 도울 수 있을 겁니다. 누구든지 다른 사람을 계발시키고 선동해야 할 의무가 있는데, 어쩌면 더 과격하면 과격할수록 좋은 건지도 몰라요. 저는 사상의 씨앗을 뿌리고 있는 겁니다……. 이 씨앗에서 실제적인 일이 자라나지요. 그들에게 모욕이 될 게 뭐가 있다는 거죠? 처음에는 기분 나빠 하겠지만, 나중에는 자기들도 내가 그들을 도와주고 있다는 사실을 알게 되겠지요. 우리 동지인 테레비예바는(지금 공산주의 공동체에 들어 있습니다만) 가정을 뛰쳐나와서…… 어떤 남자에게 몸을 맡기고는, 편견 속에 사는 것이 싫어 자유 결혼을 한다고 부모님께 편지를 썼습니다. 그랬더니 그런 행동은 아버지에게 너무 잔인한 짓이라고, 부모님들을 조금이라도 불쌍히 여겨서 좀 더 부드럽게 쓸 수도 있지 않았느냐고 비난하는 사람들이 있었습니다. 제가 보기에 그건 다 쓸데없는 생각이에요. 전혀 부드럽게 쓸 필요가 없는 겁니다. 정반대로 바로 그때 반항을 했어야 하는 거예요. 바렌츠라는 여자는 7년 동안 남편과 살다가 두 아이를 버리고, 단번에 편지로 남편에게 잘라 말했어요. 〈난 당신과 함께 행복하게 살 수 없다는 사실을 깨달았어요. 당신이 공산주의 공동체 같은 전혀 다른 사회 조직이 존재한다는 걸 내게 숨기고, 나를 속였다는 사실을 나는 도저히 용서할 수 없어요. 난 얼마 전에 이 모든 것을 어떤 훌륭한 사람으로부터 들어서 알게 되었고, 그 사람에게 내 몸을 맡겼어요. 나는 그와 함께 공산주의 공동체를 만들어 갈 거예요. 당신을 속이는 것은 불명예스러운 짓이라는 생각이 들어서 솔직히 말씀드리는 거예요. 당신이 원하는 대로 사세요. 그러나 나를 돌이킬 수 있다고는 생각하지 마세요. 너무 늦었어요. 행복하세요.〉 이렇게요. 편지는 이렇게 써야 하는 겁니다!」

「그 테레비예바라는 여자, 자네가 말한 그 여자는 지금 세 번째 자유 결혼 상태라고 했던가?」

「제대로 세면 겨우 두 번째예요! 네 번째면 어떻고, 열다섯 번째면 어떻습니까. 그건 다 무의미한 계산이에요! 만일 내가 부모님이 돌아가신 것을 안타깝게 여긴 적이 있다면, 그것은 바로 지금입니다. 〈만일 그분들이 아직 살아 계신다면, 내가 얼마나 여러 가지 반항으로 그분들의 속을 썩혀 드릴 수 있었을까?〉라고 저는 몇 번씩이나 상상해 보았습니다! 일부러라도 그렇게 했을 거예요……. 그런데 이게 뭡니까? 무슨 〈떨어져 나간 빵 조각처럼〉 아무 일도 할 수 없으니! 난 그분들에게 보여 드렸을 거예요! 그분들을 놀라게 해드렸을 겁니다! 정말로 아무도 계시지 않는 게 너무 안타까워요!」

「놀라게 해주겠다고? 호호호! 자네 마음대로 하게나.」 표트르 페트로비치는 그의 말을 가로막았다. 「그런데 말 좀 해보지 그래. 자네 그 죽은 사람의 딸, 그 빼빼 마른 아가씨를 안다고 했지! 그게 사실이라면, 그 아가씨에 대해서는 뭐라고 말하겠나, 응?」

「무슨 말씀을 하시는 거지요? 제 생각에는, 즉 제 개인적인 확신에 따르자면 그건 정말 여성으로서 가장 정상적인 상태입니다. 그렇지 않을 것도 없잖습니까? 제 말씀은 distinguons(잘 구분해야 한다는 겁니다). 물론, 현재의 사회에서는 그게 정상적인 모습이 아니지요. 왜냐하면 강요에 의한 것이니까요. 그렇지만 미래에는 그것이 완전히 정상적인 상태가 될 것입니다. 왜냐하면 그때 가서는 모든 것이 자유로워질 테니까요. 그리고 그녀는 지금도 권리를 가지고 있습니다. 그녀는 고통을 당했지만, 그것은 그녀의 자산이고, 그 자산을 그녀는 마음대로 사용할 권리가 있는 겁니다. 물론 미래 사회에서 자산이란 전혀 필요 없게 되겠지만요. 하지만 그녀의 역할은 전혀 다른 뜻으로 의미를 부여받게 될 것입니다. 정연하고 논리적으로 조건 지워지겠지요. 소피야 세묘노브나에 대해 개인적인 의견을 말씀드리자면, 저는 현재 그녀의 활동을 사회 조직에 대한 적극적인 항의의 구현이라고 생각합니다. 그리고 이로 인해 그녀를 깊이 존경하고 있습니다. 그녀를 보면 기분이 절로 좋아지기까지 한다니까요!」[2]

「그런데 그 여자를 집에서 쫓아낸 사람은 자네라고 하던데!」

레베자트니코프는 갑자기 화를 벌컥 냈다.

「그건 또 다른 중상모략이에요!」 그는 절규했다. 「절대, 추호도 그렇지 않습니다! 전혀 그런 게 아닙니다! 그건 다 카테리나 이바노브나가 아무것도 모르고 떠들어 댄 소리입니다! 저는 소피야 세묘노브나의 환심을 사려고 애쓴 적이 없어요! 저는 아무 사

---

2 이 장에서 나오는 레베자트니코프의 말들은 1860년대 러시아의 혁명적인 사회주의자들의 시사 평론들과 N. G. 체르니솁스키(1828~1889)의 소설 『무엇을 할 것인가』에서 얻은 지식을 과장된 형태로 어설프게 이해해서 서술하고 있는 것이다. 그러므로 그의 말은 일종의 패러디적 성격을 띠고 있다고도 할 수 있다.

심 없이 그녀를 정신적으로 계발시켜 저항 정신을 북돋워 주려고 애쓴 것뿐이에요……. 제게 필요했던 것은 다만 저항이었을 뿐이에요. 소피야 세묘노브나 자신이 이 집에 있을 수 없게 된 거지요!」

「공산주의 공동체에 들어가라고 불러냈나?」

「당신은 계속 빈정대고 있지만, 한 가지만 지적해 드리지요. 굉장히 어설프시군요. 당신은 아무것도 이해하지 못해요! 공산주의 공동체에는 그런 역할이 없습니다! 공산주의 공동체란 그런 역할을 없애기 위해서 설립된 겁니다. 공산주의 공동체에서 그 역할은 현재의 본질을 완전히 바꿔 버릴 겁니다. 여기에서 어리석은 것이 거기에서는 현명한 것이 될 것이며, 현재의 상황에서는 부자연스러운 것이 그곳에서는 철저히 자연스러운 것이 될 것입니다. 만사는 인간이 어떤 상황, 어떤 환경에 있느냐에 따라 좌우되는 거예요. 모든 것은 환경 탓이고, 인간 자체는 아무것도 아니에요. 소피야 세묘노브나는 지금도 저와 사이좋게 지내고 있는데, 이 점이 그녀가 저를 원수와 모욕자로 생각한 적이 한 번도 없다는 사실을 입증해 주는 겁니다. 그래요! 나는 지금 그녀를 공산주의 공동체에 가입하라고 꾀고 있지만, 그것은 전혀 다른 근거에서 그러는 겁니다! 뭐가 우습지요? 우리는 다만 이전보다 훨씬 폭넓은 기초 위에서 독자적인 특별한 공산주의 공동체를 만들고 싶은 겁니다. 우리는 사상에서 한 발 더 전진했어요. 우리는 더 많이 부정합니다! 만일 도브롤류보프[3]가 무덤에서 일어난다면, 저는 그와도 논쟁을 벌일 겁니다. 벨린스키[4]도 유배시켜 버릴 거예요! 그러나 당분간은 소피야 세묘노브나를 정신적으로 계속해서 발전시

---

3 N. A. Dobroliubov(1836~1861). 19세기 러시아의 유명한 사회 문예 비평가이다.
4 V. G. Belinskii(1811~1848). 도브롤류보프보다 앞선 시대에 활동한 19세기 러시아 최고의 문학 비평가이자 사상가이다.

켜야겠지요. 그녀는 정말로 마음씨가 고와요!」

「아하, 그러니까 그 고운 마음씨를 이용하겠다는 말이로군, 안 그래? 호호!」

「아니에요, 아니에요! 오, 아니에요! 정반대입니다!」

「아하, 정반대라! 호호! 마침내 실토하고야 말았군!」

「좀 믿어 주세요! 내가 무슨 이유로 당신에게 숨긴단 말입니까, 말씀해 보세요! 정반대로 오히려 제가 이상한 생각이 들 정도예요. 그녀는 저와 함께 있으면, 어쩐지 몸이 굳어져서 겁을 집어먹은 듯 순결한 표정으로 부끄러워하거든요!」

「그래서 자네는 물론 그녀를 계발시켜 주고 있겠지……. 호호! 그 수치심이라는 것도 다 쓸모없다는 것을 입증시켜 주고 있겠지……?」

「전혀 그렇지 않아요! 전혀 그렇지 않습니다! 오, 그렇지만 정신적인 계발이라는 단어를 — 저를 용서하십시오 — 그렇게 거칠고 어리석게 이해하시다니요! 당신은 정말 아무것도 모르시는군요! 오, 맙소사, 당신은 아직…… 전혀 준비되어 있지 않아요! 우리는 여성의 자유를 추구하고 있는데, 당신 머릿속에는 오로지 한 가지뿐……. 순결과 여성의 수치심에 대한 문제는 그 자체로 전혀 무익하고 편견으로 가득한 것이므로, 전혀 개의치 않고 있지만, 저는 그녀와 함께 있을 때, 그녀가 순결을 지킬 수 있도록 존중해 주고 있습니다. 왜냐하면 그것은 그녀의 의지와 권리에 해당되는 사항이니까요. 물론 그녀 자신이 제게 〈난 당신을 갖고 싶어요〉라고 말한다면, 저는 굉장한 행운을 잡았다고 생각하겠습니다. 왜냐하면 그 여자는 제 마음에 쏙 들거든요. 그러나 지금은, 적어도 현재로서는 저보다 더 예의 바르고 정중하게 그녀를 대해 주는 사람은 아무도 없을 겁니다. 저보다 더 그녀의 가치에 존경을 표하는 사람은 아직 아무도 없단 말씀입니다……. 저는 기다리면서 희망을 걸고 있는 것뿐이에요!」

「그러지 말고 그 여자에게 무슨 선물이라도 하나 보내는 게 더 낫지 않을까? 자네는 그런 건 생각도 해보지 않았겠지만.」

「아까도 말했지만, 당신은 정말 아무것도 모르고 있군요! 물론 그녀의 상황이라는 것이 지금 그렇다고는 하지만, 그건 전혀 다른 문제입니다! 전혀 별개의 문제예요! 당신은 무조건 그녀를 경멸하고 있어요. 당신은 잘못 판단해서 경멸당해 마땅하다고 생각되는 사실만 보고는, 인간 존재를 인도적인 차원에서 바라보는 것을 거부하고 있습니다. 당신은 그 여자의 성품이 얼마나 아름다운지를 아직 모르고 있어요! 다만 한 가지 실망스러운 것은 그녀가 요즘 들어 웬일인지 독서를 그만두고 제게서 더 이상 책을 빌려 가지 않는다는 겁니다. 예전에는 빌려 갔거든요. 저항할 수 있는 결단력과 에너지가 있음에도 불구하고 — 그녀는 언젠가 한 번 이것을 증명해 보인 적이 있거든요 — 그녀에게는 여전히 자주성, 이를테면 독립심과 반항심이 부족하기 때문에 여러 편견과…… 어리석은 생각들을 완전히 떨쳐 버리지 못하는 것 같아요. 어떤 문제들은 대단히 훌륭하게 이해했지만요. 예를 들면 손에 키스하는 것에 대한 문제, 즉 남자가 여자의 손에 키스한다면, 그것은 남자가 여자를 불평등한 관계로 모욕하는 것이라는 문제를 그녀는 아주 잘 이해했어요. 우리 그룹에서 이 문제가 토의된 적이 있어서, 저는 그녀에게 즉시 전해 주었거든요. 프랑스의 노동 조합에 대해서도 그녀는 열심히 들었어요. 저는 지금 그녀에게 미래 사회에서는 타인의 방에 자유롭게 들어갈 수 있느냐는 문제에 대해서 가르치고 있습니다.」

「그건 또 무슨 말인가?」

「최근에 이 문제에 대해 토의가 있었거든요. 공산주의 공동체의 일원이 다른 회원, 즉 남자 혹은 여자 회원의 방에 언제든지 들어갈 권리가 있느냐에 대한 문제인데…… 그럴 권리가 있다는 결론이 났습니다…….」

「그런데 그 남자 혹은 그 여자가 필수 불가결한 욕구를 채우고 있을 때는 어떻게 하지? 하하!」

안드레이 세묘노비치는 성을 냈다.

「당신은 계속 그, 그 저주받을 〈욕구〉에 대해서만 말씀하시는군요!」 그는 증오심을 드러내면서 소리쳤다. 「빌어먹을, 우리들의 사상 체계를 설명하다가 당신에게 섣불리 그 저주받을 욕구에 대해 언급한 나 자신이 못마땅하고 혐오스러워 죽겠습니다! 제기랄! 그건 당신 같은 사람들에게는 발에 걸리는 돌부리예요. 더 나쁜 것은 당신들은 뭐가 뭔지를 알기도 전에 먼저 조롱이나 하려고 든다는 겁니다! 그러고는 자기들만이 옳다고 생각하죠! 잘난 척이나 하거든요! 쳇! 그래서 내가 몇 번씩이나 주장했었어요. 이런 문제를 초보자에게 설명하는 것은 그 사람이 사상 체계에 대한 확신이 벌써 서 있고, 충분히 계발되어서 방향이 정해진 다음, 맨 마지막에 하는 거라고요. 자, 어디 한번 말씀해 보세요. 시궁창이라고 해서 수치스럽게 여기거나 경멸할 건 없잖습니까? 저는 제일 먼저 나서서 어떠한 시궁창이라도 청소할 준비가 되어 있습니다! 그런 일은 자기희생이 아니에요! 그것은 사회에 유익한 고결한 활동입니다. 다른 활동들 못지않게 가치 있는, 아니 라파엘로나 푸시킨이 한 것보다 오히려 더욱 값어치 있는 행동입니다. 왜냐하면 유익하니까요!」[5]

「더 고결하다고 했나, 더 고결해. 호호호!」

「〈더 고결한 것〉이 무엇입니까? 그 표현이 인간의 활동을 규정한다는 의미로 사용되는 것이라면, 저는 그 표현을 이해할 수 없습니다. 〈더 고결하고〉, 〈더 아량이 있다〉는 말은 전부 헛소리이

---

5 여기서 레베자트니코프는 『러시아 말』이라는 잡지에서 V. A. 자이체프와 D. I. 피사레프가 주장한 〈순수〉 학문과 〈순수〉 예술에 대한 비판적 견해를 졸렬하게 모방해서 언급하고 있다. 이들은 학문과 예술이 사회에 실제적인 유익을 주어야 한다고 강조하고 있다.

고, 말도 안 되는 어리석은 말이며, 제가 부정하는 낡은 편견들입니다! 인류에게 유익한 모든 것은 고결합니다! 저는 다만 한 가지, 〈유익함〉이라는 단어만을 취하겠습니다! 원하신다면 웃으십시오. 그러나 이건 맞는 말입니다!」

표트르 페트로비치는 정신없이 웃어 댔다. 그는 이미 계산을 다 끝내고, 돈을 챙기고 있었다. 그러나 돈의 일부는 웬일인지 여전히 책상 위에 남아 있었다. 〈시궁창〉에 대한 문제는 별것이 아님에도 불구하고, 표트르 페트로비치와 그의 젊은 친구 사이에서 벌써 여러 번 결별과 불화의 원인이 되고 있었다. 그런데 참으로 어처구니없는 일은 안드레이 세묘노비치가 진심으로 화를 냈다는 점이다. 루진은 도리어 상황을 즐겼는데, 이번에는 레베쟈트니코프의 약을 좀 올리고 싶었다.

「당신은 어제 당한 낭패 때문에 속이 상해서 트집을 잡으시는 거예요.」 마침내 레베쟈트니코프는 이런 결론을 내렸다. 그는 본래 그가 지니고 있는 〈독립심〉과 〈저항심〉에도 불구하고 웬일인지 표트르 페트로비치에게는 감히 반기를 들지 못했다. 대체로 그는 상대방 앞에서 옛날부터 습관이 되어 온 일종의 고분고분한 태도를 그대로 간직하고 있었던 것이다.

「그러나저러나 한번 말을 좀 해보게.」 표트르 페트로비치는 불만스러운 어조로 거만하게 그의 말을 막았다. 「자네…… 아니, 이렇게 말하는 게 낫겠군. 앞에서 언급한 그 젊은 처자와 자네가 그렇게 막역한 사이라면, 지금 이 순간 그 여자를 이 방으로 불러올 수는 없겠나? 사람들이 벌써 묘지에서 돌아온 것 같은데…… 발소리가 요란한 걸 보니……. 내가 그 처자에게 볼일이 좀 있어서 그러네.」

「무슨 일이신데요?」 레베쟈트니코프가 놀라서 물었다.

「그냥 좀 필요해서 그래. 오늘 아니면 내일 나는 이 집에서 나갈 거야. 그런데 그 아가씨에게 뭔가 알려 줄 게 있거든……. 하지만 둘이 이야기하고 있는 동안 여기 있어 주게. 있어 주는 게 더 좋아. 그렇지 않으면 자네가 또 무슨 생각을 할지 모르니 말이야.」

「저는 아무 생각도 하지 않을 겁니다……. 저는 그냥 물어보았을 뿐이에요. 만일 당신에게 일이 있으시다면, 그녀를 부르는 것보다 더 쉬운 일은 없지요. 당장 다녀오겠습니다. 그리고 제가 전혀 방해되지 않으리라는 건 확신하셔도 좋습니다.」

정말로 5분쯤 뒤에 레베자트니코프는 소냐와 함께 방으로 돌아왔다. 소냐는 굉장히 놀란 표정으로, 늘 그렇듯이 몹시 두려워하면서 방 안으로 들어왔다. 그녀는 이런 경우에는 항상 두려움을 느꼈다. 그녀는 어렸을 때부터 새로운 얼굴과 새로운 만남을 몹시 두려워했는데, 요즘에는 그것이 더 심해졌다……. 표트르 페트로비치는 그녀를 〈친절하고 정중하게〉 맞아들였지만, 그의 태도에는 어쩐지 쾌활한 친근감 같은 것이 깔려 있었다. 표트르 페트로비치의 의견에 따르자면, 이는 자기처럼 존경받을 만하고 점잖은 사람이 이렇게 젊고, 또 어떤 의미에서는 흥미로운 존재를 대할 때 취할 수 있는 예의 바른 태도였던 것이다. 그는 황급히 그녀의 〈용기를 북돋워 준 다음〉, 탁자를 사이에 두고 맞은편 의자에 그녀를 앉혔다. 소냐는 앉아서 주위를 두리번거렸다. 그리고 레베자트니코프와 탁자에 놓인 돈을 보자, 그녀는 갑자기 표트르 페트로비치에게 시선을 돌려, 마치 못 박히기라도 한 듯이 그에게서 더 이상 시선을 떼지 않았다. 레베자트니코프는 문 쪽으로 나가려 했다. 그러자 표트르 페트로비치는 일어나서 소냐에게 그냥 앉아 있으라고 손짓을 한 다음, 문 옆에서 레베자트니코프를 붙잡았다.

「라스콜니코프가 거기 있던가? 그가 왔던가?」 그는 낮은 목소리로 물었다.

「라스콜니코프요? 거기 있던데요. 왜 그러시죠? 예, 거기 있었습니다……. 방금 들어왔어요. 제가 직접 봤습니다……. 그런데 왜 그러시죠?」

「그렇다면 특별히 부탁하네만, 자네는 여기 우리와 함께 있어 주게. 나를 저…… 처자와 단둘이 있게 내버려 두지 말게나……. 아무 일도 아닌데 나중에 사람들이 무슨 말을 할지 누가 알겠나. 나는 라스콜니코프가 저쪽에다 이상한 말을 퍼뜨리는 걸 원치 않아……. 알겠나, 내가 무슨 말을 하는지?」

「알겠습니다, 알겠어요!」 레베자트니코프는 일순간 무슨 말인지를 깨달았다. 「예, 당신에게는 그럴 권리가 있습니다……. 물론 제 개인적인 확신에 따르자면, 당신은 지나치게 앞서 걱정하시는 것 같지만요. 그렇지만…… 어쨌든 당신에게는 권리가 있습니다. 그럼 제가 여기에 남지요. 저는 여기 창 옆에 서서 두 사람을 방해하지 않겠습니다……. 제 생각에는 당신에게 권리가 있습니다…….」

표트르 페트로비치는 소파로 돌아와 소냐와 마주 앉자, 주의 깊게 그녀를 보더니 갑자기 극도로 위엄이 서린, 약간은 엄격하기까지 한 표정을 지었다. 그 표정은 마치 〈이 아가씨야, 허튼 생각은 하지 마〉라고 말하는 것 같았다. 소냐는 몹시 당황하고 말았다.

「소피야 세묘노브나, 우선 대단히 존경하는 당신의 어머니께 사죄의 말씀을 전해 주십시오……. 분명 그런 것 같은데, 카테리나 이바노브나가 당신에게는 돌아가신 어머니를 대신하고 계시지요?」 표트르 페트로비치는 대단히 위엄 있게, 그러나 아주 상냥한 태도로 이야기를 시작했다. 모든 점으로 미뤄 보아 그에게는 우호적인 의도가 있는 듯했다.

「예, 그렇습니다, 맞습니다. 새어머니가 되세요.」 소냐는 흠칫 놀라면서 황급히 대답했다.

「자, 그렇다면 제가 오늘 부득이한 사정 때문에 참석할 수 없게 되었고, 댁의 식사에…… 그러니까 어머니께서 모처럼 초대해 주셨지만 추모연에는 갈 수가 없게 되었다고, 죄송하다고 전해 주십시오.」

「알겠습니다, 예. 전해 드리겠어요, 지금 당장 가서.」 소냐는 의자에서 벌떡 일어났다.

「〈아직〉 끝나지 않았습니다.」 표트르 페트로비치는 그녀의 순박하고 예의에 익숙지 못한 행동을 보고, 미소를 띠며 그녀를 불러 세웠다. 「만일 이렇게 중요하지도 않은, 오로지 저 한 사람에게만 관련되는 일로 당신과 같이 특별한 분에게 수고를 끼치면서까지 제 방으로 불렀다고 생각한다면, 당신은 저를 잘못 보신 겁니다, 소피야 세묘노브나. 제겐 다른 목적이 있습니다.」

소냐는 급히 자리에 앉았다. 치워지지 않은 채 탁자에 놓여 있는 회색과 무지갯빛의 지폐들이 또다시 눈앞에 어른거렸지만, 그녀는 재빨리 지폐에서 얼굴을 돌려 표트르 페트로비치를 바라보았다. 다른 사람의 돈을 보는 것, 특히 〈그녀〉가 보는 것은 굉장히 무례한 짓이라는 생각이 문득 들었던 것이다. 그녀는 표트르 페트로비치의 왼손에 들려 있는 금테 안경과 그 손의 중지에 끼워져 있는 노란 돌이 박힌 큼직하고 화려한, 아주 아름다운 반지에 시선을 고정시켰다. 그러나 갑자기 그것에서도 시선을 떼고, 어찌할 바를 모르다가 끝내는 또다시 표트르 페트로비치의 눈을 똑바로 쳐다보고야 말았다. 그는 아까보다 더욱 위엄 있게 침묵한 다음 말을 이었다.

「어제 저는 불행한 일을 당한 카테리나 이바노브나와 잠깐 두어 마디를 나눌 기회가 있었습니다. 단 두 마디의 말로도 그분이, 만일 이렇게 표현하는 것이 가능하다면, 몹시 부자연스러운 상태에 계시다는 것을 충분히 알 수 있겠더군요…….」

「예……. 부자연스러운 상태예요…….」 소냐는 급히 말을 받았다.

「더 간단히 이해하기 쉽게 말한다면, 병중에 계시더군요.」

「예, 더 간단히 이해하기…… 예, 몸이 아프세요.」

「그렇지요. 그래서 말인데, 그분의 피할 수 없는 불행한 운명을 예견하고 나니까 인간애라고 할까, 말하자면 동정심이 생겨서 뭔가 제 편에서 도움이 되었으면 하는 생각이 들더군요. 그 가난하기 짝이 없는 가족 모두가 당신 한 사람에게만 의지하고 있는 것 같던데요.」

「제가 한 가지 여쭤 봐도 될까요?」 소냐가 갑자기 일어났다. 「당신이 어머니에게 연금을 받을 수 있다고 말씀하셨다던데요? 어제 어머니께서 제게 말씀하시던데, 당신이 그 연금을 받을 수 있도록 애써 주시겠다고 하셨다고요. 그게 사실인가요?」

「아니, 아닙니다. 그 말은 어떤 의미에서는 좀 엉뚱하군요. 저는 다만 근무 중 사망한 관리의 배우자에게 지급되는 일시적인 보조금에 대해 약간 언급한 것뿐입니다. 그것도 누군가의 추천이 있다는 조건하에서이지요. 그런데 돌아가신 아버님은 연한을 다 채우지도 못하셨을 뿐 아니라, 최근에는 그나마 근무도 전혀 하지 않으신 것 같더군요. 한마디로 말해서 희망이 있다손 치더라도 그건 대단히 희박하기 때문에, 사실상 이런 경우에는 보조금에 대한 권리는 전혀 없다고 해도 과언이 아니고, 오히려…… 그런데 어머니께서 벌써 연금에 대해서 생각하시다니, 헤헤헤! 대범한 부인이시로군요!」

「예, 연금에 대해서는…… 왜냐하면 어머니께서는 뭐든지 쉽게 잘 믿으시고, 선량하셔서 그러세요. 선량하셔서 모든 걸 잘 믿으세요. 그리고…… 그리고…… 그리고…… 어머니는 지금 정신이 온전치 않으셔서…… 그래요……. 죄송합니다.」 소냐는 이렇게 말하고는, 또다시 일어나서 나가려고 했다.

「잠깐만 기다리세요, 아직 다 끝나지 않았습니다.」

「예, 아직 끝나지 않았군요.」 소냐는 중얼거렸다.

「그러니 앉으세요.」

소냐는 몹시 당황한 모습으로 세 번째로 다시 자리에 앉았다.

「불쌍한 어린 자식들을 데리고 있는 어머니의 형편을 보자니, 아까 말씀드린 대로 힘이 닿는 한 제가 무언가 도움을 드리고 싶군요. 힘이 닿는 한 말입니다, 그 이상은 아니고요. 예를 들면 어머니를 위해서 의연금을 모은다든지, 아니면 복권 판매를 추천한다든지, 아니면 이와 비슷한 방법이라면 가능할 수 있겠지요. 이런 경우에는 언제나 그렇듯이 가까운 사람들이 주최하든지, 혹은 모르는 사람이라도 돕고 싶어 하는 사람들이 주최할 수 있는 겁니다. 이런 생각을 당신에게 전하고 싶었습니다. 그런 일이라면 가능하지요.」

「예, 좋네요……. 하느님께서 이 일로 당신을…….」 소냐는 표트르 페트로비치를 뚫어지게 쳐다보면서 더듬거렸다.

「가능합니다. 그렇지만…… 이 문제는 나중에…… 아니 오늘이라도 시작할 수 있을지 모르겠군요. 저녁에 만나서 의논하고, 즉 기본적인 내용들을 결정하기로 합시다. 제 방, 이곳으로 7시에 와 주십시오. 안드레이 세묘노비치, 자네도 우리와 함께 참여해 주리라고 기대하는데……. 그러나…… 그 전에 미리 분명히 말씀드릴 것이 있습니다. 이 때문에 당신을 부른 겁니다, 소피야 세묘노브나. 제 의견은 이렇습니다. 돈은 절대로 카테리나 이바노브나의 손에 맡겨서는 안 됩니다, 위험하니까요. 이것을 증명해 주는 것이 바로 오늘의 추모연입니다. 내일 당장 끼니를 때울 빵 부스러기도 없고…… 신발도 없고, 아무것도 없으면서, 오늘은 자메이카산(産) 럼주를 사고, 마데이라 포도주, 그리고 또 커피까지 사니 말입니다. 지나다가 보았습니다. 내일이 되면 또다시 빵 한 조각까지 모조리 당신의 도움을 받아야겠지요. 이건 정말 말도 안 되는 일입니다. 그래서 제 개인적인 생각으로는 의연금 모집도 불행한 부인이 그 돈에 대해서는 전혀 모르도록 해야 한다는 겁니다. 당신만 아는 것으로 하자는 거지요. 제 말이 옳지요?」

「저는 모르겠어요. 오늘 어머니가 그러신 것은 그냥…… 일생에 단 한 번 있는 일이니까…… 어머니는 무척 공양을 올리고 싶어서, 정성을 보이고 싶어서 그러셨던 거예요. 고인을 추모하기 위해……. 하지만 어머니는 현명하신 분이에요. 그리고 그것은 원하시는 대로 하세요. 저는 무척, 무척…… 가족들도 모두 당신께…… 그러니까 하느님께서도 당신을…… 그리고 아버지 없는 아이들도…….」

소냐는 말을 맺지 못하고, 울음을 터뜨렸다.

「그럼 됐습니다. 자, 그럼 이걸 염두에 두고, 이제 당신 어머니를 위해서 우선 제가 개인적으로 힘닿는 대로 드리는 이 돈을 받아 주십시오. 제발 제 이름은 밝히지 말아 주세요. 자, 여기…… 저 자신도 여러 가지 할 일이 있는지라 더 이상은 어렵군요…….」

그리고 표트르 페트로비치는 소냐에게 10루블짜리 지폐를 반듯하게 펴서 내밀었다. 소냐는 돈을 받아 들고는 얼굴이 빨개져서 벌떡 일어나 무슨 말인가를 중얼거리더니, 황급히 인사를 했다. 표트르 페트로비치는 득의만면해서 그녀를 문까지 배웅했다. 마침내 그녀는 괴롭고 흥분된 표정으로 방을 뛰쳐나와, 당황한 낯빛으로 카테리나 이바노브나의 집으로 돌아왔다.

이런 장면이 연출되는 동안, 안드레이 세묘노비치는 대화를 방해하지 않으려고 창 옆에 서 있거나 방 안을 서성거렸다. 소냐가 나가자, 그는 갑자기 표트르 페트로비치에게 다가가 엄숙하게 손을 내밀었다.

「나는 모든 것을 듣고, 모든 것을 〈보았습니다〉.」 그는 마지막 말에 특히 힘을 주어 말했다. 「이건 고상하고, 그러니까 제가 하고 싶은 말은 인도적이라는 겁니다! 당신은 그녀가 감사의 표현을 하는 걸 막고 싶으셨던 거군요. 난 보았습니다! 원칙에 따르자면, 개인적인 자선에 공감할 수 없다는 건 인정합니다. 왜냐하면 그것은 악을 근본적으로 박멸하지 못할 뿐 아니라, 더욱 키워 주니까요. 하지만 저는 당신의 행동을 보고 기쁨을 느꼈다는 걸 인정하지 않을 수 없습니다. 예, 예, 정말 제 마음에 드는 행동이었습니다.」

「에이, 별거 아닌데!」 표트르 페트로비치는 약간은 흥분해서 웬일인지 레베쟈트니코프의 눈치를 보며 중얼거렸다.

「아니요, 그렇지 않습니다! 어제의 사건으로 그렇게 상처를 받고 기분이 언짢은데도 다른 사람의 불행에 대해 생각할 줄 아는 당신 같은 사람, 그런 사람은…… 자신의 행동이 설령 사회적인 오류를 범하고 있다고 할지라도, 그래도…… 존경받을 만한 자격이 있습니다! 저는, 표트르 페트로비치, 당신이 이런 일을 하실 수 있으리라고는 전혀 생각지도 못했습니다. 더구나 당신의 사고방식에 따르자면, 오, 당신의 그 사고방식이 얼마나 당신에게 걸림돌이 되고 있는지! 보십시오, 어제의 그 낭패가 당신을 얼마나 괴롭히고 있습니까?」 표트르 페트로비치에게 강한 호감을 다시 느끼게 된 선량한 안드레이 레베쟈트니코프는 외쳤다. 「당신에게 그 결혼, 그 〈합법적인〉 결혼이 왜 반드시 필요한 겁니까, 고상하고 친절한 표트르 페트로비치? 왜 당신에게 결혼의 그 〈합법성〉이 꼭 필요한 건가요? 자, 만일 원하신다면 저를 때리십시오. 저는 그 결혼이 성사되지 않아서 기쁩니다, 기뻐요. 당신이 자유롭고, 당신이 아직 인류를 위해서 파멸당하지 않았다는 것이 기뻐요, 기뻐……. 아시겠습니까, 제가 무슨 말을 하고 있는지!」

「그건 자네들이 말하는 자유 결혼을 해서 마누라가 바람피우는 것을 보고 싶지 않고, 남의 자식을 키우고 싶지도 않아서 그러는 거야. 그게 내가 합법적인 결혼을 그렇게도 원하는 이유야.」 루진은 무슨 말이든 대답하기 위해서 이렇게 말했다. 그는 뭔가에 특별히 골몰해 있었다.

「아이들요? 아이들에 대해 말씀하셨습니까?」 안드레이 세묘노비치는 전쟁 나팔 소리를 들은 군마(軍馬)처럼 몸을 부르르 떨었다. 「아이들, 이것은 가장 중요한 사회적인 문제입니다. 저도 동감입니다. 그러나 아이들에 관한 문제는 다른 해결 방법이 있을 겁니다. 어떤 사람들은 모든 다른 종류의 가정생활과 함께 아이들도 완전히 부정하려고 하지요. 아이들에 대해서는 나중에 이야기하기로 하고, 지금은 아내의 간통에 대해서 이야기해 보지요! 제가 이 문제에 약하다는 건 인정하겠습니다. 용기병들이나 쓰는 이 추악한 푸시킨의 표현은 미래의 어휘에서는 생각할 수조차 없는 일입니다. 그 뿔[6]이라는 것이 무엇입니까? 오, 이 무슨 오류입니까? 도대체 그 뿔이 무엇입니까? 왜 뿔이라고 하지요? 이게 무슨 헛소리입니까! 자유 결혼에서는 오히려 그런 짓이라고는 전혀 없을 겁니다! 간통, 이것은 모든 합법적인 결혼의 자연스러운 결과일 뿐입니다. 말하자면 그것은 합법적인 결혼의 수정(修正)이요 반항이므로, 이런 점에서 간통은 결단코 치욕적인 것이 아닌 게 됩니다……. 제가 언젠가 합법적인 결혼을 하게 된다면 ─ 이런 어리석은 행동을 한다고 가정한다면 말입니다 ─ 저는 당신들이 말하는 그 천벌받을 간통을 오히려 기뻐할 겁니다. 그때 저는 제 아내에게 말할 겁니다. 〈내 친구여, 나는 지금까지 당신을 사랑하기만 했소. 그러나 이제는 당신을 존경하오. 왜냐하면 당신은 저항할 수 있기 때문이오!〉 또 웃으십니까? 그건 당신이 편견을 버릴 수 없기 때문에 그런 겁니다! 제기랄, 저도 합법적인 결혼에서 속임수를 당하면 불쾌하다는 것쯤은 이해합니다. 그러나 그건 서로가 굴욕적인 비열한 사실의 비열한 결과에 불과합니다. 뿔이 자유 결혼에서처럼 공개적으로 이루어진다면, 그때는 이미 뿔은 존재하지 않을 것이고, 뿔은 의미가 없어질 것이며, 그 이름조차 사라지게 될 것입니다. 그와는 반대로 당신의 아내는 그녀가 당신을 얼마나 사랑하는지를 증명할 수 있게 되지요. 그녀는 당신을 그녀의 행복을 방해할 수 없는 사람으로, 즉 새로운 남편

6 뿔은 아내의 부정을 의미한다.

때문에 그녀에게 복수 따위는 하지 않을 정도로 정신적으로 발달된 사람으로 인정하는 거니까요. 제기랄, 때로는 나도 여자가 되어 시집을 갔으면 좋겠다는 생각을 하지요. 쳇! 만약 내가 결혼을 한다면 — 그게 자유 결혼이든, 합법적인 결혼이든 상관없이 — 나는 내 손으로 정부를 아내에게 데려다줄 거예요. 만일 아내가 오랫동안 정부를 만들지 않는다면요. 그리고 아내에게 말할 겁니다. 〈내 친구여, 나는 당신을 사랑해. 그러나 그보다도 더 나는 당신이 나를 존경해 주길 원해!〉라고 말입니다. 어떻습니까? 제가 말을 제대로 하고 있는 거 아닙니까……?」

표트르 페트로비치는 이 말을 듣고 쿡쿡 웃었지만, 그다지 열중해서 듣는 기색은 아니었다. 그는 건성으로만 듣고 있었다. 그는 사실 뭔가 다른 일을 생각하고 있었고, 레베자트니코프도 마침내 이를 눈치챘다. 표트르 페트로비치는 흥분하기까지 해서, 손을 비비며 생각에 잠겨 있었다. 그래서 나중에 안드레이 세묘노비치는 이 모든 일을 상기하게 되고, 염두에 두게 되었던 것이다…….

2

도대체 어떤 이유에서 카테리나 이바노브나의 혼란스러운 머릿속에 이 무모한 추모연에 대한 구상이 떠올랐는지 정확히 설명한다는 것은 어려운 일일 것이다. 사실 이 때문에 라스콜니코프가 마르멜라도프의 장례식 명목으로 준 20루블 남짓 되는 돈 중에서 거의 10루블이 사용되었던 것이다. 어쩌면 카테리나 이바노브나는 모든 세입자들과 특히 아말리야 이바노브나에게, 고인이 〈그들보다 절대로 못한 사람이 아니었을 뿐 아니라, 그들보다 훨씬 훌륭한 사람이었을 수도 있다〉는 점과, 그러므로 어느 누구도 그의 앞에서 〈거드름을 피울〉 권리가 없다는 점을 알려 주기 위해 〈격식에 따라〉 추모의 예를 갖추는 것이 고인에 대한 자신의 의무라고 생각했는지도 모른다. 여기에는 가난한 사람들 특유의 자존심이 개입했는지도 모를 일이었다. 이 자존심 때문에 수많은 가난한 사람들은 오직 〈남에게 뒤지지 않기〉 위해서, 그리고 어떻게든 남들에게 〈손가락질을 당하지 않겠다는〉 일념하에, 살아가는 동안 누구나 의무적으로 행하는 몇몇 사회적인 의식에 마지막 힘을 모아 여태껏 모아 두었던 마지막 한 닢까지도 다 탕진해 버리는 것이다. 카테리나 이바노브나는 세상 모든 이로부터 버림받은 것만 같은 그 순간에, 바로 그 상황에서 이 〈형편없고 환멸스러운 세입자들 모두에게〉, 자기가 〈훌륭한 삶의 방식도 알고 있고, 손님을 대접할 줄도 알 뿐 아니라〉, 절대 이런 운명에 따라 살도록 양육받지 않았으며, 〈고결하고, 어쩌면 귀족이라고 할 수 있는 대령의 가정에서〉 자라나, 자기 손으로 마루를 닦고, 밤마다 아이들의 걸레 같은 옷을 빨며 살 신세가 아니었음을 보여 주고 싶었다는 것이 더 타당한 해석일지 모른다. 이런 자존심과 허영심의 발작은 때로 몹시 가난하고 짓밟힌 사람들에게도 찾아들어, 자칫 주체할 수 없을 정도의 초조한 욕구로 변하기 마련이다. 더욱이 카테리나 이바노브나는 짓밟힐 만한 사람이 아니었다. 환경은 그녀를 육체적으로 완전히 죽일 수는 있을지언정, 정신적으로 파괴시킬 수는 없었던 것이다. 즉 그녀를 위협해서 굴복시킨다는 것은 있을 수 없는 일이었다. 더구나 소냐가 그녀의 정신이 온전하지 못하다고 말한 것은 분명 근거 있는 말이었다. 사실 이에 대해 확실하게 단정 지을 수는 없지만, 실제로 그녀의 허약한 정신은 최근 1년 동안 몹시 시달려서, 어느 정도 손상을 입지 않을 수 없었던 것이다. 그리고 의사들은 결핵이 심각해지면 정신력에 혼란을 일으킬 수 있다고 말하고 있다.

추모연 때 〈술〉의 종류가 그렇게 갖가지였던 것은 아니었다.

식탁에는 〈마데이라〉 포도주 역시 없었다. 루진의 말은 과장된 것이었지만, 어쨌든 술은 있었다. 보드카와 럼주, 리스본산의 술로 모두 질이 좋지 않았으나 양만큼은 충분했다. 음식으로는 꿀죽[7] 외에도 서너 가지의 요리가 나왔는데(그것에 곁들여서 팬케이크도 나왔다), 요리들은 모두 아말리야 이바노브나의 부엌에서 만들어진 것이었다. 거기다가 식사 후에 차와 펀치를 준비하기 위해 사모바르 두 개도 즉시 식탁에 올려졌다. 장 보는 일은 리페베흐젤 여사의 집에 무슨 이유로 살고 있는지 아무도 모르는 어떤 불쌍한 폴란드인 세입자의 도움을 받아, 카테리나 이바노브나가 직접 지휘했다. 그는 카테리나 이바노브나의 심부름꾼을 자청해서 어제 온종일 그리고 오늘 아침나절 내내 정신없이 이리저리 뛰어다녔는데, 자신의 그 같은 모습을 남들의 눈에 띄게 하려고 안달하는 것 같았다. 그는 사소한 일을 가지고도 카테리나 이바노브나에게 끊임없이 달려와 의논했고, 그녀를 찾으러 중앙 시장까지 뛰어와서는 연방 〈파니 호룬지나〉[8]라고 불러 대는 바람에, 처음에는 이 〈친절하고 도량이 넓은〉 사람이 없었다면 일을 어떻게 처리할 수 있었겠냐고 말하던 카테리나 이바노브나도 결국에 가서는 그에게 진저리를 칠 정도였다. 카테리나 이바노브나는 처음 만난 사람들에게 당사자가 무안해질 정도로 아주 거창하고 환한 빛깔로 치장해 주고 칭송해 대는 버릇이 있었다. 이를 위해서 그녀는 전혀 있지도 않은 여러 가지 상황을 꾸며 내서는 자기도 그것을 진심으로 믿어 버리곤 했다. 그러다가는 금세 환멸을 느끼고, 불과 몇 시간 전만 하더라도 진실로 숭배하던 그 사람을 헐뜯으면서 욕을 퍼붓고 떠밀어 내쫓아 버리는 경우가 있었다. 천성적으로 그녀는 잘 웃고 명랑하고 온순한 성격의 소유자였지만, 끊임없는 불행과 낭패를 겪은 나머지 모든 사람들이 평

---

7 러시아의 전통 요리로, 초상이 났을 때 준비하는 음식이다.
8 마님이라는 뜻이다.

화와 기쁨 속에서만 살기를, 감히 다른 모습으로는 살지 않기를 너무나도 강렬하게 원하고 강요하게 되어서, 아주 작은 불화나 사소한 실패만 봐도 거의 미칠 지경에 이르렀다. 그래서 가장 밝은 희망과 환상을 품다가도, 다음 순간 갑자기 운명을 저주하면서 손에 잡히는 대로 찢고 던지며 머리를 벽에 박아 버리는 것이었다. 아말리야 이바노브나 역시 평상시답지 않게 카테리나 이바노브나로부터 더없는 존경과 인정을 얻게 되었다. 이것은 이 추모연이 계획되었을 때, 아말리야 이바노브나가 전심으로 이 분주한 일을 도와주겠다고 나섰기 때문인 듯했다. 그녀는 상 차리는 일을 비롯해서 식탁보와 냅킨과 그릇 등을 마련하고, 부엌에서 음식을 준비하는 일까지 도맡아서 해주었다. 카테리나 이바노브나는 모든 일을 그녀에게 완전히 위임한 다음, 평온한 마음으로 묘지로 향했다. 모든 것이 아주 훌륭하게 준비되었다. 상은 아주 깨끗하게 차려졌다. 물론 그릇과 숟가락, 나이프, 럼주 잔과 유리잔과 찻잔 같은 모든 식기들은 여기저기 여러 세입자들에게서 모아 온 것으로 모양도 크기도 제각각이었지만, 전부 시간 맞춰 제자리에 놓였다. 아말리야 이바노브나는 자기가 일을 훌륭하게 해냈다는 것을 느끼면서, 새 상장(喪章)을 단 부인용 모자와 검은 드레스로 성장을 하고, 집으로 돌아오는 이들을 자랑스럽게 맞아들였다. 그녀가 이런 자랑스러운 기분을 느끼는 것도 이해가 가는 일이었지만, 왠지 카테리나 이바노브나의 마음에는 들지 않았다. 〈아말리야 이바노브나가 없으면 상도 제대로 차릴 수 없다는 거야, 뭐야, 정말!〉 아말리야 이바노브나가 쓰고 있는 새 상장이 달린 부인용 모자도 그녀의 마음에 들지 않았다. 〈이 어리석은 독일 여자는 여주인인 자기가 동정을 베풀어서 가난한 세입자를 도와준다고 뻐기고 있는 거 아닐까? 동정심 때문이라고! 천만의 말씀! 대령이셨고, 주지사 못지않으셨던 이 카테리나 이바노브나의 아버지 집에서는 40명분의 식탁을 차리기도 했었어. 아말리야 이바노브나 같은 여자, 아니 류드비코브나라고 하는 것이 더 낫겠군, 이런 여자는 우리 집 부엌으로도 들여보내지 않았을 거야……〉 카테리나 이바노브나는 오늘 반드시 아말리야 이바노브나의 콧대를 꺾어 놓고야 말겠다고, 자기 분수를 반드시 알게 해줘야겠다고 마음먹었다. 그렇지 않으면 아말리야 이바노브나가 어디까지 기어오를지 알 수 없는 일이기 때문이었다. 그러나 그녀는 때가 될 때까지는 감정을 드러내지 않기로 작정하고, 그때까지는 그녀에게 냉담하게 대하기만 했다. 또 다른 불쾌한 일들도 카테리나 이바노브나의 분노를 부채질했다. 묘지까지 따라온 폴란드 사람을 제외하고는 장례식에 와달라고 초대한 세입자들 중에서 장례식에 온 사람은 거의 없었다. 그런데 추모연이 열릴 시간이 되자, 즉 음식이 차려지자 세입자들 중에서 가장 비천하고 가난한 사람들만이 옷도 제대로 갖춰 입지 않고서, 무슨 쓰레기 같은 꼴로 나타났던 것이다. 나이도 좀 지긋하고 의젓한 사람들은 약속이라도 한 듯이 아무도 참석하지 않았다. 예를 들면 모든 세입자들 중에서 가장 믿음직스러운 사람이라고 할 수 있는 표트르 페트로비치 루진은 나타나지 않았다. 게다가 어제저녁에 카테리나 이바노브나는 온 세상에, 즉 아말리야 이바노브나와 폴랴와 소냐, 그리고 그 폴란드 사람에게 이 고결하고 관대하며 엄청난 지인들과 재산을 가지고 있는, 첫 남편의 친구이자 아버지 집에도 출입했던 루진이 상당한 금액의 연금을 받을 수 있도록 사재(私財)를 털어 운동을 벌여 주겠다고 약속했노라고 떠벌렸던 것이다. 그런데 여기서 지적해 두어야 할 것은 카테리나 이바노브나가 누군가의 연고와 재산을 칭찬하더라도, 그것은 어떤 이익이나 개인적인 타산이 있어서가 아니었다는 점이다. 그녀는 조금도 사심 없이, 칭찬받는 사람에게 좀 더 나은 가치를 부여해 주고 칭송하는 데서 오는 만족감 하나 때문에 진심으로 그렇게 하는 것이었다. 〈그 비열하고 파렴치한 레베자트니코프〉는 루진의 〈흉내를 내느라〉 나타나지 않은 것 같았다. 〈그놈은 자기가 뭐라도 되는 줄 아나 보지? 순전히 동정심 때문에 초대해 주었던 거고, 또 표트르 페트로비치와 한방을 쓰고 있는 데다가 그의 친구니까 초대하지 않으면 거북할까 봐 그런 것뿐인데 말이야.〉 그리고 또 〈나이 많은 처녀〉 딸을 데리고 사는 거드름을 피우는 부인 역시 나타나지 않았다. 이들은 아말리야 이바노브나의 집에서 산 지 겨우 2주밖에 되지 않았지만, 특히 고인이 술에 취해서 집으로 돌아올 때면, 마르멜라도프의 방에서 들려오는 소음과 비명 소리에 대해 벌써 몇 번씩이나 불평을 한 적이 있었다. 물론, 이 사실은 카테리나 이바노브나도 아말리야 이바노브나한테서 들어 잘 알고 있었다. 아말리야 이바노브나는 카테리나 이바노브나와 욕설을 주고받으며 싸우다가, 가족 전체를 내쫓겠다고 위협을 하며, 그들이 〈발꿈치도 못 따라갈 점잖은 세입자들〉을 괴롭히고 있다고 고래고래 소리쳤던 것이다. 카테리나 이바노브나는 〈자기가 발꿈치도 못 따라갈 그 위인들〉, 즉 지금까지 우연히 만났을 때도 거만하게 얼굴을 돌리던 그 부인과 딸을 일부러 초대했던 것인데, 이는 〈우리는 더욱 고결하게 느끼며 생각하는 사람들인지라 원한을 품지 않고 초대한다는 것〉을 그들로 하여금 알게 해주고, 카테리나 이바노브나가 이렇게 사는 데 익숙하지 않은 여자라는 것을 직접 확인시켜 주기 위한 것이었다. 그리고 이에 대해 식탁 앞에서 그들에게 반드시 설명해 줄 작정이었으며, 또한 돌아가신 아버지의 도지사 직책에 대해서도 언급하면서, 지나가다가 만나더라도 외면할 필요는 전혀 없으며, 그런 행동은 지극히 어리석은 짓이라는 것을 말해 줄 참이었다. 그 외에도 뚱뚱한 육군 중령도 오지 않았는데(사실상 그는 퇴역한 대위였다), 그는 어제 아침부터 정신없이 취해 뻗어 있었던 것이다. 한마디로 말해서, 폴란드 사람과 기름때에 전 꾀죄죄한 연미복을 입고 역겨운 냄새를 풍기는 여드름투성이의 과묵한 서기, 또 어느 우체국에서 일하다가 언제인지 또 왜인지도 모르지만 아말리야 이바노브나의 집에서 살게 된 귀가 먹고 거의 눈까지 먼 노인 정도가 참석했다. 그리고 또 한 사람, 술에 취한 중위가 들어왔는데 그는 군량 징발부의 관리로 — 상상을 좀 해보시라 — 조끼도 입지 않고 들어와서는, 아주 무례하게 큰 소리로 웃고 있었다! 또 어떤 사람은 카테리나 이바노브나에게 인사도 하지 않고, 곧장 식탁 앞에 앉아 버렸고, 끝으로 온 사람은 옷이 없었는지 잠옷 바람으로 들어오려고 했는데, 아무래도 그건 너무 무례한 짓이었으므로, 아말리야 이바노브나와 폴란드 사람에 의해 방에서 쫓겨나고 말았다. 그러나 폴란드 사람은 아말리야 이바노브나의 집에서 단 한 번도 산 적이 없고 지금까지 셋방에서 본 적도 없는 폴란드인 둘을 데려왔다. 이 모든 일들이 카테리나 이바노브나의 화를 부추겼다. 〈이 지경이니 도대체 누구를 위해서 이 상을 차린 거람?〉 자리를 넉넉하게 하려고 두 아이는 그렇지 않아도 방 전체를 차지하고 있는 식탁에 앉히지도 못하고, 뒤쪽 구석에 있는 궤짝 위에 따로 상을 차려 작은 걸상에 앉혔던 것이다. 폴랴는 누나로서 이들을 돌보고 음식을 먹여 주며, 〈고상한 집안의 아이들처럼〉 동생들의 코를 닦아 주어야 했다. 이런 고로 카테리나 이바노브나는 자기도 모르게 이들 모두를 훨씬 더 점잔 빼며 거만한 태도로 맞이하게 되었다. 그녀는 손님들 중 몇을 엄숙하게 훑어보고는, 깔보듯이 식탁에 앉으라고 권했다. 그녀는 웬일인지 참석하지 않은 사람들 전부에 대해 아말리야 이바노브나가 책임을 져야 한다는 생각이 들어, 갑자기 그녀에게 퉁명스레 대하기 시작했다. 아말리야 이바노브나 역시 이를 금방 알아채고 몹시 분하게 여겼다. 이런 시작은 당연히 좋은 결말로 끝날 리 없었다. 마침내 모두가 자리에 앉았다.

  라스콜니코프는 다른 사람들이 묘지에서 돌아온 때와 거의 동시에 들어왔다. 카테리나 이바노브나는 그를 보고 몹시 기뻐했는데, 그 이유는 첫째로, 그가 손님들 중에서 유일하게 〈교육을 받은 사람〉이었고, 〈다 알다시피, 2년 후면 이곳의 대학에서 교수의 직무를 수행할 준비를 하고 있는〉 분이기 때문이었다. 둘째로, 그는 들어오자마자 장례식에 꼭 참석하고 싶었지만 부득이 그럴 수가 없었다고 정중한 태도로 그녀에게 사죄했기 때문이다. 그녀는 당장 그를 붙잡아 자기 왼쪽 자리에 앉히고(오른쪽 자리에는 아말리야 이바노브나가 앉아 있었다), 음식들이 제대로 나누어지고 있는지, 모든 사람들에게 다 돌아가고 있는지를 끊임없이 걱정하면서 분주하게 움직였다. 최근 이틀 동안 더욱 깊어진 것 같은 고통스러운 기침 때문에 계속 말이 막히고 호흡이 곤란했지만, 그녀는 라스콜니코프에게 거의 속삭이는 목소리로 그동안 쌓였던 감정과 실패한 추모연에 대한 온당한 분노를 성급히 털어놓기 시작했다. 그런데 이 분노는 모여 있는 손님들, 주로 여주인을 향한 아주 통쾌하고도 도저히 주체할 수 없는 조롱으로 옮겨 가곤 했다.

「모든 게 저 푼수 같은 여편네 잘못이에요. 내가 누구 이야기를 하는지 아시겠지요, 저 여자 얘기예요, 저 여자!」 그리고 카테리나 이바노브나는 여주인 쪽으로 고갯짓을 했다. 「저 여자를 보세요. 눈이 휘둥그레진 게, 우리가 자기 이야기를 하고 있다는 건 알겠는데, 무슨 말인지를 모르겠으니까 눈이 동그래졌네요. 후, 부엉이 같아! 호호호……! 콜록콜록콜록! 그런데 저런 모자를 쓰고 도대체 무엇을 보여 주고 싶다는 건지 모르겠네! 콜록콜록콜록! 눈치채셨는지 모르겠지만, 저 여자는 자기가 나를 후원하고 이곳에 와준 것만으로도 내게 굉장히 은혜를 베푼 것으로 사람들이 생각해 주었으면 하고 바라고 있답니다. 난 저 여자를 그래도 점잖은 사람으로 생각해서 괜찮은 사람들을 초대해 달라고 했는데, 죽은 남편을 아는 사람들만 초대해 달라고 부탁했는데, 보세요, 어떤 사람들을 데려왔는지, 꼴불견인 사람들뿐이잖아요! 불결한 사람들뿐이에요! 저 더러운 상판을 하고 있는 사람 좀 보세요. 두 발 달린 무슨 쓰레기 같잖아요! 저 폴란드 사람들은…… 호호호! 콜록콜록콜록! 아무도 저 사람들을 이곳에서 본 적이 없어요. 나도 한 번도 본 적이 없어요. 내가 여쭤 볼게요, 왜 저 사람들이 이곳에 온 걸까요? 나란히 얌전히도 앉아 있네. 여보세요, 헤이!」그녀는 느닷없이 그들 중 한 사람에게 소리쳤다. 「팬케이크를 받으셨어요? 보세요, 벌떡 일어나서는 굽실굽실 절을 하네요. 보세요, 보세요. 틀림없이 배가 많이 고픈 거예요, 불쌍한 사람들! 괜찮아요, 앉아 있게 내버려 두지요, 뭐. 최소한 시끄럽게 굴지는 않으니까. 다만…… 나는 여주인의 은숟가락이 정말 걱정스러워요……! 아말리야 이바노브나!」그녀는 느닷없이 제법 큰 소리로 그녀에게 말을 걸었다. 「당신의 은숟가락이 도난당한다 해도, 나는 책임질 수 없어요. 미리 경고하는 거예요! 호호호!」그녀는 다시 라스콜니코프에게 얼굴을 돌리고, 여주인을 턱으로 가리키고는, 자신의 엉뚱한 행동에 대해 즐거워하면서 웃음을 터뜨렸다. 「이해하지 못했어요, 또 알아듣지를 못했어요! 얼간이처럼 입을 벌리고 앉아 있네요, 보세요. 부엉이, 진짜 부엉이에요. 새 상장을 단 새끼 부엉이야, 호호호!」

이때 그녀의 웃음은 다시 5분 동안이나 이어진 참을 수 없는 기침으로 인해 끊어지고 말았다. 손수건에는 약간의 피가 묻었고, 이마에는 땀방울이 맺혔다. 그녀는 말없이 라스콜니코프에게 피를 보여 주었다. 그리고 겨우 한숨을 돌린 뒤, 얼굴에 홍조를 띠고 곧바로 다시 활기차게 그에게 속삭이기 시작했다.

「보세요, 난 저 여자에게 그 부인과 딸을 초대해 달라고 아주 신중한 부탁을 했었거든요. 내가 누구 이야기를 하고 있는지 아시지요? 그런 부탁을 들어줄 때는 대단히 섬세하게 접근해서 아주 기술적으로 행동해야 하는 건데, 저 여자는 그 외지에서 온 바보, 오만하기 짝이 없는 년, 그 보잘것없는 시골뜨기 여자를 마땅히 와야 할 곳에 참석하도록 만들지를 못한 거예요. 그 여자는 어떤 죽은 소령의 부인으로 연금을 타려고 옷자락이 닳도록 관청 문턱을 들락거린답니다. 그런데 쉰다섯이라는 나이에 머리를 까맣게 물들이고, 백분을 바르고, 입술을 붉게 칠하고 다녀요(그건 다 아는 얘기예요)……. 여기에는 나타나지도 않았을뿐더러, 올 수 없으면 예의상으로라도 해야 할 미안하다는 말도 하지 않았다고요! 그런데 표트르 페트로비치는 왜 오지 않았는지 이해할 수가 없군요. 그리고 소냐는 어디 있는 거지? 어디로 나간 거야? 아, 저기 이제야 오는군! 뭐냐, 소냐, 어디 있었니? 아버지 장례식에서도 그렇게 단정치 못하게 굴다니 이상하구나. 로디온 로마노비치, 그 애를 옆에 앉게 해주세요. 거기가 네 자리다, 소냐……. 먹고 싶은 대로 들어라. 튀김 요리를 먹어 보렴, 그게 좋겠다. 이제 팬케이크를 가져올 거야. 아이들에게는 주었니? 폴랴, 거기 다 있는 거냐? 콜록콜록콜록! 자, 됐어. 똑똑하게 행동해야지, 료냐, 그리고 너 콜랴, 발을 떨지 마라. 상류 가정의 도련님처럼 앉아 있어야지. 뭐라고 했니, 소냐?」

소냐는 곧 모든 사람들이 들을 수 있도록 큰 소리로 말하려고 애쓰며, 표트르 페트로비치가 한 말에 자기가 더 수식을 붙여 최대한 정중한 표현으로 그의 사죄의 말을 전했다. 그리고 표트르 페트로비치가 상황이 허락하는 대로 용건에 대해 상의하고, 어떤 일을 할 수 있고 또 앞으로 어떤 조치를 취할 수 있을지 등에 대해 의논하러 곧 이곳으로 오겠다는 말을 전해 달라고 했다는 그의 특별한 부탁을 덧붙여 전했다.

소냐는 이런 말이 카테리나 이바노브나의 마음을 편안하게 가라앉혀 주고, 그녀를 흡족하게 해줄 뿐 아니라, 무엇보다도 그녀의 자존심을 충족시켜 준다는 사실을 잘 알고 있었다. 그녀는 라스콜니코프에게 얼른 인사를 하고, 호기심에 가득한 표정으로 그를 흘끗 쳐다본 다음, 그의 옆자리에 앉았다. 그러나 그 뒤로는 어쩐 일인지 그를 바라보는 것도, 그와 말하는 것도 피하려 들었다. 그녀는 카테리나 이바노브나의 마음에 들기 위해서 그녀를 똑바로 쳐다보고 있었지만, 마음은 딴 곳에 가 있는 것 같았다. 그녀도, 카테리나 이바노브나도 옷이 없었기 때문에 상복 차림은 아니었다. 소냐는 고동색 계통의 짙은 색 옷을 입고 있었고, 카테리나 이바노브나는 자신의 유일한 옷인 줄무늬가 있는 짙은 색 무명옷을 입고 있었다. 엄숙한 표정으로 소냐의 말을 들은 카테리나 이바노브나는 그에 못지않게 근엄한 어조로 표트르 페트로비치의 건강은 어떠냐고 물어보았다. 그다음 곧바로 거의 모든 사람에게 들리도록 천천히, 표트르 페트로비치처럼 존경할 만하고 건실한 사람이 아무리 그녀의 가정에 대해 헌신적인 마음을 품고 있고, 자기 아버지와 친분이 깊었다 할지라도, 이렇게 〈평범치 못한 사람들〉 가운데 낀다는 건 오히려 정말 이상한 일이라고 라스콜니코프에게 〈속삭이듯이 말했다〉.

「바로 이래서 제가 특별히 당신에게 감사하는 거예요, 로디온 로마노비치. 당신은 이렇게 누추한데도 불구하고 제 초대를 무시하지 않으셨잖아요.」 그녀는 제법 큰 소리로 말했다. 「그렇지만 돌아가신 불쌍한 남편과의 특별한 우정 때문에 약속을 지키신 거라고 저는 확신하고 있어요.」

그러고 나서 그녀는 또 한 번 자부심과 오만함을 드러내며 손님들을 죽 둘러본 뒤, 갑자기 특별한 주의를 기울이며 탁자 맞은편에 앉은 귀먹은 노인에게 〈뜨거운 음식을 또 먹고 싶지는 않아요? 노인에게 리스본 포도주를 주었나요?〉라고 큰 소리로 물어보았다. 노인이 대답하지 않자, 주변 사람들이 놀려 줄 심산으로 그를 계속 툭툭 치는데도, 그는 무슨 말을 묻는지 오랫동안 이해할 수 없다는 표정을 짓고, 입을 멍청히 벌린 채 주변을 두리번거릴 뿐이었다. 이런 모습이 더욱 사람들의 마음을 즐겁게 해주었다.

「어유, 저런 천치 좀 봐! 보세요, 보세요! 저 사람은 도대체 왜 온 걸까요? 표트르 페트로비치라면, 저는 그분을 항상 신뢰하고 있답니다.」 카테리나 이바노브나는 계속해서 라스콜니코프에게 말했다. 「물론 그분은 비할 데 없는 분이에요.」 카테리나 이바노브나는 큰 소리로 이렇게 말하더니, 갑자기 근엄한 표정을 짓고 아말리야 이바노브나에게 얼굴을 돌렸다. 그 바람에 그 여자는 그만 겁에 질렸다. 「그분은 몸치장에 정신이 팔려서 치마꼬리나 길게 늘이고 다니는 그 여자들과는 비교도 되지 않지요. 그런 여자들은 우리 아버지 부엌에서는 부엌데기로도 쓰지 않았을 거예요. 돌아가신 내 남편은 물론 그 무한히 착한 성품 때문에 은혜를 베풀어서 그들을 맞아들였겠지만요.」

「그래요, 술 마시는 것을 좋아했지요. 굉장히 좋아했어요, 많이도 마셨지요!」 갑자기 퇴역한 군량부 관리가 열두 잔째의 보드카를 기울이며 소리쳤다.

「사실 돌아가신 남편에게는 그런 결점이 있었어요. 그건 다 아는 얘기예요.」 카테리나 이바노브나는 갑자기 그에게 대들었다. 「그렇지만 그 사람은 선량하고 고결한 성품을 가졌고, 자기 가족들을 사랑하고 또 존경했어요. 너무나 선량해서 온갖 나쁜 사람들의 말을 잘 믿은 게 한 가지 흠이었지만요. 오, 그가 어떤 사람들과 술을 마셨는지는 하느님만이 아실 거예요. 그 사람들은 남편의 발꿈치도 못 따라올 위인들이었어요! 생각 좀 해보세요, 로디온 로마노비치, 그의 주머니에서 수탉 모양의 당밀 과자가 나왔답니다. 죽도록 취해 다니면서도 아이들을 생각했던 거예요.」

「수탉요? 그렇게 말씀하셨습니까, 수탉이라고요?」 군량부의 남자가 소리쳤다.

카테리나 이바노브나는 그에게 대꾸도 하지 않았다. 그녀는 생각에 깊이 잠겨, 한숨을 내쉬었다.

「아마 당신도 다른 사람들처럼 내가 그 사람에게 너무 심하게 대했다고 생각하실 거예요.」 그녀는 다시 라스콜니코프에게 말하기 시작했다. 「하지만 그건 그런 게 아니랍니다! 그는 나를 존경했어요, 그는 나를 아주, 아주 존경했답니다! 정말 착한 영혼을 가진 사람이었어요! 때로는 그가 얼마나 불쌍했는지 몰라요! 구석에 앉아서 나를 쳐다볼 때면, 그럴 때면 얼마나 불쌍해 보이던지, 그 사람에게 잘 대해 주고 싶었어요. 하지만 곧 생각했지요, 〈잘 대해 주면, 또 술을 퍼마실 거야〉라고요. 무섭게 굴어야지만 조금이라도 그 사람을 제어할 수 있었어요.」

「예, 머리채를 잡아 뜯기도 하셨지요. 그것도 한두 번이 아니었지요.」 또다시 그 군량부의 관리가 낮은 목소리로 외치고는, 보드카를 한 잔 죽 들이켰다.

「머리채를 잡아 뜯는 정도가 아니라 빗자루로 쓸어 내도 시원치 않을 그런 얼간이도 있지요. 이건 눈감은 내 남편에 대해서 하는 말은 아니에요!」 카테리나 이바노브나는 군량부의 관리에게 날카롭게 쏘아붙였다.

그녀의 뺨에 나타난 홍조는 더욱 짙어졌고, 그녀의 가슴은 거세게 들먹거렸다. 1분만 더 있으면 그녀는 한바탕 소동을 일으킬 것만 같았다. 많은 사람들이 킥킥거리며 웃어 댔다. 분명 사람들에게는 그런 광경이 재미있는 모양이었다. 사람들은 군량부의 관리를 쿡쿡 찔렀고, 그에게 뭐라고 속살거렸다. 그를 부추겨서 싸움질을 시키고 싶은 것이 분명했다.

「한 가지 여쭙겠는데, 부인께서는 누굴 두고 하시는 말씀인지,」 군량부 사람이 말했다. 「그러니까 누구를…… 어떤 고결한 사람을 비꼬아서…… 지금 하시는 말씀인지……. 그렇지만, 됐습니다! 다 쓸데없는 말이지요! 과부인데! 과부이시니까요! 용서해 드리지요……. 이제 그만!」 그는 또다시 보드카를 들이켰다.

라스콜니코프는 혐오감을 느끼며 말없이 이런 이야기를 듣고 앉아 있었다. 그는 음식을 먹기는 했지만, 카테리나 이바노브나가 끊임없이 그의 접시에 담아 주는 음식을 예의상, 그녀의 기분을 상하게 하지 않기 위해서 건드리기만 하는 정도였다. 그는 소냐를 뚫어지게 쳐다보았다. 그러나 소냐는 점점 더 불안해하고 걱정스러워하고 있었다. 그녀 역시 추모연이 좋게 끝나지는 않으리라는 것을 예감하고, 분노로 점점 더 흥분하는 카테리나 이바노브나의 모습을 두려움에 떨며 지켜보고 있었다. 더구나 그녀는 타지에서 온 두 여인이 카테리나 이바노브나의 초대를 그렇게 무시한 것이 바로 자기 탓이라는 것을 아말리야 이바노브나로부터 들어서 잘 알고 있었다. 어머니 되는 사람은 초대를 받은 것에 모욕감마저 느끼며, 〈어떻게 내가 그런 처자와 내 딸을 나란히 앉힐 수 있느냐?〉고 물었다는 것이다. 소냐는 카테리나 이바노브나 역시 이미 이 사실을 알고 있다고 예상했고, 그녀, 즉 소냐에 대한 모독은 개인적으로 그녀 자신과 아이들, 아버지에 대한 모독보다 카테리나 이바노브나에게는 더 괴로운 것이며, 한마디로 말해서 치명적이라는 것도 알았다. 소냐는 〈사치스럽게 치마꼬리나 길게 늘어뜨리고 다니는 그 여자들에게 둘 다 별것 아니라는 것을 증명해 보일 때까지〉 카테리나 이바노브나의 마음은 편해질 수 없다는 사실도 잘 알고 있었다. 그런데 이런 상황에서 갑자기 누군가 흑빵을 가지고 화살에 찔린 두 개의 하트 모양을 만들어 접시에 담아, 식탁의 다른 끝에서 소냐에게 보내왔다. 카테리나 이바노브나는 격분한 나머지 곧 식탁 너머로 이런 것을 보낸 놈은, 〈술 취한 당나귀 같은 놈〉이라고 큰 소리로 외쳤다. 좋지 않은 일이 생길까 봐 염려하면서, 동시에 카테리나 이바노브나의 거만함에 무척 기분이 상해 있던 아말리야 이바노브나는 험악한 분위기를 바꾸고, 또 적절한 시기에 여러 사람이 있는 앞에서 자기 자신을 한껏 뽐내고 싶은 마음에 느닷없이 자기가 잘 알고 있는 〈약사 카를〉에 대한 이야기를 시작했다. 〈약사 카를〉은 밤에 마차를 타고 가다가 〈마부가 그를 죽이려고 하자, 자기를 죽이지 말아 달라고 그에게 울고불고 애원을 하며 두 손으로 빌었는데, 놀란 나머지 공포심이 그의 심장을 찔렀다〉는 것이었다. 카테리나 이바노브나는 미소를 짓기는 했지만, 곧바로 아말리야 이바노브나에게 앞으로는 러시아어로 얘기할 생각도 하지 않는 게 좋겠다고 지적했다. 그러자 아말리야 이바노브나는 더욱 화가 나서 〈Vater aus Berlin(베를린 출신의 내 아버지)은 아주 중요한 직책에 있는 사람이라서, 항상 두 손으로 주머니를 더듬었다〉[9]라고 반박했다. 웃기를 잘하는 카테리나 이바노브나는 마침내 참지 못하고 미친 듯이 웃어 대기 시작했다. 아말리야 이바노브나는 그나마 남은 인내심을 잃을 뻔했지만, 가까스로 분을 삭였다.

「정말 부엉이 새끼 같다니까!」 기분이 아주 유쾌해진 카테리나 이바노브나가 또다시 라스콜니코프에게 속삭였다. 「손을 자기 주머니에 넣고 다녔다는 말을 하고 싶었는데, 남의 주머니를 소매치기했다는 말이 되었으니, 콜록콜록! 이런 걸 알아채셨더랬어요, 로디온 로마노비치? 분명히 말해 두지만, 페테르부르크에 사는 외국인들은, 특히 주로 어디서 굴러먹다가 이리로 오게 되었는지도 모를 독일 사람들은 하나같이 우리보다 훨씬 어리석어요! 인정하세요, 어떻게 〈공포심이 약사 카를의 심장을 찔렀다〉라고 말할 수 있어요, 그 녀석은 (코흘리개예요!) 마부를 꽁꽁 묶는 대신에 〈두 손으로 싹싹 빌면서 울며불며 애원했다니〉, 말이 되나요? 아, 바보 같은 여자! 그런데 저 여자는 자기가 아주 감동적인 얘기를 했다고 생각하고는, 자기가 바보라는 건 의심도 하지 않으니! 내 생각에는 저 술 취한 군량부 관리가 저 여자보다 더 똑똑해요. 적어도 주정뱅이들은 마지막 남은 정신마저 다 마셔 버릴지언정, 그래도 여전히 점잖고 진지하잖아요……. 저것 좀 봐, 앉아서는 눈을 부릅뜨고 있네. 성을 내고 있어요! 화가 났어! 호호호! 콜록콜록콜록!」

[9] 러시아어로 이 표현은 소매치기를 했다는 말이다.

유쾌해진 카테리나 이바노브나는 곧 여러 가지 잡다한 이야기에 열중하다가, 갑자기 연금을 타게 되면 그 돈으로 고향인 T시로 돌아가, 반드시 상류 계층의 아가씨들을 위한 기숙 학교를 설립하겠다는 이야기를 시작했다. 카테리나 이바노브나는 자기 입으로 직접 라스콜니코프에게 그 이야기를 한 적이 없었으므로, 그 황홀한 계획에 대해 자세히 설명하는 일에 열중했다. 어떻게 하다가 그녀의 손에 〈상장〉이 들려지게 되었는지는 알 수 없는 일이었다. 그 〈상장〉은 죽은 마르멜라도프가 언젠가 선술집에서 라스콜니코프에게 아내 카테리나 이바노브나가 학교를 졸업할 때, 〈주지사와 여러 인사가 있는 자리에서〉 숄을 가지고 춤을 춰서 받았다고 얘기한 바로 그것이었다. 그 상장은 카테리나 이바노브나가 기숙 학교를 설립할 자격이 있다는 것을 증명해 줄 자료 역할을 해야 함에 틀림없었다. 그러나 또 중요한 것은 그 〈몸치장에 정신이 팔려 치마꼬리를 길게 끌고 다니는 두 여자〉가 추모연에 올 경우, 그 여자들의 콧대를 완전히 납작하게 해주고, 카테리나 이바노브나가 제일 상류층, 어쩌면 귀족 태생이라 해도 과언이 아닌 대령의 딸로서 요즘 너무 많아진 사기꾼 여자들보다 훨씬 나은 존재라는 사실을 분명히 밝히는 데 필요했던 것이다. 상장은 곧바로 취한 손님들의 손에서 손으로 전해졌으나, 카테리나 이바노브나는 이것을 막으려 하지 않았다. 왜냐하면 그 상장 안에는 en toutes lettres(틀림없이) 그녀가 7등 문관이자 기사(騎士)의 딸이라는 것, 그러므로 정말로 대령의 딸이나 다름없다는 것이 분명히 명시되어 있었기 때문이다. 원기를 되찾은 카테리나 이바노브나는 아름답고 평화로운 T시에서의 삶에 대해, 자기가 수업을 위해서 기숙 학교에 초청할 중등학교의 선생님에 대해, 여학교에서 카테리나 이바노브나에게 프랑스어를 가르쳐 주었고 아직도 T시에서 여생을 보내고 있을 어떤 존경스러운 프랑스 노인 망고 씨에 대해 자세히 말하기 시작했다. 아마도 그는 적은 봉

급으로도 그녀를 위해 기꺼이 일하러 와줄 것이라는 주장이었다. 마침내는 이야기가 소냐에게까지 미치게 되었다. 소냐는 〈카테리나 이바노브나와 함께 T시로 가서, 그녀를 도와줄 것이었다〉. 그때 갑자기 누군가 식탁 끝에서 피식 콧방귀를 뀌었다. 카테리나 이바노브나는 그 웃음을 무시하고 눈치채지 못한 척하려고 애쓰면서, 목청을 돋워 소피야 세묘노브나가 지니고 있는 보조자로서의 충분한 자격에 대해, 〈그녀의 온순함, 인내, 자기희생, 고결한 마음과 교육〉에 대해서 열성적으로 말하기 시작했다. 그뿐만 아니라 그녀는 소냐의 뺨을 어루만지고, 자리에서 일어나 그녀의 얼굴에 두 번씩이나 뜨거운 키스를 해주었다. 소냐는 얼굴을 붉혔지만, 카테리나 이바노브나는 갑자기 울음을 터뜨리며, 〈나는 신경이 약한 사람이라 너무 흥분해서 몸이 좋지 않다. 이제는 추모연을 마칠 때도 되었고, 먹을거리도 다 떨어졌으니, 차를 내왔으면 좋겠다〉고 말했다. 그런데 바로 그때 이야기가 진행되는 동안 대화에 조금도 끼지 못했을 뿐 아니라, 아무도 자기 말에 귀를 기울이지 않는 것에 대해 단단히 화가 난 아말리야 이바노브나가 갑자기 마지막 시도를 감행해 보기로 결심하고는, 불쾌한 감정을 숨긴 채, 카테리나 이바노브나에게 두 가지 아주 실질적이고도 중요한 사항을 지적했다. 첫째로 그녀는 미래의 기숙 학교에서는 아가씨들의 die Wäsche(깨끗한 속옷)에 특별히 관심을 기울여야 하므로, 〈속옷을 잘 감독할 만한 die Dame(훌륭한 부인)가 반드시 한 명은 필요할 것〉이며, 두 번째로 〈젊은 아가씨들이 밤마다 몰래 소설 같은 걸 보는 일은 절대로 없어야 할 것〉이라고 지적했던 것이다. 몸이 몹시 불편해져서 굉장히 지쳐 있던 카테리나 이바노브나는 벌써 추모연에 진절머리가 나 있었던 터라, 아말리야 이바노브나에게 〈당신은 쓸데없는 말만 지껄이고〉, 아는 게 아무것도 없다, 아가씨들의 속옷에 대한 걱정은 속옷과 시트 담당자의 일이지, 상류층 자제의 기숙 학교 교장의 일이 아니다, 그리고 몰래 소설을 읽는다느니 하는 따위의 말은 그야말로 무례하기 짝이 없으니, 이제 입을 다물어 주었으면 고맙겠다고 〈단호하고 거칠게 응답해 주었다〉. 아말리야 이바노브나는 격분해서 빨갛게 달아오른 얼굴로 〈나는 다만 잘되기를 바랐다〉, 〈정말 좋은 일들만 많이 생기기를 바랐다〉, 그런데 〈오랫동안 방세도 내지 않았잖느냐〉고 응수했다. 카테리나 이바노브나는 즉각 〈잘되기를 바랐다〉는 말은 거짓말이다, 고인이 아직 집에 안치되어 있던 어제만 하더라도 아파트 방세로 자기를 괴롭히지 않았느냐고 말하며 그녀의 〈콧대를 납작하게 꺾어 버렸다〉. 아말리야 이바노브나는 자기도 〈그 부인들을 초대했지만, 그 부인들이 고상한 사람들이라서 고결하지 못한 여자에게는 올 수가 없었던 것〉이라고 대단히 논리적인 말투로 대꾸하는 것이었다. 그러자 카테리나 이바노브나 역시 당신은 무식한 여자라서 뭐가 진정한 고결함인지 판단할 수가 없다고 〈따끔하게 지적해 주었다〉. 아말리야 이바노브나는 결국 참지 못하고서, 그녀의 〈베를린 출신 아버지는 아주아주 중요한 직책에 있는 사람이라서 두 손으로 주머니를 더듬으며, 이렇게 프후 ─ ! 프후 ─ ! 소리를 내면서 다니셨다〉고 말했다. 그러고는 정말로 자기 아버지의 흉내를 내려고 의자에서 벌떡 일어나, 두 손을 주머니에 넣고는 뺨을 부풀려서, 프후 ─ 프후와 비슷한 어떤 분명치 않은 소리를 입 밖으로 내기 시작했다. 아말리야 이바노브나를 격려하면서 일부러 부추기고 있던 세입자들은 이 모습을 보자, 앞으로 있을 일들을 예견하고는 큰 소리로 웃어 댔다. 그러나 이것을 보고 참고만 있을 수 없었던 카테리나 이바노브나는 곧바로 모든 사람들에게 들리도록 아말리야 이바노브나에게는 단 한 번도 아버지라고는 없었는지 모른다, 아말리야 이바노브나는 페테르부르크의 주정뱅이 핀란드 여자로 예전에는 틀림없이 어디선가 부엌데기 하녀로 지냈을 것이며, 어쩌면 그보다 더 천한 일을 했음에 틀림없다고 〈딱 잘라 말했다〉. 아말리야 이바노브나는 새우처럼 얼굴이 새빨개져서, 아마도 저 카테리나 이바노브나에게야말로 〈아버지라곤 전혀 없었을 것이고, 자기한테는 베를린에 아버지가 있었으며, 아버지는 긴 프록코트를 입고서, 항상 이렇게 프후 — ! 프후 — ! 프후 — ! 하고 다니셨다〉고 악을 쓰는 것이었다. 카테리나 이바노브나는 자신의 태생은 누구나 다 알고 있다, 바로 이 상장에 분명히 인쇄된 글씨로 그녀의 아버지는 대령이라고 적혀 있다, 그런데 아말리야 이바노브나의 아버지는(만일 아버지가 있었다면) 분명 페테르부르크의 핀란드인으로 우유나 팔고 다녔을 것이다, 그런데 아직까지 아말리야 이바노브나의 부칭이 이바노브나인지, 류드비코브나인지조차 분명치 않은 것으로 보아, 저 여자에게는 아버지가 없었던 것이 더 확실한 것 같다고 멸시하듯이 꼬집어 말했다. 그러자 아말리야 이바노브나는 완전히 악이 받쳐서 식탁을 주먹으로 내리치며, 자기는 아말-이반[10]이지 류드비코브나가 아니라고, 그녀의 아버지는 〈요한이라고 불렸으며, 영지 관리인이었다〉고, 카테리나 이바노브나의 아버지는 〈한 번도 영지 관리인인 적이 없었다〉고 소리를 지르기 시작했다. 카테리나 이바노브나는 자리에서 일어나 엄숙하고, 겉으로 보기에는 평온한 목소리로(그녀의 얼굴은 백지장 같았고, 가슴은 심하게 요동치고 있었지만), 만일 그녀가 또다시 감히 〈거지 같은 그녀의 아버지와 자기 아버지를 조금이라도 비교한다면, 나 카테리나 이바노브나는 당신의 모자를 잡아채서 발로 짓밟아 버리겠다〉고 말했다. 이 말을 듣자, 아말리야 이바노브나는 온 힘을 다해 자기는 집주인이라고, 그러니 카테리나 이바노브나는 당장 집을 비우라고 소리를 지르며 방 안을 뛰어다니기 시작했다. 그런 다음, 무슨 이유에서인지 식탁에 달려들어 은숟가락을 치우기 시작했다. 왁자지껄하고 시끄러운 소리들이 울려

---

10 러시아어로 정확히 표현하자면 아말리야 이바노브나가 맞지만, 작가는 독일 여자의 서툰 러시아어를 소설에 그대로 사용하고 있다.

퍼졌고, 아이들은 울기 시작했다. 소냐는 카테리나 이바노브나를 자제시키려고 달려갔지만, 아말리야 이바노브나가 갑자기 노란색 딱지에 대해서 뭐라고 떠들어 대자 카테리나 이바노브나는 소냐를 밀쳐 내고 모자에 대해서 자기가 했던 그 위협의 말을 곧장 실행에 옮기려고 아말리야 이바노브나에게 달려들었다. 그 순간 문이 열리면서, 문간에 갑자기 표트르 페트로비치가 나타났다. 그는 위엄 있고 주의 깊은 시선으로 모여 있던 사람들을 훑어보았다. 카테리나 이바노브나는 그에게 달려갔다.

3

「표트르 페트로비치!」 그녀는 이렇게 외쳤다. 「당신이라도 제 편이 되어 주세요! 저 어리석은 여자에게 일러 주세요. 불행을 당한 품위 있는 귀부인을 이렇게 취급하는 게 아니라고요. 그런 짓을 하면 법에 걸린다고요……. 나는 이제 주지사에게 갈 거예요……. 그럼 저 여자가 처벌을 받게 되겠지요……. 내 아버지의 환대를 기억하셔서, 이 아비 없는 아이들을 좀 도와주세요.」

「죄송합니다만 부인…… 잠깐만요, 부인, 잠깐.」 표트르 페트로비치는 그녀를 뿌리쳤다. 「당신도 아시다시피 저는 당신의 아버님을 만나 뵐 영광을 한 번도 가져 본 적이 없습니다……. 죄송합니다, 부인! (누군가 크게 웃었다.) 저는 당신과 아말리야 이바노브나 간의 끊임없는 싸움에는 관여하고 싶은 마음이 없습니다……. 저는 일이 있어서 왔으니까요……. 당신의 양녀, 소피야…… 이바노브나라고 하신 것 같은데…… 이 이름이 맞나요? 저는 지금 당장 그 아가씨와 이야기를 나누고 싶습니다. 조금 비켜 주시지요…….」

그러고 나서 표트르 페트로비치는 몸을 약간 틀어 카테리나 이바노브나의 옆을 지나, 소냐가 있는 반대편 구석으로 향했다.

카테리나 이바노브나는 벼락을 맞은 것처럼 그 자리에 못 박혀 버렸다. 그녀는 표트르 페트로비치가 어떻게 아버지로부터 받은 대접을 부인할 수 있는지 도저히 납득할 수 없었다. 그가 대접을 받은 적이 있다고 제멋대로 상상한 그녀는 그것을 진심으로 확고하게 믿고 있었던 것이다. 그리고 표트르 페트로비치의 사무적이고 냉담하며 위협에 가득 찬, 깔보는 듯한 말투도 그녀를 놀라게 했다. 그리고 사람들 또한 그가 나타나자, 웬일인지 조금씩 조용해지기 시작했다. 게다가 이 〈사무적이고 심각한〉 사내는 이곳에 모인 무리들과는 뚜렷이 구별되었던 것이다. 그뿐만 아니라 이 사람이 뭔가 중대한 용건이 있어서 왔고, 그가 이 무리 앞에 나타나게 된 것도 어떤 범상치 않은 이유 때문일 것이며, 그러므로 이제 곧 무슨 일이 벌어지리라는 것은 분명한 일이었다. 소냐의 옆에 서 있던 라스콜니코프는 그에게 길을 비켜 주려고 옆으로 물러섰다. 표트르 페트로비치는 그를 전혀 알아채지 못한 것 같았다. 1분 후 레베자트니코프도 문간에 나타났다. 그러나 그는 방 안으로 들어오지 않은 채 역시 특별하고 거의 놀라움에 가까운 호기심을 가지고 그 자리에 멈춰 서서, 이야기에 귀를 기울이기 시작했다. 그러나 그도 오랫동안 뭔가 잘 파악하지 못하는 눈치였다.

「죄송합니다, 제가 방해가 된 것 같군요. 그렇지만 워낙 중대한 일이 되어 놔서.」 표트르 페트로비치는 특별히 누군가 한 사람을 향해서가 아니라, 그 자리에 있는 모든 사람들에게 이렇게 말했다. 「오히려 여러분이 계신 것이 저로서는 기쁩니다. 아말리야 이바노브나, 간곡히 부탁드리지만 앞으로 저와 소피야 이바노브나가 나누는 대화에 특별히 주의를 기울여 주십시오.」 그는 벌써부터 너무 놀라 겁을 잔뜩 먹고 있는 소냐를 향해 똑바로 말했다. 「지금 방금 당신이 왔다 간 후에 제 친구, 안드레이 세묘노비치 레베자트니코프의 방에 있는 제 탁자에서 제 소유의 1백 루블짜리 지폐가 사라졌습니다. 만일 어떤 방식으로든 당신이 이 일을 알고 있다면, 그리고 지금 당장 그 돈이 어디 있는지 우리에게 말씀해 주신다면, 저는 여러 증인이 있는 앞에서 진심으로 말씀드리지만, 이 일을 불문에 부치겠습니다. 만일 그렇게 하지 않는다면, 어쩔 수 없이 대단히 심각한 조치를 취하지 않을 수 없겠군요. 그때 가서는…… 자기 자신만을 원망하십시오!」

침묵이 방 전체를 온통 사로잡았다. 울고 있던 아이들마저 조용해졌다. 소냐는 죽은 사람처럼 창백한 모습으로 서서 루진을 바라보았으나, 아무 대답도 하지 않았다. 그녀는 아직 아무것도 이해하지 못하는 눈치였다. 그렇게 몇 초가 흘렀다.

「자, 그럼 어떻게 하시겠습니까?」 루진은 그녀를 뚫어지게 쳐다보면서 물었다.

「저는 몰라요……. 저는 아무것도 몰라요…….」 마침내 소냐가 기어들어 가는 목소리로 중얼거렸다.

「아니라고요? 모르신다고요?」 루진은 다시 한번 물어본 뒤 또다시 몇 초 동안 입을 다물었다. 「생각을 해보세요, 마드무아젤.」 그는 엄격하지만 그래도 타이르는 듯한 말투로 말문을 열었다. 「잘 판단해 보십시오. 당신에게 또 한 번 생각할 기회를 드리겠습니다. 잘 생각하세요. 만일 확신이 없었다면, 경험이 많은 제가 이렇게 맞대 놓고 당신을 범인으로 지목하는 모험을 감행할 리 없겠지요. 왜냐하면 이와 같이 공개적으로 정면에서 죄를 뒤집어씌운다면, 거짓이거나 실수로 혐의를 두었다 하더라도 어떤 의미에서는 제가 책임을 져야 하는 거니까요. 저도 그 정도는 알고 있습니다. 저는 오늘 아침에 쓸 데가 있어서 5퍼센트의 이자가 붙은 채권 몇 장을 액면가 3천 루블의 돈으로 바꿨습니다. 영수증은 제 지갑에 있습니다. 집에 돌아와서 ─ 이 사실은 레베자트니코프가 증명해 줄 겁니다 ─ 저는 돈을 세기 시작했고, 2천3백 루블 정도까지 세어서 지갑에 넣은 뒤, 그 지갑을 프록코트의 옆 주머니에 넣어 두었습니다. 그래서 탁자 위에는 5백 루블 정도가 태환권으로 남아 있었습니다. 그 속에는 1백 루블짜리 지폐가 3장 끼여 있었습니다. 바로 그때 당신이 들어왔어요(제가 와달라고 부탁했기 때문에 온 거지요). 그러고는 제 방에 앉아 있는 동안 아주 불안해하면서, 아직 이야기가 끝나지 않았는데도 세 번씩이나 자리에서 벌떡 일어나 얘기 도중에 황급히 밖으로 나가려 했습니다. 이것은 전부 안드레이 세묘노비치가 증명해 줄 겁니다. 제가 안드레이 세묘노비치를 통해서 당신을 부른 것은 당신의 계모인 카테리나 이바노브나 — 저는 이분이 차린 추모연에 올 수 없었습니다 — 의 의지할 데 없이 외로운 상황에 대해 당신과 상의하기 위해서였다는 것을 당신도, 마드무아젤, 부인하지는 않겠지요. 저는 당신의 계모를 위해서 복권이라든가 후원회 같은 것을 개최하는 것이 유익하리라는 제안을 했습니다. 당신은 제게 감사하면서 눈물까지 보였습니다. 제가 이 모든 일을 있었던 그대로 말하는 이유는, 첫째로 당신에게 상기시켜 주기 위해서이고, 둘째로 내 기억에서 단 한 가지도 지워진 것이 없다는 것을 보여 주기 위해서입니다. 그다음 저는 탁자에서 10루블짜리 지폐를 집어, 최초의 후원금 명목으로 당신 계모에게 도움이 될까 해서 당신에게 드렸습니다. 이 모든 일을 안드레이 세묘노비치가 보았습니다. 그러고 난 다음 저는 당신을 문까지 바래다주었어요. 그런데도 당신은 여전히 당황하더군요. 그 뒤 안드레이 세묘노비치와 단둘이 남게 된 저는 그와 약 10분간 이야기를 나누다가, 또다시 탁자에 놓여 있던 돈을 세기 시작했습니다. 다 센 다음 예전에 계획해 두었던 대로 저축하기 위해서였습니다. 그런데 놀랍게도 다른 것은 다 있는데 1백 루블짜리 지폐 한 장이 없는 겁니다. 그럼 한번 생각해 보세요. 저는 도저히 안드레이 세묘노비치를 의심할 수 없습니다. 그런 생각을 품는다는 것 자체가 부끄러운 일이니까요. 계산상의 착오도 있을 수 없는 일이에요. 왜냐하면 당신이 오기 바로 1분 전에 저는 돈을 다 세어 보았고, 총액이 정확하다는 것을 확인했기 때문입니다. 그런데 당신이 당황하던 모습, 서둘러 떠나던 모습, 그리고 당신이 잠시 동안 손을 탁자 위에 올려놓았던 것이 생각났습니다. 결국 당신의 사회적인 위치와 그에 따라 얻어진 습관들을 고려해 볼 때, 저는 말하자면, 어쩔 수 없이 경악을 금치 못하며 당신에게 혐의를 두지 〈않을 수 없더군요〉. 물론, 이건 잔인한 일이지만 정당한 행동이기도 합니다! 또 한 가지 반복해서 말씀드린다면, 제게 아무리 〈분명한〉 확신이 있다고 할지라도 어쨌든 이런 고발은 제게도 역시 약간은 모험입니다. 그러나 보시다시피 저는 우물쭈물 내버려 두지 않고 분연히 나섰습니다. 왜 그랬는지 아십니까? 그것은 아가씨, 오직 당신의 심히 배은망덕한 행동 때문이었습니다! 어떻게 그럴 수가 있습니까? 제가 당신을 부른 것은 당신네 가련한 유가족을 도와주기 위해서였고, 저는 당신에게 제 힘이 닿는 대로 후원금 10루블까지 주었는데, 당신은 그 자리에서 제게 이런 식으로 보답하다니요! 아니요, 이건 정말 너무한 일입니다! 반드시 당신에게는 교훈이 필요합니다. 생각해 보세요. 저는 당신의 진실한 친구로서 당신에게 간청합니다(왜냐하면 이 순간에 저보다 더 좋은 친구란 있을 수 없을 테니까요). 정신을 차리십시오! 그렇지 않으면 용서를 받지 못할 겁니다! 자, 어떻게 하시겠습니까?」

「저는 당신 집에서 아무것도 가져오지 않았어요.」 소냐는 두려움에 떨면서 작은 소리로 말했다. 「당신은 제게 10루블을 주셨지요. 자, 여기 있어요, 가져가세요.」

소냐는 주머니에서 수건을 꺼낸 뒤 매듭을 찾아 풀어서, 10루블짜리 지폐를 꺼내 루진에게 내밀었다.

「나머지 1백 루블에 대해서는 여전히 인정하지 않는 건가요?」 그는 돈을 받지 않은 채 힐난하듯 집요하게 말했다.

소냐는 주위를 돌아보았다. 모두들 조롱 섞인 증오에 찬 표정으로 아주 무섭고 엄하게 그녀를 바라보았다. 그녀는 라스콜니코프를 보았지만…… 그는 팔짱을 낀 채 벽 옆에 서서 불타는 듯한 시선으로 그녀를 바라보고 있었다.

「오, 하느님!」 소냐의 입술에서 무심결에 이런 외침이 흘러나왔다.

「아말리야 이바노브나, 경찰에 알려야겠습니다. 그러니 그 전에 경비원을 부르러 사람을 보내 주시기를 정중히 부탁드립니다.」 루진은 상냥한 목소리로 조용히 말했다.

「정말 어이가 없군! 난 저 애가 도둑질을 할 줄 알았다니까!」 아말리야 이바노브나는 손뼉을 쳤다.

「그럴 줄 아셨습니까?」 루진이 그 말을 낚아챘다. 「그렇다면 이미 예전에도 그런 결론을 내릴 만한 어떤 근거가 있었단 말씀이로군요. 친애하는 아말리야 이바노브나, 당신이 여러 증인 앞에서 이제 막 하신 말씀을 꼭 기억해 두시기를 바랍니다.」

사방에서 웅성거리는 소리가 커졌다. 모두들 술렁이기 시작했다.

「뭐, 뭐라고요!」 정신을 차린 카테리나 이바노브나가 갑자기 비명을 질렀다. 그리고 그녀는 뛰어 오르듯이 루진에게 달려들었다. 「뭐야! 당신은 이 애를 도둑이라고 몰아붙이는 거야? 이 소냐가? 아, 비열한 놈들, 비열한 놈들!」 그리고 그녀는 소냐에게 몸을 던져, 그녀를 바싹 마른 팔로 힘껏 끌어안았다.

「소냐! 어떻게 너는 이런 사람에게서 10루블을 받았다는 거냐? 오, 어리석은 것! 이리로 내놔! 당장 그 10루블을 다오, 어서!」

소냐에게서 지폐를 낚아챈 카테리나 이바노브나는 돈을 손아귀에 넣고 구겨 쥔 다음, 루진의 얼굴을 향해 똑바로 있는 힘껏 내던졌다. 구겨진 지폐는 루진의 눈을 맞고 바닥으로 떨어졌다. 아말리야 이바노브나는 돈을 집으러 달려갔다. 표트르 페트로비치는 화를 냈다.

「이 미친 여자를 붙들어 주십시오!」 그는 소리치기 시작했다.

이 순간 문에 서 있던 레베쟈트니코프 옆에 또 여러 얼굴이 나타났는데, 그들 틈에서는 타지에서 온 두 여인의 모습도 발견할 수 있었다.

「뭐라고! 미친 여자라고? 내가 미쳤다고? 얼간이 같은 자식!」 카테리나 이바노브나는 쇳소리를 냈다. 「넌 멍텅구리야, 이 검찰의 앞잡이, 비열한 놈! 소냐, 소냐가 저 녀석의 돈을 훔치다니! 이 소냐가 도둑이라니! 이 애는 오히려 네게 돈을 줄 아이다, 이 멍청한 자식아!」 카테리나 이바노브나는 신경질적으로 웃기 시작했다. 「여러분, 이 얼간이를 보셨지요?」 그녀는 루진을 손가락질하면서 사방으로 뛰어다녔다. 「뭐라고! 너도 그렇게 생각한다고?」 그녀는 여주인을 쏘아보았다. 「이 소시지 같은 년아, 이 애가 〈훔쳤다고〉 맞장구를 쳐? 넌 치마를 두른 비열한 프로이센 닭다리야! 아, 여러분! 아, 여러분! 이 애는 방에서 나간 적도 없고, 비열한 네놈한테 갔다 온 이후로 여기 로디온 로마노비치 옆에 내내 앉아 있었어……! 이 애를 뒤져 봐! 만일 이 애가 아무 데도 가지 않았다면, 그 돈은 아직 이 애한테 있을 거야! 찾아봐, 찾아보라고, 찾아봐! 만일 네가 찾아내지 못한다면, 미안하지만 가증스러운 것, 책임을 져야 할걸! 황제께, 황제께, 바로 황제께 곧바로 뛰어가겠어. 자비로운 그분께, 그분 발 앞에 엎드려 하소연할 거야, 오늘, 당장! 난 의지할 데 없는 과부다! 나를 들여보내 줄 거야! 안 들여보낼 거라고 생각하겠지? 웃기지 마. 난 찾아갈 거야! 찾아가고말고! 이건 이 애가 순진하다는 걸 알고서 하는 짓이지? 넌 그걸 계산한 거지? 하지만, 이봐, 난 드센 여자야! 왜 그만두려고 하지! 뒤져 봐! 뒤져, 뒤져, 자, 뒤져 보란 말이야!」

카테리나 이바노브나는 광란 상태에서 그를 세게 잡아당겨 소냐에게 끌고 가려고 했다.

「난 책임질 준비가 다 되어 있습니다……. 하지만 진정하십시오, 부인, 진정하세요! 당신이 드센 여자라는 건 나도 아주 여러 번 보았으니까요……! 이런…… 이런…… 이걸 어떻게 한담?」 루진은 중얼거렸다. 「이런 일은 경찰서에서 해야 하는데……. 하긴 지금 제게는 증인이 지나칠 정도로 많지만…… 나는 준비가 되어 있습니다……. 그렇지만 어떠한 경우라도 남자가 하기는 어려운 일인데…… 성(性)이 다르잖습니까……. 만일 아말리야 이바노브나의 도움을 받는다면…… 비록 일을 이렇게 처리해서는 안 되는 것이기는 하지만……. 이를 어떻게 한담?」

「누구를 원하시오! 원하는 사람이 찾으라고 해요!」 카테리나 이바노브나가 소리쳤다. 「소냐, 이 사람들에게 호주머니를 뒤집어 보여 봐! 자, 자! 이것 봐, 악당, 자, 텅 비었잖아. 여기 손수건이 있었어. 주머니 속에는 아무것도 없어, 봤지! 자, 이제 다른 주머니를, 자, 자! 봐, 보란 말이야!」

그러고는 카테리나 이바노브나는 호주머니를 뒤집어 보이는 정도가 아니라, 양쪽 호주머니를 차례로 잡아 뺐다. 그런데 두 번째로 뒤집힌 오른쪽 호주머니에서 지폐가 튀어나오더니, 갑자기 공중에서 포물선을 그리며 루진의 발아래로 툭 떨어졌다. 많은 사람들이 비명을 질렀다. 표트르 페트로비치는 몸을 굽혀 두 손가락으로 지폐를 잡아서, 모든 사람들이 볼 수 있도록 들어 올리고는 펼쳐 보였다. 그것은 여덟 겹으로 접힌 1백 루블짜리 지폐였다. 표트르 페트로비치는 지폐를 보여 주려고 팔을 한 바퀴 빙 돌렸다.

「도둑년! 어서 아파트에서 나가! 경찰, 경찰!」 아말리야 이바노브나가 목청을 높였다. 「이런 사람들은 시베리아로 보내 버려야 해! 당장 나가!」

사방에서 탄식 소리가 들렸다. 라스콜니코프는 소냐에게서 눈을 떼지 않은 채 입을 다물고 있었고, 가끔 루진에게로 힐끔 시선을 돌렸다. 소냐는 넋이 빠진 듯이 그 자리에 서 있었다. 그녀는 그렇게 놀란 것 같지도 않았다. 그러다 갑자기 그녀의 얼굴이 붉게 달아오르더니, 그녀는 비명을 지르면서 두 손으로 얼굴을 가렸다.

「아니에요, 내가 그런 게 아니에요! 난 훔치지 않았어요! 난 몰라요!」그녀는 심장을 쥐어짜듯이 절규하기 시작하며, 카테리나 이바노브나에게로 몸을 던졌다. 카테리나 이바노브나는 그녀를 붙들고, 마치 자신의 가슴으로 사람들로부터 그녀를 보호하려는 듯이 자기 몸에 꼭 붙였다.

「소냐! 소냐! 나는 믿지 않는다! 알지? 나는 믿지 않아!」(모든 것이 명백했음에도 불구하고) 카테리나 이바노브나는 어린애 다루듯이 그녀를 팔 안에서 어르며, 그녀에게 셀 수 없이 입맞춤을 한 다음, 손을 부여잡고 손에도 입을 맞추며 외쳤다.「네가 훔치다니! 정말 얼마나 어리석은 사람들이냐! 오, 하느님! 당신들 모두는 어리석어, 어리석기 이를 데 없어.」그녀는 모든 사람을 향해 소리쳤다.「당신들은 아직 몰라, 이 애 마음이 얼마나 고운지, 이 애가 어떤 사람인지 당신들은 몰라! 얘가 가져갔다고, 얘가! 이 애는 만일 당신들이 필요하다면 마지막 남은 옷까지도 벗어 버리고 팔아서 맨발로 다닐 아이야. 당신들에게 다 내줄 아이란 말이야, 이 아이는 그런 아이야! 얘가 노란 딱지를 받았지만, 그건 내 아이들이 굶어 죽어 가니까, 우리를 위해 자기 몸을 판 거란 말이야……! 아, 여보, 여보! 아, 천국으로 가신 양반, 여보! 보고 있어요? 보고 있어요? 이게 당신의 추모연이라는군요! 하느님! 이 애를 좀 변호해 주세요. 왜 그렇게 다들 서 있기만 하는 겁니까! 로디온 로마노비치! 당신은 왜 변호해 주지 않는 거예요? 당신 역시 믿고 있는 건가요? 당신들은 이 아이의 새끼손가락만큼의 가치도 없어, 모두들, 모두 다, 모두 다, 모두 다! 오, 하느님! 어서 좀 이 애를 보호해 주세요!」

불쌍하고 외로운 폐병 환자 카테리나 이바노브나의 절규는 사람들에게 강한 인상을 불러일으킨 것 같았다. 이 고통에 일그러지고 바짝 마른 폐병 환자의 얼굴, 피가 말라붙은 입술, 쉰 목소리의 절규, 아이처럼 목 놓아 우는 소리, 순진한 어린애처럼 보호해 달라고 외치는 절망에 가득 찬 애원 속에는 누구나 이 불행한 여인을 동정하지 않을 수 없도록 만드는 극도의 가련함과 처절함이 넘쳐흐르고 있었다. 최소한 표트르 페트로비치는 이내 〈겉으로 동정심을 드러냈다〉.

「부인! 부인!」 그는 위엄 있는 목소리로 말했다. 「당신은 이 일과 아무런 상관이 없습니다! 당신이 이 일에 연루되어 있다고, 함께 이 일을 꾸몄다고 고발할 사람은 아무도 없습니다! 더구나 당신은 주머니를 뒤집어 보이면서까지 모든 사실을 폭로했잖아요. 그러니 당신도 모르고 있었던 거지요. 만일 가난이 소피야 세묘노브나로 하여금 이런 짓을 하도록 충동질했다면, 저도 깊이 동정할 마음이 있습니다. 그렇지만 마드무아젤, 왜 인정하려 들지 않았지요? 치욕을 두려워했나요? 처음 하는 짓이라서 그랬습니까? 혹시 당황해서 그랬습니까? 이해는 할 수 있지. 충분히 이해합니다⋯⋯. 하지만 왜 이런 짓을 했습니까! 여러분!」 그는 그 자리에 있던 모든 사람을 향해 말했다. 「여러분! 이분이 가엾어서, 개인적으로 저는 모욕을 당했지만, 동정하는 마음에서 이 일을 용서하고자 합니다. 마드무아젤, 오늘의 치욕이 앞으로 당신 장래를 위한 교훈이 될 겁니다.」 그는 소냐에게 말했다. 「저는 오늘 이후로 이 일을 없었던 일로 종결짓겠습니다. 이것으로 충분하니까요!」

표트르 페트로비치는 라스콜니코프를 힐끔 쳐다보았다. 그들의 시선이 마주쳤다. 라스콜니코프의 불타는 시선이 그를 재로 만들어 버릴 것 같았다. 그러나 카테리나 이바노브나의 귀에는 아무 소리도 들리지 않는 것 같았다. 그녀는 미친 여자처럼 소냐를 안고 입을 맞췄다. 아이들 역시 그 작은 팔로 사방에서 소냐를 꼭 껴안았다. 폴랴는 아직까지 무슨 일인지 잘 이해하진 못했지만, 울어서 부은 예쁜 얼굴을 소냐의 어깨에 파묻고 심하게 흐느끼며 온통 눈물범벅이 되어 있었다.

「너무 비열한 짓이야!」 문에서 갑자기 커다란 목소리가 울렸다.

표트르 페트로비치는 재빨리 주변을 둘러보았다.

「정말 비열한 짓이야!」 레베자트니코프가 그를 노려보며 다시 한번 말했다.

표트르 페트로비치는 흠칫 몸을 떨었다. 모든 사람들이 그것을 보았다. (나중에 모두들 이를 기억해 냈다.) 레베자트니코프는 방 안으로 성큼 들어섰다.

「감히 나를 당신의 증인으로 내세웠단 말입니까?」 그는 표트르 페트로비치에게 다가가면서 말했다.

「그게 무슨 뜻인가, 안드레이 세묘노비치? 무슨 말을 하는 건가?」 루진이 중얼거렸다.

「내 말의 뜻은 당신이…… 협잡꾼이라는 겁니다!」 레베자트니코프는 잘 보이지도 않는 작은 눈으로 그를 준엄하게 노려보면서 격렬하게 말했다. 그는 굉장히 화가 나 있었다. 라스콜니코프는 빨려 들어갈 듯이 그를 뚫어지게 쳐다보면서, 그의 말 한마디 한마디를 낚아채서 그 말뜻을 하나하나 재어 보는 것 같았다. 또다시 침묵이 방 안을 지배했다. 표트르 페트로비치는 당황해서 어찌할 바를 몰랐는데, 특히 처음 몇 분간은 더더욱 그랬다.

「자네 지금 나를 두고 하는 말인가……」 그는 더듬거리며 말하기 시작했다. 「이게 무슨 짓인가? 자네, 제정신인가?」

「내 정신은 온전합니다. 그런데 당신은 정말…… 사기꾼이군요! 아, 이 얼마나 비열한 짓이란 말입니까! 나는 모든 걸 정확하게 이해하기 위해서 일부러 기다리면서 다 듣고 있었던 겁니다. 왜냐하면 아직도 모든 게 논리적으로 이해되지 않으니까요……. 인정하죠, 무슨 목적으로 당신이 이런 짓을 했는지, 나는 도무지 이해할 수가 없어요.」

「내가 무슨 짓을 했다는 건가? 그런 말도 안 되는 추측일랑 그만두게! 아니면 자네, 술을 마셨나?」

「당신같이 비열한 사람이나 술을 마시지, 나는 아닙니다! 나는 보드카조차 전혀 마시지 않아요. 왜냐하면 그건 내 신념에 어긋나는 짓이니까요! 상상을 좀 해보세요. 이 사람은 자기 손으로 그 1백 루블짜리 지폐를 소피야 세묘노브나에게 직접 준 겁니다. 내가 보았습니다. 내가 증인입니다, 맹세합니다! 이 사람이 그랬습니다, 이 사람이!」 레베자트니코프는 그 자리에 있던 한 사람, 한 사람을 향해 반복해서 외쳤다.

「자네, 정신 나간 거 아닌가? 이런 건방진 애송이 같으니!」 루진이 기를 쓰고 반박했다. 「이 여자 스스로가 방금 이 자리에서 여러 사람이 있는 앞에서, 이 여자 스스로가 지금 모든 사람들 앞에서 10루블 외에는 내게서 받은 것이 없다고 말했어. 그런데 어떻게 내가 이 여자에게 그것 말고 다른 것을 전해 주었단 말인가?」

「내가 보았어요, 보았어!」 레베자트니코프가 큰 소리로 외쳤다. 「비록 어디다 대고 맹세한다는 게 내 소신에 어긋나는 일이긴 하지만, 나는 지금 당장에라도 재판정에서 맹세할 수 있습니다. 왜냐하면 나는 당신이 소냐의 옷에 살짝 집어넣는 것을 보았으니까요! 다만 나는 바보처럼 당신이 선행을 하려고 살짝 집어넣었다고 생각했습니다! 문에서 소냐와 작별 인사를 나눌 때, 그녀가 몸을 돌리자 당신은 한 손으로 그녀의 손을 잡으면서, 왼손으로는 그녀의 주머니에 그 돈을 몰래 집어넣었어요. 내가 봤어요! 봤다고요!」

루진의 얼굴에서 핏기가 가셨다.

「거짓말하지 말게!」 그는 난폭하게 외쳤다. 「창에 서 있던 자네가 어떻게 지폐를 볼 수 있었단 말인가? 그런 것처럼 보인 것뿐이야……. 자네는 거의 장님이 아닌가. 허튼소리 말아!」

「아니요, 그렇게 보인 것이 아닙니다! 멀리 서 있기는 했지만 나는 모든 것을, 모든 것을 봤어요. 사실 창에서 지폐를 자세히 보기란 어려운 일이지요. 그건 당신 말이 맞아요. 그렇지만 나는 특이한 상황 때문에 그것이 분명 1백 루블짜리 지폐라는 것을 알았어요. 왜냐하면 당신이 소피야 세묘노브나에게 10루블짜리 지폐를 주려고 할 때, 당신이 탁자에서 1백 루블짜리 지폐를 집는 것을 내 두 눈으로 똑똑히 보았기 때문입니다. 내가 그 장면을 볼 수 있었던 것은 그때 가까이 서 있었기 때문이에요. 그리고 그때 또 어떤 생각이 떠올랐기 때문에 나는 당신의 손에 지폐가 들려 있었던 것을 기억하고 있습니다. 당신은 지폐를 접어서 계속 그것을 한 손에 꼭 쥐고 있더군요. 나는 그 일을 잊어버리고 있었는데, 당신이 일어날 때 오른손에 있던 그 돈을 왼손으로 옮겨 쥐려다가 떨어뜨릴 뻔한 걸 보고 다시 기억했습니다. 그때 나는 조금 전에 했던 생각, 즉 당신이 나 몰래 선행을 하려나 보다라는 생각이 다시 떠올랐던 겁니다. 그래서 유심히 관찰하기 시작했죠. 그러다가 나는 당신이 소피야 세묘노브나의 주머니에 돈을 살짝 집어넣는 것을 보았습니다. 난 보았어요, 봤어요. 맹세할 수 있습니다!」

레베쟈트니코프는 숨을 헐떡이고 있었다. 사방에서 놀라움에 가득 찬 여러 가지 탄식 소리가 터졌다. 그러나 위협이 담긴 외침 소리도 들려왔다. 모든 사람들이 표트르 페트로비치에게로 몰려들었다. 카테리나 이바노브나는 레베쟈트니코프에게로 달려갔다.

「안드레이 세묘노비치! 내가 당신을 잘못 봤군요! 소냐를 보호해 주세요! 당신만이 유일하게 저 애의 편이군요! 저 애는 고아예요. 하느님이 당신을 보내 주셨어요! 안드레이 세묘노비치, 고마운 양반, 착한 양반!」

그리고 카테리나 이바노브나는 자기가 무슨 짓을 하는지도 거의 의식하지 못하고서 그의 발 아래 무릎을 꿇었다.

「헛소리야!」 루진이 격분해서 외쳤다. 「헛소리를 지껄이고 있는 거야, 자넨. 〈잊어버렸다가, 기억했다가, 다시 떠올랐다〉니, 이게 무슨 소리인가? 그러니까 내가 일부러 저 여자 옷에 돈을 몰래 넣었단 말인가? 왜 그랬겠나? 무슨 목적으로? 나와 이런…… 여자와 무슨 상관이 있단 말이야……?」

「왜 그랬냐고요? 바로 그 점을 나도 이해할 수 없어요. 그렇지만 내가 한 말이 진실이라는 점만은 확실합니다! 내가 잘못 보았을 리 없어요. 당신은 정말 뻔뻔스러운 범죄자예요. 소냐가 당신에게 감사하면서 악수를 나눴던 바로 그 순간, 다음과 같은 의문이 떠올랐습니다. 어째서 당신이 소피야 세묘노브나의 주머니에 몰래 돈을 집어넣었을까? 왜 몰래 넣었느냐는 겁니다. 내가 정반대의 신념을 가지고 있고, 근본적으로 아무런 변화도 가져다줄 수 없는 개인적인 자선을 부정한다는 것을 당신이 알고 있기 때문에, 내게 숨기려 한 것은 아닐까? 그래서 나는 당신이 내 앞에서 그런 거금을 주는 것이 부끄러워서 그랬나 보다 하고 결론을 내렸습니다. 그 밖에도 이 사람이 소피야 세묘노브나에게 뜻밖의 선물을 주려나 보다, 그녀가 주머니에서 1백 루블을 발견하고 깜짝 놀라게 하려고 그러나 보다 하고 생각했던 거지요. (왜냐하면 어떤 자선 사업가는 그런 식으로 자기 선행을 감추려 한다는 것을 저도 알고 있으니까요.) 한편, 나는 당신이 소피야 세묘노브나를 시험하려나 보다라고도 생각했습니다. 즉 그녀가 돈을 발견하고 나서, 감사하다는 말을 하러 올까, 오지 않을까를 말입니다. 나중에 가서는 당신이 고맙다는 인사를 피하려 한다고, 그러니까 거기 뭐라고 쓰여 있더라, 오른손이 한 일을…… 모르게 한다고 하던가……. 한마디로 말해서, 뭐 그런 식을 원한다고도 생각했습니다……. 그때 참으로 많은 생각들이 머릿속에 떠올랐기 때문에 나는 모든 것을 나중에 곰곰이 따져 보기로 했습니다. 그렇지만 내가 비밀을 안다는 걸 당신에게 밝히는 것은 눈치 없는 짓이라고 판단했습니다. 그런데 그 순간 또 한 가지 걱정이 생기는 거예요. 소피야 세묘노브나가 돈이 있는 것을 알아채기 전에 돈을 잃어버리면 어떻게 하나 하는 생각이었습니다. 그래서 나는 이곳으로 와서 소피야 세묘노브나를 불러내, 그녀의 주머니 속에 1백 루블짜리 지폐가 있다는 걸 알려 주려고 마음먹었습니다. 오는 길에 잠깐 코빌랴트니코바 여사에게 들러서 『실증적 방법의 일반적 추론』을 가져다주고, 피데리트의 논문을 추천해 주었습니다. (바그너의 논문도요.)[11] 그리고 나서 이곳에 와보니, 이런 추태가 벌어지고 있는 게 아닙니까! 자, 내가 만일 정말 당신이 소피야 세묘노브나의 주머니에 돈을 집어넣는 걸 보지 못했다면, 어떻게 이런 생각들을 하며 이런저런 추론을 할 수가 있었겠습니까?」

논리적인 결론으로 자신의 장황한 설명을 끝마쳤을 때, 안드레이 세묘노비치는 몹시 지친 나머지 얼굴에 구슬땀마저 흘리고 있었다. 이럴 수가, 그는 러시아어로도 자기 생각을 조리 있게 표현할 능력이 없는 사람이었던 것이다(하긴 그는 다른 언어 역시 아는 게 하나도 없었다). 그는 영웅적인 변론을 마친 후, 단번에 힘이 빠져 수척해진 것 같았다. 그가 아주 열중해서 확신에 찬 태도로 말했기 때문에 모든 사람들이 그를 믿는 것 같았다. 표트르 페트로비치는 일이 좋지 않은 방향으로 전개되고 있다는 것을 느

---

11 『실증적 방법의 일반적 추론』은 1866년 페테르부르크에서 출판된 논문집이다. 여기에는 서구의 새로운 자연 과학적, 사회학적 사상이 담긴 논문들이 게재되었다. 그 속에는 독일의 생리학자 T. 피데리트, 경제학자 A. 바그너, 벨기에의 통계학자이자 사회학자인 케틀레의 논문들도 포함되어 있었다.

졌다.

「자네 머릿속에 무슨 어리석은 질문들이 떠올랐든 나와 무슨 상관인가?」 그는 소리쳤다. 「그건 증거가 아냐! 자네가 그렇게 상상한 거겠지. 그게 다야! 내가 분명히 말하건대, 자네는 지금 거짓말을 하고 있어, 이 친구야! 나에 대한 악감정 때문에 거짓말을 하면서 중상모략을 하고 있는 거야. 내가 자네의 자유사상과 무신론적인 사회주의적 제안들에 동의하지 않으니까, 화가 나서 그러는 거야. 자네는 바로 그 이유 때문에 이러는 거야!」

그러나 이런 말은 표트르 페트로비치에게 유리하게 작용하지 않았다. 오히려 사방에서 비난이 들려왔다.

「무슨 소리를 하는 겁니까!」 레베자트니코프가 외쳤다. 「거짓말을 하고 있어! 경찰을 부르세요. 내가 맹세하겠습니다! 하지만 정말 나는 이것만은 도저히 이해할 수 없군요. 왜 이 사람이 이런 비열한 짓을 하기로 결심했는지 말입니다! 오, 불쌍하고 비열한 사람!」

「이 사람이 왜 이런 짓을 하게 되었는지는 제가 설명할 수 있습니다. 만일 필요하다면, 나도 맹세하겠습니다!」 마침내 라스콜니코프가 확신에 찬 목소리로 말하면서 앞으로 나섰다.

그는 겉으로 보기에 단호하고 평온해 보였다. 그런 그를 보자 단번에 모든 사람들은 그가 정말로 이것이 어떻게 된 일인지를 알고 있다는 것과, 이제 사건이 대단원에 도달했다는 것을 분명히 깨달을 수 있었다.

「이제 저는 모든 것을 완전히 이해할 수 있게 되었습니다.」 라스콜니코프는 곧바로 레베자트니코프를 향해 말을 이었다. 「저는 이 사건의 처음부터 무언가 더러운 간계가 있다는 것을 의심하기 시작했습니다. 저는 저만이 알고 있는 한 가지 특이한 상황 때문에 의심하기 시작했는데, 이제 그것을 여러분께 설명해 드리겠습니다. 바로 그 상황에 모든 설명이 들어 있으니까요! 안드레이 세묘노비치, 당신의 귀중한 증언으로 저는 모든 것을 분명히 확실하게 알 수 있게 되었습니다. 모두들 제 말에 귀를 기울여 주십시오. 이 사람은(그는 루진을 가리켰다) 얼마 전에 한 아가씨, 바로 저의 여동생 아브도티야 로마노브나 라스콜니코바에게 청혼을 했습니다. 그런데 페테르부르크에 도착한 그는 사흘 전에 있었던 저와의 첫 만남에서 저와 다퉜고, 저는 이 사람을 밖으로 내쫓았습니다. 이 일에 관해서는 증인 둘이 있습니다. 이 사람은 아주 나쁜 사람입니다……. 사흘 전에 저는 이 사람이 이곳에서 당신, 즉 안드레이 세묘노비치의 방에 살고 있다는 사실을 몰랐습니다. 그렇기 때문에 이 사람이 우리가 싸운 바로 그날, 그러니까 사흘 전에 제가 돌아가신 마르멜라도프 씨의 친구로서 고인의 아내인 카테리나 이바노브나에게 장례식 비용으로 얼마간의 돈을 준 사실을 알게 되리라고는 도저히 생각할 수 없었습니다. 그런데 그는 이 사실을 안 즉시 제 어머니에게 편지를 써서, 제가 돈 전부를 카테리나 이바노브나가 아닌 소피야 세묘노브나에게 준 것으로 전했습니다. 그런데 이때 아주 저질스러운 표현으로 소피야 세묘노브나의…… 성격에 대해서 언급하고, 저와 소피야 세묘노브나와의 관계에 대해 이상한 암시를 했습니다. 여러분도 이해하실 수 있다시피, 이는 저와 저의 어머니 그리고 누이동생 사이를 이간질하려는 목적에서 한 짓입니다. 그들이 저를 도와주려고 보낸 마지막 돈을 제가 좋지 못한 목적을 위해 탕진한다는 듯한 생각을 그들에게 불어넣으려고 한 것이지요. 어제저녁에 저는 어머니와 누이동생, 그리고 그가 있는 자리에서 돈을 소피야 세묘노브나에게 준 것이 아니라, 카테리나 이바노브나에게 주었다고 증명해서 진실을 밝혔고, 사흘 전에는 제가 소피야 세묘노브나를 전혀 알지도 못했을 뿐 아니라, 안면조차 없었다는 사실을 말씀드렸습니다. 그러면서 저는 저 사람, 표트르 페트로비치를 가리켜 그 성품상 그가 그렇게도 나쁘게 말한 소피야 세묘노브나의 새끼손가락만큼의 가치도 없는 인간이라고 말했습니다. 소피야 세묘노브나를 누이 옆에 나란히 앉힐 수 있겠느냐는 그의 질문에, 저는 바로 그날 아침에 이미 그렇게 했다고 대답했습니다. 어머니와 누이동생이 그의 계책에 따라 저와 다투려 들지 않는 것을 보자, 앙심을 품은 그는 그들에게 한마디 한마디를 할 때마다 용서할 수 없는 거친 말들을 퍼붓기 시작했습니다. 결국 심한 다툼이 있었고, 그는 집에서 쫓겨났습니다. 이 모든 일이 어제 일어난 일입니다. 지금부터 특히 주의 깊게 들어 주시기 바랍니다. 생각해 보십시오. 만약 오늘 그가 소피야 세묘노브나가 도둑이라는 것을 증명하는 데 성공한다면 그는, 첫째로 저의 어머니와 누이에게 자신의 의심이 사실이었다는 것을 입증하는 것이 되고, 나의 누이동생과 소피야 세묘노브나를 같이 놓고 비교한 나에게 그가 화를 낸 것은 정당한 행동이었다는 것을 확인시키는 셈이 됩니다. 그리고 나를 공격한 것은 내 누이동생, 즉 자기 약혼자의 명예를 수호하고 방어하기 위한 것이었다고 변명할 수 있게 되는 겁니다. 한마디로 말해서, 이 모든 것을 통해서 그는 또다시 저와 제 가족들을 이간질할 수 있을 뿐 아니라, 또다시 그들로부터 애정을 받을 수 있을 거라고 기대했던 겁니다. 그가 개인적으로 제게 복수하려 했다는 것을 새삼 말씀드릴 필요는 없을 것 같군요. 왜냐하면 소피야 세묘노브나의 명예와 행복이 제게 귀중하다고 생각할 만한 근거가 그에게는 있었으니까요. 바로 이런 것들이 그의 속셈이었습니다! 저는 바로 이렇게 사건을 이해하고 있습니다! 이것이 이유이며, 다른 이유라고는 있을 수 없습니다!」

대단히 주의 깊게 이야기를 듣고 있던 사람들의 탄성 때문에 말이 간혹 끊어지기는 했지만, 라스콜니코프는 어쨌든 이렇게 자신의 말을 마칠 수 있었다. 간혹 끊어지기는 했지만 그는 단호하고 조용하게, 정확하고 분명하게, 그리고 확고하고 또렷하게 말을 풀어 갔다. 그의 단호한 목소리와 확신에 넘치는 말투, 엄숙한 표정은 모든 사람들에게 최대의 효과를 불러일으켰다.

「맞아요, 맞아. 바로 그런 겁니다!」 레베자트니코프가 환희에 찬 얼굴로 말했다. 「틀림없이 그럴 거예요. 왜냐하면 이 사람은 소피야 세묘노브나가 우리 방에 들어오자마자 제게, 당신이 거기 있는지, 제가 카테리나 이바노브나의 손님들 중 당신을 보았는지 물었거든요. 그는 그걸 묻기 위해서 저를 창 쪽으로 불러냈고, 거기서 조용히 물어보았습니다. 그러니까 이곳에 당신이 있는 것이 그에게는 꼭 필요했던 겁니다! 맞아요, 다 맞는 말입니다!」

루진은 입을 다물고 멸시하는 듯한 미소를 지었다. 그러나 그의 얼굴은 몹시 창백했다. 그는 어떻게 해서든 상황을 반전시켜 볼 생각을 하고 있는 것 같았다. 그는 아마도 기꺼이 모든 것을 버리고 떠나고 싶었을 것이다. 그렇지만 그 순간에 그것은 거의 불가능한 일이었다. 그런 행동은 그에게 제기된 혐의 사실이 옳다는 것과, 그가 정말로 소피야 세묘노브나를 중상모략했다는 것을 인정하는 것이나 마찬가지였다. 더구나 그렇지 않아도 이미 술에 취해 있던 사람들은 몹시 흥분해 있었다. 군량부 관리는 사건을 완전히 이해하지는 못했지만, 누구보다도 큰 소리로 지껄이면서, 루진에 대한 대단히 불쾌한 몇 가지 조치를 제안했다. 그러나 취하지 않은 사람들도 있었다. 다른 방의 사람들도 나와서 모여 있었던 것이다. 세 명의 폴란드인들 모두 몹시 화를 내며 그에게 끊임없이 〈이 불한당아!〉라고 소리 지르며, 폴란드어로 뭔가 위협적인 말들을 중얼거리고 있었다. 소냐는 긴장해서 듣고 있었지만, 그녀 역시 이제 막 기절했다가 깨어난 사람처럼 상황을 완전히 이해하지는 못하는 것 같았다. 그녀는 라스콜니코프만이 자기를 보호해 줄 수 있다고 느끼며, 라스콜니코프로부터 두 눈을 떼지 못하고 있었다. 힘겹게 쉰 소리를 내며 숨을 쉬고 있는 카테리나 이바노브나는 녹초가 된 듯이 보였다. 아말리야 이바노브나는 그 누구보다도 더 얼빠진 모습으로 입을 헤벌리고는 영문을 모르겠다는 듯이 서 있었다. 그녀는 표트르 페트로비치가 덫에 걸렸다는 것만을 이해할 수 있을 뿐이었다. 라스콜니코프는 더 말할 수 있게 해달라고 요청했지만, 더 이상 아무도 그가 말을 마칠 수 있도록 내버려 두지 않았다. 모두들 소리를 지르며 욕설과 위협을 퍼부으면서, 루진 주변으로 몰려들었다. 그러나 표트르 페트로비치는 겁먹지 않았다. 소냐에게 죄를 뒤집어씌우는 일이 완전히 실패로 돌아간 것을 깨닫자, 그는 곧 뻔뻔스럽게 굴기 시작했다.

「실례합니다, 여러분, 실례합니다. 밀지 마세요, 가게 해주십시오!」 그는 사람들 사이를 헤치고 나가면서 말했다. 「부탁입니다만, 그런 위협은 하지 말아 주십시오. 분명히 말하지만, 아무 일도 없을 것이고, 아무 일도 하지 못할 겁니다. 그런다고 겁을 낼 저도 아니고요. 반대로 당신들이 폭력으로 형사 사건을 덮었다는 데 대해 책임을 지게 될 겁니다. 도둑이 누구인지는 밝혀졌습니다. 저는 계속 추적할 겁니다. 재판정에서는 사람들이 이렇게 어리석지도 않고…… 취해 있지도 않으니까요. 그러니 저 악명 높은 두 무신론자들, 선동가들, 자유사상가들이 자기들의 개인적인 원한 때문에 나를 고발한다 해도 믿지 않을 겁니다. 저자들은 어리석어서 자기 입으로 순순히 다 자백하고 있어요……. 예, 그러니 비켜 주십시오!」

「내 방에서 다시는 당신을 보지 않았으면 좋겠군요. 당장 나가 주세요. 우리 사이의 모든 관계는 끝났습니다! 내가 배운 것을 이 사람에게 그렇게 필사적으로 가르치려 했다니…… 2주일 동안이나……!」

「안드레이 세묘노비치, 내가 떠나겠다고 했더니 자네가 막지 않았나. 이제 한 가지 덧붙이겠네만, 자넨 정말 어리석군! 자네가 아둔한 머리와 어두운 눈을 치료하기만을 진심으로 바라는 바네. 그럼 실례합니다, 여러분!」

그는 사람들 사이를 헤치고 지나갔다. 그러나 군량부의 관리는 욕설을 퍼붓는 것만으로 그를 그렇게 쉽게 보내 주고 싶지 않았다. 그는 책상에서 유리잔을 집어 들어 팔을 크게 휘저어, 표트르 페트로비치를 향해 던졌다. 그런데 유리잔은 그대로 아말리야 이바노브나에게로 날아가고 말았다. 그녀는 비명을 질렀고, 군량부 관리는 잔을 던지다가 균형을 잃고서 마룻바닥에 쿵 넘어지고 말았다. 표트르 페트로비치는 자기 방으로 돌아갔고, 30분 후에는 이미 그 집에 없었다. 천성적으로 소심한 소냐는 예전에도 자기가 누구보다도 더 쉽게 파멸할 수 있는 존재라는 것을, 누구든 대가를 치르는 일 없이 그녀를 쉽게 모욕할 수 있다는 것을 잘 알고 있었다. 그러나 그녀는 어떻게 해서든 모든 사람들에게 조심스럽고 온순하고 고분고분하게 대하면 재앙을 피할 수 있다고 지금까지 생각하고 있었다. 그녀가 느낀 절망은 너무나도 견디기 힘든 것이었다. 물론 그녀는 모든 일을, 심지어 이런 일마저 아무 불평 없이 인내심을 가지고 감당할 수 있었다. 그러나 처음 순간은 너무나도 힘겨웠다. 자신의 결백이 입증되어 누명을 벗었는데도, 처음 느꼈던 경악과 충격이 사라지고 이제 모든 것을 분명히 이해하고 깨닫게 되자, 의지할 데 없이 나약한 자신의 처지와 모욕감이 그녀의 심장을 고통스럽게 파고들었다. 그녀는 발작을 일으키기 시작했다. 마침내 그녀는 견디다 못해 방을 뛰쳐나가 자기 집으로 뛰어갔다. 그것은 루진이 나간 것과 거의 동시에 일어난 일이었다. 아말리야 이바노브나 역시 잔에 얻어맞은 뒤 그 자리에 있던 사람들의 왁자지껄한 웃음소리를 듣자, 남의 경조사에서 벌어진 이런 주정들을 더 이상 참을 수가 없었다. 그녀는 모든 것이 카테리나 이바노브나의 탓이라고 생각하고는, 미친 여자처럼 비명을 지르며 그녀에게 달려들었다.

「당장 이 집에서 나가! 당장! 당장 꺼져!」 이런 말을 하면서 그녀는 카테리나 이바노브나의 물건들을 손에 잡히는 대로 마구 마룻바닥에 던지기 시작했다. 그렇지 않아도 기력을 잃고 거의 실신 상태에 빠졌던 카테리나 이바노브나는 창백한 얼굴로 헐떡이면서 침대에서 일어나(그녀는 침대에 기진맥진한 상태로 누워 있었다), 아말리야 이바노브나에게 달려들었다. 그러나 두 사람의 힘의 차이는 너무 컸다. 아말리야 이바노브나는 깃털처럼 가볍게 그녀를 밀쳐 냈다.

「어떻게 이럴 수가 있어! 파렴치하게 중상모략을 한 것도 부족해서, 이년이 이제 나한테 덤비는구나! 어떻게 이럴 수가 있어! 남편의 장례식 날 집에서 내쫓다니. 실컷 얻어 처먹고 나서는 아비 없는 어린것들을 거리로 내쫓다니! 대체 어디로 가란 말이야!」 가련한 여인은 헐떡이고 흐느끼면서 절규했다. 「오, 주여!」 그녀는 갑자기 눈을 반짝이면서 외치기 시작했다. 「참으로 정의란 없는 것입니까! 우리 같은 불쌍한 이들을 보호하지 않으면 누구를 보호한단 말입니까? 이제 곧 알게 될 거야, 세상에는 정의와 진실이 있다는 것을! 내가 찾을 거야! 지금 당장. 기다려, 이 파렴치한 년! 폴랴, 아이들과 함께 있거라, 내 곧 돌아오마. 거리에서라도 나를 기다려라! 세상에 정의가 있는지 없는지, 이제 곧 알게 될 테니까!」

그리고 카테리나 이바노브나는 마르멜라도프가 언젠가 언급했던 그 녹색의 커다란 드라데담 숄을 두르고 절규하고 통곡하며, 아직도 방 안에 술에 취한 채로 어수선하게 모여 있는 사람들 사이를 헤치고 거리로 나갔다. 어떠한 일이 있어도 지금 당장 어디선가 정의를 찾아보겠다는 막연한 목적을 안고서 말이다. 폴랴는 구석 궤짝 위에 앉아 동생들을 꼭 껴안고 두려움에 온몸을 부들부들 떨면서, 어머니가 돌아오기를 기다리기 시작했다. 아말리야 이바노브나는 방 안을 뛰어다니면서 꽥꽥 소리를 지르고, 닥치는 대로 물건을 난폭하게 집어서 마룻바닥에 던지면서 울부짖었다. 세입자들은 뿔뿔이 흩어졌다. 어떤 사람들은 일어난 일에 대해 나름대로 이러쿵저러쿵 이야기를 나누었고, 어떤 사람들은 언쟁을 벌이며 욕을 하기도 했다. 또 어떤 사람들은 노래를 불러 대기 시작했다…….

〈이제 나도 갈 시간이로군!〉 라스콜니코프는 생각했다. 〈자, 소피야 세묘노브나, 이제 당신이 무슨 말을 할지 들어 봅시다!〉

그리고 그는 소냐의 집을 향해 발걸음을 옮겼다.

4

라스콜니코프는 자신도 큰 고민과 괴로움을 지니고 있었음에도 불구하고, 루진을 상대로 해서 열정적이고 용기 있게 소냐를 변호해 주었다. 소냐를 옹호하고자 했던 그의 노력 속에 개인적이고 진심 어린 마음이 깃들어 있었다는 것은 말할 나위도 없을 것이다. 그러나 오전에 괴로운 일을 겪은 그로서는 엉망이 된 자신의 기분을 바꿀 수 있는 좋은 기회가 온 것이 오히려 기뻤다. 그뿐만 아니라 곧 있을 소냐와의 만남에 대한 기대가 그를 몹시 설레게 했다. 그는 누가 리자베타를 죽였는지 그녀에게 〈알려야만 했던 것이다〉. 그는 이에 따른 무서운 고통을 예감하고, 그것을 뿌리치려는 사람처럼 손을 내저었다. 그러므로 카테리나 이바노브나의 방을 나오면서 〈자, 소피야 세묘노브나, 이제 당신이 무슨 말을 할지 들어 봅시다!〉라고 속으로 외쳤을 때만 해도, 그는 여전히 루진과의 싸움에서 드러냈던 용기와 도전, 그리고 승리감에 젖어 약간이나마 흥분 상태에 있었음에 틀림없었다. 그러나 이상한 일이 그에게 일어났다. 카페르나우모프의 아파트가 가까워지자 그는 갑자기 무력감과 공포에 휩싸였다. 〈누가 리자베타를 죽였는지 말할 필요가 있을까?〉라는 이상한 의문을 품으면서, 그는 생각에 잠겨 문 앞에 멈춰 섰다. 그 의문은 분명 이상한 것이었다. 왜냐하면 그와 동시에 그는 이야기하지 않으면 안 될 뿐 아니라,

이 순간을 잠시 미루는 것조차 불가능하다는 사실을 느끼고 있었기 때문이다. 그것이 왜 불가능한지는 그도 아직 이해할 수 없었다. 그는 다만 그것을 〈느꼈을〉 뿐이다. 그리고 이 피할 수 없는 의무 앞에서 자신이 무력하다는 의식에 그는 고통스럽게 짓눌려 있었다. 그는 더 이상 생각하고 고민하고 싶지 않아서 문을 재빨리 열고 문간에서 소냐를 쳐다보았다. 그녀는 작은 식탁에 팔을 괴고 두 손으로 뺨을 가리고 앉아 있다가, 라스콜니코프를 보자 얼른 일어나 기다렸다는 듯이 그를 맞으러 다가왔다.

「당신이 없었다면 나는 어떻게 되었을까요!」 그녀는 방 한가운데서 그와 마주치자, 서둘러 말했다. 그녀는 한시바삐 그에게 이 말을 하고 싶었음에 틀림없었다. 그러고는 잠자코 기다렸다.

라스콜니코프는 책상을 지나, 그녀가 이제 막 일어난 의자에 앉았다. 그녀는 꼭 어제처럼 그에게서 두 걸음 떨어진 앞에 서 있었다.

「어때요, 소냐?」 그는 이렇게 말하고, 자기 목소리가 떨리는 것을 느꼈다. 「모든 일은 〈사회적인 위치와 그에 따라 얻어진 습관〉에 근거를 두고 있습니다. 당신은 아까 그 말을 이해했습니까?」

그녀의 얼굴에 고통스러운 표정이 나타났다.

「제발 어제처럼 그런 식으로 말하지 마세요!」 그녀는 그의 말을 가로막았다. 「제발, 아무 말도 말아 주세요. 고통은 충분히 받았으니까요…….」

그녀는 이런 비난이 그의 마음에 들지 않을 수 있다는 생각이 들자, 겁이 나서 얼른 미소를 지었다.

「거기서 뛰쳐나온 것은 어리석은 짓이었어요. 지금 그곳은 어떻지요? 그곳으로 가고 싶지만, 금방이라도…… 당신이 올지 모른다는 생각이 들었어요.」

그는 아말리야 이바노브나가 그들을 아파트에서 내쫓았으며, 카테리나 이바노브나가 〈정의를 찾기 위해〉 어디론가 뛰쳐나갔다고 말해 주었다.

「아, 맙소사!」 소냐는 고함쳤다. 「어서 가봐야겠어요……」

그리고 그녀는 망토를 집어 들었다.

「항상 똑같군요!」 라스콜니코프가 신경질적으로 소리쳤다. 「당신은 늘 그 사람들 생각뿐이에요! 나와 함께 있어 줘요.」

「하지만…… 카테리나 이바노브나는요?」

「카테리나 이바노브나가 당신 집을 그냥 지나가지는 않을 겁니다. 집에서 뛰쳐나갔으니 꼭 당신에게 올 거예요.」 그는 짜증스레 덧붙였다. 「만일 그녀가 여기까지 왔는데 당신이 나가 버리고 없다면, 그녀는 당신을 원망할 거예요……」

소냐는 결단을 내리지 못하고, 괴로워하면서 의자에 앉았다. 라스콜니코프는 바닥을 쳐다보며 말없이 무언가를 곰곰이 생각했다.

「루진이 지금은 그럴 수 없게 되었지만……」 그는 소냐를 쳐다보지도 않고 말문을 열었다. 「만일 그가 정말 그럴 생각이었고, 그의 계산대로 되었다면, 더구나 그곳에 나와 레베자트니코프가 없었다면, 그는 당신을 감옥으로 보낼 수도 있었어요! 그렇지요?」

「그래요.」 그녀는 가냘픈 목소리로 대답했다. 「그래요!」 그녀는 떨면서 얼이 빠진 듯 반복해서 말했다.

「나는 그곳에 못 갈 수도 있었어요! 레베자트니코프가 그곳에 나타난 것도 아주 우연한 일이었고요.」

소냐는 말이 없었다.

「자, 만일 당신이 감옥에 가게 되었다면, 그때는 어떻게 되었을까요? 내가 어제 말한 것을 기억해 봐요.」

그녀는 또다시 대답하지 않았다. 그는 기다렸다.

「나는 당신이 또 〈아, 말하지 마세요, 그만두세요!〉라고 소리칠 줄 알았지.」 라스콜니코프는 웃기 시작했지만, 어쩐지 긴장해 있는 것 같았다. 「아니, 왜 또 가만히 있는 거지요?」 그는 잠시 후 물었다. 「무엇이든지 이야기를 나눠야 하는 것 아닌가요? 나는 지금 레베자트니코프가 말했듯이 한 가지 〈문제〉를 당신이 어떻게 해결할지 굉장히 궁금하군요. (그는 혼란스러워하는 것 같았다.) 아니, 나는 정말 심각하게 말하는 중이에요. 만일 당신이 루진의 계획을 미리 알았고, (또 분명히) 이 일 때문에 카테리나 이바노브나와 아이들도, 그리고 덤으로 당신도(내가 〈덤〉이라고 말하는 것은 당신이 자신 생각은 도무지 하지 않기 때문입니다) 역시 파멸하게 되리라는 것을 알았다고 합시다, 소냐. 폴랴 역시…… 그 애에게도 같은 길이 기다리고 있겠지요. 자, 그런데 말이에요, 만일 이 모든 일이 당신의 결심 하나에 달렸다면 말입니다, 즉 어떤 사람들이 세상에서 살아야 할지, 루진이 살아서 그런 파렴치한 짓을 계속하게 할지, 카테리나 이바노브나가 죽어야 할지와 같은 문제들이 갑자기 당신의 결단 하나에 달렸다면 말입니다, 그럼 어떤 결론을 내리겠습니까? 그들 중 누가 죽어야 할까요? 난 그걸 묻고 싶어요.」

소냐는 걱정스러운 눈초리로 그를 바라보았다. 이 확실치 않고, 아주 멀리서부터 접근해 들어오는 듯한, 이런 말속에는 무언가 특별한 의미가 내포되어 있는 것처럼 여겨졌다.

「난 벌써부터 당신이 이런 질문을 하리라고 느꼈었어요.」 그녀는 그를 탐색하듯이 쳐다보며 말했다.

「좋습니다. 그렇다고 치지요. 그러니 자, 어떻게 결정을 내리겠어요?」

「왜 당신은 불가능한 일을 물어보세요?」 소냐는 난처하다는 듯이 이렇게 말했다.

「그렇다면 루진이 살아서 나쁜 짓을 하는 게 낫다는 말이군요! 당신은 그것조차 해결할 용기가 없단 말이오?」

「내가 하느님의 섭리를 어떻게 알겠어요……. 당신은 왜 해서는 안 될 질문을 하시는 거예요? 어떻게 그런 일이 내 결정에 따라 이루어질 수 있지요? 누구는 살아야 하고, 누구는 죽어야 한다고 심판할 권리를 누가 내게 주었나요?」

「하느님의 섭리에 대해 말한다면 할 말이 없겠지요.」라스콜니코프가 음울하게 중얼거렸다.

「무슨 말씀을 하고 싶으신지 똑바로 말해 주세요!」소냐는 괴로워하며 소리치기 시작했다. 「당신은 또 뭔가를 암시하려고 드는군요……. 당신은 나를 괴롭히려고 오신 거예요!」

그녀는 견디다 못해 갑자기 애처롭게 울기 시작했다. 그는 쓰라린 비애를 느끼며, 그녀를 바라보았다. 5분의 시간이 흘렀다.

「당신 말이 맞아요, 소냐.」그는 마침내 조용히 말했다. 갑자기 그의 표정이 변했고, 뻔뻔스러운 듯이 꾸민, 약하지만 도발적이었던 말투는 사라졌다. 목소리마저도 갑자기 약해졌다. 「어제 나는 용서를 빌러 오지는 않겠다고 말했어요. 그런데 거의 용서를 비는 말로 이야기를 시작했으니…… 루진과 섭리에 대해서 한 말은 나를 위한 것이었어요……. 나는 용서를 빈 겁니다, 소냐…….」

그는 웃으려고 했지만, 그의 얼굴에 떠오른 창백한 미소는 왠지 맥없고 어색했다. 그는 고개를 숙이고, 두 손으로 얼굴을 감쌌다.

갑자기 예상치 못했던 이상한 감정, 소냐에 대한 신랄한 증오심이 그의 심장을 파고들었다. 이런 감정에 자신도 깜짝 놀란 듯, 그는 갑자기 머리를 들고 뚫어져라 그녀를 쳐다보았다. 그러나 그의 눈은, 불안하고 비통하리만큼 걱정스럽게 자신을 바라보는 그녀의 시선과 마주쳤다. 거기에는 사랑이 깃들어 있었다. 그의 증오심은 연기처럼 사라졌다. 그것이 아니었다. 그는 어떤 감정을 다른 감정으로 잘못 받아들였던 것이다. 이것은 그 순간이 왔음을 의미한 것에 불과했다.

그는 또다시 두 손으로 얼굴을 감싸고 고개를 깊이 떨궜다. 창백해진 그는 갑자기 의자에서 일어나 소냐를 바라보고는, 한마디도 하지 않고 기계적으로 그녀의 침대에 옮겨 앉았다.

그 순간은 노파 뒤에 서서 이미 도끼를 올가미에서 풀며, 〈더 이상 한순간도 지체할 수 없다〉고 감각적으로 느끼던 그때와 지독할 정도로 흡사했다.

「왜 그러세요?」 소냐는 겁을 잔뜩 먹고서 물었다.

그는 아무 말도 할 수 없었다. 그는 이런 식으로 〈밝히게 되리라고는〉 꿈에도 생각지 못했던 것이다. 그런 까닭에 지금 그는 자기에게 무슨 일이 일어나고 있는지 이해할 수 없었다. 그녀는 조용히 그에게 다가가 침대 위에 나란히 걸터앉아, 그에게서 눈을 떼지 않고 기다렸다. 그녀의 심장은 고동쳤고, 온몸은 얼어붙을 것만 같았다. 견딜 수가 없어졌다. 그는 죽은 사람처럼 창백한 얼굴을 그녀에게 돌렸다. 그의 입술은 무언가를 말하려고 애쓰는 듯 힘없이 일그러졌다. 공포가 소냐의 심장을 쑤셨다.

「왜 그러세요?」 그녀는 그에게서 몸을 약간 떼고는 다시 한번 물었다.

「아무 일도 아니에요, 소냐. 놀라지 말아요……. 아무 일도 아니에요! 잘 생각해 보면, 사실 별일도 아니에요.」 그는 의식을 잃은 사람이 헛소리를 하는 것처럼 중얼거렸다. 「왜 나는 이곳에 와서 당신을 괴롭히기만 하는 걸까?」 그는 그녀를 보면서 갑자기 이렇게 말했다. 「정녕 왜일까? 나 자신에게 계속 이렇게 물어보고 있어요, 소냐……」

어쩌면 15분 전에도 그는 이런 질문을 스스로에게 했는지도 모른다. 그러나 지금은 완전히 기진맥진해서, 거의 의식을 잃은 채 온몸에 끊임없는 전율을 느끼며 말했다.

「오, 당신은 고통스러워하고 있군요!」 그를 자세히 들여다본 그녀는 슬픔을 느끼며 말했다.

「모든 게 헛소리야……! 그런데 소냐, (그는 갑자기 창백하고 힘없는 미소를 잠시 짓고는) 내가 어제 무슨 말인가를 해주겠다고 한 말을 기억해요?」

소냐는 불안하게 기다렸다.

「떠나면서 어쩌면 당신과 영원히 헤어지는 것인지도 모른다고 하면서, 만일 오늘 오게 되면⋯⋯ 누가 리자베타를 죽였는지 알려 주겠다고 했었지.」

그녀는 갑자기 온몸을 떨기 시작했다.

「나는 바로 그 이야기를 해주려고 온 겁니다.」

「그럼 어제의 그 말이 진담이었군요⋯⋯.」 그녀는 힘겹게 속삭였다. 「그런데 어떻게 당신이 그걸 안다는 거죠?」 그녀는 갑자기 정신을 차린 듯 빠른 어조로 물었다.

소냐는 숨이 막혀 오기 시작했다. 얼굴은 더욱 창백해져 갔다.

「난 알아요.」

그녀는 잠시 동안 입을 다물었다.

「〈그 사람〉을 당신이 찾은 건가요?」 그녀는 조심스레 물었다.

「아니, 찾은 게 아니에요.」

「그럼 당신이 〈그 사람〉에 대해 어떻게 아시죠?」 그녀는 잠시 동안 침묵한 후에 또다시 거의 들릴 듯 말 듯 한 목소리로 물었다.

그는 그녀에게 몸을 돌려 그녀를 뚫어질 듯이 쳐다보았다.

「생각해 봐요.」 그는 아까처럼 힘없이 일그러진 미소를 띠면서 말했다.

그녀는 온몸에 소름이 끼쳤다.

「당신은⋯⋯ 나를⋯⋯ 당신은 왜 나를 이렇게⋯⋯ 놀라게 하세요?」 그녀는 어린아이처럼 미소를 지으면서 물었다.

「그러니까 나는 그와 절친한 친구 사이예요⋯⋯. 내가 알고 있으니 말이죠.」 라스콜니코프는 그녀에게서 시선을 뗄 힘도 없다는 듯이 그녀를 계속 응시하면서 말을 이었다. 「그 사람은 리자베타를⋯⋯ 죽일 생각은 없었어요⋯⋯. 그 노파가 혼자 있을 때⋯⋯

갔는데…… 그때 리자베타가 들어온 거죠……. 그래서 그때 그가…… 그녀를 죽였죠.」

무서운 시간이 또 흘렀다. 두 사람 다 서로를 계속 응시하고 있었다.

「이래도 모르겠어요?」 그는 종루에서 뛰어내리는 듯한 기분으로 갑자기 이렇게 물었다.

「모르겠어요.」 소냐는 거의 들릴 듯 말 듯 속삭였다.

「잘 생각해 봐요.」

이 말을 하자마자, 예전의 낯익은 감정이 또다시 문득 그의 영혼을 얼어붙게 만들었다. 그는 그녀의 얼굴을 보고 있었는데, 갑자기 그녀의 얼굴에서 리자베타의 얼굴을 본 것 같았다. 그는 자기가 리자베타에게 도끼를 들고 다가갔을 때 그녀의 표정을 선명하게 기억하고 있었다. 그녀는 그를 피해 벽 쪽으로 물러나 손을 앞으로 뻗쳤는데, 그 모습은 어린아이들이 뭔가에 갑자기 놀라면서, 자신을 놀라게 한 대상을 눈 한 번 깜박이지 못하고 불안한 표정으로 쳐다보며, 뒤로 물러나 작은 손을 앞으로 뻗치고는 막 울음을 터뜨리려고 하는 모습과 똑같았다. 그런데 거의 비슷한 일이 지금 소냐에게도 일어났다. 그녀는 똑같은 모습으로 경악하면서 힘없이 잠깐 동안 그를 쳐다보더니, 갑자기 왼손을 앞으로 뻗치고 손가락으로 그의 가슴을 약간 찌르는 듯하다가, 천천히 침대에서 일어나기 시작했다. 그러더니 그녀는 점점 그에게서 물러났고, 그를 보던 그녀의 시선은 못 박힌 듯이 더 이상 움직이지 않았다. 그녀의 공포가 갑자기 그에게도 전달되었다. 똑같은 경악이 그의 표정에도 나타났다. 그는 그녀와 마찬가지로 거의 〈어린아이와 같은 미소〉를 지으며 그녀를 똑같은 표정으로 쳐다보기 시작했다.

「이제 알겠어요?」 마침내 그는 속삭였다.

「하느님 맙소사!」 그녀의 가슴에서 무서운 비명이 솟구쳐 올랐다. 그녀는 힘없이 침대에 쓰러져 얼굴을 베개에 파묻었다. 그러나 곧 벌떡 일어나 재빨리 그에게 다가가서 그의 두 손을 붙잡고, 자신의 약한 손가락으로 그의 손을 으스러지도록 꼭 쥐었다. 그러고는 또다시 꼼짝도 하지 않고 꼭 얼어붙은 것처럼 그의 얼굴을 쳐다보았다. 이 절망적인 마지막 시선으로 그녀는 자신을 위해 한 가닥 희망이라도 찾아내어 붙잡고 싶었던 것이다. 그러나 희망은 없었다. 의심할 여지가 없었다. 모든 것이 〈그대로였다〉! 나중에 이 순간을 돌이킬 때조차 그녀는 자기가 왜 그렇게 빨리 더 이상 의심할 여지라고는 없다고 느꼈는지, 이상하고 불가사의하게 여겨졌다. 예컨대 그녀가 무언가 이런 종류의 일을 미리 예감했다고 할 수는 없는 일 아니겠는가? 그런데 이제 그가 그녀에게 이 사실을 이야기하자마자, 문득 그녀는 자기가 바로 〈이런 일〉을 예감했던 것 같은 생각이 들었다.

「그만해요, 소냐. 이제 충분해요! 나를 괴롭히지 말아요!」 그는 괴로움에 가득 차서 부탁했다.

그는 이런 식으로 그녀에게 밝히게 되리라고는 꿈에도 생각지 못했었다. 그런데 〈이렇게〉 되고야 만 것이다.

그녀는 넋을 잃은 듯이 자리에서 일어나 손을 쥐어틀며 방 한가운데로 갔다. 그러나 곧 돌아와서는, 그의 어깨에 닿을 정도로 바짝 다가와 곁에 앉았다. 그녀는 창에 찔리기라도 한 것처럼 갑자기 온몸을 부르르 떨더니, 벌떡 일어나서 자기도 모르게 그의 앞에 무릎을 꿇었다.

「당신은, 당신은 도대체 자신에게 무슨 짓을 저지른 거죠!」 그녀는 절망적으로 말하면서, 자리에서 일어나 그의 어깨에 달려들어 그를 세차게 끌어안았다.

라스콜니코프는 그녀를 뿌리치고는, 슬픈 미소를 지으며 그녀를 바라보았다.

「당신은 정말 이상한 사람이군요, 소냐. 내가 〈이런 이야기〉를 했는데도 나를 안고 키스를 하다니. 당신은 정신이 나간 모양이군요.」

「아니에요, 이 세상에서 지금 당신처럼 불행한 사람은 없어요!」 그녀는 그의 말에는 귀를 기울이지도 않고, 미친 듯이 이렇게 외쳤다. 그러더니 갑자기 발작을 일으킨 듯이 목 놓아 울기 시작했다.

오랫동안 그에게는 낯설었던 감정이 파도처럼 그의 영혼에 스며들어, 순식간에 마음을 적셨다. 그는 그 감정을 거부하지 않았다. 눈에서 눈물 두 방울이 흘러내려 속눈썹에 맺혔다.

「그럼 나를 버리지 않는 거예요, 소냐?」 그는 일말의 희망을 느끼며, 그녀를 바라보고 물었다.

「아니요, 아니에요. 절대로 언제까지나, 그 어느 곳에서도 버리지 않을 거예요!」 소냐는 부르짖었다. 「당신을 따라가겠어요, 어디든 따라가겠어요! 오, 하느님……! 오, 나는 불행한 여자야……! 왜, 왜 난 당신을 좀 더 일찍 만나지 못했을까! 왜 당신은 좀 더 일찍 오지 않았어요? 오, 하느님!」

「이제 왔잖아요.」

「지금에서야 오다니! 오, 이제 어떻게 하면 좋아……! 함께, 함께!」 그녀는 넋을 잃고, 똑같은 말을 반복하며 그를 안았다. 「당신과 함께 감옥에 갈 거예요!」 그는 갑자기 얼굴을 찡그리는 것 같았다. 지난번과 같은 증오심에 가득 찬 교만한 미소가 그의 얼굴에 떠올랐다.

「난 소냐, 아직은 감옥에 가고 싶지 않은지도 몰라요.」 그는 말했다.

소냐는 얼른 그를 쳐다보았다.

불행한 사람에 대한 열정적이고 괴로운 동정심이 가라앉자, 살인자라는 무서운 생각이 그녀에게 충격적으로 다가온 것이다. 돌변한 그의 말투에서 그녀는 문득 살인자의 음성을 들었다. 그녀는 놀라서 그를 쳐다보았다. 어쩌다가, 어떻게 해서, 왜 그런 일이 일어났는지 그녀는 아직 아무것도 몰랐다. 이제 모든 의문이 한꺼번에 그녀의 머릿속에서 솟구쳤다. 그녀는 또다시 믿을 수가 없었다. 〈그가, 그가 살인자라니! 이게 가능한 일일까?〉

「이게 어떻게 된 일이야! 내가 도대체 어떻게 된 거지!」 그녀는 아직 제정신이 아닌 듯 깊은 의혹에 빠져서 말했다. 「당신, 〈당신과 같은 사람이〉…… 그런 일을 할 수가 있다니……? 어떻게 된 거예요!」

「그거야 돈을 훔치기 위해서였죠. 그만둬요, 소냐!」 그는 지쳤다는 듯 불만스러운 어조로 대답했다.

소냐는 경악한 듯이 서 있다가 갑자기 외쳤다.

「당신은 배가 고팠군요……! 당신은…… 어머니를 도와주려고 했군요? 그렇지요?」

「아니, 소냐, 아니에요.」 그는 몸을 돌려 고개를 떨군 채 중얼거렸다. 「그렇게 배가 고프지는 않았어요……. 사실 나는 어머니를 돕고 싶었지만…… 그것도 정확한 이유는 아니에요……. 나를 괴롭히지 말아요, 소냐!」

소냐는 두 손을 맞잡았다.

「그럼 정말 이게 다 사실이란 말인가요! 주여, 이게 어떻게 사실일 수 있나요! 누가 이 말을 믿을 수 있겠어요……? 당신, 자기가 가지고 있던 마지막 돈까지 다 내주는 당신이 어떻게 돈을 훔치려고 죽일 수 있단 말인가요! 아……!」 그녀는 갑자기 외쳤다. 「그럼 카테리나 이바노브나에게 준 그 돈…… 그 돈도…… 맙소사, 정말로 그 돈도…….」

「아뇨, 소냐.」 그는 서둘러 말을 가로막았다. 「그 돈은 아니에요, 안심해요! 그 돈은 어머니가 어떤 상인을 통해 내게 보내 주신 돈이에요. 나는 그 돈을 병이 나서 누워 있을 때, 카테리나 이바노브나에게 준 바로 그날 받았어요……. 라주미힌이 봤죠…….

그가 내 대신 받았으니까……. 그 돈은 내 돈이에요. 내 소유의, 진짜 내 돈이에요.」

소냐는 의심스럽다는 듯이 그의 이야기를 들으며, 온 힘을 다해 무언가를 생각해 보려고 애썼다.

「그런데 〈그 훔친 돈〉에 대해서는…… 나도 몰라요, 돈이 그곳에 있었는지 없었는지도.」 그는 조용히 생각에 잠겨 말했다. 「나는 그때 노파의 목에서 양가죽으로 만든 지갑을 떼어 냈는데, 그 지갑은 두둑했어요……. 그런데 나는 그 속을 들여다보지도 않았어요. 아마 그럴 시간이 없었던 것 같아요……. 물건들, 무슨 단추 아니면 목걸이 같은 물건들, 나는 그 물건들과 지갑을 V 거리의 어떤 집 공터에 방치된 돌 아래에 묻어 두었어요. 그다음 날 오전에 말이에요……. 아직도 거기 그대로 있어요…….」

소냐는 열심히 귀를 기울였다.

「그런데 왜…… 당신이 말한 것처럼 돈을 훔치려고 그런 짓을 저질렀다면서, 어째서 아무것도 가지지 않았지요?」 그녀는 지푸라기라도 잡으려는 심정으로 얼른 물었다.

「모르겠어요……. 나는 아직 결심하지 못했어요, 그 돈을 가질지 안 가질지.」 그는 또다시 생각에 잠긴 듯이 이렇게 말하고는, 문득 제정신이 들었는지 황급히 미소를 지어 보였다. 「에이, 그런데 지금 내가 무슨 헛소리를 지껄이는 거지, 응?」

소냐의 머릿속에 〈이 사람이 미친 것은 아닐까?〉라는 생각이 스치고 지나갔다. 그러나 그녀는 곧 그런 생각을 버렸다. 아니, 여기에는 다른 무엇이 있었다. 그러나 그녀는 아무것도 이해할 수 없었다!

「알아요, 소냐?」 그는 갑자기 어떤 감정에 휩싸여 말했다. 「내가 무슨 말을 할지 알아요? 만일 내가 배가 고팠다는 이유만으로 사람을 도끼로 죽였다면…….」 그는 말 한마디 한마디에 힘을 주어 수수께끼라도 풀듯이 진지한 표정으로 그녀를 바라보며 말했다.「나는 지금…… 〈행복할〉 거예요! 이것만은 알아줘요!」

「그러나 그게 당신과 무슨 상관이 있겠어요.」 그는 잠시 후 절망의 빛마저 띠면서 외쳤다.「내가 만일 지금 못된 짓을 했노라고 고백했다고 해서 당신에게 뭐가 어떻다는 말이죠? 나에 대해 무의미한 승리감을 느낀다고 해서 무슨 소용 있죠? 아, 소냐, 이러려고 내가 당신에게 왔나?」

소냐는 또다시 무슨 말인가를 하려다가 입을 다물었다.

「내게 남아 있는 것은 당신뿐이에요. 그래서 나는 어제 당신에게 함께 가자고 말했던 거예요.」

「어디로요?」 소냐는 겁먹은 듯이 물었다.

「도둑질을 하러 가자는 것도, 죽이러 가자는 것도 아니니까 걱정하지 말아요. 그런 것 때문은 아니니까.」 그는 빈정거리듯이 웃었다.「우리는 전혀 다른 인간이니까……. 그런데 소냐, 나는 이제 와서야, 지금에 와서야 어제 내가 당신에게 어디로 가자고 한 건지 깨달았어요. 그 말을 한 어제만 하더라도 나는 내가 어디로 갈지 몰랐어요. 당신에게 같이 가자고 한 것도, 지금 여기에 온 것도 오로지 한 가지 이유 때문이에요. 나를 버리지 말아요. 나를 버리지 않을 거죠, 소냐?」

그녀는 그의 손을 꼭 쥐었다.

「내가 왜, 내가 왜 이 여자에게 말했을까. 왜 이 여자에게 밝힌 걸까!」 그는 이내 무한히 고통스러운 표정을 지으면서, 절망에 찬 목소리로 절규했다.「이제 당신은 설명을 기다리고 있군요, 소냐. 앉아서 기다리고 있어요. 나도 알아요. 내가 무슨 말을 당신에게 해야 할까요? 당신은 아무것도 이해하지 못하고, 다만 괴로워할 뿐인데…… 나 때문에 말이죠! 그런데 당신은 울면서 또다시 나를 안아 주는군요. 왜 당신은 나를 안는 거죠? 내가 혼자 견디지 못하고 다른 사람에게 짐을 지웠다고 해서?〈네가 고통을 당해라. 그럼, 내가 편해질 것이다!〉라고 말이지. 그런데도 당신은 이런 비열한 녀석을 사랑할 수 있겠어요?」

「그럼요, 당신도 괴로워하고 있잖아요?」 소냐는 소리쳤다.

또다시 아까와 같은 감정이 파도처럼 그의 영혼에 스며들어 한순간 그의 마음은 부드러워졌다.

「소냐, 나는 마음이 악해요. 당신도 그걸 알아두는 게 좋아요. 이것이 많은 점을 설명해 주죠. 난 악하기 때문에 온 거예요. 오지 않을 사람들도 있죠. 그런데 나는 겁쟁이인 데다가…… 파렴치한 이기 때문에 온 거예요! 하지만…… 그것도 그렇다고 쳐요! 지금 내가 말하려는 것은…… 이게 아닌데, 어떻게 이야기를 시작해야 할지 모르겠어……」

그는 말을 멈추고는 생각에 잠겼다.

「아아, 우리는 서로 다른 부류의 인간이에요!」 그는 다시 소리쳤다. 「그러니 짝이 아냐. 그런데 나는 왜 여기 온 걸까! 난 결단코 나를 용서할 수 없어!」

「아니, 아니에요. 오길 잘했어요!」 소냐는 외쳤다. 「내가 알게 된 건 더 잘된 일이에요! 훨씬 더 나아요!」

그는 아픔을 느끼며 그녀를 보았다.

「사실은……」 그는 마음이 안정된 듯이 말하기 시작했다. 「바로 이렇게 된 거예요! 그러니까 난 나폴레옹이 되고 싶었죠. 그래서 죽였어요……. 자, 이제 이해할 수 있겠어요?」

「아, 아니요.」 소냐는 순진하고 수줍게 속삭였다. 「그냥…… 말씀하세요! 내가 이해할게요, 내 나름대로 다 이해하겠어요!」 그녀는 그를 설득했다.

「이해하겠다고? 좋아, 그럼 한번 보자고요!」

그는 입을 다물고, 오랫동안 곰곰이 생각했다.

「사실은 이랬던 거예요. 나는 언젠가 한번 이런 질문을 스스로에게 제기해 보았었어요. 만일 나폴레옹이 내 위치에 있다면, 그리고 성공의 길을 열어 줄 몽블랑 원정도, 툴롱도, 이집트도 없고, 그 멋지고 기념비적인 것들 대신에 오로지 어떤 우스꽝스러운 고리대금업자 노파만이 있고, 더구나 궤짝에서 돈을 훔치기 위해서는 죽이지 않을 수 없다면 말이죠. (자신의 출세를 위해서 말이에요, 알겠어요?) 그러니까 만일 그 밖의 다른 방법이라고는 없다면 말이죠, 그는 그 일을 실행하기로 결심했을까요? 그 일이 위대한 것과는 너무나 거리가 멀고…… 또 죄이기 때문에 그가 얼굴을 찡그리지는 않았을까요? 그래, 나는 이〈문제〉를 가지고 굉장히 오랫동안 고민했어요. 그러다가 그가 망설이지도 않을뿐더러, 그의 머릿속에는 그것이 위대하지 않다는 생각조차 떠오르지 않을 거라고…… 주저할 게 뭐가 있냐고 말하면서, 오히려 그런 고민을 이해조차 하지 못할 거라는 생각이 (왠지 갑자기) 들더군요. 그러자 너무 부끄러운 생각이 들었어요. 만약 다른 방도가 전혀 없다면, 그는 아무런 고민도 없이 투덜거릴 사이도 없이 목 졸라 죽여 버렸을 거예요……! 그래서 나도…… 고민에서 벗어났죠……. 권위 있는 사람을 본보기로 해서…… 죽여 버린 거예요……. 정말로 정확히 그랬어요! 우습죠? 그래, 소냐, 여기서 무엇보다도 우스운 것은 모든 일이 이렇게 일어났다는 바로 그 점인지도 몰라요…….」

소냐는 전혀 우습지 않았다.

「솔직히 말해 주는 게 더 낫겠어요…… 그런 비유 말고.」그녀는 더 머뭇거리며 들릴 듯 말 듯 한 소리로 부탁했다.

그는 몸을 돌려 슬픈 표정으로 그녀를 바라보고는, 그녀의 손을 잡았다.

「당신 말이 옳아요, 소냐. 이건 다 헛소리예요, 정말 쓸데없는 말이지! 당신도 알죠, 우리 어머니는 거의 무일푼이에요. 누이는 어떻게 겨우 교육을 받아서, 가정 교사로 여기저기 떠돌아다니고 있어요. 이들의 모든 희망은 오로지 나 한 사람입니다. 나는 공부를 했지만, 대학 학비를 낼 수가 없어서 잠시 동안 쉬어야 했어요.

만일 이렇게 계속 나간다면, 10년 혹은 12년 뒤(사정이 나아지면), 나는 어쨌든 1천 루블 정도의 연봉을 받는 선생이나 관리가 될 수 있을 거예요······. (그는 마치 외운 듯이 줄줄 읊어 댔다.) 그런데 그때쯤이면 어머니는 걱정과 슬픔 때문에 말라비틀어지실 테니, 난 아무리 해도 어머니를 안심시켜 드릴 수가 없어요. 그런데 누이는······ 누이에게는 더 나쁜 일이 일어날 수도 있죠······! 자, 뭐가 좋다고 한평생 모든 걸 모른 체하면서, 모든 걸 외면하고는, 어머니도 잊고, 누이의 모욕도 점잖게 참아야 한다는 거죠? 무슨 목적으로? 그들을 망치고 나서 새로운 식구, 아내와 자식을 만든 다음에 또다시 그들을 한 푼도 없는 신세로 남겨 두기 위해서? 자······ 그래서······ 노파의 돈을 빼앗은 다음, 그 돈을 처음 몇 해를 위해 사용하기로 결심했던 거예요. 어머니를 괴롭히는 일도 없이 대학도 다니고, 대학을 나온 다음에는 사회에서의 첫발을 보장받기 위해서 결심했던 거죠. 이 모든 일을 확실하게 급속도로 해치워서 완전히 새로운 출세의 길로 접어들자, 새롭고 독립적인 길로 나가자······ 그랬던 거예요······. 그래서 그렇게 되었어요······. 물론 노파를 죽인 것은 내가 잘못한 거예요······. 자, 이제 그만두죠!」

그는 여기까지 말하고는 힘없이 고개를 떨궜다.

「오, 그건 아니에요. 그렇지 않아요.」 소냐는 비탄에 잠겨 외쳤다. 「어떻게 그럴 수가 있어요? 아니에요, 그건 아니에요. 그런 게 아닐 거예요!」

「그렇지 않다고 하는군요······! 하지만 나는 진실을 말한 겁니다!」

「어떻게 그게 진실일 수 있어요! 오, 하느님!」

「나는 다만 〈이〉를 죽인 것뿐이에요, 소냐. 무익하고 추하고, 해로운 〈이〉 말이에요.」

「인간은 〈이〉가 아니에요!」

「〈이〉가 아니라는 것은 나도 알아요.」 그는 그녀를 이상한 표정으로 바라보면서 대답했다. 「나는 지금 거짓말을 했어요, 소냐.」 그는 덧붙여 말했다. 「아까부터 거짓말하고 있었어요……. 그게 아냐. 당신이 옳아요. 전혀, 전혀, 전혀 다른 이유가 있었어요……! 난 오래전부터 아무하고도 이야기를 하지 않았어요, 소냐……. 지금 머리가 몹시 아파요.」

그의 눈은 열이 나는 듯이 불타고 있었다. 그는 헛소리를 하기 시작했다. 불안한 미소가 그의 입가를 맴돌았다. 흥분한 정신 상태 사이사이로 무서운 무력감이 내비치고 있었다. 소냐는 그가 얼마나 괴로워하고 있는지 이해할 수 있었다. 그녀는 현기증을 느끼기 시작했다. 그리고 그의 말투는 너무나도 이상했다. 무언가를 이해할 수 있을 것도 같았지만, 그렇지만……. 〈그렇지만 어떻게! 어떻게 그럴 수가! 오, 하느님!〉 그녀는 절망 속에서 두 손을 쥐어틀었다…….

「아니, 소냐, 그게 아니에요!」 그는 갑자기 생각을 바꾸고 놀란 듯, 그리고 다시 힘을 되찾은 듯이 머리를 들고 말했다. 「그게 아니에요! 이렇게 생각하는 게…… 더 낫겠어요. (그래! 이게 정말 더 낫겠어!) 나는 자기밖에 모르고, 질투심이 많고, 악하고, 뻔뻔스럽고, 원한이 깊은 사람이라고 말이죠……. 그리고 또 미치광이 증세도 있다고 말이에요. (이게 모두 한꺼번에 작용을 했다고 하죠, 뭐! 친구들은 내가 정신병자라고 수군대더군요. 내가 알아챘죠!) 방금 나는 대학에서 공부할 돈을 도저히 조달할 수가 없었다고 했어요. 그런데 말이에요, 알아요? 어쩌면 나는 그 돈을 조달할 수 있었는지도 몰라요. 학자금은 어머니가 보내 주셨을 테고, 장화와 옷, 식비는 내가 스스로 벌 수 있었을 거예요, 아마 틀림없이! 반 루블 은화를 주겠다고 한 가정 교사 자리도 있었어요. 라주미힌도 그렇게 일하고 있거든요! 그런데 나는 심술이 나서 일하고 싶지가 않았어요. 그래, 〈심술이 났던〉 거죠. (이 단어가 더 적절하겠군요!) 나는 그때 거미처럼 방구석에 숨어 버렸죠. 당신도 와서 내 방을 봤죠……. 알아요, 소냐? 낮은 천장과 좁은 방이 영혼과 정신을 얼마나 숨 막히게 하는지! 오, 나는 그 방을 얼마나 싫어했는지 몰라요! 하지만 나는 그 방에서 나오고 싶지 않았어요. 일부러 나오려고 하지 않았어요! 밤낮으로 틀어박혀서 일도 하고 싶지 않고, 먹고 싶지도 않았어요. 종일 누워만 있었어요. 나스타시야가 먹을 것을 가져오면 먹고, 가져오지 않으면 그날은 그냥 지나갔어요. 심술이 나서 일부러 부탁하지도 않았어요! 밤에는 불도 없이 어둠 속에서 누워 있었지만, 양촛값도 벌고 싶지 않았어요. 공부를 해야 했지만 나는 책들을 팔아 버렸어요. 지금 내 책상 위에 있는 수첩과 공책에는 먼지만 잔뜩 쌓여 있어요. 나는 그냥 그렇게 누워서 생각하는 게 더 좋았어요. 그래서 계속 생각만 했죠……. 그런데 내게 여러 가지 이상한 꿈들이, 뭐라고 꼭 집어서 말할 수 없는 꿈들이 보이더군요! 그때서부터 어른거린 거예요, 그런 생각들이……. 아니, 이것도 아냐! 또 잘못 말하고 있군! 그래, 난 그때 계속 자문했어요. 왜 나는 이렇게 어리석은 걸까? 만일 다른 사람들이 어리석고, 내가 그들이 어리석다는 것을 분명히 알고 있다면, 나는 왜 자신만이라도 더욱 영리해지려고 하지 않는 걸까? 그다음에 나는 깨달았어요, 소냐. 만일 모든 사람들이 똑똑해지기를 기다린다면, 굉장히 오랜 시간이 걸릴 거예요……. 어쩌면 그런 일은 절대로 없을지도 모르죠. 사람들은 변하지 않을 것이며, 그들을 개조할 사람은 누구도 없다고, 그러니 애쓸 가치조차 없다는 것을 깨달았어요! 그래, 바로 맞아! 그게 인간의 법칙이에요……. 법칙, 소냐! 바로 그래요……! 그리고 난 알아요, 소냐. 머리와 정신이 견고하고 강한 사람이라야만 사람들의 주권자가 된다는 사실을 말이에요! 더 많이 용기를 내어 일을 감행하는 사람만이 사람들 눈에는 옳아 보이는 거예요. 보다 많은 것을 무시하는 자만이 그들의 입법자가 되고, 더 많은 일을 해치울 수 있는 사람이 그 누구보다도 옳은 사람이 되는 거예요! 지금까지도 그래 왔고, 앞으로도 그럴 거예요! 눈먼 사람들만이 그것을 모를 뿐이죠!」

라스콜니코프는 이런 말을 하면서, 소냐를 쳐다보기는 했지만, 그녀가 이해하고 있는지 아닌지에 대해서는 더 이상 신경 쓰지 않았다. 신열이 그를 완전히 사로잡았다. 그리고 그는 어떤 침울한 환희에 휩싸여 있었다. (정말로 그는 너무나 오랫동안 아무와도 이야기를 나누지 않았던 것이다!) 소냐는 이런 음울한 교리 문답이 그의 믿음이자 법률이었음을 깨달았다.

「나는 그때 알게 되었어요, 소냐.」 그는 열광적인 어조로 말을 이었다. 「권력은 용기를 내서 몸을 굽혀 그것을 줍는 자에게만 주어진다는 사실을 말이죠. 오직 하나, 하나만이 필요한 거예요. 용기를 내는 일만이 필요한 거예요! 그때 난생처음으로 어느 누구도 나 이전에는 결단코 생각해 본 적이 없을 그런 생각이 하나 떠오르더군요! 아무도 생각하지 못했을 그런 생각 말이야! 어떻게 지금까지 이 불합리한 세상을 헤쳐 나가면서 꼬리를 붙잡아 던져 버릴 사람이 단 한 명도 없었을까, 그리고 왜 지금도 그러지 못하는가라는 생각이 태양처럼 명백하게 떠오른 거예요! 그래서 나는…… 내가 감행하고 싶었어요. 그래서 죽였어요……. 나는 다만 감행하고 싶었던 거예요, 소냐. 그게 모든 것의 이유예요!」

「오, 그만두세요, 그만두세요!」 소냐는 두 손을 맞잡고 외쳤다. 「당신은 하느님에게서 떠났고, 하느님은 당신에게 벌을 내려 악마에게 내어 주신 거예요……!」

「맞아요, 소냐. 그건 내가 어둠 속에 누워 있을 때, 계속 떠오르던 생각들이에요. 악마가 나를 혼란스럽게 한 것은 아닐까? 그런 것은 아닐까?」

「그만두세요! 비웃지 말아요. 그건 신을 모독하는 일이에요. 당신은 아무것도, 아무것도 이해하지 못해요! 오, 하느님! 이 사람은 정말 아무것도, 아무것도 모르고 있어요!」

「조용히 해요, 소냐. 지금 나는 농담하고 있는 게 아니에요. 나도 잘 알고 있어요. 악마가 나를 유혹한 거예요. 그만둬요, 소냐. 그만해요!」 그는 음울하고 고집스럽게 같은 말을 되풀이했다. 「나도 알아요. 그건 죄다 내가 이미 어둠 속에 누워서 곰곰이 생각할 때, 몇 번씩이나 스스로에게 속삭였던 말이에요……. 나는 그 문제를 두고 하나하나 사소한 것까지 나 자신과 논쟁했기 때문에 다 알고 있어요, 다! 그리고 그때 나는 계속 그런 생각만 하는 것이 너무 지겨웠어요! 나는 죄다 잊어버리고 다시 시작하고 싶었어요, 소냐. 망상을 그만두고 싶었어요! 정말로 내가 정신이 혼미한 채로 바보처럼 그곳에 갔다고 생각하는 거예요? 나는 영리한 사람으로서 그곳에 갔던 거예요. 그러나 결국 그것이 나를 파멸시켰죠. 당신은 정말 내가 몰랐다고 생각해요? 이를테면 내게 권력을 휘두를 권리가 있는지 없는지를 끊임없이 자문한 걸 보면, 이미 난 그럴 권리가 없는 사람이라는 걸 내가 몰랐다고 생각해요? 인간이 〈이〉인가 아닌가라는 질문을 스스로에게 제기한 걸 보면, 이미 〈내게 있어서〉 인간은 〈이〉가 아니라는 걸, 그리고 머릿속에 이런 생각이 떠오르지 않고, 이런 의문을 제기하는 일 없이 곧바로 일을 저지를 수 있는 사람에게만 인간은 〈이〉라는 사실을 내가 몰랐다고 생각하느냐 말이에요……? 나폴레옹이라면 그 일을 저질렀을까 아닐까의 문제를 가지고 내가 며칠 동안 고민했다는 건, 내가 나폴레옹이 아니기 때문이라는 걸 나는 분명히 느꼈어요……. 나는 이런 잡다한 생각이 주는 고통을 모두 견뎌 냈어요. 그리고 그 생각을 내 어깨에서 다 털어 버리고 싶었어요. 난 말이야, 소냐, 궤변 없이 그냥 자신을 위해서, 오로지 나 자신만을 위해서 죽이고 싶었어요! 이 점에 대해서 나는 나 자신에게까지 거짓말을 하고 싶지는 않았어요! 어머니를 돕기 위해서 죽인 게 아니에요. 그건 헛소리지! 재산과 권력을 얻어서 인류의 은인이 되기 위해서 죽인 것도 아니에요. 그건 거짓말이죠! 나는 그냥 죽였어요. 나 자신, 나 한 사람을 위해서 죽인 거예요. 내가 그 뒤에 어떤 은인이 되건, 아니면 평생토록 거미처럼 거미집에서 모든 것을 잡아, 살아 있는 생명들의 즙을 빨아먹게 되든 말든, 그건 그 순간 내게 아무 상관도 없었어요……! 중요한 것은, 죽였을 때 내게 필요한 건 돈도 아니었다는 거예요. 소냐, 돈이 아니라 전혀 다른 것이 필요했어요……. 이제 이 모든 것을 알겠어요……. 나를 이해해 줘요, 소냐. 아마 같은 길을 가더라도, 다시는 절대로 살인을 하지는 않을 거예요. 나는 다른 것을 알고 싶었어요. 그것이 나를 충동질했어요. 나는 그때 알고 싶었던 거예요. 어서 알고 싶었어요. 다른 사람들처럼 내가 〈이〉인가, 아니면 인간인가를 말이죠. 내가 선을 뛰어넘을 수 있는가, 아니면 넘지 못하는가! 나는 벌벌 떠는 피조물인가, 아니면 권리를 지니고 있는가…….」

「죽이는 권리요? 죽이는 권리를 가지고 있다고요?」 소냐는 다시 두 손을 맞잡았다.

「아아, 소냐!」 그는 짜증스럽게 소리치고, 뭐라고 반박을 하려다가 경멸하듯 잠시 입을 다물었다. 「내 말을 막지 말아요, 소냐! 나는 당신에게 한 가지만을 증명하고 싶으니까. 악마가 나를 유혹했어요. 그러고는 나중에 그 악마는 내가 다른 사람들과 똑같은 〈이〉이기 때문에 그곳에 갈 권리를 지니지 못했다고 하더군요. 그 녀석은 나를 실컷 조롱한 거예요. 자, 이제 내가 당신에게 이렇게 왔어요! 손님을 맞아들이시죠! 만일 내가 〈이〉가 아니었다면 당신에게 왔을까요? 들어 봐요, 내가 그때 노파에게 간 것은 다만 〈시험해 보기 위해서〉였던 거예요…… 그렇게 알아 둬요!」

「그리고 죽였군요! 죽였어!」

「그런데 어떻게 죽였지? 살인이 그렇게 행해지는 건가? 내가 한 것처럼 그렇게 살인하러 가는 사람도 있을까! 내가 어떻게 걸어갔는지 언젠가 내가 나중에 이야기를 해줄게요……. 내가 과연 노파를 죽인 걸까요? 나는 나 자신을 죽였어요, 노파가 아니라! 그렇게 단칼에 나는 나 자신을 영원히 죽여 버린 거예요……! 그 노파를 죽인 것은 악마이지, 내가 아니에요……. 이제 됐어요, 소냐. 이제 됐어요, 충분해! 나를 내버려 둬요.」 그는 갑자기 격렬한 비탄에 사로잡혀 외쳤다. 「나를 가만히 내버려 둬요!」

그는 두 팔을 무릎에 괴고, 압착기로 짓누르듯이 머리를 손바닥으로 짓눌렀다.

「이런 고통이 또 있을까!」 소냐에게서 안타까운 탄식이 터져 나왔다.

「자, 이제 내가 어떻게 하면 좋을까, 말해 줘요!」 그는 갑자기 머리를 들고서, 절망에 빠져 추하게 일그러진 얼굴로 소냐를 바라보면서 물었다.

「어떻게 하느냐고요!」 그녀는 자리에서 벌떡 일어나 외쳤다. 이때까지 눈물로 가득했던 그녀의 눈동자는 빛나기 시작했다. 「일어나세요. (그녀는 그의 어깨를 잡아 일으켰고, 그는 놀라서 그녀를 바라보았다.) 지금 즉시 나가서, 네거리에 서서 먼저 당신이 더럽힌 대지에 절을 하고 입을 맞추세요. 그다음 온 세상을 향해 절을 하고 소리를 내어 모든 사람들에게 말하세요. 〈내가 죽였습니다!〉라고. 그러면 하느님께서 또다시 당신에게 생명을 보내 주실 거예요. 가실 건가요? 가실 거예요?」 그녀는 경련이 인 것처럼 온몸을 떨면서, 그의 두 손을 낚아채어 으스러지도록 자기 손으로 꼭 붙잡고, 타오르는 듯한 시선으로 그를 보면서 물었다.

그는 그녀의 갑작스러운 흥분에 놀라기도 하고 충격을 받기도 했다.

「당신 지금 감옥에 대해서 말하는 거예요, 소냐? 자수를 하라는 말이에요?」 그는 음울한 표정으로 물었다.

「고통을 받아들이고, 그것으로 속죄하세요. 그래야만 해요.」

「아니! 난 놈들에게 가지 않을 거예요, 소냐.」

「그럼 어떻게, 어떻게 살려고 그래요? 무엇에 의지해서 살려고요?」 소냐는 외쳤다. 「이제 와서 그게 가능할 것 같아요? 어머니는 어떻게 하시려고요? (오, 이제 그분들, 그분들은 어떻게 될까요!) 그리고 나는요! 당신은 벌써 어머니와 누이동생을 버렸어요. 그래요, 벌써 버렸어요, 버렸어요. 오, 하느님!」 그녀는 소리를 질렀다. 「당신은 벌써 모든 것을 알고 있어요! 하지만 어떻게, 어떻게 사람을 떠나서 살겠다는 거지요! 이제 당신은 어떻게 될까요!」

「어린애처럼 굴지 마요, 소냐.」 그는 조용히 말했다. 「내가 그들에게 뭘 잘못했다는 거죠? 왜 가야 한다는 거죠? 그들에게 무슨 말을 할까요? 모든 게 한결같이 환영에 불과해요……. 그들 스스로가 수백만의 사람들을 괴롭히고 있으면서도, 자기들은 선행을 한다고 생각해요. 사기꾼들에다가 파렴치한 놈들이죠, 소냐……! 가지 않을 겁니다. 게다가 무슨 말을 할까요? 죽였는데, 돈을 훔칠 용기가 없어서 돌 아래 숨겨 두었다고?」 그는 빈정거리면서 말했다. 「그럼 그들이 나를 비웃으면서 말하겠죠. 〈돈을 훔치지도 못한 바보 같으니〉라고 말이에요. 겁쟁이, 바보! 그들은 전혀 이해하지 못할 거예요, 소냐. 이해할 만한 녀석들이 못 돼. 왜 내가 가야 하죠? 가지 않을 거예요. 어린애처럼 굴지 말아요, 소냐…….」

「더 괴로워하게 될 거예요, 더.」 그녀는 절망에 빠져 애원하듯이 그에게 손을 내밀면서 되풀이해서 말했다.

「어쩌면 내가 〈너무〉 나 자신에 대해서 나쁘게 말했는지도 몰라요.」 그는 생각에 잠겨서 음울하게 말했다. 「어쩌면 나는 〈아직〉 사람이지, 〈이〉가 아닌지도 몰라요. 너무 조급하게 자신을 비난했어요……. 나는 〈아직은 더〉 싸워 볼 거예요.」

오만한 미소가 그의 입술에 떠올랐다.

「그런 고통을 짊어지고 가겠다니! 그걸 평생토록, 평생토록 말이에요……!」

「익숙해지겠죠…….」 그는 생각에 잠겨 침울하게 말했다. 「들어 봐요.」 잠시 후 그는 말을 시작했다. 「이제 우는 것은 이것으로 그만두죠. 이제 여기 온 이유를 말할 때가 되었군요. 나는 놈들이 이제 곧 나를 찾아서 체포할 거라는 말을 당신에게 하러 왔어요…….」

「아 — 아!」 소냐는 놀라서 외쳤다.

「아니, 왜 소리를 지르죠? 감옥에 가기를 바라더니, 이제 와서 놀라다니? 하지만 내 말을 들어 봐요. 나는 그들에게 절대 굴복하지 않을 거예요. 나는 그들과 더 싸울 거예요. 그들은 아무것도 할 수 없어요. 그들에게 증거다운 증거라곤 없으니까. 어제 나는 〈이제는 다 끝났군!〉 하고 생각할 정도로 아주 위태로웠어요. 그런데 오늘은 사정이 좋아졌어요. 모든 증거들이 서로 다른 양 끝을 가리키고 있거든요. 그러니까 나는 그들의 기소 내용을 내게 유리한 방향으로 돌리기만 하면 돼요, 알았어요? 그리고 난 그렇게 할 거예요. 이제 그 요령을 터득했거든요……. 하지만 그래도 어쨌든 나는 구속당하게 될 거예요. 만일 어떤 우연한 사건이 없었다면, 난 지금쯤 감옥에 앉아 있을지도 몰라요. 어쩌면 오늘이 가기 전에 그들이 〈또〉 나를 감옥에 처넣을지도 모르죠……. 하지만 괜찮아요, 소냐. 잠깐 잡혀 있다가는 풀려나겠죠……. 왜냐하면 그들은 제대로 된 증거물이라고는 단 하나도 가진 게 없거든요. 그리고 앞으로도 그런 건 나타나지 않을 거예요, 내 약속하죠. 그들이 가지고 있는 증거만으로는 사람을 감옥에 보낼 수 없어요. 자, 이제 됐어요……. 나는 당신에게 알려 주려고 한 것뿐이에요……. 어머니와 누이동생은 어떻게 해서든 안심시키고 놀라지 않도록 노력해 볼 작정이에요……. 누이동생의 삶은 앞으로 보장된 것이나 마찬가지예요……. 그러니 어머니도……. 자, 내가 할 말은 이게 다예요. 하지만 조심해요. 내가 만약 감옥에 가게 되면, 감옥에 있는 나에게 와줄 거죠?」

「오, 그럼요, 그럼요!」

두 사람은 비탄에 빠져 슬퍼하면서, 마치 폭풍이 지나간 텅 빈 바닷가에 외로이 버려진 사람들처럼 나란히 앉아 있었다. 그는 소냐를 바라보고, 그에 대한 그녀의 사랑이 얼마나 큰지를 느꼈다. 그러자 이상하게도 그는 그렇게까지 사랑을 받고 있다는 것이 너무나 괴롭고 가슴 아프게 여겨졌다. 그랬다. 그것은 이상하고 무서운 감정이었다! 소냐에게 오면서 그는 모든 희망과 출구가 오로지 그녀에게만 있다고 느꼈다. 그리고 자신의 고통 중 일부라도 덜어 볼 생각이었다. 그러나 막상 지금 그녀의 온 마음이 그에게로 향하자, 그는 자신이 다른 어느 때보다도 불행해졌다는 사실을 느끼고 의식하게 되었다.

「소냐!」 그는 말했다. 「내가 감옥에 가게 되면, 나를 찾아오지 않는 게 좋겠어요.」

소냐는 대답하지 않고 울기만 했다. 몇 분이 흘렀다.

「십자가를 가지고 계세요?」 그녀는 무슨 생각이 들었는지, 갑자기 그에게 이렇게 물었다.

그는 처음에는 질문을 이해하지 못했다.

「없지요, 없겠지요? 그럼 여기 이거, 삼나무로 된 십자가를 받으세요. 내게는 쇠로 만든 다른 십자가가 또 있어요. 리자베타의 것이에요. 우리는 서로 십자가를 교환했어요. 리자베타가 내게 자기 십자가를 주었고, 나는 또 내 성상을 주었어요. 지금부터 나는 리자베타의 십자가를 걸고 다니겠어요. 이건 당신 거예요. 받으세요……. 이건 내 거예요! 내 것이라니까요!」 그녀는 간청하기 시작했다. 「우리 함께 고통을 짊어지러 가요. 함께 십자가를 지고 가요……!」

「이리 줘요!」 라스콜니코프가 말했다. 그는 그녀를 실망시키고 싶지 않았다. 그러나 그는 십자가를 받으려고 내민 팔을 곧 거뒀다.

「지금은 아니에요, 소냐. 나중이 낫겠어요.」 그는 그녀를 안심시키기 위해서 말했다.

「그래요, 그래요, 그게 낫겠어요. 그게 낫겠어요.」 그녀는 넋이 나간 듯 그 말을 받았다. 「고통을 짊어지러 갈 때, 그때 목에 거세요. 내게로 오면 내가 걸어 줄게요. 함께 기도하고 같이 가요.」

그 순간 누군가 문을 세 번 두드렸다.

「소피야 세묘노브나, 들어가도 될까요?」 아주 낯익고 예의 바른 어떤 목소리가 들려왔다.

소냐는 놀라서 문으로 달려갔다. 레베자트니코프의 밝은 금발이 방 안으로 들어왔다.

5

레베자트니코프는 근심에 가득 찬 모습이었다.

「볼일이 있어서 왔습니다. 소피야 세묘노브나. 죄송해요······. 나는 반드시 당신이 여기 있을 거라고 생각했어요.」 그는 갑자기 라스콜니코프에게 말했다. 「그러니까 그런 종류의······ 이상한 생각을 한 것은 아닙니다만······. 다만 당신이 꼭 있으리라는······. 지금 집에서는 카테리나 이바노브나가 완전히 미친 증세를 보이고 있어요.」 그는 라스콜니코프를 내버려 두고, 갑자기 소냐에게 말머리를 돌렸다.

소냐는 비명을 질렀다.

「적어도 그런 것 같다는 말씀이에요. 그런데······ 우리로서는 도무지 어떻게 해야 할지 모르겠더군요! 카테리나 이바노브나가 돌아왔는데, 아마도 어디선가 쫓겨난 것 같아요. 맞았는지도 모르겠고요······. 아무튼 그렇게 보였어요······. 그분은 세묜 자하로비치가 일하던 관청의 장관에게 갔는데, 집에서 만나지 못했답니다. 장관은 어떤 장군의 집에서 점심 식사를 하고 있었다더군요……. 그러자 그분은 그 장관이 점심 식사를 하고 있는 곳으로 단숨에 뛰어갔답니다……. 그 다른 장군 댁으로 말이에요. 그리고 어떻게 떼를 써서, 마침내 아직 식사 중이던 세몬 자하로비치의 상관을 불러낸 것 같아요. 어떤 일이 일어났을지 한번 상상해 보세요. 물론 쫓겨났지요. 그런데 그분 말로는 자기가 그에게 욕을 해대고, 뭔가를 던졌다고 하더라고요. 충분히 있음 직한 일이에요……. 그런데 어떻게 그 자리에서 체포당하지 않았는지 그게 오히려 납득이 가지 않아요! 지금 모든 사람들에게, 아말리야 이바노브나에게까지도 그 이야기를 하고 있는데, 도무지 알아듣기가 힘들어요. 소리를 지르면서 몸부림을 치고 있어요……. 아, 맞아요. 그분은 모든 사람들한테 버림을 받았으니, 이제 자기가 아코디언을 가지고 아이들과 함께 거리로 나가겠다고, 아이들에게 노래를 부르고 춤을 추게 할 거라고 고래고래 소리를 지르고 있어요. 본인도 날마다 돈을 벌러 장관의 집 창문 아래로 갈 거라고 하는군요……. 〈관리 아버지를 둔 상류 계층의 아이들이 거지가 되어서 거리를 헤매는 꼴을 보게 하겠다〉는 거예요. 아이들은 얻어맞아 울고 있어요. 료냐에게 〈작은 시골 마을〉이라는 노래를 가르치는가 하면, 사내애에게도 춤을 가르치고, 폴랴에게도 마찬가지예요. 옷을 모조리 갈기갈기 찢어서는, 아이들 머리에 무슨 광대들같이 모자를 만들어 씌우고, 자기는 악기 대신에 두들길 냄비를 가져가려고 해요……. 어느 누구의 말도 듣지 않아요……. 어떻게 된 일인지 아시겠지요? 정말 이래서는 안 되는 일인데요!」

레베자트니코프는 말을 더 계속하려고 했지만, 그의 말을 듣고 있던 소냐는 숨도 쉬지 못하고 갑자기 망토와 모자를 집어 들고, 옷을 입으면서 방 밖으로 뛰쳐나갔다. 라스콜니코프는 그녀의 뒤를 쫓았고, 레베자트니코프는 그의 뒤를 따랐다.

「틀림없이 그 여자는 미쳤어요!」 그는 라스콜니코프와 함께 거리로 나서면서 말했다. 「소피야 세묘노브나를 놀라게 하고 싶지 않아서 〈그런 것 같다〉고 했지만, 의심할 여지가 없어요. 결핵에 걸렸을 때, 뇌로 올라가는 결핵균이 있다고 하더군요. 내가 의학을 잘 모르는 게 안타깝네요. 하지만 나는 그녀를 달래 보려고도 했어요. 그렇지만 아무 말도 듣지 않더군요.」

「부인에게 결핵균에 대한 말을 했나요?」

「꼭 결핵균에 대해 말한 것은 아니에요. 더구나 아무 말도 이해하지 못했을 겁니다. 하지만 나는 이렇게 생각합니다. 인간은 본질적으로 울 까닭이 없다는 것을 논리적으로 설득한다면, 그녀가 우는 것을 멈추게 될 거라고요. 이건 분명한 일입니다. 당신은 멈추지 않을 거라고 생각하시나요?」

「그렇다면 사는 게 너무 쉽겠군요.」 라스콜니코프가 대답했다.

「아니, 잠깐만요. 물론 카테리나 이바노브나가 이해하기란 무척 어려운 일이지요. 그런데 당신은 알고 계십니까? 파리에서는 벌써 논리적인 설득만으로 정신병자들을 치료할 가능성에 대해 진지한 실험이 행해졌다는군요. 얼마 전에 돌아가신 저명한 학자인 어떤 교수가 그 방법으로 치료가 가능하다고 생각했답니다. 그의 기본적인 생각은 정신병자들의 육체는 별 탈이 없다는 거예요. 정신 착란이란, 말하자면 논리적인 실수, 판단의 착오, 사물에 대한 비정상적인 시각이라는 거지요. 그는 환자를 서서히 논리적으로 반박해서, 마침내 좋은 결과를 얻어 냈다고 하더군요! 그렇지만 물론 그가 목욕 요법도 병행했기 때문에 이 치료의 결과에는 의심의 여지는 있어요...... 적어도 그렇게 보여요......」

라스콜니코프는 이미 오래전부터 그의 말을 듣고 있지 않았다. 자기 집 앞에 이르자 그는 레베자트니코프에게 고개를 끄덕여 인사를 하고는, 문 쪽으로 몸을 돌렸다. 레베자트니코프는 정신을 차리고 주변을 둘러보고는, 앞으로 뛰어가기 시작했다.

라스콜니코프는 자신의 좁은 방으로 들어가서 방 한가운데에 섰다. 〈내가 왜 이곳으로 돌아왔을까?〉 그는 다 떨어진 노란색 벽지와 먼지, 그리고 침대로 쓰이는 소파 따위를 둘러보았다⋯⋯. 마당에서는 뭔가를 격렬하게 두드리는 소리가 끊임없이 들려왔다. 어디선가 못을 박는 것 같았다⋯⋯. 그는 창으로 다가가 까치발을 하고 서서 오랫동안 신경을 바짝 곤두세우며 마당을 살펴보았다. 그러나 마당은 텅 비어 있었고, 두드리는 사람은 없었다. 왼쪽에 있는 곁채의 창이 열려 있는 것이 보였는데, 창턱에는 듬성듬성하게 자란 제라늄 화분이 놓여 있었다. 창밖에는 시트가 널려 있었다⋯⋯. 그는 이 모든 것을 샅샅이 알고 있었다. 그는 몸을 돌려 의자에 앉았다.

그는 이제까지 한 번도 이렇게 심한 외로움을 느껴 본 적이 없었다!

그렇다. 그는 소냐를 더 불행하게 만든 지금, 어쩌면 정말로 그녀를 증오하게 될지 모른다고 다시 한번 느꼈다. 〈그는 왜 그녀의 눈물을 구걸하러 간 것일까? 왜 그는 그런 식으로 그녀의 삶을 파괴해야 했을까? 오, 이 얼마나 비열한 짓인가!〉

「혼자가 되는 거야!」 그는 갑자기 단호하게 말했다. 「그녀를 감옥에 오지 말게 하자!」

5분이 흐른 뒤, 그는 머리를 들고 야릇한 미소를 지었다. 이상한 생각이 떠올랐다. 〈어쩌면 정말 감옥에 있는 것이 더 나을지도 몰라.〉 문득 이런 생각이 떠올랐던 것이다.

그는 이런 막연한 생각에 사로잡힌 채, 얼마 동안이나 방 안에 앉아 있었는지 기억할 수 없었다. 그런데 갑자기 문이 열리며 아브도티야 로마노브나가 들어왔다. 그녀는 우선 발걸음을 멈추고, 아까 그가 소냐를 봤던 것처럼 문지방에 서서 그를 쳐다보았다. 그런 뒤 방에 들어와, 그를 마주 보고 어제 앉았던 의자에 앉았다. 그는 말없이 아무 생각도 없는 사람처럼 그녀를 바라보았다.

「화내지 마, 오빠. 잠깐 들른 것뿐이니까.」 두냐가 말했다. 그녀는 생각에 잠긴 표정이었지만 냉담하지는 않았다. 그녀의 시선은 또렷하고 조용했다. 그는 누이동생이 애정을 가지고 자기에게 왔다는 것을 깨달았다.

「오빠, 나 이제 모든 것을 알아, 〈모든 것을〉. 드미트리 프로코피치가 모든 것을 설명해 주었어. 오빠가 추악하고 수치스러운 혐의 때문에 시달리고 있다면서……. 드미트리 프로코피치는 그리 걱정할 일도 아닌데, 오빠가 그 사실을 너무 괴롭게 받아들인다고 했어. 나는 그렇게 생각하지 않아. 이 일로 오빠가 얼마나 분개했을지 나는 〈충분히 이해할 수 있어〉. 그 분노는 영원한 흔적을 남길 수도 있어. 나는 그게 두려워. 오빠가 우리를 버렸다고 오빠를 비난하지는 않겠어. 어떻게 감히 비난할 수 있겠어. 내가 그때 오빠를 비난했던 걸 용서해 줘. 만일 내게 그런 큰 슬픔이 닥쳤다면, 나 역시 모든 사람들에게서 떠났을 거야. 정말 그랬을 거야. 어머니에게는 〈그 일〉에 대해 아무 말도 하지 않을 거야. 하지만 오빠에 대해 끊임없이 이야기해 주고, 오빠가 곧 올 거라고 말했다고 전할게. 그러니 엄마를 괴롭히지 마. 내가 엄마를 안심시키겠지만, 오빠도 엄마를 힘들게는 하지 마. 한 번만이라도 들러 줘. 엄마라는 것을 기억하고! 내가 지금 온 것은(두냐는 자리에서 일어났다), 만일 무슨 일에든 내가 필요해지면, 혹여…… 내 목숨이라도, 아니 그것이 아니더라도 무엇이든 필요해지거든……. 그러면 나를 불러 줘. 올게. 이 말을 하러 왔어. 그럼 잘 있어, 오빠!」

그녀는 갑작스레 몸을 돌려 문 쪽으로 갔다.

「두냐!」 라스콜니코프는 그녀를 멈추게 하고는 일어나서 그녀에게로 다가갔다. 「그 라주미힌, 드미트리 프로코피치는 아주 좋은 사람이야.」

두냐는 얼굴을 약간 붉혔다.

「그래서?」 잠시 기다렸다가 그녀가 물었다.

「그 녀석은 일도 잘하고, 부지런하고, 정직할 뿐 아니라 진정으로 사랑도 할 줄 아는 사람이야……. 잘 가거라, 두냐.」

두냐는 얼굴이 온통 새빨개졌으나 곧 불안한 마음이 들었다.

「무슨 말이야, 오빠? 우리가 정말 영원히 이별이라도 하는 건가? 왜…… 그런 유언 같은 말을 해?」

「어차피 마찬가지야……. 잘 가거라…….」

그는 몸을 돌려 그녀에게서 떨어져 창가로 갔다. 그녀는 잠시 서서 라스콜니코프를 걱정스레 바라보다가, 불안한 마음을 품은 채 밖으로 나갔다.

아니, 그가 그녀를 차갑게 대한 것은 아니었다. 마지막에는 동생을 꼭 껴안고, 그녀와 〈작별 인사를 나눈 다음〉, 모든 것을 〈고백〉하고 싶은 그런 순간도 있었다. 그러나 그는 그녀에게 손을 내미는 것조차 할 수 없었다.

〈내가 지금 자기를 안았던 것을 나중에 기억하고는, 온몸이 오싹할 거야. 그리고 내가 자기 입술을 훔쳤다고 생각할 거야!〉

《《이 아이》가 앞으로 견뎌 낼 수 있을까?》 그는 몇 분 후 이렇게 속으로 중얼거렸다. 〈아니, 견뎌 내지 못할 거야. 저런 아이는 참아 내지 못해! 저런 부류의 사람들은 결단코 견뎌 내지 못할 거야…….〉

그리고 그는 소냐에 대해서 생각했다.

창문에서 신선한 공기가 흘러 들어왔다. 밖은 이미 그렇게 밝지 않았다. 그는 갑자기 학생모를 들고 밖으로 나갔다.

물론 그는 자신의 병적인 상태에 대해 염려할 수도 없었을 뿐 아니라, 그러고 싶지도 않았다. 그러나 끊임없는 불안과 정신적인 괴로움이 그에게 아무런 영향을 끼치지 않을 수는 없는 일이었다. 그가 아직 진짜 열병에 걸려 쓰러지지 않은 것은 아마도 그 끊임없는 내적인 불안이 그의 두 다리를 지탱해 주고, 일정 시간까지 그의 의식을 억지로라도 붙들어 주었기 때문인지도 모른다.

그는 아무런 목적도 없이 거리를 헤매고 다녔다. 해가 저물어 가고 있었다. 요즘 들어서 그는 어떤 이상한 비애를 느끼기 시작했다. 그 비애 속에 무언가 특별히 자극적이고 강렬한 것이라곤 없었다. 그러나 그 비애로부터 무언가 지속적이고 영원한 것이 배어 나왔으며, 죽음처럼 차가운 우수로 가득한 출구 없는 나날들과 〈1아르신의 공간〉에서 영원히 살아가야 할 운명이 예감되는 것이었다. 저물어 갈수록 이런 감각은 평소보다 훨씬 더 강하게 그를 괴롭히기 시작했다.

「일몰 따위에도 흔들리는 한심하기 짝이 없는 육체적인 쇠약함에 빠져 있으니, 우둔한 짓을 저지르지 않도록 조심해야겠다! 소냐한테 간다는 것이 두냐에게 가게 될지도 몰라!」 그는 혐오감을 느끼며 중얼거렸다.

누군가 그를 부르는 소리가 들렸다. 그는 뒤를 돌아보았다. 레베자트니코프가 그에게 뛰어오고 있었다.

「당신을 찾으러 집에도 갔었어요. 카테리나 이바노브나가 자기 계획을 실천해서 아이들을 데리고 나갔어요! 나와 소피야 세묘노브나는 그들을 간신히 찾아냈어요. 자기는 냄비를 두드리고, 아이들로 하여금 노래를 부르고 춤을 추도록 강요하고 있어요. 아이들은 울고 있고요. 네거리의 상점 옆에 서 있습니다. 그들 뒤로 얼간이들이 따라가고 있고요. 갑시다.」

「소냐는요?」 라스콜니코프가 불안한 마음으로 레베자트니코프를 따르면서 물었다.

「정신이 완전히 나가 버렸어요. 소피야 세묘노브나가 아니라, 카테리나 이바노브나 말이에요. 하지만 소피야 세묘노브나도 제정신이 아니에요. 카테리나 이바노브나는 미쳐 버렸고요. 당신이니까 하는 말이지만, 완전히 미쳐 버렸어요. 저러다간 경찰서에서 나와서 잡아갈 겁니다. 그럼 어떤 일이 일어날지 상상할 수 있겠지요……? 지금 소피야 세묘노브나의 집에서 멀지 않은 * * 다리의 운하 위에 있습니다. 여기서 가까워요.」

다리 근처 운하의 둑 위에, 소냐가 살고 있는 집에서 두 집 건너쯤 되는 곳에 사람들이 무리 지어 웅성대고 있었다. 특히 어린 사내아이들과 계집아이들이 잔뜩 모여 있었다. 카테리나 이바노브나의 쉬어서 찢어질 것만 같은 목소리는 다리에서도 들려왔다. 정말로 그것은 거리 구경꾼들의 흥미를 끌기에 충분한 기묘한 광경이었다. 낡은 드레스를 입고, 드라데담 숄을 두르고, 한쪽으로 뭉쳐서 볼썽사납게 찌그러진 밀짚모자를 쓴 카테리나 이바노브나는 그야말로 완전히 광란 상태에 빠져 있었다. 그녀는 몹시 지친 모습으로 숨을 헐떡이고 있었다. 고통스럽게 일그러진 폐병 환자의 얼굴은 그 어느 때보다도 더 괴로워 보였다. (더구나 거리의 햇빛 아래에서 보는 폐병 환자의 얼굴은 집에서보다 더 아파 보이고 흉측해 보이는 법이다.) 그러나 그녀의 흥분은 가라앉을 줄 몰랐다. 그녀는 아이들에게 달려들어 소리 지르기도 하고 달래기도 하면서, 사람들 앞에서 어떤 춤과 노래를 부를지 가르치는가 하면, 또 그들에게 왜 이런 짓을 해야 하는지 설명하기도 했다. 그러나 아이들이 말귀를 못 알아듣자, 낙심해서 아이들을 때리는 것이었다……. 그러고는 그러기를 다 마치기도 전에 구경꾼들에게로 달려가서, 구경을 하러 잠시 멈춰 선 사람들 중에서 조금이라도 옷을 잘 입은 사람을 발견하면, 즉각 〈상류 계층, 아니 귀족 집안 출신이라고 해도 좋을 만한〉 아이들이 어떻게 하다가 이렇게까지 전락했는지를 설명하기 시작했다. 무리 속에서 웃음소리나 어떤 조롱 섞인 말이라도 들리면, 그녀는 그 불손한 사람들에게 달려들어 욕설을 퍼부으며 싸움을 벌이려 들었다. 어떤 사람들은 웃었고, 어떤 사람들은 고개를 저었다. 그러나 어쨌든 얼이 빠진 아이들과 미친 여자는 모든 사람들에게 재미있는 구경

거리임에 틀림없었다. 레베자트니코프가 말한 냄비는 없었다. 적어도 라스콜니코프는 보지 못했다. 그러나 카테리나 이바노브나는 폴랴에게 노래를 시키고, 료냐와 콜랴에게 춤을 추게 할 때, 냄비를 두드리는 대신 자신의 말라빠진 손으로 박수를 치기 시작했다. 그리고 거기에 맞춰 자기도 노래를 부르려 했지만 그럴 때마다 심한 기침이 터져 나와 두 번째 음에 이르기도 전에 노래가 끊어졌고, 이로 인해 그녀는 더욱 비탄에 빠져 자신의 기침을 저주하며 울음을 터뜨리는 것이었다. 그녀를 더욱 화나게 한 것은 콜랴와 료냐의 울음소리와 공포에 질린 모습이었다. 정말로 아이들에게 거리의 남녀 가수들이 치장하듯 옷을 입히려 한 흔적이 엿보이긴 했다. 남자아이에게는 튀르키예 사람처럼 보이게 하려고 빨간 바탕에 흰색이 섞인 천으로 두건을 씌웠고, 료냐에게는 적당한 의상이 없어서 죽은 세묜 자하로비치의 붉은 털실 모자(혹은 나이트캡이라고 부르는 편이 더 좋을 만한 것이었다)를 머리에 씌우고, 그 모자에 지금까지 가보로 궤짝에 보관되어 있던 카테리나 이바노브나 조모의 유품인 하얀 타조 깃털 조각을 꽂아 주었다. 폴랴는 평소대로 옷을 입고 있었다. 그녀는 넋을 잃고 어머니를 두려운 듯 쳐다보았지만, 어머니 곁을 떠나지 않았다. 그녀는 어머니가 미쳤다는 것을 깨닫고는, 눈물을 훔치며 불안하게 주변을 두리번거렸다. 거리와 구경꾼들이 무섭도록 그녀를 놀라게 했다. 소냐는 카테리나 이바노브나의 뒤에 바짝 붙어 따라가면서 울부짖으며, 그녀에게 집으로 돌아가자고 쉴 새 없이 애원하고 있었다. 그러나 카테리나 이바노브나는 들은 척도 하지 않았다.

「그만둬라, 소냐. 그만둬!」 그녀는 숨을 헐떡이고 기침을 해대면서 빠른 말투로 급하게 외쳤다. 「어린애처럼 도대체 자기가 무슨 부탁을 하고 있는지도 모르는구나! 내가 벌써 말했지, 나는 절대로 그 술 취한 독일 여자에게는 돌아가지 않을 거라고. 모든 사람들, 페테르부르크 사람들 모두 보라고 해. 평생을 신용과 진실함으로 봉사하다가, 순직한 거나 다름없는 고결한 아버지의 자식들이 구걸하는 모습을 말이야. (카테리나 이바노브나는 이미 이런 환상을 꾸며서 그것을 맹목적으로 믿고 있었다.) 그 쓸모없는 장관도 보라고 해. 그리고 너도 참 어리석다, 소냐. 이제 뭘 먹을 거냐? 말해 봐라. 이제까지 우리가 너를 괴롭힌 것만으로도 충분하다. 더 이상은 그러고 싶지 않아! 아, 로디온 로마노비치, 당신이로군요!」 그녀는 라스콜니코프를 보자, 그에게 달려오면서 외쳤다. 「이 바보 같은 계집애한테 말 좀 해주세요, 이 이상 더 현명한 방법은 없다고요! 아코디언을 켜는 악사들도 돈을 버는데, 우리가 거지로 전락한 상류 가정의 아비 없는 자식들이라는 것을 알면, 모든 사람들이 금방 우리를 다르게 볼 거예요. 그럼 그 장관도 자리에서 쫓겨나게 되겠죠. 두고 봐요! 우리는 매일 그 사람 집 앞의 창 아래로 갈 테니까. 황제가 지나가면 나는 무릎을 꿇고, 이 아이들 전부를 앞세워 보여 줄 거예요. 〈아버지시여, 보호해 주소서!〉 그는 고아들의 아버지이시고, 자비가 많으신 분이니까 보호해 주실 거예요. 이제 두고 보세요, 그 장관을……. 료냐! tenez-vous droite(몸을 똑바로 세워라)! 콜랴, 이제 다시 춤을 추거라. 왜 흐느끼니? 또 울고 있군! 뭐가, 뭐가 무섭다는 거냐, 이 바보야! 하느님! 정말 이 애들을 어떻게 하면 좋아, 로디온 로마노비치! 이 애들이 얼마나 말귀를 못 알아듣는지 모르겠어요! 아, 이 아이들을 어떻게 하면 좋아……!」

그리고 그녀는 거의 울먹이면서(그러나 이것이 그녀의 쉴 새 없이 계속되는 빠른 말을 방해하지는 못했다), 흐느끼는 아이들을 그에게 손가락질해 보였다. 라스콜니코프는 집으로 돌아가라고 그녀를 설득하기 위해 그녀의 자부심을 자극할 심산으로 상류 계층의 아가씨들을 위한 기숙 학교의 교장이 될 분이 거리의 악사들처럼 거리를 헤매는 것은 좋지 않다고 말했다…….

「기숙 학교라고요, 호호호! 꿈같은 이야기예요!」 카테리나 이바노브나는 이렇게 소리치고, 웃다가는 심하게 기침을 했다. 「아니, 로디온 로마노비치, 꿈은 사라졌어요! 모두가 우리를 버렸어요……! 그 장관은…… 아시겠어요? 로디온 로마노비치, 나는 그에게 잉크병을 던졌어요……. 대기실 책상 위에 있는 방명록 옆에 마침 그게 있더군요. 나는 방명록에 서명을 하고는 그를 향해 그걸 던져 버리고 도망쳐 나왔어요……. 오, 비열한 놈들, 비열한 놈들. 이젠 그런 놈들에게는 침이나 뱉어 주겠어요. 이제부터 나는 내 힘으로 아이들을 먹여 살릴 거예요. 아무에게도 구걸하지 않을 거예요! 이 아이를 괴롭힐 만큼 괴롭혔지요! (그녀는 소냐를 가리켰다.) 폴랴, 얼마나 모았니? 보여 다오. 아니 이게 뭐야? 겨우 2코페이카뿐이잖아? 오, 지저분한 놈! 혀를 빼고 우리 뒤를 졸졸 쫓아다니기만 하면서 아무것도 주지 않다니! (그녀는 무리들 중 한 사람을 가리켰다.) 이건 콜랴가 말귀를 너무 못 알아들어서 그래. 저 애는 말썽만 부린다니까! 너는 또 왜 그러니, 폴랴? 나와 프랑스어로 이야기하자꾸나, Parlez-moi français(나에게 프랑스어로 말하렴). 내가 가르쳐 주었잖아. 몇 구절은 너도 알고 있잖니……! 그렇지 않으면 너희들이 상류 집안에서 좋은 교육을 받은 아이들이라서, 다른 악사들과는 다르다는 것을 사람들이 어떻게 알겠니! 무슨 〈페트루샤〉 같은 노래 말고, 고상한 연가를 부르자꾸나……. 아, 맞아, 그렇게 하자꾸나! 어떤 노래를 부르면 좋을까? 당신이 계속 말을 끊어 놓는 바람에 우리는…… 그러니까 우리는, 아시겠어요? 로디온 로마노비치, 우리가 여기 멈춰 섰던 이유는 어떤 노래를 부를지, 콜랴가 춤을 출 수 있는 곡을 고르기 위해서였어요……. 당신도 짐작하실 수 있겠지만, 우리는 지금 아무 준비도 없이 하고 있는 거니까요. 완벽하게 연습을 하려면 미리 잘 의논을 해놔야 해요. 그리고 난 다음에 우리는 넵스키 거리로 나갈 거예요. 그곳에는 상류 계층의 사람들이 훨씬 많으니까, 우리를 금방 알아볼 거예요. 료냐는 〈작은 시골 마을〉을 알고 있어요……. 그렇지만 모두들 〈작은 시골 마을〉, 〈작은 시골 마을〉이것만 부르잖아요! 우리는 뭔가 아주 고상한 노래를 불러야만 해요……. 네가 좀 생각을 해보지 그러니, 폴랴. 엄마를 좀 도와 다오! 기억력, 기억력이 없어졌어. 그렇지 않으면 내가 생각해 냈을 텐데! 참, 〈경기병은 검에 몸을 기대어〉[12]를 부를까! 아, 그래, 프랑스어로 〈Cinq sous(단돈 다섯 푼)〉[13]를 부르자! 내가 가르쳐 주었잖아, 가르쳐 주었어. 중요한 건 프랑스 노래니까, 너희들이 귀족 자제라는 걸 사람들이 금방 알아챌 거야. 그럼 훨씬 감동적이다……. 아니면 〈Malborough s'en va-t-en guerre(말보로는 싸움터로 갔다네)〉[14]를 불러도 되겠다. 이 노래는 귀족 가정에서 아이들을 재울 때 부르는 동요니까.

Malborough s'en va-t-en guerre(말보로는 싸움터로 갔다네),
Ne sait quand reviendra(언제 돌아올지 아무도 모른다네)…….」

그녀는 노래를 부르기 시작했다……. 「아냐, 〈단돈 다섯 푼〉을 부르는 게 낫겠어! 자, 콜랴, 손을 허리에 대고 어서, 그리고 너, 료냐, 반대 방향으로 돌아라. 나와 폴랴는 노래를 부르면서 박자를 맞출 테니까!

Cinq sous, cinq sous(단돈 다섯 푼, 단돈 다섯 푼),
Pour monter notre ménage(그것으로 살아가야만 한다네)…….
콜록, 콜록, 콜록! (그녀는 기침을 하면서 몸부림을 쳤다.) 옷을 똑바로 입으렴, 폴랴. 어깨가 흘러내렸잖아.」 그녀는 기침이 잦아들자, 이렇게 지적했다. 「모든 사람들이 너희가 귀족 자제라는 것을 알도록 너희들은 이제 특별히 예의를 갖춰서 얌전하게 행동해

---

12 러시아 낭만주의 시인 K. N. 바튜시코프(1787~1855)의 시 「이별」에 곡을 붙인 연가이다.
13 당시 한창 인기 있던 프랑스의 감상적인 노래이다.
14 당시 인기 있던 프랑스의 감상적인 노래이다.

야 한단다. 내가 그때 허리 부분의 천을 두 겹으로 겹쳐서 좀 더 길게 덮어야 한다고 그랬잖니. 그런데 소냐, 네가 〈더 짧게, 더 짧게〉 하는 바람에 애의 꼴이 이렇게 흉하게 되어 버렸어……. 어휴, 모두들 또 울고 있네! 왜 이러는 거야, 이 맹추들아! 너, 콜랴, 어서 시작하렴. 어서, 어서, 어서! 오, 정말 참을 수 없는 애들이라니까……!

Cinq sous, cinq sous(단돈 다섯 푼, 단돈 다섯 푼)…….
또 저 순경이 나타났네! 도대체 무슨 일이에요?」

정말로 순경이 사람들 사이를 헤치고 나타났다. 그러나 그때 문관 제복 위에 외투를 입고 목에 훈장을 단 쉰 살가량의 위풍당당한 관리가 다가오더니(그가 훈장을 달고 있다는 것이 카테리나 이바노브나의 마음에 무척 들었고, 순경에게도 영향을 주었다), 말없이 카테리나 이바노브나에게 3루블짜리 녹색 지폐를 쥐여 주었다. 그의 얼굴에는 진심 어린 동정심이 드러나 있었다. 카테리나 이바노브나는 공손하게 의식을 치르듯이 그에게 절을 했다.

「감사합니다, 나리!」 그녀는 거만한 투로 말하기 시작했다. 「저희가 이렇게 된 이유는…… 돈을 받거라, 폴랴. 보거라, 불행에 빠진 불쌍한 귀족 여인을 이렇게 기꺼이 도와주시는 고귀하고 도량이 넓은 분들도 계신 거란다. 나리, 이 좋은 가문의 아이들, 귀족의 혈통과도 관련이 있다고 할 수 있는 이 아이들을 보십시오……. 그런데 그 장관은 앉아서 들꿩을 뜯으면서…… 내가 자기를 귀찮게 한다고 발을 굴러 댔답니다……. 제가 〈각하, 돌아가신 세몬 자하로비치를 잘 알고 계시니 아비 없는 자식들을 보호해 주십시오. 오늘 그의 장례식 날에 비열한 놈들 중에서도 제일 비열한 놈이 그의 친딸을 모함하였습니다……〉라고 했지요. 또 저 순경이! 도와주세요!」 그녀는 관리에게 외치기 시작했다. 「왜 이 순경이 우리를 귀찮게 구는 거지요? 우리는 메샨스카야 거리에서도 어떤 순경 때문에 도망쳐 왔는데……. 당신이 대체 웬 참견이야, 이 멍청이!」

「거리에서 이러는 것은 금지되어 있습니다. 추태를 부리지 마십시오.」

「추태는 네가 부리고 있는 거야! 내가 아코디언을 들고 다니든 말든, 당신하고 무슨 상관이야?」

「아코디언이라면 허가를 받아야 합니다. 그런데 당신은 당신 마음대로 이렇게 사람들을 모으고 있지 않습니까? 어디에서 살고 있습니까?」

「뭐라고, 허가?」 카테리나 이바노브나가 고래고래 소리를 지르기 시작했다. 「오늘 남편의 장례식을 치렀는데, 허가는 무슨 허가!」

「부인, 부인, 진정하십시오.」 관리가 말했다. 「갑시다, 제가 바래다 드리지요……. 이렇게 사람들한테 둘러싸여 있다니 안됐군요……. 몸도 좋지 않으신 것 같은데…….」

「나리, 나리, 당신은 아무것도 모르고 계세요!」 카테리나 이바노브나가 외쳤다. 「우리는 넵스키 거리로 갈 거예요. 소냐, 소냐! 소냐는 어디 있는 거야? 역시 울고 있군! 너희들 모두 어떻게 된 거니……! 콜랴, 료냐, 너희들 어디로 가는 거냐?」 그녀는 놀라서 갑자기 소리치기 시작했다. 「오, 어리석은 녀석들 같으니! 콜랴, 료냐, 대체 어디로 가는 거냐?」

거리의 구경꾼들과 어머니의 광적인 행동에 벌써부터 겁을 먹고 있던 콜랴와 료냐는 급기야 순경을 보자, 자신들을 붙잡아서 어디론가 데려가려는 줄 알고 약속이나 한 듯이 서로의 손을 꼭 붙잡고 도망치기 시작했다. 가련한 카테리나 이바노브나는 그들을 잡으러 울부짖으며 달렸다. 숨을 헐떡이며 울면서 뛰어가는 그녀의 모습은 보기에도 처참하고 딱했다. 소냐와 폴랴는 그녀를 뒤따라 달려갔다.

「저 애들을 데려와, 데려오라고, 소냐! 오, 바보 같은 녀석들, 이 어미 마음도 모르고······! 폴랴! 저 애들을 잡아라······. 너희들을 위해서 내가······.」

그녀는 온 힘을 다해 달리다가, 돌부리에 차인 듯이 고꾸라졌다.

「다쳐서 피를 흘려요! 이를 어쩌나!」 소냐가 그녀에게 몸을 숙이며 외쳤다.

모두들 뛰어와서 주위를 빽빽이 둘러쌌다. 라스콜니코프와 레베자트니코프가 제일 먼저 달려왔다. 관리 역시 황급히 달려왔고, 그의 뒤를 쫓아 일이 성가시게 되어 간다는 것을 예감한 순경이 손을 한번 냅다 휘젓고는, 〈에이, 저런!〉 하고 투덜대면서 쫓아왔다.

「저리 물러나세요! 물러나세요!」 그는 점점 가까이 좁혀 들어오는 사람들을 내쫓았다.

「죽어 가고 있어!」 누군가 소리쳤다.

「미친 여자야!」 다른 사람이 말했다.

「주여, 지켜 주소서!」 어떤 여인이 성호를 그으면서 말했다. 「계집아이와 사내아이는 잡았어요? 저기 봐요, 큰애가 잡아서 데려오네······. 저런, 철딱서니 없는 것들 같으니라고!」

카테리나 이바노브나를 잘 살펴보니, 그녀는 소냐가 생각한 것처럼 돌부리에 차여 다친 것이 아니었다. 다리를 흥건히 적신 피는 그녀의 가슴에서 목구멍으로 토해진 각혈이었다.

「난 이걸 압니다. 본 적이 있어요.」 관리가 라스콜니코프와 레베자트니코프에게 속삭였다. 「이것은 폐결핵입니다. 피가 이렇게 쏟아지다가는 숨이 막히더군요. 내 친척 여자도 이랬습니다. 얼마 전에 봤지요. 피를 한 잔 반은 쏟더군요······. 그러더니 갑자기······ 그런데 지금 죽으면 어떻게 하지요?」

「저기로요. 저기 제 집으로 옮겨 주세요!」 소냐가 애원했다. 「저는 바로 이 근처에 살아요……! 저기요, 저기 두 번째 집요……. 제 집으로, 어서, 어서요……!」 그녀는 발을 동동 구르며 사람들에게 부탁했다. 「의사를 불러 주세요……. 오, 세상에!」

관리의 노력으로 일은 잘 풀렸다. 순경도 카테리나 이바노브나를 옮기는 일을 도와주었다. 사람들이 거의 죽은 것이나 다름없는 그녀를 소냐의 집으로 옮겨서 침대에 눕혔다. 각혈은 여전했지만, 그녀는 서서히 정신이 드는 것 같았다. 소냐 말고도 라스콜니코프, 레베자트니코프, 관리, 그리고 사람들을 내쫓고 돌아온 순경이 방 안에 한꺼번에 들어섰다. 그러나 구경꾼들 중 몇몇은 문앞까지 따라왔다. 폴랴는 온몸을 덜덜 떨면서 울고 있는 콜랴와 료냐의 손을 잡고 데려왔다. 카페르나우모프네 사람들도 몰려들었다. 카페르나우모프도 들어왔는데, 그는 절름발이에 곱사등으로 뻣뻣하게 뻗친 굵은 머리털과 구레나룻을 기르고 있었다. 어째서인지 항상 겁에 질린 표정을 하고 있는 그의 아내, 그리고 끊임없이 놀란 나머지 아예 얼빠진 표정을 갖게 된 아이들 몇이 입을 벌린 채 들어왔다. 그런데 이런 잡다한 사람들 가운데서 갑자기 스비드리가일로프의 모습이 나타났다. 거리에 있을 때 무리 속에서 그의 모습을 보지 못했던 라스콜니코프는 그가 어디서 나타났는지 이해할 수 없었으므로, 놀란 표정으로 그를 바라보았다.

의사와 신부에 대한 말이 오갔다. 관리는 라스콜니코프에게 의사는 이미 필요 없을 거라고 했지만, 그래도 사람을 보냈다. 카페르나우모프가 달려갔다.

그러는 사이 카테리나 이바노브나는 호흡이 진정되었고, 각혈도 잠시 가라앉았다. 그녀는 병색이 완연했지만 꿰뚫을 것 같은 날카로운 시선으로 덜덜 떨고 있는 창백한 소냐를 바라보았다. 소냐는 천으로 그녀의 이마에 돋은 진땀을 닦아 주었다. 마침내 그녀는 몸을 일으켜 달라고 부탁했다. 사람들이 그녀를 침대에 앉히고 양쪽에서 부축해 주었다.

「아이들은 어디 있지?」 그녀는 힘없는 목소리로 물었다. 「네가 애들을 데려왔니, 폴랴? 오, 바보 같은 것들……! 왜 도망을 쳤니……. 오 — 오!」

피는 아직 그녀의 바싹 마른 입술에 뒤덮여 있었다. 그녀는 시선을 돌려 주변을 두리번거렸다.

「이렇게 살고 있구나, 소냐! 나는 한 번도 네 집에 와본 적이 없었어……. 그런데 이런 식으로 오게 되다니…….」

그녀는 괴로운 표정으로 소냐를 보았다.

「우리가 너를 너무 괴롭혔구나, 소냐……. 폴랴, 료냐, 콜랴, 이리 오너라……. 자, 이 아이들, 소냐, 이 아이들을 맡아 다오……. 내 손에서 네 손으로 넘기는 거야……. 나는 이제 다 끝났어……! 무도회는 끝났어! 아하……! 나를 눕혀 주세요. 죽을 때만이라도 편히 죽게 해주세요…….」

다시 그녀를 베개에 눕혔다.

「뭐라고? 신부님……? 필요 없어……. 그럴 돈이 어디 있니……? 내게는 죄가 없어……! 그런 것 없이도 하느님은 날 용서하셔야 한다……. 내가 얼마나 많은 고난을 당했는지, 당신도 아실 테니까……! 용서하시지 않아도 할 수 없는 일이지……!」

그녀는 점점 더 불안한 실신 상태로 빠져들었다. 때로 그녀는 온몸을 떨면서 주위를 둘러보고, 한순간 모든 사람들을 알아보는 것 같았으나, 또다시 혼수상태에 빠져 헛소리를 지껄였다. 그녀는 쉰 소리와 목에서 끓는 소리를 내면서 숨을 헐떡거렸다.

「내가 그에게 말했어, 〈각하……!〉」 그녀는 한마디 한마디 말을 할 때마다 거친 숨을 몰아쉬면서 소리치기 시작했다. 「그 아말리야 류드비코브나란 년……, 아아! 료냐, 콜랴! 손을 허리에 대고 어서, 어서, 글리세, 글리세, 파-드-바스크Glissé, glissé, pas-de-basque[15] 발을 굴려야……. 우아하게 해야지.

---

15 발레 용어로 Glissé는 미끄러지는 듯한 스텝이며, pas-de-basque는

Du hast Diamanten und Perlen(당신에겐 다이아몬드와 진주가 있어)…….[16]

그다음이 뭐더라? 그래, 이렇게 부르는 거지…….

Du hast die schönsten Augen(눈이 매혹적이구려),

Mädchen, was willst du mehr(아가씨, 더 이상 무엇을 원하지)?

아니, 뭐라고? 〈더 이상 무엇을 원하지〉라니, 정말 희한한 말을 다 하는군, 얼간이 같으니라고……! 아, 그래, 이런 게 또 있지!

한낮의 무더위 속에서, 다게스탄의 계곡에서…….[17]

내가 얼마나 좋아했는데…… 이 연가를 끔찍히도 좋아했단다, 폴랴……! 알겠니, 너의 아버지가…… 아직 약혼 시절이었을 때 이 노래를 불렀었단다……. 오, 옛날에는 말이야……! 그러니 이제 우리가 부르자! 어떻게 되더라, 어떻게……. 생각이 나지 않아……. 어떻게 하는 건지 생각 좀 나게 해줘!」 그녀는 극도로 흥분하여 일어나려고 애썼다. 그러다가 끝내 그녀는 한마디 한마디에 큰 소리를 지르고 숨을 헐떡거리면서, 점점 더 두려워하는 표정으로 노래를 부르기 시작했다.

「한낮의 무더위……! 다게스탄의……! 계곡에서……!

내 가슴엔 탄알이 관통했고……!」

「각하!」 그녀는 갑자기 찢어질 듯이 통곡하면서 절규하기 시작했다. 「고아들을 지켜 주십시오! 돌아가신 세몬 자하로비치가 베푼 접대를 기억해 주십시오! 귀족이나 마찬가지인 아이들을……! 헉!」 그녀는 몸을 부르르 떨더니, 갑자기 정신을 차리고 공포에 가득 찬 눈초리로 주변을 둘러보다가 소냐를 발견했다. 「소냐, 소냐!」 그녀는 자기 앞에 그녀가 있다는 사실에 놀란 듯이 온순하

바스크 무용의 스텝으로 빠른 스텝을 일컫는다.
16 독일의 시인 하이네의 시에 슈베르트가 곡을 붙인 대중적인 연가이다.
17 러시아의 시인 M. Y. 레르몬토프(1814~1841)의 시 「꿈」에 곡을 붙인 연가이다.

고 상냥하게 말했다. 「소냐, 귀여운 것, 너 여기 있었구나?」

사람들은 또다시 카테리나 이바노브나를 약간 일으켜 앉혔다.

「됐어……! 이제 시간이 됐어……! 잘 있어라, 이 불쌍한 것……! 여윈 말을 너무 부려 먹었구나……! 녹초가 되어 버렸어!」 그녀는 절망과 증오감에 휩싸여 이렇게 외치고는, 베개 위에 고개를 떨궜다.

그녀는 다시 정신을 잃었는데, 마지막 혼수상태는 그리 오래가지 않았다. 누렇게 떠서 비쩍 마른 창백한 그녀의 얼굴은 뒤로 젖혀졌고, 입이 벌어지며 다리가 경련을 일으키더니 갑자기 쭉 펴졌다. 그녀는 깊숙이 숨을 들이켜고는 그것으로 그만이었다.

소냐는 시신 위에 엎드려, 그녀를 두 팔로 부여잡고 죽은 여인의 마른 가슴에 고개를 떨구고는 기절해 버렸다. 폴랴는 어머니의 발 옆에 엎드려 그 발에 키스하면서 목 놓아 울었다. 콜랴와 료냐는 아직 무슨 영문인지 몰랐으나, 무언가 무서운 일이 일어났다는 것을 느끼고는 어깨를 맞잡고 서로의 눈을 뚫어져라 쳐다보더니 마치 약속이라도 한 듯이 입을 크게 벌리고 비명을 지르기 시작했다. 둘 다 좀 전의 옷차림 그대로였다. 한 아이는 터번을 두르고 있었고, 다른 아이는 타조 깃털을 꽂은 모자를 쓰고 있었다.

그런데 어쩌다가 침대 위의 카테리나 이바노브나 옆에 그 〈상장〉이 나타나게 된 것일까? 그것은 베개 옆에 놓여 있었다. 라스콜니코프는 그것을 보았다.

그는 창으로 물러났다. 레베자트니코프가 그에게 달려왔.

「숨을 거뒀어요!」 레베자트니코프가 말했다.

「로디온 로마노비치, 당신에게 한두 마디 전할 말이 있습니다.」 이렇게 말하며 스비드리가일로프가 다가왔다. 레베자트니코프는 이내 자리를 양보하고는 정중하게 물러났다. 스비드리가일로프는 놀란 표정을 하고 있는 라스콜니코프를 더 구석진 곳으로 데려갔다.

「번거로운 일들 전부, 이를테면 장례식 같은 일들은 제가 책임지겠습니다. 아시다시피 돈만 있으면 이런 일들은 아무 일도 아니지요. 그런데 제겐 필요 없는 돈들이 있다고 하지 않았습니까. 저 두 어린아이와 폴랴는 어느 곳이든 좋은 고아원에 맡기겠습니다. 그리고 성년이 될 때까지 한 아이당 1천5백 루블의 돈을 기탁하겠습니다. 소피야 세묘노브나가 편안하도록 말이에요. 그리고 그녀도 그 구렁텅이에서 내가 끌어내겠습니다. 왜냐하면 좋은 아가씨니까요. 그렇지 않습니까? 자, 그러니 당신은 아브도티야 로마노브나에게 내가 선물하려고 했던 1만 루블의 돈을 어떻게 사용하려고 하는지 전해 주십시오.」

「무슨 목적으로 그런 자선을 베푸는 거지요?」 라스콜니코프가 물었다.

「허, 참! 의심이 많은 분이로군요!」 스비드리가일로프가 웃기 시작했다. 「그 돈은 내게 필요 없는 돈이라고 하지 않았습니까? 그럼 그냥 인도적인 견지에서 이런 일을 하는 걸 용납하지 않으시렵니까, 예? 그녀는(그는 숨을 거둔 카테리나가 누워 있는 쪽을 손가락으로 가리켰다) 어떤 고리대금업자 노파와 같은 〈이〉가 아니지 않습니까? 자, 그러니 동의하세요. 〈정말로 루진이 살아서 파렴치한 일을 계속해야겠습니까, 아니면 저 여자가 죽어야 할까요?〉 내가 돕지 않으면, 〈폴랴 역시 같은 길을 가게 되겠지요…….〉」

그는 라스콜니코프에게서 눈을 떼지 않고, 어쩐지 〈눈을 깜박거리며〉 유쾌하고 교활한 표정을 지으면서 말했다. 라스콜니코프는 자기가 소냐에게 했던 말을 그에게서 듣자, 얼굴이 창백해지면서 등골이 오싹해졌다. 그는 얼른 몸을 떼고 거칠게 스비드리가일로프를 쳐다보았다.

「아니, 당신이…… 어떻게 알고 있는 거지요?」 그는 가까스로 숨을 몰아쉬면서 속삭였다.

「예, 나는 여기 벽 하나 건너, 레슬리흐 부인의 집에 묵고 있습니다. 이곳은 카페르나우모프의 집이고, 저쪽은 레슬리흐의 집인데, 그녀는 저의 아주 오랜 친구지요. 그러니 이웃에 살고 있는 겁니다.」

「당신이?」

「내가 말입니다.」 스비드리가일로프는 몸을 흔들고 웃으면서 말을 이었다. 「친애하는 로디온 로마노비치, 다시 한번 확인해 드리지만, 당신은 정말 놀랄 만큼 흥미로운 사람입니다. 내가 말했었지요. 우리가 함께 잘 지내게 될 거라고요. 나는 예언했었습니다. 그리고 정말 이렇게 사이좋게 되었군요. 내가 얼마나 원만한 사람인지를 곧 알게 될 겁니다. 나와 함께 살아갈 수 있다는 걸 알게 될 거예요……」

6
제6부

1

 라스콜니코프에게는 이상한 시기가 도래했다. 안개가 갑자기 그의 앞에 드리워져, 빠져나갈 길 없는 음울한 고독 속에 갇힌 것만 같은 느낌이었다. 한참 후에 이 시기를 생각해 보니, 그 당시 그의 의식이 혼미했으며, 간헐적이긴 했지만 결정적인 파국이 올 때까지 그런 상태가 지속되었다는 것을 라스콜니코프 자신도 깨달을 수 있었다. 그는 그때 많은 것을, 이를테면 몇 가지 사건의 시간과 날짜를 마구 혼동하고 있었음에 틀림없었다. 적어도 나중에 기억을 더듬어서 생각나는 일들을 설명해 보려고 노력했을 때, 그는 오히려 다른 사람들에게서 받은 정보를 통해 자기 자신에 대해 더 많은 것들을 알게 되었던 것이다. 예를 들면 그는 한 사건을 다른 사건과 혼동하기도 했고, 어떤 사건은 그의 상상 속에서만 존재하던 사건의 결과로 생각하기도 했다. 때로는 병적이고 고통스러운 불안감이 끔찍한 공포로 변하여 그를 사로잡기도 했다. 그러나 예전의 공포와는 전혀 다른, 완전한 무력감이 그를 사로잡았던 그런 순간들과 시간들, 어쩌면 그런 며칠이 있었다고 떠올렸다. 그 무력감은 죽어 가는 사람의 병적인 무관심 상태와 흡사한 것이었다. 대체로 최근 며칠 동안 그는 자신의 상황을 분명하게 이해하려는 것조차 피하려고 애쓰는 듯한 눈치였다. 한시바삐 해결해야 할 긴급한 상황이 그를 몹시도 괴롭혔다. 이런 근심들에서 해방되어 도망갈 수만 있다면 얼마나 기뻤을까! 그러나 그의 처지에서 볼 때, 이런 일들을 잊어버리는 것은 피할 수 없는 완전한 파멸을 의미했다.

특히 그를 불안하게 만든 사람은 스비드리가일로프였다. 그의 생각은 스비드리가일로프에서 멎었다고 말할 수 있을 정도였다. 카테리나 이바노브나가 죽던 날, 소냐의 방에서 스비드리가일로프가 한 말, 그의 입장에서 보면 극도로 위협적인 말들을 아주 분명하게 들은 그 시각부터 그의 평상적인 사고의 흐름은 완전히 파괴된 것 같았다. 이 새로운 사실이 그를 몹시 불안하게 했음에도 불구하고, 라스콜니코프는 어째서인지 사건을 해명하려고 서두르지 않았다. 그는 도심에서 멀리 떨어진 어떤 외진 장소의 형편없는 선술집 탁자 앞에 혼자 앉아 생각에 잠겨 있는 자신을 발견하고는, 어쩌다가 이곳에 오게 되었는지 전혀 기억하지 못할 때도 있었다. 그러나 그런 순간에도 스비드리가일로프는 그의 머릿속을 떠나지 않았다. 그리고 가능한 한 빨리 그 사람과 담판 지어서 최종적인 결말을 맺어야 한다는 불안한 생각이 너무나도 뚜렷이 의식 위로 떠오르는 것이었다. 언젠가 한번은 도시 외곽의 어떤 관문에 가서, 자기가 스비드리가일로프를 기다리고 있으며, 그와 거기서 만날 약속을 했다는 망상에 빠진 적도 있었다. 또 어떤 때는, 새벽이 되기 전에 관목 숲 사이의 흙더미 위에서 눈을 뜨고, 어쩌다가 자기가 이곳에 들어오게 되었는지 도무지 이해할 수 없었던 적도 있었다. 그러나 카테리나 이바노브나가 죽은 직후 2~3일 동안에 그는 소냐의 방에서 이미 두 번이나 스비드리가일로프를 만난 적이 있었다. 그는 언제나 아무런 목적도 없이 그곳에 잠깐씩 들렀던 것이다. 그들은 한두 마디의 말만 주고받았을 뿐, 중요한 문제에 대해서는 한 번도 이야기를 나눈 적이 없었다. 마치 두 사람 사이에는 일정 시기까지 이 문제에 관한 한 침묵하자는 약속이 자연스럽게 맺어진 것 같았다. 카테리나 이바노브나의 시신은 아직 관 속에 놓여 있었다. 스비드리가일로프는 장례식 준비로 바쁘게 움직였다. 소냐 역시 몹시 바빴다. 최근에 만났을 때, 스비드리가일로프는 카테리나 이바노브나 아이들의 문제는 잘 해결되었다고 라스콜니코프에게 설명했다. 어떤 연고를 통해서 세 고아 아이를 상당히 훌륭한 시설에 즉각 넣을 수 있도록 도와줄 사람을 찾았다는 것이다. 또 자기가 제공한 돈이 그 일에 많은 도움을 주었는데, 재산이 있는 고아를 집어넣기가 돈이 없는 고아들보다 훨씬 쉽기 때문이라고 했다. 그는 또 소냐에 대해서도 무슨 말인가를 하며, 며칠 내로 라스콜니코프에게 들르겠다고 약속했다. 그리고 〈꼭 함께 상의할 일, 꼭 이야기해야 할 이런저런 일이 있다……〉고 했다. 이 대화는 문 옆 계단에서 이루어졌다. 스비드리가일로프는 라스콜니코프의 눈을 물끄러미 쳐다보더니 입을 다물었다가, 낮은 목소리로 물었다.

「왜 그러십니까, 로디온 로마노비치? 마치 넋이 나간 것 같군요. 정말이에요! 말을 듣기도 하고, 사람을 보기도 하지만, 뭐가 뭔지 도대체 이해를 못 하시는 것 같군요. 기운을 내십시오. 함께 이야기를 해봅시다. 다만 너무 일이 많아서 탈이에요. 제 일도…… 다른 사람의 일도…… 이봐요, 로디온 로마노비치.」 그리고 그는 갑자기 이런 말을 덧붙였다. 「모든 사람에게는 공기가 필요합니다. 공기가, 공기가요……. 그 무엇보다 말이지요!」

그는 계단으로 들어오려는 사제와 부사제를 지나가게 하려고 급히 옆으로 비켜섰다. 그들은 추도 미사를 드리러 온 것이었다. 스비드리가일로프의 주문에 따라서 추도 미사는 하루에 두 번씩 정성스럽게 드려지고 있었다. 스비드리가일로프는 자기 일을 보러 나가 버렸다. 라스콜니코프는 잠깐 서서 생각에 잠겼다가, 사제의 뒤를 따라 소냐의 아파트로 들어갔다.

그는 문에서 멈춰 섰다. 미사가 격식에 따라 조용하고 구슬프게 시작되었다. 죽음을 의식하고, 죽음이 존재한다는 것을 느낄 때마다 그는 어린 시절부터 언제나 무언가에 짓눌리는 듯한 신비스러운 공포를 체험하곤 했다. 그리고 진혼 기도를 듣는 것도 오랜만의 일이었다. 그뿐만 아니라 여기에는 무언가 다른 것, 너무나도 무섭고 불안한 어떤 것이 있었다. 그는 아이들을 쳐다보았다. 아이들은 모두 관 옆에서 무릎을 꿇고 앉아 있었다. 폴랴는 울고 있었다. 소냐는 그들의 뒤에서 두려운 듯이 조용히 흐느끼며 기도를 드리고 있었다. 〈소냐는 요 며칠 동안 나를 한 번도 쳐다보지 않았다. 그리고 말 한마디도 건네지 않았어.〉 갑자기 이런 생각이 떠올랐다. 햇빛이 환하게 방을 비추고 있었다. 향불의 연기가 실오라기처럼 공중으로 피어올랐다. 사제는 〈안식을 주소서, 주여〉를 읽었다. 라스콜니코프는 미사가 끝날 때까지 서 있었다. 사제는 축복하고 작별 인사를 하면서 왠지 이상한 눈초리로 주위를 둘러보았다. 미사가 끝나자, 라스콜니코프는 소냐에게 다가갔다. 그녀는 갑자기 그의 두 손을 붙잡고, 그의 어깨에 머리를 기댔다. 이런 친밀한 몸짓은 라스콜니코프를 어리둥절하게 했다. 어떻게 이럴 수가 있을까? 눈곱만큼의 반감도, 혐오감의 흔적도 보이지 않았다. 그리고 그녀의 손에서는 떨림마저도 느껴지지 않았다! 이런 그녀의 행동은 무한한 자기 비하와도 같은 것이었다. 적어도 그 당시에 그는 이렇게 생각했다. 소냐는 아무 말도 하지 않았다. 라스콜니코프는 그녀의 손을 한 번 꼭 쥐어 주고는 밖으로 나왔다. 그의 마음은 몹시 무거웠다. 만일 그 순간 어디론가 떠날 수만 있다면, 완전히 혼자가 될 수만 있다면, 설사 거기서 평생토록 살아야 한다 할지라도 그는 행복하다고 느꼈을 것이다. 그러나 문제는 그가 요즘 거의 혼자 있었는데도, 자신이 혼자라는 것을 결코 느껴 본 적이 없다는 사실이다. 그는 주로 교외로 나가거나 큰 도로를 걸었고, 언젠가 한번은 숲에 들어가 본 적도 있었다. 그런데 장소가 외지면 외질수록, 그는 누군가 가까이 있는 것 같은 불안한 느낌을 더욱 강하게 받았다. 그리고 그 느낌은 무섭다기보다는 왠지 아주 불쾌한 것이었다. 그래서 그는 재빨리 도시로 돌아와서 사람들 틈에 섞이든지, 싸구려 음식점이나 선술집에 들어가든지, 아니면 톨쿠치 다리와 센나야 광장을 걸어다녔다. 이곳에서는 어쩐지 마음이 훨씬 가볍고, 또 사람들로부터 훨씬 멀리 떨어져 있는 것 같은 느낌이 들었다. 싸구려 술집에서는 저녁이 되기 전부터 사람들이 노래를 불렀다. 그는 한 시간 내내 그 노래를 들으면서 앉아 있었는데, 너무나도 기분이 좋았다고 기억했다. 그러나 노래가 끝날 무렵, 그는 갑자기 다시 불안해졌다. 양심의 가책 같은 것이 그의 마음을 괴롭히기 시작했다. 〈이렇게 앉아서 노래를 듣다니, 내가 과연 이래도 되는 걸까!〉 그에게 이런 생각이 든 것 같았다. 그러나 그는 곧 자기를 불안하게 하는 것이 이것만은 아니라는 사실을 깨달았다. 무언가 즉각적인 해결을 요구하는 것, 아무리 생각해도 도저히 말로는 전할 수 없는 어떤 것이 또 있었다. 모든 것이 엉킨 실타래 같았다. 〈아냐, 차라리 싸우는 편이 더 낫겠어! 또 포르피리든…… 아니면 스비드리가일로프든……. 그게 낫겠어……. 어서 어떤 도전이라도, 누구의 공격이라도, 무엇이든 아무거나 있었으면 좋겠어……. 그래! 그래!〉 그는 이렇게 생각했다. 그는 싸구려 술집에서 나와, 거의 뛰다시피 걸었다. 두냐와 어머니에 대한 생각이 갑자기 참을 수 없는 공포가 되어 그를 사로잡았다. 다음 날, 새벽에 그는 크레스톱스키섬의 어떤 관목 숲에서 열 때문에 온몸을 덜덜 떨면서 잠에서 깨어났다. 그가 집으로 돌아왔을 때는 이른 아침이었다. 몇 시간 자고 나자 오한은 사라졌지만, 그가 잠을 깬 것은 이미 늦은 시간이었다. 오후 2시였다.

그는 그날이 카테리나 이바노브나의 장례식 날이라는 것을 기억해 냈지만, 그곳에 참석하지 않은 것을 오히려 다행스럽게 여겼다. 나스타시야가 그에게 먹을 것을 가져다주자, 그는 왕성한 식욕을 느끼며 정신없이 먹고 마셨다. 그의 정신은 맑았고, 최근 사홀 동안 중 그 어느 때보다도 마음이 안정되어 있었다. 그에게는 자신이 지금까지 느꼈던 참을 수 없는 공포감이 잠시나마 이상하게 여겨지기까지 했다. 그때 문이 열리면서 라주미힌이 들어왔다.

「아! 먹는 것을 보니 아프지는 않구나!」 라주미힌이 들어와서 의자를 끌어다가 탁자를 사이에 두고 라스콜니코프와 마주 앉았다. 그는 흥분해 있었지만, 그것을 숨기려 들지 않았다. 분명 무슨 불만이 있는 것 같았지만, 그는 서두르는 기색도 없이 특별히 목소리도 높이지 않고 말했다. 그에게는 무언가 각별하고 대단한 속셈이 있는 것 같았다. 「내 말을 좀 들어 봐.」 그는 단호하게 말하기 시작했다. 「너희들 일이 어떻게 되든, 이제 내 알 바는 아냐. 왜냐하면 나는 이제 도저히 아무것도 이해할 수 없다는 걸 분명히 알았으니까. 하지만 내가 너를 신문하러 왔다고는 생각하지 마. 그런 따위의 일은 생각하고 싶지도 않아! 나 자신이 그러고 싶지가 않아! 이제 네가 모든 것을 이야기한다 해도, 네가 모든 비밀을 밝힌다 해도, 어쩌면 내 쪽에서 듣지 않을지도 몰라. 그냥 침이나 뱉어 버리고 나갈지도 몰라. 난 다만 마지막으로 직접 알고 싶은 게 있어 왔을 뿐이야. 첫째로, 네가 미친 게 사실인지 아닌지를 알아보러 왔어. 알고 있을지 모르겠지만 네가 미쳤을지도 모르고, 그게 아니라면 적어도 그런 성향이 농후하다고 확신하는 사람들이 있으니까. (누구라고 말할 수는 없지만, 아무튼 그런 말을 하는 사람들이 있어.) 실은, 나도 이 의견에 공감하는 편이야. 왜냐하면 첫째, 너의 어리석고, 약간은 추악한 (도저히 설명할 수 없는) 행동을 보고 난 후에 그런 생각이 들었고, 둘째, 얼마 전에 어머니와 누이동생에게 보인 네 행동을 보고 그랬어. 미치지도 않았는데 두 분을 그렇게 대한다면, 그건 악당이거나 파렴치한 놈들뿐일 거야. 그러니까 너는 미쳤어…….」

「어머니와 누이를 본 지는 얼마나 되었니?」

「방금 뵙고 오는 길이야. 너는 그 이후로 뵙지 않았지? 어디를 그렇게 어슬렁거리며 쏘다니는 거냐? 말 좀 해봐. 나는 벌써 세 번이나 너희 집에 왔었어. 어머니께서는 어제부터 몹시 편찮으시다. 너에게 오려고 하셨어. 아브도티야 로마노브나가 말렸지만, 아무 말도 듣고 싶어 하지 않으셔. 〈만일 그 애가 아프다면, 만일 정신이 온전하지 못하다면, 이 어미가 도와야지 누가 도와주겠느냐?〉고 하시더라. 그래서 우리 모두 이곳으로 왔었어. 어머니를 혼자 버려 둘 수는 없잖아. 이 집 문 앞에 올 때까지 안심시켜 드리느라, 얼마나 혼이 났는지 몰라. 그런데 들어와 보니, 네가 없는 거야. 바로 여기에 어머니가 앉아 계셨어. 10분 정도 앉아 계셨던가. 우리는 말없이 옆에 서 있었지. 결국 어머니는 일어나서 말씀하시더구나. 〈이렇게 밖으로 나간 걸로 보아 건강한 거야. 어미를 잊어버린 거겠지. 어미가 문지방에 서서 동냥을 하듯 사랑을 구걸하다니 부끄럽고 창피스러운 일이구나〉 하시고는, 집으로 돌아가셔서 몸져누우셨어. 지금은 열이 아주 높아. 〈내가 보니, 《자기 사람》을 위해서는 시간이 있는가 보다〉라고 하시는데, 그 자기 사람이란 소피야 세묘노브나를 일컫는 말이야. 그 여자가 네 약혼자인지 정부인지는 모르겠다만. 그래서 모든 것을 알아보려고, 조금 아까 소피야 세묘노브나에게 가보았지. 그랬더니 관이 놓여 있고, 아이들은 울고 있더구나. 소피야 세묘노브나는 상복의 치수를 재고 있고 말이야. 너는 거기 없었어. 잠시 만나서 미안하다는 말만 남기고, 밖으로 나와서 아브도티야 로마노브나에게 그대로 전했어. 그러니 모든 게 뚱딴지 같은 소리이고, 그 자기 여자 따위란 없는 거야. 그러니 미쳤다는 게 보다 확실해지는 셈이지. 그런데 너는 여기 앉아서 사흘쯤 굶은 사람처럼 삶은 쇠고기를 씹고 있으니. 그래, 물론 미친 사람들도 먹기는 하지. 하지만 너와 말 한마디 나눠 보지 않았어도 나는 알아. 너는…… 미치지 않았어! 맹세하지. 너는 절대로 미치지 않았어. 그러니까 두 사람 사이에 무슨 일이 있었는지는 상관하지 않겠어. 왜냐하면 여기에는 어떤 비밀, 숨기려는 사실이 있을 테니 말이야. 나는 두 사람의 그 비밀 때문에 골치를 썩일 생각은 없어. 다만 실컷 욕이나 해주러 온 것뿐이야.」 그는 일어나면서 소리쳤다. 「속이나 후련해지라고 말이지. 하지만 이제 나는 무슨 일을 해야 할지 알아!」

「이제 어떻게 하려는데?」

「내가 무슨 일을 하든 말든 그게 너와 무슨 상관이냐?」

「이봐, 술을 마실 작정이로군!」

「뭐라고……. 그걸 어떻게 알았지?」

「모를 리가 있겠나!」

라주미힌은 잠시 입을 다물었다.

「너는 언제나 아주 합리적인 사람이었고, 단 한 번도 미친 적이 없어.」 그는 갑자기 흥분해서 덧붙였다. 「그래, 나는 술을 마실 거다! 그러니 잘 있어라!」 그리고 그는 가려고 했다.

「사흘 전쯤인가 난 누이에게 너에 대한 말을 했어, 라주미힌.」

「나에 대해서라고! 아니…… 사흘 전 어디에서 동생을 만났다는 거야?」 라주미힌은 갑자기 걸음을 멈추더니, 약간 창백해지기까지 했다. 이것 하나만 보아도 그의 심장이 가슴속에서 서서히 긴장되어 고동치기 시작했다는 것을 짐작할 수 있었다.

「두냐가 혼자 이곳에 왔었어. 여기 앉아서 나와 이야기를 나누었지.」

「네 동생이!」

「그래, 내 동생이.」

「무슨 말을 했니……? 내가 듣고 싶은 말은 나에 대해서 무슨 말을 했느냐는 거야.」

「너는 굉장히 좋은 사람이고, 정직하고 부지런한 사람이라고 두냐에게 말했어. 네가 두냐를 사랑한다고는 말하지 않았다. 왜냐하면 동생도 그 사실을 알고 있으니까.」

「네 동생도 알고 있다고?」

「그렇고말고! 내가 어디로 떠나든, 내게 무슨 일이 일어나든, 넌 그들에게 영원한 보호자로 남아 주었으면 해. 말하자면 나는 그들을 너에게 맡기는 거야, 라주미힌. 내가 이런 말을 하는 것은 네가 내 동생을 얼마나 사랑하는지 알고 있고, 네 마음의 순수함을 확신하기 때문이야. 내 동생도 너를 사랑하게 될 거야. 아니, 어쩌면 이미 사랑하는지도 모르지. 난 다 알아. 이제 어떻게 하는 게 더 좋을지는 네가 결정해라. 술을 마시는 게 필요한지 아닌지 말이야.」

「로댜…… 이봐…… 내 참…… 에이, 제기랄! 그건 그렇고, 도대체 어디로 가겠다는 거야? 이봐, 만일 그게 비밀이라면 말하지 않아도 돼! 하지만 나는…… 나는 그 비밀을 알아내고 말 테다……. 그건 분명 부질없고 아주 시시한 일일 거야. 너 혼자 전부 지어낸 거겠지. 난 확신해. 하지만 넌 정말 멋진 놈이야! 멋진 녀석!」

「또 몇 마디를 더 하려고 했는데, 네가 말을 가로막았어. 아까 네가 그 비밀이니 뭐니 하는 걸 알아보지 않겠다고 한 건 아주 잘한 생각이야. 때가 될 때까지 그냥 내버려 둬라. 걱정하지 마. 모든 건 때가 되면 알게 될 테니까. 바로 필요한 그때 말이야. 어제 어떤 사람이 내게 인간에게는 공기가 필요하다고 하더군. 공기, 공기 말이야! 나는 지금 그에게 가서, 그 말이 무슨 뜻인지를 알아내고 싶어.」

라주미힌은 생각에 잠긴 채 그 자리에 서서 흥분한 표정으로 무언가를 생각했다.

〈이 녀석은 비밀 정치 조직의 일원이야! 아마 그럴 거야! 이 녀석은 이제 무언가를 단행하려는 거야. 그게 틀림없어! 그렇지 않을 리가 없지. 그리고…… 그래, 두냐도 그걸 알고 있어…….〉 그는 문득 생각했다.

「그래, 아브도티야 로마노브나가 네게 들르곤 한다는 말이구나.」 그는 한 음절 한 음절을 정확하게 발음하면서 말했다. 「그리고 너는 공기가 더 필요하다고 말한 사람과 만나고 싶다는 거고, 공기가……. 그렇다면 그 편지도…… 그것도 역시 그 사람으로부터 온 것이겠군.」 그는 혼잣말로 결론을 내렸다.

「무슨 편지?」

「아브도티야 로마노브나가 오늘 편지를 한 통 받았는데, 몹시 걱정을 하더라. 그게 조금 심하다 싶을 정도였어. 내가 네 말을 꺼내기가 무섭게 그만두라고 부탁하더구나. 그러고는…… 그다음에는 우리가 곧 아주 헤어질지 모른다고 하면서, 진심으로 고맙다고 내게 인사를 하더라. 그러고는 자기 방에 들어가서 문을 잠가 버렸어.」

「편지를 받았다고?」 라스콜니코프는 심각하게 다시 물었다.

「그래, 편지. 너는 몰랐니? 으흠.」

두 사람은 입을 다물었다.

「잘 있어, 로댜. 나는…… 한때…… 아냐, 잘 있어. 그런데 말이야, 난 한때…… 아니, 잘 있어! 그만 가봐야겠다. 술은 마시지 않을 거야. 필요 없어졌으니까…… 에이! 거짓말이야!」

그는 서둘렀다. 그러나 그는 밖으로 나가서 문을 등 뒤로 닫기가 무섭게 다시 문을 열고는, 딴청을 피우면서 말했다.

「기왕 온 김에 하는 말인데! 그 살인 사건 기억나니? 포르피리가 맡은 그 노파 사건? 그 사건의 범인이 잡혔어. 범인이 모든 걸 자백하고 증거물을 모조리 내놓았다는구나. 바로 그 일꾼들, 칠장이들 중 한 사람이야. 기억나? 내가 그때 그렇게 변호하던 그 사람 말이야? 믿을 수 있겠니? 그때 경비원과 두 증인이 계단을 오를 때, 녀석이 계단에서 친구와 뒹굴면서 웃던 장면은 모두 일부러 주의를 딴 곳으로 돌리려고 녀석이 꾸민 짓이라고 하더군. 그런 풋내기한테 그런 교활함과 명민함이 있다니 말이야! 믿기는 어렵지만, 자기가 모조리 설명하고 자백했어! 내가 바보 같은 짓을 한 셈이지! 어떻게 하겠어? 내가 보기에 그 녀석은 속임수와 계략의 귀재인 데다가 법망을 피하는 데 뛰어나지! 그러니 특별히 놀랄 거라곤 없어! 그런 사람들도 얼마든지 있을 수 있지, 당연히. 그 녀석이 끝내 견뎌 내지 못하고 자백했다는 점이 그 녀석을 더 믿게 만들어. 더 사실 같아 보이거든……. 하여튼 난 그때 깨끗이 속아 넘어간 거야! 그 사람들을 위해 법석을 떨었으니!」

「말해 봐. 어디서 그걸 알게 되었지? 그리고 왜 그렇게 그 일에 관심이 많은 거야?」 라스콜니코프는 분명 흥분해서 물었다.

「아니, 대체 무슨 말이야! 왜 관심이 많냐니! 그런 질문을 하다니……! 포르피리에게서 들었어. 다른 사람들에게서도 들었고. 하지만 포르피리가 거의 다 이야기해 주었어.」

「포르피리라고?」

「그래, 포르피리.」

「뭐라고…… 그 사람이 뭐라고 했는데?」 라스콜니코프가 놀라서 물었다.

「내게 아주 멋지게 설명해 주더구나. 나름대로의 심리학을 적용해서 말이야.」

「그 사람이 설명을 해주었어? 자기 입으로 네게 설명해 주었다고?」

「그래, 자기 입으로! 그럼 난 갈게! 나중에 더 얘기해 주지. 지금은 다른 볼일이 있거든……. 나도 한때는 이런 생각을 한 적이 있었어……. 아니, 아니야, 나중에 하자……! 이제 와서 내가 술에 취할 이유는 없겠지. 넌 술 없이도 나를 취하게 해주었으니까. 난 지금 취했어, 로자! 술을 마시지 않고도 취했다고. 그럼 잘 있어. 또 들를게. 곧 들를 거야.」

그는 나갔다.

〈이 녀석은 비밀 정치 조직에 관련되어 있어. 그게 틀림없어, 틀림없다고!〉 라주미힌은 계단을 천천히 내려가면서, 속으로 최종적인 결론을 내렸다. 〈누이동생도 끌어들인 거야. 아브도티야 로마노브나와 같은 성격이라면 충분히 그럴 수 있지. 두 사람이 서로 왕래했던 거야……. 아브도티야 로마노브나 역시 내게 암시했잖아. 아브도티야 로마노브나가 했던 말…… 말…… 암시를 생각해 보면, 그런 결론이 나와! 이렇게 혼란스러운 일들을 어떻게 달리 설명할 수 있겠어? 음! 그런데 나는 그렇게 생각했으니……. 오, 하느님 맙소사, 내가 그때 무슨 생각을 했던 거지. 그래, 그건 한순간 착각했던 거야. 내가 잘못했어! 그때 복도의 전등 밑에서 녀석이 나로 하여금 착각을 일으키게 한 거야. 쳇! 정말 내가 생각해도, 추악하고 끔찍하고 비열한 생각이야! 니콜라이가 자백을 했으니 망정이지……. 그러고 나니까 이전의 일들도 모두 설명되잖아. 당시 녀석의 병도, 이상한 행동들도! 하기는 학교를 다닐 때도 녀석은 항상 침울하고 우울했으니까……. 그런데 그 편지는 무얼 뜻하는 걸까? 의심스러워…… 음. 아니, 나는 모든 것을 알아내고야 말 테다.〉

두냐에 대한 모든 것을 상기하고 그것을 곰곰이 생각하자, 그의 심장은 얼어붙을 것만 같았다. 그는 소스라치게 놀란 듯이 이내 달리기 시작했다.

라주미힌이 나가자마자 라스콜니코프는 자리에서 일어나 창 쪽으로 몸을 돌리고는, 자신의 방이 좁다는 것도 잊었는지 이 구석 저 구석을 왔다 갔다 하기 시작했다. 그러고는…… 다시 의자에 앉았다. 그는 다시 힘을 얻은 것 같았다. 또다시 싸우는 거야. 출구가 발견된 셈이다!

〈그렇다, 출구가 발견되었다! 사방이 꽉 막혀서 빠져나갈 수가 없는 고통스러운 압박감 때문에 머리가 마비될 것만 같았다. 포르피리의 방에서 니콜라이가 뛰어든 광경을 본 다음부터 나는 출구가 없는 답답한 공간에서 숨을 허덕이고 있었다. 그래서 니콜라이의 사건이 일어났던 바로 그날 소냐의 집에서 그런 장면이 연출되고야 말았던 것이다. 내가 생각했었던 것과는 정반대로 그 장면은 그렇게 연출되고 결말지어졌다……. 결국 순식간에 급속도로 마음이 약해지고야 말았던 것이다! 한순간에! 그래서 그때 나는 소냐의 말에 동의했었다. 그런 일을 마음에 담고는 혼자 살아갈 수가 없다는 데 진심으로 동의했던 것이다! 그런데 스비드리가일로프는 어떻게 한담? 스비드리가일로프야말로 수수께끼이다……. 스비드리가일로프 때문에 불안하다. 그건 사실이다. 그러나 꼭 그 일 때문만은 아니다. 스비드리가일로프와도 앞으로 더 싸워야 할지 모른다. 어쩌면 스비드리가일로프 역시 훌륭한 출구가 될지도 모른다. 그러나 포르피리는 전혀 다른 문제다.

그러니까 포르피리가 직접 라주미힌에게 설명한 것이다.《심리학적으로》그에게 설명했다! 또다시 나름대로의 그 저주스러운 심리학을 이용한 것이다! 포르피리는 어떻게 된 셈일까? 니콜라이가 나타나기 직전, 얼굴을 맞댄 채 우리 사이에서 그런 장면이 연출되고 난 다음, 과연 포르피리가 한순간이라도 니콜라이를 범인이라고 믿을 수 있었을까? 그 장면에 대해서《한 가지 해석 외에》다른 올바른 해석이 있을 리 없지 않은가? (그동안 라스콜니코프의 머릿속에는 포르피리와의 일들이 조각난 단편처럼 몇 번씩이나 어른거리며 떠올랐지만, 그 장면을 전체적으로 상기하는 것은 그에게 참을 수 없는 일이었다.) 우리 사이에 그런 이야기가 오가고, 그런 행동과 몸짓이 있은 후에, 그런 식으로 시선이 교환되고, 그런 목소리로 무언가가 이야기되어 어떤 한계까지 도달했는데, 그렇게 된 마당에 니콜라이(포르피리는 그를 보자마자 훤히 알았을 것이다), 그 니콜라이가 그의 확신을 근본적으로 뒤흔들어 놓을 리는 만무하지 않은가.

그런데 어떻게! 라주미힌마저도 의심하려 들지 않았던가! 그때 복도의 전등 아래에서 일어났던 일은 그냥 간과할 수 없었다. 그래서 그는 포르피리에게 달려갔던 것이다……. 그런데 어떤 이유에서 포르피리는 그를 그렇게 속여 넘긴 것일까? 라주미힌의 시선을 니콜라이에게 돌린 목적은 무엇일까? 그는 틀림없이 무언가를 생각해 낸 것이다. 여기에는 어떤 다른 속셈이 있다. 그런데 그 속셈이란 무엇일까? 그날 아침 이후 많은 시간이 흘렀다. 너무나도 많은 시간이, 참으로 많은 시간이 흘렀다. 그런데 포르피리에 대해서는 전혀 얘기도 들을 수 없고, 냄새도 맡을 수 없다. 이건 분명 더욱 나쁜 징조이다…….〉 라스콜니코프는 모자를 들고서 생각에 잠긴 채 방을 나섰다. 그는 며칠 만에 처음으로 자기가 지금 정상적인 의식 상태에 있다고 느꼈다. 〈스비드리가일로프와의 일을 결판내야 한다. 무슨 일이 있어도, 될 수 있으면 빨리. 그 사람 역시 내가 자기에게 오기를 기다리는 것 같다.〉 그 순간 갑자기 그의 지친 마음에서 지독한 증오심이 일었다. 그는 두 사람, 스비드리가일로프와 포르피리 중 아무라도 죽일 수 있을 것 같았다. 적어도 지금이 아니라면 나중에라도 그 일을 감행할 수 있을 것 같다고 느꼈다. 〈두고 보자, 두고 봐.〉 그는 속으로 몇 번씩이나 다짐했다.

그러나 그는 문을 열자마자, 뜻밖에도 포르피리와 부딪치고 말았다. 포르피리는 그의 방으로 들어왔다. 라스콜니코프는 한순간 몸이 굳어 버렸다. 그러나 그것도 한순간일 뿐, 이상하게도 그는 포르피리가 온 것에 그다지 놀라지 않았을 뿐 아니라, 거의 겁도 나지 않았다. 그는 다만 몸을 한번 부르르 떨고, 재빨리 전투태세를 갖추었다. 〈어쩌면 대단원에 도달한 것인지도 모른다! 그런데 어쩌면 이렇게 고양이처럼 살그머니 다가왔을까? 나는 아무 소리도 듣지 못했는데. 정말로 모든 걸 엿들은 것은 아닐까?〉

「손님이 오리라고는 생각하지 못하셨군요, 로디온 로마노비치.」 포르피리 페트로비치가 웃으면서 큰 소리로 말했다. 「오래전부터 들르려고 했는데, 오늘 우연히 근처를 지나다가 〈한 5분쯤 실례해도 되겠지〉 하는 생각이 들어서요. 어디 가시려고요? 오래 머물지는 않겠습니다. 허락해 주신다면 담배 한 개비만 피우고 가지요.」

「앉으십시오, 포르피리 페트로비치. 앉으세요.」 라스콜니코프는 보기에 대단히 유쾌하고 따뜻한 태도로 손님을 자리에 앉혔다. 아마 그도 자기 모습을 보았다면 틀림없이 놀랐을 것이다. 그것은 마지막 남은 찌꺼기마저도 박박 긁어 내는 듯한 노력이었다! 때로 강도를 만난 사람이 이런 식으로 한 30분쯤 죽을 것만 같은 공포를 견뎌 내다가, 막상 칼이 그의 목에 들어오면 그 공포도 이내 느끼지 못하고 만다. 그는 포르피리와 마주 앉은 채 눈 하나 깜박이지 않고 그를 응시했다. 포르피리는 실눈을 뜨고 담배를 피우기 시작했다.

〈자, 말해, 말하라고.〉 라스콜니코프의 심장에서 이런 말이 불쑥 튀어나올 것만 같았다. 〈자, 어째서, 어째서 말이 없는 거냐?〉

2

「이 담배라는 것이 말입니다……!」 포르피리 페트로비치는 담배를 다 피우고 한숨을 돌린 다음, 마침내 말을 시작했다. 「그야말로 해롭기 짝이 없는 물건인데도 끊을 수가 없습니다! 기침을 해대고, 목구멍이 근질거리고, 호흡 곤란이 생겼는데도 말이에요. 아시겠지만 저는 겁이 많아서 최근 B……n 씨를 찾아가 보았습니다. 그 사람은 환자 한 사람을 최소한 30분씩 진찰하는 의사입니다. 저를 진찰해 보고는 웃더군요. 두들겨 보고 들어 보고 하더니, 〈당신에게는 담배가 좋지 않습니다. 폐가 확장되었어요〉 하는 거예요. 하지만 어떻게 끊을 수 있겠습니까? 뭐로 대신할까요? 술도 마시지 않으니 곤란한 일이지요, 헤헤헤. 술을 못 마시니 더욱 곤란한 겁니다! 모든 일은 상대적이니까요, 로디온 로마노비치. 모든 일은 상대적이랍니다!」

〈이 사람, 또 뭐야. 그 지겨운 게임을 다시 시작하겠다는 건가!〉 라스콜니코프는 혐오감을 느끼면서 이렇게 생각했다. 갑자기 얼마 전에 있었던 그들의 만남이 떠오르면서, 당시의 감정이 파도처럼 그의 심장으로 흘러들었다.

「사흘 전 저녁에 이 집에 들렀는데, 선생은 모르셨지요?」 포르피리 페트로비치는 주변을 둘러보면서 말을 이었다. 「바로 이 방에 들어와 보았지요. 역시 오늘처럼 근처를 지나다가, 한번 들러 보자는 생각이 들어서요. 들어와 보니, 방문이 활짝 열려 있더군요. 그래서 둘러보고는 앉아서 기다리다가 하녀에게는 알리지도 않고 나갔습니다. 문을 잠그고 다니지 않으십니까?」

라스콜니코프의 얼굴은 점점 더 어두워졌다. 포르피리는 그의 생각을 짐작한 것 같았다.

「해명을 하러 온 겁니다, 로디온 로마노비치. 해명을 하러요! 저는 당신에게 해명을 해야 할 의무가 있으니까요.」 그는 미소를 짓고, 라스콜니코프의 무릎을 손바닥으로 살짝 쳤다. 그러나 그 순간 그의 얼굴은 갑자기 심각하고 근심에 찬 표정을 띠었다. 그 표정이 슬퍼 보이기까지 해서 라스콜니코프는 깜짝 놀랐다. 그는 단 한 번도 그의 얼굴에서 이런 표정을 본 적도, 또 그런 표정이 나타나리라고 생각해 본 적도 없었다. 「지난번에 우리 사이에는 사실 이상한 장면이 연출되었지요, 로디온 로마노비치. 물론 첫 번째 만남도 이상했지만요. 그때는…… 자, 이제 와서는 모든 게 상관없는 일이 되었군요! 어쩌면 내가 당신에게 큰 잘못을 저지른 건지도 모르겠다는 생각이 들어서 왔습니다. 우리가 어떻게 헤어졌는지 기억나십니까? 당신은 신경이 곤두설 대로 곤두서서 무릎을 떨었고, 저 역시 신경이 곤두서서 무릎이 떨렸지요. 아시겠지만 우리 사이는 뭔가 뒤엉켜 서로 신사적이지 못했습니다. 하지만 어쨌든 우리는 신사들입니다. 즉 무슨 일이 있어도 우리는 신사라는 겁니다. 이걸 이해하셔야 합니다. 우리가 어디까지 갔었는지 기억하시겠지요……? 정말 너무나도 예의에서 벗어났으니까요.」

〈도대체 이 사람은 어떻게 되어 먹은 사람인가? 나를 뭐로 보는 걸까?〉 라스콜니코프는 깜짝 놀라 고개를 들고는, 눈을 휘둥그레 뜨고 포르피리를 쳐다보며 자문했다.

「나는 이제 우리 두 사람이 서로 솔직해지는 게 더 낫다고 판단했습니다.」 포르피리 페트로비치는 머리를 약간 숙인 채, 자기 시선으로 지난번의 희생양을 당혹스럽게 만들고 싶지 않다는 듯이, 지난번의 방법과 함정을 더 이상 쓰고 싶지 않다는 듯이 눈을 내리깔고 말을 이었다. 「예, 그런 의심과 소동들이 오랫동안 지속될 수는 없는 일이지요. 그때 니콜라이가 문제를 해결해 주었으니 망정이지, 그렇지 않았다면 우리가 어디까지 갔을지 정말 상상할 수 없을 정도입니다. 그 저주받을 직공은 그때 내 방 칸막이 뒤에 앉아 있었지요. 그걸 상상할 수 있겠습니까? 물론, 당신도 이미 그 사실을 알고 계시겠지요. 나도 그가 당신에게 왔다는 걸 알고 있습니다. 그러나 당시에 당신이 상상했던 그런 일은 없었습니다. 나는 아무도 소환하지 않았고, 또 아무런 조치도 취하지 않았습니다. 왜 조치를 취하지 않았느냐고요? 어떻게 말씀드려야 할까요? 그때는 나도 가슴이 철렁했거든요. 겨우 경비원을 찾아오라고 사람을 보냈을 정도였어요. (당신도 지나가다가 그 경비원들을 보셨겠지요?) 그때 어떤 생각이 번개처럼 떠오르더군요. 그때 나는 아주 확신하고 있었거든요, 로디온 로마노비치. 그때 나는 생각했어요. 〈한시적으로 한쪽을 놓치더라도 다른 한쪽의 꼬리를 꼭 붙잡아서, 적어도 내가 노린 것, 내가 노린 것만큼은 놓치지 말자〉라고 말입니다. 당신은 천성적으로 굉장히 신경질적인 분이에요, 로디온 로마노비치. 내가 어느 정도 이해한다고 자부할 수 있는 몇 가지 당신의 기본적인 기질과 성격, 성정(性情)으로 미뤄 볼 때, 당신은 조금 지나치다 싶을 정도로 자극을 잘 받는 분이에요. 물론, 나는 그때도 사람이 갑자기 벌떡 일어나서 모든 진실을 털어놓는 일이 그다지 흔히 일어나지 않는다는 것쯤은 판단할 수 있었습니다. 하지만 때로는 그런 일이 일어나기도 하지요. 특히 마지막 남은 인내심을 잃게 만들면 말입니다. 드물기는 하지만 말이에요. 나는 그것도 염두에 두었던 겁니다. 아니, 나는 작은 단서라도 잡을 수 있으면 좋겠다고 생각했습니다! 가장 하찮은 단서라도, 단 한 가지만이라도 손으로 붙잡을 수 있는 그런 단서, 심리학적인 것이 아닌 어떤 확실한 물증을 잡아내길 원했습니다. 그래서 난 생각했지요. 〈만약 이 사람이 범인이라면, 어떤 경우라도 그에게서 뭔가 구체적인 증거를 기대할 수 있다. 그리고 때로 전혀 기대치 못한 결과도 끌어낼 수 있다〉라고 말입니다. 그때 나는 당신의 성격에 많은 기대를 걸고 있었습니다, 로디온 로마노비치. 무엇보다도 당신의 성격에요! 그 당시 당신에게 많은 희망을 걸고 있었던 겁니다.」

「그런데 지금…… 당신은 왜 지금 그걸 모두 말하는 거지요?」 라스콜니코프는 자신이 한 질문을 잘 생각해 보지도 않고서 중얼거렸다. 〈이 사람이 무슨 말을 하는 걸까?〉 그는 당황했다. 〈정말로 내가 범죄를 저지르지 않았다고 생각하는 걸까?〉

「왜 이런 말을 하느냐고요? 해명을 하러 왔습니다. 말하자면 성스러운 의무를 수행하러 온 셈이지요. 당신에게 그게 다 어떻게 된 일인지 자세히, 그러니까 그 당시 내 정신이 얼마나 혼탁했는가를 모두 이야기하고 싶은 겁니다. 나는 그때 정말 당신을 몹시도 괴롭혔습니다, 로디온 로마노비치. 그러나 나도 악당은 아닙니다. 의기소침해 있지만, 자존심이 강하고 권위적이며 참을성이 없는, 특히 참을성이 없는 사람이 그 모든 일을 견딘다는 것이 어떤 의미를 지니는지 나는 잘 이해하고 있었습니다! 하여간 나는 당신이 대단히 고결할 뿐 아니라, 너그러운 마음씨를 가진 분이라고 생각하고 있습니다. 비록 내가 당신의 신념에 완전히 동조하지는 않지만 말입니다. 이런 것을 미리 솔직하게, 아주 진실된 마음으로 말씀드리는 게 내 의무라는 생각이 드는군요. 그 이유는 무엇보다도 먼저 속이고 싶지 않아서입니다. 당신을 알고 난 다음부터 나는 당신에게 애착을 느꼈습니다. 이런 말에 웃으시는 건 아니겠지요? 충분히 그러실 수 있지요. 당신이 나를 처음 본 순간부터 좋아하지 않았다는 것을 나도 알고 있으니까요. 그리고 사실 내게는 사랑받을 만한 구석이 없다는 것도요. 하지만 마음대로 생각하십시오. 어쨌든 내 쪽에서는 갖은 수단을 다 써서 첫인상을 지우고, 내가 따뜻한 마음과 양심을 지닌 사람이라는 걸 증명해 보이고 싶군요. 진심으로 드리는 말씀입니다.」

포르피리 페트로비치는 품위 있게 말을 멈췄다. 라스콜니코프는 새로운 놀라움을 느꼈다. 포르피리가 그를 범인이 아니라고 생각한다는 점이 갑자기 그를 놀라게 만들었다.

「그때 그 일이 어떻게 시작된 것인지를 순서대로 이야기하는 게 꼭 필요하다고는 생각지 않습니다.」 포르피리는 계속했다. 「그리고 내 생각으로는 쓸데없는 일 같기도 하고요. 게다가 조리 있게 설명할 수 있다는 생각도 들지 않는군요. 세세히 설명드릴 방도가 없어요. 처음에는 소문이 들렸습니다. 그게 어떤 소문이었는지, 누가 언제 지어낸 것인지…… 어떻게 하다가 당신 이름이 끼어들게 되었는지 이야기하는 것 역시 쓸데없는 짓이라는 생각이 드는군요. 개인적으로 내게 그것은 우연한 계기로 시작되었습니다. 한 가지 있을 수도 있고, 또 없을 수도 있는 대단히 우연한 일에서 출발된 것이지요. 어떤 우연한 일이냐고요? 음, 그것 역시 말할 필요가 없을 것 같군요. 그 모든 것이, 즉 그런 소문과 우연이 당시 내게 한 가지 생각을 갖게 만들었습니다. 이렇게 모든 것을 고백하게 된 마당에 솔직히 털어놓자면, 당신을 처음으로 지목한 사람은 나였습니다. 물건들 위에 적힌 노파의 메모 따위는 아무것도 아니라고 할 수 있겠지요. 그런 물건들은 수백 개나 헤

아닐 수 있었으니까요. 또 당시 나는 경찰서에서 일어났던 사건에 대해 자세히 알아볼 수 있는 기회도 있었습니다. 그것 역시 우연이었지요. 그런데 그것도 그냥 지나가는 말로서가 아니라, 어떤 특별한 사람, 대단히 중요한 인물에게서 들었던 겁니다. 그 사람은 자기도 모르는 사이에 그 장면을 놀라울 정도로 잘 기억하고 있더군요. 이 모든 게 하나씩 하나씩 쌓여 간 겁니다, 로디온 로마노비치! 그러니 우리도 잘 알고 있는 그런 방향으로 생각이 어떻게 기울지 않을 수 있겠습니까? 1백 마리의 토끼로 결단코 말[馬]을 만들 수 없고, 1백 가지의 혐의가 결코 증거가 될 수 없다는 영국 속담이 있지요. 그러나 이건 분별을 가지고 생각할 경우의 얘기입니다. 신경이 곤두섰을 때는 그게 그렇게 뜻대로 되지 않는 일이지요. 예심 판사도 사람이니까요. 그때 잡지에 실렸던 선생의 논문이 생각나더군요. 기억하십니까? 처음으로 나를 방문했을 때 당신이 자세히 설명한 그 논문 말입니다. 그때 나는 당신을 비웃었습니다만, 그건 당신을 계속 부추겨서 말을 시키기 위한 것이었습니다. 또다시 말씀드리지만, 당신은 정말 참을성이 없고 아주 병적인 분이에요, 로디온 로마노비치. 당신은 대담하고 거만하고 진지하고…… 감수성이 풍부한 분입니다. 나는 그걸 오래전부터 알고 있었어요. 그런 느낌은 내게 익숙한 것이고, 그래서 나는 당신의 논문을 친근하게 읽었던 거지요. 잠이 오지 않는 밤에 극도로 흥분된 상태에서 그 논문은 구상된 것이더군요. 터질 것같이 고동치는 심장과 억눌린 열정으로 쓰인 논문입니다. 젊은 사람들에게 그런 억눌린 오만한 열정은 위험한 것이지요! 난 그때 당신을 조롱했습니다만, 지금은 당신에게 말하겠습니다. 나는 대체로 젊은이의 열정적인 데뷔작을 좋아하는 사람, 정말 그런 것을 지독할 정도로 사랑하는 사람입니다. 그건 뿌연 연기와 안개, 그 속에서 울리는 현악기의 소리와 같은 것입니다. 당신의 논문은 불합리하고 공상적이지만, 그 속에는 진실성이 담겨 있습니다. 그 속에는 청년의 청렴결백한 기상과 절망적인 용기가 담겨 있습니다. 그 논문은 암울한 것입니다. 그러나 그 암울함도 훌륭합니다. 당신의 논문을 읽고 나서, 나는 그것을 따로 간직해 두었습니다. 그리고…… 그때 따로 간직하면서 생각했지요. 〈음, 이 사람은 그냥 이렇게 넘어갈 사람이 아니로구나!〉 자, 이제 와서 하는 말이지만, 이런 전제들이 있었는데, 어떻게 그다음 작업에 열중하지 않을 수 있겠습니까! 오, 맙소사! 하지만 그렇다고 해서 내가 지금 뭔가 확실한 것을 이야기하고 있나요? 그렇다고 해서 내가 뭔가 확증이라도 가지고 있습니까? 그때 내가 깨달은 것은 다만 이것이었습니다. 〈여기에는 생각할 것이라고는 아무것도 없다. 여기에는 아무것도, 정말로 아무것도 없다. 어쩌면 너무 할 정도로 아무것도 없는 것이다. 더구나 이런 식으로 깊이 파고 드는 것은 예심 판사인 나로선 정말 수치스러운 일이 아닐 수 없다〉라고요. 지금 내 손에는 니콜라이뿐만 아니라 물증까지 있습니다. 어쨌든 물증은 물증이니까요! 더구나 그 녀석 역시 자기 나름의 심리적 방법을 쓰고 있습니다. 하지만 그 녀석도 조사해 봐야 합니다. 생사가 달린 문제이니까요. 무슨 목적으로 내가 지금 이걸 다 설명하고 있을까요? 그건 다름 아니라, 당신이 머리와 마음으로 사태를 이해하고, 그때 내가 보인 심술궂은 행동을 욕하지 말아 달라고 이러는 겁니다. 하지만 사실 그 행동은 진짜 심술궂다고 할 정도는 아니었지요, 헤헤! 당신은 내가 그때 당신 집을 수색하지 않았다고 생각하십니까? 왔었습니다, 왔었어요, 헤헤. 당신이 여기 이 침대에 아파 누워 있을 때 왔었습니다. 공식적인 것도 아니었고, 예심 판사의 자격으로 온 것도 아니었지만, 어쨌든 왔었습니다. 당신의 머리털 한 올까지도, 이 아파트에 있던 물건도 모조리 살펴보았지요. 처음의 흔적이 사라지기 전에 말입니다. 그렇지만 헛일이었습니다! 나는 생각했지요. 이 사람은 올 것이다. 자기 발로 올 것이다. 그것도 아주 빠른 시일 안에. 만일 이 사람이 범인이라면, 반드시 올 것이다. 그런데 기억나십니까? 라주미힌이 선생에게 말실수를 하기 시작한 일 말입니다. 우리는 당신을 흥분시키려고 일부러 그런 일을 꾸몄습니다. 우리는 라주미힌이 말실수를 하도록 일부러 그런 소문을 퍼뜨린 겁니다. 라주미힌은 분노를 참지 못하는 사람이니까요. 당신의 분노와 솔직한 대담성은 제일 먼저 자묘토프의 눈에 띄었습니다. 당신이 갑자기 선술집에서 〈내가 죽였다!〉고 입을 잘못 놀렸으니까요. 그건 정말 지나칠 정도로 용감하고 대담한 짓이었습니다. 그래서 생각했지요. 〈만약 이 사람이 진짜 범인이라면, 이 사람은 정말 무서운 적수로구나!〉라고 말입니다. 그때 그렇게 생각했습니다. 그러고는 기다렸지요! 힘겹게 당신을 기다렸습니다. 그때 당신은 자묘토프의 기를 완전히 눌러 버렸더군요……. 그런데 바로 그게 문제였어요. 저주스러운 그 심리학이라는 게 모두 서로 다른 양 끝을 가리키니까요! 자, 그렇게 목이 빠지도록 당신을 기다리고 있는데, 보니까 글쎄, 하느님이 인도했는지 당신이 제 발로 걸어 들어오는 겁니다! 그때 내 심장은 덜컹했습니다. 나, 참! 어째서 당신은 그때 오셨습니까? 웃음, 들어올 때 당신의 웃음을 기억하십니까? 나는 모든 것을 유리를 통해 보듯이 간파했습니다. 당신을 속속들이 파악했지요. 만일 내가 그렇게 특별히 당신을 기다리고 있지 않았다면, 아마도 난 당신의 웃음에서 아무것도 눈치채지 못했을 겁니다. 마음의 준비를 하고 있다는 것이 바로 이런 것을 의미하는 겁니다. 라주미힌은 그때…… 아 참! 돌, 돌, 기억하십니까? 물건들을 숨겨 두었다는 돌 말입니다. 어디에 있든 그것을 눈으로 꼭 보는 것 같더군요. 울타리 안에, 울타리 안에 있다고 당신이 자묘토프에게 말했지요. 나중에는 우리 집에서 한 번 더 말했고요? 그때 당신의 논문을 조목조목 논할 때, 당신은 설명하기 시작했습니다. 당신의 말 한마디 한마디는 이중으로 받아들여질 수 있었습니다. 마치 말속에 다른 말이 숨어 있기라도

한 것처럼요! 자, 그렇게, 로디온 로마노비치, 그런 방식으로 나는 막다른 골목에 이르게 된 것입니다. 그리고 거기에 이마를 탁 부딪히고서야 나는 비로소 정신을 차렸습니다. 〈아니, 내가 무슨 짓을 하고 있는 거지?〉라고 말입니다! 다르게 보려고만 하면, 이 모든 것들은 세세한 데까지 전혀 다른 방향으로 설명될 수 있다, 어쩌면 그게 더 자연스러운 설명이 될 수도 있다고 속으로 생각했습니다. 고민이 시작되었습니다! 〈아냐, 단서 하나라도 있는 게 더 낫겠다……!〉 그런데 그때 그 종을 울린 사건에 대해서 듣자, 온몸에 차디찬 전율이 스치고 지나가더군요. 그래서 생각했습니다. 〈자, 이게 바로 단서다! 바로 이거야!〉 그리고 난 그때 아무 생각도 하지 않았습니다. 아니, 하고 싶지 않았습니다. 그 직공이 당신 눈앞에서 〈네가 살인자야!〉라고 말한 순간, 당신이 그와 나란히 1백 걸음쯤 걸으면서도, 그동안 단 한 마디도 감히 물어볼 수 없었던 당신의 모습을 〈내 눈으로〉 볼 수만 있다면, 난 내 돈 1천 루블이라도 내놓을 수 있을 것만 같았습니다……! 그래, 등골이 오싹한 기분은 어땠습니까? 그 종을 울린 것은 병에 걸려 반쯤은 정신이 나간 상태에서 그랬다고요? 로디온 로마노비치, 그러니 그런 일이 있은 이후에 내가 당신에게 짓궂게 굴었다고 해서 놀랄 것도 없지 않습니까? 그런데 당신은 왜 바로 그 순간에 내게 오신 겁니까? 누군가가 당신을 슬쩍 밀어붙인 것은 아닐까요? 맹세코, 만일 니콜라이가 우리를 떼어 놓지 않았다면…… 니콜라이 생각나십니까? 기억이 잘 나십니까? 그건 천둥 같은 일이었지요! 먹구름 속에서 천둥이 울리면서 벼락이 쳤지요! 그런데 내가 그를 어떻게 맞이하던가요? 당신도 봤다시피, 난 그 벼락 같은 말 중에서 단 한마디도 믿지 않았습니다. 어떻게 믿을 수 있겠습니까! 나중에 당신이 나간 다음 그는 정말 대단히 조리 있게 이런저런 질문에 대답하더군요. 나도 놀랄 정도였습니다. 그렇지만 나는 그의 말을 털끝만큼도 믿지 않았습니다! 내 마음은 금강석처럼 굳어져 있었던 겁니다. 생각했지요. 〈아니, 무슨 잠꼬대 같은 소리야! 니콜라이 같은 위인이 그런 일을 저지를 수 있다니!〉라고요.」

「라주미힌이 그러던데, 당신은 지금 니콜라이에게 혐의를 두고 있다고, 라주미힌에게도 그렇게 말했다고…….」

그는 숨이 막혀서 말을 끝까지 이을 수 없었다. 그는 몹시 흥분한 채로, 자신을 속속들이 알고 있는 사람이 스스로 한 말을 부정하는 소리를 듣고 있었다. 라스콜니코프는 그의 말을 믿는 것이 두려웠고, 또 믿지도 않았다. 그는 이 모호한 말 속에서 뭔가 더 정확하고 결정적인 것을 탐욕스럽게 뒤져서 잡아냈다.

「라주미힌이라고요!」 포르피리 페트로비치는 계속 입을 다물고 있던 라스콜니코프의 질문에 반색을 하며 소리쳤다. 「헤헤헤! 라주미힌을 그렇게 멀리 유인했어야 했습니다. 두 사람이면 족하지, 제삼자를 개입시킬 필요는 없지 않습니까. 라주미힌은 이런 일에는 맞지도 않고, 어쨌든 제삼자이니까요. 아주 창백한 얼굴로 내게 달려왔더군요……. 라주미힌은 내버려 둡시다. 그 사람을 끌어들일 필요가 뭐가 있겠습니까! 니콜라이에 대해서 어떻게 된 일인지, 즉 내가 그걸 어떻게 이해하고 있는지 알고 싶으신가요? 우선 니콜라이는 아직 성년이 안 된 애송이입니다. 겁쟁이라고 할 수는 없지만, 뭔가 예술가 같은 타입이지요. 내가 이렇게 설명한다고 해서 웃지는 마십시오. 니콜라이는 순진하고 모든 것을 예민하게 받아들이는 성격입니다. 마음씨도 따뜻한 공상가고요. 녀석은 노래도 부르고 춤도 잘 추고, 옛날이야기를 어찌나 잘하는지, 다른 동네에서 들으러 올 정도라고 하더군요. 학교도 다녔고, 작은 일에도 허리를 잡고 곧잘 웃기도 하고, 정신을 잃을 정도로 술을 마시기도 하는데, 타락해서가 아니라 때때로 애들처럼 그냥 술을 퍼마시는 겁니다. 당시 녀석은 물건을 훔쳤던 거지요. 그런데 자기도 그걸 몰랐어요. 그러니 〈땅에서 주웠는데, 그게 무슨 도둑질이에요?〉라고 한 거지요. 녀석이 분리파 교도[1]라는 것, 아니 분리파 교도라기보다는 어떤 분파의 신도라는 것을 아십니까? 집안에 베군 분파[2]의 신도들이 있다고 하더군요. 그리고 니콜라이도 얼마 전 2년 동안 시골에서 어떤 노인 밑에서 수도 생활을 했답니다. 이건 모두 내가 니콜라이와 자라이스키 마을 사람들에게서 알아낸 겁니다. 그것뿐이겠습니까! 광야로 나가려고도 했답니다! 종교적인 정열이 넘쳐서 밤마다 기도를 하고, 옛날 책들, 낡은 성서를 몇 번씩이나 읽고 또 읽으면서 탐닉했다고 하더군요. 그런데 페테르부르크가 그에게 강한 영향을 미쳤습니다. 특히 여자와 술이 그랬지요. 감수성이 예민하니까요. 그러니 노인도 잊어버렸지요. 나는 이곳의 어떤 예술가가 녀석에게 반한 나머지 집에 자주 놀러 왔다는 것도 알고 있습니다. 그런데 바로 그때 이런 일이 생긴 겁니다! 그러니 겁을 먹고 목을 매려고 한 거지요! 도망을 가고요! 우리의 사법 활동에 대해 민중 사이에 퍼져 있는 선입견을 어떻게 하면 좋을지 모르겠습니다! 〈재판을 한다〉는 말만 들어도 무서워하는 사람들이 있으니 말입니다. 누구 탓일까요! 새로운 재판 제도가 무슨 해답을 주겠지요. 오, 제발 그래 주었으면 좋겠습니다! 감방에 들어가니까 그 정직한 노인이 생각났던 게 분명합니다! 성서도 역시 다시 나타났지요. 로디온 로마노비치, 그들에게 〈고난을 당한다〉는 것이 어떤 것을 의미하는지 아십니까? 누구를 위해서가 아니라, 그냥 〈고난을 당하는 것이 필요〉한 겁니다. 그건 고난을 받아들인다는 의미이지요. 그러니 하물며 국가 권력으로부터 받는 고난이라면 더할 나위가 없겠지요. 언젠가 내가 체포한 어떤 온순한 죄인은 1년간 감옥살

---

[1] 러시아 정교회에서 17세기에 시작된 니콘 대주교의 개혁에 반발하여 교단을 이탈한 분리파 교도를 일컫는다. 이들은 과거의 전통을 고수하고자 했으므로 〈구교도〉라고도 불린다.
[2] 분리파 교도에 속한 한 분파이다.

이를 하는 동안 페치카[3] 위에서 밤마다 성서를 읽었답니다. 열심히 몰두해서 읽고 또 읽다가는, 어느 날 갑자기 아무런 이유도 없이 벽돌을 들어서, 한 번도 자기에게 못되게 군 적이 없는 간수에게 던지더랍니다. 그런데 어떻게 던졌느냐 하면, 일부러 아무 해도 주지 않으려고 1아르신 정도는 멀리 던졌답니다! 자, 무기를 들고 간수를 공격한 죄수에게 어떤 종말이 기다리고 있는지는 다 아는 얘기이지요! 이것이 바로 〈고난을 받아들인다〉는 의미입니다. 그래서 나는 지금 니콜라이가 〈고난을 받아들이고〉 싶어 하든지, 아니면 그와 비슷한 짓을 하고 있는 게 아닌가, 의심하고 있습니다. 사실에 근거해서 분명히 알고 있는 겁니다. 다만 녀석이 내가 알고 있다는 것을 모르고 있을 뿐이지요. 왜요? 민중 사이에서 이런 공상적인 사람들이 나타난다는 사실에 동의할 수 없습니까? 그런 사람은 도처에 널려 있습니다! 노인이 또다시 그에게 영향을 미치기 시작한 겁니다. 특히 목을 매려고 한 다음부터 노인이 생각난 겁니다. 하지만 이제 곧 자기 발로 내게 와서 모든 걸 털어놓을 겁니다. 당신은 녀석이 버틸 수 있다고 생각하십니까? 기다려 보십시오. 또 다른 자백을 할 겁니다! 녀석이 와서 증언을 번복할 날을 나는 이제나저제나 기다리고 있습니다. 난 니콜라이를 좋아하게 됐기 때문에 속속들이 연구하고 있습니다. 그래, 당신이라면 어떻게 생각하시겠습니까! 헤헤! 녀석은 어떤 질문에는 상당히 조리 있게 대답을 하더군요. 필요한 정보를 얻어서 아주 훌륭하게 준비한 게 분명해요. 그런데 어떤 질문을 하면, 마치 웅덩이에 빠진 것처럼 도무지 아무것도 모를 뿐 아니라, 자기가 모른다는 사실도 의심하지 않아요! 아니요, 로디온 로마노비치, 이건 니콜라이의 짓이 아닙니다! 이건 환상적이고 암울한 사건, 현대적인 사건, 인간의 마음이 혼미해진 시대, 피가 〈맑아진다〉느니

---

3 러시아식 석조 난로이다. 이 난로는 위에 자리를 깔고 누울 수 있도록 만들어진다.

하는 말이 인용되고,[4] 편안함이야말로 인생의 전부라고 선전되는 우리 시대의 사건입니다. 이 사건에는 탁상공론, 이론에 자극을 받은 심리가 보입니다. 여기에서는 첫걸음을 내딛는 단호함이 엿보입니다. 특별한 종류의 단호함이지요. 마치 산에서 떨어지고, 종루에서 뛰어내리듯이 단호한 결심을 했지만, 결국 범죄를 저지를 때는 제정신으로 한 일이 아닙니다. 죽일 때 자기 뒤에 문을 잠그는 것도 잊어버렸습니다. 두 사람 다 이론에 따라 죽인 겁니다. 죽였는데, 결국에는 훔칠 수가 없었습니다. 그나마 겨우 손에 쥔 것들도 돌 밑에 숨겨 버리고 말았습니다. 사람들이 문을 두드리고 종을 울릴 때 문 뒤에 서서 겪은 괴로움만으로도 부족해서, 나중에 정신이 혼미한 상태에서 그 종소리를 기억하기 위해 그는 그 텅 빈 아파트로 갔던 겁니다. 다시 등골이 오싹해지는 것을 맛보고 싶어서 견딜 수가 없었던 거지요……. 그게 모두 병 때문이었다고 합시다. 그런데 사람을 죽여 놓고는, 자기는 스스로를 정직한 사람이라고 생각하고, 다른 사람들을 경멸하며 창백한 천사처럼 돌아다니고 있습니다. 아니요. 이게 어떻게 니콜라이라고 할 수 있겠습니까, 로디온 로마노비치. 이건 니콜라이가 아닙니다!」

앞서 라스콜니코프의 범죄 사실을 부정하는 것 같았던 그의 말에 뒤따른 이 마지막 말은 너무나도 예기치 못한 것이었다. 라스콜니코프는 무언가에 찔린 것처럼 온몸을 떨기 시작했다.

「그렇다면…… 누가…… 죽인 거지요?」 그는 헐떡이면서, 끝내 참지 못하고 물었다. 포르피리 페트로비치는 예기치 못한 질문에 깜짝 놀란 듯이 의자의 등받이에 몸을 젖혔다.

「뭐라고요? 누가 죽였느냐고요……?」 그는 자신의 귀를 못 믿겠다는 듯이 되받아 물었다. 「〈당신이〉 죽인 겁니다, 로디온 로마

---

4 프랑스의 시사 평론가 레옹 폴이 『목소리』(1865년 4월 7일 자)에 나폴레옹의 정복욕을 이렇게 설명하는 기사를 쓴 적이 있다.

노비치! 당신이 죽였어요…….」 그는 확신에 찬 목소리로 거의 속삭이듯이 이렇게 말했다.

라스콜니코프는 의자에서 벌떡 일어나 몇 초 동안 서 있다가, 한마디도 하지 못하고서 다시 자리에 앉았다. 미세한 경련이 그의 얼굴을 스치고 지나갔다.

「입술이 또 그때처럼 떨리는군요.」 포르피리 페트로비치는 불쌍하다는 듯이 중얼거렸다. 「로디온 로마노비치, 당신은 나를 잘못 알고 계신 것 같아요.」 그는 잠시 침묵했다가 말을 이었다. 「그래서 그렇게 놀라시는 겁니다. 난 모든 것을 말하고, 사건을 툭 터놓고 해결하려고 온 겁니다.」

「그건 내가 죽인 게 아닙니다.」 라스콜니코프는 나쁜 짓을 저지르다가 들켜서 놀란 아이처럼 속삭였다.

「아니요, 그건 당신입니다. 로디온 로마노비치, 당신이에요. 다른 사람이 아닙니다.」 포르피리는 확신에 찬 작은 목소리로 엄중하게 말했다.

두 사람은 침묵했다. 그 침묵은 이상할 정도로 오랫동안, 거의 10분 동안이나 지속되었다. 라스콜니코프는 책상에 머리를 괴고, 말없이 손가락으로 머리를 헝클어뜨렸다. 포르피리 페트로비치는 조용히 앉아서 기다렸다. 갑자기 라스콜니코프가 멸시하듯이 포르피리를 쳐다보았다.

「또 당신은 그 상투적인 방법을 쓰고 있군요, 포르피리 페트로비치! 모두 당신의 수법이에요. 정말로 이제 지겹지도 않으십니까?」

「아, 아, 그만두십시오. 지금 내 처지에 수법이 다 뭡니까! 만일 증인들이라도 여기 있다면 문제가 달라지겠지만. 하지만 우리는 지금 단둘이서만 속닥거리고 있지 않습니까? 당신도 알다시피 나는 토끼를 몰아서 잡듯이 당신을 잡으러 온 게 아닙니다. 당신이 그것을 인정하든 안 하든, 그건 이 순간 내게 아무런 의미도 없습니다. 당신의 자백이 없어도 나는 속으로 확신하고 있으니까요.」

「만일 그렇다면 왜 오신 거지요?」 라스콜니코프가 초조하게 물었다. 「예전에 했던 질문을 또 하겠습니다. 나를 범인으로 생각한다면, 나를 왜 감옥에 처넣지 않는 거지요?」

「예, 아주 좋은 질문입니다! 조목조목 당신께 대답해 드리지요. 첫째, 당신을 그냥 이대로 체포하는 것은 내게 불리합니다.」

「뭐가 불리하다는 거지요! 확신하고 있다면, 당신은 분명…….」

「아하, 뭐라고요? 내가 확신하고 있다고요? 이건 아직 모두 나의 상상에 불과합니다. 내가 왜 당신을 감방에 넣어서 〈편안히 살게〉 해야 하지요? 당신 자신이 지금 나에게 부탁하고 있는 셈이니 당신도 잘 아실 것 아닙니까? 예를 들어 내가 당신을 폭로하기 위해 직공을 내세우면, 당신은 그 사람에게 말하겠지요. 〈당신 취해 있었소, 아니었소? 당신 말고 또 누가 나를 봤지? 난 당신이 그냥 술에 취했다고 생각했소. 그리고 당신은 정말로 취해 있었어.〉 그럼 또 나는 이 말에 뭐라고 당신에게 대꾸해야 할까요? 한술 더 떠서 당신의 말이 그 사람의 말보다 더 그럴듯한데요. 왜냐하면 그의 증언에는 심증만 있을 뿐이고, 더구나 그의 상관은 아주 기분 나쁘게 생겼거든요. 그런데 당신은 그가 지독하게 술을 퍼마시는 파렴치한으로 이름난 놈이라고 정확하게 꼬집어서 이야기를 하는 겁니다. 더구나 난 당신에게 벌써 몇 번씩이나, 이 심리학은 서로 다른 양 끝을 가리키고 있다고, 그런데 두 번째 끝이 훨씬 더 그럴듯하다고 솔직하게 인정하지 않았습니까? 그리고 내게는 당신을 체포할 만한 명확한 단서가 아직 단 하나도 없습니다. 그래도 어쨌든 나는 당신을 감옥에 집어넣을 겁니다. 그래서 지금 그것을 미리 알려 주려고 온 겁니다. (이건 상식 밖의 행동이지요.) 그러나 어쨌든 당신에게 솔직히 털어놓겠습니다. (이것 역시 상식적인 행동은 아니지만.) 지금 당신을 체포하는 것이 내게는 유리하지 않아요. 자, 이제 내가 당신에게 온 두 번째 이유는……」

「그래, 그 두 번째 이유는 뭐지요?」 (라스콜니코프는 여전히 숨을 헐떡이고 있었다.)

「조금 전에 당신에게 선언했다시피, 해명하는 것이 내 의무라고 생각했기 때문입니다. 당신이 나를 악당으로 여기는 것을 원하지 않고, 더 나아가서 당신이 믿든 안 믿든, 나는 진심으로 당신에게 호감을 가지고 있습니다. 따라서 세 번째로 당신에게 솔직하고 단도직입적으로 제안을 하기 위해서 왔습니다. 자수를 하십시오. 이건 당신에게 상당히 유리한 선택일 뿐 아니라, 내게도 마찬가지입니다. 어깨에서 짐이 훌쩍 벗어지는 것 같을 겁니다. 자, 어떻습니까. 나로서는 무척 솔직한 말이 아닐까요?」

라스콜니코프는 잠시 생각했다.

「들어 보세요, 포르피리! 당신 말로는 처음부터 끝까지 심리학에 근거한 것이라고 하고서는, 이제 와서는 수학적인 계산까지 하실 셈이군요. 자, 만일 당신이 지금 실수하고 있는 것이라면, 어떻게 하실 겁니까?」

「아니요, 로디온 로마노비치! 나는 실수하고 있지 않습니다. 아주 작은 단서를 한 개 가지고 있거든요. 그런 단서를 그때 한 개 발견했지요. 주님이 보내 주셨습니다!」

「어떤 단서이지요?」

「어떤 것인지는 말하지 않겠습니다, 로디온 로마노비치. 어쨌든 이제 더 이상 미룰 권리가 내게는 없는 겁니다. 나는 당신을 체포할 겁니다. 그러니 잘 판단하십시오. 〈이렇게 된 이상〉 내게는 매한가지니까요. 결과적으로 나는 오직 당신을 위해서 이러는 겁니다. 맹세코 그렇게 하는 게 더 나을 겁니다, 로디온 로마노비치!」

라스콜니코프는 독살스럽고 빈정거리는 듯한 미소를 지었다.

「정말 이건 우스울 뿐 아니라 뻔뻔스럽기까지 하군요. 설사 내가 범인이라고 해도(내가 그것을 시인하는 것은 아니지만), 당신이 나를 〈편안히 살도록〉 감옥에 보내겠다고 하는 마당에, 내가 왜 굳이 자수를 해야 하지요?」

「어허, 로디온 로마노비치, 당신은 내 말을 너무 곧이곧대로 들으시는군요. 어쩌면 전혀 〈편안히 살게〉 되지 않을지도 몰라요! 이건 다만 생각에 불과합니다. 더구나 내 이론이고요. 나 같은 사람이 당신 앞에서 무슨 권위가 있겠습니까? 어쩌면 난 지금도 당신에게 뭔가를 숨기고 있을지도 모릅니다. 모든 것을 무조건 털어놔야 하는 건 아니니까 말입니다, 헤헤! 두 번째는 무엇을 어떻게 하면 유리한가의 문제겠지요. 당신에게 얼마나 많은 감형이 있을지 아십니까? 당신이 자백하는 순간은 언제입니까? 어떤 순간인가요? 판단해 보세요! 다른 사람이 범죄 사실을 스스로 뒤집어쓰고, 모든 게 뒤죽박죽일 때가 아닙니까? 신의 이름으로 맹세하건대, 난 〈저쪽에서〉 일이 그렇게 되도록 잘 꾸며 놓겠습니다. 그러면 당신의 감형은 상상할 수 없을 정도로 클 겁니다. 그 심리학은 모조리 없애 버리고, 당신에 대한 의심은 없었던 것으로 하겠습니다. 그러니 당신의 범죄는 일종의 정신 착란 같은 것으로 보일 겁니다. 그리고 정직하게 말하면, 그건 정신 착란이니까요. 나는 정직한 사람입니다, 로디온 로마노비치. 내가 한 약속은 반드시 지킬 겁니다.」

라스콜니코프는 슬픈 표정을 짓고, 한마디도 하지 않고서 고개를 떨궜다. 그는 오랫동안 생각해 보더니 갑자기 다시 미소를 지었다. 그러나 이번에는 온순하고 슬픈 미소였다.

「아, 다 필요 없습니다!」 그는 이제 더 이상 포르피리에게 숨길 것도 없다는 듯이 말했다. 「그럴 가치가 없어요! 내게는 감형이 전혀 필요하지 않아요!」

「바로 이게 내가 두려워한 겁니다!」 포르피리는 자기도 모르는 사이에 흥분해서 소리쳤다. 「바로 이게 내가 두려워한 거예요. 당신이 감형은 필요 없다고 할까 봐서요.」

라스콜니코프는 사람의 마음을 움직이는 듯한 슬픈 표정으로 그를 쳐다보았다.

「오오, 인생을 혐오하지 마십시오!」 포르피리가 말을 이었다. 「앞길이 창창한데, 감형이 필요 없다니요. 어째서 필요가 없다는 거지요? 당신은 참을성이 없는 사람이군요!」

「뭐가 앞으로 창창하다는 겁니까?」

「삶요! 당신이 선지자라도 됩니까? 그렇게 많은 것을 알고 있어요? 더 찾고 발견하십시오. 어쩌면 하느님이 이 일을 위해 당신을 기다리고 계실지도 모르지 않습니까. 그것도 영원한 건 아닐 테고요, 그 쇠사슬 말입니다……」

「감형이 있을 거라고요…….」 라스콜니코프가 웃기 시작했다.

「왜요, 부르주아적 수치를 두려워하는 겁니까? 자기 자신은 모르겠지만, 어쩌면 겁을 먹은 건지도 모릅니다. 그래서 젊다는 겁니다! 어쨌든 자백하는 것을 두려워할 것도, 부끄러워할 것도 없을 것 같군요!」

「흥, 상관없어!」 라스콜니코프는 말하고 싶지 않다는 듯이 경멸과 혐오감에 차서 속삭였다. 그는 다시 일어나서 어디론가 나가려고 하다가, 다시 절망에 찬 모습으로 자리에 앉았다.

「상관이 없다니 무슨 말씀입니까! 내 말을 못 믿으시겠습니까? 내가 당신에게 어설프게 아첨을 떤다고 생각하시나요? 당신이 그렇게 오래 살았다고 생각하십니까? 많은 것을 이해하고 있다고요? 이론을 만들어 놓았는데, 모든 것이 깨지고 나니까, 즉 너무 평범한 결과가 되고 나니까 부끄러워진 거로군요! 비열한 결과가 나왔지요. 그건 사실입니다. 하지만 당신은 어쨌든 구제 불능의 파렴치한은 아닙니다. 전혀 그런 파렴치한이 아니에요!

적어도 오랫동안 자신을 속일 수가 없었기 때문에 단숨에 막다른 골목까지 이른 겁니다. 내가 당신을 어떻게 생각하는지 아십니까? 만일 당신이 신앙이나 신을 발견하게 된다면, 당신은 창자를 찢긴다 해도 꿋꿋이 서서 자신을 괴롭히는 사람의 얼굴을 미소를 띠고 바라볼 수 있는 그런 사람입니다. 자, 이제 발견도 하고, 찾기도 하십시오. 우선 당신은 진작 공기를 바꿔야 했어요. 어떨까요? 고난도 역시 좋은 일이겠지요. 고난을 받으십시오. 고난을 원하는 니콜라이가 어쩌면 옳은 건지도 모릅니다. 믿어지지 않는다는 것을 압니다. 교활하게 머리를 짜내지도, 아무 생각도 하지 말고, 삶 속으로 뛰어드십시오. 그러면 곧장 당신은 어떤 해안에 도달해서 두 다리로 서게 될 겁니다. 어떤 해안이냐고요? 그걸 내가 어떻게 알겠습니까? 난 단지 당신은 아직 더 살아야 한다고 믿을 뿐입니다. 당신이 내 말을 마치 달달 외운 지루한 설교처럼 받아들인다는 것도 압니다. 하지만 어쩌면 나중에 기억이 나서, 언젠가는 도움이 될지도 모르지요. 나는 그날을 위해서 말하는 겁니다. 당신이 노파만을 죽였으니 다행이에요. 다른 이론을 생각해 냈더라면, 백배나 더 추악한 일을 행했을지도 모르니까요! 그러니 하느님께 감사드려야 하는 건지도 모르지요. 누가 알겠습니까? 어쩌면 하느님이 뭔가를 위해서 당신을 보호하고 계신 것일 겁니다. 당신은 마음을 크게 먹고, 두려워하지 마십시오. 곧 있을 위대한 실천 때문에 겁을 먹었나요? 겁을 먹는 것은 부끄러운 일입니다. 만일 그런 첫걸음을 내디뎠다면, 강해지셔야지요. 이건 정의의 문제입니다. 그러니 정의가 요구하는 것을 행하십시오. 믿어지지 않는다는 것을 알지만, 맹세코 삶이 당신을 이끌어 줄 겁니다. 나중에는 스스로도 마음에 들게 될 거예요. 지금 당신에게 필요한 것은 오로지 공기입니다, 공기, 공기!」

라스콜니코프는 몸을 부르르 떨었다.

「당신은 도대체 어떤 사람입니까?」 그는 소리쳤다. 「당신이 선지자라도 됩니까? 그래서 그렇게 평화롭고 당당하게 높은 곳에서 내게 가장 지혜로운 척 예언의 말을 선포하는 겁니까?」

「내가 누구냐고요? 난 다 끝난 사람입니다. 그 이상 아무것도 아닙니다. 감정도 있고, 동정심도 있고, 게다가 머리에 든 것도 있지만, 어쨌든 완전히 끝난 사람이에요. 하지만 당신은 전혀 다릅니다. 신이 당신에게는 삶을 준비해 놓았어요. (누가 알겠습니까, 어쩌면 당신의 삶도 그냥 연기처럼 사라져 버리고, 아무것도 남지 않게 될지 모르지요.) 당신이 다른 부류의 인간군에 합류하는 게 뭐 어떻다는 겁니까? 당신은 용기 있는 사람이니 안락함 따위를 추구하지는 않겠지요? 오랫동안 아무도 당신을 보지 못하게 될지 모른다고 해서, 그게 어떻다는 거지요? 이건 시간의 문제가 아니라, 당신 자신의 문제입니다. 태양이 되십시오. 그러면 모든 사람들이 당신을 보게 될 겁니다. 태양은 무엇보다도 먼저 태양이 되어야 합니다. 왜 또 미소를 지으십니까? 내가 꼭 실러같이 말해서요? 내기를 걸어도 좋아요, 당신은 지금 내가 아첨을 한다고 생각하시겠지요! 그게 어떻다는 겁니까? 어쩌면 내가 정말로 아첨을 하고 있는지도 모르지요, 헤헤헤! 당신은 말입니다, 로디온 로마노비치, 내 말을 한마디도 믿지 마십시오. 결단코 완전히 믿지 마세요. 이게 내 습관이거든요. 동의하겠습니다. 한마디 덧붙이고 싶은 말은 내가 어디까지 사기꾼이고, 또 어디까지가 정직한 사람인지는 당신 스스로가 판단할 수 있을 거라는 겁니다!」

「당신은 언제 나를 체포할 생각이지요?」

「하루 반나절, 아니면 이틀 정도 더 산책할 수 있는 시간을 드리지요. 잘 생각해 보고, 하느님께 기도하십시오. 더구나 그편이 훨씬 유리할 겁니다. 맹세코 유리합니다.」

「내가 도망을 가면 어떻게 할 건가요?」 라스콜니코프는 왠지 야릇한 표정으로 웃으면서 물었다.

「아니요, 당신은 도망치지 않을 겁니다. 농부라면 도망을 치겠지요. 한창 유행하는 분리파 교도라면 도망을 치겠지요. 다른 사람의 생각에 묶인 노예라면 그렇게 하겠지요. 그런 사람들은 해군 소위 디르카에게처럼 손가락 끝만 살짝 보여 줘도,[5] 아무거나 믿게 해도 평생토록 믿을 테니까 말이에요. 하지만 당신은 자기 이론마저도 더 이상 믿지 않습니다. 그런데 무엇을 가지고 달아나겠습니까? 그리고 또 도망을 가서 어쩌겠다는 겁니까? 도피 생활은 추악하고 어렵습니다. 그런데 당신에게는 무엇보다도 삶과 일정한 지위, 그리고 그에 상응하는 공기가 필요합니다. 그런데 그곳에 당신에게 맞는 공기가 있을까요? 도망을 갔다가도 돌아올 겁니다. 〈우리 없이 당신은 살 수가 없으니까요.〉 내가 당신을 감옥에 가두면 한 달, 두 달, 석 달이 지난 뒤에 그곳에서 문득 내 말을 상기하고, 자기 뜻과는 달리 스스로 자백을 하러 오게 될 겁니다. 당신은 자기가 자백하러 올 거라는 것을 단 한 시간 전에도 알지 못할 겁니다. 난 심지어 당신이 〈고난을 받아들이겠다고 결심하게 되리라〉고 확신하고 있습니다. 지금은 내 말을 믿지 않지만, 당신도 이 말에 귀를 기울이게 될 겁니다. 그러니 고난은, 로디온 로마노비치, 위대한 것입니다. 당신은 내가 뚱뚱하다는 것에 신경 쓰지 마십시오. 쓸데없는 짓입니다. 난 뚱뚱하지만, 알고 있습니다. 비웃지 마십시오. 고난 속에는 사상이 있습니다. 니콜라이가 옳습니다. 아니요, 당신은 도망가지 않을 겁니다, 로디온 로마노비치!」

라스콜니코프는 자리에서 일어나 모자를 들었다. 포르피리 페트로비치 역시 일어났다.

「산책하러 나가십니까? 좋은 저녁이 될 것 같군요. 다만 뇌우가 오지 않았으면 좋겠어요. 하지만 비가 와서 공기가 신선해지

---

5 도스토옙스키가 고골의 희곡 「결혼」에 나오는 우스꽝스러운 인물인 페투호프 소위를 인용한다는 것을, 실수로 같은 작품의 또 다른 등장인물인 디르카라 말하고 있다.

면, 그것도 좋겠지요…….」

그 역시 모자를 들었다.

「포르피리 페트로비치, 머릿속에 똑바로 기억해 두십시오.」라스콜니코프는 준엄하고 고집스러운 태도로 말했다. 「난 오늘 당신에게 자백하지 않았습니다. 당신이 이상한 사람이라서, 나는 호기심 때문에 당신 말에 귀를 기울인 것뿐입니다. 내가 당신에게 인정한 것이라고는 단 한 가지도 없습니다……. 이걸 기억하십시오.」

「예, 압니다, 알아요. 기억하고 있지요. 이것 좀 보십시오, 몸을 떨고 있군요. 걱정하지 마세요. 당신의 뜻대로 될 겁니다. 조금 산책을 하십시오. 너무 많이 돌아다니면 안 되겠지만요. 그런데 만일의 경우를 대비해서, 한 가지 부탁이 있습니다.」 그는 목소리를 낮추어 말했다. 「상당히 신중을 기하는 중요한 부탁입니다. 만일, 그러니까 만일의 경우에 대비해서 하는 말인데(하지만 난 전혀 그럴 거라고는 생각하지 않습니다. 그리고 당신이 그런 짓을 할 사람이라고도 생각하지 않지만), 어쨌든 말입니다, 당신에게 앞으로 40 내지 50시간 내에 일을 다른 방식으로, 어떤 환상적인 방식으로 끝내고 싶은 마음이 든다면, 즉 자기 몸에 손을 댄다는 식의 생각 같은 것 말입니다(불합리한 가정입니다만, 이런 가정을 용서해 주십시오), 그렇다면 짤막하게나마 정확한 사실을 담은 쪽지를 남겨 주십시오. 그러니까 두 줄, 단 두 줄이라도 괜찮습니다. 그 돌에 대해서도 언급해 주십시오. 그렇게 해주신다면 더욱 감사하겠습니다. 그럼, 이만……. 잘 생각하시고 좋은 출발을 하시기 바랍니다!」

포르피리는 어쩐지 어깨를 내려뜨리고, 라스콜니코프의 얼굴을 쳐다보는 것마저 피하고는 밖으로 나갔다. 라스콜니코프는 창가로 다가가, 포르피리가 거리에서 더 멀리 사라지기만을 신경질적이고 초조한 마음으로 기다리면서 시간을 쟀다. 그런 다음 그도 서둘러 방을 나섰다.

3

라스콜니코프는 황급히 스비드리가일로프에게로 발걸음을 옮겼다. 이 사람에게서 무엇을 기대할 수 있을지는 그 자신도 알 수 없었다. 그러나 이 사람에게는 그를 지배하는 어떤 힘이 숨겨져 있었다. 일단 이 점을 의식하자, 그는 더 이상 마음을 놓을 수 없었다. 더구나 때가 온 것이다.

길을 가는 도중 한 가지 의문점이 그를 유달리 괴롭혔다. 스비드리가일로프가 포르피리에게 갔던 것은 아닐까?

맹세컨대 그가 판단할 수 있는 한에서는 그렇지 않았다. 절대 가지 않았다! 그는 거듭 생각하여 포르피리의 방문을 처음부터 끝까지 돌이켜 보았지만, 역시 아니었다. 그가 판단하기로는 가지 않았다. 물론 가지 않았다!

그러나 만일 아직 가지 않았다면, 그는 앞으로 포르피리를 찾아갈 것인가?

그때라면 찾아가지 않을 것 같다는 생각이 들었다. 왜일까? 그것도 설명할 수 없었지만, 설사 설명할 수 있다고 할지라도 그는 이 문제를 놓고 특별히 골머리를 앓지 않았을 것이다. 이 모든 일들이 그를 괴롭혔지만, 동시에 그는 왠지 이 일에 신경을 쓸 겨를이 없는 것 같았다. 이상한 일이라서 아무도 그것을 믿지 못할 수도 있지만, 그는 지금 자신에게 닥친 운명에 대해 왠지 산만하고 경미한 주의밖에 기울일 수 없었다. 그를 괴롭힌 것은 전혀 다른, 무언가 훨씬 중요하고 특별한 문제였다. 그것은 다른 누구도 아닌 자기 자신과 연관된 문제였지만, 그래도 무언가 색다르고 더욱 중대한 문제였다. 더구나 오늘 아침은 최근 며칠에 비해 그의 이성이 훨씬 활발하게 작용했지만, 그럼에도 그는 극도로 심한 정신적인 피로를 느끼고 있었다.

더구나 조금 전 그런 일을 겪은 지금에 와서 이 새롭고 하찮은 어려움을 극복하기 위해 애쓸 가치가 과연 있는 걸까? 이를테면 스비드리가일로프가 포르피리에게 가지 않도록 애써서 일을 꾸밀 필요가 있는 걸까? 즉 이 스비드리가일로프라는 사람에 대해 연구하고, 자세히 알아보는 데 시간을 허비할 필요가 과연 있는 걸까?

오, 이 모든 것이 얼마나 그를 지긋지긋하게 만들었는지 모른다!

그럼에도 불구하고 그는 여전히 스비드리가일로프에게로 발걸음을 재촉하고 있었다. 어쩌면 그는 그 사내에게서 어떤 새로운 암시나 탈출구를 기대했던 것은 아닐까? 다급해지면 지푸라기라도 잡는다는 말이 있지 않은가! 그들을 서로 마주치게 한 것은 운명, 혹은 일종의 본능이 아니었을까? 어쩌면 그건 단지 피로와 절망이었는지도 모른다. 어쩌면 필요한 사람은 스비드리가일로프가 아닌 다른 사람이었는데, 때마침 그때 그곳에 스비드리가일로프가 나타난 것뿐인지도 몰랐다. 그 필요한 사람이 소냐였을까? 하지만 왜 지금 소냐에게 가야 하는 걸까? 또다시 그녀의 눈물을 구걸하기 위해서? 게다가 그는 소냐가 두려웠다. 소냐는 그에게 있어 가차 없는 판결, 번복할 수 없는 결정이었다. 그녀의 길을 택하든지, 그의 길을 택하든지 둘 중 하나였다. 특히 이 순간만큼은 그녀를 만나는 것이 마음 내키지 않았다. 아니, 오히려 스비드리가일로프를 시험해 보는 것이 낫지 않을까? 이것은 어찌 된 셈일까? 그러자 그는 무엇 때문인지 스비드리가일로프가 오래전부터 그에게 진정으로 필요했던 사람이었을지도 모른다는 것을 인정하지 않을 수 없었다.

그러나 그들 사이에 어떤 공통점이 있을 수 있단 말인가? 그들의 악한 행위조차도 똑같을 수 없었다. 이 사람은 더구나 아주 불쾌하고, 분명 극도로 음탕한 인물이며, 틀림없이 교활한 사기꾼인 데다가 어쩌면 간악한 인물인지도 몰랐다. 그에 대해서 그렇게 무서운 소문이 떠돌고 있지 않은가. 사실 그는 카테리나 이바노브나의 아이들을 위해서 애쓰고 있지만, 무슨 목적으로 그러는지, 그 행동이 무엇을 의미하는지 누가 알겠는가? 그 사람의 행동에는 끊임없이 어떤 속셈들과 계획들이 있다.

요 며칠 사이 라스콜니코프의 머릿속에서는 줄곧 한 가지 상념이 어른거리며 그를 무섭도록 괴롭히고 있었다. 그는 이 생각을 떨쳐 버리려고 애썼지만 소용이 없었다. 그 생각은 참으로 감당하기 힘들었다! 때로 이런 생각이 드는 것이었다. 스비드리가일로프는 계속해서 그의 주변을 맴돌았고, 지금도 맴돌고 있다. 스비드리가일로프는 그의 비밀을 알고 있다. 스비드리가일로프는 두냐에게 흑심을 품고 있다. 그런데 만일 지금까지도 그 흑심을 품고 있다면? 이 질문에 대해 거의 확실히 〈그렇다〉고 대답할 수 있다. 그런데 그의 비밀을 알고 그에 대해 지배권을 가지게 된 스비드리가일로프가 두냐를 괴롭힐 무기로 그 비밀을 이용하려 한다면?

이런 생각은 때로 꿈속에서조차 그를 괴롭혔지만, 이것이 이토록 의식 속에 선명하게 떠오른 것은 스비드리가일로프에게 가고 있는 지금이 처음이었다. 그는 이런 생각만 해도 벌써 무서운 분노에 휩싸였다. 첫째로, 그렇게 되면 모든 상황이 달라지고, 그의 입장마저도 달라지게 될 것이다. 즉 그는 당장 두냐에게 모든 사실을 알려야만 하는 것이다. 두냐가 조심스럽지 못한 행동을 하지 못하도록 자수해야 할지 모를 일이었다. 그렇다면 그 편지는? 오늘 아침 두냐가 무슨 편지를 받았다고 했다! 페테르부르크에서 그 아이에게 편지를 보낼 만한 사람이 누가 있을까? (루진이 보낸 것은 아닐까?) 사실, 라주미힌이 그녀를 보호하고 있기는 하다. 하지만 라주미힌은 아무것도 모른다. 혹시 라주미힌에게도 알려야만 하는 것은 아닐까? 라스콜니코프는 혐오감을 느끼며 이런 것들을 생각했다.

〈모든 경우를 대비해서 가능하면 스비드리가일로프를 빨리 만나야 한다.〉 그는 마음속으로 최종적인 결론을 내렸다. 〈다행인 것은 그다지 자세히 거론할 것도 없이 본론으로 곧장 들어갈 수 있다는 것이다. 그러나 만일 그가 그런 짓을 할 수 있는 인간이라면, 만일 스비드리가일로프가 두냐에 대해 뭔가 나쁜 일을 꾸미고 있다면, 그렇다면…….〉

라스콜니코프는 요 며칠 사이, 아니 이 한 달 사이에 얼마나 지쳤던지, 지금과 같은 문제에 부딪히면 단 한 가지 해결책 이외에는 다른 결정을 내릴 수 없었다. 〈그때는 그를 죽여 버릴 거야.〉 그는 싸늘한 절망감을 느끼며 생각했다. 암울한 감정이 그의 심장을 짓눌렀다. 그는 거리 한가운데에 멈춰 서서 자기가 어떤 길로 가고 있고, 어떤 거리에 들어섰는지를 알아보기 위해 주변을 두리번거리기 시작했다. 그는 막 지나온 센나야 광장에서 서른, 혹은 마흔 발자국 정도 떨어진 ✽✽ 거리에 서 있었다. 왼편에 죽 늘어서 있는 건물의 2층은 전부 음식점이 차지하고 있었다. 창들은 모두 활짝 열려 있었고, 창에서 어른거리는 모습들로 미뤄 보아, 음식점들은 사람들로 꽉 차 있는 것 같았다. 홀에서는 노랫소리가 흘러나오고, 클라리넷과 바이올린 소리가 들리고, 튀르키예의 북소리가 울려 퍼지고 있었다. 여자들의 째지는 듯한 비명 소리도 들렸다. 그는 왜 자기가 ✽✽ 거리로 방향을 돌렸는지 의문스러워하면서 다시 되돌아가려고 하다가, 문득 제일 끝에 있는 음식점의 열려 있는 창문들 가운데 어떤 지점에서 바로 창가 탁자 앞에 앉아 파이프를 물고 있는 스비드리가일로프의 모습을 발견했다. 이 광경이 그를 공포심을 느낄 만큼 깜짝 놀라게 했다. 스비드리가일로프는 말없이 그를 눈여겨 지켜보고 있었다. 그런데 라스콜니코프를 더욱 놀라게 한 것은, 자기가 그를 알아보기 전에 그가 살며시 밖으로 나가려고 조용히 일어나려 했다는 점이었다. 라스콜니코프는 즉시 자기도 그를 알아보지 못한 척 생각에 잠겨 딴청을 피우며, 곁눈질로 계속 그를 관찰했다. 그의 심장은 불안하게 두근거렸다. 바로 그랬다. 스비드리가일로프는 분명 들키지 않기를 바라는 듯했다. 그는 파이프를 입에서 빼고 숨으려고 했다. 그러나 일어나서 의자를 밀치는 순간, 문득 라스콜니코프가 자기를 발견하고, 관찰하고 있다는 사실을 알아챈 모양이었다. 두 사람 사이에는 잠을 자려던 라스콜니코프와 그사이에 벌어졌던 첫 번째 만남과 비슷한 장면이 연출되었다. 교활한 미소가 스비드리가일로프의 얼굴에 떠오르더니 점차로 퍼졌다. 두 사람 모두 서로가 상대방을 관찰하고 있다는 것을 알았다. 마침내 스비드리가일로프는 큰 소리로 웃음을 터뜨렸다.

「자, 자! 괜찮으시다면 들어오십시오. 전 여기 있습니다!」 그는 창에서 소리쳤다.

라스콜니코프는 음식점으로 올라갔다.

큰 홀과 붙어 있고, 창이 하나밖에 없는, 아주 작은 뒷방에서 그를 찾을 수 있었다. 큰 홀에 있는 20개 정도 되는 작은 탁자 앞에는 상인이나 관리 등 수많은 사람들이 가수들의 시끄럽고 필사적인 합창 소리를 들으며 차를 마시고 있었다. 어디에선가 당구공 부딪치는 소리가 들려왔다. 스비드리가일로프 앞에 놓인 탁자 위에는 이제 막 딴 샴페인병과 반쯤 마신 샴페인 잔이 놓여 있었다. 방 안에는 작은 아코디언을 든 소년 악사와 허리띠에 줄무늬 치마를 끼우고, 리본 달린 오스트리아 티롤제 모자를 쓴 열여덟 살가량 된 볼이 빨간 아가씨가 있었다. 그녀는 다른 방에서 합창 소리가 들리는 와중에도, 쉰 목소리의 저음으로 어떤 통속적인 노래를 부르고 있었다…….

「자, 이제 됐어!」 라스콜니코프가 들어오자, 스비드리가일로프는 노래 부르는 것을 멈추게 했다.

아가씨는 즉시 노래를 그만두고 공손한 태도로 기다렸다. 그녀는 운율을 맞춘 통속적인 노래 역시 그런 진지하고 공손한 표정으로 부르고 있었던 것이다.

「이봐, 필리프, 잔을 가져오게!」 스비드리가일로프가 소리쳤다.

「난 샴페인을 마시지 않겠습니다.」 라스콜니코프가 말했다.

「좋을 대로 하시오, 당신을 위한 잔은 아니니까요. 마시거라, 카탸! 오늘은 더 이상 필요 없으니까 나가 봐!」 그는 그녀에게 샴페인을 한 잔 가득 부어 주고, 1루블짜리 누런 지폐를 꺼냈다. 카탸는 여자들이 샴페인을 마실 때 흔히 그러하듯이 한 번도 입을 떼지 않고서 스무 모금 만에 샴페인 한 잔을 단숨에 들이켜고, 지폐를 받아 든 다음 스비드리가일로프의 손에 입을 맞췄다. 그는 아주 거드름을 피우며 그 입맞춤을 허락했다. 그녀가 방에서 나가자 그 뒤를 따라 아코디언을 든 소년도 나갔다. 그들 두 사람 다 거리에서 불려 온 악사들이었다. 스비드리가일로프가 페테르부르크에 온 지는 1주일밖에 되지 않았지만, 그의 주변에는 벌써부터 이런 족장 시대 같은 분위기가 형성되어 있었다. 음식점의 하인 필리프 역시 벌써부터 그와 〈친분을 트고〉 아첨을 하고 있었다. 커다란 홀로 난 문이 닫혔다. 스비드리가일로프는 그 방을 자기 방처럼 사용하면서, 며칠씩이나 그 방에서 지내는 모양이었다. 음식점은 더럽고 오래된 집으로 중간급도 못 되었다.

「당신을 만나러 가던 중이었습니다. 당신을 찾고 있었어요.」 라스콜니코프는 말문을 열었다. 「그런데 어쩌다가 내가 센나야 광장에서 갑자기 * * 거리로 돌았는지 모르겠군요! 나는 한 번도 이쪽에 들른 적도, 이 거리에 들어와 본 적도 없습니다. 보통 센나야 광장에서 왼쪽으로 방향을 돌리지요. 더구나 당신 집으로 가는 길도 이 방향이 아닌데요. 그런데 돌고 나니까, 바로 여기에 당신이 있더군요! 정말로 이상한 일이에요!」

「왜 기적이 일어났다고 솔직히 말씀하지 않으십니까?」

「왜냐하면 이건 어쩌면 우연일지도 모르니까요.」

「정말 당신 같은 사람들의 사고방식이란!」 스비드리가일로프가 껄껄대며 웃기 시작했다. 「속으로는 기적을 믿으면서도 그걸 인정하려고 들지 않는다니까요! 당신도 지금 〈어쩌면〉 우연일지 모른다고 하지 않았습니까? 모두들 자기 견해에 대해서 얼마나 겁쟁이들인지 당신은 상상도 하지 못할 겁니다, 로디온 로마노비치! 당신을 두고 하는 말은 아닙니다. 당신은 자기 이론을 가지고 있고, 또 그것을 부끄러워하지도 않으니까요. 그래서 당신은 제 호기심을 자극하지요.」

「그 밖에 다른 이유는 없고요?」

「그것만으로도 충분합니다.」

스비드리가일로프는 분명 기분이 들떠 있었지만, 그리 대단한 것은 아니었다. 겨우 그는 샴페인 반 잔밖에는 마시지 않았었다.

「하지만 당신이 내게 온 것은, 당신이 말하는 자기 이론이라는 것을 내가 가질 수 있다는 걸 알기 전이었던 것 같은데요.」 라스콜니코프가 지적했다.

「오, 그때는 문제가 달랐지요. 사람마다 자기 사정이 있는 거니까요. 오늘 일어난 기적에 대해 말씀드리자면, 당신은 요 사나흘 동안 잠만 자고 있었던 것 같군요. 이 음식점은 내가 당신에게 가르쳐 준 것이니, 당신이 이곳으로 곧장 왔다고 해서 기적이랄 것은 없지요. 내가 오는 길도 가르쳐 주고, 이 음식점이 어디 있는지, 몇 시에 이곳에서 나를 만날 수 있는지도 가르쳐 드렸으니까요. 기억나십니까?」

「잊어버렸어요.」 라스콜니코프가 놀라며 대답했다.

「그럴 겁니다. 나는 두 번씩이나 말씀드렸어요. 그래서 당신의 뇌리에 이 집 주소가 기계적으로 새겨진 겁니다. 당신은 자기도 모르는 사이에 그 주소를 따라 기계적으로 이쪽으로 꺾어 든 거예요. 나도 말할 때 당신이 내 말을 알아들었으리라고는 기대하지 않았습니다. 당신은 정말 너무 재미있는 분이에요, 로디온 로마노비치. 그리고 또 한 가지, 난 이걸 확신합니다. 페테르부르크에는 걸어다니면서 혼잣말을 하는 사람이 너무 많더군요. 여긴 반미치광이들의 도시입니다. 만일 우리 나라에 학문이라는 게 있다면 의사들, 법률가들, 철학자들이 각자의 전공에 따라 페테르부르크에 대해서 아주 귀중한 연구를 할 수 있다고 생각합니다. 페테르부르크만큼 인간의 정신에 음울하고 파격적이며 기괴한 영향을 주는 도시를 찾기란 어려운 일이지요! 기후적인 영향 하나만 해도 대단하니까요! 더구나 이곳은 전(全) 러시아 행정의 중심이니, 그 성격이 러시아 전체에 반영되지 않을 수 없겠지요. 하지만 지금은 그게 중요한 문제가 아닙니다. 문제는 내가 벌써 몇 번씩이나 옆에서 당신을 살펴보았다는 겁니다. 당신은 집에서 나설 때면 머리를 똑바로 쳐들고 있습니다. 그런데 스무 걸음쯤 가면 당신은 벌써 머리를 아래로 떨구고, 손은 뒷짐을 지지요. 눈을 뜨고 있기는 하지만 자기 앞도, 옆도, 그 어떤 것도 보지 않습니다. 마침내는 입술을 실룩이면서 혼잣말을 시작하는데, 더구나 때로는 한 손을 풀고 연설하는 동작을 취하기도 하고, 그러다가는 마침내 거리 한가운데에 우뚝 멈춰 서서는 한참 동안 그대로 있을 때도 있습니다. 이건 대단히 좋지 않은 일입니다. 어쩌면 나 말고도 당신을 주목하는 사람이 있을지도 모르니 말이에요. 그러니 불리한 일이지요. 사실, 저야 아무래도 상관없고, 당신을 치료할 마음도 없지만 말이에요. 물론, 내 말뜻을 알아들으시겠지요.」

「누군가 내 뒤를 미행하고 있다는 걸 알고 있군요?」 라스콜니코프는 탐색하듯이 그를 쳐다보면서 물었다.

「아니요, 나는 전혀 모릅니다.」 스비드리가일로프가 놀란 듯이 대답했다.

「그럼 나를 가만히 내버려 두십시오.」 라스콜니코프는 얼굴을 찡그리며 중얼거렸다.

「좋습니다. 가만히 내버려 두지요.」

「그보다도 만약 당신이 이곳에 술을 자주 마시러 오고, 내가 당신을 만나러 이곳에 오도록 두 번씩이나 가르쳐 주었다면, 당신은 왜 조금 전에 내가 거리에서 창을 쳐다보았을 때 몰래 빠져나가려고 했지요? 나는 그걸 알고 있었습니다.」

「허허! 그럼 내가 당신의 집 문지방에 서 있었을 때, 당신은 왜 소파에 눈을 감고 누워서, 자지도 않으면서 자는 척했습니까? 나도 그걸 분명히 알고 있었지요.」

「내게는 그럴 만한 이유가…… 있을 수 있지만…… 당신도 아시잖소.」

「당신은 모르시겠지만, 내게도 그럴 이유가 있을 수 있는 겁니다.」

라스콜니코프는 오른쪽 팔꿈치를 탁자에 올리고 손가락으로 턱을 괴고는 뚫어지게 스비드리가일로프를 응시했다. 그는 여태껏 언제나 자기를 놀라게 했던 그의 얼굴을 잠시 동안 찬찬히 뜯어보았다. 그것은 어딘지 가면을 닮은, 이상한 얼굴이었다. 붉은 입술, 환한 금발의 구레나룻과 숱이 많은 금발을 한 혈색 좋은 허연 얼굴이었다. 눈동자는 왠지 지나치게 파랬고, 시선은 몹시 무겁고, 움직임이 적었다. 나이에 비해 지나치게 젊어 보이는 이 아름다운 얼굴에는 뭔가 아주 기분 나쁜 요소가 깃들어 있었다. 스비드리가일로프는 여름용의 가벼운 비단옷을 입고 있었는데, 특히 그는 드레스 셔츠로 사치를 부리고 있었다. 손가락에는 값비싼 보석이 박힌 반지가 끼워져 있었다.

「내가 정말 당신과 같은 사람과 또 뒤엉켜 살아가야 한단 말인가요.」 라스콜니코프는 도저히 참을 수가 없다는 듯이 솔직한 속마음을 털어놓으며 말을 이었다. 「만일 해를 주려 한다면, 당신이 가장 위험한 사람일 수도 있겠지만, 난 더 이상 나 자신을 망가뜨리고 싶지 않습니다. 나는 당신이 생각하는 만큼 그렇게 몸을 아끼는 사람이 아니라는 걸 지금 당장 당신에게 보여 줄 수도 있어요. 우선 이걸 알아 두세요. 만약 당신이 내 누이동생에 대해 예전에 품었던 흑심을 아직도 가지고 있고, 그것을 위해서 최근에 당신이 알게 된 사실을 이용할 생각이라면, 난 당신이 나를 감옥에 집어넣기 전에 당신을 죽일 거라는 말을 직접 당신에게 하려고 왔어요. 이건 그냥 해보는 소리가 아닙니다. 내가 내 말대로 할 거라는 건 당신도 아실 테지요. 둘째로, 나한테 하고 싶은 말이 있으면 — 요즘 당신은 계속해서 내게 무슨 말인가를 하고 싶은 것 같던데 — 빨리 말씀하십시오. 시간이 아까우니까요. 그리고 어쩌면 말하려 할 때는 이미 너무 늦을 수도 있으니까요.」

「어디를 그렇게 서둘러 가시려고요?」 스비드리가일로프가 호기심이 가득한 표정으로 그의 눈치를 살피면서 물었다.

「각자 갈 길이 있으니까요.」 라스콜니코프는 음울하고 초조하게 말했다.

「방금 자기 입으로 솔직하게 말하자고 해놓고서는, 첫 번째 질문에 대답하는 것도 거부하십니다그려.」 스비드리가일로프가 입가에 미소를 지으며 말을 이었다. 「당신은 내가 여전히 어떤 목적을 갖고 있는 것 같으니까 나를 의심하는군요. 당신 입장에서 보면 이해할 수도 있는 일이지요. 하지만 내가 아무리 당신과 잘 지내고 싶다 해도, 그 의심을 풀어 드리려고 애쓰지는 않을 생각입니다. 맹세코 노력에 비해 성과가 적을 테니까요. 더구나 당신과 특별히 이야기를 나눌 생각도 없으니.」

「그런데 그때는 왜 그렇게 내가 당신에게 필요했던 거지요? 당신은 줄곧 내 뒤를 따라다니지 않았습니까?」

「그냥 너무 호기심을 끄는 관찰 대상이었으니까요. 당신이 처한 기괴한 상황이 내 마음에 꼭 들었던 거지요. 바로 그랬던 겁니다! 그 밖에도 당신은 내 마음을 사로잡았던 특별한 여성의 오빠이고, 또 전에 나는 그 특별한 여성으로부터 당신에 대해 대단히 많은 이야기를 들었거든요. 그래서 당신이 그녀에게 큰 영향력을 갖고 있으리라는 결론을 내렸지요. 이것으로 충분하지 않습니까? 호호호! 하지만 인정하겠습니다. 당신의 질문은 상당히 복잡한 거라서 대답하기가 곤란하군요. 자, 한 가지 예를 들면 당신은 용건 때문만이 아니라, 또 뭔가 새로운 말을 들으려고 온 게 아닙니까? 그렇지요? 바로 그런 거지요?」 스비드리가일로프는 교활한 미소를 띠고서 집요하게 물었다. 「자, 그러니 내가 이곳으로 오는 기차간에서 당신에게 기대를 걸었던 심정을 이해해 주십시오. 당신이 내게 뭔가 새로운 말을 해주리라고, 당신에게서 뭔가 새로운 것을 얻을 수 있으리라고 생각했었으니까요! 그러니 우리는 서로 나눠 가질 만한 걸 지니고 있는 거지요!」

「무엇을 얻는단 말씀입니까?」

「어떻게 말씀드려야 할까요? 어떤 것인지를 내가 어떻게 알겠습니까? 보세요, 난 언제나 싸구려 음식점에 앉아 있습니다. 이게 내겐 낙이지요. 아니, 낙이라기보다는 어딘가에는 앉아 있어야 하니까요. 그런데 그 불쌍한 카탸만 해도, 보셨지요……? 내가 대식가이거나 엄청난 식도락가라면 또 모르지만, 그렇지도 않으면서 나는 이런 음식을 먹을 줄 안단 말입니다! (그는 작은 식탁의 한쪽 구석을 손가락으로 가리켰다. 그곳에는 형편없는 비프스테이크와 감자 찌꺼기가 담긴 양철 접시가 놓여 있었다.) 그런데 참, 식사는 하셨습니까? 난 조금 먹었더니 더 이상은 먹고 싶지 않군요. 술은 전혀 마시지 못합니다. 샴페인 말고는 아무것도 마시지 않는데, 그 샴페인도 저녁나절 내내 한 잔만 마시면 그만이에요. 그것만 마셔도 머리가 아프지요. 지금은 기운을 차리려고 주문을 했습니다. 곧 어딘가 가야 할 데가 있어서요. 그런고로 보시다시피 나는 뭔가 특별한 기분에 사로잡혀 있습니다. 그래서 조금 전에 난 어린 학생처럼 슬그머니 숨으려고 했던 겁니다. 당신이 나를 방해할지 모른다는 생각이 들었지요. 하지만 (그는 시계를 꺼냈다) 한 시간 정도는 함께 있을 수 있을 것 같군요. 지금이 4시 반이니까. 믿으실지 모르겠지만, 무슨 일이라도 일이 있었으면 좋겠어요. 지주나 가장이나 경기병, 사진작가, 기자와 같은 일 말입니다……. 그런데 아무것도 전문적으로 하고 있는 일이 없으니! 때로는 지루하기까지 하답니다. 사실 나는 당신이 내게 무언가 새로운 말을 해줄 거라고 생각했어요.」

「당신은 누구이고, 여기엔 왜 온 거지요?」

「내가 누구냐고요? 당신도 알고 있지 않습니까? 난 귀족으로 2년간 기병대에서 근무했고, 그 후에는 여기 페테르부르크에서 어슬렁대다가, 그다음엔 마르파 페트로브나와 결혼해 시골에서 살았습니다. 그게 내 삶이에요!」

「당신은 도박사였던 것 같은데요?」

「아니요. 내가 무슨 도박사입니까? 사기도박꾼이지 도박사는 아니지요.」

「당신은 사기도박꾼이었습니까?」

「예, 그랬습니다.」

「그럼 맞아 본 적도 있겠군요?」

「그런 적도 있지요. 왜 그러십니까?」

「그렇다면 결투 신청을 받은 적도 있겠고…… 그러니까 대체로 화려한 인생이었군요.」

「당신 말에는 반박하지 않겠습니다. 더구나 난 철학에는 익숙하지 않으니까요. 하지만 고백하지요. 내가 이곳에 온 것은 무엇보다도 여자 때문입니다.」

「마르파 페트로브나의 장례가 막 치러지자마자요?」

「예, 그렇습니다.」 스비드리가일로프는 보란 듯이 솔직한 미소를 지었다. 「그게 어떻다는 거지요? 내가 여성에 대해서 이렇게 말한다고 해서 나쁘다고 생각하시나 보군요?」

「그렇게 생각합니다. 그럼 음탕한 삶이 나쁘지 않다는 건가요?」

「음탕한 삶이라고요! 이게 무슨 비약이십니까! 하지만 먼저 여성 전반에 대해 순차적으로 대답해 드리지요. 난 지금 뭐든 지껄이고 싶네요. 말씀해 보세요, 내가 왜 절제를 해야 합니까? 나는 여자를 좋아하는데, 왜 그 여자들을 내가 버려야 하지요? 적어도 이건 일에 속하는 겁니다.」

「그럼 당신은 여기서 오직 음탕한 삶에만 기대를 걸고 있단 말씀이신가요?」

「글쎄요, 음탕한 삶에 기대를 걸고 있다고 해두지요! 음탕이라는 말이 마음에 꼭 든 모양이군요. 예, 적어도 난 직설적인 질문을 좋아합니다. 적어도 이 음탕한 삶에는 본성에 뿌리를 박은, 공상에 지배되지 않는 항구적인 무엇이 있습니다. 항상 타오르는 석탄 같은 것이 핏속에 존재하고, 그것이 영원히 타오르게 하지요. 그것은 오랫동안 그렇게 타오를 겁니다. 그리고 해가 가도 그다지 쉽게 꺼지지 않을 겁니다. 당신도 동의하시겠지요? 이것도 나름의 일이 아닐까요?」

「그런 일에서 기쁨을 느낄 만한 것이 뭐가 있습니까? 그것은 병일뿐더러, 더구나 위험하기까지 한 것입니다.」

「비약을 하시는군요! 정도를 넘어서는 다른 모든 것과 마찬가지로 이것도 병이라는 데에는 나도 동의하겠습니다. 이건 반드시 정도를 넘어서게 되어 있으니까요. 하지만 이것도 첫째, 사람마다 다 다릅니다. 둘째로, 물론 모든 일에 정도를 지키고, 비열한 짓이긴 해도 이해타산에 따라서 행동해야겠지만, 그래도 어쩌겠습니까? 이게 없으면 자살하는 것 외에 다른 방법이 없으니 말입니다. 점잖은 사람이라면 지루해도 꾹 참아야 하는 거라는 데는 동의하겠습니다. 그러나…….」

「당신은 자살할 수도 있겠군요?」

「이것 보세요!」 스비드리가일로프는 혐오감을 내비치면서 반발했다. 「제발 그런 말은 마십시오.」 그는 황급히 덧붙여 말했지만, 조금 전까지 그의 말에서 내비치던 온갖 허세도 사라지고, 얼굴빛마저도 변한 것 같았다. 「그것이 용서받을 수 없는 내 약점이라는 걸 인정합니다. 그러나 어떻게 하겠습니까? 난 죽음이 두렵고, 죽음에 대해 말하는 것도 싫습니다. 내가 좀 신비주의자라는 것을 모르십니까?」

「아! 마르파 페트로브나의 유령들! 어떻게, 아직도 그것들이 계속 찾아옵니까?」

「그 이야기는 꺼내지도 마세요. 페테르부르크에서는 아직 그런 일이 없었습니다. 그런 것들은 지옥에나 가라고 하지요!」 그는 화가 난 모습으로 소리 질렀다. 「아니요, 그 얘기는 하지 않는 게 더 낫겠어요……. 그런데…… 음! 저런, 시간이 조금밖에 없군요. 당신과 오래 앉아 있을 수 없겠습니다. 유감이군요! 아직 하고 싶은 말이 있긴 하지만.」

「누구를 만나러 가시나요? 여자인가요?」

「예, 여자입니다. 그게 뜻밖의 경우라서…… 아니, 그런 얘기가 아니에요.」

「이런 추악한 환경도 당신에게는 전혀 영향을 미치지 않는 모양이군요? 이미 자제할 힘을 잃어버린 건가요?」

「당신이 자제할 힘에 대해서 말씀하십니까? 흐흐흐! 당신은 지금 나를 놀라게 하시는군요, 로디온 로마노비치. 하긴 진작에 난 이렇게 되리라는 걸 알았지만 말입니다. 당신은 내게 음탕함과 미학에 대해서 논하시는군요! 당신은 실러이고, 이상주의자입니다! 물론, 이러시는 게 마땅하고, 만일 그렇게 말하지 않는다면 오히려 놀랄 일이겠지만, 그래도 어쩐지 현실 속에서는 이상하게 여겨지거든요……. 아, 시간이 부족한 것이 안타깝습니다. 당신은 정말로 흥미로운 분인데요! 참, 당신은 실러를 좋아하십니까? 난 굉장히 좋아합니다.」

「당신은 정말 허풍선이로군요!」 라스콜니코프는 일종의 역겨움을 느끼면서 말했다.

「맹세코 절대 아닙니다!」 스비드리가일로프는 웃으면서 대답했다. 「그런데 굳이 반박하지는 않겠습니다. 허풍선이라고 하지요. 하지만 그다지 모욕적인 허풍만 아니라면, 허풍을 떨지 말아야 할 이유가 있을까요? 마르파 페트로브나의 집이 있는 시골에서 7년간이나 살았던 나로서는, 지금 당신처럼 영리하고 상당히 호기심을 자극하는 사람에게 달려들어 이렇게 너스레를 떤다는 것이 무조건 기쁠 따름이지요. 게다가 또 반 잔의 샴페인을 마신 뒤라 머리가 약간은 멍하군요. 그리고 나를 몹시 흥분시키는 중요한 일이 하나 있기는 하지만, 이에 대해서는…… 입을 다물렵니다. 어디 가십니까?」 스비드리가일로프는 갑자기 놀란 표정으로 물었다.

라스콜니코프가 일어서고 있었다. 그는 마음이 무겁고 답답했다. 그리고 이곳에 온 것이 왠지 어색하게 여겨졌다. 그는 스비드리가일로프라는 인물이 이 세상에서 가장 맹랑하고 하찮은 악인이라는 것을 확신할 수 있었다.

「자, 자! 앉으세요. 이곳에 그냥 계십시오.」 스비드리가일로프는 설득했다. 「차를 가져다 달라고 하지 그러세요. 잠시 앉아 계십시오. 더 이상 쓸데없는 말은 지껄이지 않겠습니다. 나 자신에 대해서는 말입니다. 뭐든 다른 걸 얘기해 드리지요. 원하신다면, 당신의 말대로, 어떤 여자가 나를 〈구해 준〉 이야기를 해드리지요. 이건 당신의 첫 번째 질문에 대한 답변입니다. 왜냐하면 그 특별한 여자란 당신의 누이동생이니까요. 이야기해도 될까요? 시간도 때울 겸 말입니다.」

「그러세요. 하지만 설마…….」

「오, 걱정하지 마십시오! 아브도티야 로마노브나는 나처럼 추하고 시시한 사람의 마음속에서도 깊은 존경심만 불러일으킨 분이니까요.」

4

「당신도 아실지 모르겠습니다만, 참(내가 당신에게 말한 적이 있군요).」 스비드리가일로프는 말문을 열었다. 「큰 빚을 진 나는 그 빚을 갚을 방도가 전혀 없었기 때문에 이곳의 채무 감옥에 들어가 있었습니다. 당시 마르파 페트로브나가 내 보증을 서서 풀려났던 이야기를 새삼스레 자세히 말할 필요는 없겠지요. 여자가 때로 사랑에 빠지면 얼마나 정신없이 몰두하는지 당신은 아십니까? 그 여자는 정직하고, 상당히 영리한 편이었어요. (비록 교육을 제대로 받았다고는 할 수 없지만요.) 그런데 상상해 보세요. 그 질투심 많고 정직한 여자가 수도 없이 무섭게 격분하며 온갖 비난을 퍼부은 끝에 결국에 가서는 내게 굴복해 계약 비슷한 것을 체결하기로 결심했을 뿐 아니라, 그 계약을 결혼 생활을 하는 동안 줄곧 지켰단 말입니다. 문제는 그 여자가 나보다 나이도 훨씬 많았을 뿐 아니라, 언제나 입에서 냄새가 났다는 데 있었지요. 난 또 짐승 같은 마음을 지니고 있기는 하지만, 그래도 나름대로 정직한 부분도 있는 사람이라서, 그녀에게 완벽하게 충실할 수는 없다고 솔직히 선언했습니다. 이 고백을 듣고, 물론 그 여자는 격분했지만, 내 무자비한 솔직함이 어떤 면에서는 그 여자 마음에 들었던 모양입니다. 〈그렇게 미리 선언하는 걸 보니, 속일 생각은 없나 보군요.〉 질투심 강한 여자에게는 이게 제일 중요합니다. 오랫동안의 애원 끝에 우리 사이에는 구두상의 계약 비슷한 것이 체결되었습니다. 첫째, 내가 절대로 마르파 페트로브나를 버리지 않고 끝까지 그 여자의 남편으로 남겠다는 것, 둘째, 그 여자의 허락 없이는 아무 데도 가지 않겠으며, 셋째, 절대 고정된 정부를 갖지 않겠다는 것, 넷째, 이에 대한 대가로 몸종을 건드리는 것은 허락해 주겠다는 것이었습니다. 그것도 아내의 허락이 있을 때만 가능했지요. 그다음 다섯째로는 같은 계층의 여인을 사랑하는 것만큼은 절대로 안 된다는 것이었고, 만약 강렬하고 진지한 열정이 나를 사로잡게 되면, 반드시 마르파 페트로브나에게 고백해야만 한다는 것이었습니다. 하지만 마지막 부분에 관해서는 마르파 페트로브나도 상당히 마음을 편히 먹었는데, 그녀는 똑똑한 여자였기 때문에, 이를테면 나를 진정한 사랑은 할 줄 모르는 음탕한 바람둥이 정도로밖에 여기지 않았던 겁니다. 그러나 똑똑한 여자와 질투심이 강한 여자는 전혀 별개의 인격이므로 바로 여기에 큰 문제가 있었던 거지요. 하지만 사람들을 공정하게 판단하기 위해서는 편견이나, 우리를 둘러싸고 있는 사람들과 대상들을 대하는 일상적인 습관들을 우선 던져 버려야 합니다. 그래서 난 다른 어느 누구의 판단보다도 당신의 판단에 더 기대를 걸 권리를 갖게 되는 거지요. 당신은 이미 마르파 페트로브나에 대해서 많은 이야기를 들으셨겠지요. 사실, 아내에게는 여러 가지 우스꽝스러운 습관이 있었답니다. 하지만 솔직히 말씀드리자면, 나는 아내가 나로 인해 겪은 수많은 슬픔에 대해 진심으로 안타깝게 여기고 있어요. 자, 자상한 남편의 상냥한 부인에 대한 그럴듯한 oraison funèbre(애도의 말)는 이것으로 충분하겠지요. 부부 싸움이 나면, 대부분의 경우 나는 입을 다물고 성을 내지 않았습니다. 이런 신사적인 행동으로 거의 언제나 목적을 달성했지요. 이런 행동은 아내에게 영향을 끼쳤고, 또 아내의 마음에 들기도 했습니다. 아내가 이로 인해 나를 자랑스럽게 여긴 적도 있어요. 하지만 당신 누이동생의 일은 아무래도 참을 수 없었던 모양이에요. 어쩌다가 그런 미인을 자기 집 가정교사로 끌어들일 모험을 하게 되었을까요! 난 마르파 페트로브나가 열정적이고 감수성이 예민한 사람이라서 자기가 먼저 반해 버린 거라고, 말 그대로 당신 누이동생에게 완전히 빠져 버린 거라고 생각하고 있습니다. 정말 아브도티야 로마노브나는 대단히 훌륭한 분이니까요! 나는 동생 분을 처음 본 순간부터 일이 아주 잘못되어 가고 있다는 것을 분명히 깨달았습니다. 자, 어떻게 생각하십니까? 난 당신의 누이에게는 눈길조차 주지 않으리라고 결심했습니다. 믿으실는지 모르겠지만, 먼저 접근한 사람은 바로 아브도티야 로마노브나였습니다. 이것 역시 믿으실는지 모르겠지만, 마르파 페트로브나는 내가 언제나 당신의 누이에 대해 아무 말도 하지 않는다고, 자기가 푹 빠져서 쉴 새 없이 아브도티야 로마노브나를 칭찬하는데도 무관심하다고 처음엔 내게 화를 낼 정도였습니다. 나 자신도 아내가 뭘 원했는지 아직도 이해할 수 없을 정도입니다! 물론 마르파 페트로브나는 아브도티야 로마노브나에게 내 이야기를 모조리 상세하게 털어놓았지요. 아내에게는 아무한테나 집안의 비밀을 털어놓고, 끝없이 나에 대한 불평을 늘어놓는 나쁜 버릇이 있었으니까요. 그러니 이 새로 생긴 아름다운 친구를 가만 놔둘 리 있었겠습니까? 두 사람에게는 나에 대한 것 말고는 화젯거리도 없었을 겁니다. 그러나 아브도티야 로마노브나가 내가 한 짓이라고 소문난 음울하고 비밀스러운 이야기를 모조리 알게 되었으리라는 데는 의심할 여지가 없겠지요……. 틀림없이 당신도 역시 그런 종류의 이야기를 들으셨겠지요?」

「들었습니다. 루진은 당신이 어떤 어린아이를 죽게 했다고 하던데요. 그게 사실입니까?」

「제발 그런 저속한 이야기들일랑 치워 버립시다.」 스비드리가일로프는 역겹다는 듯이 혐오감을 보이면서 반발했다. 「만일 당신이 꼭 그런 엉뚱한 일들에 대해 알고 싶으시다면, 언젠가 특별히 시간을 내서 말씀드리지요. 하지만 지금은…….」

「시골의 당신 하인에 대한 말도 들리던데요. 당신이 또 원인이 된 것 같다고요.」

「제발, 그만하세요!」 스비드리가일로프는 분명 참을 수가 없었던지 또다시 그의 말을 가로막았다.

「그 사람이 죽은 다음에도 파이프를 채워 주려고 당신에게 왔다던 바로 그 하인이 아닙니까……? 언젠가 당신이 내게 말해 주었지요.」 라스콜니코프는 점점 더 흥분된 어조로 물었다.

스비드리가일로프는 라스콜니코프를 주의 깊게 바라보았다. 라스콜니코프는 그의 시선에서 독기 어린 비웃음이 한순간 번개처럼 스친 것 같다고 느꼈다. 그러나 스비드리가일로프는 자신을 제어하고 대단히 공손하게 대답했다.

「바로 그 하인입니다. 보아하니 당신도 그런 일들에 아주 흥미를 느끼는 모양이군요. 그렇다면 적당한 때에 그 모든 일에 대한 당신의 호기심을 낱낱이 만족시켜 드리는 게 내 의무라고 생각하겠습니다. 빌어먹을! 난 내가 어느 누구에게나 소설적인 인물로 보일 수 있다는 점을 잘 알고 있습니다. 그러니 잘 생각해 보십시오. 마르파 페트로브나가 당신 누이동생에게 나에 대해 호기심을 자극할 만한 신비스러운 말들을 해준 것에 대해 나는 고인에게 얼마나 감사해야 할지 모를 지경입니다. 어떤 인상을 주었는지 감히 판단할 수는 없지만, 아무튼 그건 내게 유리했습니다. 아브도티야 로마노브나는 나에 대해서 자연스러운 혐오감을 느끼게 되었지요. 그런데 내가 계속해서 음울하고 역겨운 태도를 취했음에도 불구하고, 당신 누이는 마침내 나를 가엾이 여기게 된 것입니다. 타락할 대로 타락한 사람이 가여워진 거지요. 아가씨의 마음에 〈가엾다〉는 생각이 드는 것, 그것은 물론 무엇보다도 자신에게 위험한 일입니다. 그렇게 되면 반드시 〈구원해 주고〉 싶어지니까요. 이성을 되찾게 해주고, 재기시키고, 더 고귀한 목적을 이루라고 이끌어 주고, 새로운 삶과 활동을 시작하도록 도와주고 싶은 마음이 생긴 겁니다. 이런 종류의 일을 꿈꾸게 된다는 건 뻔한 일이지요. 나는 곧 작은 새가 스스로 내 그물에 걸려들리라는 것을 깨닫고, 내 쪽에서도 마음의 준비를 했습니다. 당신은 얼굴을 찡그리시는 것 같군요, 로디온 로마노비치? 괜찮습니다. 당신도 아시다시피, 일은 시시하게 끝나고 말았으니까요. (이런, 내가 술을 얼마나 마시고 있는 거야!) 아시겠습니까? 나는 운명이 당신의 누이동생을 2세기나 3세기의 어느 대공, 혹은 통치자, 아니면 소아시아 총독의 딸로 태어나지 않게 한 것이 얼마나 유감스러운지 모르겠습니다. 아브도티야 로마노브나는 의심할 여지 없이 순교의 고난을 감당해 낼 그런 여인 중의 한 사람입니다. 빨갛게 달군 쇠창살로 가슴을 지진다 해도 미소를 지을 그런 여인입니다. 자청해서 일부러라도 그 길을 갔을 여자입니다. 4세기나 5세기였다면 이집트의 사막으로 나가서, 30년 동안 풀뿌리만 먹고 살면서도 환희를 느끼며 환상 속에서 살아갈 여인입니다. 당신의 누이동생이 갈망하고 요구하는 것은 오로지 누구를 위해서도, 무엇을 위해서도 좋으니 속히 고통을 감수하는 일입니다. 만일 그녀에게 그 고통을 주지 않는다면, 그녀는 창밖으로라도 뛰어내릴 겁니다. 나는 라주미힌이라는 사람에 대해서 들었습니다. 그는 괜찮은 사람이라고 하더군요. 합리적인[그의 성(姓)이 말해 주고 있지요.[6] 분명 신학생이겠지요] 사람이라고요. 당신의 누이동생을 지키라고 하십시오. 한마디로 말해서, 난 그 아가씨가 어떤 사람인지를 알게 된 것 같아서, 그것만으로도 영광스럽게 생각합니다. 하지만 당시, 즉 처음 서로에 대해 알게 될 때는, 당신도 아시다시피 왠지 더욱 경솔해지고 어리석어져서, 잘못 보거나 제대로 보지 못하게 되는 경우가 있지 않습니까? 제기랄, 아브도티야 로마노브나는 왜 그렇게 아름다운 겁니까? 전부 내 탓만은 아닙니다! 한마디로 말해서 나는 정말 참을 수 없는 육체적인 욕망에서 출

---

6 라주미힌이라는 이름의 어근은 라줌razum인데, 〈이성, 합리〉를 뜻한다.

발했습니다. 아브도티야 로마노브나는 전무후무하게, 정말 지독할 정도로 순결한 여성이에요. (기억하십시오. 난 당신의 누이동생에 대한 하나의 사실로서 이 말을 당신에게 하는 겁니다. 그녀는 자신의 폭넓은 지성에도 불구하고 어쩌면 병적이라고 할 수 있을 만큼 순결합니다. 이게 해가 될 겁니다.) 이때 우리 집에 한 아가씨가 나타났습니다. 파라샤, 검은 눈동자의 파라샤, 그 아가씨는 다른 시골에서 데려온 몸종으로 이제까지 한 번도 본 적이 없는 아이였습니다. 정말 예쁘고, 믿을 수 없을 정도로 어리석은 아이였지요. 울부짖으며 온 마당이 떠나가라고 소리를 질러 대는 바람에 곧 소동이 일어났습니다. 한번은 점심 식사 후에 아브도티야 로마노브나가 일부러 정원의 가로수 길에 혼자 있는 나를 찾아와서, 눈을 빛내며 가련한 파라샤를 가만히 내버려 둬달라고 〈요구하더군요〉. 그것이 둘 사이에 있었던 거의 첫 번째 대화였습니다. 난 물론 그녀의 소원대로 해주는 것을 영광으로 여기고, 기가 죽은 듯이 당황한 척하려고 애썼습니다. 한마디로 말해서 그 역할을 나쁘지 않게 해낸 거지요. 교섭과 비밀스러운 대화, 교훈, 훈계, 설득, 애원, 눈물까지 더해졌습니다. 믿을 수 있겠습니까? 눈물까지 말입니다! 어떤 아가씨들에게는 설교에 대한 열정이 정말 굉장히 강렬하더군요! 난 물론 모든 것을 운명 탓으로 돌리고, 광명을 동경하며 갈망하는 척하다가, 마침내는 여성의 마음을 복종시킬 수 있는 가장 위대하고 확실한 방법을 취하게 되었습니다. 그 방법은 절대로 어느 누구도 실망시키지 않으며, 단 한 사람의 예외도 없이 모든 여성에게 확실히 효과가 있는 것입니다. 그 방법이란 누구나 다 아는 아첨이라는 것입니다. 이 세상에서 정직함보다 더 어려운 것도 없고, 아첨보다 더 쉬운 것도 없습니다. 만약 정직함 속에 1백 분의 1가량의 거짓이라도 섞이는 날이면 즉각 불화가 일어나고, 그 뒤를 이어 소란이 벌어집니다. 아첨이란 마지막 한마디까지 모조리 거짓이라 할지라도 기분이 좋아지고 만족감 없이는 들을 수 없는 겁니다. 설사 저속한 만족이라 하더라도 어쨌든 만족은 만족이니까요. 아첨이 아무리 가다듬어지지 않았다 할지라도, 적어도 그 속의 절반 정도는 틀림없이 진짜로 보이는 겁니다. 이것은 교육의 정도와 사회 계층에 상관없이 똑같이 적용됩니다. 정결한 소녀라 할지라도 아첨으로 유혹할 수 있습니다. 그러니 평범한 사람들에 대해서는 말할 것도 없지요. 내가 남편과 아이들과 선행에 몸을 바친 어떤 귀부인을 유혹했던 일을 생각하면 웃지 않을 수 없습니다. 얼마나 재미있고 간단한 일이었는지 모릅니다! 그 귀부인은 정말 선행을 많이 한 여인이었지요. 적어도 나름대로는 그랬습니다. 나의 전술이라는 것은 다만 매 순간 그녀의 순결 앞에 압도당해 엎드려 있는 것뿐이었습니다. 파렴치하게 아첨을 하며, 악수와 눈짓이라도 얻게 되면 그 순간 나는 자신을 비난했습니다. 내가 이걸 그녀에게서 억지로 훔쳐 낸 것이라고, 그녀는 저항했다고, 내가 죄에 물든 사람이 아니었다면 결코 아무것도 얻어 내지 못했을 정도로 그녀는 저항했다고 말해 주었습니다. 그리고 그녀는 너무 순진한 나머지 내 교활함을 알아차리지도 못하고, 자기도 모르는 사이에 자기가 무얼 하고 있는지도 깨닫지 못하고 그만 넘어가 버린 거라고 말이지요. 한마디로 말해서 나는 모든 것을 얻어 낸 거지요. 나의 귀부인은 여전히 자기는 죄가 없고 순결하며 모든 의무와 책임을 다 수행했지만 어쩌다 파멸하게 된 것이라고 믿고 있더군요. 나중에 내가 진심으로 확신한 바에 따르면, 당신도 나와 마찬가지로 쾌락을 원했던 거라고 하자, 그 여자가 얼마나 내게 화를 냈는지 모릅니다. 가련한 마르파 페트로브나 역시 아첨에는 꼼짝을 못 했습니다. 내가 마음만 먹었다면, 아내 역시 살아생전에 재산 전부를 내게 남기겠다는 유언장을 썼을 겁니다. (그런데 내가 정말 많이도 마시며 지껄이고 있군요.) 내가 지금, 그와 똑같은 효과가 아브도티야 로마노브나에게 일어났다고 말해도 화를 내지는 않겠지요. 그런데 내가 어리석고 참을성이 없어서 그만 모든 일을 내 손으로 망치고 말았습니다. 예전에도 몇 번인가 아브도티야 로마노브나는 내 눈에 나타난 표정을 싫어했습니다. 이걸 믿으시겠습니까? 한마디로 말해서, 내 눈 표정에서 어떤 빛이 어느 순간 점차로 강하게 조심성 없이 불타오르게 된 거지요. 그게 당신 누이를 놀라게 하다 못해, 마침내는 증오심을 갖게 만든 겁니다. 자세히 말할 것도 없이 우리는 헤어졌습니다. 이때 나는 또다시 어리석은 짓을 범했습니다. 당신 누이의 온갖 설교와 애원을 아주 거칠게 조롱하기 시작했던 겁니다. 파라샤가 다시 등장하고, 더구나 그 아가씨 혼자만이 아니었습니다. 한마디로 말해서 아수라장이 되었습니다. 오, 로디온 로마노비치, 당신이 평생 한 번만이라도, 누이동생의 눈동자가 때로 어떻게 빛나는지 단 한 번만이라도 보았다면! 이건 내가 지금 취했고, 벌써 술 한 잔을 다 마신 것과는 상관없는 일입니다. 진심에서 하는 말입니다. 분명히 말씀드리지만, 그 시선은 꿈속에조차 나타납니다. 결국 난 아브도티야 로마노브나의 옷 스치는 소리만 들어도 참을 수 없게 되었습니다. 정말로 난 간질 발작이 일어나는 줄 알았습니다. 내가 그렇게까지 열중하게 될 줄은 상상도 하지 못했습니다. 한마디로 말해서 꼭 화해를 해야 했지요. 그러나 그건 이미 불가능한 일이었습니다. 그래서 내가 그때 어떤 일을 저질렀는지 아십니까? 사람이 미치게 되면 얼마나 머리가 둔해지는지 모릅니다! 미칠 것만 같을 때는, 로디온 로마노비치, 결단코 아무 일에도 착수하지 마십시오. 아브도티야 로마노브나가 사실상 거지나 다름없다는 것을(아, 미안합니다. 의도적으로 이런 단어를 쓴 것은 아니지만…… 하지만 만약 같은 의미를 표현하고자 한다면 어차피 마찬가지 아니겠습니까?), 한마디로 말해서 자기 손으로 노동을 해서 먹고살며, 어머니와 당신을 부양하고 있다는 것을(아차, 실례, 또 인상을 찌푸리시는군요……) 알자, 나는 내 돈 전부를 주기로 결심했습니다.

(3천 루블 정도가 제가 당시 마련할 수 있는 돈이었지요.) 나와 함께 이곳, 페테르부르크라도 도망치자고 말입니다. 물론, 난 영원히 사랑할 것과 행복하게 해줄 것 등을 맹세했습니다. 믿으실지 모르겠지만, 내가 어느 정도로 반했느냐 하면, 만일 그녀가 마르파 페트로브나를 베어 버리거나 독살한 뒤에 결혼하자고 하면, 나는 그 즉시로 그런 짓을 저질렀을지도 모릅니다! 하지만 당신도 아시다시피 모든 것은 파국으로 끝나고 말았습니다. 마르파 페트로브나가 그때 루진이라는 비열하기 짝이 없는 관리를 데려다가 손수 결혼을 성사시키려고 한다는 것을 알았을 때, 내가 얼마나 격분했는지 당신도 상상할 수 있을 겁니다. 그건 본질적으로 내가 제안한 것과 똑같은 짓이니까요. 그렇지 않습니까? 그렇지요? 내가 보니 당신은 아주 주의 깊게 내 말을 듣고 계시는군요……. 당신은 재미있는 젊은이예요…….」

스비드리가일로프는 견디다 못해 탁자를 주먹으로 내리쳤다. 라스콜니코프는 그가 눈에 띄지 않게 한 모금씩 마시는 사이에, 이미 비워 버린 한 잔 혹은 한 잔 반의 샴페인이 그에게 심각한 타격을 주기 시작했다는 것을 분명히 알 수 있었다. 그래서 그는 이 기회를 이용하기로 결심했다. 스비드리가일로프가 그에게는 굉장히 의심스러웠던 것이다.

「자, 당신이 그런 말씀을 하시니 나는 더욱 확신할 수 있겠군요. 당신이 내 누이동생을 염두에 두고 이곳에 왔다는 것을 말이오.」 그는 스비드리가일로프를 더욱 자극하기 위해서 아무것도 숨기지 않고서 솔직히 말했다.

「허허, 참, 그만두십시오.」 스비드리가일로프는 갑자기 정신이 번쩍 든 것 같았다. 「당신한테 말하지 않았습니까…… 게다가 당신의 누이는 나를 참을 수 없어 하는데요.」

「참을 수 없어 한다는 점은 나도 확신하지만, 문제는 그게 아니지요.」

「참을 수 없어 한다고 확신하십니까? (스비드리가일로프는 실눈을 뜨고 빈정대는 듯한 미소를 지었다.) 당신 말이 옳습니다. 당신의 누이는 나를 사랑하지 않습니다. 하지만 결단코 남편과 부인, 혹은 남녀 애인 사이에 벌어지는 일을 속단하지는 마십시오. 거기에는 세상의 어느 누구도 모르는, 두 사람 사이에만 가능한 그런 구석이 있기 마련이니까요. 그런데 당신은 아브도티야 로마노브나가 나를 혐오한다고 단언하실 수 있나요?」

「당신 이야기 중에 나온 몇 마디의 말로 미뤄 보아, 당신은 지금 두냐에 대해 어떤 흑심과 곧 실행에 옮길 계획을 가지고 있어요. 물론, 모두 치사한 계획들이겠지요.」

「어떻게 이럴 수가! 내게서 그런 말과 암시가 튀어나왔단 말입니까?」 스비드리가일로프는 그의 계획에 쓰인 형용사에는 조금도 관심을 기울이지 않고, 갑자기 너무나 순진한 표정을 지으며 놀랐다.

「예, 지금 튀어나왔습니다. 그런데 당신은 뭘 그리 두려워하십니까? 왜 그렇게 갑자기 놀라지요?」

「내가 두려워한다고요? 놀란다고요? 내가 당신에게 겁을 집어먹는다고요? 당신이야말로 내가 두려울 텐데요, cher ami(내 친구여). 정말 엉터리 같은 이야기로군요……. 하지만 난 술에 취했습니다, 나도 알고 있습니다. 또 말실수를 할 뻔했군. 망할 놈의 술! 이봐, 물 좀 가져와!」

그는 병을 집어서 거칠게 창밖으로 던져 버렸다. 필리프가 물을 가져왔다.

「이건 다 쓸데없는 소리입니다.」 스비드리가일로프는 천에 물을 적셔서, 그것을 머리에 대고 말했다. 「난 단 한마디만으로도 당신의 콧대를 꺾어 버리고, 모든 의혹을 한 줌의 재로 만들어 버릴 수 있습니다. 내가 결혼한다는 것을 아십니까?」

「당신은 전에도 내게 그런 말을 했었지요.」

「말했었나요? 잊어버렸군요. 하지만 그때 난 확실히 얘기할 수 없었어요. 왜냐하면 아직 약혼자의 얼굴도 보지 못했을 때니까요. 다만 그럴 생각이 있었던 때이지요. 그런데 이제 약혼자도 있고, 일이 성사되었습니다. 만일 도저히 미룰 수 없는 어떤 일이 아니라면, 지금 당장 당신을 그 사람에게 데려갔을 겁니다. 왜냐하면 난 당신의 조언을 듣고 싶거든요. 아이고, 이런! 이제 10분밖에 안 남았군. 보세요, 시계를 좀 보세요. 하지만 이건 재미있는 이야기이니까, 당신에게 하렵니다. 제 결혼 얘기 말씀이에요. 독특한 점이 있지요. 어디 가십니까? 또 가시려고요?」

「아니요, 난 이곳에서 나가지 않을 겁니다.」

「절대 가지 않으시겠다고요? 어디 두고 봅시다! 그곳으로 당신을 데려가서, 이건 정말입니다, 신부를 보여 드리겠습니다. 다만 지금은 안 되고요. 지금은 당신이 곧 가야 할 시간이니까요. 당신은 오른쪽, 나는 왼쪽으로 갈라지는 겁니다. 당신은 그 레슬리흐라는 여자를 아십니까? 내가 지금 살고 있는 집의 바로 그 레슬리흐 말입니다. 예? 듣고 계십니까? 아니, 무슨 생각을 하고 있나요. 조카뻘 되는 여자애가 한겨울에 물에 빠져 죽었다는 바로 그 여자 말입니다. 듣고 계세요? 듣고 있는 겁니까? 자, 바로 그 여자가 내게 이 일을 엮어 주더군요. 어쩐지 적적해 보이니, 한번 유쾌하게 지내 보라고 하더군요. 나는 좀 음울하고 따분한 사람이거든요. 당신은 내가 쾌활하다고 생각하십니까? 아니요, 우울한 사람이에요. 해를 주지는 않지만, 구석에 처박혀서 어떤 때는 사흘씩이나 이야기를 하지 않을 때도 있습니다. 그런데 그 레슬리흐라는 여자는 사기꾼이에요. 내가 그 여자에게 무슨 꿍꿍이속이 있는지 말해 보지요. 내가 지겨워져서 신부를 버리고 떠나면, 신부는 그 여자 차지가 되고, 그 여자는 신부를 또 딴 데로 시집보낼 겁니다. 우리 계층, 즉 더 높은 계층으로 말이에요. 아버지는 병약한 퇴역 관리라고 하는데, 의자에 의지한 채 벌써 3년째 꼼짝

못 한다고 하더군요. 또 어머니도 있는데, 상당히 합리적인 여성이라고 합디다. 아들은 어딘가 도청에서 일하고 있는데, 전혀 도움을 주지 않는다고 하더군요. 큰딸은 시집을 갔는데, 찾아오지도 않는다고 하고요. 그리고 어린 두 조카를 키우고 있다고 하더군요. (자기 자식만으로는 부족했던 모양이지요.) 그래서 졸업도 하기 전에 막내딸에게 중등학교를 그만두게 했답니다. 한 달이 지나면 이제 열여섯 살이 되니, 한 달 후면 시집을 보낼 수 있다는 거지요. 그 아가씨를 내게 시집보내겠다는 거예요. 우리는 함께 가보았지요. 그 집에서 얼마나 우습던지! 나는 나 자신을 상처(喪妻)한 지주이고, 뼈대 있는 가문의 사람으로서 재산도 있고, 이런저런 배경도 가지고 있다고 소개했습니다. 어떻습니까, 내가 쉰 살이고, 그 아가씨가 열여섯도 안 됐다고 해서 못 할 거 있나요? 누가 그걸 탓하겠습니까? 그리고 정말 매혹적이지 않습니까, 예? 정말 매혹적이에요, 하하! 내가 그 부모들과 이야기를 나누던 광경을 당신이 봤어야 하는 건데! 그때의 내 모습을 보는 것만으로도 돈을 치러야 할 겁니다! 처녀가 나와서 내 곁에 앉았지요. 상상할 수 있을 거예요. 아직 짧은 치마를 입고 있더군요. 채 피지 않은 꽃봉오리입니다. 처녀는 얼굴을 살짝 붉히더니, 아침노을처럼 새빨개졌습니다. (물론 처녀에게 결혼 얘기를 해주었지요.) 당신이 여성의 얼굴에 대해서 어떻게 생각하는지는 알 수 없지만, 내 생각에는 열여섯 살 나이의 아직 어린애 같은 눈동자, 그 수줍음, 부끄러움의 눈물, 이와 같은 것들은 아름다움 이상의 것입니다. 더구나 처녀는 또 그림처럼 아주 예쁘게 생겼어요. 양털처럼 잔 고수머리를 곱슬곱슬 내려뜨린 밝은색의 머리카락, 도톰한 진홍빛 입술, 그 발, 정말 매혹적입니다……! 우리는 서로 인사를 하고, 집안 사정 때문에 서둘러야 한다고 선언을 한 뒤, 바로 다음 날, 그러니까 사흘째 되는 날 약혼식을 올렸습니다. 그때부터 난 그곳에 가면 처녀를 무릎에 앉히고는 내려놓지 않습니다……. 그러면 처녀는 아침노을처럼 얼굴을 붉히지요. 나는 계속해서 키스를 해주고요. 어머니는 물론 이 사람은 네 남편이니까 그렇게 해야 한다고 주지시켜 두었더군요. 한마디로 말해서 정말 멋집니다! 현재 약혼자로서의 위치와 권리가 어쩌면 남편으로서의 권리보다 훨씬 더 좋은 건지도 모릅니다. 여기에는 소위 말하는 la nature et la vérité(자연스러움과 진실)라는 것이 있으니까요! 하하! 난 그 아이와 두 번 정도 이야기를 나눠 보았습니다. 아가씨가 전혀 우둔하지 않더군요. 어떤 때는 몰래 나를 훔쳐보기도 하는데, 그 눈빛은 이글이글 불타오르는 것만 같아요. 시스티나의 마돈나의 환상적인 얼굴, 비애에 가득 찬 유로디비의 얼굴이 그렇지요. 그 얼굴이 당신의 눈에 확 떠오르지 않습니까? 바로 그런 얼굴이에요. 약혼식을 올리자마자, 난 바로 그다음 날 1천5백 루블어치의 선물을 가져갔습니다. 다이아몬드로 된 장신구 일습, 진주 장신구와 여러 물건이 들어 있는 요만한 크기의 은제 여성용 화장품 상자였지요. 그걸 보더니 그 마돈나의 얼굴이 새빨개지더군요. 저녁때 처녀를 무릎에 앉혀 놓고, 분명 내가 너무 거리낌 없이 굴었던 모양입니다. 온통 처녀의 얼굴이 새빨개지더니, 눈물을 뿌리면서, 들키지 않으려고 애를 써도 온몸이 뜨거워지더군요. 모두들 잠깐 나간 사이에 나와 그 애 단둘만 남게 되자, 갑자기 내 목에 달려들어(자발적으로 이런 적은 처음이었습니다) 나를 두 팔로 꼭 껴안고는 키스하면서, 순종적이고 충실하고 선한 아내가 되겠다고, 나를 행복하게 해주겠다고, 생애의 매 순간 전 생애를 바쳐서 모든 것, 모든 것을 희생하겠다고 맹세하더군요. 자기는 이 모든 것에 대한 대가로 내게서 원하는 것은 존중뿐이라고, 더 이상은 〈아무것도, 아무것도 필요 없어요, 어떤 선물도요!〉라고 말하더군요. 단둘이 있을 때 짧은 치마를 입고, 곱슬거리는 고수머리를 내려뜨린 열여섯 살짜리 천사가 처녀다운 수줍음 때문에 얼굴을 붉히고 눈물을 글썽이면서, 열렬히 이런 말로 고백하는 것을 듣는다는 것은, 당신도 인정하십시오, 동의하세요, 정말 몹시도 매혹적인 일입니다. 매혹적이지 않습니까? 그래 볼 만한 가치가 있지 않습니까, 예? 가치가 있지요? 자…… 자, 들어 보세요……. 자, 우리 약혼자한테 갑시다……. 다만 지금은 안 됩니다!」

「한마디로 말해서 그 터무니없는 나이 차이와 교육의 차이도 당신에게는 색욕만 불러일으킬 뿐이라는 거군요! 정말 당신은 그런 결혼을 하려는 겁니까?」

「뭐가 어떻습니까? 틀림없이 할 겁니다. 모두들 자기 일은 자기 나름대로 풀어 가는 건데, 가장 자기를 잘 속이는 사람이 어느 누구보다도 더 즐겁게 사는 겁니다. 하하! 당신은 왜 그렇게 도덕률만 내세우십니까? 용서하십시오. 내가 죄 많은 인간이 되어 놔서요. 흐흐흐!」

「어쨌든 당신은 카테리나 이바노브나의 아이들에게 적당한 장소를 찾아 주었지요. 하지만…… 하긴 그 일에도 나름의 이유가 있었겠지요……. 이제야 모든 걸 이해하겠어요.」

「난 대체로 아이들을 좋아한답니다. 아이들을 대단히 좋아하지요.」 스비드리가일로프는 큰 소리로 웃기 시작했다. 「이 문제에 대해서라면 내가 또 당신에게 지금까지 진행되고 있는 아주 흥미로운 에피소드를 이야기해 드릴 수 있습니다. 이곳으로 온 첫날 나는 여러 지저분한 장소를 쏘다녔습니다. 7년 만에 처음이니 그렇게 달려들 수밖에요. 아마도 당신은 내가 옛 패거리나 옛 친구, 그리고 지인들을 만나려고 서둘지 않는다는 것을 알아채셨을 겁니다. 될 수 있으면 더 오랫동안 그 사람들 없이 지내 볼 셈입니다. 마르파 페트로브나의 시골구석에서 내가, 그 온갖 비밀스러운 장소와 알 만한 사람들만 찾을 수 있는 그런 장소들에 대한 향수 때문에, 얼마나 죽도록 괴로워했는지 당신은 모를 겁니다. 제기랄! 서민들은 술에 취해 있고, 젊은 지식인들은 이룰 수 없는 꿈과 환영 속에서 할 일이 없어 말라비틀어진 채 이론의 기형아가 되어 버리고, 어딘가에선 유대인들이 몰려들어 돈을 감추고, 그 밖의 사람들은 퇴폐적인 삶을 살아가지요. 이 도시는 처음부터 내게 익숙한 냄새를 풍기더군요. 나는 소위 무도회라는 곳에도 가보았습니다. 타락할 대로 타락한 장소더군요. (난 불결함이 깃들어 있는 타락한 장소를 좋아합니다.) 물론 캉캉도 있었고요. 우리 시절에는 물론, 그런 건 있지도 않았습니다. 예, 이런 점에서는 진보가 있었다고도 할 수 있겠지요. 그런데 문득 보니까, 한 열세 살쯤 되는 소녀가 아주 예쁘장하게 옷을 차려입고, 춤의 고수와 춤을 추고 있는 겁니다. 그 앞에서는 또 다른 쌍이 춤을 추고 있더군요. 한쪽 벽에는 소녀의 어머니가 의자에 앉아 있고요. 그게 어떤 캉캉이었는지 상상할 수 있겠지요! 소녀는 당황해서 얼굴을 붉히더니, 마침내는 모욕감이 들어서인지 울음을 터뜨렸습니다. 춤꾼은 아이를 붙잡아 뱅뱅 돌리면서 여러 가지 몸짓을 하는데, 주변 사람들은 박장대소를 합니다. 나는 이런 순간의 관객들을 무척 좋아합니다. 설사 그들이 그런 캉캉을 보고 있다 할지라도요. 낄낄대면서 비명을 지르더군요. 〈끝내준다. 저래야 한다니까! 아이들을 데려오지 말았어야지!〉 뭐, 나야, 사람들이 즐기는 방식이 논리적이든 비논리적이든 아랑곳없지요! 난 즉각 앉을 자리를 정하고, 소녀의 어머니 옆자리에 앉았습니다. 그리고 나도 타지에서 온 사람인데, 이곳 사람들은 왜 이렇게 몰상식한지, 왜 진정한 가치를 알아보고 적절한 경의를 표할 줄 모르는지 모르겠다고 했습니다. 그러고는 내게 돈이 많다는 것도 암시했지요. 내 마차에 태워서 데려다주겠다고 제안하고, 집에 데려다준 다음 서로 인사를 나누었습니다. (이제 막 이곳에 온 사람들로 셋집에서 비좁은 방을 얻어 살고 있더군요.) 나를 알게 된 것이 자기와 딸에게는 무한한 영광으로만 여겨진다고 하더군요. 난 모녀가 무일푼 신세로 어떤 관청에 청원할 일이 있어서 왔다는 걸 알아냈습니다. 그래서 도움도 주고 돈도 주겠다고 했습니다. 그 어머니는 정말 춤을 가르쳐 주는 줄 알고 실수로 무도회에 가게 된 거라고 하더군요. 그래서 내 쪽에서 어린 아가씨가 양육을 받을 수 있도록, 또 프랑스어와 무용을 배울 수 있도록 도와주겠다고 했습니다. 그랬더니 몹시 기뻐하면서 영광으로 생각한다며 승낙하더군요. 그래서 지금까지도 죽 사귀고 있습니다……. 원하신다면 가보십시다. 하지만 지금은 안 됩니다.」

「그만두세요. 그 비열하고 저속한 이야기들은 그만두세요. 당신은 정말 음탕한 저질 호색한이군요!」

「실러, 우리들의 실러, 실러로군요! Où va-t-elle la vertu se nicher(미덕이 어디에선들 둥지를 틀지 못하리요)? 난 당신의 비명 소리를 들으려고 일부러 이런 이야기를 꺼낸 겁니다. 아주 유쾌하군요!」

「물론, 그렇겠지요. 이 순간 나는 나 자신을 우스꽝스럽게 생각하지 않는 줄 아십니까?」 라스콜니코프가 독기 어린 어조로 중얼거렸다.

스비드리가일로프는 목청껏 웃어 댔다. 그러고는 마침내 필리프를 불러서 계산을 하고 일어났다.

「난 취했습니다, assez causé(그만 떠들어야지)!」 그가 말했다. 「유쾌했습니다!」

「유쾌하지 않을 수 없겠지요.」 라스콜니코프 역시 일어나면서 소리 질렀다. 「망가진 탕자가 비슷한 종류의 기괴한 흑심을 품고, 이런 상황에서, 또 나와 같은 사람에게 그런 모험담을 이야기하는데, 어떻게 유쾌하지 않을 수가 있겠습니까……. 온몸이 짜릿하시겠지요.」

「만일 그렇다면…….」 스비드리가일로프는 라스콜니코프를 뜯어보면서 약간은 놀란 말투로 대답했다. 「당신도 상당한 냉소주의자로군요. 적어도 그럴 소지가 아주 많아요. 당신은 많은 걸 인식할 수 있습니다, 많은 걸……. 그리고 많은 것을 실행할 수도 있고요. 하지만 이젠 그만둡시다. 당신과 많은 이야기를 나누지 못한 것이 심히 유감스럽군요. 하지만 당신은 내게서 멀리 가지 못할 겁니다……. 잠시만 기다리세요…….」

스비드리가일로프는 음식점에서 나왔다. 라스콜니코프는 그의 뒤를 따랐다. 스비드리가일로프는 그다지 많이 취하지는 않았다. 잠시 머리가 멍해진 것뿐으로 취기는 차츰 물러갔다. 그는 어떤 중대한 일 때문에 걱정이 되는지 얼굴을 찌푸리고 있었다. 어떤 기대감이 그를 흥분시키고 불안하게 하는 것 같았다. 라스콜니코프에 대한 태도도 마지막 몇 분에 와서는 갑자기 돌변해서, 갈수록 더 거칠어지고 조롱기도 짙어졌다. 라스콜니코프도 물론 이 모든 것을 알아챘고, 그 역시 불안해졌다. 스비드리가일로프가 더욱 의심스럽게 여겨지는 것이었다. 그는 그의 뒤를 밟기로 마음먹었다.

두 사람 다 거리로 내려왔다.

「당신은 오른쪽, 나는 왼쪽으로 가는 겁니다. 아니면 그 반대도 좋고요. 그럼, adieu, mon plaisir(안녕히, 만나서 즐거웠습니다). 다음에 반갑게 만납시다!」

그리고 스비드리가일로프는 센나야 광장으로 난 오른쪽 길로 방향을 잡았다.

5

라스콜니코프는 그의 뒤를 따랐다.

「이게 무슨 짓입니까!」 스비드리가일로프는 뒤를 돌아보며 소리쳤다. 「내가 이미 말씀드렸을 텐데요…….」

「이제 당신 곁을 떠나지 않겠다는 뜻입니다.」

「뭐, 뭐, 뭐라고요?」

두 사람 다 발걸음을 멈추고, 1분쯤 상대방의 힘을 가늠해 보 듯이 서로를 노려보았다.

「당신이 반쯤 취해서 한 말들로 미뤄 봐서……」 라스콜니코프 는 단호하게 잘라 말했다. 「당신은 내 누이동생에 대해 비열하기 짝이 없는 음모를 버리지 않았을뿐더러, 한술 더 떠 그 일에 착수 하려는 게 틀림없어요. 오늘 아침 내 동생이 어떤 편지를 받았다 고 하더군요. 당신도 내내 안절부절못하고 있고요……. 당신이 아무리 오다가다 신붓감을 주웠다 하더라도, 그건 아무 의미도 없는 말입니다. 난 내 눈으로 확인하고 싶습니다…….」

라스콜니코프는 자기가 무엇을 원하는지, 무엇을 자기 눈으로 확인하고 싶다는 건지, 자기 자신도 명확히 규정할 수 없었다.

「그러십니까! 그러시다면 내가 지금 경찰을 불러도 되겠습 니까?」

「부르세요!」

그들은 또다시 한참 서로를 마주 보고 서 있었다. 마침내 스비 드리가일로프의 안색이 누그러졌다. 라스콜니코프가 위협에 겁 을 먹지 않는다는 것을 확인한 그는 갑자기 유쾌하고 우호적인 표정을 지었다.

「이런 양반이 있나! 호기심이 발동하기는 했지만, 일부러 그 일 에 관해서는 말을 꺼내지 않은 겁니다. 환상적인 사건이니까요. 그 일은 다음번으로 미루려고 했는데, 정말 당신은 죽은 사람도 화나게 할 사람이군요……. 자, 갑시다. 다만 미리 말해 두겠습니 다만, 나는 지금 돈을 가지러 잠깐 집에 들를 겁니다. 그다음에는 방문을 닫고 마차를 잡아탄 다음, 저녁 내내 바실리옙스키섬에 가 있을 겁니다. 그런데 나를 어디까지 따라오시겠다는 겁니까?」

「우선 그 집으로 가겠어요. 당신한테가 아니라, 소피야 세묘노 브나에게 갈 겁니다. 장례식에 참석하지 못해서 미안하다는 말을 하려고요.」

「당신 마음대로 하십시오. 그렇지만 소피야 세묘노브나는 집에 없을 겁니다. 소피야 세묘노브나는 아이들을 모두 데리고 지위가 상당히 높은 어떤 나이 드신 귀부인에게 갔는데, 그 귀부인은 오래전부터 내가 잘 아는 분으로, 어떤 고아원 시설의 원장이십니다. 그 부인의 마음을 내가 사로잡아 놓았습니다. 카테리나 이바노브나의 세 아이 몫으로 돈을 맡겼을 뿐 아니라, 그 시설에도 약간의 돈을 기부했거든요. 소피야 세묘노브나에 대해서도 사정을 하나도 빠짐없이 이야기해 주었습니다. 효과가 그만이더군요. 그래서 소피야 세묘노브나는 오늘 그 귀부인이 별장에서 나와서 잠시 묵고 있는 * * 호텔에 갔습니다.」

「상관없어요. 그래도 어쨌든 들르겠습니다.」

「마음대로 하십시오. 내가 당신 동행인 것도 아니니, 상관할 일이 아니지요! 자, 이제 집에 다 왔습니다. 당신이 나를 의심스럽게 보는 이유는, 내가 너무 조심스러워한 데다가 이제까지 이런저런 질문으로 당신을 괴롭히지 않았기 때문이라고 확신하는데, 말씀해 보세요……. 무슨 말인지 아시겠지요? 당신은 그걸 범상치 않다고 여기셨겠군요. 분명 그럴 겁니다. 내기라도 걸겠어요! 자, 그렇다면 이제 당신도 좀 신중하게 처신하세요.」

「그리고 문밖에서 엿듣고요!」

「아, 그 이야기요!」 스비드리가일로프는 웃기 시작했다. 「예, 그런 일들이 있은 다음에 당신이 그 이야기를 꺼내지 않는다면, 오히려 제가 놀랐을 겁니다. 하하! 당신이 그때…… 그곳에서…… 허세를 부리며 소피야 세묘노브나에게 해준 말에서 내가 뭔가를 이해했다손 치더라도, 그게 어쨌다는 겁니까? 난 아예 뒤떨어진 인간이라서 아무것도 이해하지 못했는지도 모르잖습니까. 제발 설명해 주시지요! 새로운 지식으로 깨우쳐 주세요.」

「당신은 아무 말도 들을 수 없었어요. 당신은 온통 거짓말을 하고 있는 거요!」

「그런 말이 아닙니다. 그 소리가 아니에요. (비록 내가 무슨 말을 좀 듣기는 했습니다만.) 아니, 내 말은 당신이 계속 한숨만 내쉰다는 말입니다! 당신 속에서 끊임없이 실러가 혼동을 일으키고 있어요. 그래서 지금 문 옆에서 엿듣지 말라는 등의 이야기를 하는 겁니다. 정 그러시다면, 어서 경찰에 출두해서 모든 걸 자백하십시오. 일이 이러이러하게 되어서, 이런 일을 저질렀다, 그런데 이론상 사소한 실수가 생겼다, 하고 말입니다. 그러지 않고 문에서 엿듣는 건 안 되지만, 자기만족을 위해서 아무거나 손에 잡히는 물건으로 노파를 죽이는 건 된다고 확신한다면, 어서 어디든 미국으로라도 떠나십시오! 도망을 치세요, 젊은이! 아직 시간 여유가 있을지 모르니까요. 진심에서 하는 말입니다. 돈이 없습니까? 내가 여비를 드리지요.」

「그런 건 생각도 하고 있지 않아요.」 라스콜니코프는 혐오스럽다는 듯한 표정을 짓고 말을 막았다.

「이해합니다. (하지만 자신을 학대하지는 마십시오. 말을 삼가는 것도 좋겠지요.) 당신이 지금 어떤 문제로 괴로워하고 있는지는 나도 잘 알고 있습니다. 도덕적인 문제이지요? 시민과 인간으로서의 문제이지요? 그런 것들일랑 옆으로 치워 버리세요. 지금 그런 게 무슨 소용입니까? 흐흐! 여전히 시민이고 인간이기 때문에? 그렇다면 그렇게 주제넘게 나설 필요도 없었지요. 공연스레 남의 일에 손댈 필요도 없었던 겁니다. 권총 자살을 하세요. 왜요, 그러기는 싫으십니까?」

「나를 떼어 내려고 일부러 나를 자극하는 것 같군요······.」

「이런 괴짜가 다 있나! 자, 이제 다 왔습니다. 계단을 올라갑시다. 보세요, 여기가 소피야 세묘노브나의 집으로 들어가는 입구입니다. 보세요. 아무도 없습니다! 믿지 못하시겠습니까? 카페르나우모프에게 물으세요. 소피야 세묘노브나는 열쇠를 그 식구들에게 맡깁니다. 자, 마침 저기 카페르나우모바 부인이 나오는군요. 예? 뭐라고요? (그녀는 약간 귀가 멀었다.) 나갔다고요? 어디로요? 자, 이제 들으셨습니까? 소피야 세묘노브나는 지금 집에 없고, 어쩌면 아주 밤 늦게까지 돌아오지 않을지 모른답니다. 자, 이제 내 방으로 가십시다. 내 방에도 들르겠다고 하셨지요? 자, 여기가 내 방입니다. 레슬리흐 부인은 집에 없습니다. 이 여자는 언제나 분주하게 여기저기 쫓아다니지만, 좋은 여자입니다. 확언하건대…… 당신에게 조금만 더 분별력이 있었다면, 그 여자가 당신에게 도움이 됐을지도 모릅니다. 자, 이제 보세요. 난 책상에서 이 5퍼센트 이자가 붙은 어음을 꺼냅니다. (보세요, 내게는 이런 돈이 무척이나 많답니다!) 난 이 어음을 오늘 환전소에서 돈으로 바꿀 겁니다. 자, 보셨지요? 이제 더 이상 시간을 허비할 필요는 없겠지요. 책상 서랍을 잠그고 아파트 문을 잠급니다. 자, 이제 우리는 계단에 와 있습니다. 어떻게, 마차를 잡아 드릴까요? 나는 이 마차를 타고 예라긴까지 갈 겁니다. 어떠세요? 거절하시는 겁니까? 못 견디시겠다고요? 마차를 타고 잠깐 산책이나 합시다. 괜찮아요. 비가 오려는 것 같군요. 괜찮습니다. 덮개를 내리면 되니까요…….」

스비드리가일로프는 벌써 마차에 앉았다. 라스콜니코프는 자신의 의심이 적어도 이 순간만큼은 온당하지 못하다고 판단했다. 그는 단 한 마디의 대답도 없이 몸을 돌려 센나야 광장 쪽으로 걸어가기 시작했다. 만일 그가 도중에 한 번만이라도 고개를 뒤로 돌려 보았다면, 스비드리가일로프가 1백 걸음도 채 가지 못해서 마부에게 돈을 지불하고, 보도에 내려서는 것을 볼 수 있었을 것이다. 그러나 그는 아무것도 보지 못한 채 벌써 골목길로 들어섰다. 깊은 혐오감이 그로 하여금 스비드리가일로프에게서 멀리 도망가도록 부추겼던 것이다. 〈내가 그 야만적인 악당, 그 호색한 방탕아, 파렴치한에게 비록 순간적이나마 무엇을 기대했었다니!〉 그는 자기도 모르게 소리쳤다. 사실 라스콜니코프의 판단은 너무 성급하고 경솔한 것이었다. 스비드리가일로프를 둘러싸고 있는 모든 상황에는 신비감은 아니라 할지라도, 그에게 어떤 독창성을 부여하는 무엇이 있었던 것이다. 이 모든 점들 중에서 누이동생과 관련해, 라스콜니코프는 스비드리가일로프가 동생을 내버려 두지 않으리라고 확실하게 믿고 있었다. 그런데 이런 일들을 자꾸 되풀이해서 생각한다는 게 그에게는 도저히 참을 수 없이 괴로운 일이었다!

평소의 버릇대로 그는 혼자 남게 되자 스무 걸음도 가기 전에 벌써 깊은 사색에 빠지고 말았다. 그는 다리로 올라가서 난간 옆에 멈춰 선 뒤 물을 바라보기 시작했다. 그런데 그러는 사이 아브도티야 로마노브나는 그의 뒤에 와서 서 있었다.

그는 이미 다리 입구에서 그녀와 마주쳤지만, 그녀를 제대로 보지도 않고 옆을 지나쳐 버렸던 것이다. 두냐는 여태까지 한 번도 그런 모습의 그를 거리에서 본 적이 없었다. 그래서 그녀는 겁을 먹을 정도로 깜짝 놀라고야 말았다. 그녀는 멈춰 서서, 그를 불러야 할지 말아야 할지를 망설이고 있었다. 그러다가 문득 그녀는 센나야 광장 쪽에서 황급히 다가오고 있는 스비드리가일로프를 발견했다.

그러나 그는 몰래 조심스럽게 다가오고 있는 것 같았다. 그는 다리 위로 올라오지 않고, 라스콜니코프가 보지 못하도록 애쓰면서 길의 한옆에 멈춰 서 있었다. 벌써 오래전부터 두냐를 발견했던 그는 그녀에게 손짓을 하기 시작했다. 그녀는 그 손짓이 오빠를 부르지 말고, 내버려 둔 채 자기 쪽으로 오라는 뜻이라고 생각했다.

그래서 두냐는 그렇게 했다. 그녀는 조용히 오빠 옆을 지나 스비드리가일로프에게 가까이 다가갔다.

「어서 갑시다.」 스비드리가일로프가 그녀에게 속삭였다. 「난

로디온 로마노비치가 우리가 만나는 걸 몰랐으면 좋겠소. 미리 말씀드리지만, 오빠가 나를 찾아왔기에 여기서 멀지 않은 음식점에서 함께 앉아 있다가, 지금 억지로 떼어 놓고 오는 길입니다. 어떻게 된 일인지, 그는 내가 당신에게 편지를 보냈다는 걸 알고 있더군요. 그래서 뭔가 의심을 하고 있어요. 물론, 당신이 그에게 말한 건 아니겠지요? 만일 당신이 아니라면, 누가 그랬을까요?」

「자, 우리는 벌써 골목을 돌았어요.」 두냐가 그의 말을 가로막았다. 「이제 오빠는 우리를 보지 못해요. 분명히 말해 두지만, 난 더 이상은 당신과 함께 가지 않겠어요. 이곳에서 모든 걸 말씀해 주세요. 거리에서도 말할 수 있으실 테니까요.」

「첫째로, 이 이야기는 절대 거리에서는 할 수가 없는 그런 종류의 이야기입니다. 둘째로, 당신은 소피야 세묘노브나의 말을 들어야만 합니다. 그리고 셋째로, 당신에게 보여 줄 증거물이 있어요……. 자, 그런데도 내 집에 들어가길 끝까지 거절하신다면, 저로서도 모든 설명을 거두고 즉각 물러나겠습니다. 그렇지만 당신이 사랑하는 오빠의 대단히 흥미로운 비밀이 제 손아귀에 완전히 놓여 있다는 걸 명심하시기 바랍니다.」

두냐는 결단을 내리지 못하고 서서, 꿰뚫을 듯한 시선으로 스비드리가일로프를 노려보았다.

「무얼 두려워하십니까!」 그가 조용히 말을 이었다. 「도시는 시골과 다릅니다. 시골에서는 당신이 나보다 훨씬 더 많은 해를 내게 끼쳤지요. 그렇지만 여기서는…….」

「소피야 세묘노브나에게는 미리 말씀하셨나요?」

「아니요. 단 한 마디도 하지 않았습니다. 그리고 또 지금 그녀가 집에 있는지 없는지도 확실히 모릅니다. 하지만 틀림없이 집에 있을 겁니다. 오늘 계모의 장례식을 치렀는데, 이런 날 손님을 잡으러 다니진 않겠지요. 일정 시기가 될 때까지는 아무에게도 이 이야기를 하고 싶지 않았기 때문에 당신에게 알린 것도 조금은 후회하고 있습니다. 아주 사소한 부주의라 할지라도 밀고나 마찬가지가 되니까요. 난 바로 저기에 살고 있습니다. 바로 저 집이요. 이제 다 왔군요. 바로 저 사람이 우리 건물의 경비원이고, 경비원은 나를 아주 잘 알고 있지요. 자, 저 사람이 인사를 하는군요. 내가 여성과 함께 걷는 것을 보았으니까, 물론 당신의 얼굴도 기억했을 겁니다. 만일 나를 두려워하고 의심하신다면, 이 사실이 당신에게 도움이 되겠지요. 이런 무례한 말을 용서하십시오. 나는 셋집에서 방을 빌려 살고 있습니다. 소피야 세묘노브나 역시 나와 벽 하나를 사이에 두고 셋집에서 방을 빌려 살고 있습니다. 층마다 모두 셋집이지요. 어린아이처럼 뭘 그렇게 두려워하십니까? 아니면 내가 그렇게도 무서운가요?」

스비드리가일로프의 얼굴은 관대한 미소를 지을 듯하더니 일그러졌다. 그러나 그는 이미 웃을 기분이 아니었다. 그의 심장은 고동쳤고 가슴에서 숨이 막혀 왔다. 그는 점점 심해지는 자신의 흥분을 감추려고 일부러 더 큰 소리로 말했다. 그러나 두냐는 그의 이렇게 특별한 흥분을 감지할 수 없었다. 어린아이처럼 그를 두려워한다는 말과, 그가 그녀에게 그렇게도 무서운 존재냐는 말이 극도로 그녀를 자극했던 것이다.

「당신이…… 양심이 없는 인간이라는 걸 알고 있지만, 조금도 두렵지는 않아요. 앞서가세요.」 그녀는 겉으로 보기에는 평온하게 말했으나, 그녀의 얼굴은 몹시도 창백했다.

스비드리가일로프는 소냐의 방 옆에 멈춰 섰다.

「집에 있는지 알아봅시다. 없군요. 운이 좋지 않군요! 하지만 곧 돌아올 겁니다. 만일 나갔다면, 고아가 된 동생들의 문제로 어떤 부인을 찾아간 것일 테니까요. 아이들의 어머니가 죽었으니까요. 나 역시 이 일에 끼어들어 돌봐 주었지요. 만일 소피야 세묘노브나가 10분이 지나도 돌아오지 않으면, 소피야 세묘노브나더러 당신 집에 찾아가라고 하겠습니다. 원하신다면 오늘 중에라도 그렇게 하지요. 자, 여기가 제가 사는 곳입니다. 방이 둘이지요. 저 문 뒤에는 집주인인 레슬리흐 부인이 거주하고 있습니다. 이제 여기를 보세요. 당신에게는 중요한 증거를 보여 드리지요. 내 침실에 있는 이 문은 세를 놓으려고 완전히 비워 둔 두 개의 방으로 통해 있습니다. 바로 저 방들이지요……. 이 방을 약간은 주의 깊게 살펴보실 필요가 있습니다…….」

스비드리가일로프는 가구가 딸린 상당히 넓은 방 두 개를 차지하고 있었다. 두냐는 미심쩍다는 듯이 방을 둘러보았으나, 방의 장식과 배치에서 특별한 것이라고는 아무것도 발견할 수 없었다. 뭔가 알아챈 것이 있다면, 스비드리가일로프의 방이 아무도 살고 있지 않은 두 개의 방 사이에 위치해 있다는 사실 정도였다. 그의 방으로 통하는 입구는 곧바로 복도에 나 있지 않았기 때문에 거의 텅 빈 여주인의 두 방을 통과해야만 했다. 침실에서 스비드리가일로프는 잠겨 있던 문을 열쇠로 열고, 역시 세를 주기 위해 비워 둔 방을 두냐에게 보여 주었다. 두냐는 그가 자신에게 왜 그곳을 보라고 하는지 영문을 모른 채 문지방에 멈춰 서려고 했다. 그러자 스비드리가일로프는 황급히 설명했다.

「자, 여기를 보십시오. 이 큰 방을요. 이 문을 눈여겨보세요. 이 문은 자물쇠로 잠겨 있습니다. 문 옆에 의자가 놓여 있지요. 두 방에서 의자라고는 이것 하나뿐입니다. 이건 내가 더 편히 듣기 위해 내 방에서 가져온 의자입니다. 바로 저 문 뒤에 소피야 세묘노브나의 책상이 놓여 있습니다. 그곳에 앉아서 소냐는 로디온 로마노비치와 함께 이야기를 나누었습니다. 난 이 의자에 앉아서 이틀 저녁 내내 매번 두 시간씩 그들의 말을 엿들었습니다. 물론, 무언가를 알아낼 수 있었지요. 어떻게 생각하십니까?」

「당신이 엿들었다고요?」

「예, 엿들었습니다. 이제 내 방으로 갑시다. 여기에는 앉을 자리가 없군요.」

그는 아브도티야 로마노브나를 다시 응접실로 사용하고 있는 첫 번째 방으로 안내했다. 그리고 그녀에게 앉기를 청했다. 자신도 그녀로부터 적어도 1사젠 정도 떨어져 있는 책상의 다른 끝에 앉았다. 하지만 벌써 그의 눈에는 언젠가 두냐를 놀라게 했던 바로 그 불꽃이 타올랐음에 틀림없었다. 그녀는 몸을 부르르 떨고 다시 한번 미심쩍다는 듯이 주변을 두리번거렸다. 그녀의 동작은 자기도 모르게 나온 것이었다. 그녀는 분명 자기가 지닌 불신을 드러내고 싶지 않은 것 같았다. 그러나 스비드리가일로프의 방이 외진 곳에 위치해 있다는 사실이 결국은 그녀를 놀라게 했다. 그녀는 최소한 여주인이 집에 있느냐고 물어보고 싶었지만, 자존심 때문에…… 물어보지 않았다. 더구나 자신에 대한 염려나 공포와는 비교될 수도 없는 더 큰 고통이 그녀의 마음에 담겨 있었던 것이다. 그녀는 참을 수 없이 괴로워하고 있었다.

「이게 당신의 편지예요.」 그녀는 그것을 책상에 놓으면서 말문을 열었다. 「당신이 쓴 것과 같은 일이 도대체 가능할까요? 당신은 마치 오빠가 어떤 범죄를 저지른 것처럼 암시하고 있더군요. 너무나 분명히 암시하고 있기 때문에, 당신은 이미 발뺌하실 수도 없을 거예요. 하지만 알아 두세요. 난 당신에게서 듣기 전에도 벌써 이 어리석은 이야기를 들은 적이 있어요. 하지만 난 단 한 마디도 믿지 않아요. 이건 추악하고 우스꽝스러운 의심이에요. 난 자초지종을 잘 알고 있고, 그 소문이 어떻게 하다가 무슨 이유로 생겨났는지도 알고 있어요. 당신에게 증거 같은 게 있을 리 없지요. 당신은 증명하겠다고 약속했지요. 그러니 이제 말씀하시죠! 하지만 미리 알아 두세요. 난 당신의 말이라곤 하나도 믿지 않아요! 믿지 않고말고요……!」

두냐는 빠르게 말했다. 한순간 홍조가 그녀의 얼굴을 뒤덮었다.

「만일 당신이 믿지 않는다면, 모험을 하면서까지 내게 혼자 올 수 있었을까요? 무엇 때문에 당신은 이곳에 오셨습니까? 단지 호기심 때문인가요?」

「나를 괴롭히지 말고, 어서 말씀하세요!」

「당신이 용감한 여성이라는 데에는 의심의 여지가 없군요. 맹세코 난 당신이 라주미힌에게 부탁해서 이곳에 함께 오실 줄 알았습니다. 그런데 그는 당신과 함께 오지도 않았고, 당신의 주변에도 없더군요. 내가 둘러보았지요. 정말 용맹스럽습니다. 그러니까 그만큼 로디온 로마노비치를 아끼신단 말씀이로군요. 하긴 당신이 하는 모든 일은 성스럽지요……. 당신의 오빠에 관해서라면 뭐라 말씀을 드려야 할까요? 당신도 지금 오빠를 보셨지요. 어떻던가요?」

「그것 하나에만 근거를 두시는 건 아닐 텐데요?」

「물론, 아닙니다. 그게 아니라, 그가 직접 한 말에서 근거를 얻었지요. 그는 이곳 소피야 세묘노브나의 집에 이틀이나 연속으로 왔었습니다. 그들이 어디 있었는지는 내가 지금 보여 드린 대로입니다. 그는 소피야 세묘노브나에게 모든 걸 고백했습니다. 당신의 오빠는 살인자입니다. 그는 죽은 관리의 부인, 고리대금업자 노파를 살해하고 그녀의 물건을 훔쳤습니다. 그리고 언니를 살해한 그 시간에 우연히 들어온 노파의 여동생, 리자베타라는 상인까지 죽였습니다. 그 두 사람을 가지고 간 도끼로 죽였지요. 그는 훔치려고 죽였고, 또 실제로 훔쳤습니다. 돈과 또 여러 가지 물건을 훔쳤어요……. 그는 자기 입으로 이 모든 걸 자세히 소피야 세묘노브나에게 이야기했습니다. 이 비밀을 알고 있는 사람은 오로지 소피야 한 사람뿐입니다. 그렇지만 그 아가씨는 말로나 행동으로나 그 살인에는 참여하지 않았습니다. 오히려 지금의 당신처럼 경악을 금치 못했지요. 걱정하지 마세요. 그 아가씨가 고발하지는 않을 테니까.」

「그건 있을 수 없는 일이에요!」 두냐는 온몸이 얼어붙은 듯 굳어서 창백한 입술로 중얼거렸다. 그녀는 숨을 헐떡이기 시작했다.「그럴 리가 없어요. 그 어떤, 그 어떤 작은 이유도 없어요. 그럴 만한 동기가 없다고요……. 그건 거짓말이에요! 거짓말!」

「그는 강도 짓을 했습니다. 모든 원인이 거기에 있습니다. 그는 돈과 물건을 훔쳤어요. 사실 자기도 고백하고 있지만, 그는 돈도 물건도 쓰지 않았다고 하더군요. 그리고 그것들을 어딘가 돌 아래 숨겨 두어서 아직도 거기 놓여 있다고 합니다. 감히 그걸 사용할 수 없어서 그랬던 거지요.」

「오빠가 강탈하고, 훔칠 수 있다는 게 될 법이나 한 말이에요? 오빠가 그런 생각을 할 수 있다는 게 가능한 일이냐고요?」 두냐는 소리치며 자리에서 벌떡 일어났다. 「당신은 오빠를 알고 있잖아요. 그를 보셨잖아요? 오빠가 도둑질을 할 수 있는 사람이던 가요?」

그녀는 스비드리가일로프에게 애원하는 것 같았다. 그녀는 자신의 공포를 모두 잊어버렸다.

「아브도티야 로마노브나, 이런 일에는 수천 수백만 가지의 배합과 분류가 있습니다. 도둑은 도둑질을 하지만, 그 대신 마음속으로는 자기가 파렴치한 놈이라는 걸 알고 있지요. 나는 어떤 고상한 신사가 우체국을 털었다는 이야기를 들은 적이 있습니다. 그런데 어쩌면 그는 자기가 정말 올바른 일을 저질렀다고 생각하고 있는지도 모른단 말입니다! 물론 나도 다른 사람을 통해서 얘기를 들었다면 당신과 마찬가지로 믿지 못했을 겁니다. 그런데 자신의 귀는 믿지 않을 수 없더군요. 당신의 오빠는 소피야 세묘노브나에게 모든 이유를 설명했습니다. 그 아가씨도 처음에는 자신의 귀를 의심하더니만, 결국은 눈, 자기 눈은 믿더라고요. 당신 오빠가 직접 그 아가씨에게 말했으니까요.」

「어떤…… 이유라고 하던가요!」

「아주 긴 이야기입니다, 아브도티야 로마노브나. 여기에는 뭐라고 하면 좋을까요? 그러니까 일종의 이론이 개재되어 있는데, 내가 알아낸 바에 따르면, 예를 들어 본질적인 목적만 정당하다면 한 번 정도의 악행은 허용될 수 있다는 그런 식의 이론입니다. 단 한 번의 악과 수백 가지의 선행이라는 거지요! 그야 물론 긍지와 자존심이 무한히 강한 젊은이가, 고작 3천 루블만 있으면 출세도, 인생에서의 장래의 목적도 전혀 다르게 구현할 수 있는데, 그 3천 루블이란 돈이 없다는 걸 깨달았을 때 굴욕감을 느끼지 않을 수는 없겠지요. 거기다 굶주림과 좁아터진 방, 누더기 같은 옷, 자기의 사회적인 위치에 대한 선명한 자각, 그와 동시에 누이 동생과 어머니가 처한 상황, 이런 것들에서 오는 초조감을 덧붙여 보십시오. 그러나 무엇보다도 중요한 것은 허영심입니다. 자존심과 허영심이지요. 하지만 어쩌면 이건 좋은 경향인지도 모릅니다……. 내가 오빠를 비난하고 있는 것은 아닙니다. 그렇게 생각하지는 마십시오. 어쨌든 이건 내 일이 아니니까요. 여기에는 또 하나의 독특한 이론이 있습니다. 그저 그런 이론이긴 합니다만, 그 이론에 따르자면, 사람들은 말하자면 재료에 불과한 사람들과 특별한 사람들, 즉 그들의 높은 지위로 말미암아 법률도 미치지 못할뿐더러, 오히려 자기들이 나머지 사람들, 즉 재료들에 불과한 먼지 같은 사람들에게 법률을 만들어 주는 특별한 사람들로 나뉘게 된다는 겁니다. 그냥 그저 그런 이론이에요, une théorie comme une autre(다른 이론들과 마찬가지일 뿐인 하나의 이론이요). 당신의 오빠는 나폴레옹에게 몹시 심취해 있더군요. 즉 수많은 천재들이 개개의 악을 개의치 않고, 고민할 것도 없이 그 악을 밟고 앞으로 나갔다는 데 마음이 끌린 겁니다. 당신의 오빠는 자기가 천재적인 사람이라고 상상했던 것 같아요. 말하자면 한때는 그렇게 믿었던 것 같습니다. 그는 자기가 이론을 만들어 낼 줄만 알았지, 아무 생각 없이 한계를 뛰어넘지 못했기 때문에 자기가 천재적인 인물이 아니라는 생각이 들어 몹시 괴로워했고, 지금도 괴로워하고 있습니다. 이건 자존심이 강한 젊은 사람에게는 몹시도 굴욕적인 일이지요. 특히 우리의 시대에는 말입니다…….」

「그럼 양심의 가책은요? 당신은 오빠의 마음속에 그 어떠한 도덕적인 감정도 없다고 생각하시는 건가요? 과연 오빠가 그런 사람일까요?」

「아, 아브도티야 로마노브나, 지금은 모든 것이 혼탁해져 있습니다. 하긴 이제까지 단 한 번도 질서가 잡혀 있었던 적은 없지만요. 러시아인은 지극히 광활한 혼을 지니고 있습니다, 아브도티야 로마노브나. 러시아 땅만큼이나 광활할 뿐 아니라 극도로 환상적이면서도 무질서한 경향이 있지요. 그러나 특별한 천재성도 없이 대범하기만 한 영혼은 재앙입니다. 기억하시지요. 저녁 식사 후에 우리는 정원으로 통하는 테라스에 앉아서, 밤마다 이런 종류의 주제를 가지고 얼마나 많은 이야기를 나누었습니까? 그때 당신은 내가 대범하다고 비난하셨지요. 하지만 누가 알겠습니까, 우리가 이야기를 하고 있던 바로 그 시간에 당신의 오빠는 이곳에 누워서 그런 생각을 곰곰이 했을지요. 우리 나라의 교육받은 계층에게는 특별히 성스러운 전통이란 게 결여되어 있습니다, 아브도티야 로마노브나. 누군가의 책을 읽고 나름대로 지어낸 게 아니면…… 연대기에서 끄집어낸 것이 고작이지요. 이런 일을 하는 사람들은 대개 학자들이고, 이들 모두 저마다 바보들이라서, 세상 사람들이 보기에 민망할 정도입니다. 하지만 내 의견에 관해서라면 당신도 대체로 알고 계실 겁니다. 난 결단코 아무도 비난하지 않습니다. 나 자신이 고등 룸펜이고, 또 그걸 고수하고 있으니까요. 우리는 이 점에 대해서도 여러 번 이야기를 나누었지요. 여러 의견으로 나는 당신의 관심을 끄는 행복도 누렸었지요……. 그런데 몹시 창백하시군요, 아브도티야 로마노브나!」

「난 오빠의 이론을 알아요. 모든 것이 허용된 사람들에 대한 오빠의 논문을 잡지에서 읽었어요……. 라주미힌이 가져다주었어요…….」

「라주미힌 씨가요? 당신 오빠의 논문을요? 잡지에 실렸다고요? 그런 논문이 있었습니까? 난 몰랐습니다. 그렇다면 분명 흥미로운 논문이겠군요! 어디 가십니까, 아브도티야 로마노브나?」

「소피야 세묘노브나를 만나 보고 싶어요.」 두냐는 약한 목소리로 말했다. 「그녀의 방으로 가려면 어디로 가야 하지요? 어쩌면 그녀가 돌아왔을지도 몰라요. 난 지금 당장 소피야 세묘노브나를 보고 싶어요. 그 여자라면…….」

아브도티야 로마노브나는 말을 끝맺지 못했다. 그녀의 호흡은 그대로 멈출 것만 같았다.

「소피야 세묘노브나는 밤까지 돌아오지 않을 겁니다. 그럴 거라는 생각이 드는군요. 곧 돌아왔어야 했는데, 만일 그러지 못했다면, 그건 굉장히 늦는다는 이야기입니다…….」

「그럼 당신은 거짓말을 했군요! 난 알아…… 당신이 한 말은 거짓말이야……. 모두 거짓말이야……! 난 당신을 믿지 않아! 믿지 않아!」 두냐는 완전히 제정신을 잃고 극도로 흥분해서 외쳤다.

그녀는 거의 실신할 듯이 무너졌는데, 때마침 스비드리가일로프가 재빨리 그녀 뒤로 의자를 밀어 넣었다.

「아브도티야 로마노브나, 왜 이러십니까? 정신을 차리세요! 자, 여기 물이 있습니다. 한 모금만 마시세요…….」

그는 그녀에게 물을 뿌렸다. 두냐는 몸을 부르르 떨며 깨어났다.

「심한 충격을 받았군!」 스비드리가일로프가 얼굴을 찡그리고 혼자 중얼거렸다. 「아브도티야 로마노브나, 진정하십시오! 그에겐 친구들이 있다는 걸 명심하십시오! 우리가 그를 구해 냅시다. 원한다면 내가 그를 외국으로 데려가지요. 내게는 돈이 있으니까, 사흘 안에 표를 구할 수 있을 겁니다. 오빠가 살인을 한 것도 앞으로 그가 선한 일을 많이 하면 속죄될 수 있으니까, 너무 염려

하지 마세요. 오히려 위대한 사람이 될 수도 있습니다. 왜 그러십니까! 기분이 나쁘신가요?」

「악당! 당신은 사람을 조롱하고 있어. 나를 놓아줘요……」

「어디로 가시게요? 어디로요?」

「오빠에게요. 오빠는 어디 있지요? 당신은 알지요? 왜 이 문이 잠겨 있지요? 우리는 이 문으로 들어왔는데, 지금은 잠겨 있군요. 언제 잠근 거지요?」

「우리가 여기서 하는 말을 온 집에 다 들리도록 소리쳐서는 안 되지 않습니까. 난 조금도 조롱하고 있지 않아. 정말 이런 말을 하는 것도 지겹군요. 도대체 어디로 가겠다는 겁니까? 오빠를 고발하겠다는 겁니까? 당신이 오빠를 더 미치게 만들어서 오빠는 자기 자신을 폭로하고야 말 겁니다. 오빠를 뒤쫓고 있다는 사실을 알아야지요. 어쩌면 벌써 흔적을 찾았는지도 모르지요. 당신은 오빠를 내주게 될 뿐이에요. 기다리세요. 난 방금 오빠를 만나서 이야기를 나누었습니다. 아직은 그를 구할 수 있어요. 잠깐 기다려요. 여기 앉아서 함께 생각을 짜봅시다. 난 이 문제에 대해 단둘이서 이야기를 나누려고, 계획을 짜보려고 당신을 부른 겁니다. 앉으세요, 제발!」

「어떻게 그를 구할 수 있다는 거예요? 정말 그를 구할 수 있나요?」

두냐가 앉았다. 스비드리가일로프는 그녀의 옆에 앉았다.

「모든 것은 당신 하기에 달렸습니다. 당신, 오직 당신 한 사람에게 달렸습니다.」 그는 거의 속삭이듯이 눈을 빛내며 말을 시작했다. 그는 흥분해서 허둥대다가 어떤 단어는 제대로 발음하지도 못했다.

두냐는 깜짝 놀라 그에게서 떨어졌다. 그는 온몸을 떨고 있었다.

「당신…… 당신의 말 한마디면 그는 구출될 겁니다! 내가……

내가 그를 구하지요. 내게는 돈과 친구들이 있어요. 내가 그를 즉시 떠나보내고 여권, 두 개의 여권을 준비하겠습니다. 하나는 그의 것으로, 다른 하나는 내 것으로. 나는 이런 일에 능통한 사람들을 잘 알고 있어요……. 그러기를 원하세요? 내가 당신에게도 역시 여권을 마련해 주겠습니다……. 당신 어머니의 것도요……. 라주미힌이 무슨 쓸모가 있습니까? 나 역시 당신을 사랑하는데……. 당신을 무한히 사랑합니다. 당신의 옷깃에 키스하게 해주세요, 어서! 어서! 난 이 옷깃 스치는 소리도 들을 수가 없어요. 당신이 내게 〈이것을 해요〉라고 말만 하면, 나는 그 일을 행할 겁니다! 난 모든 것을 할 겁니다. 난 불가능한 일이라도 할 겁니다. 당신이 믿는 것을 나도 믿겠습니다. 난 무엇이건, 무엇이건 다 할 겁니다! 그러지 말아요, 나를 그렇게 보지 말아요! 당신이 나를 얼마나 죽도록 애태우게 하는지 아시오…….」

그는 헛소리까지 하기 시작했다. 그는 머리를 한 대 얻어맞기라도 한 듯 갑자기 돌변했다. 두냐는 벌떡 일어나 문 쪽으로 달려갔다.

「문을 열어 주세요! 열어 주세요!」 그녀는 누군가를 부르려고 두 손으로 문을 흔들며 문에 대고 소리쳤다. 「열어 주세요! 정말 아무도 없어요?」

스비드리가일로프는 일어나서 정신을 차렸다. 아직도 떨고 있는 그의 입술에 악의에 가득 찬 비웃음이 서서히 떠올랐다.

「저쪽 집에는 아무도 없소.」 그는 조용히 띄엄띄엄 말했다. 「여주인은 나갔으니까 소리를 질러 봐야 헛수고일 뿐이오. 공연스레 나를 흥분시킬 뿐이지.」

「열쇠는 어디 있어? 당장 문을 열어, 이 비열한 인간!」

「열쇠를 잃어버려서 찾을 수가 없는데.」

「아! 이건 폭행이야!」 두냐는 이렇게 외치고는 죽은 사람처럼 창백해져서 구석으로 달려가, 곧 손에 잡힌 작은 탁자 뒤로 몸을 피했다. 그녀는 소리치지 않았다. 그러나 그녀는 자신을 괴롭히는 인간을 노려보며 그의 행동 하나하나를 주시하고 있었다. 스비드리가일로프 역시 자리에서 움직이지 않고, 방의 다른 쪽 끝에서 그녀를 마주 보고 섰다. 그는 적어도 겉으로 보기에는 자신을 제어하고 있는 것 같았다. 그러나 그의 얼굴은 아까처럼 창백했다. 빈정거리는 듯한 미소는 여전히 그의 입술을 떠나지 않았다.

「당신이 지금 〈폭행〉이라고 했소, 아브도티야 로마노브나? 폭행하려 한다면 내가 어떤 조치를 취했을지 당신도 판단할 수 있을 텐데. 소피야 세묘노브나는 집에 없고, 카페르나우모프의 집까지는 거리가 멀어서 굳게 닫힌 방 다섯 칸을 지나야 하오. 끝으로 난 적어도 당신보다 두 배는 힘이 세고, 게다가 난 겁낼 이유가 없는데, 그건 당신이 나중에 불평할 수 없기 때문이지. 당신이 정말로 오빠를 배신하고 싶은 건 아니지? 그리고 또 누가 당신 말을 믿겠소? 무슨 까닭으로 아가씨 혼자서 외롭게 사는 사람의 집을 방문했을까? 그러니 설령 오빠를 희생시킨다고 할지라도 당신은 아무것도 증명할 수가 없어. 폭행이라는 걸 증명하기가 무척 어렵다는 소리요, 아브도티야 로마노브나.」

「비열한 인간!」 두냐는 분노하며 속삭였다.

「마음대로 생각하시오. 하지만 난 가정을 한 것뿐이니까. 내 개인적인 믿음으로도 당신은 옳아요. 폭행은 혐오스러운 짓이지. 난 다만 거기다가 이 말을 덧붙이고 싶군. 만약…… 만일 당신이 내 제안대로 기꺼이 오빠를 구출하길 원한다 해도, 당신 양심에 거리낄 거라고는 아무것도 없을 거란 말이오……. 말하자면 당신은 다만 상황에 굴복한 거니까, 아니 꼭 〈폭행〉이라는 말을 쓰고 싶다면, 폭행에 굴복했다고 합시다. 하지만 당신 오빠와 어머니의 운명이 당신 손에 달렸다는 걸 생각해 보시오. 난 당신의 노예가 되겠소…… 평생토록……. 난 여기서 이렇게 기다릴 거요…….」

스비드리가일로프는 두냐로부터 여덟 발자국 떨어진 안락의

자에 앉았다. 그의 결심이 굳건하다는 것은 의심할 여지가 없었다. 더구나 그녀는 그를 잘 알고 있었다…….

그녀는 갑자기 주머니에서 연발 권총을 꺼내 안전핀을 뽑고, 권총 든 손을 작은 탁자 위에 내려놓았다. 스비드리가일로프는 자리에서 벌떡 일어났다.

「아하! 그렇게 된 거로군!」 그는 놀라면서도 여전히 독기 어린 미소를 입가에 흘리며 소리쳤다. 「자, 이렇게 되면 사건의 진행이 완전히 달라지겠는걸! 당신은 당신 손으로 내 일을 아주 수월하게 만들어 주는 거요, 아브도티야 로마노브나! 어디서 그 권총을 구했지? 라주미힌이 준 건 아니오? 저런! 저건 내 권총이잖아! 오래된 낯익은 권총이군! 내가 저걸 그렇게도 찾았는데……! 내가 시골에서 영광스럽게도 당신에게 해주었던 사격 수업이 허사로 돌아가진 않았군.」

「당신 권총이 아냐. 당신이 죽인 마르파 페트로브나의 것이지, 악당! 부인의 집에는 당신 것이라고는 아무것도 없었어. 난 당신이 무슨 짓을 할지 의심쩍어서 이것을 가져왔던 거야. 한 발자국이라도 움직이면, 맹세코 너를 죽여 버릴 거야!」

두냐는 극도로 흥분해 있었다. 그녀는 권총을 쏠 태세를 취했다.

「그럼 오빠는? 호기심이 나서 물어보는 겁니다만.」 스비드리가일로프는 여전히 그 자리에 서서 물었다.

「고발하고 싶으면 고발해! 자리에서 움직이지 마! 꼼짝도 하지 마! 쏠 테다! 넌 아내를 독살했어, 난 알아. 네가 바로 살인자라는 걸……!」

「내가 마르파 페트로브나를 독살했다는 걸 그렇게도 굳게 믿고 있나?」

「너야! 네가 내게 암시했어. 당신은 내게 독에 대해 말한 적이 있어……. 난 당신이 그걸 사러 갔다 온 것도 알아……. 네게는 준비가 다 되어 있었어……. 그건 틀림없이 너야……. 비열한 자식!」

「만일 그것이 사실이라고 해도, 그건 너 때문이었어……. 어쨌든 네가 이유였던 거야.」

「거짓말! 난 항상, 너를 항상 증오했어…….」

「허, 아브도티야 로마노브나! 분명 자기가 설교에 열중한 나머지 마음이 움직여서 더없이 기뻐했다는 걸 잊은 모양이군……. 난 당신의 눈동자로 그걸 알았어. 기억나시오, 저녁에 달빛이 비치고 꾀꼬리가 울었던 것을?」

「거짓말이야! (두냐의 눈에서 분노의 불꽃이 번뜩였다.) 거짓말, 이 거짓말쟁이!」

「내가 거짓말을 한다고? 좋아요, 거짓말을 한다고 칩시다. 그래, 내가 거짓말을 했소. 여성들에게 그런 일들을 언급해서는 안 되지. (그는 빈정거렸다.) 당신이 쏘리라는 걸 난 알고 있어, 귀여운 야수. 자, 쏴 보시지.」

두냐는 권총을 치켜들었다. 죽은 사람처럼 창백해진 그녀는 새파랗게 질린 아랫입술을 부들부들 떨면서 불꽃처럼 빛나는 커다란 검은 눈동자로 그를 쏘아보았다. 그녀는 그를 쏠 결심으로 조준을 하며 그의 첫 움직임만을 기다렸다. 그는 아직까지 이렇게 아름다운 그녀를 본 적이 없었다. 그녀가 권총을 든 순간, 그녀의 눈에서 반짝인 불꽃은 그를 태워 버릴 것만 같았다. 그의 심장은 아프게 죄어들었다. 그는 한 걸음을 내디뎠다. 그러자 총성이 울렸다. 총알은 그의 머리를 스친 뒤 뒷벽에 꽂혔다. 그는 멈춰 서서 조용히 웃기 시작했다.

「땅벌에 쏘였군! 똑바로 머리를 조준하다니……. 이게 뭐야? 피잖아!」 그는 오른쪽 관자놀이에서 가느다랗게 흘러내리는 피를 닦으려고 손수건을 꺼냈다. 총알은 이마의 표피를 스치고 지나간 것 같았다. 두냐는 권총을 내리고 스비드리가일로프를 두려움이라기보다는 얼떨떨한 표정으로 바라보았다. 그녀 자신도 자기가 무슨 짓을 했는지, 어떻게 된 일인지 잘 이해하지 못하는 것 같았다!

「잘못 쏘았군! 또 쏘시오. 내 기다리리다.」 스비드리가일로프는 여전히 비웃음을 띠며 조용히 말했지만, 어쩐지 우울한 기색이었다. 「그렇게 해서야 당신이 안전핀을 풀기 전에 내가 먼저 당신을 잡겠군!」

두냐는 몸을 한번 부르르 떤 뒤 재빨리 안전핀을 풀고 권총을 다시 들었다.

「나를 내버려 둬요!」 그녀는 절망적으로 외쳤다. 「맹세코 당신을 또 쏠 거예요……. 난 당신을…… 죽일 거야……!」

「그렇지……. 세 걸음밖에 되지 않으니, 죽이지 않을 수가 없겠군. 자, 죽이시지…… 그러면…….」 그의 눈은 빛나기 시작했고, 그는 벌써 두 걸음을 내디뎠다.

두냐는 쏘았다. 불발이었다!

「장전을 잘못했군. 괜찮소! 아직 뇌관이 더 있으니까. 다시 고치시오, 기다리겠소.」

그는 그녀 앞 두 발자국 떨어진 곳에 서서 기다렸다. 그는 이글이글 타오르는 음울한 시선으로 맹렬한 결의를 보이며 그녀를 쳐다보았다. 그녀는 그가 자기를 놓아주느니 차라리 죽을 것이라는 걸 알았다. 〈그렇다……. 물론 이번만큼은 그를 죽일 수 있을 것이다. 두 걸음밖에 떨어져 있지 않으니까……!〉

그런데 갑자기 그녀는 권총을 던져 버렸다.

「내버렸군!」 스비드리가일로프는 놀라서 이렇게 말하고는 깊은 한숨을 내쉬었다. 무언가 순식간에 그의 심장에서 떨어져 나간 것만 같았다. 그것은 죽음의 공포가 주는 중압감만은 아닌 것 같았다. 그 순간 그가 그런 것을 느꼈을 리는 만무하다. 그것은 무언가 더 슬프고 암울한 다른 감정, 자기도 도저히 규정할 수 없는 어떤 감정으로부터의 해방이었다.

그는 두냐에게 다가가 조용히 한 팔로 그녀의 허리를 안았다. 그녀는 저항하지 않았으나, 사시나무 떨듯 온몸을 떨며 애원하듯 그를 쳐다보았다. 스비드리가일로프는 뭐라고 말하려 했지만, 입술만 일그러졌을 뿐 아무 말도 내뱉을 수가 없었다.

「나를 놓아줘!」 두냐는 애원했다.

스비드리가일로프는 몸을 떨었다. 〈놓아줘!〉라는 말투는 아까와는 전혀 다른 것이었다.

「나를 사랑하지 않나?」 그는 조용히 물었다.

그녀는 부정의 뜻으로 고개를 저었다.

「그렇다면…… 사랑할 수 없다는 거야……? 결코?」 그는 절망해서 속삭였다.

「결코!」 두냐는 속삭였다.

한순간 스비드리가일로프의 영혼 속에서 무언의 괴로운 투쟁이 일어났다. 그는 뭐라 표현할 수 없는 시선으로 그녀를 바라보았다. 그러고는 갑자기 손을 빼고 몸을 돌려 빠른 걸음으로 창 쪽으로 물러나 그 앞에 멈춰 섰다.

또 한순간이 흘렀다.

「여기 열쇠가 있소! (그는 외투의 왼쪽 주머니에서 열쇠를 꺼내, 두냐 쪽을 돌아보지도 않고서 자기 뒤에 있는 탁자에 올려놓았다.) 가져가시오. 어서 나가요……!」

그는 창을 뚫어지게 쳐다보았다.

두냐는 열쇠를 집으러 탁자로 다가갔다.

「어서! 어서!」 스비드리가일로프는 여전히 움직이지도, 돌아보지도 않고서 외쳤다. 그러나 이 〈어서〉라는 말속에는 무언가 무서운 감정이 깃들어 있었다.

두냐는 이를 이해하고 열쇠를 집어 든 뒤 문으로 달려가서, 재빨리 문을 열고 방 밖으로 뛰쳐나갔다. 1분 후 그녀는 미친 여자처럼 정신없이 운하 쪽으로 나가 **다리를 향해 뛰기 시작했다.

스비드리가일로프는 그대로 창 옆에 3분 동안 서 있었다. 마침내 그는 천천히 몸을 돌려 주위를 둘러보고는 조용히 손바닥으로 이마를 쓸어내렸다. 이상한 미소가 그의 얼굴을 일그러뜨렸다. 그것은 가련하고 슬프고 약하디약한 절망의 미소였다. 이미 마르기 시작한 피가 그의 손바닥에 묻어났다. 그는 독기 어린 시선으로 피를 들여다보고는, 천에 물을 묻혀 관자놀이를 닦았다. 두냐가 던져서 문가로 날아간 권총이 문득 그의 눈에 띄었다. 그는 총을 집어 들고 살펴보았다. 그것은 포켓용 작은 삼발 권총으로 구형이었다. 그 속에는 아직 두 발의 총알과 한 발의 뇌관이 남아 있었다. 아직 한 번은 더 쏠 수 있었다. 그는 잠시 생각하더니 권총을 호주머니에 넣고는, 모자를 들고 밖으로 나갔다.

6

그날 밤 10시까지 그는 여러 음식점과 불결한 유흥가를 전전하면서 시간을 보냈다. 어디에서인가 카탸도 다시 찾아냈다. 그녀는 또 다른 통속적인 노래를 불렀다. 그것은 어떤 〈비열한 폭군〉이 〈카탸에게 키스하기 시작했다네〉라는 노래였다.

스비드리가일로프는 카탸에게도, 악사에게도, 가수에게도, 하인들에게도, 어떤 관청의 서기 둘에게도 술을 따라 주었다. 그는 이 서기들과 친구가 되었는데, 그 이유는 두 사람 모두 코가 휘었기 때문이다. 한 사람의 코는 오른쪽으로, 다른 사람의 코는 왼쪽으로 휘어 있었다. 이 사실이 스비드리가일로프를 놀라게 했던 것이다. 그들은 마침내 그를 어떤 유원지로 데려갔고, 그는 입장료와 유흥비를 모두 지불해 주었다. 그곳에는 가냘픈 3년생 전나무 한 그루와 빈약한 관목 숲이 세 군데 있었다. 그 밖에도 〈정거장〉이라는 곳이 지어져 있었으나, 사실 그곳은 선술집에 지나지 않았다. 하여간 거기에서는 차를 마실 수 있었고, 또 몇 개의 작은 녹색 탁자와 의자들도 놓여 있었다. 추잡한 가수들의 합창과 새빨간 코를 단 어떤 뮌헨 출신의 술 취한 독일인 광대가 사람들을 즐겁게 해주었지만, 어쩐지 그 광대의 표정만큼은 아주 우울해 보였다. 서기들은 다른 서기들과 다투다가 패싸움을 벌일 뻔했다. 스비드리가일로프는 그들의 중재자로 뽑히게 되었다. 그는 벌써 15분가량 그들 사이를 중재해 보았지만, 그들이 계속 소리를 지르는 바람에 해결의 실마리는 아직 보이지 않았다. 무엇보다도 분명했던 것은 그들 중 한 사람이 무언가를 훔쳐서, 때마침 그곳에 우연히 나타난 유대인에게 파는 데 성공했으나, 팔아서 번 돈을 자기 친구들과 나누려 하지 않았다는 것이다. 결국 팔린 물건은 〈정거장〉 소유의 찻숟가락이라는 게 밝혀졌다. 그리고 〈정거장〉에서도 그것이 사라진 걸 눈치채는 바람에 문제는 더욱 복잡한 양상을 띠게 되었다. 스비드리가일로프는 숟가락값을 지불해 준 다음, 일어나서 유원지를 나왔다. 그때가 거의 6시경의 일이었다. 그는 그동안 술이라곤 단 한 방울도 입에 대지 않고 〈정거장〉에서 차만 시켜 마셨다. 그것도 분위기를 망치고 싶지 않았기 때문이었다. 몹시 무덥고 암울한 밤이었다. 10시가 가까워지자 사방으로부터 엄청난 먹구름이 몰려와서, 천둥이 치며 비가 폭포수처럼 쏟아지기 시작했다. 비는 한 방울씩이 아니라, 물줄기가 되어서 대지를 두드렸다. 번개가 1분 간격으로 번쩍였고, 한 번 번쩍일 때마다 다섯까지 셀 수 있을 정도였다. 속옷까지 몽땅 젖은 그는 집으로 돌아와서 문을 잠그고, 커다란 사무용 책상 서랍을 열어 돈을 전부 꺼낸 다음, 두세 장의 서류를 찢어 버렸다. 그러고는 돈을 주머니에 넣고 옷을 갈아입으려고 했으나, 창밖을 내다보고 천둥 번개 소리와 빗소리에 귀를 기울이더니, 단념한 듯이 손을 한 번 내젓고는 모자를 집어 들고 집 문을 잠그지도 않은 채 밖으로 나와 버렸다. 그는 곧장 소냐에게로 갔다. 그녀는 집에 있었다.
 그녀는 혼자가 아니었다. 카페르나우모프의 아이 네 명이 그녀를 둘러싸고 있었다. 소피야 세묘노브나는 그들에게 차를 대접하고 있었다. 그녀는 말없이 공손하게 스비드리가일로프를 맞이했다. 그녀는 그의 옷이 흠뻑 젖은 것을 보고 놀랐지만, 아무 말도 하지 않았다. 아이들은 몹시 기가 질려 쏜살같이 도망쳤다.
 스비드리가일로프는 의자에 앉아 소냐에게도 옆에 앉으라고 권했다. 그녀는 수줍게 그의 말을 기다렸다.
 「소피야 세묘노브나, 나는 어쩌면 미국으로 떠날지도 모릅니다.」 스비드리가일로프가 말했다. 「내가 당신을 보는 것도 어쩌면 이것이 마지막일지 모르기 때문에 나는 일을 처리하러 왔습니다. 자, 오늘 그 부인을 보셨지요? 난 그 부인이 당신에게 뭐라고 했는지 다 알고 있습니다. 그러니 반복해서 내게 말씀하실 필요는 없습니다. (소냐는 몸을 움직이려고 하다가 얼굴을 붉혔다.) 그런 사람들에게는 흔한 삶의 방식이 있지요. 당신의 여동생과 남동생에 대해 말하자면, 그들은 아주 적절한 장소에 맡겨진 겁니다. 그들에게 지불되어야 하는 돈도 각각의 명의로 내가 영수증을 받고 믿을 만한 곳에 맡겼습니다. 하지만 모든 경우를 대비해서 이 영수증들은 당신이 손에 쥐고 계십시오. 자, 받으세요! 자, 이제 이 문제는 끝났습니다. 그리고 여기 5퍼센트 이자의 채권이 석 장 있습니다. 모두 3천 루블입니다. 이 돈은 당신의 몫으로 받아 두십시오. 그리고 이 일은 나중에 사람들이 아무 소리 하지 못하도록 우리 사이의 비밀로 해주십시오. 모쪼록 아무도 모르게 해주세요. 당신에게 필요한 돈입니다, 소피야 세묘노브나. 지금까지처럼 살 수는 없지 않습니까. 지금까지의 삶은 추했으니까요. 또 앞으로 더 이상 그럴 필요도 없고요.」
 「저와 고아들, 그리고 돌아가신 어머니를 위해 그렇게 많은 은혜를 베풀어 주셨는데……」 소냐는 말을 더듬었다. 「지금까지 제가 감사하다는 말씀을 드리지 못했다고 해서…… 그렇다고 해서……」

「아, 그만, 그만하십시오.」

「이 돈에 대해서는, 아르카디 이바노비치, 너무나 감사드려요. 하지만 제겐 이제 이 돈이 필요 없어요. 저는 항상 제 힘으로 살아갈 거예요. 그러니 배은망덕하다고는 생각하지 말아 주세요. 만일 당신이 그렇게 자비심이 많은 분이라면, 이 돈은……」

「당신에게, 당신에게 드리는 겁니다, 소피야 세묘노브나. 자, 아무 말 하지 말고 받아 주십시오. 제게는 시간이 부족합니다. 당신에게 이 돈이 필요할 때가 올 겁니다. 로디온 로마노비치 앞에는 두 갈래의 길이 놓여 있지요. 머리에 총알을 박든지, 아니면 블라디미르카 대로[7]로 나가든지 둘 중 하나입니다. (소냐는 어리둥절해서 그를 바라보고는 몸을 떨기 시작했다.) 걱정하지 마세요. 난 다 알고 있습니다. 그가 직접 이야기해 주었습니다. 그리고 난 입이 가벼운 사람이 아닙니다. 나는 아무에게도 말하지 않을 겁니다. 당신이 그때 그에게 자수하라고 권한 건 잘한 일입니다. 그에게 훨씬 유리할 거예요. 그런데 그 블라디미르카 대로를 어떻게 가시려고 합니까? 그가 그 길을 가면 당신도 그 뒤를 따라가겠지요? 그렇겠지요? 그렇게 되겠지요? 자, 만일 그렇다면 돈이 필요할 때가 올 겁니다. 그에게 필요하다는 말씀이에요. 이해하시겠습니까? 당신에게 주고 있지만, 사실은 그에게 주는 것이나 마찬가지입니다. 더구나 당신은 아말리야 이바노브나에게 빚을 갚겠다고 약속까지 하지 않았습니까? 저도 다 들은 바가 있습니다. 왜 그러셨습니까, 소피야 세묘노브나? 아무 대책도 없이 그런 계약과 의무를 자기 어깨에 짊어지다니요? 카테리나 이바노브나가 그 독일 여자에게 갚아야 하는 거지, 당신이 갚아야 하는 건 아니

---

[7] 제정 러시아 시대에 시베리아 유형수가 걷던, 모스크바에서 블라디미르를 거쳐 동방으로 통하는 길을 말한다.

지 않습니까! 그러니 그 독일 여자 따위는 상관도 하지 말았어야 했어요. 세상을 그런 식으로 살 수는 없는 겁니다. 그건 그렇다 치고, 만일 누가 내일이나 모레쯤 나에 대해 묻거든(당신에게 물어 볼 겁니다), 당신은 내가 오늘 당신에게 들렀다는 말을 단 한 마디도 언급하지 마세요. 돈도 절대로 보여 주지 말고, 아무에게도 내가 당신에게 돈을 주었다는 말을 하지 마십시오. 자, 그럼, 이제 안녕히 계세요. (그는 자리에서 일어났다.) 로디온 로마노비치에게 안부를 전해 주십시오. 참, 그 돈을 일정 시기까지는 라주미힌 씨에게라도 맡겨 두십시오. 라주미힌 씨를 아시나요? 물론 아시겠지요. 그 사람은 그런대로 괜찮은 사람입니다. 그에게 내일 가져가세요. 아니면…… 적당한 때에 그러시든지요. 그때까지는 깊숙이 숨겨 두십시오.」

소냐 역시 의자에서 벌떡 일어나, 놀란 표정으로 그를 쳐다보았다. 그에게 무언가 하고 싶은 말도, 물어보고 싶은 것도 있었지만, 처음에는 감히 그럴 수가 없었고, 또 어떻게 시작해야 할지를 몰랐다.

「왜 당신은…… 이렇게 비가 오는데, 왜 지금 떠나려고 하세요?」

「미국으로 가려는 사람이 비를 무서워하면 되나요, 허허! 안녕히 계십시오, 소피야 세묘노브나! 오래오래 사십시오. 당신은 다른 사람에게 도움을 주는 사람이 될 겁니다. 아, 참…… 라주미힌 씨에게도 내가 안부를 전하더라고 말씀해 주십시오. 이렇게 전해 주세요, 아르카디 이바노비치 스비드리가일로프가 안부 말씀을 전하더라고요. 반드시 전해 주십시오.」

그는 소냐를 놀라움과 뭔가 분명치 않은 깊은 의혹 속에 남겨 둔 채 밖으로 나갔다.

나중에 밝혀진 일이지만, 그날 밤 11시경에 그는 또 한 군데 대단히 기괴하고 뜻하지 않은 방문을 감행했다. 비는 여전히 그치지 않고 내렸다. 온몸이 흠뻑 젖은 그는 11시 20분경에 바실리옙스키섬 말리 대로, 3번 거리에 있는 약혼자 부모가 사는 작은 아파트에 들어섰다. 문을 마구 두드려 억지로 문을 열게 한 그는 처음에 큰 소동을 불러일으킬 것만 같았다. 그렇지만 아르카디 이바노비치는 마음만 먹으면 대단히 매력적으로 행동할 수 있는 사람이었으므로, 처음에 〈아마도 술에 잔뜩 취해 정신을 못 차리나 보다〉라고 생각했던 약혼자의 현명한 부모들의 추측도(비록 대단히 날카로운 추측이었지만) 자연스럽게 사라지고 말았다. 약혼자의 자비롭고 사려 깊은 어머니는 몸이 약한 남편을 휠체어에 태워 아르카디 이바노비치에게로 데려왔다. 그리고 평소의 버릇대로 곧장 전혀 상관없는 질문들을 그에게 던지기 시작했다. (이 부인은 한 번도 처음부터 직접적인 질문을 던지는 법이 없었다. 그녀는 본론에 들어가기 전에 먼저 미소를 흘리며 손을 비비댔다. 그러고는 예를 들어 〈아르카디 이바노비치는 결혼식 날짜를 언제로 정하는 게 편하시겠습니까?〉 따위의 무언가 꼭 확실히 알아 두어야 할 일이 생기면, 파리와 그곳 궁정 생활에 대한 호기심에 찬 탐욕스러운 질문들로부터 시작해서 차츰차츰 순서에 따라 바실리옙스키섬의 3번 거리까지 끌고 오는 것이었다.) 다른 때 같으면 물론 이런 화술도 깊은 존경심을 불러일으켰겠지만, 이번만큼은 아르카디 이바노비치도 유난히 참을성이 없어 보였다. 처음부터 약혼자가 지금은 잠자리에 들었다고 얘기해 주었음에도 불구하고, 그는 약혼자를 보고 싶다고 단호히 요구했다. 물론 약혼자는 나타났다. 아르카디 이바노비치는 곧장 그녀에게 어떤 중요한 일 때문에 잠시 동안 페테르부르크를 떠나야 하므로, 그녀에게 각종 채권과 은화의 형태로 1만 5천 루블의 돈을 가져왔다고 하며, 오래전부터 결혼 전에 얼마간의 돈을 주려고 했으니까, 선물로 알고 이것을 받아 달라고 부탁했다. 물론 이런 설명만으로는 선물과 갑작스러운 출발, 그리고 밤 늦게 비가 오는데도 그녀를 찾아왔어야만 했던 사정 간의 특별한 논리적 관계가 해명되지 않았지만, 어쨌든 일은 아주 순조로이 진행되었다. 이런 때 흔히 동반되는 〈오오!〉라든가 〈아이!〉와 같은 탄식과 질문들, 놀라움마저도 그대로 삼켜지고 말았다. 반면 감사의 말은 가장 열정적으로 표현되었으며, 영악한 어머니의 눈물로 증명되기까지 했다. 아르카디 이바노비치는 일어나서 껄껄 웃으며 약혼자에게 키스하고 그녀의 뺨을 어루만지고는 곧 돌아올 거라고 약속했다. 그러나 그녀의 눈동자에서 어린애다운 호기심과 동시에 어떤 굉장히 심각한 무언의 의혹의 빛을 발견한 그는 잠시 생각에 잠기더니 다시 한번 그녀의 얼굴에 키스해 주었다. 그리고 이 선물이 이내 영악한 어머니에 의해 자물쇠에 채워져 보관되리라는 생각이 들자, 정말이지 마음속 깊이 화가 치밀었다. 그는 모든 사람들을 특별한 흥분 속에 남겨 둔 채 밖으로 나왔다. 그러나 동정심이 많은 어머니는 곧장 반쯤은 속삭이는 듯한 빠른 말투로 몇 가지 가장 중요한 의혹을 식구들에게 해명해 보였다. 즉 아르카디 이바노비치는 훌륭한 사람으로 사업도 바쁘고, 연고도 많은 부자이기 때문에 그의 머릿속에 무슨 생각이 들었다 한들 그걸 누가 알겠느냐, 그래서 갑자기 그러고 싶은 생각이 들어서 길을 떠난다든가 또 마음이 동해 돈을 준다 한들 놀랄 게 뭐가 있겠느냐, 물론 그가 그렇게 흠뻑 젖었다는 게 이상하기는 하지만, 예를 들면 영국 사람도 그보다 더 많이 해괴한 짓을 한다고 하더라, 또 상류 계층의 사람들은 모두 남들이 뭐라고 하든 상관하지 않고 격식도 차리지 않는다, 어쩌면 그는 자기가 아무도 두려워하지 않는다는 것을 보여 주기 위해 일부러 그런 모습으로 찾아온 건지도 모른다, 그리고 무엇보다도 중요한 건 이 일을 남에게 절대로 한마디도 발설해서는 안 된다는 것이다, 이 일로 인해 무슨 일이 생길지 누가 알겠느냐, 그러니 돈을 어서 자물쇠로 채워 보관해 두는 것이 좋겠다, 물론 무엇보다도 다행인 것은 하녀인 페도시야가 죽

부엌에만 앉아 있었다는 것이다. 그렇지만 무슨 일이 있어도 절대로 그 교활한 여자 레슬리흐에게는 아무 말도 하지 말아야 한다, 이런 종류의 말을 늘어놓은 것이다. 그들은 계속 이렇게 속닥거리면서 2시경까지 앉아 있었다. 하지만 놀라기도 한 약혼자는 약간 슬픈 표정을 짓고 훨씬 일찍 잠자리에 들었다.

한편, 스비드리가일로프는 정확히 자정 무렵에 ＊＊다리를 건너 페테르부르크 구역을 향해 걷고 있었다. 비는 멈추었지만, 바람이 세차게 불고 있었다. 그는 몸을 부들부들 떨기 시작했다. 그리고 아주 잠깐 동안 어떤 특별한 호기심을 가지고 의혹이 가득한 눈초리로 소(小)네바강의 검은 물결을 바라보았다. 그러나 물 위에 서 있는 것이 몹시 춥게 느껴졌다. 그는 곧 몸을 돌려 ＊＊거리를 향해 가기 시작했다. 그는 어둠 속에서 나무로 만든 포장도로에 걸려 몇 번씩이나 넘어질 뻔하면서도, 무한히 길게 뻗은 ＊＊대로를 따라 아주 오랫동안, 거의 30분 동안이나 발걸음을 옮기고 있었다. 그러나 그는 호기심 어린 표정으로 대로의 오른편에서 무언가를 끊임없이 찾고 있었다. 얼마 전에 그는 마차를 타고 이 길을 지나가다가 대로의 끝에서 목조로 지어진 것이기는 하지만 몹시 규모가 큰 호텔을 발견한 적이 있었던 것이다. 그가 기억하기로 호텔의 이름은 아드리아노폴인가 하는 것 같았다. 그의 짐작은 틀리지 않았다. 후미진 곳에 있는 그 호텔은 어둠 속이라 한들 찾지 못할 리 없는, 눈에 띄는 목표물이었다. 그것은 거무스름하고 기다란 목조 건물이었는데, 늦은 시간이었음에도 불구하고 불이 아직 환히 밝혀져 있어서 어떤 활기마저 느껴졌다. 그는 안으로 들어가, 복도에서 그를 맞이한 허름한 차림의 급사에게 방이 있느냐고 물었다. 스비드리가일로프에게 시선을 던지던 허름한 차림의 사내는 곧 활기를 되찾고, 그를 복도 제일 끝 계단 밑 구석방으로 데려갔다. 그곳은 공기가 탁한 비좁은 방이었다. 그러나 다른 방은 없었다. 손님들이 많았던 것이다. 허름한 차림의 사내는 분부를 기다리는 표정으로 그를 보았다.

「차가 있나?」 스비드리가일로프가 물었다.

「있습니다요.」

「먹을 건 좀 있나?」

「송아지 고기와 보드카, 전채 요리가 있습죠.」

「송아지 고기와 차를 가져오게.」

「그 밖에 다른 건 필요 없으십니까?」 허름한 차림의 사내는 의혹이 담긴 눈초리로 물었다.

「괜찮아, 됐어!」

몹시 실망한 허름한 차림의 사내는 방에서 멀어졌다.

〈좋은 장소임에 틀림없어.〉 스비드리가일로프는 생각했다. 〈왜 내가 이 장소를 몰랐을까. 나 역시 분명 카바레에서 집으로 돌아가다가, 가던 길에 무슨 사고를 만난 사람처럼 보이나 보다. 그런데 이런 곳에서는 대체 어떤 사람들이 묵는지 궁금하군.〉

그는 초를 켜고 방 안을 더 자세히 둘러보았다. 그 방은 새장처럼 작은 방으로, 천장이 스비드리가일로프의 키보다도 낮았고, 창이 하나밖에 없었다. 말할 수 없이 더러운 침대와 거칠게 칠해진 탁자와 의자는 거의 방 전체를 차지하고 있었다. 벽은 판자를 잇대어 만든 것 같았고, 그 위에 낡은 벽지를 발랐으나, 그 벽지는 여기저기 찢겨졌을 뿐 아니라, 먼지가 하도 많이 쌓여서 원래 노란색이었다는 것 외에는 벽지의 무늬를 도저히 분간할 수 없을 정도였다. 벽과 천장의 한 부분은 벽이 기울어진 다락방이 보통 그렇듯이 비스듬히 절단되어 있었고, 그 버팀기둥 위에 계단이 있었다. 스비드리가일로프는 초를 놓고 침대에 앉아 생각에 잠겼다. 그러나 옆방에서 끊임없이 속삭이는 이상한 소리가 가끔 거의 비명 소리처럼 크게 들려왔기 때문에, 마침내는 그도 관심을 기울이게 되었다. 그 속삭이는 소리는 그가 들어왔을 때부터 계속되고 있었다. 그는 귀를 기울였다. 누군가 욕설을 퍼부으며 거의 울먹이는 목소리로 다른 사람을 비난하고 있었으나, 들리는 소리는 한 사람 목소리뿐이었다. 스비드리가일로프는 일어나서 손으로 촛불을 가렸다. 그러자 벽의 틈새로 즉각 빛이 흘러 들어왔다. 그는 다가가 그 틈을 들여다보기 시작했다. 그가 있는 방보다 약간 더 큰 방에는 손님이 둘 있었다. 그들 중 지독한 곱슬머리와 벌겋게 상기된 얼굴을 한 어떤 사람이 프록코트를 벗고 연설하는 듯한 몸짓을 하면서, 균형을 잡기 위해 양다리를 벌리고 서서, 가슴을 손으로 치며 비장한 어조로 상대방을 비난하고 있었다. 거지나 다름없고 아무 관등도 지니지 못한 너를 진창에서 끄집어냈다, 그러니 내가 원하면 언제든지 내쫓을 수도 있는 일이다, 그리고 이 모든 걸 보는 이는 오로지 단 한 분 전능하신 하느님뿐이다, 이런 따위의 말들이었다. 비난을 당하는 친구는 의자에 앉아서, 재채기가 나올 듯한데 좀처럼 나오지 않는다는 듯한 표정을 짓고 있었다. 그는 가끔 양처럼 순한 시선을 들어 연설가를 쳐다보았지만, 분명 그가 무슨 이야기를 하는 건지 이해하지 못하는 눈치였다. 그리고 또 그의 말을 듣고 있는 것 같지도 않았다. 탁자 위에는 거의 다 타버린 초와 거의 빈 보드카 잔, 럼주 잔, 빵, 물컵들, 오이, 그리고 이미 오래전에 마셔 버린 찻잔이 널려 있었다. 이 장면을 유심히 살펴본 스비드리가일로프는 흥미 없다는 듯이 틈새에서 떨어져 다시 침대 위에 앉았다.

차와 송아지 고기를 들고 돌아온 허름한 차림의 사내는 다시 한번 물어보지 않을 수 없었다. 「또 뭐든 필요한 건 없으신가요?」 다시 부정적인 대답을 듣자, 그는 그대로 물러가 버렸다. 스비드리가일로프는 몸을 녹이기 위해 찻잔에 덤벼들어 한 잔을 다 마셔 버렸지만, 식욕이 나지 않아 고기는 한 조각도 입에 댈 수 없었다. 오한이 드는 것 같았다. 그는 외투와 재킷을 벗고서 담요로 몸을 감싸고 침대에 누웠다. 그는 불만스러웠다. 〈이럴 때 건강하면 더 좋을 텐데.〉 그는 이렇게 생각하고는 쓴웃음을 지었다. 방

안은 후텁지근했다. 초는 희미하게 타고 있었으며, 마당에서는 바람 소리가 윙윙거렸고, 어느 구석에서는 쥐가 물건을 갉아 먹는 소리가 들렸다. 방 전체에서 쥐 냄새와 무슨 가죽 냄새가 풍기는 것 같았다. 그는 누워서 마치 헛것을 보는 것 같았다. 생각이 꼬리에 꼬리를 물고 그의 머릿속을 맴돌았다. 그는 무언가 한 가지 상념에라도 특별히 매달리고 싶은 마음이 간절해졌다. 〈이 창 아래에는 분명히 정원이 있을 거야.〉 그는 생각했다. 〈나무들이 바스락 소리를 낸다. 밤에 폭풍이 불 때 어둠 속에서 나무가 술렁대는 소리가 나는 너무 싫다. 오싹한 기분이 드니까!〉 그리고 그는 조금 전 페트롭스키 공원을 지날 때도 이런 생각을 했던 것이 기억났다. 그리고 마침내 **다리와 소(小)네바강이 생각나자, 그는 또다시 아까 물 위에 서 있을 때처럼 추위를 느꼈다. 〈나는 평생 단 한 번도 물을 좋아해 본 적이 없었어. 풍경화에서 보는 것조차도 싫었으니까.〉 그는 또다시 이렇게 생각하고는, 한 가지 이상한 생각이 들어서 쓴웃음을 지었다. 〈지금과 같은 때 이런 미학이니 안락함이니 하는 것은 상관하지 말아야 하는 거 아닌가? 그런데 이렇게 예민해져 있으니, 이건 꼭 이런 경우 반드시 좋은 자리를 선택하려 드는 짐승 같군. 아까 페트롭스키 공원 쪽으로 갔어야 했는데! 십중팔구 어둡고 추웠을 테지, 흐흐! 상쾌한 느낌이 필요했던 모양이야……! 참, 그런데 나는 왜 불을 끄지 않았을까? (그는 불을 껐다.) 옆방도 잠들었구나.〉 그는 조금 전의 틈새에서 빛이 흘러나오지 않는 것을 보고 생각했다. 〈당신, 마르파 페트로브나, 지금쯤이면 나타날 때도 됐잖아. 어둡기도 하고, 장소도 적당하고 시간도 적절하지. 바로 지금과 같은 때에 나타나지 않다니…….〉

그는 문득 아까 두냐에 대한 계획을 실행하기 한 시간 전에 자기가 라스콜니코프에게 두냐를 라주미힌의 보호 아래 맡기는 게 더 나을 거라고 권했던 일이 생각났다. 〈사실 나는 그때 무엇보다도 나 자신에게 격분해서 그런 말을 했던 거야. 라스콜니코프가 추측한 대로 말이야. 그렇지만 그 라스콜니코프라는 인물은 엄청난 악당이야! 그렇게 무거운 짐을 짊어지고 있으니 말이야. 쓸데없는 생각만 떨쳐 버리면 나중에 굉장한 악당이 될 수 있을 텐데. 그런데 그 친구, 지금은《지독하게도》살고 싶겠지! 그런 점에서 보자면 그런 놈들은 비열하기 짝이 없어. 될 대로 되라지. 녀석이 무얼 원하든 나하고 무슨 상관이야, 제기랄.〉

그는 여전히 잠을 이룰 수 없었다. 조금 전 두냐의 모습이 점차로 그의 앞에 떠오르기 시작했다. 그러자 갑자기 전율이 그의 몸을 타고 흘렀다. 〈아냐, 지금은 이 생각을 버려야 해.〉 그는 정신을 차리고 생각했다. 〈무언가 다른 걸 생각하자. 이상하고 우습다. 나는 어느 누구에게도 큰 증오심을 가져 본 적이 없고, 또 한 번도 특별히 복수하고 싶다는 생각을 해본 적이 없어. 그런데 이건 정말 나쁜 징조야, 나쁜 징조! 나는 논쟁하는 것 역시 좋아하지 않았어. 따라서 열중한 적도 없었지. 이것 역시 나쁜 징조야! 아까는 두냐에게 얼마나 많은 약속을 했던가, 후, 제기랄! 어떻게 해서든 두냐라면 나를 변화시켰을지도 모르는데…….〉 그는 또다시 입을 다물고 이를 악물었다. 다시 두냐의 모습이 그의 눈앞에 떠올랐다. 그것은 두냐가 처음의 한 방을 쏘고 나서, 몹시 놀란 나머지 권총을 내리고 죽은 사람처럼 서서 그를 바라보던 때의 모습이었다. 그때 그는 두 번이나 그녀를 안을 틈이 있었다. 그리고 만약 그가 상기시켜 주지 않았다면, 그녀는 자신을 보호하기 위해 손을 들 생각조차 하지 못했을 것이다. 그 순간 그는 그녀가 몹시 불쌍해져서 심장이 죄어드는 것 같은 느낌을 받았던 게 생각났다……. 〈아! 제기랄! 또 그 생각이로군. 다 잊어야 한다, 모조리 잊어버려야 해……!〉

그는 벌써 잠에 빠져들어 갔다. 열을 동반한 전율도 가라앉았다. 그런데 갑자기 무언가 이불 속에서 그의 손과 발을 타고 줄달

음질쳐 지나간 것 같았다. 그는 몸을 부르르 떨었다. 〈후, 빌어먹을, 이거 쥐 아냐! 탁자 위에 송아지 고기를 남겨 두었는데……〉 그는 생각했다. 그는 이불을 젖히고 일어나서 추위를 맛보고 싶지 않았다. 그런데 또다시 무언가 갑자기 불쾌하게 그의 발치에서 사각사각 소리를 내는 게 들렸다. 그는 몸에서 이불을 젖히고 촛불을 켰다. 오한으로 덜덜 떨면서, 그는 몸을 굽혀 침대 위를 살펴보기 시작했다. 아무것도 없었다. 그는 이불을 흔들었다. 그러자 갑자기 침대보 위로 쥐가 떨어졌다. 그는 쥐를 잡으러 달려들었다. 그러나 쥐는 침대에서 뛰어내리지도 않고, 사방을 지그재그로 기어다니며 그의 손가락 사이로 미끄러지기도 하고, 손등을 가로지르기도 하다가 느닷없이 베개 밑을 파고드는 것이었다. 그는 베개를 내팽개쳐 버렸다. 그랬더니 그 순간 무언가 그의 품으로 뛰어들어 몸과 등을 타고 셔츠 안쪽에서 이리저리 기어다니는 것이었다. 그는 신경질적으로 몸을 떨다가 잠에서 깨어났다. 방 안은 어두웠고, 그는 아까처럼 이불을 푹 뒤집어쓰고 침대에 누워 있었다. 창밖에서는 바람 소리가 윙윙대고 있었다. 〈이런 지저분한 꿈을 꾸다니!〉 그는 불만스럽게 생각했다.

그는 일어나서 창에 등을 붙이고 침대 끝에 앉았다. 〈차라리 자지 않는 게 낫겠어.〉 그는 결심했다. 그러나 창에서 차갑고 습기 찬 바람이 들어왔다. 그는 자리에서 움직이지 않고 이불을 잡아당겨 몸을 감쌌다. 촛불은 켜지 않았다. 그는 아무것도 생각하지 않았다. 또 생각하고 싶지도 않았다. 그러나 어떤 환영들이 차례로 떠오르더니, 연결도 되지 않는 단상들이 밑도 끝도 없이 어른거리기 시작했다. 그는 반쯤 졸고 있는 상태에 빠진 것 같았다. 추위인지, 어둠인지, 습기인지, 창 아래서 윙윙대며 나뭇가지를 흔드는 바람 소리인지는 알 수 없었지만, 무엇인가 그의 마음속에서 어떤 집요하고 환상적인 유혹과 갈망을 불러일으켰다. 그리고 그의 눈앞에 꽃의 환영들이 나타났다. 멋진 풍경이 그의 앞에 펼쳐졌다. 환하고 따뜻하지만, 조금 무겁게도 느껴지는 오순절 축일 한낮이었다. 그의 눈앞에 주변의 화단을 따라 집 전체를 두른 향기로운 꽃밭, 부유하고 화려한 영국식 목조 가옥, 꼬불꼬불한 식물들로 휘감긴 채 장미꽃 덤불에 둘러싸인 현관, 화려한 융단이 깔려 있고 중국 화병에 희귀한 꽃들이 꽂혀 있는 밝고 시원한 계단이 보였다. 특별히 그의 눈에 띈 것은 창턱에 놓인 화병에 꽂힌 하얗고 부드러운 수선화였다. 그 꽃은 풍성하고 긴 짙은 녹색 줄기 쪽으로 고개를 숙이고 화사한 향기를 풍기고 있었다. 그는 그 꽃에서 떠나고 싶지 않았다. 그러나 그는 계단을 올라가서 천장이 높고 넓은 방으로 들어갔다. 그 방의 여기저기에, 창 옆과 테라스를 향해 열린 문 주위에 꽃들이 놓여 있었다. 바닥에는 이제 막 베어진 풀이 향기롭게 깔려 있고, 열린 창문으로는 신선하고 시원한 미풍이 방 안으로 흘러 들어오며, 창 밑에서는 새들이 지저귀고 있었다. 홀의 중앙에 하얀 공단이 덮인 탁자 위에는 관이 놓여 있었다. 그 관은 하얀 비단에 싸여 굵게 주름 잡힌 하얀 천으로 장식되어 있었다. 가지각색의 화환들이 그 관을 사방으로 둘러싸고 있었다. 그 관 속에는 하얀 비단옷을 입은 소녀가 온통 꽃에 둘러싸여 대리석으로 조각된 듯한 손을 가슴 위에 모으고 누워 있었다. 그러나 그녀의 풀어 헤친 밝은 금발은 물에 젖어 있었고, 그 머리에는 장미 화환이 씌워져 있었다. 이미 딱딱히 굳어 버린 준엄한 그녀의 옆얼굴 역시 대리석으로 깎아 놓은 것 같았으나, 그녀의 창백한 입술에 떠올라 있는 미소에는 어린아이답지 않은 한없는 슬픔과 깊은 하소연이 서려 있었다. 스비드리가일로프는 그 소녀를 알았다. 관의 주변에는 성상도, 밝혀진 촛불도 없었고, 기도 소리도 들리지 않았다. 이 소녀는 물에 빠져 자살한 사람이었다. 소녀는 겨우 열네 살에 불과했지만, 그녀의 영혼은 능욕을 당해 찢기고 상처를 입어, 결국 스스로 목숨을 끊었던 것이다. 능욕은 앳된 의식을 두려움과 놀라움으로 전율케 해, 천사처럼 깨끗한 소녀의 영혼을 부당한 수치심으로 더럽혔고, 아무도 들어 주는 이 없이 참혹하게 짓밟힌 마지막 절망의 외침마저 그녀에게서 앗아 갔던 것이다. 그것은 눈이 녹을 무렵 습기 찬 밤에 암흑과 추위 속에서 일어난 일이었으며, 그날도 바람이 세차게 몰아치고 있었다…….

스비드리가일로프는 정신을 차리고 침대에서 일어나 창 쪽으로 발걸음을 옮겼다. 그는 손으로 더듬어 빗장을 찾아내 창문을 열었다. 바람은 광포하게 그의 좁은 방으로 쳐들어왔고, 얼음장 같은 서리가 그의 얼굴과 셔츠 하나만 입은 가슴에 달라붙었다. 창 아래에는 분명 무슨 공원 같은 곳이 있었다. 그곳 역시 유흥장인 것 같았다. 분명 낮에는 이곳에서도 가수들이 노래를 부르고, 작은 탁자로 차를 나를 것이었다. 지금은 나무들과 관목 숲으로부터 회오리바람이 창으로 날아들 뿐, 밖은 지하 굴처럼 어두워서 여기저기 보이는 거뭇거뭇한 반점들로만 사물들의 윤곽을 알아볼 정도였다. 스비드리가일로프는 몸을 굽혀 창턱에 팔꿈치를 기대고 벌써 5분 동안이나 한 지점만을 뚫어지게 바라보았다. 칠흑같이 어두운 밤을 뚫고 대포 소리가 울렸다. 그 뒤를 따라 또 한 번 사격 소리가 울렸다.

〈아, 경보로구나!〉[8] 강물이 넘쳤나 보군.〉 그는 생각했다. 〈아침이 되면 낮은 지대의 거리로 물이 넘쳐서 지하실과 지하 창고까지 흘러들겠지. 그러면 지하에 살던 쥐들이 떠다니게 되겠지. 비바람이 부는데 사람들은 온몸이 젖은 채 서로 욕을 해대며 쓰레기 같은 짐들을 위층으로 끌어 옮길 테고……. 그런데 지금 몇 시일

---

[8] 페테르부르크는 네바강의 범람에 속수무책인 채 지어진 도시다. 실제로 1865년 6월 29일에서 30일 사이의 밤에는 큰 폭풍우가 내리쳐서 페테르부르크 지역이 큰 피해를 입었다고 한다. 해마다 페테르부르크에서 일어나는 네바강의 범람을 문학적으로 가장 잘 형상화하고 있는 예는 푸시킨의 서사시 『청동 기마상』에서 찾을 수 있다.

까?〉 이런 생각을 하자마자, 어디에서인가 벽시계가 낮은 소리로 온 힘을 다해 재촉하듯이 3시를 울리는 소리가 들렸다. 〈앗, 벌써 한 시간 후면 날이 샌다! 기다릴 이유가 뭐가 있나? 지금 나가서 곧장 페트롭스키 거리로 가자. 그리고 그곳 아무 데서나 관목 숲을 찾아내자. 비를 잔뜩 맞아 어깨로 건드리기만 해도 수백만 개의 물방울이 머리로 쏟아질 그런 큰 관목 숲을……〉 그는 창에서 물러나 촛불을 켜고 조끼와 외투를 입고서 모자를 쓰고는 초를 들고 복도로 나갔다. 그는 헛간 어디에서인가 온갖 잡동사니와 타다 남은 촛불 사이에 누워 자고 있을 허름한 차림의 사내를 찾아, 방세를 지불하고 호텔을 나오려고 했다. 〈가장 좋은 시간이다. 더 좋은 시간을 택하기란 불가능해!〉

그는 한참 동안이나 길고 좁은 복도를 따라 돌아다녔지만, 아무도 발견할 수 없었다. 그래서 큰 소리로 사람을 불러 보려고 했다. 그런데 바로 그때 갑자기 낡은 장롱과 문 사이의 어두운 공간에서 무언가 살아 있는 것 같은 이상한 물체를 발견할 수 있었다. 초를 가지고 몸을 굽혀 보니, 그것은 다섯 살도 채 되지 않은 여자 아이였다. 아이는 걸레같이 다 해어진 옷을 입고 온몸을 오들오들 떨면서 울고 있었다. 아이는 스비드리가일로프를 보고도 겁이 나지 않는지, 검고 큰 눈동자에 막연한 놀라움의 표정을 짓고 그를 쳐다보며 이따금 흐느끼고 있었다. 그것은 오랫동안 울고 난 아이들이 이미 울음을 멈추고 안정을 찾았음에도 불구하고, 울지 않을 것 같다가 또다시 흐느끼는 그런 모습이었다. 아이의 얼굴은 지친 나머지 창백했고, 추위로 인해 온몸이 얼어붙어 있었다. 〈어쩌다가 이 아이는 여기 있게 되었을까? 이 아이는 여기 숨어서 밤새도록 잠을 자지 않았나 보다.〉 그는 아이에게 이것저것 캐묻기 시작했다. 아이는 갑자기 생기를 되찾고, 아이들이 그렇듯이 잘 돌아가지 않는 혀로 무언가를 빠른 말씨로 종알대기 시작했다. 〈엄마〉에 대해 뭐라고 하면서, 〈엄마가 때렸쪄〉라고 하는가

하면, 어떤 찻잔이 있었는데〈내가 깨버렸쪄〉라고 하는 것 같기도 했다. 소녀는 멈추지도 않고 계속 이야기를 했다. 아이의 말을 통해 다음과 같은 사정을 추측할 수 있었다. 아이는 집안의 천덕꾸러기로서, 아마 늘 취해 있는 이 호텔의 식모가 어머니인 것 같았다. 아이의 어머니는 언제나 죽도록 아이를 때리며 으름장을 놓았나 보았다. 그런데 오늘 아이는 엄마의 찻잔을 깨고는 너무 놀란 나머지 저녁때부터 밖으로 도망쳐서, 오랫동안 마당 어디에서인가 비를 맞으며 숨어 있다가, 마침내는 이곳으로 기어 들어와 장롱 뒤에 몸을 숨긴 채 밤새도록 이곳 구석에 앉아 있었던 듯했다. 아이는 축축한 몸과 어둠, 그리고 이제 그런 짓을 했으니 곧 아프게 맞을 거라는 두려움 때문에 온몸을 떨며 울고 있었던 것이다. 그는 아이를 안고 자기 방에 데려와 침대에 앉히고 옷을 벗기기 시작했다. 맨발에 신고 있던 구멍 난 아이의 단화는 밤새도록 웅덩이 속에 놓여 있었던 것처럼 흠뻑 젖어 있었다. 옷을 벗긴 다음 그는 아이를 침대에 눕혀 머리부터 발끝까지 이불을 푹 덮어 주었다. 아이는 곧 잠이 들었다. 일을 다 마친 그는 다시 음울한 생각에 빠져들었다.

〈또 쓸데없는 일에 끼어들었군!〉 그는 문득 무겁고 독기 어린 감각을 느끼며 생각했다.〈쓸데없는 짓이야!〉 그는 불만에 가득 차서 초를 집어 들고 나가며, 무슨 일이 있어도 허름한 차림의 사내를 찾아내어 어서 이곳을 떠나야겠다고 생각했다.〈에이, 저 꼬마 때문에!〉 그는 문을 열며 저주스러운 듯이 이렇게 생각했지만, 아이가 자고 있는지 어떤지, 자고 있으면 어떻게 자고 있는지 살펴보고 싶어서 다시 한번 되돌아왔다. 그는 조심스럽게 이불을 들춰 보았다. 아이는 깊고 달콤한 잠에 빠져 있었다. 이불 속에서 몸이 녹았는지, 아이의 창백한 얼굴에는 발그스레한 화색이 돌았다. 그러나 이상한 점은 그 홍조가 보통 아이에게 나타나는 빛깔보다 훨씬 더 선명하고 짙다는 것이었다.〈이건 열병 때문에 생기는 붉은 기운이야.〉 스비드리가일로프는 생각했다. 그것은 술을 마실 때 나타나는 홍조와도 같은 색깔이었다. 마치 아이에게 술을 한 잔 쭉 들이키게 한 것 같았다. 새빨간 입술은 꼭 불타는 것 같았다. 그런데 이건 또 어떻게 된 일인가? 갑자기 아이의 길고 검은 속눈썹이 떨리면서 깜박이는 것 같더니, 아이가 눈을 뜨고 눈썹 밑으로 교활하고, 날카롭고, 어린아이답지 않은 눈짓을 하는 것같이 보였다. 아이는 자지 않으면서도 그런 척하고 있었던 듯했다. 그리고 과연 그랬다. 아이의 입술은 미소를 머금고 벌어지기 시작하더니, 웃음을 애써 참으려는 듯이 입술 끝을 실룩였다. 그러나 곧 아이는 참기를 그만두고, 벌써 웃기 시작했다. 그것은 완연한 웃음이었다. 전혀 아이답지 않은 얼굴에서는 무언가 뻔뻔스럽고 도발적인 기운이 빛나고 있었다. 그것은 음탕함이었다. 그것은 바람기 있는 여자의 얼굴, 프랑스 매춘부의 뻔뻔스러운 얼굴이었다. 아이는 이제 전혀 감추지도 않고서 두 눈을 떴다. 두 눈은 수치심을 잊고 불타는 시선으로 그를 훑어보며 도발적으로 웃고 있었다……. 그 웃음, 그 눈동자, 그 아이의 얼굴에는 혐오스러울 정도로 몹시 추악하고 모욕적인 어떤 것이 어려 있었다. 〈어떻게 이럴 수가! 겨우 다섯 살짜리 여자아이가!〉 스비드리가일로프는 정말로 공포에 질려 이렇게 속삭였다. 〈이게…… 이게 어찌 된 셈인가?〉 그러나 아이는 벌써 타오르는 얼굴을 그에게로 완전히 돌리고 두 팔을 뻗었다……. 〈이런, 저주스러운 계집애 같으니!〉 스비드리가일로프는 완전히 질린 채 아이를 때리려고 손을 치켜들며 외쳤다……. 그러나 그 순간 그는 잠에서 깨어났다.

그는 같은 침대에 여전히 이불을 뒤집어쓰고 누워 있었다. 촛불은 켜져 있지 않았다. 그리고 창밖에서는 날이 밝아 오고 있었다.

〈밤새도록 악몽을 꾸었군!〉 그는 온몸을 얻어맞은 것 같은 불쾌한 기분을 느끼며 일어났다. 온몸이 쑤셔 왔다. 마당에는 짙은 안개가 드리워져 아무것도 분간할 수 없었다. 5시가 되어 가고 있었다. 늦잠을 잔 것이다! 그는 일어나서 아직 젖어 있는 재킷과 외투를 입었다. 주머니에 있는 권총을 손으로 더듬어 찾아서 꺼낸 뒤 그는 뇌관을 바로잡았다. 그다음 자리에 앉아 주머니에서 수첩을 꺼내서는, 제일 눈에 잘 띄는 겉장에다가 커다란 글씨로 몇 줄을 적었다. 그것을 다시 읽고 난 다음 그는 탁자에 팔을 괸 채 생각에 잠겼다. 권총과 수첩은 그의 팔꿈치 바로 옆에 놓여 있었다. 잠에서 깬 파리들이 손도 대지 않은 채 탁자 위에 놓여 있던 송아지 고기에 달라붙어 있었다. 그는 오랫동안 파리들을 보다가 마침내 자유로운 오른손으로 그들 중 한 마리를 잡기 시작했다. 오랫동안 애를 써보았지만, 그는 도저히 잡을 수가 없었다. 마침내 그는 그 흥미로운 작업에 몰두하고 있는 자기 자신을 발견하고는, 정신을 차리고 온몸을 한번 부르르 떨고 일어나서, 단호하게 방을 나섰다. 1분 후 그는 거리에 있었다.

우윳빛의 짙은 안개가 도시 위를 뒤덮고 있었다. 스비드리가일로프는 소(小)네바강을 향해 나무로 된 미끄럽고 더러운 포장도로 위를 걸어갔다. 그의 눈앞에는 밤사이에 수면이 높아진 소네바강의 물결, 페트롭스키섬, 젖은 보도들, 젖은 풀, 젖은 나무와 관목들이 보이다가, 마침내는 관목 하나하나가 어른거리기 시작했다······. 그는 무언가 다른 것을 생각해 보기 위해 집들을 불만스럽게 살펴보기 시작했다. 거리에는 단 한 명의 행인도, 마차도 찾아볼 수 없었다. 덧문이 닫힌 선명한 노란색의 목조 가옥들은 음울하고 더러운 모습으로 그를 바라보고 있었다. 추위와 눅눅함이 몸속까지 스며들어 그는 덜덜 떨기 시작했다. 가끔 그는 상점과 채소 가게의 간판을 쏘아보면서 간판 이름들을 꼼꼼히 하나씩 읽어 내려갔다. 그런데 이제 목조로 된 도로도 끝나 버렸다. 그는 벌써 거대한 석조 건물들 앞에 와 있었다. 추위에 꽁꽁 얼어붙어 꼬리를 만 더러운 개 한 마리가 그를 가로질러 달려갔다. 외투를 입은 어떤 사람이 술에 취해 인도를 가로질러 얼굴을 땅에 박고 죽은 듯이 뻗어 있었다. 그는 그 사람을 슬쩍 보고는 그냥 지나쳤다. 높은 소방대 건물이 그의 왼쪽에 보였다. 〈저런!〉 그는 생각했다. 〈이 장소가 좋겠군. 페트롭스키로 가야 할 건 또 뭔가? 적어도 공식적인 증인은 있을 텐데…….〉 그는 이 새로운 생각에 거의 쓴웃음을 지으면서, * * 거리 쪽으로 돌았다. 바로 그곳에는 육중한 소방대 건물이 서 있었다. 그 닫혀진 거대한 정문 옆에는 병사용 회색 외투를 입고 아킬레우스 투구 같은 청동 모자를 쓴 키 작은 사나이가 문에 어깨를 기대고 서 있었다. 그는 졸음이 그득한 시선으로 다가오는 스비드리가일로프를 차갑게 곁눈질했다. 그의 얼굴에는 모든 유대인의 얼굴에 예외 없이 괴롭게 각인되어 있는 영원하고 씁쓸한 비애가 서려 있었다. 두 사람, 즉 스비드리가일로프와 아킬레우스는 몇 분 동안 서로를 말없이 살펴보았다. 마침내 아킬레우스는 별로 취하지도 않은 사람이 세 걸음 앞에 버티고 서서 한마디도 하지 않고 자기를 쏘아보는 것은 심상치 않은 일이라고 생각한 모양이었다.

「이봐, 여긴 무슨 볼일인가?」 그는 여전히 몸을 움직이지도 않고, 위치도 바꾸지 않은 채 물었다.

「별일 아닐세. 안녕하신가!」 스비드리가일로프가 대답했다.

「여긴 장소가 좋지 않아.」

「난 지금 외국으로 간다네.」

「외국이라고?」

「미국으로 간다네.」

「미국이라고?」

스비드리가일로프는 권총을 꺼내서 뇌관을 열었다. 아킬레우스는 눈썹을 곤두세웠다.

「이봐, 뭐야? 그런 짓은 이곳엔 어울리지 않아!」

「왜 어울리지 않는다는 건가?」

「왜냐하면 그런 장소가 아니니까.」
「상관없네, 좋은 장소인데. 만일 누가 자네에게 묻거든, 미국으로 갔다고 대답해 주게.」
그는 권총을 오른쪽 관자놀이에 댔다.
「이봐, 여기선 안 돼. 여긴 그런 장소가 아냐!」 아킬레우스는 점점 눈을 더 크게 치켜뜨면서 몸을 부르르 떨었다.
스비드리가일로프는 방아쇠를 당겼다.

7

바로 같은 날, 이미 저녁 무렵인 7시가 조금 넘은 시간에 라스콜니코프는 라주미힌이 바칼레예프의 건물에 마련해 준 누이와 어머니의 아파트로 가고 있었다. 계단으로 들어가는 입구는 거리를 향해 나 있었다. 라스콜니코프는 여전히 들어갈까 말까 망설이면서 천천히 다가갔다. 그러나 그는 무슨 일이 있어도 절대로 되돌아갈 수 없었다. 이미 결심을 했기 때문이었다. 〈어차피 마찬가지이다. 두 사람은 아직 아무것도 모르고 있으니까.〉 그는 생각했다. 〈나를 괴팍한 인간으로 여기는 데 두 사람은 이미 익숙해져 있다…….〉 그는 지독한 차림새를 하고 있었다. 그의 옷은 밤새도록 비를 맞아서 온통 더러워졌고, 군데군데 찢겨서 거의 누더기가 되어 있었다. 그의 얼굴은 피로와 악천후와 육체적인 쇠약, 게다가 하루 밤낮으로 계속되다시피 한 자신과의 싸움으로 인해 흉하게 일그러져 있었다. 그가 혼자서 이날 밤을 도대체 어디에서 보냈는지 아무도 모른다. 하지만 그는 적어도 이날 밤 마음의 결정을 내렸다.

그는 문을 두드렸다. 어머니가 문을 열어 주었다. 두냐는 집에 없었고, 하녀마저 이때 자리를 비운 상태였다. 풀헤리야 알렉산드로브나는 처음에는 너무나 기쁘고 놀란 나머지 입조차 뗄 수 없었지만, 곧 그의 손을 잡아 방으로 이끌었다.

「네가, 네가 왔구나!」 그녀는 기쁜 나머지 더듬거리며 말했다. 「내가 이렇듯 어리석게 너를 눈물로 맞는다고, 로댜, 내게 화를 내지는 말아 다오. 난 웃고 있는 거지 우는 게 아니란다. 내가 운다고 생각하니? 아냐. 기뻐서 이런단다. 바보 같은 버릇 때문에 눈물이 흐르는구나. 네 아버지가 돌아가신 이후로 이렇게 아무 일에나 울게 되었단다. 앉거라, 귀여운 내 새끼. 분명 피곤한 게로구나. 세상에, 이렇게 온통 옷을 더럽히다니.」

「어제 비를 맞았어요, 어머니……」 라스콜니코프는 계속 말하려고 했다.

「아니, 아니!」 풀헤리야 알렉산드로브나는 그의 말을 가로막으면서 큰 소리로 말했다. 「넌 내가 지금 어리석은 여편네들처럼 너를 추궁한다고 생각했구나. 걱정하지 말아라. 난 다 이해한다, 다 이해하고 있어. 난 이제 여기 방식을 익혔어. 그리고 정말 이곳 방식이 더 현명하다고 생각하고 있단다. 난 단번에 알아 버렸단다. 네 생각을 내가 어떻게 이해하고 네게 해명을 요구할 수 있겠니? 네 머릿속에는 지금 아무도 생각하지 못한 어떤 일들과 계획들이 있을 테고, 어떤 생각들이 떠오르고 있을 테지. 그러니 이제는 네가 무슨 생각을 하고 있는지 알려고 너를 채근하지 않으련다. 나는 말이야…… 그래, 맞아! 내가 왜 이렇게 정신 나간 여편네처럼 횡설수설하는 건지……. 나는 말이다, 로댜, 잡지에 실린 네 논문을 벌써 세 번이나 읽었단다. 드미트리 프로코피치가 가져다주었지. 보자마자 난 깨달았어. 내가 얼마나 바보인지, 네가 무슨 일에 열중하고 있는지, 그제야 수수께끼가 풀린 거란다! 지금 네 머릿속에는 새로운 생각들이 떠오르고 있는지도 모르는데, 그리고 넌 그것들에 골몰하고 있는지도 모르는데, 나는 너를 괴롭히고 힘들게 하다니. 애야, 내가 읽어는 보았다만, 물론 많은 것을 이해하지는 못했단다. 하지만 그건 당연한 일 아니겠니? 내가 어떻게 이해할 수 있겠니?」

「보여 주세요, 어머니.」

라스콜니코프는 잡지를 들고 슬쩍 자신의 논문을 훑어보았다. 그가 처한 입장과 상황에는 너무나 모순되는 일이었지만, 그는 작가가 처음으로 인쇄된 자기 작품을 볼 때 갖게 되는, 마음을 쿡 찌르는 듯한 이상하고 달콤한 기분을 느꼈다. 더구나 스물세 살이란 나이 탓도 있었다. 그러나 이런 기분은 한순간뿐이었다. 논문의 몇 줄을 읽고 난 뒤 그는 얼굴을 찌푸렸다. 미칠 것만 같은 괴로움이 그의 심장을 죄어 왔다. 최근 몇 달 동안의 그의 모든 정신적인 투쟁이 한꺼번에 되살아났다. 그는 혐오감과 불만에 차서 논문을 책상에 던져 버렸다.

「그렇지만 로댜, 내가 아무리 어리석다고 하더라도 어쨌든, 나는 네가 곧 우리 학계에서 가장 뛰어난 사람은 아니더라도, 뛰어난 사람들 중 하나가 되리라는 건 알고 있단다. 그래서 네가 미쳤다고 사람들이 감히 생각한 거야, 하하하! 너는 몰랐지, 그 사람들이 그런 생각을 했다는 걸! 아, 천박한 벌레들이란다. 지성이 어떤 건지 그 사람들이 어떻게 이해할 수 있겠느냐! 두냐 역시 거의 그 말을 믿을 뻔했단다! 어떻게 그럴 수 있을까! 돌아가신 네 아버지는 두 번이나 잡지에 글을 보내셨는데, 처음에는 시였고(내가 아직 공책을 간직하고 있단다. 언젠가 한번 보여 주마), 그 다음에는 완성된 단편소설이었단다. (정서해 준다며 보여 달라고 내가 졸랐지.) 우리 두 사람 모두 잡지사에서 받아들여 주기를 얼마나 기도했는지 몰라! 그런데 실어 주지 않았단다! 나는 말이다, 로댜, 1주일 전에 네가 입은 옷, 네가 사는 모습, 먹는 것, 신고 다니는 것을 보고 얼마나 고민을 했는지 모른단다. 이제는 알아, 또 내가 어리석었다는 것을. 너는 원하기만 하면 모든 것을 금방 머리와 재능으로 얻어 낼 수 있잖니. 그런데 넌 아직 지금은 그걸 원하지 않는 거고, 훨씬 더 중요한 일에 매달리고 있거든…….」

「두냐는 없어요, 어머니?」

「없단다, 로쟈. 그 애는 자주 집을 비우는구나. 나를 혼자 내버려 둘 때가 많아. 드미트리 프로코피치는 감사하게도 자주 들러서 나와 함께 앉아 있어 주고, 네 이야기를 모조리 들려준단다. 그 사람은 너를 좋아하고 존경하고 있어, 아가. 네 동생이 나를 소홀히 대하는 건 아니란다. 난 불평하지 않아. 그 애에게는 자기 성격이 있고, 나한테도 내 성격이 있으니까. 어떤 비밀이 생긴 모양이다. 내게는 너희들에게 숨길 비밀이 없는데 말이다. 물론 난 두냐가 아주 똑똑하고, 거기다가 나와 너를 모두 사랑하고 있다는 걸 굳게 믿고 있단다……. 하지만 이 모든 일이 어떻게 끝날지를 모르겠구나. 네가 지금 이렇게 와서 나를 행복하게 해주고 있는데, 로쟈. 두냐는 잠시 산보를 나간 모양이다. 오면 말해 줘야겠다. 네가 없는 동안 오빠가 왔었는데, 넌 도대체 어디서 그렇게 시간을 보냈느냐고 말이다. 로쟈, 내 주책을 너무 많이 받아 줄 건 없어. 가능하면 오는 거고, 형편이 안 되면 할 수 없는 거고. 난 언제나 이렇게 기다리면 된단다. 난 어쨌든 네가 나를 사랑하고 있다는 걸 알고 있으니까, 난 그것으로 족하단다. 이렇게 네 글을 읽기도 하고, 여러 사람에게서 네 이야기를 듣기도 하고, 게다가 또 네가 찾아와 주면, 그것보다 좋은 일이 어디 있겠니? 어미를 위로해 주려고 이제야 찾아온 거로구나. 나도 안다…….」

그리고 풀헤리야는 문득 울기 시작했다.

「내가 또! 바보 같은 어미를 보지 말거라! 아, 이런, 이러고 앉아만 있으니.」 그녀는 자리에서 벌떡 일어나면서 외쳤다. 「커피가 있는데, 대접도 하지 않으니! 늙은이의 이기주의가 어떤 건지 보이는구나! 지금 가져오마!」

「어머니, 그냥 두세요. 지금 나갈 거예요. 커피 마시려고 온 건 아니니까요. 제 말을 들어 주세요.」

풀헤리야 알렉산드로브나는 조심스레 그에게 다가갔다.

「어머니, 제게 무슨 일이 생겨도, 저에 대해서 무슨 말씀을 들으셔도, 저를 지금처럼 사랑하실 거지요?」 그는 갑자기 가슴이 벅차오르는 것을 느끼면서, 자기가 하는 말에 대해서는 생각도 해보지 않고 물었다.

「로댜, 로댜, 무슨 일이냐? 어떻게 그런 질문을 할 수가 있니! 누가 너에 대해서 내게 무슨 말을 한다는 거냐? 이제부터는 아무도 믿지 않고, 누가 찾아와도 모두 내쫓겠다.」

「제가 어머니를 언제나 사랑했다는 걸 확신시켜 드리려고 왔어요. 그리고 지금 우리가 단둘이서만 있는 게, 그러니까 두냐가 없는 게 오히려 전 기뻐요.」 그는 아까처럼 격정을 느끼면서 말을 이었다. 「설사 어머니께서 불행하게 되셔도, 당신의 아들은 자기 자신보다도 어머니를 더 사랑하고 있다는 걸 말씀드리려고요. 그리고 어머니가 저에 대해서 생각하시는 모든 것, 제가 잔인한 사람이라서 어머니를 사랑하지 않는다는 것은 잘못된 생각이에요. 전 어머니를 언제까지나 멈추지 않고 사랑할 거예요……. 이제 됐어요. 전 이렇게 해야 한다고, 우선 이렇게 해야 한다고 여겼어요…….」

풀헤리야 알렉산드로브나는 말없이 그를 자신의 품에 꼭 안고서 조용히 울었다.

「로댜, 무슨 일인지 모르겠다만…….」 그녀는 마침내 말했다. 「난 그동안 우리가 너를 너무 지겹게 했다고 생각했단다. 하지만 이제 모든 걸 미뤄 보니, 네가 큰 슬픔을 감당하려고 해서, 그래서 괴로워하는 것 같구나. 난 오래전부터 이런 일을 예상하고 있었단다, 로댜. 이런 말을 하는 나를 용서해라. 이런 생각을 계속하면서 나는 밤마다 잠을 이루지 못했단다. 어젯밤에는 네 누이도 밤새도록 잠꼬대를 하면서, 너에 대해 무슨 말인가를 하더구나. 무슨 말인가를 들었다만, 아무 말도 이해할 수가 없었어. 아침나절 내내 사형장에 끌려가기 전의 사람처럼 한참을 서성이면서 불길한 예감에 사로잡혀 무언가를 기다렸는데, 마침내는 올 것이 온 거야! 로쟈, 로쟈, 어디로 가는 거냐? 어디론가 가는 게 맞지?」

「예.」

「그럴 줄 알았다! 만일 네가 필요하다면, 나도 너와 함께 갈 수 있단다. 그리고 두냐도. 두냐는 너를 사랑하고 있어. 너를 무척 사랑한단다. 소피야 세묘노브나도 역시 필요하다면 우리와 함께 가게 하자꾸나. 알지, 내가 그 아가씨를 두냐 대신에 데려갈 수도 있다는 것을? 드미트리 프로코피치가 함께 떠날 수 있도록 우리를 도와줄 거야……. 하지만…… 넌…… 어디로 가는 거냐?」

「안녕히 계세요, 어머니.」

「뭐라고! 오늘 간다는 거냐!」 그녀는 그를 영원히 잃기라도 하듯이 비명을 질렀다.

「더 지체할 수가 없어요. 이제 시간이 됐어요. 전 꼭 가봐야 해요…….」

「너와 함께 갈 수는 없는 거냐?」

「안 돼요. 어머니는 무릎을 꿇고 저를 위해서 하느님께 기도해 주세요. 어머니의 기도는 어쩌면 들어주실지도 몰라요.」

「내가 성호를 그어 주마. 너를 축복해 줄게! 자, 이렇게, 이렇게. 오, 주여, 이게 무슨 일입니까!」

그는 기뻤다. 그는 아무도 없는 데서 어머니와 단둘이만 있게 된 것이 너무도 기뻤다. 그 무서웠던 시간들 이후 처음으로 그의 마음은 한순간에 부드러워지는 것 같았다. 그는 어머니 앞에 엎드려 발에 입을 맞추었고, 두 사람은 서로를 꼭 붙들고 눈물을 터뜨렸다. 어머니도 이제는 놀라지도 않고, 캐묻지도 않았다. 그녀는 이미 오래전부터 아들에게 어떤 무서운 일이 일어났으며, 이제 아들에게 그 두려운 순간이 닥쳐왔다는 사실을 알고 있었다.

「로쟈, 내 사랑하는 아들아, 내 아들아.」 그녀는 흐느끼면서 말했다. 「이제야 네가 어렸을 때처럼 내게 와서 나를 안고 키스하는구나. 아직 네 아버지가 살아 계시고, 우리가 가난하게 살고 있을 때, 네가 우리와 함께 있다는 사실 하나만으로도 넌 우리에게 큰 위안이었단다. 그리고 네 아버지를 묻고 난 다음, 우리는 얼마나 많이 지금처럼 이렇게 서로를 껴안고 무덤 앞에서 울었으니! 오래전부터 내가 눈물을 보였던 건 어미의 마음이 벌써부터 재앙을 예감했기 때문이란다. 난 그날 저녁 이곳에 오자마자, 너를 보는 순간 이미 네 눈빛 하나만으로도 다 알아차렸단다. 그래서 내 마음이 그렇게도 덜컥 내려앉았던 거야. 오늘 네게 문을 열어 주었을 때도, 너를 보자마자 이제 운명의 시간이 왔구나 하고 생각했단다. 로댜, 로댜, 지금 곧 가려는 것은 아니지?」

「아니에요.」

「또 와주겠지?」

「예…… 올게요.」

「로댜, 화내지 말거라. 내가 꼬치꼬치 캐묻지는 않으마. 감히 물어서도 안 된다는 것을 나도 안다만, 그래도 단 두 마디만으로라도 말해 다오. 너는 멀리 떠나는 거냐?」

「아주 멀리요.」

「거기 무슨 일이 있기에, 직장이나 아니면 어떤 출세의 길이라도 있느냐?」

「하느님이 인도하시는 대로…… 다만 저를 위해서 기도해 주세요…….」

라스콜니코프는 문 쪽으로 갔지만, 어머니는 그를 붙잡고 절망적인 시선으로 그의 눈을 응시했다. 그녀의 얼굴은 공포로 일그러졌다.

「이제 됐어요, 어머니.」 라스콜니코프는 이곳에 오기로 생각했던 것을 깊이 후회하면서 말했다.

「영원히 떠나는 것은 아니지? 아직 영원히 가는 것은 아니지?

또 올 거지? 내일은 올 수 있니?」

「올게요, 오지요. 안녕히 계세요.」

그는 마침내 그녀에게서 벗어났다.

신선하고 따뜻하고 청명한 저녁이었다. 날씨는 아침부터 개어 있었다. 라스콜니코프는 자기 집을 향해 걸었다. 그는 발걸음을 재촉했다. 그는 모든 일을 태양이 지기 전에 끝내고 싶었다. 그때까지는 누구와도 만나고 싶지 않았다. 자기 방으로 올라가면서 그는 나스타시야가 사모바르에서 얼굴을 떼고 그의 모습을 뚫어지게 두 눈으로 쫓고 있다는 것을 알아차렸다. 〈방에 누군가 있는 것은 아닐까?〉 그는 생각했다. 혐오감과 함께 포르피리의 얼굴이 떠올랐다. 그러나 방에 다가가서 문을 열었을 때, 그는 두냐를 볼 수 있었다. 그녀는 혼자 외로이 앉아서 깊은 상념에 젖어 있었다. 벌써 오래전부터 그를 기다린 것 같았다. 그는 문지방에 멈춰 섰다. 그녀는 놀란 얼굴로 의자에서 몸을 일으켜 그 앞에 우뚝 섰다. 그에게로 고정되어 있는 그녀의 시선은 두려움과 억누를 길 없는 슬픔으로 가득 차 있었다. 그 시선 하나만으로도 그는 그녀가 모든 것을 알고 있다는 사실을 느낄 수 있었다.

「어떻게, 들어갈까 아니면 나갈까?」 그는 의아스럽다는 듯이 물었다.

「난 종일 소피야 세묘노브나의 집에 앉아 있었어, 오빠. 둘이 같이 오빠를 기다렸어. 우리는 오빠가 반드시 그곳으로 올 거라고 생각했거든.」

라스콜니코프는 방에 들어와서 지친 듯이 의자에 앉았다.

「어쩐지 몸에 힘이 없어, 두냐. 굉장히 지쳤어. 이 순간만이라도 스스로를 완전히 통제할 수 있었으면 좋겠다.」

그는 의아스러운 눈초리로 그녀를 흘끗 보았다.

「밤새 어디 있었어?」

「기억이 잘 안 나. 난 완전히 일을 끝내고 싶어서 여러 번 네바강 주변을 거닐었어. 그건 기억하고 있어. 난 거기서 삶을 끝내고 싶었지만…… 결심을 할 수 없었어…….」 그는 또다시 의아한 눈초리로 두냐를 바라보면서 속삭였다.

「다행이야! 우리가 그걸 얼마나 걱정했는데, 나하고 소피야 세묘노브나하고 말이야! 그러니까 오빠는 아직 삶을 믿고 있는 거야. 다행이야, 정말 다행이야!」

라스콜니코프는 쓴웃음을 지었다.

「난 삶을 믿지 않았어. 그런데 지금은 어머니와 함께 부둥켜안고 울다가 왔다. 난 하느님을 믿지 않지만 어머니에게는 나를 위해서 기도해 달라고 부탁했다. 어떻게 되어 가는 건지는 하느님만이 아실 거야. 두냐, 난 그런 것에 대해서는 이해할 수 없구나.」

「어머니에게 갔었어? 어머니에게 말했어? 결심을 하고 말을 했단 말이야?」 공포에 질려서 두냐가 외쳤다.

「아니, 말하지 않았어……. 말로는 하지 않았지만, 어머니는 벌써 많은 것을 이해하고 계시더구나. 어머니는 밤에 네가 잠꼬대하는 소리를 들으셨나 봐. 난 어머니가 벌써 반 정도는 알고 있다고 확신해. 어쩌면 내가 갔던 게 잘못인지도 모르지. 지금은 내가 왜 갔었는지도 모르겠어. 난 비열한 사람이야, 두냐.」

「비열한 사람이라도 고통을 짊어지기 위해 가려고 하잖아! 오빠, 갈 거지?」

「갈 거야, 지금. 그래, 이런 수치를 피하려고 난 물에 빠져 죽고 싶었어, 두냐. 하지만 물 위에 서 있을 때, 〈만약 지금까지도 자신을 강한 사람으로 여기고 있다면, 이제 이런 정도의 수치를 두려워할 건 없지〉 하는 생각이 들더라.」 그는 앞으로 나서면서 말했다. 「이건 오만일까, 두냐?」

「오만이야, 오빠.」

마치 불꽃이 그의 흐릿한 눈동자에서 빛을 발한 것 같았다. 아직도 자기가 오만하다는 것이 그에게는 기분 좋은 일인 것 같았다.

「넌 내가 물을 무서워했다고는 생각하지 않니?」 그는 그녀의 얼굴을 똑바로 보면서 일그러진 얼굴로 빈정거리며 물었다.

「오, 오빠, 그만해!」 두냐는 씁쓸하게 외쳤다.

한동안 침묵이 지속되었다. 그는 고개를 떨구고 앉아서 바닥을 쳐다보았다. 두냐는 탁자의 다른 끝에 앉아서 괴로운 표정으로 그를 바라보았다. 갑자기 그는 일어났다.

「늦었어, 이제 가봐야겠다. 난 지금 자수하러 가는 거야. 하지만 난 내가 무엇을 위해서 스스로를 내주려는지 모르겠다.」

굵은 눈물이 그녀의 뺨을 타고 흘러내렸다.

「울고 있구나. 내게 손을 줄 수 있니?」

「그걸 말이라고 해?」

그녀는 그를 꼭 껴안아 주었다.

「고난을 당하러 가는 것 자체가 벌써 범죄의 반을 씻는 것은 아닐까?」 그녀는 그를 꼭 안고서 그에게 입 맞추고 외쳤다.

「범죄라고? 어떤 범죄 말이냐?」 그는 갑작스럽게 격분해서 외쳤다. 「내가 더럽고 해로운 〈이〉 같은 존재, 아무에게도 필요치 않은 고리대금업자 노파를 죽인 범죄 말이냐? 가난한 사람들에게서 즙을 빨아먹은 그 여자를 죽였다는 이유로 사람들은 40가지의 죄도 용서해 줄 거야. 과연 그런 게 범죄일까? 난 그런 것에 대해서는 생각지 않아. 죄를 씻을 생각도 없어. 모두들 사방에서 내게 손가락질을 하면서 말하지, 〈범죄다, 범죄다!〉라고. 하지만 그 불필요한 수치를 향해 가기로 결심한 지금에서야 비로소 나는 내 소심함과 어리석음을 분명히 깨닫게 되었어! 난 단지 비열함과 무능함 때문에 가려고 결심한 거야. 그리고 또 그…… 포르피리가 제안한 것처럼 그것이 유리하기 때문이기도 하지……!」

「오빠, 오빠, 무슨 말을 하는 거야! 하지만 오빠는 피를 흘리게 했잖아!」 두냐는 절망한 목소리로 외쳤다.

「모든 사람들이 홀리고 있는 피야.」 그는 거의 미친 듯이 그 말을 잡아챘다. 「지금도 흐르고 있고, 언제나 세상에서 폭포수처럼 흘렀던 피, 샴페인처럼 흐르고 있는 피, 덕분에 카피톨리움 신전에서 월계관을 쓰고, 훗날 인류의 은인으로 칭송받게 한 그 피야.[9] 그래, 똑바로 쳐다봐, 잘 들여다보란 말이야! 난 사람들을 위해서 선을 원했던 거야. 나 자신은 이 어리석은 일, 아니 어리석다기보다는 그냥 적절치 못했던 이 일 대신에 수백, 수천 가지의 착한 일을 할 수 있었을지도 몰라. 왜냐하면 내 사상은 실패한 지금에 와서 생각하듯이 그렇게 어리석은 것만은 아니니까……. (실패했을 경우에는 모든 것이 어리석게 보이지!) 그 어리석은 행위를 통해 난 다만 나 자신을 독립적인 위치에 올려놓을 수 있는 자금을 얻기 위한 첫걸음을 떼고 싶었던 것뿐이야. 그렇게 되었더라면 모든 일은 그와는 비교될 수 없을 정도의 무한한 이로움을 안겨 주어서 모든 것을 상쇄할 수 있었을지도 몰라……. 그런데 난, 난 그 첫걸음을 견뎌 낼 수가 없었던 거야. 왜냐하면 난 비열한 녀석이니까! 바로 이게 문제의 전부야! 어쨌든 너희들의 생각대로 세상을 보지는 않을 거야. 만일 내가 성공했더라면, 내게 월계관을 씌워 주었을지도 몰라. 그런데 난 지금 함정에 빠져 있으니!」

「하지만 그건 아냐. 전혀 그런 게 아냐! 오빠, 무슨 말을 하고 있는 거야!」

「아! 형식이 이래서는 안 되었어. 내가 행한 일이 그렇게 미학적으로 훌륭한 형식은 아니었어! 하지만 난 도저히 이해할 수가 없어. 왜 폭탄으로, 포위 공격으로 사람을 죽이는 것이 더 존경할 만한 형식이라고 하는 거지? 미학적인 두려움은 무력함의 첫 번째 징후야……! 난 이것을 지금보다 더 명확하게 의식해 본 적은

---

9 율리우스 카이사르가 기원전 63년에 페르가뭄에서 해적선을 잔혹하게 징벌한 뒤 로마로 돌아와서, 대사제와 군사령관의 칭호를 얻게 된 사실을 지적한 말이다.

한 번도 없어. 그리고 난 지금보다 더 나의 범죄를 잘 이해한 적은 없어! 난 지금보다 더 나의 범죄에 대해 강한 확신을 느껴 본 적은 단 한 번도 없었어……!」

그의 창백하고 야윈 얼굴에 홍조가 번졌다. 그러나 마지막 외침을 토해 내다가, 그의 두 눈은 우연히 두냐의 시선과 마주쳤다. 그는 그 시선에서 자신에게서 비롯된 깊은 고뇌의 빛을 발견했고, 결국 자기도 모르게 정신을 차리게 되었다. 그는 어쨌든 가련한 두 여인을 불행하게 만들었음을 알았다. 어쨌든 그가 원인이 된 것이다…….

「두냐, 내 귀여운 동생! 만일 내가 죄를 지었다면, 나를 용서해 다오. (내가 죄를 지었다면, 나는 용서받을 수 없겠지만 말이다.) 잘 있어라! 논쟁하지 말자! 이제 가야겠다. 정말 가야 해. 내 뒤를 따라오지 마라, 제발 부탁이다. 난 또 가봐야 할 곳이 있어……. 이제 가서 어머니 곁에 있어 드려라. 간절히 부탁한다! 이건 네게 바라는 가장 큰 내 마지막 부탁이야. 어머니 곁을 한시도 떠나지 마라. 난 어머니를 불안 한가운데에 버려 두고 왔어. 어머니는 그걸 감당하실 수가 없을 거야. 어머니는 돌아가시든지, 아니면 미쳐 버리실 거야. 어머니와 함께 있어 드려! 라주미힌이 두 사람을 돌봐 줄 거야. 그에게 말해 두었어……. 나 때문에 울지는 마라. 용기를 내고 정직해지려고 노력할게, 평생토록 말이야. 설령 내가 살인자라고 할지라도 말이야. 어쩌면 언젠가 내 이름을 듣게 될지도 모르지. 두 사람의 이름에 먹칠을 하지는 않을게. 두고 봐. 난 또 증명할 거야……. 지금은 이만하자.」 그는 이런 약속을 하며 마지막 말을 할 때, 두냐의 눈에서 이상한 표정을 다시 발견하고는 서둘러 말을 맺었다. 「왜 우는 거니? 울지 마, 울지 마라. 완전히 헤어지는 것도 아니잖아……! 아, 그래! 잠깐만, 잊고 있었구나……!」

그는 탁자에 다가가 먼지가 잔뜩 쌓인 두꺼운 책 한 권을 들고

와서, 책갈피에서 상아판에 유화로 그린 작은 초상화를 꺼냈다. 그것은 집주인의 딸, 열병으로 죽은 예전의 그의 약혼자, 수도원으로 들어가고 싶어 했던 아주 이상한 아가씨의 초상화였다. 잠시 동안 그는 표정이 풍부하고 병적인 그녀의 얼굴을 뚫어져라 들여다보고는 초상화에 입을 맞추고, 두냐에게 건네주었다.

「난 이 사람과〈그 일에 대해서〉많은 이야기를 나눴어. 오로지 이 사람과만 이야기를 했지.」그는 생각에 잠겨 말했다.「나는 나중에 추한 모습으로 실현된 생각들 중 많은 부분을 이 사람에게 말해 주었어. 하지만 걱정하지 마.」그는 두냐에게 얼굴을 돌렸다.「이 사람도 너처럼 동의하지 않았으니까. 지금 그녀가 없는 것이 나도 기쁘다. 중요한 점, 중요한 점은 지금 모든 것이 새로운 방향으로 진행되어서, 두 쪽으로 동강이 나고 있다는 거야.」그는 또다시 비탄에 잠겨 외쳤다.「모두, 모든 것이. 그런데 난 준비가 되어 있는 걸까? 나 자신은 과연 이걸 원하고 있는 걸까? 나의 시련을 위해서 필요한 일이라고 사람들은 말하지! 그런데 왜, 왜 이 쓸데없는 시련이 필요하다는 거지? 왜 그것들이 필요한 거지? 20년 동안의 유형 생활 이후에 늙어 빠져서 힘없고 고통에 찌들어 백치가 다 되고 난 다음에 깨닫는 것이 지금 깨닫는 것보다 더 낫다는 건가? 그렇다면 내가 왜 살아야 하는 거지? 그런데 지금은 내가 왜 그렇게 살겠다는 데 동의하는 걸까? 아아, 오늘 새벽 네바강 위에 서 있을 때 나는 내가 비열한 인간이라는 것을 깨달았어!」

두 사람은 마침내 밖으로 나왔다. 두냐는 고통스러웠다. 하지만 그녀는 그를 사랑했다! 그녀는 걷기 시작했지만, 쉰 걸음도 가지 못해서 다시 한번 그를 보려고 뒤를 돌았다. 그가 아직까지 그녀의 시야 안에 있었다. 그도 골목까지 가서 뒤를 돌아보았다. 그들의 시선은 마지막으로 마주쳤다. 그러나 그녀가 그를 바라보고 있다는 것을 알아채자 그는 참을 수 없다는 듯이, 못마땅한 듯한 몸짓으로 그만 가라고 그녀에게 손을 한 번 휘젓고는, 급히 골목

길을 돌아섰다.

〈나는 나쁜 놈이야, 나도 알아.〉 그는 두냐에게 불만스러운 손짓을 한 지 1분쯤 후에 생각했다. 〈그런데 그들은 왜 나를 이렇게 사랑하는 걸까, 난 그럴 가치가 없는 놈인데! 오, 만약 내가 혼자였다면, 만약 아무도 나를 사랑하지 않았다면, 나도 결코 아무도 사랑하지 않았을 텐데! 그리고 《이 모든 일들도 일어나지 않았을 텐데!》 그런데 정말 궁금하다. 15년이나 20년이 흐르고 나면, 내 영혼이 유순해져서, 말끝마다 스스로를 도둑놈이라고 칭하며 사람들 앞에서 흐느끼게 될까? 그래, 바로 맞아. 그렇게 될 거야! 이것을 위해서 그들은 지금 나를 유형 보내려고 하는 거야. 바로 이게 필요한 거야....... 놈들은 거리를 이리저리 쏘다니고 있지만, 모두들 하나같이 비열한 인간들이고, 본질적으로 도둑놈들이다. 아니, 그보다 더 나쁜 멍청이들이다! 내가 유형이라도 면하게 되면, 이들은 의분에 못 이겨 날뛰겠지! 오, 난 얼마나 그들을 증오하는지 모른다!〉

그는 이내 깊은 상념에 빠져들었다. 〈과연 어떤 과정을 거쳐서 마침내는 내가 생각도 없이 그들 모두 앞에 고개를 숙이고, 마음속 깊은 신념으로부터 굴복하는 일이 생기게 될 것인가! 그렇게 되지 말라는 법이라도 있겠는가? 물론 틀림없이 그렇게 될 것이다. 20년 동안의 끊임없는 압박이 마침내는 얻어 내지 못할 게 무엇이 있겠는가? 물방울이 바위를 쪼갠다고 하지 않는가. 그렇다면 나는 왜 살아야 하고, 나는 왜 지금 모든 일이 그렇게 되리라는 것을 뻔히 알면서도 그곳으로 가고 있는 것일까!〉

어쩌면 그는 어제저녁부터 벌써 수백 번씩이나 자신에게 이런 질문을 제기했는지도 모른다. 그렇지만 그는 여전히 걷고 있었다.

8

 그가 소냐의 방에 들어갔을 때에는 이미 땅거미가 지고 있었다. 소냐는 종일 엄청난 불안감 속에서 그를 기다리고 있었다. 그녀는 두냐와 함께 그를 기다렸다. 두냐는 소냐가 〈그 일을 알고 있다〉고 한, 어제 스비드리가일로프의 말을 기억해 내고 아침부터 그녀를 찾아왔던 것이다. 두 여자가 나눈 대화와 눈물에 대해서, 그리고 그들이 얼마나 친해졌는지에 대해서 자세히 전할 필요는 없을 것이다. 두냐는 이 만남을 통해서 최소한 한 가지 위안을 얻었다. 그것은 오빠가 앞으로 혼자는 아닐 것이라는 점이었다. 그는 죄를 고백하기 위해서 그녀, 즉 소냐에게 처음 왔고, 자신에게 사람이 필요해졌을 때 이 여자 안에서 사람의 모습을 보았던 것이다. 그리고 그녀는 운명이 시키는 대로 그의 뒤를 따라갈 것이었다. 물어보지는 않았지만, 두냐는 그렇게 되리라는 것을 알았다. 두냐는 소냐를 어떤 존경심을 지닌 채 바라보았고, 처음에 소냐를 대할 때는 그 존경 어린 감정으로 그녀를 당혹스럽게 만들기조차 했다. 소냐는 거의 울 뻔했다. 소냐는 반대로 자기가 두냐의 얼굴을 바라볼 자격마저 없다고 생각했기 때문이다. 두냐가 라스콜니코프의 방에서 그녀를 처음 만났을 때, 그녀에게 그렇게 세심하고 정중하게 작별 인사를 건네던 순간부터 두냐의 아름다운 모습은 생애에서 가장 멋지고 도달하기 어려운 환영처럼 그녀의 영혼 속에 영원히 각인되어 있었다.
 마침내 견디다 못한 두냐는 오빠를 그의 집에서 기다리려고 소냐를 내버려 두고 갔다. 오빠가 그곳으로 먼저 갈 것 같은 생각이 계속 들었기 때문이다. 혼자 남은 소냐는 곧 그가 어쩌면 자살했을지도 모른다는 생각이 들어서 괴로워하기 시작했다. 두냐도 그것을 두려워하고 있었다. 하지만 그들 두 사람 다 끊임없이 여러 가지 이유를 들면서 그런 일은 있을 수 없다고 종일 서로를 확신시키고 있었다. 그래서 둘이 함께 있을 때는 그나마 두 사람 모두 마음이 더 편했다. 이제 서로 헤어지자마자, 두냐도 소냐도 그 일 하나에 대해서만 생각하기 시작했다. 소냐는 어제 스비드리가일로프가 라스콜니코프에게는 두 갈래 길이 있다고 한 말이 생각났다. 그것은 즉 블라디미르카로 가는 길 아니면……. 소냐는 더구나 그의 허영심과 오만함, 자존심과 무신앙을 알고 있었다. 〈과연 오직 하나, 소심함과 죽음에 대한 공포심만이 그를 살려 낼 수 있을 것인가?〉 그녀는 마침내 절망에 빠져서 이렇게 생각했다. 그러는 사이 태양은 뉘엿뉘엿 지기 시작했다. 그녀는 슬픈 모습으로 창 앞에 서서 창밖을 뚫어지게 내다보았다. 그러나 창밖으로는 이웃집의 퇴색되지 않은 거대한 벽만이 보일 뿐이었다. 마침내 그녀가 불행한 사나이의 죽음을 완전히 확신하게 되었을 때, 장본인인 그가 방으로 들어섰다.

그녀의 가슴에서는 기쁨의 탄성이 터져 나왔다. 그러나 그의 얼굴을 찬찬히 들여다보고 나서 그녀는 갑자기 창백해졌다.

「바로 그래요!」 라스콜니코프는 비웃음을 띠면서 말했다. 「나는 당신의 십자가를 받으러 왔어요, 소냐. 당신 자신이 나를 네거리로 보내는 것이니까요. 그런데 왜 그러는 거죠? 이제 그 시기가 오니까 겁이 나는 건가요?」

소냐는 놀란 모습으로 그를 바라보았다. 그녀에게는 그의 말투가 이상하게 여겨졌다. 차가운 전율이 그녀의 몸을 타고 흘렀지만, 그녀는 곧 그의 말투도, 단어도 모두 가장된 것임을 깨달았다. 그는 이야기를 나눌 때, 방의 한쪽 구석에만 시선을 고정시키고, 그녀의 얼굴을 똑바로 쳐다보는 것을 피하고 싶어 하는 듯했다.

「알아요, 소냐. 난 이렇게 하는 것이 유리할 거라는 판단을 내렸어요. 여기에는 정상 참작이라는 게 있으니까……. 그러니 이야기하자면 길고, 또 특별히 할 말도 없어요. 무엇이 나를 화나게 하는지 알아요? 그 어리석고 짐승 같은 상판들이 나를 둘러싸고 서 눈을 크게 부릅뜨고 노려보며 어리석은 질문들을 해댈 거라는 점이에요. 난 대답을 해야 되겠죠. 그럼 녀석들은 나를 손가락질 할 거예요……. 쳇! 알아요? 난 포르피리에게는 가지 않을 거예요. 그자는 지겨워요. 난 차라리 나랑 사이가 돈독한 화약 중위에게 가겠어요. 그렇게 해서 놀라게 해줄 작정이에요. 나름대로의 효과를 얻어 낼 수 있겠죠. 더 냉정해야 할 텐데. 최근 들어서 난 지나치게 신경질적으로 되어 버렸거든요. 믿을 수 있어요? 난 지금 나를 마지막으로 보려고 고개를 돌린 누이동생에게 거의 주먹으로 위협을 하고 왔어요. 돼지 같은 행동이죠. 난 이런 지경이에요! 정말 내가 왜 이렇게까지 됐지? 자, 그런데 그 십자가는 어디 있어요?」

그는 제정신이 아닌 것 같았다. 그는 한순간도 제자리에 서 있을 수도 없었고, 한 대상에도 주의를 집중할 수 없는 것 같았다. 그의 생각은 뒤얽혀서 앞다퉈 치고 나왔고, 그는 종잡을 수 없는 말을 지껄였다. 그의 손은 약간 떨리고 있었다.

소냐는 말없이 상자에서 두 개의 십자가, 즉 청동으로 된 것과 삼나무로 된 것을 꺼냈다. 그리고 자신과 그에게 성호를 긋고, 그의 가슴에 삼나무로 된 십자가를 걸어 주었다.

「이건 십자가를 진다는 것의 상징이로군요, 흐흐! 잘됐어. 난 이제까지 고난을 덜 당했으니까! 삼나무로 된 십자가라, 즉 평범한 민중의 십자가로군요. 청동 십자가는 리자베타의 것이군요. 당신이 가질 거예요? 보여 줘요. 그때…… 그녀의 목에 걸려 있던 거예요? 나도 이와 비슷한 두 개의 십자가, 그러니까 은으로 된 십자가와 성상이 붙은 것을 알아요. 난 그때 그것들을 노파의 가슴에 던져 버렸죠. 그것들이 사실 지금 이 순간에 필요한 건데, 그걸 내가 걸어야 하는 건데…… 쓸데없는 말만 하고, 중요한 일에 대해서는 잊어버렸군요. 어쩐지 정신이 산란해……. 이봐요,

소냐, 난 당신이 미리 알았으면 해서, 당신에게 미리 알리려고 이렇게 온 거예요…… 그게 다예요……. 난 다만 그 때문에 온 거예요. (음, 할 말이 더 많을 거라고 생각했는데.) 당신 스스로가 내가 오기를 원했었잖아요. 그리고 난 이제 감옥에 가게 될 테니 당신의 소원이 이루어지는 거예요. 그런데 왜 우는 거죠? 당신도 우는 거예요? 그만해요, 됐어. 아, 내게 그 눈물이 얼마나 힘겨운지 알잖아요!」

그러나 그의 마음속에서는 감동이 일었다. 그녀를 바라보면서 그의 심장은 옥죄어 왔다. 〈이 여자, 이 여자는 도대체 누구일까?〉 그는 생각했다. 〈내가 이 여자에게는 과연 누구란 말인가? 왜 이 여자는 울고 있는 걸까? 어째서 어머니나 두냐처럼 내게 마음의 준비를 하게 하는 걸까! 내 유모 노릇이라도 하겠다는 건가!〉

「성호를 긋고, 한 번만이라도 기도를 해요.」 소냐는 떨리는 목소리로 간청했다.

「오, 그렇게 하죠, 만일 당신이 원한다면! 순수한 마음으로, 소냐, 순수한 마음으로…….」

그러나 그는 무언가 다른 말을 하고 싶었다.

그는 성호를 몇 번씩이나 그었다. 소냐는 숄을 집어서 머리에 썼다. 그것은 녹색 드라데담 숄이었는데, 언젠가 분명 마르멜라도프가 말한 적이 있는 〈집에서 공용으로 쓰는〉 숄인 것 같았다. 라스콜니코프의 머릿속에 이런 생각이 스쳐 지나갔지만, 그는 묻지 않았다. 그 자신이 몹시 정신이 산란하고, 보기 흉할 만큼 불안을 느낀다는 것을 깨닫기 시작했다. 그는 이로 인해서 놀랐다. 소냐가 그와 함께 나가고 싶어 한다는 사실도 그에게는 충격적이었다.

「왜 이러는 거예요! 어디로 가겠다는 거예요? 그냥 있어요, 그냥 있으라고! 난 혼자 갈 거예요.」 그는 짜증스레 화를 내다시피 하면서 문 쪽으로 갔다. 「무엇 때문에 동행인이 필요하다는 거예요!」 그는 나가면서 투덜거렸다.

소냐는 방 한가운데에 그대로 남았다. 그는 그녀와 인사조차 나누지 않았다. 그는 벌써 그녀를 잊고 있었다. 한 가지 적의에 가득 찬 반항적인 의심만이 그의 영혼에서 끓어올랐다.

〈모든 일이 이렇게, 이렇게 끝난단 말인가?〉 그는 계단을 내려가면서 또다시 생각했다. 〈정말로 이대로 가만히 있다가, 슬쩍 넘어가면 안 되는 걸까……. 가지 않으면 안 되는 걸까?〉

그러나 그는 여전히 걷고 있었다. 그는 갑자기 아무런 질문도 스스로에게 제기할 것이 없다는 사실을 분명하게 깨달았다. 거리로 나왔을 때 그는 자신이 소냐와 작별 인사도 하지 않았다는 것과, 그녀가 녹색 숄을 두르고 그의 윽박에 감히 몸을 움직일 생각도 하지 못한 채 그 순간 몸이 굳어 버려 방 한가운데에 서 있었다는 것을 기억해 냈다. 그때 갑자기 한 가지 생각이 마치 그에게 충격을 주려고 기다렸다는 듯이 떠올라, 그의 얼굴이 하얗게 질리도록 만들었다.

〈그런데 왜, 무슨 목적으로 나는 방금 그녀에게 갔을까? 난 말했었지, 볼일이 있어서 왔다고. 그런데 무슨 일이었지? 아무 일도 없지 않았나!《간다는 것》을 알리려고 갔을 뿐이다. 왜 그랬을까? 그게 무슨 필요가 있었던 걸까? 내가 그 여자를 사랑하기라도 하나? 아니, 아니지 않은가? 난 지금 그 여자를 개 내몰듯이 쫓아 버리지 않았나? 소냐에게서 십자가를 받는 것이 정말로 내게 필요했던 것일까? 오, 난 정말로 밑바닥까지 추락해 버렸구나! 아냐, 내겐 그 여자의 눈물이 필요했던 거야. 그 여자의 겁먹은 표정을 보는 것이 필요했고, 그 여자의 마음이 아프게 찢어지는 것을 보고 싶었던 거야! 무슨 지푸라기라도 붙잡아서 시간을 끌고 싶었던 거야. 사람을 보고 싶었던 거야! 이런 내가 감히 자기 자신에게 기대를 걸고, 자신의 삶에 대해서 꿈을 꾸었다니! 난 비열

하고 쓰레기 같은 인간이다. 난 비열한 놈이다, 비열한 놈!〉

그는 도랑 위의 둑길을 따라 걸었고, 갈 길은 그다지 멀지 않았다. 그러나 다리까지 도달했을 때, 그는 발걸음을 멈추고 갑자기 다리 쪽으로 방향을 틀어 센나야 광장으로 향했다.

그는 연방 오른쪽과 왼쪽을 두리번거리면서, 긴장한 채 모든 사물들을 탐욕스럽게 뚫어져라 쳐다보았지만, 아무것에도 주의를 집중할 수가 없었다. 모든 것들이 그의 주의를 비껴 지나갔다. 〈바로 1주일 후, 한 달 후면 나를 수감자들의 수레에 태워 어디론가 이 다리를 통해 데려가겠지. 그때 난 이 도랑을 또 보게 되겠지? 지금의 일들을 어떻게 기억하게 될까?〉 그의 머릿속에 이런 생각이 스치고 지나갔다. 〈이 간판, 그때 가서 난 이 간판을 어떻게 읽게 될까? 저기 〈성점〉[10]이라고 쓰여 있군. 여기 이 모음 〈ㅓ〉, 철자 〈ㅓ〉를 잘 기억해 두었다가, 한 달 후에 이 철자를, 바로 이 〈ㅓ〉자를 보게 되면, 그때 난 어떤 마음이 들까? 난 그때 어떤 것을 느끼고 생각하게 될까……? 맙소사, 이 모든 것, 지금의 내…… 걱정거리들이란 얼마나 하찮은 것들인가! 물론 이 모든 것들은 분명 흥미로운 일들이다……. 그 나름대로는……. (하하하! 내가 무슨 생각을 하고 있는 거야!) 어린아이처럼 되어 버렸어. 자기 자신에게 허세를 부리고 있어. 왜 내가 자신을 부끄러워하는 거지? 후, 사람들이 많다! 저기 저 뚱뚱한 사람은, 분명 독일 사람일 텐데, 왜 나를 밀치는 거야. 자기가 누구를 쳤는지 알기나 할까? 어린아이를 안은 아주머니가 구걸을 하고 있군. 재미있어. 저 아주머니는 나를 자기보다 행복한 사람이라고 생각할 거 아냐. 자, 그럼 재미 삼아 자선을 베풀어 볼까. 이런, 주머니에 5코페이카 동전이 그대로 남아 있잖아. 어디서 난 거지? 자, 자…… 받으세요, 아주머니!〉

「하느님의 은총이 함께하시기를!」 거지의 울먹이는 목소리가

10 〈상점〉의 철자를 잘못 표기해서 〈성점〉이라고 쓰여 있는 것이다.

들렸다.

  그는 센나야 광장으로 들어갔다. 그는 사람들과 부딪치는 것이 너무나 불쾌했다. 그래도 그는 사람들이 더 많이 보이는 곳으로 곧장 걸어갔다. 그는 지금 이 순간 혼자 남기 위해서라면 무슨 짓이든지 다 했을 것이다. 그러나 그 자신도 지금은 단 한 순간도 혼자 남을 수 없다는 것을 마음으로 느끼고 있었다. 군중 속에서 어떤 주정뱅이가 추태를 부리고 있었다. 그는 계속 춤추고 싶어 했지만, 그럴 때마다 한쪽으로 쓰러지는 것이었다. 사람들이 그를 에워쌌다. 라스콜니코프는 사람들 사이를 헤치고 들어가 몇 분 동안 주정뱅이를 구경하다가, 갑자기 짤막하고 호탕하게 웃었다. 1분 후 그는 벌써 그 주정뱅이에 대해서는 잊어버리고, 보고 있으면서도 인식하지 못하는 것 같았다. 그는 마침내 자기가 어디에 있는지조차 잊어버리고 그 자리를 떴다. 그러나 광장의 한가운데에 이르렀을 때, 그의 마음속에 어떤 감동이 일면서 알 수 없는 느낌이 급작스레 그를 지배하더니, 그의 전 존재, 육체와 마음을 사로잡아 버렸다.

  그는 갑자기 소냐의 말이 생각났다. 〈네거리에 가서 사람들에게 절을 하고 대지에 키스하세요. 당신은 대지 앞에 죄를 지었으니까요. 그리고 세상의 모든 사람들에게 소리 내어 말하세요.《내가 죽였습니다》라고.〉 그는 그 말을 기억해 내고, 온몸을 떨기 시작했다. 출구가 없는 비탄과 그동안, 특히 지금 몇 시간 동안의 불안이 그를 너무나도 깊이 압박하고 있었으므로, 그는 금방 이 완전하고 새롭고 충만한 감정 속으로 뛰어들어 버렸다. 감동이 발작처럼 갑자기 그에게 북받쳐 올랐다. 한꺼번에 그의 마음은 녹아내렸고, 눈물이 쏟아졌다. 그는 서 있던 모습 그대로 땅에 엎드렸다…….

  그는 광장의 한가운데에 무릎을 꿇고 머리가 땅에 닿도록 절을 하고는 달콤한 쾌감과 행복감을 느끼면서 더러운 땅에 입을 맞추었다. 그는 일어나서 또 한 번 절했다.

「저것 봐, 지독하게도 취했군!」 그의 옆에서 어떤 청년이 말했다.

사람들이 웃음을 터뜨렸다.

「저 사람은 예루살렘으로 가면서, 아이들과 고향에 작별 인사를 고하는 거라고. 온 세상에 절을 하고, 수도 상트페테르부르크와 그 대지에 입을 맞추는 게지.」 어떤 술에 취한 상인이 덧붙였다.

「아직 젊은 사람인데!」 세 번째 사람이 끼어들었다.

「귀족인 모양이구먼!」 누군가 무게 있는 목소리로 말했다.

「요즘 세상에 누가 귀족이고, 누가 아닌지 분간이 되어야 말이지.」

이런 웅성거림과 대화는 라스콜니코프를 제지시켜서, 이제 막 그의 입술에서 튀어나오려던 〈내가 죽였습니다〉라는 말을 입 속에서 얼어붙게 했다. 그러나 그는 평온하게 이런 왁자지껄하는 소리들을 견뎌 내고는, 아무도 보지 않은 채 곧장 네거리를 지나 경찰서로 향했다. 길에서 어떤 광경이 그의 눈앞에 어른거렸지만, 그는 놀라지 않았다. 이미 그는 그렇게 되리라는 것을 예감하고 있었기 때문이다. 그가 센나야 광장에서 땅에 두 번째 절을 했을 때, 그는 자기에게서 쉰 걸음쯤 떨어진 곳에서 소냐를 보았다. 그녀는 그를 피해 광장에 서 있던 어떤 임시 목조 가옥 뒤에 몸을 숨기고 있었다. 그러고 보니 그녀는 그의 슬픈 여정을 계속해서 따라오고 있었다! 라스콜니코프는 그 순간 소냐가 이제부터 영원히 그와 함께 있으리라는 것을, 운명이 그를 어디로 이끌든지 세상 끝까지라도 그의 뒤를 따르리라는 것을 한순간에 느끼고 깨달았다……. 그의 심장은 뒤집어지는 것 같았다……. 그러나 그는 이미 운명적인 장소에 다가가고 있었다…….

그는 제법 힘찬 걸음으로 마당에 들어섰다. 3층으로 올라가야 했다. 〈아직 올라갈 때까지는 시간이 있다.〉 그는 생각했다. 그가 보기에 운명의 순간까지는 아직 멀고, 아직 시간이 많이 남았으며, 여러 가지를 생각할 여유도 있는 것 같았다.

나선형 계단에는 예전처럼 여전히 쓰레기가 쌓였고, 달걀 껍질들이 버려졌으며, 아파트의 문들은 활짝 열려 있었다. 그리고 탄 냄새와 악취가 풍기는 그 부엌들도 눈에 띄었다. 라스콜니코프는 그때 이후로 이곳에 온 적이 없었다. 다리가 말을 듣지 않고 자꾸 꺾였지만, 그는 앞으로 걸어갔다. 그는 잠시 숨을 돌리고, 옷매무새를 고친 다음, 인간다운 모습으로 안으로 들어가려고 발걸음을 멈췄다. 〈무엇 때문에? 왜?〉 그는 갑자기 자기 행동의 의미를 되짚어 보고는 이렇게 생각했다. 〈어차피 이 잔을 들이켜야 한다면, 어떤 모습이든 상관없는 것은 아닐까? 추하면 추할수록 더 낫다.〉 그의 머릿속에 그 순간 화약 중위 일리야 페트로비치의 모습이 어른거렸다. 〈참으로 그에게 가야만 하는 걸까? 다른 사람에게 가면 안 될까? 올라가서 그 경찰서장에게로 갈까? 적어도 가족적인 분위기에서 진행될 수 있다....... 아냐, 아냐! 화약 중위에게, 화약 중위에게 가야 한다! 잔을 들이켜자, 이렇게 단숨에.......〉

냉정을 되찾고, 조금은 정신을 가다듬은 다음, 그는 경찰서의 문을 열었다. 이때 그곳에는 사람들이 아주 적었다. 어떤 경비원과 평민같이 보이는 사람만이 기다리고 있을 뿐이었다. 순경은 칸막이 뒤에서 밖을 내다보지도 않았다. 라스콜니코프는 다음 방으로 건너갔다. 〈어쩌면 아직 말하지 않아도 될지 몰라.〉 이런 생각이 스쳐 갔다. 그때 서기 중에서 솜을 댄 프록코트를 입은 어떤 사나이가 뭔가를 쓰느라고 커다란 사무용 책상에 딱 달라붙어 앉아 있었다. 한쪽 구석에 또 다른 서기도 앉아 있었다. 자묘토프는 없었다. 물론 니코딤 포미치 역시 없었다.

「아무도 없습니까?」 라스콜니코프는 사무용 책상에 있는 이에게 물어보려고 했다.
「누구를 찾으시오?」
「아, 아! 소리도 들리지 않고, 통 보이지도 않지만, 러시아 사람 냄새가…… 거, 뭐라더라, 그 옛날이야기에서 말이야……, 잊어버렸군! 여어, 이거 오랜만입니다!」 낯익은 목소리가 갑자기 그에게 소리를 질렀다.

라스콜니코프는 몸을 떨기 시작했다. 그의 앞에 화약 중위가 서 있었다. 그는 세 번째 방에서 불쑥 나왔던 것이다. 〈이게 바로 운명이라는 거구나.〉 라스콜니코프는 생각했다. 〈어째서 그가 여기 있는 걸까?〉

「우리를 찾아오셨습니까? 무슨 일이신가요?」 일리야 페트로비치는 탄성을 질렀다. (그는 분명 대단히 유쾌하고, 약간은 기분이 들떠 있는 것 같았다.) 「만일 일이 있어서 오셨다면, 지나치게 일찍 오셨네요. 그래도 가능한 대로…… 제가 도와드릴 수 있다면 도와드리지요. 당신에게 고백하겠지만…… 그런데 어떻게 되시더라? 그러니까? 죄송합니다만…….」

「라스콜니코프입니다.」
「아, 그렇지요, 라스콜니코프! 내가 정말로 잊었다고 생각하시는 것은 아니겠지요! 저를 그런 사람으로 생각지는 말아 주십시오……. 로디온 로…… 로…… 로지오노비치, 그랬던 것 같은데요?」

「로디온 로마노비치입니다.」
「아, 맞아요, 맞아! 로디온 로마노비치, 로디온 로마노비치! 저도 그걸 알아내려고 했었어요. 그래서 몇 번씩이나 문의도 했습니다. 고백하지만, 그때 당신과 그런 일이 있고 난 다음부터…… 아주 상심해 있었습니다……. 나중에 제게 설명해 주더군요. 당신이 젊은 문학도이고 학자이기까지 하다는 얘기를 들었습니다……. 말하자면 이제 막 첫걸음을 떼신 분이지요……. 오, 맙소사! 문학자들과 학자들 중에서 어느 누가 처음에는 독창적인 첫걸음을 떼지 않겠습니까! 저와 제 아내, 즉 우리 두 사람은 모두 문학에 경의를 품고 있는데, 아내는 대단히 열정적인 축에 속합니다……! 문학과 예술성에 대해서 말입니다! 인간은 고결하기만 하다면, 그 밖의 것들은 재능과 지식, 이성과 천재성으로 얻어 낼 수 있는 겁니다! 모자를 예로 들어 봅시다. 과연 모자는 무엇을 의미할까요? 모자는 평범한 것입니다. 저는 모자를 치머만 상점에서 삽니다. 하지만 그 모자 밑에 간직하고 있는 것, 모자로 가리고 있는 것을 저는 살 수 없거든요……! 인정하지만, 저는 당신에게 가서 해명을 하고 싶었습니다. 하지만 당신이 어떻게 여기실지 모른다는 생각에…… 미처 여쭤 보지도 않았군요. 정말 무슨 볼일이 있어서 오셨습니까? 듣기로는 가족분들이 오셨다고 하던데?」

「예, 어머니와 누이동생이 와 있습니다.」

「누이동생분과는 만나 뵐 영광과 행운을 누렸습니다. 교양 있고, 아름다운 특별한 분이시더군요. 이제 고백하는 말이지만, 저는 그때 당신과 열을 내면서 싸운 일을 대단히 안타깝게 여겼습니다. 질병이었지요! 그때 제가 당신의 졸도에 대해서 몇 가지 의심을 했던 것은 나중에 아주 멋지게 해명되었습니다! 광신과 열광! 당신의 분노를 이해합니다. 혹시 가족들이 오셔서 집을 옮기셨나요?」

「아니요, 전 그냥…… 묻고 싶은 것이 있어서 들렀습니다……. 전 이곳에서 자묘토프를 만날 수 있을지도 모른다고 생각했습니다.」

「아, 예! 둘이서 친구가 되셨다더군요. 들었습니다. 그런데 자묘토프는 여기 없습니다. 보지 못하셨지요. 예, 우리는 알렉산드르 그리고리예비치를 잃어버렸습니다! 어제부터 자리가 비어 있습니다. 다른 곳으로 갔거든요……. 그런데 전근을 가면서, 모든 사람들과 싸움을 하고 갔어요……. 정말 무례하기까지 하더군요……. 변덕스러운 젊은이일 뿐이지, 그 이상은 아닙니다. 촉망받는 인물이기도 했지만요. 그런데 우리 나라의 멋들어진 젊은이들도 별수 없습디다! 무슨 시험을 치고 싶다고 하던가. 하지만 우리 기관에서는 떠벌리기나 하고 허풍만 떨지, 사실 시험은 별것도 아니에요. 그들은 당신이나, 당신의 친구 라주미힌 씨와는 다른 부류입니다! 당신의 출세는 학문 분야에서이고, 당신에게 실패란 없을 겁니다! 당신은 인생의 온갖 아름다움도 다 nihil est(아무것도 아니다)라고 말씀하실 수 있겠지요. 당신은 금욕주의자, 수도사, 은둔자니까요……! 당신의 정신은 책, 귀에 꽂힌 펜, 학문적인 연구, 이런 것들에 당신의 정신은 쏠려 있습니다! 저도 일부는…… 그런데 리빙스턴[11]의 여행기를 읽어 보셨습니까?」

「아니요.」

「저는 읽었습니다. 그런데 요즘에는 정말 허무주의자들이 굉장히 많이 늘어났더군요. 그것도 이해가 가는 일이기는 합니다. 문건대, 지금이 어떤 시대입니까? 하지만 당신과 저는…… 물론 당신도 허무주의자가 아니시지요! 솔직히 말씀해 보세요, 솔직히!」

「아, 아닙니다…….」

「아니요, 저에게는 괘념치 마시고 솔직히 말씀해 보세요. 마치 혼자 있을 때처럼 말입니다! 그런데 직무(슬루즈바)는 다른 문제이지요, 다른 문제……. 당신은 제가 〈우정(드루즈바)〉이라고 할 줄 알았지요? 잘못 짚으셨습니다! 우정에 대해서가 아니라, 시민과 인간으로서의 감정, 인도적인 감정, 신에 대한 사랑의 감정에 대해 말하려 했습니다. 전 직무상 공식적인 인물도 될 수가 있습니다만, 저는 항상 스스로를 시민과 인간으로 인식해야 한다는 걸 명확하게 이해하고 있습니다……. 당신은 자묘토프에 대해 말씀하시려고 했지요. 자묘토프, 그는 좋지 못한 업소에서 샴페인 잔이나 혹은 돈강 지방에서 나는 술을 앞에 두고 프랑스식으로

11 D. Livingstone(1813~1873). 영국의 여행자이자 선교사이다.

추태를 부릴 사람입니다. 바로 그게 자묘토프라는 인간입니다! 아, 저는 어쩌면, 그러니까 말하자면, 충성심과 고결한 감정에 불타고 있고, 더 나아가서 신분도 있고, 관등도 있고, 괜찮은 지위도 차지하고 있습니다! 결혼도 했고, 아이도 있지요. 저는 시민과 인간으로서의 의무를 수행하고 있지만, 제가 여쭤 보지요, 그 녀석은 어떻습니까? 저는 당신을 교양이 있는 고결한 분으로 생각하고 있습니다. 그런데 요즘에는 산파들이 부쩍 늘었더군요.」

라스콜니코프는 의문에 가득 찬 표정으로 눈썹을 치켜떴다. 이제 막 식사를 하고 온 것이 분명한 일리야 페트로비치의 말은 그의 귀청을 때리면서 그의 앞으로 쏟아지고 있었지만, 대부분은 공허한 소리에 불과했다. 그러나 어쨌든 그는 그 말의 의미를 일부는 이해하고 있었다. 그는 의문에 가득 찬 표정으로 화약 중위를 보고 있었지만, 도대체 이 대화가 어떻게 끝나게 될지 알 수가 없었다.

「머리를 짧게 친 처녀들에 대해서 하는 말입니다.」 독설가인 일리야 페트로비치가 말을 이었다. 「전 그들에게 산파라는 별명을 붙였는데, 그 별명이 상당히 그럴듯하다고 생각합니다. 하하! 그들은 아카데미에 들어가서 해부학을 배우지요.[12] 그럼 내가 병이 나면, 그 처녀들을 불러서 치료를 받아야 하는 겁니까? 말씀 좀 해보시지요. 하하!」

일리야 페트로비치는 자신의 재치 있는 말에 지극히 만족한 듯이 웃어 젖혔다.

「물론 계몽에 대한 갈구가 정도를 지나친 것입니다. 하지만 계몽이 됐으면 그것으로 충분한 겁니다. 악용할 필요가 뭐가 있겠습니까? 불한당 자묘토프 같은 놈처럼 고결한 인격을 모욕할 필

---

12 러시아 여성들은 1860년대 당시 최고 교육 기관에서 두 가지 직업 교육을 받을 수 있었다. 그것은 조산사와 교사가 되기 위한 교육이었다. 조산사 교육은 페테르부르크 내과 및 외과 아카데미에서 이루어졌다.

요는 없지 않습니까? 묻고 싶습니다. 왜 그는 저를 모욕했을까요? 아, 참, 그리고 또 자살이 얼마나 늘어났는지, 당신은 상상도 할 수 없을 겁니다. 돈을 다 탕진하고는 스스로 목숨을 끊는단 말입니다. 나이 어린 계집아이, 사내아이, 노인들 할 것 없이……. 오늘 아침만 해도 이곳에 온 지 얼마 되지 않은 어떤 신사에 대한 보고를 전해 들었습니다. 닐 파블리치, 닐 파블리치! 그 신사 이름이 뭐지, 아까 페트롭스크 지역에서 권총 자살을 했다고 한 사람 말이야?」

「스비드리가일로프입니다.」 다른 방에서 누군가 쉰 목소리로 냉담하게 응답했다.

라스콜니코프는 몸을 부르르 떨었다.

「스비드리가일로프! 스비드리가일로프가 권총 자살을 하다니!」 그가 외쳤다.

「아니! 스비드리가일로프를 아십니까?」

「예…… 압니다……. 온 지 얼마 되지 않았지요…….」

「예, 얼마 전에 왔는데, 최근 아내를 잃은 행실이 방탕한 사나이예요. 그런데 갑자기 자살을 했답니다. 더구나 상상할 수 없을 정도로 해괴망측한 짓을 했다는군요……. 자기 수첩에다가 몇 자를 남겼는데, 자기는 온전한 정신으로 죽는 것이다, 그러니 자기 죽음에 대해서 어느 누구도 탓하지 말아 달라고 썼다더군요. 그 사람, 돈은 많았다고 해요. 그런데 어떻게 그 사람을 아십니까?」

「예…… 좀 아는 사람입니다……. 제 누이동생이 그의 집에서 가정 교사로 있었거든요…….」

「저런, 저런, 저런…… 그렇다면 당신이 그 사람에 대해서 우리에게 정보를 주실 수 있겠군요. 당신은 그가 그런 짓을 하리라고 의심해 본 적이 없었습니까?」

「어제 그를 보았지만…… 그는…… 술을 마셨고…… 저는 아무것도 눈치채지 못했습니다.」

라스콜니코프는 뭔가 그의 머리를 치고, 짓누르는 듯한 느낌을 받았다.

「또 창백해지시는 것 같습니다. 이곳 저희 방은 정말 공기가 숨이 막힐 듯이 답답하지요……」

「예, 전 가봐야겠습니다.」 라스콜니코프는 중얼거렸다. 「죄송합니다, 폐를 끼쳐 드려서……」

「오, 괜찮습니다. 언제든지 오십시오! 덕분에 즐거웠습니다. 오히려 제가 기뻤습니다……」

일리야 페트로비치는 손을 내밀기까지 했다.

「전 다만…… 자묘토프를 찾아온 것뿐입니다……」

「알고 있습니다, 알고 있어요. 대단히 유쾌했습니다.」

「저도…… 대단히 반가웠습니다……. 그럼, 안녕히……」 라스콜니코프는 미소를 지었다.

그는 바깥으로 나왔다. 그는 휘청거렸다. 머리가 어지러웠다. 자신이 두 발로 서 있는 것도 느낄 수 없을 정도였다. 그는 오른손으로 벽을 짚으면서 계단을 내려오기 시작했다. 어떤 경비원이 손에 작은 책자를 들고, 경찰서로 가려고 그를 마주 보고 올라오다가, 툭 치고 지나간 것도 같았다. 웬 강아지가 아래층 어디에서인가 크게 짖어 대기 시작하자, 어떤 여자가 그 강아지를 쫓아내려고 방망이를 들고 달려가면서 소리를 지르는 것 같기도 했다. 그는 아래로 내려와서 마당으로 나갔다. 그런데 그곳 마당, 입구에서 얼마 떨어지지 않은 곳에는 죽은 사람처럼 얼굴이 창백한 소냐가 서 있었다. 소냐는 놀란 듯한 표정으로 그를 간절히 바라보고 있었다. 그는 그녀 앞에 멈춰 섰다. 뭔가 병적이고 고통스러운 표정, 무언가 절망에 가득 찬 표정이 그녀의 얼굴에 떠올랐다. 그녀는 애원하듯 두 손을 맞잡았다. 비굴하고 당황한 듯한 미소가 그의 입술에 번졌다. 그는 잠시 서서 쓴웃음을 짓더니, 몸을 돌려 다시 경찰서가 있는 위층으로 올라갔다.

일리야 페트로비치는 자리에 앉아서 서류를 뒤적이고 있었다. 그의 앞에는 방금 계단으로 올라오다가 라스콜니코프를 치고 지나간 그 사람이 서 있었다.

「아, 아? 또 오셨군요! 뭐 잊으신 게 있으십니까……? 그런데 왜 그러세요?」

라스콜니코프는 입술이 새파랗게 질린 채 시선을 고정시키고, 그에게 조용히 다가가 책상 쪽으로 가더니, 책상에 팔을 의지하고 뭔가를 말하려고 했다. 그러나 끝내는 말을 하지 못하는 것이었다. 다만 종잡을 수 없는 소리들만이 들려왔다.

「몸이 안 좋으신가 봅니다. 이봐, 의자를 가져와! 자, 여기에 앉으세요, 어서! 물 좀 가져와!」

라스콜니코프는 의자에 털썩 주저앉았지만, 대단히 불쾌한 표정으로 경악에 가득 찬 일리야 페트로비치의 얼굴로부터 눈을 떼지 않았다. 물이 왔다.

「바로 제가…….」 라스콜니코프가 말을 하려 했다.

「물을 마시세요.」

라스콜니코프는 손으로 물을 물리치고 조용하게 끊어 가면서, 그러나 분명하게 말했다.

「〈바로 제가 그때 고리대금업자 노파와 그의 여동생 리자베타를 도끼로 살해하고 돈을 훔친 사람입니다.〉」

일리야 페트로비치는 입을 딱 벌렸다. 사방에서 사람들이 몰려들었다.

라스콜니코프는 자백을 되풀이했다.

에필로그

1

 시베리아. 광활하고 황량한 강의 기슭에 러시아의 행정 중심지 중 하나인 어떤 도시가 위치해 있다. 이 도시에는 요새가 있으며, 그 요새 안에는 감옥이 있다. 그 감옥에 벌써 아홉 달째 제2급 유형수인 로디온 라스콜니코프가 갇혀 있다. 그가 범죄를 저지른 날로부터 거의 1년 반이라는 세월이 흐른 것이다.
 그의 사건에 대한 재판은 큰 어려움 없이 진행되었다. 죄인은 사태를 복잡하게 하는 일도, 자신에게 유리하도록 정황을 부드럽게 바꾸거나 진실을 왜곡하는 일도 없이, 가장 사소한 부분까지도 잊지 않고 자신의 자백을 확고하고 정확하게, 그리고 분명히 입증해 보였다. 그는 살인의 모든 과정을 마지막 사소한 점에 이르기까지 밝혔으며, 죽은 노파의 손에 쥐어져 있던 〈전당품(철판을 댄 나뭇조각)〉의 비밀도 설명해 주었다. 그리고 죽은 노파에게서 어떻게 열쇠를 꺼냈는지도 설명했고, 그 열쇠에 대해서도 묘사했으며, 궤의 모습과 그 안에 있었던 것에 대해서도 자세히 증언했다. 그리고 그 속에 있던 물건들 중에서 몇 가지도 열거해 주었다. 리자베타를 살해하게 된 의문도 풀어 주었고, 코흐가 온 다음 그 뒤에 온 대학생이 문을 두드리던 장면과 그들 사이에 있었던 대화 내용도 전했다. 그리고 범인인 그가 계단을 내려왔다가, 니콜라이와 드미트리가 떠드는 소리를 듣고서 빈 아파트에 숨었으며, 그 뒤 집으로 돌아간 일도 묘사했고, 맨 마지막으로 보즈네센스키 대로에 있는 대문 안쪽 공터의 돌도 지시해 주었다. 그리고 그 돌 아래에서는 물건들과 지갑이 발견되었다. 한마디로 말해서 사건은 분명해졌다. 검사와 판사들은, 한편으로는 그가 지갑 속의 돈과 물건들을 조금도 쓰지 않고 돌 아래 숨긴 사실과, 더 나아가서는 자기 손으로 훔친 물건을 다 자세히 기억하지도 못할 뿐 아니라, 그 수량에서도 착각을 일으킨다는 데 상당히 놀라지 않을 수 없었다. 단 한 번도 지갑을 열어 보지 않았기 때문에 그가 그 속에 얼마만큼의 돈이 있었는지조차 몰랐다는 사실도 있을 수 없는 일로 여겨졌다. (지갑에는 은 가치의 3백17루블과 20코페이카짜리 은화 세 닢이 있었던 것으로 판명되었다. 그리고 오랫동안 돌 밑에 있었던 터라 위에 놓여 있던 고액권들은 심하게 썩어 있었다.) 왜 피고가 다른 모든 점에 대해서는 자발적으로 정직하게 인정하면서, 이 부분에 있어서만큼은 거짓말을 하는지, 이것을 알아내기 위해 이들은 오랫동안 고심했다. 결국 몇 명의(특히 심리학자들 중에서) 사람들이 정말로 그는 지갑 속을 들여다보지 않았기 때문에 그 속에 무엇이 있었는지 몰랐던 것이고, 그는 그렇게 아무것도 모르는 채로 지갑을 돌 밑에 숨겼을 가능성이 높다고 확인해 주었는데, 바로 이 가능성으로부터 다음과 같은 결론이 도출되었다. 범죄 자체가 일종의 일시적인 정신 착란, 즉 차후의 이득을 얻기 위한 목적과 의도 없이, 살인강도라는 병적인 편집광 증세 때문에 일어난 것으로밖에 해석될 수 없다는 것이다. 이에, 오늘날 다른 범죄자들에게도 자주 적용하려 드는 이른바 일시적인 정신 착란에 의한 범죄라는 최신 유행의 이론이 무르익어 갔다. 더구나 라스콜니코프가 얼마 전 우울증 증세를 보였다는 사실은 여러 증인과 의사 조시모프, 그의 예전 친구들, 여주인과 하녀에 의해서도 정확하게 입증되었다. 이런 것들이 모두 라스콜니코프가 평범한 살인자, 도둑, 강도와 같지 않으며, 여기에는 무언가 다른 면이 있다는 결론을 내리는 데 일조했다. 이런 견해를 지지한 사람들에게는 대단히 유감스러운 일이었지만, 정작 피고는 자기 자신을 거의 변호하려고 들지 않았다. 어쩌다가 살인을 저지르게 되었느냐는 점, 무엇이 그로 하여금 도둑질을 하게 부추겼느냐는 결정적인 질문에 대해서 그는 대단히 명확하고 거칠게 그리고 정확하게 모든 것은 그의 처참했던 상황, 가난하고 오갈 데 없는 처지에서 기인했다고 설명했다. 즉 죽은 노파에게서 훔칠 수 있다고 판단한 3천 루블의 돈으로 인생에서 출세의 첫걸음을 내디뎌 보려고 갈망했던 것이라고 대답했다. 그가 살인을 결심한 것은 경솔하고 소심하며 쉽게 분노하는 자기 성격과, 더 나아가 자신이 겪은 궁색한 삶과 좌절 때문이라고 말했다. 어째서 자수를 하게 되었느냐는 질문에 그는 진심으로 후회했기 때문이라고 직설적으로 대답했다. 그의 대답 모두는 거의 난폭하다고 여겨질 정도였다…….

그러나 그가 받은 판결은 저지른 범죄에 비해 예상했던 것보다는 훨씬 가벼운 것이었다. 그것은 죄인이 자기 자신을 전혀 변명하려고 들지 않았을 뿐 아니라, 자신의 죄를 더욱 무겁게 만들려고 하는 듯하다는 점이 인정되었기 때문인지도 모른다. 범죄를 저지르기 전까지 죄인의 병적이고 궁색했던 상황에 대해서는 의심할 만한 여지라고는 조금도 없었다. 그가 훔친 물건과 돈을 사용하지 않은 것도 마음속에 일어난 후회 때문이라고 인정되었고, 범죄를 저지른 시간에 그가 정신적으로 완전히 건강한 상태가 아니었다는 점도 일부 고려되었다. 리자베타에 대한 우연한 살해 상황조차도 앞의 가정을 입증하는 하나의 역할을 할 뿐이었다. 그는 두 사람을 살해하는 동안 문이 열려 있는 것조차 잊어버리고 있지 않았던가! 사건이 의기소침해진 광신자(니콜라이)의 허위 자백으로 이상하게 꼬여 있을 때, 더구나 진범에 대해서는 분명한 증거도 없고, 의심마저도 존재하지 않았던 바로 그때에(포르피리 페트로비치는 자신의 약속을 지켰던 것이다) 자수를 했다는 사실 모두가 마침내는 결정적으로 피고의 운명을 좋은 방향으로 전환시키는 데 도움을 주었다.

그 밖에 전혀 예상치도 못했던, 피고에게는 대단히 유리한 다른 상황들이 밝혀졌다. 전에 대학생이었던 라주미힌은 죄인 라스콜니코프가 대학 재학 시절에 자신이 마지막으로 가지고 있던 돈을 다 털어서 폐병에 걸린 가난한 학우를 도와주었고, 반년 동안이나 그를 돌보다시피 했다는 정보를 어디에서인가 알아 와서 증거로 제시하기까지 했다. 그 학생이 죽자, 라스콜니코프는 죽은 친구의 나이 들고 병약한 아버지를 찾아가서(그 친구는 열세 살 때부터 돈을 벌어 아버지를 거의 자기 혼자 힘으로 부양하고 있었다) 노인을 병원에 입원시키고, 노인이 죽자 마침내는 장례까지 치러 주었다고 했다. 이런 정보들은 라스콜니코프의 운명을 결정짓는 데 약간은 유리하게 작용했다. 하숙집 주인이자 라스콜니코프의 죽은 약혼자의 어머니인 과부 자르니치나 부인 역시 그들이 퍄티 골목 옆에 있는 다른 집에서 살고 있을 때, 밤에 불이 나자 라스콜니코프가 벌써 타기 시작한 어떤 아파트에서 두 어린 아이들을 구해 주려다가 화상을 입은 적이 있다고 증언했다. 이런 사실들은 면밀하게 조사되었고, 많은 증인들에 의해서 입증되었다. 한마디로 말해서 범인이 자수를 했다는 사실과 그의 죄를 상쇄시킬 수 있는 몇 가지 상황을 인정받아, 그는 겨우 8년이라는 제2급 징역형을 선고받게 되었던 것이다.

재판의 진행 초기에 라스콜니코프의 어머니는 병이 들어 몸져누웠다. 두냐와 라주미힌은 재판이 진행되는 동안 그녀를 페테르부르크 밖으로 옮겨 갈 방법을 찾아냈다. 라주미힌은 재판의 모든 상황을 정기적으로 살피고, 동시에 가능하면 더 자주 아브도티야 로마노브나를 만날 수 있도록 페테르부르크와 가까운 거리에 있는 철로 변의 도시를 선택했다. 풀헤리야 알렉산드로브나의 병은 약간 이상한 신경병으로 정신이 완전히 나갈 정도는 아니지만, 그래도 착란과 비슷한 증상을 동반하기도 했다. 오빠와 마지막으로 만나고 집으로 돌아왔을 때, 두냐는 이미 병이 중해져 신열 속에서 헛소리를 하고 있는 어머니를 발견했다. 그날 저녁 그녀는 라주미힌과 함께 과연 어머니가 오빠에 대해서 물으면 어떻게 대답할 것인가에 대해 미리 의논해서, 결국 어머니를 위해서 라스콜니코프가 어디론가 멀리, 러시아의 국경 밖으로 개인적인 부탁을 받아서 떠나게 되었는데, 그 여행은 그에게 부와 명예도 가져다줄 것이라는 이야기를 꾸며 놓기까지 했다. 그러나 그들을 놀라게 한 것은 풀헤리야 알렉산드로브나 자신이 그때도, 그리고 그 이후에도 아무것도 묻지 않았다는 사실이었다. 반대로 어머니 스스로가 아들의 급작스러운 출발에 대한 완전한 이야기를 꾸며 놓고 있었다. 그녀는 눈물을 흘리면서 그가 작별 인사를 하러 왔을 때의 일을 이야기하며, 이때 자기 한 사람만이 대단히 중요하고 비밀스러운 상황에 대해서 알고 있고, 로댜에게는 힘이 센 적들이 많아서 몸을 숨겨야 한다는 암시마저 주려고 했다. 또한 그의 미래의 출세에 대해서는, 몇 가지 불리한 상황이 지나고 나면, 틀림없이 눈부신 성공을 거둘 것이라고 생각하고 있었다. 그리고 그녀는 아들이 앞으로 국가적으로 중요한 인물이 될 것인데, 그의 논문과 뛰어난 문학적인 재능이 그것을 증명한다고 라주미힌에게 확언하기도 했다. 그녀는 그의 논문을 수도 없이 읽었는데, 때로는 소리를 내어서 읽을 정도였고, 밤에는 가슴에 품고 자기까지 했다. 하지만 사람들이 로댜가 어디 있는지에 대해서 그녀에게 이야기조차 피하는 것 하나만 보더라도 틀림없이 충분히 의심이 갔음에도, 그녀는 로댜가 있는 곳에 대해 물은 적도 거의 없었다. 마침내 그들은 몇 가지 부분에 관해 풀헤리야 알렉산드로브나가 이상스레 침묵하는 것을 두려워하게 되었다. 예를 들면 전에 고향 마을에서 살았을 때에는 곧 사랑하는 로댜에게서 편지를 받을 수 있다는 기대감과 희망 하나에 의지해 살았던 그녀가, 지금은 그로부터 편지가 없다는 사실에 대해서 불평조차 하지 않는다는 점 따위였다. 이런 상황은 도무지 설명될 수가 없는 일이었기 때문에 두냐는 몹시 걱정이 되었다. 그래서 그녀는 어머니가 아들의 운명에 어떤 무서운 일이 일어났다는 것을 예감하고, 그보다 더 무서운 일을 알고 싶지 않아서 자세히 묻는 것조차 두려워한다고 여기게 되었다. 어떤 경우든 두냐는 풀헤리야 알렉산드로브나가 건강한 정신 상태가 아니라는 사실을 분명히 깨달을 수 있었다.

그러나 어머니 스스로가 대화를 교묘하게 유도해서, 대답 속에서 지금 로쟈가 어디에 있는지 언급하지 않을 수 없게 만든 적이 두 번 정도 있기도 했다. 하지만 대답은 어쩔 수 없이 불만족스럽고 의심스러운 방향으로 나올 수밖에 없었고, 그러자 그녀는 갑자기 극도로 슬프고 우울해져서 말을 잃어버리고 말았다. 그리고 그런 상태는 상당히 오랫동안 지속되었다. 두냐는 마침내 거짓말을 하고 이야기를 꾸며 내는 것이 어렵다는 사실을 깨닫고, 아예 중요한 부분에 대해서는 입을 다무는 것이 더 낫겠다는 결론에 도달하게 되었다. 그러나 가련한 어머니가 무언가 무서운 일을 의심하고 있다는 사실은 더욱더 분명해져 갔다. 한편, 두냐는 자기가 스비드리가일로프와 만나고 난 다음 날, 즉 운명적인 마지막 날의 전날 밤에 어머니가 그녀의 잠꼬대 속에서 무슨 말인가를 들은 것 같더라는 오빠의 말이 생각났다. 어머니가 그때 정말 무슨 말을 들은 것은 아닐까? 우울하고 비통한 침묵 속에 보낸 며칠, 아니 몇 주일 후에 환자는 웬일인지 갑자기 생기를 되찾고, 신경질적으로 큰 소리를 내며, 거의 멈출 줄을 모르고 자기 아들과 자신의 희망, 그리고 미래에 대해 말을 늘어놓기 시작했다……. 그녀의 공상은 때때로 아주 이상한 것이었다. 그들은 그녀를 위로하면서 맞장구를 쳤지만(그녀 자신도 그들이 자기를 위로하기 위해 맞장구를 치고 있다는 것을 분명히 알았는지도 모른다), 그녀는 여전히 그런 말을 계속하는 것이었다……

 범인이 자수하고 난 지 5개월이 지나서 선고가 내려졌다. 라주미힌은 가능한 한 자주 그를 면회했다. 소냐 역시 그랬다. 마침내 이별의 순간이 다가왔다. 두냐는 오빠에게 이것이 결코 영원한 이별은 아니라고 말했다. 라주미힌도 그랬다. 라주미힌의 젊고 열정적인 두뇌 속에는 가능하다면 앞으로 3~4년 안에 장래 생활의 기틀을 잡고, 조금이나마 돈을 모은 다음, 대체로 토양은 비옥하지만 일손과 인재와 자본이 부족한 시베리아로 이주할 계획이 확고하게 세워져 있었다. 그들은 로댜가 살게 될 바로 그 도시로 이주해서…… 모두 함께 새로운 생활을 시작할 계획이었다. 작별을 할 때 그들은 함께 울었다. 라스콜니코프는 떠나기 전 며칠 동안 몹시 깊은 생각에 잠겨, 어머니에 대해서 이것저것 많은 것을 물어보고, 끊임없이 어머니에 대해서 걱정을 했다. 어머니의 병세에 대해서 알게 된 그는 더욱 침울해졌다. 그는 어째서인지 그동안 소냐와는 별다른 이야기를 나누지 않았다. 소냐는 스비드리가일로프가 남겨 준 돈으로 오래전부터 그가 속해서 떠나게 될 수감자 일행의 뒤를 따라갈 준비를 하고 있었다. 이것에 대해서는 아직 그녀와 라스콜니코프 사이에 한마디도 오가지 않았지만, 두 사람 다 그렇게 되리라는 것을 알고 있었다. 최후의 작별 시간에 그는 감옥에서 나온 후의 행복한 그들의 미래에 대해 열정적으로 장담하고 있는 누이동생과 라주미힌에게 야릇한 미소를 보내고, 어머니의 병적인 상태가 곧 불행으로 끝나게 되리라고 예언했다. 드디어 그와 소냐는 길을 떠났다.

 두 달이 지나서 두냐는 라주미힌과 결혼했다. 결혼식은 슬프고 조용하게 치러졌다. 초대를 받은 사람들 중에는 포르피리 페트로비치와 조시모프도 있었다. 최근 들어서 라주미힌은 확고하게 결단을 내린 사람다운 풍모를 보여 주었다. 두냐는 그가 자신의 모든 계획을 실행하리라는 것을 맹목적으로 믿었다. 어떻게 믿지 않을 수 있겠는가. 이 사람에게는 강철 같은 의지가 있는데! 한편, 그는 학업을 마치기 위해서 대학 강의를 다시 듣기 시작했다. 그들 두 사람은 장래에 대해 끊임없이 설계하면서, 5년 후에는 분명히 시베리아로 이주하게 되리라는 계획을 확실하게 세워 두고 있었다. 그때까지는 그곳에 있는 소냐에게만 희망을 걸 수밖에 없었다……

풀헤리야 알렉산드로브나는 딸과 라주미힌의 결혼을 기쁜 마음으로 축복했다. 그러나 결혼식을 치른 후에는 더욱 슬퍼지고 걱정이 많아진 것 같았다. 한편, 라주미힌은 그녀에게 유쾌한 시간을 마련해 주려고 대학생과 그의 노쇠한 아버지에 대한 이야기, 그리고 로댜가 작년에 두 어린아이를 죽음에서 구하려다가 화상을 입고 앓아누운 적이 있다는 이야기를 해주었다. 두 이야기는 그렇지 않아도 정신이 산란해져 있던 풀헤리야 알렉산드로브나를 극도의 황홀경으로 몰아넣었다. 그녀는 이 일에 대해서 끊임없이 말하며, 거리에서도 화제로 삼았다. (두냐가 항상 그녀와 같이 다녔음에도 불구하고 말이다.) 합승 마차에서나 상점에서나 누구든 들어 줄 사람을 찾기만 하면, 화제를 자기 아들과 아들의 논문으로 돌려서, 그가 대학생을 도와준 이야기, 불이 났을 때 화상을 입은 이야기를 시작하는 것이었다. 두냐는 어떻게 그녀를 자제시킬지 모를 정도였다. 그런 병적으로 흥분된 기분의 위험성 말고도 또 다른 재앙이 벌써 위협으로 다가왔는데, 그것은 누구든지 얼마 전에 재판에서 언급된 라스콜니코프라는 성을 기억해 내고, 그것에 대해 이야기를 꺼낼지도 모른다는 점이었다. 풀헤리야 알렉산드로브나는 화재가 났을 때 그가 구한 두 아이의 어머니의 주소를 알아내기까지 해서, 반드시 가보겠다고 벼르는 것이었다. 마침내 어머니의 불안은 최고조에 달했다. 풀헤리야 알렉산드로브나는 때때로 느닷없이 울기도 하고, 자주 몸져누워 고열 속에서 헛소리를 하기도 했다. 어느 날 아침 그녀는 자기 계산에 따르자면 로댜가 곧 돌아올 때라고 고집스레 장담하면서, 아들이 작별 인사를 나눌 때 아홉 달 후에는 그를 기다려도 좋다고 했다고 우기는 것이었다. 그러고는 만남을 준비한다며, 아파트를 정돈하고 그를 위해 방을 꾸며 주기 시작했다. 그 방은 그녀 자신의 방이었다. 그러고는 가구를 닦고, 물걸레로 청소를 하고, 새 커튼을 달았다. 두냐는 불안했지만 어머니가 오빠를 맞기 위해 방 꾸미는 일을 말없이 도와주기까지 했다. 그치지 않는 공상과 기쁨에 넘치는 환상과 눈물로 불안한 하루를 보낸 뒤 밤이 되자 그녀는 앓기 시작하더니, 이튿날 아침 녘에는 벌써 고열과 헛소리에 시달리기 시작했다. 열병이 시작된 것이다. 2주 후에 그녀는 끝내 숨을 거두었다. 헛소리 중에 그녀의 입에서 간간이 튀어나온 말들로 미뤄 볼 때, 어머니는 그들이 생각했던 것보다 훨씬 강하게 아들의 불행한 운명에 대해 의심했음을 알 수 있었다.

라스콜니코프는 시베리아로 이주하자마자 페테르부르크와 편지 연락을 나눴지만, 오랫동안 어머니의 죽음에 대해서는 알지 못했다. 편지 연락은 소냐를 통해서 이루어지고 있었는데, 소냐는 다달이 정성스레 페테르부르크에 있는 라주미힌의 주소로 편지를 썼고, 그곳으로부터 답장을 받았다. 처음에 소냐의 편지는 두냐와 라주미힌에게 왠지 무미건조하고 불만스럽게 여겨지기까지 했다. 하지만 뒤로 갈수록 그들 두 사람은 더 이상 훌륭하게 쓴다는 것은 불가능하다는 사실을 깨닫게 되었다. 왜냐하면 그 편지들을 통해서 결국에는 어쨌든 불행한 오빠의 운명에 대해 완전하고 정확한 보고를 받을 수 있었기 때문이다. 소냐의 편지는 가장 일상적인 현실, 라스콜니코프가 겪고 있는 수형 생활의 환경에 대한 가장 평범하고 정확한 묘사로 가득 차 있었다. 거기에는 그녀 자신의 희망, 미래에 대한 추측, 자신의 감정에 대한 서술과 묘사는 전혀 없었다. 그의 기분과 대체적인 그의 내면적인 삶을 설명하려는 시도 대신에 오직 사실, 즉 그가 한 말, 그의 건강 상태에 대한 자세한 정보, 만났을 당시 그가 무엇을 바랐는지, 어떤 것을 부탁했는지, 어떤 일을 그녀에게 맡겼는지 등에 대한 것만이 쓰여 있었다. 이 모든 소식들은 아주 자세하게 전해졌다. 그래서 결국에는 불행한 오빠의 형상이 자연스레 드러나서 정확하고 분명하게 그려지는 것이었다. 그것에는 어떠한 실수도 있을 수 없었는데, 모든 것이 확고한 사실이었기 때문이다.

그러나 두냐와 그녀의 남편은 처음 한동안 이 소식들을 통해서 그다지 유쾌한 정보들을 얻어 낼 수는 없었다. 소냐는 계속해서 그가 항상 침울하고 말수가 적으며, 그녀가 받는 편지에서 매번 듣고 전해 주는 소식들에도 거의 관심을 기울이지 않는다고 말했다. 그는 때로 어머니에 대해서 물었고, 그가 이미 진실을 추측하고 있다는 생각에 그녀가 결국 어머니의 죽음에 대해서 전하자, 놀랍게도 그 소식을 듣고도 그다지 영향을 받지는 않은 것 같다고 했다. 적어도 그녀가 관찰하기에는 그랬다는 것이다. 한편, 그녀는 또 그가 겉으로 보기에는 자기 자신에만 몰두해서 모든 사람들에게 마음의 문을 닫아걸고 있지만, 새로운 삶에 대해서는 대단히 솔직하고 단순한 태도를 취하고 있다고 전했다. 그는 자신의 위치를 분명하게 이해하고, 가까운 장래에 더 좋은 일이 있으리라고는 기대하지 않으며, 그 어떠한 경박한 희망도(그의 입장에서는 그것이 당연한 일이었다) 가지고 있지 않고, 그를 둘러싼 예전과는 전혀 다른 새로운 환경에 대해 조금도 놀라지 않고 있다고 전했다. 그의 건강도 양호하다고 했다. 그는 작업장에 나가는데, 일을 전혀 피하지도 않고, 앞장서서 하지도 않는다고 했다. 음식에는 거의 무관심하지만, 그 음식이라는 것이 일요일과 축일을 빼고는 너무나 형편없는 것이라서, 결국에는 자기 방에서 매일 차를 준비하기 위해 소냐에게서 기꺼이 약간의 돈을 받는다고 했다. 나머지 것들에 관해서는 그녀가 그에 대해서 염려하는 것이 오히려 그의 기분을 상하게 한다면서, 걱정하지 말라고 부탁한다는 것이었다. 그 밖에도 소냐는 감옥에 있는 그의 방은 다른 사람들과 함께 쓰는 곳이라고 했다. 그곳은 아주 좁고, 몹시 불결한데, 그는 자리에 낙타 가죽으로 만든 담요를 깔고 자며, 그 이상은 아무것도 더 갖추려고 하지 않는다고 했다. 그러나 그가 이렇게 원시적으로 가난하게 지내는 것은 미리 정한 어떤 계획이나 의도에 따라서 그러는 것이 아니라, 그냥 단순히 자신의 운명에 대한 소홀함과 겉으로 드러나는 무관심에서 기인한다고 했다. 소냐는 그가 특히 처음에는 그녀의 방문에 전혀 관심을 기울이지도 않았을뿐더러, 거의 그녀에게 불만을 털어놓다시피 하면서 말도 하지 않고 거칠게 대했지만, 나중에는 이 만남이 습관으로 변하다 못해 요구 사항이 되었다고 했다. 그래서 그녀가 아파서 며칠 동안 그를 방문하지 못하게 되자, 그가 굉장히 우울해했다는 것이다. 그녀는 휴일마다 감옥의 대문 옆에 있는 초소에서 그를 호출해 몇 분 동안 면회를 한다고 했다. 평일에는 그녀가 작업 중인 그에게 찾아가는데, 그곳은 작업실이거나 벽돌 공장, 혹은 이르티샤강 가에 있는 헛간일 수도 있다고 했다. 자기 자신과 관련해서 소냐는, 시내에서 몇 사람을 알게 되었으며 후견인마저 얻게 되었다고 썼다. 또 바느질 일을 하고 있는데, 시내에는 거의 양품점이 없기 때문에 자기를 필요로 하는 집이 많다는 것이었다. 그러나 그녀는 자기를 통해서 라스콜니코프가 교도소의 윗사람들의 도움을 받을 수 있게 되었고, 그의 작업량도 감해졌다는 이야기는 언급하지 않았다. 마침내 그가 모든 사람들을 경원시하고, 다른 수형인들도 그를 좋아하지 않는다는 소식이 들려왔다. (두냐는 그녀의 마지막 편지들에서 어떤 특별한 흥분과 불안을 감지할 수 있었다.) 그는 며칠씩이나 종일토록 말을 하지 않고, 안색도 몹시 창백해졌다는 것이다. 마지막 편지에서 소냐는 갑자기 그가 상당히 심각한 병에 걸려서 수인 병동(囚人病棟)에 누워 있다고 알려

왔다.

2

 그는 이미 오래전부터 몸이 아팠다. 그렇지만 그를 꺾은 것은 수형 생활의 끔찍함도, 노동도, 음식도, 짧게 깎은 머리도, 누더기 옷도 아니었다. 오! 이 모든 고통과 학대가 그에게는 정말로 아무것도 아니었다! 오히려 그는 작업이 기쁘기까지 했다. 작업을 통해서 육체적으로 기진맥진해지면, 그는 적어도 몇 시간 동안만큼은 평온하게 잠들 수 있었던 것이다. 바퀴벌레가 든 멀건 양배추 국물이나 음식이 그에게 무슨 의미가 있었으랴? 지난 학생 시절에는 그것마저도 먹지 못한 적이 자주 있었다. 옷은 따뜻했고, 그가 익힌 삶의 방식에도 적합한 것이었다. 그는 자신에게 채워진 족쇄도 잘 느끼지 못했다. 그가 자신의 짧은 머리와 죄수복을 부끄러워했겠는가? 또 부끄러움을 느낄 만한 대상이 누가 있었겠는가? 소냐 앞에서? 소냐는 그를 두려워하는데, 그가 그녀 앞에서 죄수복 때문에 부끄러움을 느꼈겠는가?
 그럼 어찌 된 일일까? 그는 소냐 앞에서마저 자기 자신을 수치스럽게 여겼고, 이 때문에 그녀를 경멸하듯이 거친 태도로 괴롭혔던 것이다. 그러나 짧은 머리도, 족쇄도 그는 부끄럽지 않았다. 심하게 상처를 입은 것은 그의 자존심이었고, 그는 상처받은 자존심 때문에 병이 난 것이었다. 오, 만일 그가 스스로 자신의 유죄를 인정할 수만 있었더라면, 그는 얼마나 행복했을 것인가! 그렇게만 되었다면 그는 모든 것, 즉 수치와 모욕마저도 견뎌 낼 수 있었을 것이다. 그는 자신에 대해 준엄하게 판단해 보았지만, 그의 굳은 양심은 자신이 저지른 지난 사건에서 모든 사람들에게 일어날 수 있는 실책 이외에는 다른 어떤 특별히 무서운 범죄도 발견할 수 없었다. 그는 자신, 즉 라스콜니코프라는 사람이 맹목적인 운명의 판결에 의해서 이렇게 맹목적으로 희망도 없이, 소리도 없이, 어리석게 파멸당했다는 사실이, 그리고 조금이라도 마음에 평안을 얻기 원한다면, 그 판결의 〈무의미함〉 앞에서 마음을 누그러뜨리고 굴복해야 한다는 그 사실 자체가 부끄러웠던 것이다.

현재에는 대상도 없고 목적도 없는 불안, 미래에는 아무 보상도 받을 수 없을 끊임없는 희생, 바로 이것이 그의 앞에 놓여 있는 세상의 전부였다. 8년 후에도 그는 겨우 서른두 살밖에 되지 않을 것이며, 또다시 삶을 시작할 수 있다고 해서 그게 어떻다는 말인가? 그가 왜 살아야 한단 말인가? 무엇을 염두에 두고 살아야 하는가? 무엇을 지향해야 하는가? 다만 존재하기 위해서 산다고? 그러나 과거에 그는 사상과 희망을 위해서라면, 아니 하다못해 공상을 위해서라도 자신의 전 존재를 수천 번이나 희생할 준비가 되어 있었다. 단순히 존재한다는 것만으로 그는 만족할 수 없었다. 그는 항상 무언가 더 큰 것을 원했다. 어쩌면 그는 자신의 갈망이 강했다는 것 하나만 가지고서, 당시에 스스로를 다른 사람보다 더 많은 것을 하도록 허용된 사람으로 여겼던 것인지도 모른다.

그리고 운명이 그에게 회한을, 즉 가슴을 치고 잠을 설치게 하는 뜨거운 회한을, 끔찍한 괴로움 때문에 밧줄과 죽음의 심연이 눈에 어른거리는 그런 회한을 그에게 보냈더라면! 오, 그는 그것을 기뻐했을 것이다! 고통과 눈물, 이것 역시 삶이니까. 그러나 그는 자기가 저지른 범죄를 뉘우치지 않았다.

예전에 자신을 감옥으로 오게 한 어리석고 추한 행동들에 대해서 분노를 느꼈던 것처럼, 적어도 자신의 어리석음에 대해 분노를 느낄 수만 있었어도, 그는 기뻤을 것이다. 그러나 이제 감옥에 들어와서 〈자유의 몸〉이 된 그는, 다시금 예전의 모든 행동들을 판단하고 숙고해 본 결과, 예전의 그 운명적인 시간에 자기가 생각했던 것만큼 자신의 범죄 행위들이 그렇게 어리석고 추하게 여겨지지는 않았다.

〈과연 어떤 점에서…….〉 그는 생각했다. 〈내 사상의 어떤 부분이 천지개벽 이후로 세상을 휘저으며 서로 부딪치는 서로 다른 사상들과 이론들보다 더 어리석단 말인가? 흔해 빠진 영향에서 벗어나, 완전히 독립적이고 폭넓은 시각으로 사건을 바라볼 필요가 있다. 그렇게만 된다면 물론, 나의 사상도 전혀 그렇게…… 이상한 것만은 아닌 것으로 판명될 것이다. 오! 5코페이카 은화의 값어치밖에 나가지 않는 허무주의자들과 현인들이여, 그대들은 어째서 길을 가다가 멈춰 섰는가!〉

〈나의 행동의 어디가 그들에게는 그렇게 추악하게 여겨지는 것일까?〉 그는 자신에게 말했다. 〈그것이 악행이라는 것 때문에? 《악행》이라는 단어의 의미는 무엇인가? 나의 양심은 편안하다. 물론 형사적인 범죄가 저질러졌다. 물론 법 조항이 지켜지지 않았고, 피를 흘리게 했다. 그러니 법 조항 대신에 내 머리를 자르면 될 것 아닌가……. 그것으로 충분하다! 물론 그런 경우에는 권력을 세습받지 못했지만, 스스로의 힘으로 권력을 잡은 인류의 수많은 은인들마저도 인생의 첫발을 내디딘 순간에 사형을 당했어야만 할 것이다. 그러나 그 사람들은 자신들의 걸음들을 내디뎌 앞으로 나갔고, 그랬으므로 그들은 옳았다. 그런데 나는 내디딜 수가 없었으므로, 그 걸음을 스스로에게 허용할 권리를 지니지 못한 것이다.〉

바로 이 한 가지 점, 그가 걸음을 내디디지 못하고 자수를 했다는 점에서만 그는 자신의 범죄 사실을 인정했다.

그는 또 다른 생각들 때문에 괴로워했다. 왜 그때 그는 자살하지 못했을까? 왜 그때 그는 물 위에 서 있으면서도 자수하기를 선택했던 것일까? 살고자 하는 욕망 속에 그렇게 강한 힘이 존재했고, 그는 진정으로 그 욕망을 이겨 내기가 힘들었단 말인가? 죽음을 두려워한 스비드리가일로프도 이겨 내지 않았던가?

그는 괴로워하면서 이런 질문을 스스로에게 제기했지만, 물 위에 서 있던 바로 그 당시에 이미 스스로 자신과 자신의 신념 속에 있는 어리석은 허위를 예감하고 있었을지도 모른다는 사실을 깨닫지 못했다. 그는 이 예감이 그의 생애에서 장래에 다가올 변화, 그의 미래의 부활, 삶에 대한 새로운 시각의 전조일 수도 있다는 사실을 이해하지 못했다.

그는 자기 자신이 떨칠 수도 없고, 다시 건너뛸 만한 힘도 없는 (약함과 보잘것없음 때문에) 그런 둔한 본능의 무게만을 인정했다고 하는 편이 나을 것이다. 그는 자신의 감옥 동료들을 보면서 놀랐다. 그들 모두 역시 얼마나 인생을 사랑하고, 삶을 소중히 여기고 있는가! 그들은 자유로울 때보다도 감옥에서 더 삶을 사랑하고 가치 있게 여기며, 더 소중하게 생각하는 것 같았다. 그들 중 어떤 사람들, 예를 들면 부랑자들은 얼마나 무서운 고통과 학대를 견뎌 냈는지 모를 일이었다! 그런데 정말로 한 줄기 햇살이나, 울창한 숲이나 깊은 숲속에 있는 남에게 알려지지 않은 샘솟는 차가운 샘물이 그들에게 그토록 큰 의미를 지니지 않는가. 부랑자들은 그 샘물을 재작년에 발견하고는, 그 샘물과의 만남을 마치 애인과의 만남처럼 꿈꾸며, 꿈에서조차 샘물 주변의 푸른 풀과 관목 사이에서 지저귀는 새를 그리워하지 않는가. 가만 들여다보면 들여다볼수록 그는 더 설명할 수 없는 많은 예들을 발견할 수 있었다.

감옥과 그를 둘러싸고 있는 환경에서, 물론 그는 아무것도 눈여겨보지 않았고, 또 전혀 그러고 싶지도 않았다. 그는 눈을 내리깔고 지냈다. 무언가를 본다는 것이 끔찍하고 견딜 수가 없었다. 그러나 드디어 많은 점들이 그를 놀라게 하기 시작했다. 그는 예전에는 생각지도 못했던 일들을 뜻밖에도 알게 되었다. 무엇보다도 그를 크게 놀라게 한 것은, 그와 다른 사람들 사이에 놓여 있는 도저히 건널 수 없는 무서운 심연이었다. 그와 그들은 마치 다른 종족인 것만 같았다. 그와 그들은 서로를 신뢰하지 못하고 적의를 품고 바라보았다. 그는 이런 분리의 일반적인 원인에 대해 대체적으로 알고 이해하고 있었다. 그러나 그는 예전에 이 원인이 정말로 이렇게 깊고 강하리라고는 한 번도 생각해 본 적이 없었다. 감옥에는 정치범으로 유형을 온 폴란드인들도 있었다. 이들은 이곳의 다른 평민 죄수들을 무식한 노예로 간주하고 오만하게 깔보고 있었다. 그러나 라스콜리코프는 그렇게만 볼 수가 없었다. 그는 이 무식한 사람들이 많은 점에서 그 폴란드 사람들보다도 훨씬 현명하다는 것을 분명히 알고 있었다. 그곳에는 이런 민중들을 역시 극도로 경멸하는 러시아 사람들도 있었다. 퇴역 장교 하나와 신학생 둘이 바로 그러했다. 라스콜리코프는 그들의 잘못도 분명히 알고 있었다.

그런데 그 자신으로 말할 것 같으면, 모든 사람들이 그를 좋아하지 않고 피했다. 이윽고는 그를 증오하기 시작했다. 그런데 왜 그러는 것일까? 그는 그 이유를 몰랐다. 그를 경멸하고 그를 비웃었으며, 그보다도 훨씬 더한 죄를 지은 사람들도 그의 범죄를 비웃었다.

「넌 샌님이야!」 그에게 말했다. 「그런 네가 도끼를 들고 어슬렁거리다니. 그건 샌님들의 일이 아닌데.」

사순절의 두 번째 주일에 옥사 동료들과 함께 금식하는 차례가 돌아왔다. 그는 다른 사람들과 함께 기도를 하러 성당에 다녔다. 그런데 왜인지 그 자신도 알 수 없었지만, 한번은 싸움이 일어났다. 모두들 한꺼번에 미칠 듯이 화를 내면서 그를 공격했다.

「넌 불신자야! 넌 하느님을 믿지 않아!」 그에게 소리쳤다. 「너 같은 놈은 죽어야 해.」

그는 한 번도 그들과 함께 하느님에 대해서, 신앙에 대해서 말한 적이 없었지만, 그들은 불신자인 그를 죽이고 싶어 했다. 그는 아무 말도 하지 않고, 그들에게 반박하지도 않았다. 어떤 수형인은 완전히 격분해서 그에게 달려들려고 했다. 라스콜니코프는 아무 말도 하지 않고 조용히 그를 기다렸다. 그는 눈썹 하나 까딱하지 않고, 얼굴 표정 하나 흐트러뜨리지 않았다. 호송병이 제시간에 그와 그를 죽이려고 덤비는 사람 사이에 끼어들었기에 망정이지 그렇지 않았으면 피를 보았을 것이다.

그에게는 또 하나 해결되지 않는 의문점이 있었다. 그들 모두가 왜 그렇게도 소냐를 사랑하는가 하는 점이었다. 그녀는 그들에게 아첨하지도 않았고, 그들은 그녀가 그를 보기 위해 잠깐씩 작업장에 올 때에만 그녀를 만날 수 있었다. 그런데도 모두들 벌써 그녀를 알고 있었고, 그녀가 〈그의 뒤〉를 따라왔으며, 그녀가 어떻게 살고 있는지, 어디서 사는지도 알았다. 그녀는 그들에게 돈을 주지도 않았고, 특별한 도움을 주지도 않았다. 단지 딱 한 번 성탄절에 감옥에 있는 모두를 위해 선물을 가져왔었는데, 그것은 만두와 흰 빵이었다. 그러나 그들과 소냐 사이에는 조금씩 친밀한 관계가 형성되었다. 그녀는 친척들에게 보내는 편지를 대신 써서 우편으로 보내 주었다. 그 도시에 온 그들의 친척들도 그들의 지시에 따라서 소냐에게 그들을 위한 물건과 돈까지 맡기고 갔다. 그들의 아내들과 애인들도 그녀를 알고 그녀에게 찾아왔다. 그녀가 라스콜니코프를 찾아 작업장에 나타나거나, 작업장으로 가는 수감자들의 무리와 마주치게 되면 그들은 모두 모자를 벗고 절을 하는 것이었다. 「소피야 세묘노브나, 당신은 우리의 어머니예요. 상냥하고 사랑스러운 우리의 어머니요!」 이 난폭하기로 유명한 유형수들이 작고 빼빼 마른 존재에게 이렇게 말하는 것이었다. 그러면 그녀는 미소를 지으며 작별 인사를 했다. 그들은 모두 소냐가 그들에게 미소 지어 주는 것을 좋아했다. 그들은 그녀의 걸음걸이마저 좋아해서 그녀가 지나가면 그 뒷모습을 보려고 고개를 돌리며, 그녀를 칭송했다. 그녀의 키가 그토록 자그

마하다는 것까지도 칭송했다. 그리고 또 무엇을 칭송해야 할지 모를 정도였다. 어떤 이들은 그녀에게 병의 치료를 청하기까지 했다.

그는 사순절이 끝날 무렵과 부활절의 1주일 동안 병원에 누워 있었다. 건강을 되찾은 다음, 그는 아직 고열과 헛소리에 시달리면서 누워 있을 때 꿈속에서 보았던 장면을 기억해 냈다. 병중에 그는 이런 꿈을 꾸었다. 전 세계가 아시아에서 유럽으로 번지는 어떤 전무후무하고 무시무시한 감염병의 희생물이 되어야 할 운명에 놓여 있었다. 아주 적은 수의 선택받은 사람들을 제외하고는 모두들 죽어야만 했다. 어떤 새로운 섬모충이 나타났는데, 이것은 현미경으로만 볼 수 있는 존재로 사람들의 몸속에 기생했다. 그러나 이 생물은 지성과 의지를 부여받은 영(靈)적 존재였다. 이 생물에 감염된 사람들은 즉시 발광해서 미쳐 버리게 되어 있었다. 그러나 감염된 사람들만큼 자기가 진리에 확고히 뿌리를 박은 현명한 사람이라고 여기는 사람들은 일찍이 없었다. 이 사람들은 자신의 판단, 자신의 과학적인 결론, 도덕적인 확신과 신앙을 이때보다 더 확고하게 느껴 본 적이 없었던 것이다. 온 마을이, 온 도시가, 모든 사람들이 감염되어서 미쳐 갔다. 모두들 불안에 빠졌고, 서로를 이해하지 못하며, 오로지 각자 자기 속에만 진리가 있다고 생각하며, 다른 사람들을 보면서 괴로워하고, 가슴을 치면서 울부짖으며 손을 쥐어틀었다. 누구를 어떻게 판단해야 할지 몰랐고, 무엇이 악이고 무엇이 선인지 의견의 일치를 볼 수 없었다. 누구를 고소하고 누구를 변호해야 할지 몰랐다. 사람들은 어떤 무의미한 증오심 속에서 서로를 죽여 갔다. 서로를 향해 군대를 결성했지만, 군대는 진군을 하던 중에 갑자기 자기편을 죽이기 시작했고, 대열은 흐트러지고, 병사들은 서로에게 달려들어 찌르고 베고 물면서 상대를 죽였다. 도시마다 종일 경종이 울렸다. 사람들을 소집했지만, 누가 무엇 때문에 소집했는지는 아무도 몰랐고, 모두들 불안해했다. 저마다 자신의 생각과 대책을 제안했지만, 의견의 일치를 볼 수 없었기 때문에, 가장 일상적인 일들마저도 손을 놓게 되었다. 농사도 짓지 않게 되었다. 어디에서인가는 사람들이 잔뜩 모여서, 함께 무슨 일이든 하자는 데 동의하고, 절대로 헤어지지 말자고 맹세했다고도 했다. 그러나 곧 당시로는 전혀 예측할 수 없었던 다른 일이 발생하여, 그들마저도 서로를 비난하기 시작하더니, 주먹다짐에다가 칼부림이 일었다. 화재와 굶주림이 시작되었다. 온 인류가, 그리고 모든 것들이 파멸해 갔다. 감염병은 점차 기세등등해져서 더욱 멀리까지 퍼져 나갔다. 전 세계에서 구원을 받을 수 있는 사람은 단 몇뿐이었는데, 이들은 마음이 깨끗한 사람들로 새로운 종족과 새로운 삶을 시작하고, 대지를 복구하고 정화하게 될 선택받은 사람들이었다. 그러나 사람들은 어디에서도 그들을 만나 볼 수 없었고, 그들의 목소리와 말조차 들을 수 없었다.

이 부조리한 환각은 그의 기억 속에 너무나도 슬프고 고통스러운 여운으로 남아서 그를 괴롭혔다. 그는 열병에서 온 악몽의 인상이 오래도록 지워지지 않아서 고통스러웠다. 부활절이 지난 지 벌써 2주가 지났다. 따뜻하고 청명한 봄날이 이어지고 있었다. 수인 병동의 창문은 열려 있었다. (쇠창살이 쳐져 있는 창 아래에서는 보초가 순찰을 돌았다.) 소냐는 그가 병이 나서 병동에 누워 있는 동안 그를 두 번밖에 찾아올 수 없었다. 매번 허가증을 얻어야 했는데, 그것은 쉬운 일이 아니었기 때문이다. 그러나 그녀는 창 아래에 있는 병원의 뜰로 자주 찾아왔다. 특히 저녁 무렵일 때가 많았는데, 때로는 고작 2분 동안 서서 멀리서나마 병동의 창을 바라보기 위해서 찾아오는 경우도 있었다. 어느 저녁 무렵, 건강을 거의 회복한 라스콜니코프는 잠을 자고 있었다. 잠에서 깨어나 우연히 창으로 다가간 그는 문득 저 멀리 병원 문 옆에 서 있는 소냐를 발견했다. 그녀는 서서 마치 무언가를 기다리는 것 같았다. 그 순간 그의 마음속에 어떤 감동이 일었다. 그는 몸을 부르르 떨고 곧 창에서 물러났다. 그런데 그다음 날 소냐는 오지 않았고, 사흘째가 되는 날에도 그녀는 오지 않았다. 그는 자신이 그녀를 걱정하면서 기다리고 있다는 사실을 알아차렸다. 마침내 그는 퇴원을 했다. 감옥에 돌아와서, 그는 수감자들로부터 소피야 세묘노브나가 병이 나서 집에 누워 있으며, 아무 데도 나가지 않는다는 사실을 알아냈다.

그는 몹시 걱정이 되어서 그녀에 대해 알아보기 위해 사람을 보냈다. 그는 곧 그녀의 병이 위독하지는 않다는 것을 알게 되었다. 그가 그녀를 몹시 그리워하고 걱정한다는 사실을 알게 된 소냐는 그에게 연필로 쓴 쪽지를 보내, 자기가 훨씬 좋아졌으며, 병은 대단찮은 가벼운 감기일 뿐으로 이제 곧 아주 빠른 시일 안에 그를 만나기 위해 작업장으로 갈 것이라고 알려 왔다. 이 쪽지를 읽었을 때, 그의 심장은 아프도록 강렬하게 뛰었다.

그날도 청명하고 따뜻했다. 이른 아침, 6시경에 그는 작업장인 강변을 향해 출발했다. 그곳의 헛간에는 설화 석고를 굽는 가마가 설치되어 있었고, 사람들의 일은 설화 석고를 가루가 되도록 빻는 것이었다. 그곳으로 일꾼 셋이 떠났다. 수감자들 중 하나는 호송병과 함께 어떤 연장을 가지러 요새로 갔다. 또 한 사람은 장작을 패서 가마 속에 쌓기 시작했다. 라스콜니코프는 헛간에서 나와 강기슭으로 가서, 헛간 옆에 쌓아 올린 통나무 위에 앉아 광활하고 황량한 강을 바라보기 시작했다. 지대가 높은 강기슭에서는 탁 트인 주변 정경이 한눈에 들어왔다. 멀리 있는 맞은편 강가에서는 노랫소리가 가물가물 들려오고 있었다. 햇살을 듬뿍 받은 건너편 초원에서는 유목민들의 분여지가 검은 점처럼 희미하게 보였다. 그곳에는 자유가 있었고, 이곳 사람들과는 전혀 다른 사람들이 살고 있었다. 또한 그곳은 마치 시간마저 멈춰 버려서 아브라함과 그의 목축들의 시대가 아직 끝나지 않은 것 같았다. 라스콜니코프는 꼼짝도 하지 않고 앉은 채 눈을 떼지 않고서 그곳을 바라보았다. 그의 생각은 몽상과 명상으로 이어졌다. 그는 아무것도 생각하지 않았지만, 어떤 애수가 그를 설레게 하고 마음을 아프게 했다.

그런데 갑자기 그의 옆에 소냐가 나타났다. 그녀는 살그머니 다가와서 그의 옆에 나란히 앉았다. 아직 이른 시간으로 아침의 냉기가 채 가시지 않았을 때였다. 그녀는 남루하고 낡은 외투를 입고 녹색 숄을 걸치고 있었다. 그녀의 얼굴은 아직 병색이 가시지 않아 핼쑥하고 창백했으며, 두 뺨도 여위어 있었다. 그녀는 상냥하고 기쁜 모습으로 그에게 미소 지었지만, 여느 때처럼 수줍게 손을 내밀었다.

그녀는 항상 그에게 수줍게 손을 내밀거나, 아니면 전혀 내밀지 않기도 했는데, 이는 그가 그 손을 뿌리칠까 봐 두렵기 때문인 것 같았다. 그는 언제나 혐오감에 싸여 그녀의 손을 잡는 것 같았다. 그리고 언제나 못마땅한 듯 그녀를 맞았으며, 때로는 그녀가 방문해 있는 동안에도 고집스럽게 입을 다물고 있었다. 그녀는 그가 두려운 나머지 깊은 슬픔에 빠진 적도 있었다. 그러나 지금 그들의 손은 떨어지지 않았다. 그는 빠른 시선으로 얼른 그녀를 보고는 아무 말도 하지 않고, 눈을 내리뜨고 땅만을 쳐다보았다. 그들은 단둘뿐, 아무도 그들을 보는 사람은 없었다. 호송병도 그때는 얼굴을 돌리고 있었다.

어떻게 그런 일이 일어났는지 그 자신도 알 수 없었지만, 불현듯 무언가 그를 사로잡아서 그녀의 발에 몸을 던지게 한 것 같았다. 그는 울면서 그녀의 무릎을 안았다. 처음 순간 그녀는 무섭도록 놀라서, 온 얼굴이 죽은 사람처럼 창백해졌다. 그녀는 자리에서 벌떡 일어나 벌벌 떨면서 그를 바라보았다. 그러나 곧, 바로 그 순간에 그녀는 모든 것을 이해했다. 그녀의 눈에서는 무한한 행복감이 반짝이기 시작했다. 그녀는 이해했다. 그녀는 한 점의 의

심도 하지 않았다. 그가 사랑하고 있다는 것, 그가 그녀를 무한하게 사랑하고 있다는 것을, 마침내 그 순간이 도래했다는 것을……

그들은 말을 하고 싶었지만, 할 수가 없었다. 눈물이 그들의 눈앞을 가렸다. 두 사람 모두 창백하고 여위어 있었다. 그러나 이 병들어 창백한 얼굴에서는 이미 새로워진 미래의 아침노을, 새로운 삶을 향한 완전한 부활의 서광이 빛나고 있었다. 그들을 부활시킨 것은 사랑이었고, 한 사람의 마음속에 다른 사람의 마음을 위한 삶의 무한한 원천이 간직되어 있었다.

그들은 참고 기다리기로 마음먹었다. 그들에게는 아직도 7년이 남아 있었다. 그때까지 얼마나 많은 참을 수 없는 고통이 있을 것이며, 얼마나 무한한 행복이 있을 것인가! 그러나 그는 부활했다. 그는 이것을 알았다. 그는 갱생한 자신의 온 존재로 그것을 완전히 느끼고 있었다. 그리고 그녀…… 그녀는 오직 그의 삶을 자신의 삶으로 생각하고 살아오지 않았던가!

그날 저녁 감옥의 문이 닫힌 후에 라스콜니코프는 침대에 누워서 그녀에 대해 생각했다. 그날 그는 모든 유형수들, 예전의 그의 적들이 벌써 그를 다르게 쳐다본다는 생각을 했다. 그 스스로가 자진해서 그들과 이야기를 시작했고, 그들은 그에게 상냥하게 대답했다. 이제야 이런 생각이 들었지만, 벌써 예전부터 이랬어야만 하는 게 아니었을까. 정말 모든 것이 이제는 변해야만 하는 것이 아닐까?

그는 그녀에 대해서 생각했다. 자기가 끊임없이 그녀를 괴롭히고, 그녀의 마음을 아프게 했던 사실이 떠올랐다. 그녀의 창백하고 여윈 얼굴이 생각났지만, 그 얼굴이 지금은 그의 마음을 그다지 아프게 하지 않았다. 그는 자신이 이제 그녀의 모든 고통에 대해 얼마나 무한한 사랑으로 보답해야 할지를 알았다.

그리고 과거의 그 모든 고통들, 그 모든 일들이 과연 무엇이란 말인가! 모든 것, 그의 범죄마저도, 판결과 유형마저도 현재 최초의 환희로 가슴 벅차 있는 그에게는 어떤 외적이고 이상한 것으로, 그에게 일어나지 않은 것 같은 사건들로만 여겨졌다. 그러나 그는 그날 밤 무엇에 대해서든 오랫동안 생각할 수 없었고, 어떤 것에든 생각을 집중할 수가 없었다. 그는 당시에 아무것도 의식적으로 해결할 수 없었는지도 모른다. 그는 다만 느꼈다. 변증법 대신에 삶이 도래했고, 의식 속에서 무언가 전혀 다른 것이 형성되어야만 한다는 것을.

그의 베개 밑에는 복음서가 놓여 있다. 그는 기계적으로 그것을 손에 들었다. 이 책은 소냐의 것으로 그녀가 그에게 라자로의 부활을 읽어 줄 때 들고 있었던 바로 그 책이었다. 유형 생활이 시작되었을 때, 그는 그녀가 그를 신앙으로 괴롭힐 것이고, 복음서에 대해서 말하며 그에게 책들을 강요할 것이라고 생각했다. 그러나 놀랍게도 그녀는 한 번도 그 주제에 대해서는 이야기를 꺼낸 적이 없었고, 그에게 복음서마저 권한 적이 없었다. 병들기 직전에 그 스스로가 이 책을 부탁했기 때문에 그녀가 말없이 가져다준 것이었다. 이제까지 그는 책을 열어 본 적이 없었다.

그는 지금도 책장을 열지는 않았다. 그러나 한 가지 생각이 그의 뇌리를 스쳤다. 〈그녀의 신념이 이제 나의 신념이 될 수 있지는 않을까? 적어도 그녀의 감정, 그녀의 갈망은······.〉

그녀 역시 그날 종일 마음이 설렜고, 밤에는 다시 앓아눕기까지 했다. 그러나 그녀는 너무나 행복해서 자신의 행복에 대해 두려움을 느낄 지경이었다. 7년, 〈겨우〉 7년! 행복이 시작되고 있던 이 무렵과 또 다른 순간들마다 두 사람은 기꺼이 이 7년을 7일로 생각할 준비가 되어 있었다. 그는 새로운 삶이 거저 그에게 주어지지 않으리라는 것도, 그 삶을 사기 위해서 아직은 값비싼 대가를 치러야 한다는 것도, 그것을 위해서는 앞으로 위대한 행적을 쌓아 보상해야 한다는 것도 미처 모르고 있을 정도였다.

그러나 이제 새로운 이야기, 한 사람이 점차로 소생되어 가는 이야기, 그가 새롭게 태어나는 이야기, 그가 한 세계에서 다른 세계로 옮겨 가는 이야기, 이제까지는 전혀 몰랐던 새로운 현실을 알게 되는 이야기가 시작되고 있다. 어쩌면 이것은 새로운 이야기의 주제가 되기에 충분할지 모르겠지만, 지금 우리의 이야기는 이것으로 완결되었다.

역자 해설

인간 본성의 이중성과 도덕적 니힐리즘

『죄와 벌』이 세상에 처음 빛을 본 것은 1866년에 잡지『러시아 통보』지에 1월부터 12월까지 연재되고부터이다. 그 후『죄와 벌』은 약간의 수정을 거쳐서 1867년에 단행본으로 출간되었다.『죄와 벌』은 두 개의 작품이 혼합되어 만들어진 작품이다. 도스토옙스키는 1865년 6월 8일 자 편지에서『조국 수기』잡지의 발행인인 크라옙스키에게, 〈《주정뱅이》라는 제목의 단편소설을 구상 중에 있으며, 8월경에는 완성해서 보내 줄 수 있을 것〉이라고 쓴다. 그러나 크라옙스키는 그의 제안을 거절했고, 결국 그는 이 단편소설을 완성하지 못했다. 그렇지만 이 소설의 기본적인 구상은 마르멜라도프와 그의 가족들의 형상들로 나중에『죄와 벌』에 삽입된다. 그 후 3개월 뒤 도스토옙스키는『러시아 통보』의 발행인인 캇코프에게 새로운 소설의 플롯을 소개했는데, 그 플롯이 나중에『죄와 벌』의 기초가 되었다. 〈참회〉라는 제목의 이 소설은 라즈노친치(잡계급) 출신의 휴학 중인 대학생이 극도의 가난과 완성되지 못한 이상한 사상에 경도된 나머지, 한 어리석고 탐욕스러운 고리대금업자 노파를 살해한다는 내용을 담고 있다. 그는 이 작품에서 이 대학생이 자신의 죄를 참회하고 자수하여 감옥에 가는 과정을 묘사하고자 했다. 이를 위해 도스토옙스키는 이 소설을 대학생의 고백과 참회 형식, 즉 1인칭 주인공 시점으로 서술하려고 했지만, 『죄와 벌』에서는 이 형식이 주변 세계와 주인공의 심리를 보다 폭넓게 묘사 분석하는 데 한계가 있다는 것을 발견하고, 1인칭 주인공 시점을 포기하고 3인칭 전지적 작가 시점을 선택하여 작품을 재구성했다. 그리고 〈참회〉에서 에피소드의 역할밖에 하지 못했던 두냐와 루진, 스비드리가일로프의 이야기를 확대하는 한편 예심 판사 포르피리를 도입하고, 〈주정뱅이〉의 플롯인 마르멜라도프 가족의 이야기를 보태어 『죄와 벌』을 탄생시켰다.

『죄와 벌』에서 도스토옙스키는 1860년대에 러시아의 수도 페테르부르크를 구체적인 시간적, 공간적 배경으로 삼고 있다. 극도로 세밀하고도 철저한 도시에 대한 묘사는 지금도 페테르부르크를 방문하는 사람들로 하여금 라스콜니코프와 소냐의 집 등, 작품 속에 묘사된 장소들을 찾을 수 있도록 해준다. 이렇게 세밀하고도 사실적인 묘사가 가능했던 것은 도스토옙스키 자신이 페테르부르크의 뒷골목에서 직접 살아 본 경험이 있기 때문일 것이다. 이 작품에서 묘사되고 있는 페테르부르크는 화려한 무도회가 열리고 귀부인들이 한가로이 응접실에서 담소를 나누는 귀족적인 공간이 아니라, 빈민들이 사는 가난하고 더럽고 지저분한 뒷골목의 공간이다. 실제로 페테르부르크는 1861년에 농노 해방이 이루어짐에 따라 수많은 농민들이 새로운 직업을 얻고자 도시로 몰려든 결과, 표트르 대제가 만들어 놓은 깔끔하게 정리된 계획도시의 면모를 상실하게 되었다. 급작스러운 인구의 팽창은 실업 문제와 더불어 도시의 주거 조건, 즉 수도, 보건 위생, 주택 문제 등 심각한 사회 문제를 야기했으며, 수도의 뒷골목을 범죄와 매춘, 알코올 의존증과 고리대금업의 온상으로 만들어 놓았다. 도스토옙스키는 이런 사회적인 배경을 라스콜니코프가 범죄를 저지르게 되는 배경으로 제시하고 있다. 라스콜니코프는 바로 그런 뒷골목에 위치한 〈관〉처럼 비좁은 다락방에서 악취가 나는 건물의 계단, 싸구려 선술집과 매춘부들, 마르멜라도프와 같은 주정뱅이들과 거리의 악사, 가난한 수공업자들과 상인들, 알료나 이바노브나와 같은 비정한 고리대금업자들에 부대낀다. 그리고 이 뒷골목의 세계에서 라스콜니코프의 범죄에 대한 사상은 싹트게 된다.

도스토옙스키는 페테르부르크의 모습을 인간의 정신세계와 연관시켜 보여 주고 있다. 그는 무엇보다도 도시 전체를 지배하는 후텁지근한 무더위와 답답함을 강조한다. 사건은 〈어느 7월의 무더운 날〉에 일어나는데, 이 후텁지근한 공기는 작품 전체를 관통하며 라스콜니코프의 정신을 자극하고, 짜증과 분노를 배가시키며, 그로 하여금 범죄를 실행하도록 부추긴다. 이 후텁지근한 무더위는 도시의 날씨에 대한 단순한 지적을 뛰어넘어, 범죄 자체의 분위기를 소설 속에 불어넣는 역할을 한다. 페테르부르크라는 도시 전체의 숨 막힐 듯한 분위기는 곧 라스콜니코프가 사는 다락방 안의 답답함과 상통하는데, 좁은 선실과도 같은 그의 방은 라스콜니코프의 어머니의 표현대로 〈통풍창이 없는 방처럼〉 답답한 도시 전체의 모습을 축소시킨 것이나 다름없다. 소설의 공간적인 배경은 주인공의 삶과 긴밀히 연결되면서, 사건의 사회적인 배경의 역할을 할 뿐 아니라, 모출스키의 말대로 〈그 공간에 존재하고 있는 사람의 정신적인 세계를 상징하는〉 역할을 하기도 한다. 예를 들면 라스콜니코프의 〈노란색 작은 방〉은 악마적이고 시기심에 젖은 고독한 삶의 상징이다. 이렇게 도스토옙스키에게서 자연과 물질적인 세계는 철저히 의인화되어, 그 안에 살고 있는 사람의 정신세계를 보여 주는 심리적인 배경이 된다.

이런 시공간적인 배경에서 라스콜니코프의 범죄에 대한 사상은 무르익고, 그 사상에 따라 살인 사건이 일어난다. 그러나 『죄와 벌』은 범죄에 대한 소설이기는 하지만, 형사 사건을 다루는 탐정 소설과는 거리가 먼 철학적이며 심리적인 소설이다. 그 이유는 무엇보다도 소설의 주인공인 라스콜니코프가 평범한 범죄자가 아니며, 그의 범죄의 성격도 평범하지 않다는 데서 찾을 수 있다. 라스콜니코프는 철학적으로 사고하는 훈련을 받은 지성인이면서, 동시에 가난 때문에 몸과 마음, 그리고 자존심에 깊은 상처를 입은 자의식이 강한 청년으로 등장한다. 뛰어난 지성을 지녔을 뿐 아니라, 주변 사람들의 고통에 대해서도 무관심하지 않고, 어려운 사람들에게 언제나 도움의 손길을 뻗칠 준비가 되어 있는 이 청년은 어머니와 누이동생의 마지막 보루이자 희망이지만, 혼자 힘으로는 가장 사랑하는 사람들마저 보호하고 부양할 수 없는 딱한 처지에 놓여 있다. 그러나 라스콜니코프가 범죄를 저지른 이유가 가난과 가족의 비참한 생활, 상처받은 자존심 때문이라고만 생각할 수는 없다. 그 스스로도 만일 자기가 그런 이유 때문에 살인을 저질렀다면 행복하게 생각할지도 모르겠다고 고백하고 있기 때문이다. 그가 살인을 저지른 이유는 돈을 얻기 위해서도, 그의 본성이 악하기 때문도 아니고, 사회에 분풀이를 하기 위한 것도 아니었다. 그렇다면 그가 살인을 저지른 이유는 무엇일까?

라스콜니코프는 사회 속에 내재하는 불의를 보고, 그 원인을 이해하고 분석하는 과정에서 세상 사람들을 두 부류로 나누는 독특한 이론을 만들어 낸다. 그 이론이란 세상 사람들을 〈범인(凡人)과 비범인(非凡人)〉으로 분류할 수 있다는 것이다. 〈비범인〉은 역사상 위대한 공적을 이룰 수 있는 사람으로서 세계사적인 역할을 담당하기 위하여 무수한 인명을 살상해도 되는 특권을 지닌 자들이다. 라스콜니코프는 이러한 사람들의 대표적인 예로서 나폴레옹과 마호메트, 리쿠르고스를 들고 있다. 라스콜니코프는 이들이 인류의 진보를 위해 필요하다면 사회에서 인정되는 도덕 기준을 과감하게 파괴하고, 폭력과 살인도 저지를 수 있는 권리와 더 나아가서는 의무를 지니고 있다고 생각한다. 반면 〈범인〉은 현존하는 질서에 복종하는 보수적인 사람들로서 이들에게는 어떠한 경우에도 도덕률을 초월할 능력이 없고, 이들이 하는 일은 세계를 보존하고 종족을 번식시키는 일뿐이다. 세계는 이렇게 두 부류의 인종으로 분류되고, 〈비범인들〉은 세계를 어떤 목적을 향해 이끌어 가기 위해서 어떠한 일이든 감행할 수 있고, 또 반드시 그래야만 한다고 라스콜니코프는 믿는다. 즉 이들에게는 〈모든 것이 허용되어 있는 것이다〉. 세계가 이 두 부류 인간의 상호 공존 위에 기초해 있으면서도 어느 정도의 질서를 유지할 수 있는 것은 일종의 자연법칙에 의해서 양자의 수가 조절되고 있기 때문이라고 그는 주장한다.

사실 라스콜니코프의 이런 사상이 도스토옙스키가 독창적으로 생각해 낸 사상이라고 볼 수는 없다. 이 사상은 프랑스의 나폴레옹 3세가 1865년 3월에 발표한 『카이사르의 역사』라는 저술에서 그 시발점을 찾을 수 있다. 이 책은 같은 해 4월에 러시아어로 번역되었는데, 나폴레옹 3세는 이 책에서 〈비범한 사람의 우월성〉을 내세우며, 역사 속에서 〈때때로 나타나 환한 횃불처럼 시대의 어둠을 헤치고 미래를 밝히는 비범한 존재들의 우월성을 인정하고, 그들의 뒤를 추종하고자 하는 사람들은 행복하다〉는 주장을 펴고 있다. 이에 대해 유럽과 러시아의 수많은 평론가들은 황제의 의견을 반박하는 글들을 기고하는데, 이들은 비범한 사람들이 염두에 두어야 할 도덕적인 책임에 대해 강조하며, 황제가 그런 사상을 제창함으로써 모든 도덕적인 제한으로부터 벗어날 수 있는 자유를 인정받고자 하는 것이라고 비판한다. 황제가 도덕적인 〈장애물〉을 뛰어넘을 수 있는 권리를 〈합법적〉으로 인정하는 것이 아니라, 〈양심에 의거해〉 인정한다고 보는 평론가들의 해석은 라스콜니코프의 사상과 일맥상통한다고 볼 수 있다. 바로 이 같은 관점에서 소설 속의 다른 주인공들이 라스콜니코프의 사상을 비판하고 있기 때문이다. 이렇게 도스토옙스키는 라스콜니코프의 사상을 통해 당대에 주장된 사상적인 경향을 논쟁의 대상으로 삼음으로써 그 논의에 자신의 견해를 제시하고 있다고 볼 수 있다.

라스콜니코프가 살인을 저지르는 이유가 비단 이런 사상에만 근거하는 것은 아니다. 그는 무엇보다도 인간에 대한 경멸감을 감추지 않는다. 이 경멸감은 다른 인물들이 보여 주는 악과 폭력에 대한 굴종과 순응에서 기인한다고 볼 수 있다. 그는 마르멜라도프, 소냐, 두냐가 고통과 억압, 불의와 부자유, 악에 대해 굴종하고 순응하는 모습을 보고 인간은 나약하고 비열한 존재라고 생각한다. 이들에 대한 분노에 근거해 인간을 두 부류로 나눈 라스콜니코프는 살인이라는 범죄를 저지르지만, 사실 소설 속의 범죄자는 라스콜니코프 혼자만이 아니다. 러시아어로 범죄prestuplenie라는 단어는 〈어떤 경계를 뛰어넘는다〉는 의미를 지니고 있는데, 여기서 경계란 인간이 보편적으로 지니고 있는 도덕률을 의미한다. 이런 관점에서 보았을 때, 범죄를 저지르는 것은 위에 언급된 인물들도 마찬가지라고 할 수 있다. 다만 범죄의 대상이 타인이 아니라, 자기 자신이라는 데 차이가 있을 뿐이다. 소냐는 가족들을 위해서 자기 자신을 희생하는데, 라스콜니코프는 이를 〈경계선을 뛰어넘었다〉는 말로 표현한다. 즉 소냐는 가족들을 위해서, 그리고 두냐는 오빠의 앞날을 위해 루진과 결혼함으로써 자기 자신에게 죄를 범하고 있으며, 마르멜라도프는 알코올 의존증으로 인해 자기 자신과 가족들에게 죄를 저지르고 있다. 이렇게 모든 이들이 자기 자신에 대한 도덕적인 경계선을 뛰어넘으면서까지 사회의 불의와 폭력에 굴종하고 순응하는 모습을 보고, 라스콜니코프는 그러한 인간의 순응력과 인간 자체를 경멸한다. 그는 그런 경멸감을 가지고 두냐의 희생을 받아들이는 것이 아니라, 독기를 내뿜으며 이를 거절한다. 그는 만일 인간이 본성상 그렇게 뒤틀려 있고 타락한 존재라면, 그런 인간이 만든 모든 도덕적인 체제와 기준은 의미 없는 〈선입견〉이자 〈거짓〉에 불과한 것일지도 모른다는 생각에 빠져든다. 그러므로 인간이 만든 도덕적인 규범은 그의 입장에서 보았을 때는 선을 행하는 데 방해가 되는 〈장애물〉에 불과하며, 그렇기 때문에 선을 위해서는 모든 것이 허용되어야만 한다고 보는 것이다.

라스콜니코프는 타인들(마르멜라도프, 두냐, 소냐와 같은)처럼 사회의 불의와 폭력을 참고 지켜보며 거기에 복종할 수만은 없었다. 그는 〈고통과 피〉로 가득한 부조리한 사회는 단번에 타파되어야 하며, 이를 위해 〈비범인〉은 부름을 받았다고 생각한다. 유토피아를 건설하기 위해서는 누군가가 인간이 추구하는 두 가지 가치, 자유와 권력 중에서 권력을 선택하여 〈개미 떼〉 같은 무리들을 지배해야 한다는 것이다. 개개인의 갱생과 개조가 불가능하다면, 힘 있는 자가 나타나 지배자가 되어 모든 것을 앞장서서 단번에 개조해야 한다는 것이다. 그는 바로 이런 사상에 근거해서 자신이 〈비범인〉에 속하는지 아닌지를 스스로 확인해 보기 위하여, 즉 〈자신에게 모든 것이 허용되어 있는지 아닌지〉를 확인해 보기 위하여 고리대금업자 노파를 살해한다. 그는 자신과 타인들에게 자신이 모든 도덕률을 뛰어넘을 수 있는 〈비범인〉임을 증명하기 위해 살인을 저지른 것이다. 바로 여기에서 그의 범죄가 지닌 철학적이며 형이상학적인 의미를 발견할 수 있다. 그는 인간 존재에 대한 회의와 세계 질서의 부조리에 대항하여, 그러한 세계를 창조한 신에게 도전장을 내고 있는 것이다.

사회에 내재하는 부조리와 폭력을 근절하기 위해 사회를 급진적으로 개혁해야 한다는 논지는 이 소설 속에 나오는 또 다른 인물 레베자트니코프에 의해서도 설파된다. 레베자트니코프는 인간의 모든 범죄는 환경에서 기인한다고 주장하며, 만일 사회적인 환경이 획기적으로 개선된다면 인간의 범죄는 사라질 것이라는 이론을 전개한다. 이 등장인물은 1860년대에 러시아에 등장한 새로운 인텔리겐치아 세대의 대표자 격인 체르니솁스키의 이론을 비속하게 패러디해 놓은 인물이다. 그는 당대의 사상적인 경향을 그대로 모방하여 희화화한 사람으로 평가 절하되어 소개된다. 레베자트니코프는 체르니솁스키가 『무엇을 할 것인가』라는 소설에서 제창하고 있는 〈공산 공동체〉를 희화화하면서 이상화시키고, 여성의 권리 등 당대에 유행했던 사상들을 답습하여 그대로 루진에게 가르치려고 노력한다. 이와 같이 도스토옙스키는 이 인물을 희화화함으로써 체르니솁스키의 사상에서 보이는 계몽적인 합리주의, 인간의 이성에 대한 맹신, 인간의 이성이 개인과 사회에서 일어나는 심리적으로 복잡하고 섬세한 일들을 모두 지배할 수 있다는 사상에 대한 자신의 비판적인 입장을 투사하고 있다. 라스콜니코프와 레베자트니코프는 인물 묘사의 규모로 보아 비교의 대상이 될 수 없는 인물들이지만, 두 인물 사이에 있는 사상적인 노선의 유사점은 간과될 수 없는 부분이다.

이와 같은 사상 노선은 다른 등장인물들에 의해서 비판의 대상이 되며, 작품의 사상적인 쟁점으로 떠오른다. 무엇보다도 명료하게 위의 사상들을 비판하는 인물은 라스콜니코프의 절친한 친구인 라주미힌이다. 라주미힌이라는 이름 자체가 보여 주듯이(이 이름의 어근인 〈라줌〉은 〈이성〉이라는 뜻이다), 건전하고 상식적인 판단과 건강한 정신과 육체를 지닌 이 인물은 죽은 이론이 아니라 생생한 삶의 지혜를 따라 살아가는 긍정적인 등장인물이다. 그는 무엇보다도 친구인 라스콜니코프의 이론을 이성적인 판단하에 〈양심에 비추어 유혈을 인정하는 이론〉이며, 〈그것은 합법적으로 피를 흘려도 좋다고 허가된 것보다 더 무서운 이론〉이라고 규정한다. 사회가 완전해지면 모든 범죄가 소멸한다는 사상에 대해 그는 인간의 본성을 외면한 죽은 이론이라고 비판한다. 그는 수학적인 계산으로 사회와 전 인류를 조직할 수 없다고 믿으며, 인류 사회의 완성은 오래된 역사의 살아 있는 과정을 통해 성취되는 것이며, 인간은 생명이 없는, 개조의 대상으로서의 기계가 아닌 모순과 의심, 반항 등 예기치 못한 다채로운 삶을 지닌 존재임을 강조하고 있다. 두냐와 소냐 또한 라스콜니코프의 잘못을 지적한다. 그들은 라스콜니코프가 살인을 저질렀고, 그것이 이론에 입각한 행동이었다는 사실을 알게 되었을 때, 이론적으로 아무리 문제가 없다고 할지라도 살인을 저지른 사람의 〈양심〉은 어떻게 되느냐고 반문한다. 이렇게 그들은 인간이 본연적으로 가지고 있는 도덕률을 상기시키고 있는 것이다.

논리와 이성에 의해 규제될 수 없는 인간 본성의 모순성은 알코올 의존자 마르멜라도프의 노선을 통해서도 확증된다. 이성적으로 판단했을 때, 마르멜라도프는 어렵게 얻은 직장에서 받은 월급으로 카테리나 이바노브나와 어린아이들을 부양해야 한다는 것을 이해하지만, 그는 어떤 이유에서인지 이성적이면서도 단순해 보이는 이러한 행동을 실천하지 못한다. 그는 자신의 행동으로 말미암아 카테리나가 보일 추악한 행동과 자신이 당할 모욕, 사람들의 비웃음, 가족과 자신의 파멸을 뻔히 알면서도 끝까지 술을 포기하지 못하고, 결국은 알코올 의존자의 모습으로 비참하게 숨을 거둔다. 마르멜라도프와 그 가족의 이야기는 라스콜니코프의 범죄 배경인 비참한 페테르부르크 뒷골목과 부조리한 삶의 비극을 보여 주는 예일 뿐 아니라, 다른 한편으로는 인간 본성 자체의 부조리함을 보여 주는 예라고도 할 수 있다. 이렇게 마르멜라도프는 라스콜니코프의 비범인에 의한 허무주의적인 사회 파괴 사상과 그에 따른 사회 개조 사상이 지니는 허구성을 증명하는 데도 중요한 역할을 한다.

또 한편으로 라스콜니코프의 사상의 어두운 단면을 보여 주는 예는 그의 분신인 루진과 스비드리가일로프의 삶일 것이다. 스비드리가일로프는 사기도박꾼에 호색한으로 자신의 집에서 가정 교사로 일하던 라스콜니코프의 누이동생인 두냐를 유혹하려다가 실패하고, 상처(喪妻)한 뒤 두냐를 쫓아 페테르부르크로 온 부유한 지주이다. 그는 자기 부인 마르파 페트로브나를 살해한 것으로 추정되며, 하인인 필카를 학대하여 자살에 이르게 하고, 14세의 어린 소녀를 능욕하여 자살하게 만든 혐의를 받고 있다. 말하자면 그는 정욕의 화신이다. 그 자신도 그것을 인정하며, 부인인 마르파 페트로브나도 진정으로 누군가를 사랑하지 않는다는 전제하에서 그의 외도를 인정해 준다. 스비드리가일로프의 범죄 행위에는 특별한 동기가 없다. 그의 행동은 〈내가 원하므로 한다〉는 논리에 의거하고 있다. 그에게는 마치 〈모든 것이 허용된〉 듯하다. 어떠한 도덕률도, 종교적인 감정도 그의 범행을 제어하지 못한다. 그의 범행은 자신의 정욕과 쾌락을 위한 것이다. 그는 관능의 영역에 속하는 허무주의자의 유형에 속하며, 그의 범행 동기는 정욕과 쾌락의 만족을 통한 자기 존재의 확인이다. 이러한 그의 범죄는 개인의 치부(致富)가 국가를 부강하게 하는 기초가 되므로, 우선 개인의 이익을 위해 살아야 한다는 이기적인 루진식 논리의 또 다른 형태라고 볼 수 있다. 개인적인 이익의 충족이 사회적인 이익의 충족이 된다는 역설적인 논리는 자기만족 지상주의, 즉 극단적인 이기주의로 나아갈 수 있고, 이러한 논리로는 정욕을 만족시키기 위한 스비드리가일로프의 만행도 이해될 수 있는 것이다. 이렇게 개인적인 욕망과 이익의 극단적인 추구가 유일 무이한 삶의 목적이 된다면, 이런 그들에게도 궁극적으로는 라스콜니코프라는 비범인에게 적용되듯이 〈모든 것이 허용되는〉 삶이 도래하게 된다. 즉 이들 모두에게도 인간 고유의 도덕률은 적용되지 않는 것이다. 이런 면에서 이 작품의 저자는 극단적으로 개인적인 욕망과 이익을 우선시하거나(루진과 스비드리가일로프의 예), 사회적인 이익과 개혁을 우선시하는(라스콜니코프) 양태 모두를 범죄라고 고발한다. 즉 라스콜니코프의 논리와 루진, 스비드리가일로프의 삶과 논리는 〈모든 것이 허용된다〉는 점에서 공통적이다.

　라스콜니코프는 이렇게 논리적인 판단하에 범죄를 저지르지만, 그의 양심은 편안하지 않다. 독자는 작품의 전편에 걸쳐서 라스콜니코프가 범죄를 저지르는 과정과 그 이후에 그가 겪는 알 수 없는 내적인 불안과 고통을 생생하게 목격하게 된다. 소설은 2주 동안의 짧은 시간에 일어나는 사건들을 보여 주는데, 사실 소설 속에서 우리가 목격하는 것은 외적으로 일어나는 사건의 연대기가 아니라, 라스콜니코프가 내면적으로 겪게 되는 순간순간의 감각과 모순되는 감정들의 교차 과정이다. 그러므로 소설 속에서의 시간은 현실적인 시간의 흐름과는 다르다고 볼 수 있다. 즉 소설 속의 시간은 심리적으로 체험되는 시간이고, 시간의 길이는 인물들의 심리적인 상태에 따라 변화가 가능한 것이 된다. 이 심리적인 시간 속에서 우리는 라스콜니코프가 노파를 살해하러 가기 전날 노파의 집에서 느끼는 상호 모순되는 감정과 행동, 즉 살해를 준비하기 위해 꼼꼼히 방을 살피면서도 동시에 자기도 모르는 사이에 노파와 물건을 거래하는 장면, 어린 시절의 꿈, 기만을 당해 몸을 망친 소녀에게 느끼는 모순되는 감정, 즉 동정과 혐오의 교차 등을 볼 수 있다.

　이 심리적인 시간 속에서 무엇보다도 극명하게 드러나는 것은 인간의 무의식 세계인데, 도스토옙스키는 인간의 의식과 무의식 세계를 누구보다도 먼저 깊이 파헤친 최초의 작가라고 볼 수 있다. 이 작품에서 인간의 무의식 세계는 주로 꿈을 통해서 독자 앞에 제시된다. 이 꿈은 라스콜니코프의 성격과 심리를 보여 줄 뿐 아니라, 동시에 그의 사상이 지니는 본질적인 측면을 밝혀 주는 역할도 맡고 있다. 그 예로 그의 첫 번째 꿈을 살펴보면, 그것은 라스콜니코프의 심리의 은유라고 볼 수 있다. 꿈속에서 그는 어린아이의 모습으로 아버지와 함께 마을 밖에 있는 성당을 방문하여 돌아가신 할머니와 동생의 무덤을 찾는다. 이 평화로운 장면은 그의 내면에 잠재되어 있는 영적으로 아름답고 신성한 세계에 대한 기억이라고 할 수 있다. 이 세계가 있기에 그는 나중에 부활할 수 있게 되는 것이다.

그러나 이 세계와 대립되는 선술집 앞의 세계는 그와는 정반대되는 악의 세계이다. 자신의 소유라는 이유로 연약한 말을 처참하게 때려죽이는 모습은 나의 소유물이므로 〈모든 것이 허용된다〉는 의식이 살아 숨쉬는 예이다. 이 악의 세계 속에서 사람들은 그 폭력에 가담하거나, 수동적으로 구경을 하거나, 아니면 잠시 분노를 느끼다가는 곧바로 동화되고 만다. 이 얻어맞아 죽어 가는 말의 모습은 카테리나 이바노브나가 마지막으로 남기는 〈연약한 말을 너무 심하게 몰아댄 거야〉라는 말에서도 반복된다. 세상에서 폭력을 당하는 모든 사람들, 카테리나 이바노브나, 소냐, 두냐, 리자베타와 같은 사람들이 바로 이 말의 모습을 통해 투영되고 있는 것이다. 말을 때리는 미콜카는 루진, 고리대금업자, 스비드리가일로프와 같은 억압자들의 모습을 보여 준다. 어린 소년은 작은 암말을 동정하지만, 동시에 라스콜니코프는 잔인한 미콜카의 모습에서 노파를 도끼로 살해하려는 자신의 모습을 발견하게 된다. 그래서 꿈에서 깨어나자마자 그는 자신이 계획한 일을 실행하지 않겠다고 생각하며 자유와 해방감을 느끼는 것이다. 이렇게 우리는 이 꿈속에서도 라스콜니코프의 내적인 투쟁을 목격하게 된다. 결국 이상주의자이며 휴머니스트이자, 순결한 영혼의 소유자인 라스콜니코프는 이상을 위해 장애물을 제거할 만한 인물은 아닌 것이다.

그러나 도스토옙스키는 이성으로는 이해할 수 없는 인간 심리의 부조리한 측면을 우리에게 보여 주고자 했다. 라스콜니코프는 범죄자들이 쉽게 체포되는 이유를, 일종의 병과 같은 심리적인 갈등을 겪은 나머지 이성을 상실하게 되어 흔적을 남긴다든지 하는 실수를 저지르기 때문이라고 생각한다. 그러나 자신의 경우만큼은 범죄의 동기가 이성적이고, 자신이 행할 살인은 엄밀히 따져 보았을 때 범죄가 아니므로, 범행 순간과 그 이후에도 그는 자신이 이성과 의지를 끝까지 유지할 수 있으리라고 생각한다. 그러나 그의 이런 생각은 실수였음이 드러난다. 그는 불쌍한 암말에 대한 악몽을 꾸고 난 다음 살인 계획을 포기할 마음을 먹지만, 바로 그 순간 우연히 거리에서 리자베타를 목격하게 되고, 다음 날 노파가 집에 혼자 있으리라는 사실을 알게 된다. 그리고 그 이야기를 듣는 순간, 그는 조금 전 자신이 했던 생각을 잊어버리고 사상의 노예가 되어 수동적으로 범죄 행위에 끌려 들어가고 만다. 사상의 포로가 된 그는 신이 창조한 세계 질서의 부조리와 무의미를 비난하며, 그 세계에 도전함으로써 그 즉시 〈우연한 사건들〉 속으로 빠져들게 되는 것이다. 살인하는 날 라스콜니코프는 지쳐서 잠들어 있다가 시계 종소리를 듣고는 〈누군가 그를 끌어내기라도 한 듯 소파에서 벌떡 일어난다〉. 그리고 이때 그는 시간이 이미 6시가 지났다는 소리를 우연히 듣게 된다. 그가 살해의 도구인 도끼를 발견할 수 있었던 것도, 남의 눈에 띄지 않게 범행 현장에 도착하고, 도망칠 수 있었던 것도 모두 우연 덕분이었다. 이렇게 라스콜니코프는 사건의 주체가 아닌 꼭두각시로 둔갑하고야 마는 것이다. 그의 이런 수동성은 단순한 심리적인 현상이 아니라, 그가 막연히 가지게 된 미신적인 성향에서 기인한다고 볼 수 있다. 그는 이 우연한 사건들 속에서 맹목적인 〈운명〉을 느끼며, 도덕적인 책임감과 선택의 자유를 상실하고 만다. 이런 상황에서 그는 자신의 행동을 이성의 짓이 아니라 악마의 짓이라고 말한다. 여기에서 그의 범죄의 종교적이고 형이상학적인 의미가 밝혀진다. 그의 범죄는 신의 세계에 대한 도전이며, 믿음에 대한 배신이고, 그것은 곧 그의 존재가 신의 세계에서 악마의 세계로 넘어갔음을 의미하며, 그 안에서 인간은 맹목적인 운명의 꼭두각시로 전락하고 마는 것이다.

이렇게 범죄의 심리적이고 형이상학적인 과정이 밝혀지고 난 다음, 우리는 라스콜니코프가 겪는 심리적인 〈징벌〉의 과정을 목격하게 된다. 작품 속에서 라스콜니코프에게 다가오는 〈징벌〉은 육체적인 징역살이도 아니고, 후회의 심정도 아니다. 사실 그는 에필로그에 도달하기 전까지도 자신의 잘못을 인정하지 못할 뿐 아니라, 끝까지 죄의 중압감을 견뎌 내지 못한 자신의 무능력만을 경멸한다. 그렇다면 그에게 가해지는 〈징벌〉이란 무엇이며, 또 그는 왜 자수를 하는 것일까?

라스콜니코프는 범죄가 미리 이성에 의해 치밀하게 계획된 가운데 저질러질 수 있으리라고 생각한 점에서도 실수를 했지만, 범죄 이후의 상황에 대해서도 잘못된 판단을 내린다. 그는 범죄가 외적인 세계와 자신과의 관계에 아무런 영향을 미치지 못할 것이라고 생각한다. 그러나 실제로 그는 살인을 저지른 다음 날부터 자신의 범죄 사실을 숨기기 위해 사람들과의 심리적인 전쟁에 돌입하게 된다. 그는 사람들이 자신의 범죄 사실을 알고 있을지 모른다고 끊임없이 의심하며, 그 사실의 긍정과 부정에 따라 기쁨과 절망, 공포감을 번갈아 느끼게 된다. 의구심은 점점 자라나서, 그로 하여금 사람들로부터 소외되고 고립된 듯한 고독감을 느끼게 한다. 가장 사랑하는 가족들과도 솔직한 대화를 나눌 수 없고, 그들이 사실을 알았을 때 겪게 될 고통에 대한 두려움은 그의 영혼을 황폐하게 만들기 시작한다. 그의 삶은 거짓과 은폐로 가득 차게 되고, 그는 모든 사람들로부터의 단절을 겪게 된다. 이런 단절은 한 개인에게 정신적, 육체적인 죽음과 동일한 의미로 다가오게 된다. 그래서 그는 끊임없이 자살에 대해 생각하며 자살을 시도해 보려고 하지만, 끝내 결단을 내리지 못한다. 결국 그는 자신이 보기에 무익하고 증오스러우며 한낱 혐오스러운 〈이[蝨]〉에 불과한 노파를 살해하지만, 사실은 〈자기 자신〉을 살해한 것이나 다름없다는 사실을 깨닫게 된다. 이런 자신의 상황에 대해 그는,

자신을 유혹하여 살인을 저지르게 한 악마가 살인을 저지르고 나자 자신에게 〈너는 그런 행동을 할 자격이 없는 사람〉이었다고 조롱하는 것 같다고 소냐에게 고백한다. 이런 그의 심리는 살해당한 노파가 되살아나 그를 비웃고, 모든 사람들이 그를 조롱하는 꿈에서도 반복되어 나타나고 있다.

라스콜니코프는 사람들이 자신에게 혐의점을 두고 있을지도 모른다는 의심으로부터 벗어나기 위해 불나방이 불에 뛰어들듯 자기도 모르는 사이에 포르피리를 찾아가게 된다. 포르피리에 대한 공포는 법적인 징벌에 대한 공포라기보다는 라스콜니코프의 내면세계에서 비롯되는 공포라고 볼 수 있다. 즉 그의 내면에 존재하는 자연인은 본능적으로 자신의 이성을 지배하는 사상을 받아들이지 못하고, 〈죄를 범했다는 것〉을 깨닫고는 알 수 없는 공포에 시달리는 것이다. 그의 이성과 〈본성〉은 서로 분열되어 그를 끊임없이 괴롭히며 혼동 속으로 몰아넣는다. 그의 이성은 그의 정당성을 옹호하지만, 그의 〈본성〉은 그의 죄성을 폭로하는 것이다. 이런 의식의 분열은 그의 이름에서도 잘 드러나고 있다. 러시아어로 라스콜니코프의 어근은 〈라스콜raskol〉인데, 역사적으로 볼 때 〈라스콜〉은 17세기에 러시아 정교회의 개혁에 반발하여 옛 신앙의 전통을 지키고자 기존 교회에서 분열되어 나온 구교도 혹은 분리파 교도를 일컫는 말이다. 하지만 이 단어는 그 언어적인 의미로 보았을 때 〈분열〉을 의미하기도 한다. 그러므로 라스콜니코프는 〈분열된 사람〉이라는 의미를 지니게 되는 것이다. 바로 이러한 정신적인 〈분열〉과 정신적인 〈죽음〉, 세상 모든 것으로부터의 소외와 단절이 그의 범죄에 대한 심리적인 징벌의 본질인 것이다.

예심 판사인 포르피리는 중요한 등장인물이다. 그 이유는 그가 라스콜니코프의 범죄 심리를 날카롭게 파악하고 그 본질을 파헤쳐 주는 인물이자 도스토옙스키 자신의 중요한 사상을 대변하는 인물이기 때문이다. 포르피리는 라스콜니코프의 범죄에 심리적인 분석을 통해 접근하여 궁극적으로 그의 정체를 파헤쳐 간다. 라스콜니코프는 포르피리 앞에서 자연스럽게 보이려고 끊임없이 애를 쓰지만, 이미 내적으로 분열되어 자기 자신 앞에서도 자연스러울 수 없는 상태에 놓이게 된다. 포르피리는 그의 이런 심리를 교묘하게 이용하여 그를 자극하고 초조하게 만들어 그의 정체를 스스로 폭로하도록 유도한다. 동시에 포르피리는 작품을 관통하고 있는 생명 존중 사상과 고난을 통한 정화라는 도스토옙스키의 사상을 대변해 준다.

라스콜니코프가 자신의 인생을 포기하고 이론의 노예가 되어 파멸해 가고 있을 때, 포르피리는 생명과 삶을 존중해야 한다고 권유한다. 그는 고리대금업자 노파 살인 사건의 범인으로 지목된 니콜라이가 라스콜니코프 대신 죗값을 치르고 고난을 받아들임으로써 자신의 방탕한 삶에 대한 죗값을 치러 정화되겠다는 생각을 하는 것을 이해하고, 라스콜니코프에게도 니콜라이처럼 행동할 것을 권유한다. 포르피리는 도스토옙스키의 사상을 전달하는 뛰어난 심리학자로 제시되고 있기는 하지만, 라스콜니코프를 갱생으로 인도하는 구원자 역할을 하지는 않는다. 포르피리는 라스콜니코프를 구원으로 이끌기에는 지나치게 분석적인 사람으로, 법률적이고 심리적인 관점에서만 그에게 관심을 지니고 있기 때문이다. 라스콜니코프를 구원하는 임무는 다른 주인공인 소냐에게 맡겨진다. 포르피리와는 달리 소냐는 아무것도 분석하지 않고 그를 비난하지도 않으며, 그의 불행을 순간적으로 깨닫고 그와 함께 십자가를 지려고 한다. 이런 그녀를 통해서 라스콜니코프는 구원과 갱생에 도달하게 된다.

라스콜니코프의 관점으로 보았을 때, 소냐는 폭력에 굴종하고 순응하는 평범하고 경멸스러운 〈피조물〉에 불과하지만, 작가의 관점에서 보았을 때는 〈자기희생〉이라는 기독교적인 정신을 몸소 실천하고 있는 인물이기도 하다. 소냐는 단테의 『신곡』에 등장하는 베아트리체와 루치아에 비견될 만한 인물이다. 이름을 통해서도 그녀가 지닌 작중 의미를 알 수 있는데, 소냐의 완전한 이름인 〈소피야〉는 라틴어로 〈지혜〉를 뜻할 뿐 아니라, 솔로비요프, 불가코프, 블로크 등 러시아 상징주의자들에 의해 〈성삼위일체〉의 결합과 〈성스러운 피조 세계에 대한 우주적인 사랑〉을 내포한 존재로 해석되기도 한다. 소냐는 창조자와 창조물의 성스러운 결합을 믿으며, 자신의 유일한 보호자로서의 창조자를 삶의 안식처로 삼아 자신이 겪어야 할 고통을 감내하는 인물이다. 작품 속에서 소냐는 라스콜니코프에 의해 〈유로디비〉로 불리는데, 이 유로디비들은 중세 러시아의 정교적인 전통에서 〈세상 속에서는 바보스러우나, 영적으로는 가장 지혜로운 하느님의 사람〉들로서 어둡고 타락한 세상에서 바보스럽다 못해 때로는 미친 듯한 행동으로 세속적인 삶에 찌든 사람들에게 오히려 숨겨진 삶의 진리를 밝혀 주는 사람들이다. 소냐는 살해당한 고리대금업자 노파의 동생인 리자베타와 함께 〈세상〉 속에서 부유하지도 강하지도 않은 모습으로 가장 비참한 삶을 살아가지만, 묵묵히 자신의 길을 가며 순종과 믿음 속에서 창조자의 섭리를 발견하고, 자기희생을 통해 타락한 사람들을 진리로 인도하는 사람인 것이다.

이 〈거룩한 매춘부〉는 라스콜니코프에게 성서의 〈라자로의 부활〉을 읽어 준다. 라스콜니코프가 소냐에게 이 부분을 읽어 달라고 집요하게 요구하는 이유는 영적이고 정신적인 죽음으로부터 부활하고자 하는 그의 강렬한 무의식적인 욕망 때문인지도 모른다. 그리고 이 장면은 그의 궁극적인 부활을 암시하고 있기도 하다. 소냐는 〈라자로의 부활〉을 읽어 줌으로써 신을 부정하는 라스콜니코프를 영적으로 부활시키고자 갈망한다. 라스콜니코프의 고백을 들었을 때, 소냐는 그에게 경찰서에 가서 자신의 죄를 자백하고 마땅히 감당해야 할 고난을 받아들이는 것 외에, 네거리에 가서 대지에 입 맞추고 사방에 절하며 자신이 살인자임을 밝히라고 설득한다. 〈대지에 입 맞추는 것〉은 중요한 의식(儀式)적인 의미를 지니는데, 기독교 도래 이전의 전 인류와 러시아인의 의식 속에서 〈대지〉는 풍요의 근원으로서 인류의 보편적인 〈어머니〉의 의미를 지니고 있기 때문이다. 〈대지에 입 맞추는 것〉은 라스콜니코프가 스스로 관계를 끊었던 모든 이들, 어머니와 동생, 친구와 사회 전체의 유대 관계, 즉 삶의 근원자인 〈어머니 대지〉와의 관계를 회복하는 것을 의미한다. 동시에 그는 소냐로부터 삼나무 십자가를 선물로 받고 자수하러 간다. 이런 그의 행동은 살해 당시 노파의 십자가를 던져 버린 행동과는 정반대되는 것이라고 할 수 있다. 그는 이런 행동을 통해 고통과 징벌을 받아들임으로써 새로운 삶을 찾고자 하는 것이다. 이렇게 〈대지에 입 맞추고〉 십자가를 받아들임으로써 그의 부활은 서서히 시작된다.

그러나 그럼에도 불구하고 라스콜니코프는 자신의 죄를 이성적으로 인정하지 못한다. 그는 여전히 비범인으로서의 첫걸음을 자기가 감당하지 못한 데에서 오는 모욕감과 좌절감을 겪는다. 그가 자수를 하는 이유는 양심의 가책에 의한 것이라기보다는 그렇게 하는 것이 오히려 유리할지 모른다는 이성적인 판단에 근거한 것이다. 혹은 자신이 시험을 감당하지 못한 비열한 인간이라는 자의식의 괴로움 속에서 자신의 비열함을 더욱 확증하기 위해 일부러 자수를 선택하는 것인지도 모른다. 작중의 서술자는 독자들에게 그가 자수를 하는 이유를 분석해 주지 않는다. 서술자는 자수의 과정을 서술하며, 주인공의 마음에서 일어나는, 의지와 이성에 의해 조절되지 않는 순간순간의 알 수 없는 감동과 감각에 대해서만 서술할 뿐이다. 알 수 없는 감동이 그로 하여금 기도하자는 소냐의 제안을 받아들이게 하고, 마찬가지로 광장에서도 그를 발작처럼 사로잡아 무릎을 꿇게 하며, 환희와 행복에 젖어 더럽혀진 대지에 입 맞추게 한다.

그러나 여전히 그의 영혼 속에서는 신과 악마의 다툼이 계속된다. 그는 경찰서에서 자백을 하려는 순간 무엇인가가 그를 짓누르는 듯한 느낌을 받고는 갑자기 발걸음을 돌려 밖으로 나와 버린다. 그는 자신이 결행하지 못한 자살을 스비드리가일로프가 감행했다는 소식을 듣고 충격을 받은 것이다. 스비드리가일로프는 그가 뛰어넘지 못한 또 하나의 경계를 뛰어넘은 것이다. 이것은 그를 향한 도전장이며, 그의 무기력과 비열함을 보여 주는 본보기로 다가온다. 그는 또다시 경계를 뛰어넘어 보려고 밖으로 나온다. 그러나 그는 경찰서 마당에서 소냐의 간절한 모습을 발견하고 다시 경찰서로 돌아와 자신의 범행 일체를 자백한다. 범죄를 저지르는 과정이 우연의 연속이었던 것처럼, 그의 자수 과정도 이렇게 의지의 산물이라기보다는 알 수 없는 충동과 이끌림의 과정이었다고 볼 수 있다. 이를 통해 우리는 인간의 영혼을 놓고 벌이는 신과 악마, 빛과 어둠의 투쟁을 볼 수 있다.

에필로그에서 우리는 궁극적으로 라스콜니코프의 갱생을 목격하게 된다. 에필로그의 시간이 부활절 기간인 봄이라는 것도 그의 부활을 암시해 준다. 시베리아에서 1년을 보낸 라스콜니코프는 여전히 단절감과 소외감을 느끼며, 자신의 죄를 인식하지 못하고 오만한 삶을 유지한다. 그러나 소냐는 그에게 무한한 사랑과 희생의 봉사를 바친다. 라스콜니코프가 자신의 죄를 인식하는 과정은 꿈이라는 무의식적인 과정을 통해서 이루어진다. 그는 독특한 바이러스에 감염된 모든 사람들이 이론과 사상의 노예가 되어 자신만이 유일한 진리의 담지자라고 확신하고 서로를 죽이면서 파멸해 가는 꿈을 꾼다. 이 꿈을 통해서 그는 자신이 지녔던 이성주의의 허점을 발견하게 된다. 이렇게 무의식의 세계 속에서 자신의 사상의 허점을 발견한 그는 결국 소냐의 무한한 사랑을 받아들이면서 부활의 길에 들어서게 된다. 작중의 서술자는 그의 변화를 단 한 마디, 〈변증법 대신에 삶이 도래했다〉는 말로 정리하고 있다. 이성과 논리에 대한 삶 자체의 승리를 그리고 있는 것이다. 그리고 그의 베개 밑에 놓인 복음서가 그의 갱생을 도울 것이라는 말을 통해, 궁극적으로 신과의 화해를 통해 갱생이 완성될 것임을 암시하고 있다.

이렇게 소설『죄와 벌』은 한 가난한 대학생의 범죄를 통해 죄와 벌의 심리적인 과정을 밝혀 줄 뿐만 아니라 인간의 영원한 문제, 즉 죄와 인간 본성의 문제, 선과 악, 신과 인간, 사회적 환경과 인간 범죄의 상관성, 혁명적인 사상의 실제적인 측면의 문제 등 폭넓은 사회적, 정치적 문제와 더불어 도덕과 윤리와 연관된 형이상학적인 문제를 다룬 심오한 작품이라고 할 수 있다. 이 작품을 기점으로 도스토옙스키는 그 뒤를 잇는 걸작들을 통해 위에 언급된 문제를 다양한 측면에서 끊임없이 탐구하고 있다. 그리하여 그는 작가에 더해, 다음 시대를 예견하는 선지자이자 예언자이며 구도자라는 이름까지 얻게 된다.

작품 평론
5막 비극으로서의 『죄와 벌』[1]

콘스탄틴 모출스키/홍대화 옮김

1

도스토옙스키의 문학 세계는 『가난한 사람들』이 발표된 이후 『죄와 벌』이 나올 때까지 20년 동안 서서히 성숙되었다. 그리고 그 세계는 최종적으로 『죄와 벌』에서 〈독특한 정신적인 현실의 모습〉으로 구현되었다. 『죄와 벌』은 비극으로 규정될 수 있는 그의 다섯 편의 소설[2] 중 제일 처음에 써진 소설이다. 다시 말해서 이 소설은 방대한 분량의 5막짜리 비극의 제1막에 해당한다고 볼 수 있다.

『죄와 벌』에서 저자는 고전적인 비극의 삼일치, 즉 장소와 시간, 플롯의 일치를 그대로 고수하고 있다. 라스콜니코프의 이야기는 페테르부르크를 배경으로 전개된다. 세계에서 가장 환상적인 도시인 페테르부르크는 가장 환상적인 주인공을 창출한다. 도스토옙스키의 세계 속에서 장소와 무대 장치는 등장인물과 신비

---

[1] 이 논문은 모출스키의 『고골, 솔로비요프, 도스토옙스키』(모스크바, 1995) 중에서 pp. 361~373을 번역한 것이다. 이 책은 『도스토옙스키: 생애와 작품 세계』(1947)와 다른 두 책을 합본한 것이다.
[2] 여기서 다섯 편의 소설이란 『죄와 벌』, 『백치』, 『미성년』, 『악령』, 『카라마조프 씨네 형제들』의 5대 장편소설을 말한다.

할 정도로 긴밀하게 연관된다. 이들은 물질적인 공간이 아니라 정신적인 상징물들이다. 푸시킨의 소설 『스페이드의 여왕』에 나오는 게르만처럼 라스콜니코프는 〈페테르부르크적인 인물의 유형〉이다. 이 어둡고 신비스러운 도시에서만이 가난한 대학생의 〈추악한 꿈〉이 생겨날 수 있는 것이다. 『미성년』에서 도스토옙스키는 다음과 같이 쓰고 있다.

> 궂은 날씨에 축축하고 안개가 가득 낀, 그런 페테르부르크의 아침에라야만 푸시킨의 소설 『스페이드의 여왕』의 주인공 게르만(범상치 않은 인물로서 순수하게 페테르부르크적인 인물 유형, 페테르부르크 시대의 유형이라고 볼 수 있다)과 같은 사람의 기괴한 꿈이 성립될 수 있다.

라스콜니코프는 게르만과 정신적으로 한 형제라고 볼 수 있다. 그 역시 나폴레옹에 대한 꿈을 꾸고 〈권력〉을 신봉하며, 노파를 살해한다. 라스콜니코프의 반란과 더불어 〈러시아 역사에서 페테르부르크의 시기〉는 종결된다. 소설이 진행되는 동안 도시에 대한 짤막한 묘사 부분이 몇 군데 나오는데, 이 부분은 희곡의 무대 지시를 상기시키지만, 〈정신적인 배경〉이라고 느끼기에 충분할 정도의 대단히 날카로운 특징들을 지니고 있다. 라스콜니코프는 어느 밝은 여름날 한낮에 니콜라옙스키 다리 위에 서서 〈진정으로 위대한 광경〉을 뚫어지게 쳐다본다.

> 이 위대한 정경에서 그는 언제나 어떤 설명할 수 없는 한기를 느꼈던 것이다. 그가 보기에 이 화려한 정경은 말도 못 하고 듣지도 못하는 혼령으로 가득 차 있는 것 같았다……(169면)

페테르부르크의 혼령은 라스콜니코프의 영혼이다. 그의 영혼

속에서도 비슷한 정도의 위대함과 한기가 느껴진다. 주인공은 〈매번 자신이 받은 음울하고 수수께끼 같은 인상에 경악을 금치 못하며, 그 해결을 먼 미래로 미뤄 버리곤 한다〉.

소설은 라스콜니코프와 페테르부르크 그리고 러시아의 비밀을 해결하기 위해 헌정된다. 페테르부르크는 그 속에서 만들어진 인간의 의식만큼이나 이중적이다. 이 도시의 한편에는 이삭 성당의 둥근 금빛 지붕을 반사하는 푸른 물결의 위풍당당한 네바강 주변의 〈위대한 광경〉과 〈화려한 정경〉이 있는가 하면, 다른 한편에는 가난과 불결함과 추악함에 가득한 좁은 거리들과 골목으로 연결되는 센나야 광장이 존재한다. 라스콜니코프 역시 그러하다.

> 사실 그는 멋진 검은 눈동자에 짙은 아맛빛 머리털을 가진 미남으로, 약간 큰 키에 균형이 잘 잡힌 몸매를 지니고 있었다.(13면)

라스콜니코프는 몽상가이자 낭만주의자이며, 고결하고 고상하고 자존심이 강한 영혼을 소유한, 개성이 강한 인물이다. 그런데 이 〈멋진 사람〉의 마음속에는 그만의 센나야 광장, 더러운 지하실, 살인과 도둑질에 대한 〈생각〉이 존재한다. 주인공의 혐오스럽고 비열한 범죄에 수도의 빈민가, 지하실, 선술집, 범죄 소굴들이 공범자인 것이다. 대도시의 독기와 그 독기에 감염된 도시의 간헐적인 호흡은 가난한 대학생의 뇌를 파고들어 살인에 대한 생각을 낳는다. 술주정, 가난, 악덕, 증오, 미움, 타락과 같은 페테르부르크의 어두운 밑바닥이 살인자를 희생자의 집으로 인도한다. 범죄가 저질러지는 무대, 고리대금업자가 살고 있는 구역과 건물은 주인공의 마음속에 〈그의 추악한 꿈〉에 못지않은 〈극도의 혐오감〉을 불러일으킨다. 이제 그는 〈시험해 보기 위해〉 그곳으로 간다.

거리는 지독하게 무더웠다. 게다가 후텁지근한 공기, 혼잡, 여기저기에 놓인 석회석, 목재와 벽돌, 먼지, 근교에 별장을 가지지 못한 페테르부르크 사람이라면 누구나 다 알고 있는 독특한 여름의 악취, 이 모든 것들이 그렇지 않아도 혼란스러운 청년의 신경을 한꺼번에 뒤흔들어 놓았다. 이 지역에 특히 많은 선술집에서 풍기는 역겨운 냄새와 대낮인데도 끊임없이 쏟아져 나오는 술 취한 사람들이 거리의 모습을 더욱 불쾌하고 음울하게 만들고 있었다. 한순간 이목구비가 뚜렷한 청년의 얼굴에는 참을 수 없다는 듯 혐오감이 스치고 지나갔다.(12~13면)

고리대금업자가 살고 있는 건물의 한쪽 벽면은 운하를 끼고 서 있다.

이 건물 안에는 재봉사, 철공 기술자, 요리사, 잡다한 일에 종사하는 독일 사람들, 몸을 파는 여자들, 하급 관리들이 세를 들어 살고 있었다. 건물의 두 문과 두 마당은 드나드는 사람들로 북적거렸다.(15면)

〈시험해 본〉 다음, 라스콜니코프는 탄식한다.

〈오, 맙소사! 이 모든 게 얼마나 혐오스러운 짓인가!〉(20면)

〈무한한 혐오감〉이 그의 마음을 사로잡는다. 매춘부들과 술 취한 사람들 그리고 수공업자들로 가득 찬 센나야 광장과 범죄의 사상은 동질적인 정신 상태를 보여 주는 서로 다른 두 형상일 뿐이다. 정신의 물적 체현과 물질의 정신화를 보여 주는 다른 예는 라스콜니코프가 지내는 방의 묘사에서도 볼 수 있다.

여섯 걸음 정도밖에 되지 않는 작은 새장 같은 방은 먼지 때문에 누렇게 퇴색한 벽지가 그나마 여기저기 떨어져 있어서 보기에도 초라했다. 천장은 너무 낮아서 약간 키가 큰 사람인 경우 그 안에 들어오면 숨이 막히고, 머리를 천장에 부딪힐까 봐 걱정할 지경이었다.(47면)

휴학한 대학생에게는 〈꼴사나운 커다란 소파가 있었는데, 예전에는 옥양목 천이 씌워져 있었지만, 지금은 완전히 누더기가 되어 라스콜니코프의 침대로 사용되고 있었다. 그는 곧잘 이 위에서 옷도 벗지 않고 침대보도 깔지 않은 채 낡고 오래된 학생 외투를 덮고 잠을 잤다〉. 저자는 이 〈노란색 작은 방〉을 벽장과 궤짝, 그리고 관에 비유한다.

바로 이것이 라스콜니코프의 〈사상〉이 지니는 물질적 외양이다. 그의 방은 금욕적인 수도사의 방이다. 그는 자기 방구석, 자신의 〈지하방〉에 틀어박힌 채 〈관〉 속에 드러누워 생각에 빠진다. 그의 삶은 온통 사유에 몰입되어 있기 때문에, 그에게 외적인 세계, 사람들 그리고 현실이란 존재하지 않는다. 그는 사심이 없으면서도 부에 대해서 꿈꾸고, 이론가이면서도 실천적인 행동을 할 것인가에 대해 고민하는 사람이다. 그에게는 먹을 것도 입을 것도 필요 없다. 그 이유는 그가 육체 없는 영혼, 순수한 〈자의식〉이기 때문이다. 그의 내면 속에서는 〈지하 생활자〉가 우리에게 보여준 사유의 과정이 이어지고 있다. 그런 비좁고 비참한 골방에서만이 범죄에 대한 야만적인 생각이 피어날 수 있는 것이다. 그런 생각은 사유가 이전에 지니고 있던 도덕관을 무너뜨리고, 인간의 심리적인 조화를 깨뜨린다. 라스콜니코프는 자신의 내면 속에서 악마적인 힘을 느끼고, 신에게 대항하기 위해 물질적인 요소에서 벗어나 금욕주의적인 생활을 거쳐야 한다. 〈노란색 작은 방〉은 시기심으로 가득 찬 삶, 악마적인 삶, 고독한 삶의 상징이다. 도스토옙스키에게 자연과 물질적인 세계는 독립적인 존재가 아니다. 이 세계는 철저하게 의인화되어 영혼을 부여받는다. 무대 장치는 그 기능상 언제나 의식에 의해 굴절된 모습으로 제시된다. 방은 그 방 주인의 영혼을 보여 주는 배경이 된다.

고리대금업자 노파의 아파트에 대한 묘사 역시 〈심리적〉이다. 어둡고 좁은 계단, 4층, 딸그락거리는 종소리, 빠끔히 열린 문, 칸막이로 가려진 어두운 현관, 그리고 마침내 〈노란 벽지와 제라늄 화분, 모직 커튼으로 창이 장식되어〉 있는 방 등이 묘사된다.

> 가구는 노란색 나무로 만들어져 있었는데, 모두 몹시 낡은 것들이었다. 나무 등받이가 구부러진 큼직한 소파와 그 앞에 놓인 타원형 탁자, 창과 창 사이의 벽에 붙은 거울 달린 화장대, 걸상들, 그리고 독일 귀부인이 손에 새를 들고 있는 싸구려 그림들이 표구된 두세 개의 노란 액자들, 이것이 전부였다. 방의 한쪽 구석에 걸린 작은 성상 앞에는 촛불이 켜져 있었다. 모든 것이 너무나도 깨끗했다. 가구도 마루도 광이 나도록 닦여져 있었다. 모든 것이 윤이 나고 있었다.(17면)

주인공은 자신이 받은 인상을 곧바로 심리의 언어로 옮긴다.

> 〈늙고 못된 과부에게서나 찾아볼 수 있는 깔끔함이지.〉(17면)

가구 배치에서 보이는 〈개성의 부재〉, 정돈된 상태의 냉랭함, 〈독일 여자들〉의 상인적인 속물근성, 성상 촛불에 투영된 위선적인 경건함은 놀라울 정도이다.

라스콜니코프의 작은 방은 무덤이고, 노파의 아파트는 깔끔한 거미줄이며, 소냐의 방은 기형적인 형태의 창고이다.

소냐의 방은 어쩐지 창고처럼 보였고, 심하게 일그러진 네모꼴을 하고 있어서, 무언가 기형적인 느낌이 들었다. 운하를 향해 세 개의 창을 낸 벽은 방을 비스듬히 가로지르고 있었으므로, 이로 인해 방의 한쪽 구석은 지독할 정도로 예각을 이루면서 안으로 깊숙이 들어가 있었다. 그래서 약한 불빛 아래에서는 그 구석에 무엇이 놓여 있는지 잘 알아볼 수가 없을 정도였다. 또한 다른 구석은 지나칠 정도로 흉한 둔각을 이루고 있었다. 이 널찍한 방에 가구라고는 거의 없다시피 했다. …… 낡아서 누렇게 된 너덜너덜한 벽지가 사방에 우중충하게 발라져 있었다.(460~461면)

소냐의 일그러진 운명은 기형적인 각도로 일그러진, 사람이 살기에는 적합하지 않은 방으로 상징된다. 세상과 고립된 라스콜니코프는 비좁은 관과 같은 방에서, 소냐는 세상을 향해 난 〈세 개의 창이 있는 큰 방〉에서 산다. 스비드리가일로프는 라스콜니코프에게 수수께끼 같은 말을 던진다.

「모든 사람에게는 공기가 필요합니다. 공기가, 공기가요……」(647면)

사상에 따라 살인을 저지른 범죄자는 자신의 관 속에서, 즉 사상의 숨 막히는 공간 속에서 헐떡인다. 그는 지상의 공기를 마시기 위해 소냐의 집, 즉 세 개의 창이 있는 드넓은 창고로 나가는 것이다.

도스토옙스키는 도시 풍경에 반드시 〈술집〉과 싸구려 음식점을 포함시킨다. 술 취한 방문객들의 외침 소리와 악취, 왁자지껄하게 떠드는 소리를 들으며, 그의 주인공들은 사상적으로 첨예한 문제들에 대해 논쟁을 벌이고, 자기 생각을 고백하며, 〈결정적인 문제들〉을 해결한다. 극에 달한 추태가 벌어지기도 하지만, 그 뒤를 이어서 앞의 사태와는 극단적으로 대립되는, 기괴하면서도 서정적인 장면들이 연출된다. 추악하고 혐오스러운 사건들 사이에서 갑자기 불가사의하게 아름다운 장면이 펼쳐지는 것이다. 라스콜니코프는 인도에서 계단을 통해 지하층으로 내려간다.

> 이때 마침 문에서는 취객 둘이 나오면서, 서로를 부축한 채 욕을 해대며 거리 위로 기어오르고 있었다. …… 그들의 뒤를 이어서 한꺼번에 다섯 명쯤 되는 한 패거리가 아코디언을 울리며, 여자 하나를 데리고 밖으로 나갔던 것이다. …… 술집 주인은 …… 반코트와 기름에 찌들어 새까매진 조끼를 입고 있었는데, 넥타이는 매고 있지 않았다. 그의 얼굴은 꼭 기름을 잔뜩 먹인 자물통 같았다. 판매대 뒤에는 열네 살 정도 되어 보이는 소년이 있었다. 그리고 또 그보다 나이가 더 어려 보이는 다른 소년은 손님들이 주문을 하면 음식과 술을 날랐다. 작은 오이와 흑설탕과 생선 조각들이 진열되어 있었는데, 이 음식들에서는 몹시 역겨운 냄새가 났다. 무더워서 앉아 있는 것조차 힘들었고, 술집의 내부는 온통 술 냄새에 찌들어 있어서, 공기만 마시더라도 단 5분이면 취해 버릴 것 같았다.(20~23면)

이 술집은 〈술 취한〉 관리 마르멜라도프의 세계이다. 술 냄새와 술꾼들의 웃음과 욕이 난무하는 가운데 그는 라스콜니코프에게 자신의 슬픈 이야기를 한다. 그 이야기는 아코디언 소리와 〈일곱 살짜리 어린아이가 떨리는 목소리로 부르는 「작은 시골 마을」〉의 노랫소리로 인해 끊어진다. 이 아코디언 소리는 그리스도가 주정뱅이를 천국에 받아들인다는 마르멜라도프의 열정적인 이야기를 더욱 감동적으로 만들어 준다.

「우리에게 두 팔을 내미시면, 우리는 땅에 엎어져서…… 울면서…… 모든 것을 깨닫게 될 거야! 그때 모든 것을 이해하게 될 거야! 다른 모든 사람들도 이해하게 되겠지…… 카테리나 이바노브나도…… 아내도 이해하게 될 거야……. 주여, 그 나라가 임하시옵소서!」(41면)

주정뱅이의 고백은 그 종교적인 긴장감의 정도로 보았을 때, 탕녀와 도둑이 성서를 함께 읽는 장면에는 뒤떨어진다고 할 수 있다. 그렇지만 도스토옙스키의 서정성에는 언제나 〈심오함〉이 내포되어 있다.

움울한 분위기의 도시 페테르부르크, 어두운 거리, 골목, 운하, 도랑과 다리, 가난에 찌든 사람들이 사는 다층 건물, 싸구려 음식점, 지하 선술집, 경찰서, 네바강 변, 섬들, 바로 이런 것들이 『죄와 벌』에 나오는 배경들이다. 이 작품의 어떤 장면에서도 우리는 〈예술적인 묘사〉나 〈아름다운 자연에 대한 묘사〉를 찾아볼 수 없다. 〈사건이 일어나는 장소〉에 대한 자세한 기록, 연출자의 사무적인 무대 지시만이 있을 뿐이다. 그러나 그와는 반대로 소설 전체는 페테르부르크의 기류로 가득 차 있으며, 그 빛에 의해 조명을 받고 있다. 도시의 영혼은 라스콜니코프의 내면 속에 구현되어, 거리의 아코디언이 내는 애수에 찬 노랫소리처럼 울려 퍼진다.

「저는 좋아합니다.」 라스콜니코프는 말을 이었지만, 그 태도는 전혀 거리의 노래에 대해서 이야기하고 있는 것 같지 않았다. 「저는 춥고 어둡고 축축한 가을날 저녁에, 반드시 축축한 날이어야 합니다. 모든 행인들이 창백하고 병자 같은 얼굴을 하고 있는 그런 날 저녁이어야 합니다. 그런 날에 악사의 반주에 맞춰 부르는 노래를 듣는 걸 좋아합니다. 아니면 바람 한 점 없이, 진눈깨비가 부슬부슬 내리는 날이면 더 좋지요. 아시겠

습니까? 눈발 사이로 가스등이 빛나니까요…….」(227면)

진눈깨비, 가스등, 아코디언들이 바로 이 불가사의한 말 속에 드러난 페테르부르크 전체의 모습이다…….

2

도스토옙스키의 주인공들은 그 정신적인 면모로 볼 때, 계절과 날씨의 변화에 그다지 많은 영향을 받지 않는다. 그의 소설들 속에서 날씨에 대한 묘사를 발견하기란 무척 어려운 일이다. 그렇지만 날씨에 대한 묘사가 일단 나오면, 우리는 그 안에 언제나 정신 상태에 대한 묘사가 내포되어 있다는 것을 쉽게 알 수 있다. 배경과 마찬가지로 자연 현상은 인간의 내면에만, 그리고 인간을 위해서만 존재한다. 라스콜니코프는 〈찌는 듯이 무더운 7월 초의 어느 날〉에 범죄를 저지른다. 그는 도시를 헤매고 다닌다.

다리를 건너면서 그는 조용히 편안한 마음으로 네바강과 선명하게 불타는 석양을 바라보았다.(94면)

범죄를 저지른 다음 날, 경찰서로 출두하러 가는 길에 살인자는 또다시 태양 빛에 눈이 부심을 느낀다.

거리는 여전히 견디기 힘들 정도로 무더웠다. 최근 며칠 사이에 비가 한 방울이라도 내렸다면 좋았을 텐데. 다시 먼지, 벽돌 그리고 석회, 또다시 노점과 선술집에서 풍겨 나오는 악취, 끊임없이 오가는 주정꾼들, 핀란드 출신 행상들, 반쯤은 부서진 마차들이 보였다. 햇볕이 그의 눈에 정면으로 내리쬐어서 앞을 보면 눈이 아팠고, 머리는 현기증으로 인해 핑핑 돌았다. 그것은 햇볕이 강렬한 날, 열병 환자가 거리에 갑자기 나왔을 때 흔히 겪게 되는 느낌이었다.(140면)

라스콜니코프는 밤의 사나이이다. 그의 작은 방은 언제나 어둡다. 그는 어둠에 속한 오만한 영혼이며, 지배를 갈망하는 그의 꿈은 그 어둠 때문에 좌절된다. 태양이 내리쬐는 지상의 삶은 그에게 익숙하지 않으며, 〈낮의 의식〉은 그와는 거리가 멀다. 그러나 바로 〈사상〉이 이론가를 행동하도록 부추긴다. 그 사상으로 인해 그는 추상적인 사유의 어스름에서 빠져나와 삶에 뛰어들고, 거기에서 현실과 부닥뜨리게 된다. 대낮의 햇빛은 야행성 조류들의 눈을 멀게 하듯 그의 눈을 멀게 한다. 추상적인 사고의 냉정함에서 벗어난 그는 여름의 페테르부르크, 무덥고 악취 나며 숨이 막히는 도시 위에 서게 된다. 이런 상황에서 그의 예민한 신경은 자극을 받아 발병하고 만다. 태양은 그의 무기력과 허약함을 폭로한다. 〈그는 제대로 죽일 줄도 모른 채〉 실수에 실수를 거듭하다가, 불나방처럼 곧바로 포르피리 페트로비치의 그물 속으로 날아든다. 도스토옙스키에게 태양은 사산(死産)된 이론을 이기는 〈살아 있는 삶〉의 상징이다. 라스콜니코프는 석양에 환하게 비치는 노파의 방으로 들어간다. 그리고 그의 머릿속에는 무서운 생각이 어른거린다.

〈《그때도》 이렇게 해가 비치겠지……!〉(17면)

태양 앞에서 느끼는 범죄자의 공포에는 파멸에 대한 예감이 내포되어 있다.

3

낮은 라스콜니코프를 폭로하고, 밤은 어둠의 품속으로 그의 분신인 스비드리가일로프를 삼켜 버린다. 신성한 어머니 대지를 모욕한 이 사람은 자기 내면 속에 있는 인간성을 죽이고, 미지의 우주적인 힘의 세력에 빠져 버린다. 자살 직전, 생애의 마지막 밤에 스비드리가일로프는 천둥이 치고 소나기가 쏟아지는 인적이 드문 거리를 헤매고 다닌다. 그의 내면에 구현된 〈허무〉의 영혼은 악천후의 반란 속에서 〈운명적인 결정〉을 내리게 된다. 정신적인 카오스는 자연의 카오스와 결합된다. 이 무서운 밤에 대한 묘사는 도스토옙스키의 〈신비한 리얼리즘〉의 절정이다.

저녁 10시까지 스비드리가일로프는 〈여러 싸구려 음식점과 타락한 장소들〉을 돌아다니다가, 어떤 유흥장에서 아코디언을 연주하는 소리를 듣게 된다.

몹시 무덥고 암울한 밤이었다. 10시가 가까워지자 사방으로부터 엄청난 먹구름이 몰려와서, 천둥이 치며 비가 폭포수처럼 쏟아지기 시작했다. 비는 한 방울씩이 아니라, 물줄기가 되어서 대지를 두드렸다. 번개가 1분 간격으로 번쩍였고, 한 번 번쩍일 때마다 다섯까지 셀 수 있을 정도였다.(735면)

자정이 되었을 때, 그는 페테르부르크 구역의 한 더러운 목조 호텔에 묵게 된다. 그러나 이 조그만 새장도 그를 미친 듯이 날뛰는 악천후로부터 구해 줄 수는 없다. 악천후는 계속해서 그를 추적한다.

〈이 창 아래에는 분명히 정원이 있을 거야.〉 그는 생각했다. 〈나무들이 바스락 소리를 낸다. 밤에 폭풍이 불 때 어둠 속에서

나무가 술렁대는 소리가 나는 너무 싫다. 오싹한 기분이 드니까!〉(744면)

비, 습기, 물은 그에게 참을 수 없는 혐오감을 불러일으킨다.

〈나는 평생 단 한 번도 물을 좋아해 본 적이 없었어. 풍경화에서 보는 것조차도 싫었으니까.〉(744면)

그리고 그는 악몽에 시달린다. 그로부터 받은 능욕 때문에 물에 빠져 스스로 목숨을 끊은 소녀는 꽃에 둘러싸인 채 관 속에 누워 있다. 그는 창문을 활짝 열어젖힌다.

바람은 광포하게 그의 좁은 방으로 쳐들어왔고, 얼음장 같은 서리가 그의 얼굴과 셔츠 하나만 입은 가슴에 달라붙었다. …… 칠흑같이 어두운 밤을 뚫고 대포 소리가 울렸다. 그 뒤를 따라 또 한 번 사격 소리가 울렸다.
〈아, 경보로구나! 강물이 넘쳤나 보군.〉 그는 생각했다. (748면)

물에 빠져 자살한 소녀의 형상이 홍수처럼 그를 덮치며, 결국 물은 능욕한 자에게 복수를 가한다. 스비드리가일로프는 습기에 찬 안개와 젖은 나무들 사이에서 자살한다.

우윳빛의 짙은 안개가 도시 위를 뒤덮고 있었다. 스비드리가일로프는 소(小)네바강을 향해 나무로 된 미끄럽고 더러운 포장도로 위를 걸어갔다. 그의 눈앞에는 밤사이에 수면이 높아진 소네바강의 물결, 페트롭스키섬, 젖은 보도들, 젖은 풀, 젖은 나무와 관목들이 보이다가, 마침내는 관목 하나하나가 어른거리

작품 평론 843

기 시작했다……(752면)

그는 소방서의 망루 앞에 멈춰 서서 자신을 향해 총을 발사한다.

4

〈시간의 일치〉는 이 비극 소설에서 〈장소의 일치〉만큼이나 엄격하게 지켜지고 있다. 도스토옙스키의 세계에서 시간을 재는 방법은 현실 세계에서의 방법과는 다르다. 그의 주인공들은 수학적인 시간이 아니라, 〈현실 지속(베르그송의 durée réelle)〉의 시간 속에서 살고 있다. 그의 세계 속에서 시간은 무한하게 늘어나거나 축소되고, 거의 사라지기도 한다. 주인공들의 정신적인 긴장도에 따라 시간의 조각들은 크고 작은 분량의 사건들을 담아낸다. 발단 부분에서는 시간이 아주 느리게 진행되지만, 사건의 진행이 고조되는 부분에서는 시간이 점차로 빨라지다가, 절정 바로 직전에는 회오리치듯이 빨라진다. 공간과 마찬가지로 시간도 철저하게 의인화되어 영혼을 부여받는다. 즉 시간도 〈인간 의식의 기능〉을 하는 것이다. 『죄와 벌』에 대한 계획안에서도 작가는 캇코프에게 라스콜니코프가 〈범죄 직후부터 결정적인 파탄에 이르기 직전까지 거의 한 달 정도의 기간〉을 보낼 것이라고 말하고 있다. 인쇄본에서는 이 기간이 더욱 축소된다. 참으로 믿기 어려운 사실은 소설 속에 나오는 온갖 복잡하고 다양한 사건이 단 2주일이라는 기간 안에 일어났다는 점이다. 라스콜니코프의 이야기는 아주 갑작스러운 방식으로 시작된다. 저자는 〈찌는 듯이 무더운 7월 초의 어느 날 해 질 무렵〉이라는 말로 하루를 정확하게 제시하고 있다. 첫째 날에 주인공은 전당포를 털 〈시험〉을 해보고, 마르멜라도프와 알게 된다. 둘째 날에는 어머니로부터 편지를 받은 다음, 도시를 헤매고 다니다가 센나야 광장에서 우연히 노파가 다음 날 저녁 7시경에 집에 혼자 있게 되리라는 사실을 알게 된다. 그리고 셋째 날에는 살인을 저지른다. 이 부분에서 제1부는 종결된다. 제1부는 사흘 동안에 일어난 사건들, 즉 살인의 준비와 실행 과정을 포함하고 있다. 제2부는 라스콜니코프의 시간에 대한 의식이 흐려졌다는 것을 보여 주는 장면으로부터 시작된다. 그는 병이 들어 의식 불명 상태에 빠져든다.

> 어떤 때는 자신이 누워 있은 지 한 달이 넘은 것 같기도 했고, 또 어떤 때는 모든 일이 바로 그날 하루 동안 일어난 것 같기도 했다.(173면)

나흘이 지나서야 주인공은 다시 현실 세계로 돌아온다. 시간의 리듬은 급속도로 빨라진다. 제3부와 제4부의 사건들은 고작 이틀 안에 일어난 일들이다. 대단원에 이르기 전에 주인공은 또다시 시간적인 질서에서 일탈한다.

> 라스콜니코프에게는 이상한 시기가 도래했다. 안개가 갑자기 그의 앞에 드리워져, 빠져나갈 길 없는 음울한 고독 속에 갇힌 것만 같은 느낌이었다. …… 그는 그때 많은 것을, 이를테면 몇 가지 사건의 시간과 날짜를 마구 혼동하고 있었음에 틀림없었다.(645면)

세계는 자신의 실재성을 상실하고, 시간적이고 인과적인 연관 관계는 범죄자의 의식 속에서 흐려진다. 〈죽어 가는 사람의 병적인 무관심 상태와 흡사한〉 그의 무기력은 존재 밖의 의식 작용이 시작되었음을 알려 준다.

시간에 대한 정확한 기록과 초시간(超時間) 속에서의 방황을 대비시킨 것은 이 작품이 지닌 섬세한 예술적인 기법이다. 사상가이자 이론가인 라스콜니코프는 시간의 밖에서 존재하고, 활동가로서의 라스콜니코프는 시간 속으로 들어온다. 그의 범죄는 사상과 현실의 접합 지점이라고 할 수 있다. 그러므로 그의 범죄는 정확한 시간의 측정하에 저질러지도록 결정되어 있다.

5

고전적인 비극의 세 번째 일치인 행위의 일치는 비극 소설의 구성을 결정해 준다. 『죄와 벌』은 한 가지 사상, 한 사람, 한 운명에 대한 이야기이다. 모든 인물들과 사건들이 라스콜니코프의 주변에 배치된다. 그가 역동적인 사건의 중심점에 서게 되는 것이다. 그에게서 빛이 반사되며, 반사된 빛은 다시 그에게로 돌아온다. 소설 속 41개의 장면 중에서 그가 나오는 장면은 38개에 달한다. 두 개의 이차적인 줄거리, 즉 마르멜라도프 가족에 대한 이야기와 라스콜니코프의 여동생인 두냐에 대한 이야기는 독립적인 의미를 지니지 못한다. 주정뱅이 관리의 가족에 대한 이야기는 선(善)의 무력함과 고통의 무의미함에 대한 사상을 구현한다. 이 가족의 품에서 소냐의 형상이 나타난다. 소냐는 주인공의 선한 천사이다. 두냐도 역시 희생의 무목적성에 대한 오빠의 사상을 구현한다. 두냐는 라스콜니코프 가족의 품에서 등장하여, 주인공과 신비하게 연결된 스비드리가일로프라는 인물을 작품 속에 끌고 들어온다. 그는 주인공의 사악한 천사이다. 살인자의 영혼 속에서 진행되는 선과 악의 투쟁은 두 개의 대립되는 개성, 즉 소냐와 스비드리가일로프의 대립으로 체현된다. 라스콜니코프의 의식은 세 가지 국면으로 펼쳐진다. 라스콜니코프는 선한 천사와 악마

사이에 존재하는 중세 신비극의 인물처럼 우리 앞에 서 있다. 소냐가 마르멜라도프의 가족에서 분리되어 주인공과 개인적인 관계를 맺게 되자, 이 이야기의 구성적인 기능은 그것으로 사라지고 만다. 그러므로 이 이야기는 라스콜니코프의 이야기보다 먼저 종결되며, 두 번에 걸친 감동적인 파국을 통해 대단원을 예고한다(제2부의 마지막에 나오는 마르멜라도프의 사망과 제5부의 끝에 나오는 카테리나 이바노브나의 죽음). 이 세 줄거리가 결합되는 때는 단 한 번뿐이다. 그것은 마르멜라도프의 추도식에서 두냐의 전(前) 약혼자인 루진이 소냐에게 도둑의 누명을 씌우고, 라스콜니코프가 그녀를 변호하는 장면에서이다(제5부의 뒷부분). 제6부에서는 부차적인 줄거리가 이야깃거리를 잃어버린다. 마르멜라도프 부부는 죽고, 두냐는 라주미힌과 결혼하며, 남는 것은 오로지 주인공과 두 명의 신비한 동반자, 소냐와 스비드리가일로프뿐이다.

구성의 원칙은 세 가지 사건, 하나의 중요한 사건과 두 개의 부차적인 사건 위에 세워져 있다. 중요한 사건은 한 가지의 중요한 사건(살인)과 내면적인 사건들의 긴 연결 고리들(사건의 내적 체험과 인식)로 구성되어 있다. 부차적인 사건은 소란스럽고 감동적이며, 극적인 외적 사건들의 집적이라고 볼 수 있다. 이 사건들 속에서 마르멜라도프는 말에 짓밟혀 죽고, 카테리나 이바노브나는 반쯤 미쳐서 거리로 나가 노래를 부르다가 피를 토하며 죽는다. 루진은 소냐를 도둑으로 몰고, 두냐는 스비드리가일로프에게 총을 쏜다. 중요한 사건은 비극적이며, 부차적인 사건은 멜로드라마적이다. 중요한 사건은 파국으로 끝나고, 부차적인 사건들은 파국의 패러디인 스캔들로 종결된다. 그런 예로 들 수 있는 사건은 두냐와 루진의 결별과 마르멜라도프의 추도식 장면이다.

라스콜니코프는 소설 속에서 구성의 중심일 뿐 아니라, 정신적인 중심이기도 하다. 비극은 그의 영혼에서부터 시작되며, 그의 외면적인 행동은 그의 정신적인 갈등을 드러내 준다. 그는 고통스러운 분열을 통과해야 하고, 자의식을 획득하기 위해 〈자신의 내면 속에서 찬반의 근거를 끌어내야만〉 한다. 그는 자기 자신에게도 수수께끼이다. 그는 자신의 능력과 한계를 알지 못한다. 그는 자신의 깊은 자아 속을 들여다보고, 그 바닥이 보이지 않는 심연 앞에서 현기증을 느낀다. 그는 자신을 시험하고 체험하면서 스스로에게 묻는다. 나는 누구인가? 나는 무엇을 할 수 있는가? 나는 어떤 권리를 가지고 있는가? 나의 힘은 위대한가? 도스토옙스키가 쓴 모든 소설의 중심에는 자신의 개성이 간직하고 있는 수수께끼를 풀려는 사람이 서 있다(라스콜니코프, 미시킨 공작, 스타브로긴, 베르실로프, 이반 카라마조프). 이런 의미에서 작가의 예술적인 세계는 통일된 〈자의식〉의 과정으로 이루어져 있다. 그 과정의 외피는 심리적이지만, 그 아래로는 인간의 내면 속에 있는 신의 형상, 개성의 불멸, 자유, 죄의 문제 등과 같은 존재론이 펼쳐진다. 자기 자신을 파악한 인간은 주변 사람들에게 연구의 대상이 된다. 도스토옙스키의 등장인물들은 태어날 때부터 심리학자들이며, 천리안을 지닌 사람들이다. 그들은 포르피리 페트로비치가 라스콜니코프를 살피는 것처럼, 포만감을 모르는 탐욕스러운 심정으로 주인공들을 살핀다. 주인공은 다른 등장인물들이 보기에 수수께끼와 같은 존재이기 때문에, 이들은 지칠 줄 모르고 그 수수께끼를 풀려고 한다. 그 과정에서 각 사람들은 예치 못한 것을 발견하고, 나름대로 새로운 특징들을 조명하게 된다. 즉 자의식의 과정이 인식의 과정에 의해 보강되는 것이다. 그 예로 『죄와 벌』의 거의 모든 등장인물이, 즉 어머니, 누이동생, 라주미힌, 포르피리, 소냐, 스비드리가일로프, 자묘토프 등이 라스콜니코프에 대해 나름대로의 규정을 하고 있다. 『악령』의 등장인물들 역시 스타브로긴의 수수께끼를 풀려고 한다. 도스토옙스키의 인물들은 모두 정신적이다. 이들은 순수한 의식들이다. 이들은 상호 간에 비극적인 고립 상태에 있음에도 불구하고, 교제를 나누기 위해 애쓴다. 그리고 서로를 꿰뚫어 보면서 상호 간에 투쟁한다.

자의식의 과정 속에서 라스콜니코프는 두 개의 모습으로 나타난다. 즉 그는 그 주어진 과제(신의 형상)로 보았을 때는 위대하고, 주어진 모습(악)으로 보았을 때는 무기력한 개성이다. 이 개성 속에 내재하는 신의 형상은 자유 속에서 나타나지만, 그 자유에서 멀어지면 곧 악이 나타난다. 그러므로 드미트리 카라마조프는 이렇게 말한다. 〈여기서 신과 악마가 겨루는데, 그 전투의 장은 인간의 마음이다.〉

자의식은 투쟁의 수용이고, 선과 악의 생생한 체험이 된다. 바로 이런 이유에서 도스토옙스키의 소설들은 〈비극 소설〉이 되는 것이다.

6

『죄와 벌』은 서막과 에필로그가 있는 5막짜리 비극이다.

서막(제1부)은 범죄가 준비되고 실행되는 과정을 보여 준다. 주인공은 수수께끼 속에 가려져 있다. 가난한 대학생은 하숙집 여주인을 두려워하고, 〈우울증과 비슷한〉 병적인 상태에 놓여 있다. 그는 은시계를 고리대금업자 노파에게 맡기러 가면서 어떤 〈일〉에 대해서 언급한다.

〈그런 일을 저지르려고 하면서, 이토록 하찮은 일을 두려워하다니! …… 정말 난 그 일을 할 수 있을까?〉(12면)

그러나 〈살인〉이라는 단어는 발설되지 않는다.

〈오, 맙소사! 이 모든 게 얼마나 혐오스러운 짓인가! …… 정말로 내 머릿속에서 그렇게 무서운 생각이 떠올랐단 말인가? …… 무엇보다도 더럽다. 불쾌하고 추악하다, 추악하다……!〉(20면)

그가 방구석에서 한 달 내내 심사숙고한 〈추악한 꿈〉은 그에게 소름이 끼칠 정도의 혐오감을 불러일으킨다. 소설의 첫 부분에서 주인공은 이렇게 팽팽한 갈등상태에 놓인 모습으로 우리 앞에 제시된다. 그는 자신이 〈일〉을 저지를 수 있는지에 대해 의구심을 느낀다. 그의 사상은 순전히 이론적인 것이다.

〈이렇게 지껄이는 버릇이 생긴 것은 최근 한 달 동안 방구석에 처박혀 누워서…… 있을 수도 없는 일에 대해서만 생각했기 때문이다. …… 이건 망상으로 자신을 위로하고 있는 것에 불과하다. 장난에 지나지 않는다!〉(12면)

그의 내면 속에 존재하는 몽상가는 실제적인 면에서 자신이 보이는 무능력을 경멸하고, 낭만주의자는 살인의 〈추악성〉을 미학적인 측면에서 수용하지 못한다. 이러한 분열은 주인공의 자기 자신에 대한 인식의 출발점이 된다. 선술집에서 마르멜라도프와 마주 앉은 장면에서는 두 가지 모티프가 나타난다. 그 모티프란 해결할 수 없는 인간적인 슬픔과 희생의 무의미함(소냐)에 대한 것이다. 어머니의 편지는 주인공으로 하여금 미룰 수 없는 결정을 내리도록 부추긴다. 그의 여동생은 실무적이지만 경멸스러운 루진에게 몸을 팔아 자신을 희생하려고 한다. 그녀는 소냐의 길을 가는 것이다.

〈소냐, 소냐 마르멜라도바, 세상이 존재하는 한 소냐는 영원

하리라!〉(71면)

라스콜니코프는 이렇게 탄식한다. 그 희생은 그를 위한 것이다. 그가 그 희생을 받아들일 수 있을 것인가? 만일 그가 그 희생을 받아들이지 않는다면 무슨 일이 그를 기다리고 있을까? 가난일까, 굶주림일까, 파멸일까?

「그렇지 않으면 삶을 아예 거부하든지!」 그는 소스라치게 놀라며 이렇게 소리 질렀다. 「있는 그대로 단번에 그리고 영원히 운명을 순순히 받아들이든지, 아니면 활동하고 살고 사랑하는 모든 권리를 거부하고, 자신 속에 있는 모든 것을 목 졸라 죽여 버려야만 한다!」(73면)

모순은 아주 첨예한 형태로 제기된다. 기독교적인 도덕률은 순종과 희생을 설파하지만, 라스콜니코프는 신앙심을 잃은, 신을 믿지 않는 휴머니스트이므로, 그에게서 옛 진리는 이미 거짓이 된다. 그는 순종과 희생이 인간을 파멸로 이끌 것이라고 확신한다. 그렇다면 그 파멸을 받아들여야 할 것인가? 과연 인간은 〈생명에 대한 권리〉를 지니지 못한다는 말인가? 과거의 도덕적인 법칙을 파괴하는 것이 부도덕한 일이라면, 과연 자기 자신을 파멸시키는 것은 도덕적인 일이란 말인가?

그가 지금 느끼고 있는 온갖 종류의 슬픔들은 이미 오래전부터 그의 마음속에서 싹튼 후 자꾸 자라고 쌓여 요즘에 와서는 거부할 수 없이 해결을 요구하는 무시무시하고 강렬하고 환상적인 질문들의 형태로 집결되고 성숙해져서 그의 마음과 이성을 괴롭혔다.(72~73면)

어머니의 편지는 주인공의 운명에 전환점 역할을 한다. 지금까지 누워서 추상적인 문제만 해결했던 그에게 이제는 삶 자체가 즉각적인 행동을 요구한다. 그것은 몽상가에게 가해진 불의의 습격이나 다름없다. 한 달 동안 그는 〈환상적인 사상〉으로 자위했지만, 이제 그의 의식은 새로운 단계에 도달하게 된다.

그것은 망상에 불과한 것이었는데, 지금…… 지금은 그것이 돌연 망상이 아닌 무언가 전혀 낯설고 새롭고 무서운 것이 되어 나타났던 것이다. 그리고 그 자신도 이것을 대번에 알아챘다. 그는 머리를 망치로 얻어맞은 것처럼 멍해졌고 눈도 아득해졌다.(73면)

사상은 이제 실현되기 시작한다. 그러나 주인공은 곧장 새로운 존재로 완전히 변화되지는 못한다. 이성은 새로운 〈사상〉을 받아들이지만, 〈본성〉은 아직도 낡은 도덕적인 체제 속에서 살고 있는 것이다. 추상적인 몽상은 점차로 의식을 지배해 가고, 〈본성〉은 절망적으로 그 의식과 싸우며, 공포에 질린 채 그 사실을 믿지 않으려고 노력하면서, 아무것도 모르는 척하려고 애쓴다. 본성의 저항을 약화시키기 위해 작가는 병(病)의 모티프를 도입한다. 주인공의 병적인 상태는 끊임없이 강조된다. 살인 이후에도 그는 나흘 동안이나 신경성 열병에 걸려 눕고, 그럼으로써 그의 병은 소설이 끝날 때까지 지속된다. 이렇게 라스콜니코프는 자기 〈이론〉의 정당성을 스스로의 예를 통해서 증명한다. 「범죄에 관하여」라는 논문에서 그는 〈범죄의 실행은 언제나 병을 동반한다〉고 확언하지 않았던가? 병만이 좌절한 낭만주의자의 〈본성〉을 꺾고, 살인의 〈추악함〉에 직면하여 유미주의자의 혐오감을 이길 수 있도록 만들어 준다. 마침내 〈본성〉은 〈추악한 몽상〉에 총공격을 가한다. 말[馬]에 대한 꿈에는 라스콜니코프가 겪은 모든 고통,

아픔, 세계적인 악에 대한 공포가 집중되어 있다. 미콜카는 허약한 말의 눈을 채찍으로 때리고, 마침내는 말을 쇠지렛대로 죽여 버린다. 주인공은 자신의 어린 시절의 모습을 본다.

> 소년은 울었다. 심장이 터질 것만 같았고, 눈물이 쏟아졌다. …… 소년은 군중 속을 헤치고 적갈색 말에게로 달려가, 죽은 말의 피투성이가 된 머리를 붙잡고, 말의 눈과 입술에 키스를 퍼부었다…….(90~92면)

악행 앞에서 느끼는 신비스러운 공포가 그를 사로잡는다. 그는 처음으로 대수학적인 기호로서가 아니라 흘린 피로서의 살인을 눈으로 목격하고 뒷걸음질을 친다. 그런데 그런 그가 미콜카처럼 누군가를 죽이고…… 피를 흘리게 하려고 하는 것이다, 끈적거리는 따뜻한 피를. 그러므로 라스콜니코프는 자신의 계획을 실행하지 않기로 결심한다…….

> 〈오, 하느님! 그래도 난 결행할 수 없다! 난 감당하지 못할 거야.〉…… 〈주여!〉 그는 기도했다. 〈제게 갈 길을 보여 주소서, 전 그 저주스러운…… 몽상을 버리겠나이다……!〉(93~94면)

어린 시절에 대한 꿈은 유년 시절에 그가 지녔던 신앙을 부활시켜서, 신을 믿지 않던 그로 하여금 신에게 기도하도록 만든다. 그는 종교적인 가정에서 자라났다. 그의 어머니는 그에게 다음과 같이 쓰고 있다.

> 돌이켜 생각해 보렴, 사랑스러운 아들아. 아직 네가 어리고, 네 아버지도 살아 계셨을 때, 네가 내 무릎에 앉아서 종알종알 기도하던 그때 그 시절에 우리 모두가 얼마나 행복했었는지 말

이다!(64면)

〈본성〉은 라스콜니코프로 하여금 독, 즉 범죄에 대한 생각을 버리게 하고, 그는 그것으로부터 해방된 것으로 인해 기뻐한다.

> 자유, 자유! 그는 이제야 그 주문, 그 마술과 마력, 그 유혹으로부터 자유로워진 것이다!(94면)

그러나 선의 승리는 확고하지 않다. 사상이 아직 그의 무의식 속에 스며들지 못했기 때문에 최후의 폭발적인 반항이 지나가자 원동력, 즉 〈운명〉으로 변해 버리는 것이다. 주인공은 자신의 삶을 조절하지 못하고 범죄에 끌려 들어간다. 신비하고 우연한 사건들이 살인자를 희생양에게로 집요하게 이끈다. 그는 우연히 센나야 광장을 지나다가 거기서 우연히 〈내일 7시경〉에 노파가 집에 혼자 있으리라는 사실을 알게 된다.

> 그가 처음에 느꼈던 놀라움은 점차 공포로 뒤바뀌었고, …… 그는 아무 생각도 하지 않았고, 아무것도 판단할 수 없었다. 그렇지만 그는 갑자기 더 이상 자신에게는 판단의 자유도, 의지도 없다는 것을, 그리고 모든 것이 느닷없이 움직일 수 없도록 결정되었다는 것을 직감했다.(96~97면)

살인을 저지르는 날에도 그는 기계적으로 행동한다. 〈마치 누군가가 그의 손을 붙잡아, 반박할 여지도 없이 맹목적으로, 반항하지도 못하게 초자연적인 힘으로 그를 끌어당기는〉 것만 같다. 〈그것은 마치 옷자락 끝이 바퀴에 휘말려서, 그도 함께 그 속으로 빨려 들어가게 된 것과 마찬가지였다.〉 살인에 대한 의지는 인간을 맹목적인 필연성의 권세에 내준다. 그는 자유 의지를 잃어버리고 몽유병자처럼 행동한다. 모든 일들이 뜻하지 않게 우연한 형태로 일어난다. 그가 미리 계획했던 것과는 달리 도끼는 부엌이 아니라 경비실에서 발견된다. 그리고 우연히 리자베타를 죽이고는, 문을 잠그는 것도 잊은 채, 훔치는 일마저도 제대로 하지 못한다. 잠든 것은 아니지만, 일종의 몽유 상태에 빠져 버리는 것이다.

　　잠든 것은 아니었지만, 그는 망각 상태에 빠져 버렸다.(130면)

　살인으로 서막은 끝을 맺는다. 주인공도 우리도 아직은 범죄의 진정한 원인에 대해서는 모르는 상태로 남게 된다.
　비극의 제1막(제2부)은 범죄가 범죄자에게 미치는 직접적인 영향에 대해 묘사하고 있다. 라스콜니코프는 무서운 정신적인 충격을 받는다. 그는 신경성 열병에 걸려 거의 정신 착란에 가까운 증상을 보이며 자살하려고 한다.

　　〈정말로, 참으로 시작된 것일까? 징벌의 시간이 도래한 것일까?〉(135면)

　그는 기도를 하려고 하다가 그런 자신의 모습을 보고 비웃음을 터뜨린다. 웃음은 곧 절망으로 변한다. 여주인에게 꾼 돈을 갚지 않는다는 이유로 경찰서에서는 그를 호출한다. 그는 범죄가 폭로된 것은 아닌가 하는 생각에 무릎을 꿇고 모든 사실을 고백하리라고 마음먹는다. 경찰서에서 그의 신경은 그런 상황을 견뎌 내지 못하고, 마침내 그는 기절하고 만다. 이 사건은 그의 운명에 결정적인 계기가 된다. 살인자가 사무관 자묘토프의 관심을 끌었으므로, 그는 이 이상한 대학생에 대해 예심 판사인 포르피리 페트로비치에게 이야기하게 된다. 라스콜니코프의 기절로 인해 그를 향한 공격의 포문은 열리게 되고, 예심 판사가 그의 주변에 친

포위망에 걸려들게 된다. 살인을 저지를 때 몰려든 감정과 감각의 파도 속에서 라스콜니코프를 지배하기 시작하는 감정은 단 한 가지뿐이다.

괴롭고도 끝없는 고독감과 음울한 소외감이 갑자기 뚜렷하게 그의 영혼 속으로 파고들었다.(153면)

그는 양심의 가책에서 오는 형벌을 기다리지만, 그런 일은 일어나지 않는다. 그러나 다른 것이 그를 찾아온다. 그것은 인류라는 가정으로부터 단절되었다는 신비로운 의식이다. 살인자는 도덕적인 법칙보다도 더 큰 무엇, 즉 정신적인 세계의 가장 기초가 되는 그 어떤 것을 파괴한 것이다. 훔친 물건들을 돌 밑에 숨기고 난 뒤 그는 갑자기 이런 질문을 자기 자신에게 제기한다.

〈만일 정말로 네가 이 모든 일을 바보스럽게 어쩌다가 그냥 저지른 게 아니라 의식적으로 행한 것이라면, 만일 진정으로 어떤 일정하고 확고한 목적이 있었던 거라면, 너는 왜 지금까지 지갑도 들여다보지 않고 ······〉(162면)

휴머니스트이자 몽상가인 그는 좌절을 겪는다. 실질적으로 일을 저지를 때 그는 완전한 무능력을 드러낸 것이다. 그는 두려움에 떨며 거듭 실수만 저지르다가 완전히 당황해 버린다. 만약 그가 실제로 강도 짓 자체만을 하기 위해 살인했다면, 왜 그는 훔친 물건들에 대해서는 관심을 기울이지 않는 걸까? 만약 강도 짓을 하기 위한 것이 아니라면, 어쩌면 이 일은 어쩌다가 〈바보스럽게〉 저질러진 일에 불과한지도 모른다. 그렇다면 인본주의적인 동기라는 것도 구실에 불과하다. 그의 의식 속에서 일어난 사고의 이런 〈급변〉은 사흘간의 의식 불명 상태로 인해 더욱 강조된다. 주인공이 의식을 되찾았을 때, 그의 내면 속에는 옛 사람, 즉 〈인류의 친구이자〉 감수성이 예민한 사람의 모습은 이미 죽은 상태이다. 라스콜니코프는 무한한 고독감을 느끼지만 그것으로 인해 괴로워하지는 않는다.

> 그는 이 순간 모든 사람과 모든 것으로부터 자기 자신을 가위로 도려낸 것만 같은 느낌이 들었다.(169면)

사람들은 그에게 견딜 수 없는 존재가 된다. 라스콜니코프는 극도로 흥분해서 외친다.

> 「나를 내버려 둬! 나를, 모두 다! …… 언제쯤 나를 내버려 둘 거야, 이 고문자들아! 나는 너희들 따윈 두렵지 않아! 나는 아무도, 아무도 이젠 두렵지 않아! 저리 나가! 난 혼자 있고 싶어, 혼자 있고 싶다고! 제발!」(223면)

강한 개성, 악마처럼 교만하고 고독한 개성의 새로운 의식은 이렇게 해서 탄생된다. 공포와 소심함, 병은 사라진다. 주인공 속에 존재하는 무서운 에너지가 일깨워지고, 그는 사람들이 자신을 의심하고 있으며 자신의 뒤를 밟는다고 느끼면서도 환희를 느끼며 그 투쟁에 뛰어든다. 선술집에서 자묘토프를 만난 그는 그에게 대담한 도전장을 낸다.

> 「그런데 만일 노파와 리자베타를 죽인 사람이 바로 나라면 어떻게 하겠소?」(241면)

그는 〈참을 수 없는 쾌감이 뒤범벅된 어떤 동물적이고 신경질적인 감정〉을 느낀다. 그는 노파가 살던 아파트에 들어가서, 종을 울리고는 피에 대해서 물어본다. 그리고 그 집을 떠나면서 경비원에게 자신의 이름과 주소를 남긴다. 그의 내면에서 타기 시작한 새롭고 강력한 영혼은 그의 육체를 굴복시킨다. 〈본성〉의 저항은 꺾여 버린다. 경멸감을 느끼며, 무서운 것을 모르는 투사는 공포와 섭리에 대해서 회상한다. 그는 탄성을 지른다.

〈내겐 인생이 있다! …… 그 늙은 할망구와 함께 나도 죽은 것은 아니다! 천국에서 고이 잠드시길. 그걸로 된 거다. 노파도 이제 평안히 쉬셔야지! 이성과 빛의 왕국이 도래했다……. 의지와 힘의 왕국이 온 거야……. 어디 두고 보자! 한번 겨뤄 보자고!〉(274면)

그는 어떤 어두운 힘에 도움을 요청하고, 그 힘을 일깨우듯이 이렇게 오만불손하게 선언한다. 비극적인 주인공은 운명에 도전한다. 새롭고 〈강한 인물〉은 〈짐승과 같은 교활함〉을 부여받고, 전무후무한 대범함과 삶에의 강한 의지 그리고 악마적인 교만함을 얻게 된다.

제2막(제3부)은 강한 인물의 투쟁에 대한 막이다. 저자는 우리가 받은 이런 새로운 인상을 간접적인 인물 묘사의 방식으로 공고화시킨다. 라주미힌은 친구에 대해서 다음과 같이 말한다.

「제가 로댜를 안 지는 1년 반 정도가 되었습니다. 그는 어둡고 음울하고 오만하고 자존심이 강한 친구예요. …… 때로는 …… 냉정하고 비인간적이다 싶을 정도로 무정할 때가 있어요. 정말로 그에게는 두 가지의 서로 대립되는 성격이 교차하고 있는 것 같아요. …… 자기 자신을 굉장히 높게 평가하는데, 그게 또 전혀 근거 없는 것은 아니에요. …… 그는 그 누구도 사랑하지 않습니다. 어쩌면 앞으로도 영원히 그럴 겁니다.」(312~314면)

풀헤리야 알렉산드로브나는 폐병에 걸린 하숙집 여주인의 딸과 결혼하겠다던 아들의 환상적인 계획에 대해 말한다.

「그 애가 결혼을 강행하지 않은 것이, 내 눈물과 내 애원과 내 병과 그리고 괴로움에서 올지도 모를 내 죽음과 우리의 가난 때문이라고 생각하세요? 그 애는 그 모든 장애물을 아주 평온한 마음으로 뛰어넘었을 거예요.」(315면)

이렇게 첫 번째 성격과는 완전히 대조적인 라스콜니코프의 〈두 번째 성격〉이 밝혀진다. 즉 그는 어머니의 행복을 위해서 죄를 저질렀다고 하지만, 사실은 자기 스스로를 속이고 있다. 그는 변덕스러운 마음 때문에 어머니의 죽음마저 〈평온한 마음으로〉 뛰어넘을 수 있는 사람인 것이다.

주인공은 포르피리가 자신을 의심하고 있다는 사실을 깨닫고 그에게 도전장을 낸다. 그는 무위와 미지의 상태를 감당할 수 없다. 그는 〈서로의 힘을 가늠해 보는 것〉만으로는 참을 수 없다. 예심 판사와 처음 만났을 때 그는 〈비범인〉에 대한 자신의 사상을 서술한다.

「〈비범한〉 사람은 권리를 가지고 있다……. 즉 공식적인 권리가 아니라, 스스로 자신의 양심상…… 모든 장애를 제거할 수 있는 권리를 가졌다고 말한 것뿐입니다.」(377면)

라주미힌은 이 이론이 본질적으로 지니고 있는 공포스러운 부분을 간파한다.

「네가 한 모든 말 중에서 정말로 〈독창적인 것〉은, …… 내 생각에는 정말 무서운 일이지만, 어쨌거나 네가 〈양심상〉 유혈을

허용한다는 점이야.」(383면)

무서운 것은 라스콜니코프의 이론이 기독교적인 도덕관을 단순히 부정하고 있다는 점이 아니라, 그 자리에 다른 반기독교적인 도덕관을 세우고 있다는 점이다. 그에게는 〈피를 허용하는 나름대로의 양심〉이 있다. 오만한 악마는 고독한 위대함을 느끼며 슬퍼한다.

「내가 보기에 진정으로 위대한 사람들은 이 세상에서 위대한 슬픔을 느껴야 한다고 생각해.」(385면)

라스콜니코프는 이렇게 말한다. 인신(人神)의 모든 비극은 바로 이 짧은 말속에 표현되어 있다.
그 후 갑자기 좌절이 그의 뒤를 따른다. 포르피리와의 첫 만남 이후에 주인공은 완전한 자기 비하를 겪게 된다. 한 상인이 그에게 와서 〈조용하지만 또렷하고도 분명한 목소리로〉 그가 〈살인자〉라고 말한다. 과연 이 사람은 누구이며, 무엇을 보았는가? 그렇다면 물증이 있단 말인가? 그렇다면 그는 제대로 죽일 줄도 몰랐다는 말이 아닌가?

〈나 자신을 알고 있었으면서도, 《나 자신을 예감했으면서도》, 나는 어떻게 도끼를 들고 온몸에 피를 적실 수 있었을까!〉 (398면)

아니, 그는 강한 사람이 아니었다.

〈나는 어서 뛰어넘고 싶었다……. 나는 사람을 죽인 것이 아니라, 원칙을 죽인 것이다! 나는 원칙을 죽였지만, 도저히 그것

을 뛰어넘을 수가 없어서, 아직 이쪽에 남아 있는 것이다……〉 (399면)

자기 자신에 대한 의심과 자신의 힘에 대한 신뢰의 부족이 그의 수치스러운 연약함을 증명한다. 아니, 그는 나폴레옹이 아니라 〈살해당한 《이》보다도 더 추악하고 더러운〉, 〈미학적인 《이》〉에 불과한 것이다.

〈오, 저속함이여! 오, 비열함이여……! 오, 나는 칼을 들고 말을 탄 《선지자》의 심정을 아주 잘 이해할 수 있다. 알라신이 명하니, 복종하라. 《떨고 있는 피조물이여!》〉(401면)

위기는 무서운 꿈으로 완결된다. 라스콜니코프는 노파의 정수리를 도끼로 내리치지만, 노파는 고개를 숙인 채 〈온 힘을 다해 웃음이 터지려는 것을 자제하며 남에게 들리지 않도록 조용히 소리를 죽여 웃기〉 시작한다. 희생자는 살인자를 비웃는다. 희생자는 살아 있다. 그는 다시 한번 도끼를 내리치고 또 내리치지만, 그녀의 웃음소리는 더욱 커질 뿐이다. 〈그는 노파를 죽일 수 없다. 노파는 불멸의 존재인 것이다.〉 얼마 전만 해도 라스콜니코프는 조롱하듯이 그 노파와 다음과 같이 영원한 작별 인사를 나누었다.

〈노파도 이제 평안히 쉬셔야지!〉(274면)

그런데 지금은 그가 죽기라도 한 것처럼 사람들이 그의 주변에 몰려 있고, 죽은 노파는 살아 있다. 그는 살아 있는 사람들로부터 자기 자신을 〈마치 가위로 도려내듯이〉 떠나 버리지만, 그 노파와는 헤어질 수가 없다. 그들은 피로…… 영원히 결합되어 버린

작품 평론   861

것이다.

비극의 제3막(제4부)은 라스콜니코프의 투쟁이 절정에 이르는 부분이다. 겉으로 보기에는 주인공이 승리한 것 같지만, 속을 들여다보면 그의 승리는 승리가 아닌 패배이다. 그는 무서운 꿈을 꾸다가 잠에서 깨어난다. 그의 앞에는 그의 누이를 괴롭히던 스비드리가일로프가 서 있다. 라스콜니코프는 비극적일 정도로 분열되어 있다. 그에게는 〈두 개의 서로 대립되는 성격〉이 존재한다. 〈강한 사람〉은 몸부림을 치며, 그의 내면 속에 있는 〈휴머니스트〉와 싸우고, 〈원칙들〉과 〈이상들〉로부터 자유로워지려고 한다. 스비드리가일로프는 라스콜니코프와 같은 종류의 사람이지만, 이미 온갖 선입견으로부터 완전히 〈교정을 받은〉 사람이기도 하다. 그는 주인공이 앞으로 겪게 될 만한 운명들 중 하나를 구현하고 있다. 그들 사이에는 형이상학적인 유사점이 존재한다. 〈우리에게는 무언가 공통점이 있습니다……. 그래서 내가 우리는 같은 들판에 열린 딸기라고 했던 겁니다.〉 그들은 같은 길을 가고 있지만, 스비드리가일로프는 라스콜니코프보다 더욱 자유롭고 더욱 용감하며 갈 데까지 간 사람이다. 대학생은 〈한계를 뛰어넘어〉, 〈양심상 유혈을 허용하지만〉, 어쨌든 〈휴머니즘〉, 〈공의(公義)〉, 〈고원하고 아름다운 것〉을 계속해서 지지하고 있다.

스비드리가일로프는 라스콜니코프에게 영원한 삶이란 것이 그에게는 〈시골집의 목욕탕〉과 비슷한 것 같다고 말한다.

「만일 그곳에 거미들 혹은 그 비슷한 어떤 것밖에 없다면 어떨까요.」(423면)

라스콜니코프는 혐오감을 느끼며 묻는다.

「정말 당신 머리엔 좀 더 위안이 될 만하고, 지당한 다른 생

각은 전혀 떠오르지 않는단 말인가요!」(423면)

스비드리가일로프는 비웃는다. 살인자인 그가 공정성에 대해서 논할 수 있단 말인가! 그가 도덕성을 설교할 수 있단 말인가! 이 얼마나 위선적인 행동이란 말인가! 왜 라스콜니코프는 두냐를 모욕한 사람의 돈, 1만 루블을 그녀에게 전달해 주고 싶어 하지 않는 걸까? 〈목적은 수단을 정당화하지 않는가!〉 라스콜니코프는 낡은 도덕률을 폐기했지만 여전히 〈아름다움, 고상함, 강렬한 인류애적인 잡동사니〉에 얽매여 있다. 스비드리가일로프는 더 일관성이 있다. 그에게서 선과 악은 상대적이고, 모든 것은 허용되며, 모든 것에는 별 차이가 없다. 남아 있는 것이라고는 세계를 둘러싼 권태와 속악(俗惡)뿐이다. 그래서 그는 권태로움을 느낀다. 그는 할 수 있는 한 즐기려고 한다. 그래서 그는 사기도박도 하고, 감방에도 들어가고, 3만 루블의 돈을 갚기 위해 자기 자신을 부인에게 팔기도 한다. 그리고 어쩌면 열기구를 타고 하늘을 날아갈지도 모르고, 북극 탐험을 하러 떠날지도 모른다. 그에게는 다른 세계의 파편들인 유령이 나타나지만, 이 또한 얼마나 추악한 일인가! 스비드리가일로프의 권태는 심리적인 것이 아니라 형이상학적인 것이다. 극단은 서로 일맥상통하며, 선과 악에는 차이가 없으니, 남은 것은 어리석은 무한성과 무차별과 무의미함뿐이다. 스비드리가일로프는 악한이 아니다. 그는 관대하게 두냐를 풀어 주고 돈을 나눠 주며, 마르멜라도프의 가족들을 도와준다. 그는 악행에서 자신의 자유를 시험하고, 그 자유에 한계가 있다는 것을 발견하지 못한다. 두냐에 대한 사랑은 일시적으로 그를 사로잡는다. 그는 권태로 말미암아 자살한다. 초인은 사람들 사이에서 할 일이 없는 것이다. 그의 힘은 출구를 찾지 못하고 스스로를 파멸시키고야 만다.

스비드리가일로프는 색욕가이다. 그는 자신이 저지른 무서운 범죄들 때문에 양심에 괴로움을 느낀다. 그 범죄란 부인을 살해한 일, 하인 필리프가 자살한 일, 그에 의해 능욕당한 14세 소녀가 자살한 일들이다. 그는 더럽고 음탕한 삶을 사랑하지만, 그의 양심은 평온하며 〈혈색마저 좋다〉. 그는 라스콜니코프의 어두운 분신으로서 그의 옆에 서 있다. 그는 주인공의 악몽에서 파생된, 즉 그의 꿈에서 나온 인물이다. 주인공은 라주미힌에게 묻는다.

「너 그 사람을 본 게 확실한 거야? 정말 제대로 봤어? ······ 음 ······ 그게 아니라면······ 나는 이런 생각이 들었어······. 아직도 그런 생각이 들어······. 이 모든 게 환상일 수도 있다는 생각 말이야.」(430면)

이반 카라마조프도 그처럼 악몽을 꾼 다음, 알료샤에게 방문객을 보았느냐고 묻는다. 스비드리가일로프는 라스콜니코프의 〈악마〉이다.

분신과의 만남은 주인공의 의식 변화에 새로운 단계로 작용한다. 자신의 패배를 인정한 다음(〈나는 나폴레옹이 아니라, 《이》다〉) 그는 현실 감각을 잃기 시작한다. 그는 비몽사몽간에 꿈과 현실을 구분하지 못한다(스비드리가일로프의 출현). 이제 플롯은 대단원을 향해 달려간다.

스비드리가일로프와의 장면은 소냐와의 장면에 대립된다. 악한 천사에 선한 천사가 대립되고, 〈거미줄로 가득 찬 목욕탕〉은 라자로의 부활과 대립된다. 스비드리가일로프는 라스콜니코프에게 악마적인 삶의 길이 그를 허무의 권태로 이끌어 준다고 말한다. 소냐는 딴 길을 보여 주며, 〈내가 길이다〉라고 말하는 이의 형상을 비춰 준다. 다만 〈기적〉만이 살인자를 구할 수 있으므로, 소냐는 그 기적이 일어나기만을 간절히 기도한다. 스비드리가일로프와의 대화처럼 소냐와의 대화도 형이상학적인 방향으로 흘러간다. 희생의 무의미함과 동정의 무익함, 파멸의 피할 수 없음에 대한 주인공의 논지에 대해 소냐는 〈기적에 대한〉 믿음으로 대답한다.

「하느님이 그런 무서운 일은 절대로 허락하지 않으실 거예요……!」……「그래요? 어쩌면 하느님은 안 계실지도 모르잖소.」(469~470면)

라스콜니코프는 그녀가 괴로워하는 모습을 즐기기라도 하듯이 이렇게 대답한다. 그는 갑자기 소냐에게 복음서에 나오는 〈라자로에 대한 이야기〉를 읽어 달라고 부탁한다. 소냐는 읽는다. 그녀는 〈이 사람, 마찬가지로 눈이 멀어서 믿지 않는 이 사람 역시도 이제 듣게 될 것이고, 그 역시 이제 믿게 될 것이다. 그렇다, 그렇다! 이제 곧!〉이라고 믿는다. 낭독이 끝나자 라스콜니코프는 다음과 같은 자신의 무언의 질문에 해답을 얻는다.

〈어떻게 된 셈일까? 혹시 그녀는 기적을 기다리고 있는 것은 아닐까? 틀림없이 그럴 것이다. 이 모든 것이 정말 발광의 징후들은 아닐까?〉(473면)

기적은 일어나지 않는다. 살인자는 여전히 부활을 믿지 않고, 소냐가 나홀 만의 부활을 믿는 것은 미쳤기 때문이라고 생각한다.
그는 소냐를 〈위대한 죄인〉이라고 부른다. 그리고 그녀 역시 그와 마찬가지로 저주를 받은 여자라고 생각한다.

「당신은 자기 몸에 손을 댔고, 스스로를 죽여 버렸어요……. 〈자기 생명〉을 말이죠. (어차피 마찬가지야!)」(482면)

이 무서운 말, 괄호 안의 〈어차피 마찬가지야〉라는 말은 악마적인 거짓이자 증오로 가득 찬 말이다. 친구들을 위해서 자신의 영혼을 희생하는 것이 가까운 사람의 영혼을 죽이는 것이나 마찬가지의 행동이라고 보다니! 소냐는 공포를 느끼면서 묻는다.

「그럼 어떻게 해야 해요, 어떻게?」 …… 「어떻게 하느냐고요? 부숴야 할 것은 단번에 때려 부수어 버려야 해요, 그러면 돼요. 그리고 고통을 스스로 짊어지는 거예요! 뭐라고? 이해하지 못하겠다고요? 나중에 이해하게 되겠지……. 자유와 권력, 그중에서도 중요한 것은 권력입니다! 떨고 있는 모든 피조물들과 모든 개미 군단들에 대한 권력……!」(483면)

복음서의 낭독은 악마적인 오만함을 폭발시킨다. 부활에 파괴가 대립되고(모든 것을 부숴야 한다), 순종에 권력욕이, 신인(神人)의 얼굴에 인신(人神)의 형상이 대립된다.

포르피리 페트로비치와의 두 번째 결투는 범죄자의 오만한 도전으로부터 시작된다. 그는 〈형식을 갖춘 신문〉을 요구한다. 예심 판사는 살인을 저지른 이후의 그의 행동을 자세히 분석하고 그의 실수들을 열거하며 〈그가 심리적으로 도망칠 수 없다〉고 증명한다. 신문을 당하는 사람의 증오심은 매 순간마다 증폭된다.

「당신은 거짓말을 하고 있어!」(510면)

그는 절규한다.

「이 저주받을 어릿광대 같으니! …… 너는 거짓말을 하면서 나를 조롱하고 있는 거야. 내가 스스로 정체를 폭로하도록……」(513면)

그러나 갑자기 반전이 일어난다. 포르피리는 그를 상인과 대질시킴으로써 그가 살인자임을 폭로하려고 하지만, 갑자기 칠장이인 니콜라이가 라스콜니코프를 대신하여 자기가 노파를 살해했다고 자백한다. 라스콜니코프는 예심 판사의 함정과 그가 말하는 〈서로 다른 끝을 가리키는 심리학〉을 비웃는다.

〈이제부터 또다시 싸워 보자.〉(526면)

그는 오만하게 외친다.
제4막(제5부)은 대단원에 이르기 전에 플롯의 진행이 늦추어지는 부분이다. 제4막의 대부분은 마르멜라도프의 추도식 장면에 할애된다. 소냐와의 두 번째 만남에서는 강한 인간의 자의식이 마지막으로 조명된다. 휴머니즘에 입각한 범죄 동기의 〈잔재〉는 경멸스럽게 버려진다.

「나는 그냥 죽였어요. 나 자신, 나 한 사람을 위해서 죽인 거예요.」(616면)

라스콜니코프는 이렇게 선언한다. 그는 경험을 통해 자기 개성의 수수께끼를 풀려고 했던 것이다.

「나는 그때 알고 싶었던 거예요, 어서 알고 싶었어요. 다른 사람들처럼 내가 〈이〉인가, 아니면 인간인가를 말이에요. 내가 선을 뛰어넘을 수 있는가, 아니면 넘지 못하는가! 나는 벌벌 떠는 피조물인가, 아니면 권리를 지니고 있는가……」(616면)

그는 인간 〈무리〉에 대해 엄청난 경멸감을 느낀다. 〈벌벌 떠는 피조물〉은 강철 같은 의지의 명령에 복종해야만 한다. 강한 사람은 세계의 질서에 대항하여 일어난다.

「어떻게 지금까지 이 불합리한 세상을 헤쳐 나가면서 꼬리를 붙잡아 던져 버릴 사람이 단 한 명도 없었을까, 그리고 왜 지금도 그러지 못하는가라는 생각이 태양처럼 명백하게 떠오른 거예요! 그래서 나는…… 내가 감행하고 싶었어요. 그래서 죽였어요…….」(614면)

라스콜니코프는 지하 생활자의 반항을 계승하고, 대심문관에게 독재의 길을 열어 준다. 힘의 도덕률은 폭력의 철학으로 발전한다. 초인은 지상의 공작으로서 적그리스도임이 판명된다. 라스콜니코프는 경멸 어린 말투로 결론을 내린다.

「난 나폴레옹이 되고 싶었죠. 그래서 죽였어요…….」(609면)

그는 자신의 실수를 인정한다. 자기가 권력을 잡을 권리를 지니고 있다는 사실에 대해 의심하는 사람은 그 권리를 지니지 못한 것이며, 그러므로 그는 다른 사람들과 마찬가지로 〈이〉라는 사실이 인정되는 것이다.

「내가 과연 노파를 죽인 걸까요? 나는 나 자신을 죽였어요.」(616~617면)

소냐는 말한다.

「하느님은 당신에게 벌을 내려 악마에게 내어 주신 거예요……!」(614면)

살인자는 기꺼이 그러한 설명을 받아들인다.

「악마가 나를 유혹했어요. …… 노파를 죽인 것은 악마이지, 내가 아니에요……」(616~617면)

오, 그러나 지금 그에게 자기의 패배가 누구 탓인지, 신의 탓인지 아니면 악마의 탓인지에 대한 문제는 아무 상관이 없는 일이다. 그가 만일 〈이〉라면 누군가가 그를 조롱했다는 사실을 인정하지 못할 이유가 어디 있겠는가? 소냐는 그에게 대지에 입 맞추고 자신의 죄를 고백함으로써, 〈고통을 받아들이고 죄를 속죄하라〉고 명한다. 그러나 그는 그 어떤 고통도 속죄도 믿지 않는다. 소냐의 사랑은 그의 마음속에 〈쓰디쓴 증오심〉만을 불러일으킬 뿐이다. 그는 자수할 것이다. 그렇지만 그것은 그가 〈겁쟁이이고 비열한〉이기 때문에 그러는 것이다. 그는 결단코 온순해지거나 회개하게 되지는 않을 것이다. 다시 그의 마음속에는 교만한 마음이 폭발한다.

「어쩌면 나는 〈아직〉 사람이지, 〈이〉가 아닌지도 몰라요. 너무 조급하게 자신을 비난했어요……. 나는 〈아직은 더〉 싸워 볼 거예요.」(618면)

힘과 권력에 대한 자신의 이론을 그는 거절하지 못한다.

소냐는 이런 음울한 교리 문답이 그의 믿음이자 법률이었음을 깨달았다.(614면)

제5막(제6부)은 대단원이다. 작가는 두 명의 〈강한 개성〉, 라스콜니코프와 스비드리가일로프의 파멸을 평행적으로 묘사한다.

살인자는 자신의 종말을 예감한다. 그는 반쯤 의식을 잃은 채 아무런 목적도 없이 거리를 헤매는가 하면, 선술집에 앉아 있기도 하고 관목 숲에서 잠을 자기도 한다…….

〈나는 출구가 없는 답답한 공간에서 숨을 허덕이고 있었다.〉 (656면)

포르피리 페트로비치의 방문은 그의 이런 긴장감을 풀어 준다. 예심 판사는 〈범죄의 모든 심리적인 과정〉을 분석하고, 그에게 역사적인 규정을 내려 준다.

「이건 환상적이고 암울한 사건, 현대적인 사건, 인간의 마음이 혼미해진 시대, 피가 〈맑아진다〉느니 하는 말이 인용되고, 편안함이야말로 인생의 전부라고 선전되는 우리 시대의 사건입니다. 이 사건에는 탁상공론, 이론에 자극을 받은 심리가 보입니다.」(670~671면)

라스콜니코프는 숨을 겨우 몰아쉬며 물어본다.

「그렇다면…… 누가…… 죽인 거지요?」(671면)

포르피리 페트로비치는 예기치 못한 질문에 깜짝 놀란 듯이 의자의 등받이로 몸을 젖힌다.

「뭐라고요? 누가 죽였느냐고요……?」 그는 자신의 귀를 못 믿겠다는 듯이 되받아 물었다. 「〈당신〉이 죽인 겁니다, 로디온 로마노비치! 당신이 죽였어요…….」(671~672면)

〈강한 개성〉의 패배 이후에는 그 개성의 폭로가 뒤따른다. 포르피리 페트로비치는 스비드리가일로프로 대치된다. 포르피리 페트로비치가 라스콜니코프의 이론적 실수를 증명했다면(탁상공론), 스비드리가일로프는 그의 도덕적인 위선을 드러내 준다.

「그런 말이 아닙니다. 그 소리가 아니에요. …… 아니, 내 말은 당신이 계속 한숨만 내쉰다는 말입니다! 당신 속에서 끊임없이 실러가 혼동을 일으키고 있어요. …… 문에서 엿듣는 건 안 되지만, 자기만족을 위해서 아무거나 손에 잡히는 물건으로 노파를 죽이는 건 된다고 확신한다면, 어서 어디든 미국으로라도 떠나십시오! 도망을 치세요, …… 이해합니다. …… 당신이 지금 어떤 문제로 괴로워하고 있는지는 나도 잘 알고 있습니다. 도덕적인 문제이지요? 시민과 인간으로서의 문제이지요? 그런 것들일랑 옆으로 치워 버리세요. 지금 그런 게 무슨 소용입니까? 흐흐! 여전히 시민이고 인간이기 때문에? 그렇다면 그렇게 주제넘게 나설 필요도 없었지요. 공연스레 남의 일에 손댈 필요도 없었던 겁니다.」(715면)

분신-스비드리가일로프는, 분신-악마가 이반 카라마조프를 웃음거리로 만들듯이 라스콜니코프를 조롱한다. 이 두 존재는 강한 인간의 자기 자신에 대한 의구심을 구현해 주는 형상들이다. 주인공에게는 권총 자살을 하든지, 경찰서에 출두하는 것 외에는 다른 길이 없다. 그는 자살할 용기가 없어서 자수하고야 만다. 그러는 이유는 그가 회개했기 때문이 아니라 소심하기 때문이다. 그의 죄에 합당한 징계는 〈불필요한 수치〉와 〈의미 없이 당하는 고통〉이 된다. 그는 경멸 어린 어조로 이렇게 말한다.

〈과연 어떤 과정을 거쳐서 마침내는 내가 생각도 없이 그들

모두 앞에 고개를 숙이고, 마음속 깊은 신념으로부터 굴복하는 일이 생기게 될 것인가!〉(767면)

독기에 가득 차고 기분이 우울한 라스콜니코프는 십자가를 받기 위해 소냐를 찾아온다.

「이건 십자가를 진다는 것의 상징이로군요, 호호!」(770면)

그의 웃음은 신성 모독적이다. 그것은 치욕적인 파멸로 자신을 보내는 소냐에 대한 증오심의 발현이기도 하다……. 그는 그녀가 〈민중들에게 절하라〉고 한 말을 상기하고는 네거리에서 무릎을 꿇지만, 〈내가 죽였다〉고는 말하지 못한다. 경찰서에 들어가서도 그는 그냥 되돌아 나온다. 마당에서 소냐를 보고 나서야 그는 다시 경찰서로 돌아가 마침내는 선언한다.

「〈바로 제가 그때 고리대금업자 노파와 그의 여동생 리자베타를 도끼로 살해하고 돈을 훔친 사람입니다.〉」(783면)

7

라스콜니코프의 비극은 에필로그로 완결된다. 범죄자는 감옥에서 1년 반을 보내고, 소냐는 그의 뒤를 따라 시베리아까지 가지만, 그는 그녀를 〈경멸하듯이 거친 태도로 괴롭힌다〉. 그가 변했을까? 아니다, 그는 여전히 똑같은 모습으로 고독하고 음울하며 오만하다.

그는 자신을 엄격하게 재판했지만, 그의 굳은 양심은 자신이 저지른 지난 사건에서 모든 사람들에게 일어날 수 있는 실책 이외에는 다른 어떤 특별히 무서운 범죄도 발견할 수 없었다. 그는 자기가 저지른 범죄를 뉘우치지 않았다.

⟨나의 행동의 어디가 그들에게는 추악하게 여겨지는 것일까?⟩(800면)

그는 자문자답한다.

⟨그것이 악행이라는 것 때문에?《악행》이라는 단어의 의미는 무엇인가? 나의 양심은 편안하다.⟩(800면)

⟨나의 양심은 편안하다⟩라는 말 속에는 라스콜니코프의 마지막 진실이 순간적으로 드러나 있다. 그는 실제로 초인으로서 패배당하지 않는 승자인 것이다. 그는 자신의 힘을 시험해 보고 싶었던 것이다. 그리고 자신의 힘이 무한하다는 사실을 깨닫고는 ⟨한계를 뛰어넘어⟩ 보고 싶은 마음에 그것을 뛰어넘는다. 그는 도덕률이 그에게 적용되지 않는다는 사실, 자신이 선과 악의 저편에 서 있다는 사실을 증명하고 싶었던 것이다. 그렇기 때문에 그의 양심은 편안하다. 그는 ⟨사람들과의 고립이 그를 괴롭혔기 때문에⟩ 파멸한 것이 아니다. 오, 아니다, 그는 자신의 오만한 고독을 사랑한다. 그는 ⟨신경이 견뎌 내지 못했기 때문에⟩,⟨본성이 항복했기 때문에⟩ 파멸한 것이다. 바로 이것이 황당무계한 일이다.

그에게 힘이 조금만 더 충분했더라면. 포르피리가 그를 ⟨두려움이 없는 전사⟩라고 생각한 것은 근거 없는 일이 아니었다. 스비드리가일로프도 그에게 이렇게 말한다.

「당신도 상당한 냉소주의자로군요. 적어도 그럴 소지가 아주 많아요. 당신은 많은 걸 인식할 수 있습니다, 많은 걸…….

그리고 많은 것을 실행할 수도 있고요.」(711~712면)

라스콜니코프가 파멸한 것은 포르피리가 〈서로 다른 양 끝을 가리키고 있는 심리학〉으로 그를 포위했기 때문도 아니다. 그는 포르피리를 두려워하지 않는다. 그는 감옥에 와서야 자신이 파멸한 이유를 깨닫는다.

> 그는 자신, 즉 라스콜니코프라는 사람이 맹목적인 운명의 판결에 의해서 이렇게 맹목적으로 희망도 없이, 소리도 없이, 어리석게 파멸당했다는 사실이, …… 부끄러웠던 것이다.(799면)

이런 특징이 그의 위대한 형상을 완결 짓는다. 강한 사람에게는 걸맞는 맞수가 존재하지 않는다. 그의 유일한 적은 운명이다. 라스콜니코프는 〈비극적인 주인공처럼 맹목적인 운명과의 싸움〉에서 파멸한다. 그런데 어떻게 작가가 『캇코프』와 같은 온건한 잡지에 새로운 사람에 대한 대담한 진실을 60년대 독자들에게 보여 줄 수 있었을까? 그는 이 진실을 지혜로운 덮개로 가려야 했다. 그러나 그는 이를 〈막이 끝날 무렵에야〉 서둘러서 부주의하게 해치워 버리고 만다. 병이 완쾌된 다음, 주인공은 감옥에서 소냐의 발아래 몸을 던진다……. 그리고 사랑한다.

> 이 병들어 창백한 얼굴에서는 이미 새로워진 미래의 아침노을, 새로운 삶을 향한 완전한 부활의 서광이 빛나고 있었다. 그들을 부활시킨 것은 사랑이었고,(808면)

작가는 조심스럽게 덧붙인다.

> 이제까지는 전혀 몰랐던 …… 시작되고 있다.(810면)

소설은 주인공의 〈갱생〉에 대한 막연한 예견으로 끝을 맺는다. 이 예견은 약속일 뿐이지 독자에 의해 확인되는 사실은 아니다. 우리는 이 〈경건한 거짓말〉을 믿기에는 라스콜니코프에 대해 지나치게 많은 것을 알고 있다.

8

『죄와 벌』은 현대 소설의 형식 속에 고대 비극의 예술적 방법들을 부활시키고 있다. 라스콜니코프의 이야기는 프로메테우스가 운명에 반항하는 전투에서 겪게 되는 비극적인 주인공의 파멸의 신화를 새롭게 구현하고 있다. 그러나 위대한 기독교도 작가인 도스토옙스키에게서 신화의 형이상학적인 의미는 깊이를 알 수 없을 정도로 심오해진다. 작가는 러시아 민중들로 하여금 〈강한 인간〉에 대해 마지막 판결을 내리게 한다. 유형수들은 라스콜니코프를 증오한다. 한번은 그들이 미칠 듯이 화를 내면서 한꺼번에 그를 공격한다.

「넌 불신자야! 넌 하느님을 믿지 않아!」 그에게 소리쳤다. 「너 같은 놈은 죽어야 해.」(802면)

민중의 심판은 소설의 종교적인 사상을 표현하고 있다. 라스콜니코프의 〈마음은 흐려져서〉 신을 믿지 않게 된다. 도스토옙스키에게서 무신앙은 피할 수 없이 인신(人神)으로 가게 되어 있다. 만일 신이 없다면 내가 곧 신인 것이다. 〈강한 사람〉은 신으로부터 해방되기를 갈구하고, 마침내는 그것을 얻어 낸다. 그의 자유는 무한한 것으로 판명된다. 그러나 그 무한성 속에 그의 파멸이 숨겨져 있다. 신으로부터의 자유는 곧 순전한 악마주의라는 것이 판명된다. 그리스도를 부인한다는 것은 곧 운명의 노예가 되는 것이다. 도스토옙스키는 무신앙이 지닌 자유의 길을 추적하면서, 독자를 자신의 종교관으로 이끌어 간다. 그리스도 안에서의 자유 이외에 다른 자유란 없으며, 그리스도를 믿지 않는 자는 운명에 의해 지배당하고 만다는 것이다.

『죄와 벌』 줄거리

결말을 미리 알고 싶지 않은 독자들은 나중에 읽어 주시기 바랍니다.

1860년대 7월의 찌는 듯이 무더운 어느 날, 법학을 전공하는 휴학생인 라스콜니코프는 러시아의 수도 페테르부르크의 거리를 걷고 있다. 그는 이상한 사상에 경도되어 어떤 노파를 살해하기 위한 계획에 골몰해 있다. 그는 자신의 살해 계획이 추악하고 비열하다는 사실을 알고 있지만, 선을 위해 악을 행하는 것을 그 스스로에게 허용한다.

그는 범행을 위해 노파의 전당포에 갔다가 집으로 돌아오던 길에 선술집에 들르게 되고, 가족을 부양하기 위해 창녀가 되어 버린 맏딸 소냐와 가족들의 이야기를 주정 부리며 하고 있는, 알코올 의존자인 퇴역 관리 마르멜라도프를 만나게 된다. 라스콜니코프는 만취한 마르멜라도프를 부축하여 그의 집에 가게 되고, 거기서 가난과 폐병, 알코올 의존증으로 신음하는 가정의 참상을 목격하게 된다.

다음 날 라스콜니코프는 어머니에게서 온 편지를 받는다. 편지에서 그는 자신의 여동생인 두냐가 가정 교사로 일하고 있던 집의 가장인 스비드리가일로프로부터 음탕한 제안을 받고 억울하게 쫓겨난 사연과, 우여곡절 끝에 루진이라는 신랑감을 만나게 된 사실을 알게 된다. 두냐는 변호사업에 종사하는 재산가인 루진이 법학도인 라스콜니코프의 장래에 큰 도움이 될 수 있으리라는 기대감 때문에 그와 결혼하려는 것이다. 이 사실을 간파한 라스콜니코프는 두냐의 결혼을 통해 가난을 면하고 자신의 성공을 도모하는 것은 마르멜라도프의 가족이 소냐를 창녀로 만들어 연명해 나가는 것과 다를 바 없다고 생각하고, 그 결혼을 결코 승낙할 수 없다고 생각한다. 그러나 그 결혼을 막을 수는 있지만, 자신이 어머니와 두냐를 부양할 능력이 없다는 것을 깨닫자, 그는 더욱 고뇌하게 된다. 상념에 젖어 거리를 헤매던 그는 센나야 광장에서 자신이 살해 대상으로 지목한 고리대금업자인 알료나 이바노브나의 유일한 여동생이자 동거인인 리자베타가 다음 날 저녁 7시경에 집을 비운다는 사실을 우연히 알게 된다.

다음 날 신열에 들뜬 상태로 누워 있던 그는 저녁 7시가 지났다는 사실을 깨닫자, 마치 누군가가 외부에서 그를 조종하고 있는 것처럼 살인 준비에 착수한다. 그는 도끼를 끼울 올가미를 만들고, 노파에게 보여 줄 가짜 전당품을 만든다. 그리고 도끼도 우연히 경비실에서 발견한다. 그는 어느 누구에게도 들키지 않고 노파의 아파트로 잠입해 들어가 노파를 살해하고 전당품과 돈 몇 푼을 훔친다. 그러나 때마침 일을 마치고 집으로 돌아온 리자베타를 본 순간 그녀마저 살해하게 된다. 그는 다시 우연과 요행의 도움으로 아무에게도 들키지 않고 범죄 현장에서 도망친다. 집으로 돌아온 그는 정신을 잃고 쓰러진다.

다음 날 정신을 차린 그는 경찰서에서 소환장을 받는다. 그는 자신의 범죄 사실이 발각된 것은 아닐까 걱정하지만, 경찰이 그를 소환한 이유는 그가 몇 개월째 방세를 내지 않자, 집주인이 그가 써준 차용 증서를 가지고 고소했기 때문이다. 이 사실을 알고 안도한 그는 용무를 마치고 경찰서에서 나오려고 하지만, 경찰들 사이에서 오가는 노파 살인 사건에 대한 이야기를 듣고는 졸도하고 만다. 이 일 때문에 그는 경찰서장과 부서장, 사무관의 의심을 사게 된다. 졸도에서 깨어난 그는 훔친 돈과 전당품들이 방 안 구석의 벽지 뒤에 그대로 있다는 것을 상기하고 그것을 버리기 위해 강가로 나간다. 그러다가 그는 그 물건들을 어떤 집 마당 한구석에 박혀 있던 바위 밑에 숨겨 버린다. 그러고는 자신이 미래의 원대한 계획을 위해 훔쳤던 물건들을 그렇게 쉽게 강에 던져 버리려 했다는 사실에 경악한다. 그는 라주미힌을 찾아가 번역거리를 받지만, 그것마저 내던져 버리고 집으로 돌아와 열병을 앓기 시작한다.

그는 라주미힌의 도움을 받아 병석에서 일어나지만, 언제 경찰이 그를 덮칠지 모른다는 초조감 때문에 오히려 그 스스로가 불나방이 불꽃으로 뛰어들듯이 범죄 현장을 찾아가거나, 사건을 맡은 예심 판사 포르피리에게 가서 자신을 의심하고 있는지 떠보기조차 한다. 라주미힌을 비롯한 그의 가족들은 그가 경찰로부터 의심을 받았다는 사실에 크게 자존심이 상한 나머지 신경이 예민해져 발병했다고 생각하지만, 예리한 관찰력을 가지고 있던 포르피리는 라스콜니코프가 예전에 기고한 논문을 읽고서, 그가 충분히 살인을 저지를 만한 인물임을 간파한다. 그래서 그는 라스콜니코프를 심리적으로 압박하기 시작한다.

한편, 마르멜라도프는 술에 취한 채 마차에 치여 중상을 입었는데, 우연히 이 사고 현장을 목격한 라스콜니코프가 그의 임종을 도와준다. 이때 그는 소냐를 보게 된다. 그리고 소냐가 도움에 대한 감사를 표시하고 돌아가신 아버지의 추도식에 와줄 것을 부탁하러 왔을 때, 라스콜니코프는 자신이 그녀를 찾아가겠다고 약속한다. 그의 어머니와 두냐는 루진과의 결혼을 위해 페테르부르크로 오는데, 라스콜니코프는 두냐의 결혼을 완강하게 반대하고, 결국 두냐는 루진과 오빠 중 한 사람을 선택해야 하는 갈림길에 서게 된다. 루진마저 오빠와 관계를 단절해야만 결혼할 수 있다고 암시하고 나섰기 때문이다. 결국 두냐는 두 사람을 화해시키기 위한 자리를 만들지만, 루진은 속물근성과 뻔뻔스러움만을 더욱 드러낼 뿐, 화해하려는 기색을 전혀 보이지 않는다. 루진의 본색을 철저히 파악한 두냐는 루진과 결별하게 되고, 두냐를 처음 본 순간부터 깊이 연모하고 있던 라스콜니코프의 사람 좋은 친구 라주미힌은 두냐 가족과 함께 단란하게 살아갈 꿈에 가슴이 부푼다. 그러나 라스콜니코프는 살인자로서 자신이 이미 평범한 삶을 영위할 수 없다는 사실을 깨닫고, 절망감을 가지고 소냐를 찾아간다. 그는 자신의 비참한 현실을 깊은 신앙심으로 극복하고, 그가 살해한 리자베타와도 신앙적인 면에서 깊이 교제하고 있었던 소냐에게 〈라자로의 부활〉 장면을 읽어 달라고 청하고, 그녀는 그를 위해 낭송해 준다. 라스콜니코프는 소냐의 순수한 영혼에 마음이 끌리며, 다음에 만났을 때 누가 리자베타를 살인했는지를 알려 주겠다고 말한다.

한편, 옆방에서는 스비드리가일로프가 두 사람의 대화를 엿듣고 있다. 그는 아내 마르파 페트로브나가 죽은 후, 두냐를 다시 한번 유혹하기 위해 페테르부르크로 온 것이다. 인간이 지니고 있는 모든 선악의 개념을 뛰어넘은 그는 극도의 허무감 속을 헤매고 있는 공허한 인간이다. 〈비범인이라면, 선을 위해서는 어떠한 악도 행할 수 있다〉는 사상을 지닌 라스콜니코프의 분신이기도 하다. 스비드리가일로프는 라스콜니코프를 보자마자 서로가 닮았음을 간파하고 친근감을 나타내지만, 라스콜니코프는 알 수 없는 두려움을 느낀다. 스비드리가일로프는 라스콜니코프가 소냐에게 범죄 사실을 고백하는 소리마저 엿듣는다. 그리고 이것을 미끼로 두냐를 위협하여 그녀와 다시 관계를 맺고자 하지만 두냐가 완강하게 거부하자, 스비드리가일로프는 완력으로든지 돈으로든지 두냐의 마음을 살 수 없다는 사실을 깨닫는다. 두냐에게서 영혼의 마지막 구원처를 보았던 그는 깊이 절망하고, 결국 자살하고 만다.

  라스콜니코프의 고백을 들은 소냐는 그가 더럽힌 대지에 속죄의 키스를 하고 경찰에 가서 자수할 것을 강권한다. 포르피리는 아무런 물증이 없지만 라스콜니코프가 범인이라는 깊은 심증을 지니고 그를 찾아와, 만약 자수한다면 사상 때문이 아니라 가난과 병 때문에 우발적으로 살인을 저지른 것으로 해주겠다고 약속한다. 더구나 칠장이 니콜라이가 노파를 살해했다고 자백한 마당에 그가 자수를 하는 것은 대단히 유리한 상황이라고 말해 준다. 자살이냐 자수냐의 기로에서 고민하던 라스콜니코프는 결국 소냐의 격려를 받으며 경찰서에서 자신의 죄를 자백한다.

  결국 포르피리는 약속대로 모든 정황을 라스콜니코프에게 유리하게 만들어 주고, 라스콜니코프가 행했던 선행들도 속속들이 드러나면서 그는 죄에 비해 가벼운 8년의 시베리아 유형을 선고받게 된다. 두냐와 라주미힌은 결혼하여, 스비드리가일로프의 아내인 마르파 페트로브나로부터 물려받은 3천 루블을 밑천으로 시베리아에서 사업을 벌이기로 계획한다. 라스콜니코프의 어머니는 아들의 사정을 모른 채 혼자서 괴로워하다가 열병으로 세상을 떠난다. 소냐는 계모인 카테리나 이바노브나가 죽자, 스비드리가일로프에게서 받은 돈으로 이복 동생들의 양육 문제를 해결하고, 라스콜니코프를 따라 시베리아로 떠날 준비를 한다. 라스콜니코프는 유형 생활을 하면서도, 자신이 위대한 인물이 되지 못하고 범인으로서의 한계를 극복하지 못한 것에 대해서만 스스로를 자책할 뿐, 진정 자신의 죄를 깨닫지 못한다. 그러나 그는 결국 소냐의 지극한 사랑과 그의 내면에서 속삭이는 양심의 소리 덕분에 어렴풋이 자신의 죄를 서서히 깨닫기 시작하고, 소냐가 준 성서를 통해 새로운 사람으로 부활할 준비를 한다.

요약 홍대화

도스토옙스키 연보

1790년 아버지 미하일 안드레예비치 도스토옙스키, 우니아트교 사제의 아들이며 포돌리야의 귀족 가문의 자손으로 태어남. 모스크바의 내외과(內外科) 아카데미에 들어가 1812년 조국 전쟁 때 부상자들을 돌봄. 1819년에 마리야 네차예바와 결혼.

1820년 첫아들 미하일 태어남. 아버지 미하일 도스토옙스키는 군대에서 제대한 후 모스크바에 있는 자선 병원의 주치의 자리를 얻음.

1821년 출생 10월 30일[현재의 그레고리우스력(曆)으로는 11월 11일] 부모가 살고 있던 모스크바의 마린스키 자선 병원의 부속 건물에서 둘째 아들 표도르 미하일로비치 도스토옙스키 태어남. 11월 4일 마린스키 병원 근처, 상트페테르부르크 페트로파블롭스크 성당에서 어린 표도르에게 세례를 줌. 표도르란 이름은 그의 대부이자 외조부인 표도르 네차예프(1769~1832)에게서 물려받은 것으로 보임.

1822년 1세 12월 5일 여동생 바르바라 태어남.

1825년 4세 3월 15일 남동생 안드레이 태어남.

1829년 8세 7월 22일 쌍둥이 여동생이 태어나나 그중 동생인 베라만 살아남음.

1831년 10세 여름, 아버지 미하일 도스토옙스키가 툴라 지방의 다로보예 영지를 사들임. 8월 농부 마레이 사건 발생(『작가 일기』 1876년 2월 호에

이 사건을 소재로 한 단편 「농부 마레이」 발표). 12월 13일 남동생 니콜라이 태어남.

1832년 11세　4월 어머니 마리야 표도로브나, 세 아들을 데리고 다로보예 영지로 감. 6월 도스토옙스키 부부, 다로보예 옆에 있는 주민 1백여 명의 체레모시냐 마을을 사들임. 9월 도스토옙스키, 어머니와 형제들과 모스크바로 돌아옴.

1833년 12세　1월 형 미하일과 드라슈소프가 운영하는 사설 학교에서 반(半) 기숙사 생활. 4월 4일 부활절 주간에 소유지가 화재로 잿더미가 됨. 도스토옙스키 부부, 여름 내내 피해 복구.

1834년 13세　여름, 다로보예에서 지내면서 월터 스콧의 작품 탐독. 10월 도스토옙스키와 형 미하일, 체르마크가 경영하는 중등 과정의 기숙 학교에 들어감.

1835년 14세　7월 25일 여동생 알렉산드라 태어남.

1837년 16세　1월 29일 단테스 남작과의 결투로 푸시킨 사망. 이 소식에 온 러시아가 충격에 휩싸임. 2월 27일 도스토옙스키의 어머니 마리야 사망. 봄, 도스토옙스키 갑작스러운 후두염과 목소리 상실로 고생함. 이 병은 그를 평생 따라다님. 5월 아버지와 형 미하일 그리고 표도르 도스토옙스키, 수도 페테르부르크로 1주일간 마차 여행(모스크바와 페테르부르크 두 도시 간의 철도는 1851년에 개통됨). 두 형제는 페테르부르크로 가서 중앙 공병 학교의 입학을 목표로 K. F. 코스토마로프가 경영하던 기숙 학교에 들어감. 아버지와 두 형제 작별 이후 더 이상 만나지 못함. 7월 1일 도스토옙스키의 아버지, 건강상의 이유로 퇴역한 후 아직 어린 두 딸과 시골로 들어감. 9월 두 형제가 공병 학교에 응시하나 표도르 혼자 합격(형 미하일은 신체검사 결과 불합격).

1838년 17세　1월 16일 공병 학교에 입학. 6월 페테르부르크 근처에서 야영 생활. 돈이 떨어져서 아버지에게 서신으로 줄기차게 돈을 요구함.

1839년 18세　6월 6일 도스토옙스키의 아버지, 다로보예 농노들에게 살해당함.

1840년 19세　11월 29일 하사관으로 임명됨. 군 생활을 지겨워함. 호프만, 실러, 빅토르 위고, 셰익스피어, 라신, 괴테의 책을 읽음.

1841년 20세　8월 소위보로 진급됨. 미완성으로 남아 있는 두 편의 희곡, 「마리 스튜어트Marie Stuart」와 「보리스 고두노프Boris Godunov」를 씀. 알렉산드리야 극장을 자주 드나들며 발레와 음악회를 감상함.

1842년 21세　8월 육군 소위가 됨.

1843년 22세　8월 공병 학교를 졸업하고 공병국 제도실에서 근무. 9월 친구 리젠캄프 박사가 살고 있는 아파트에 자리 잡음. 박사의 환자들과 알게 됨. 돈이 떨어져 P. 카레핀에게 돈을 요구. 12월 발자크의 소설 『외제니 그랑데Eugénie Grandet』(1834년판) 번역. 형 미하일에게 공병 학교 친구들과 더불어 번역 작업할 것을 제의함.

1844년 23세　2월 재정 상태가 극도로 안 좋아짐. 유산 관리인으로부터 일시금을 받고, 토지와 농노에 대한 상속권을 방기함. 8월 제대 신청. 10월 19일 제대함. 『가난한 사람들Bednye liudi』 집필 시작.

1845년 24세　1월 『가난한 사람들』 처음부터 다시 쓰기 시작. 3월 소설 『가난한 사람들』 끝냄. 4월 세 번째로 전체 수정. 5월 원고를 친구 그리고로비치Grigorovich에게 읽어 줌. 그리고로비치가 이 글을 가지고 네크라소프Nekrasov에게 뛰어감. 네크라소프, 열광하여 그다음 날로 유명 평론가 벨린스키에게 보임. 작품이 성공을 거둠. 여름, 레벨에 있는 형의 집에서 기거하며 두 번째 중편소설 『분신Dvoinik』에 착수함. 11월 하룻밤 만에 「아홉 통의 편지로 된 소설Roman v deviati pis'makh」을 씀. 벨린스키와 투르게네프가 도스토옙스키의 절도 없는 생활을 비난함. 12월 벨린스키의 집에서 열린 문학 모임에서 『분신』을 낭독함.

1846년 25세　1월 24일 『페테르부르크 선집Peterburgskii sbornik』에 『가난한 사람들』을 발표. 2월 두 번째 작품인 『분신』을 『조국 수기Otechestvennye zapiski』에 발표. 봄, 페트라솁스키를 알게 됨. 여름, 레벨에 있는 형 집에서 「프로하르친 씨Gospodin Prokharchin」 집필. 10월 5일 게르첸을 알게 됨. 『여주인Khoziaika』과 『네토치카 네즈바노바Netochka Nezvanova』를 쓰기 시작. 가벼운 간질 증세. 10월 「프로하르친 씨」를 잡지 『조국 수기』에 발표함.

1847년 26세 1월 소설 「아홉 통의 편지로 된 소설」을 잡지 『동시대인 Sovremennik』에 발표함. 1~3월 벨린스키와 절연함. 6월 「페테르부르크 연대기 Peterburgskaia letonisi」를 신문 『상트페테르부르크 통보 Sankt-Peterburgskie vedomosti』에 발표함. 7월 7일 센나야 광장에서 갑작스러운 첫 번째 간질 발작. 7월 15일 페테르부르크 근교에서 도스토옙스키의 절친한 친구이자 시인인 B. 마이코프가 뇌졸중으로 인해 익사함. 가을 『가난한 사람들』이 단행본으로 나옴. 10~12월 『여주인』을 『조국 수기』지에 발표함.

1848년 27세 5월 28일 비사리온 벨린스키 사망. 가을 페트라솁스키와 스페시네프와 화해하고, 그들의 사회주의 이론에 흥미를 느낌. 12월 페트라솁스키의 집에서 푸리에주의와 공산주의에 관한 강연을 들음.

• 『조국 수기』에 발표한 작품들: 「남의 아내 Chuzhaia zhena」(1월), 「약한 마음 Slavoe serdtse」(2월), 「폴준코프」, 『닳고닳은 사람 이야기』(1장 「퇴역 군인」, 2장 「정직한 도둑」, 후에 1장은 완전히 삭제하고 제목도 「정직한 도둑 Chestnyi vor」으로 바꿈), 「크리스마스트리와 결혼식 Iolka i svad'ba」, 「백야 Belye nochi」(12월), 「질투하는 남편」(「질투하는 남편」을 12월 『조국 수기』에 발표했으나, 1월에 발표한 「남의 아내」와 합쳐 「남의 아내와 침대 밑 남편」으로 개작함).

1849년 28세 연초에 페트라솁스키 친구들 집에서 금요일마다 열리는 문학 모임에 참석. 1~2월 『조국 수기』에 「네토치카 네즈바노바」 일부 발표(4월 체포로 인해 작업이 중단됨). 4월 7일 푸리에의 탄생일 기념으로 〈페트라솁스키 모임〉에서 점심 식사. 4월 15일 페트라솁스키 집에서 열린 한 모임에서 도스토옙스키는 〈절대 왕정의 입장을 신봉했다는 이유로 고골을 비난하는 내용을 담은〉 벨린스키의 편지를 두 번째로 읽음. 4월 23일 고발에 의해 새벽 5시에 체포당함. 9월 30일 재판 시작. 11월 13일 벨린스키의 〈사악한〉 편지를 퍼뜨린 죄목으로 사형을 선고받음. 12월 22일 세묘놉스키 광장에서 사형수들의 형을 집행하기 직전, 황제의 특사로 형 집행이 중단되고 강제 노동형으로 감형됨.

1850년 29세 1월 11일 토볼스크에 도착하여 12월 당원(데카브리스트) 아내들의 방문을 받음. 그중 폰비진의 아내는 그에게 10루블짜리 지폐가 표지에 숨겨진 복음서를 몰래 건네줌. 1월 23일 옴스크에 도착하여 4년을 지냄. 이 기간 동안 가족에게 편지 쓰기를 금지당한 채 혹독하고 비참한 수용소 생활을 견뎌 냄.

1854년 33세 2월 중순 출옥. 2월 22일 감옥 생활을 묘사한 편지를 형에게 보냄. 3월 2일 시베리아 전선 세미팔라틴스크에 주둔 중인 제7대대에 배치됨. 봄에 세무관 이사예프와 알게 됨. 그의 부인에게 반함. 이 기간에 투르게네프, 톨스토이, 곤차로프, 칸트, 헤겔 등의 서적을 탐독함. 11월 21일 세미팔라틴스크에 검찰관으로 임명된 브란겔 남작과 가까운 친구가 됨.

1855년 34세 2월 18일 니콜라이 1세 사망. 8월 4일 세무관 이사예프 사망. 12월 브란겔, 세미팔라틴스크를 떠남.

• 이해에 『죽음의 집의 기록 Zapiski iz miortvogo doma』을 쓰기 시작.

1856년 35세 브란겔, 상트페테르부르크에서 도스토옙스키의 사면을 위해 활동함. 11월 26일 마리야 드미트리예브나 이사예바가 오랜 망설임 끝에 도스토옙스키의 청혼을 승낙함.

1857년 36세 2월 6일 마리야 드미트리예브나 이사예바와 결혼. 4월 17일 이전의 권리(세습 귀족 신분)를 되찾음. 8월 감옥에서 구상하고 집필에 들어갔던 「꼬마 영웅 Malenkii geroi」이 『조국 수기』에 M이라는 익명으로 실림. 12월 간질 증세로 인해 군 복무를 계속할 수 없다는 진단을 받음.

1858년 37세 봄, 캇코프에게 편지를 보내 『러시아 통보 Russkii vestnik』지에 중편소설 게재를 요청함. 캇코프 받아들임. 6월 19일 형 미하일이 정치와 문학 잡지 『시대 Vremia』지의 출판 허가를 요청함. 9월 30일 미하일, 잡지 출판 허가받음. 10월 31일 돈 떨어짐. 중편 두 편과 장편 한 편을 씀.

1859년 38세 3월 18일 하사관으로 제대함. 3월 『아저씨의 꿈 Diadiushkin son』이 『러시아 말 Russkoe slovo』지에 실림. 4월 11일 소설 『스테판치코보 마을 사람들 Selo stepantikovo』을 캇코프에게 보냄. 7월 2일 세미팔라틴스크를 떠나 트베리로 감. 8월 19일 트베리 도착. 8월 28일 형 미하일이 도착하여 며칠간 동생과 함께 지냄. 도스토옙스키, 상트페테르부르크에서 거주

할 허가를 얻기 위해 교섭. 트베리에 싫증을 냄. 10월 6일 네크라소프, 『동시대인』지에서 『스테판치코보 마을 사람들』 출판에 동의함. 도스토옙스키는 『죽음의 집의 기록』 집필 구상. 11월 상트페테르부르크 거주를 허가받음. 그러나 평생 비밀경찰의 감시를 받게 됨. 12월 상트페테르부르크에 도착(10년 만의 귀환). 며칠 후 스트라호프Strakhov와 알게 되고 친구가 됨. 후에 그는 도스토옙스키의 공식 전기를 쓰게 됨. 11~12월 『스테판치코보 마을 사람들』이 『조국 수기』지에 실림.

1860년 39세 봄, 여배우 A. I. 시베르트의 집에 드나들며 그녀의 남동생 내외와도 알게 됨. 3~4월 〈문학 기금〉을 위한 두 편의 연극에 참여(고골의 「검찰관Revizor」과 「코Nos」). 9월 『러시아 세계Russkii mir』지(67호)에 『죽음의 집의 기록』 연재 시작. 11월 검열 당국은 『죽음의 집의 기록』의 불온한 표현들을 삭제한다는 조건으로 이 책의 출판을 허가함. 가을 형과 함께 문학 서클 〈편집자들의 모임〉 결성. 당대의 유명 인사들이 대거 참여.

• 도스토옙스키의 작품들이 두 권의 책으로 나옴.
1권: 『가난한 사람들』, 『네토치카 네즈바노바』, 「백야」, 「정직한 도둑」, 「크리스마스트리와 결혼식」, 「남의 아내와 침대 밑 남편」, 「꼬마 영웅」. 2권: 『아저씨의 꿈』, 『스테판치코보 마을 사람들』.

1861년 40세 3월 3일(구력 2월 19일) 농노 해방령이 시행됨. 7월 『상처받은 사람들Unizhennye i oskorblionnye』 마지막 손질. 『시대』지에 기고. 9월 『상처받은 사람들』 출판 허가. 이해에 많은 작가와 관계를 맺음. 그중에는 곤차로프, 오스트롭스키, 살티코프셰드린도 있음.

• 『상처받은 사람들』이 두 권의 단행본으로 출간됨.

1862년 41세 1월 『죽음의 집의 기록』의 두 번째 부분이 『시대』지에 실림. 1월 16일 『죽음의 집의 기록』의 단행본을 내기 위해 바주노프와 계약. 5월 온천에 가기 위해 통행증 신청. 5월 16일 상트페테르부르크에서 화재 발생, 15일간 계속되어 1천여 개의 상점이 잿더미가 됨. 도스토옙스키, 크게 놀람. 6월 7일 처음으로 외국 여행. 6월 8~26일 베를린, 드레스덴, 프랑크푸르트, 쾰른, 파리 등을 여행. 7월 초 런던에 가서 게르첸 만남. 〈도스토옙스키가 어제 나를 만나러 왔습니다. 그는 순수하고, 그다지 명석하지는 않지만 매력 있는 사람입니다. 그는 러시아 민족을 열광적으로 믿고 있습니다.〉(1862년 7월 17일 게르첸이 오가료프Ogarev에게 보낸 편지) 7월 7일 체르니솁스키Chernyshevskii가 체포되어 페트로파블롭스크 감옥에 감금됨. 7월 8일 도스토옙스키, 파리로 돌아가기 전 게르첸에게 자신의 서명이 든 사진을 선물함. 7월 15일 쾰른으로 갔다가 라인강을 거쳐 스위스로, 그 후 이탈리아로 감. 12월 『시대』지에 『악몽 같은 이야기Skvernyi anekdot』를 발표함.

1863년 42세 2월 『시대』지에 「여름 인상에 대한 겨울 메모Zimnie zametki o letnikh vpechatleniakh」 연재됨. 4월 『시대』지, 스트라호프가 1월에 발생한 폴란드인의 무장봉기 실패에 관해서 폴란드인에게 유리한 기사를 실었다는 이유로 4호로 발행 정지됨. 5월 『시대』지 출판 금지당함. 8월 외국으로 떠남. 8월 14일 파리에 도착하여 다음 날 먼저 와 있던 수슬로바와 만남. 둘의 관계가 악화되고, 그는 노름판에서 돈을 잃음. 9월 수슬로바와 이탈리아로 출발. 바덴바덴에서 머물다가 투르게네프를 만남. 노름판에서 3천 프랑을 잃음. 바덴바덴을 떠나 토리노로 감. 그다음 제네바로 가서 도스토옙스키는 시계를, 수슬로바는 반지를 저당 잡힘. 그 후 제네바, 로마, 리보르노로 여행. 9월 17일 로마의 성 베드로 대성당 방문. 9월 18일 포룸 산책. 스트라호프에게 편지를 보내 『노름꾼Igrok』에 대한 이야기와 돈이 궁한 사정을 호소함. 스트라호프는 도스토옙스키가 토리노로 가기 전, 그에게서 〈독서를 위한 총서〉의 편집자가 되겠다는 약속을 받아 냄. 10월 수슬로바와 나폴리 체류. 그곳에서 게르첸 가족을 만남. 그 후 토리노로 돌아옴. 10월 8일 수슬로바와 헤어짐. 수슬로바는 파리로 떠남. 도스토옙스키는 함부르크로 가서 도박을 하고 돈을 잃음. 수슬로바에게 편지를 보내 350프랑을 받음. 이 시기에 『노름꾼』과 『지하로부터의 수기Zapiski iz podpol'ia』 쓰기 시작. 10월의 마지막 10일 동안 러시아로 돌아감. 11월 형 미하일, 내무부 장관 발루예프에게 『시대』지를 다른 이름으로 낼 수 있게 해달라고 요청함.

1864년 43세 1월 발루예프, 형 미하일에게 『세기Epokha』지 출판 허가 내줌. 3월 21일 『세기』지 첫 호 나옴. 3~4월 『지하로부터의 수기』를 『세기』지에 발표. 4월 4일 〈오전 문학 모임〉에서 『죽음의 집의 기록』의 일부를 낭독함. 4월 14~15일 아내 마리야 드미트리예브나의 건강 상태 악화. 새벽 4시에 병자 성사. 낮 동안 각혈 계속됨. 저녁 7시에 숨을 거둠. 4월 16일 죽은 아내의 머리맡에서 수첩에 자신의 반성을 적음. 〈아내 마샤는 탁자 위에서 쉬고 있다. 마샤를 다시 볼 수 있을까?〉 4월 말 페테르부르크로 돌아감. 7월 10일 아침 7시, 파블롭스크에서 형 미하일 사망. 그의 아내가 『세기』지 발간을 계속해 나갈 것을 허가받음. 9월 25일 친구 아폴론 그리고리예프 사망함.

• 『죽음의 집의 기록』이 두 권의 독일어판으로 라이프치히 출판사에서 나옴.

1865년 44세 3월 31일 친구 브란겔에게 아내의 죽음을 알리는 편지를 씀. 〈그녀는 나를 무척이나 사랑했지. 그리고 나도 그녀를 한없이 사랑했네. 그런데 우린 이제 함께 행복을 나눌 수 없게 됐어……. 내 삶은 갑자기 둘로 나뉘어 버렸어.〉 이 시기에 코르빈 크루콥스카야 부인, 후에 유명한 수학자가 된 소피야 코발렙스카야와의 우정이 시작됨. 4~5월 코르빈 크루콥스카야 부인에게 청혼하나 거절당함. 5월 10일 외국 여행을 위해 여권 신청. 6월 『세기』지 2호에 「악어Krokodil」 연재(〈기이한 사건 혹은 아케이드에서의 돌발적 사건〉이라는 제목으로 연재 시작). 『세기』지, 재정난으로 발행 중단(통권 13호). 여름에 출판업자 스텔롭스키와 계약을 맺고 자기의 모든 작품을 양도하고 1866년 11월 1일까지 일정 페이지의 새 소설을 탈고하겠다고 약속함. 계약을 이행하지 못할 경우 스텔롭스키는 보조금 지급 없이 이후의 모든 작품에 대한 저작권을 가지기로 함. 도스토옙스키, 3천 루블을 받고 모든 작품의 저작권을 팔아 버림. 7월 말 비스바덴에 도착. 8월 3일 투르게네프에게 편지를 보내 노름판에서 거액을 잃은 사실을 알리고 1백 탈러를 보내 달라고 부탁함. 수슬로바, 도스토옙스키를 만나러 비스바덴으로 감. 8월 8일 50탈러를 부쳐 주어서 고맙다는 편지를 투르게네프에게 씀. 9월 밀류코프에게 편지를 보내 어디든 상관없으니 중편소설을 팔아 당장 8백 루블을 보내 달라고 부탁하지만 허탕. 〈나는 호텔에 묵고 있습니다. 빚이 불어나서 위협을 받고 있습니다. 그리고 한 푼도 없는 실정입니다.〉 밀류코프는 〈독서를 위한 총서〉, 『동시대인』, 『조국 수기』지에 요청하지만 모두 그가 요구하는 선불금을 거절함. 캇코프에게 『죄와 벌Prestuplenie i nakazanie』의 구상을 알리는 편지의 초안 작성. 편지에 소설의 줄거리 묘사. 10월 코펜하겐에 도착하여 친구 브란겔의 집에서 10일을 보냄. 15일 상트페테르부르크로 돌아옴. 11월 2일 수슬로바를 만나 다시 청혼함. 11월 8일 브란겔에게 보낸 편지에서 돌아온 첫 주에 세 차례의 간질 발작이 있었음을 알림. 캇코프가 그에게 선불금 지급. 11월 말 『죄와 벌』 초고를 태워 버림. 〈새 형식, 새 플롯이 내 마음을 사로잡아 나는 모두 다시 시작했다.〉 (1866년 2월 18일 브란겔에게 보낸 편지)『죄와 벌』을 쓰는 동안 센나야 광장 근처로 자주 산책 나감. 어느 날 술 취한 군인이 다가와 목에 걸고 있던 십자가를 팔겠다고 해 그 십자가를 사서 목에 걸고 다님. 1867년 외국으로 떠날 때 상트페테르부르크에 놓고 갔으며 이후 없어짐.

• 도스토옙스키의 전집이 작가의 검토와 보충을 거쳐 스텔롭스키 출판사에서 나옴.
1권:「여주인」,「프로하르친 씨」,「약한 마음」,『죽음의 집의 기록』,『가난한 사람들』,「백야」,「정직한 도둑」. 2권:『상처받은 사람들』,『지하로부터의 수기』,「악몽 같은 이야기」,「여름 인상에 대한 겨울 메모」 등.
도스토옙스키의 여러 단편과 중편이 같은 출판사에서 단행본으로 나옴. 『가난한 사람들』,「백야」,「약한 마음」,「여주인」,「프로하르친 씨」 등.『죽음의 집의 기록』의 세 번째 판이 검토를 거치고 새 장들이 추가되어 나옴.

1866년 45세 1월『죄와 벌』,『러시아 통보』지에 연재 시작(12월 호로 완결). 1월 14일 고리대금업자 포포프와 그의 하녀 노르만이 대학생 다닐로프에게 살해되고 금품을 강탈당함. 도스토옙스키는『백치Idiot』를 쓰며 이 사건을 숙고함. 3~4월『동시대인』지에『죄와 벌』에 대한 비호의적인 평이 실림. 4월 4일 러시아 황제 알렉산드르 2세에 대한 카라코조프의 암살 계획. 도스토옙스키는 이 사건에 깜짝 놀람. 여름을 여동생의 가족이 사는 곳에서 가까운 모스크바의 교외 지역인 류블리노에서 보냄.『노름꾼』의 줄거리와 『죄와 벌』 5부 작업.『러시아 통보』의 편집자 캇코프에게 부도덕한 장면이라고 지적당한 2부의 6장을 수정해야 했음(라스콜니코프와 소냐가 복음서를 읽는 장면). 9월 카라코조프에 대한 재판과 판결. 도스토옙스키는 작가노트와『악령』의 도입부에서 이 재판에 대해 언급함. 10월 스텔롭스키에게 약속한 소설을 제때에 끝내기 위해 속기사를 고용하기로 결심함. 10월 3일 저녁때 안나 그리고리예브나 스닛키나Anna Grigorievna Snitkina가 찾아와 속기사로 일하겠다고 함. 그다음 날『노름꾼』구술 시작. 29일에 끝냄. 30~31일 원고 정서함. 11월『노름꾼』원고를 스텔롭스키에게 가져감. 스텔롭스키는 자리에 없고 그의 서기가 원고를 거절함. 도스토옙스키는 출판사 부근의 경찰서에 소설을 맡김. 11월 3일 어머니 집에 있는 안나 그리고리예브나를 방문함. 그리고『죄와 벌』마지막 부분을 속기해 달라고 부탁함.

11월 8일 안나 그리고리예브나에게 청혼. 그녀의 수락. 이달 말 도스토옙스키는 하나뿐인 외투를 저당 잡혀 쪼들리는 친척들을 도움.

• 도스토옙스키 전집 제3권 나옴(스텔롭스키 출판사).
수록 작품: 『노름꾼』, 『분신』, 「크리스마스트리와 결혼식」, 「남의 아내와 침대 밑 남편」, 「꼬마 영웅」, 「네토치카 네즈바노바」, 『아저씨의 꿈』, 『스테판치코보 마을 사람들』. 스텔롭스키 출판사에서 단편, 중단편 들이 단행본으로 나옴. 『분신』, 『지하로부터의 수기』, 『노름꾼』, 「크리스마스트리와 결혼식」, 「악어」, 「악몽 같은 이야기」 등.
『상처받은 사람들』 세 번째 개정판과 『스테판치코보 마을 사람들』의 세 번째 판이 같은 출판사에서 나옴.

1867년 ⁴⁶세 2월 15일 저녁 7시, 삼위일체 대성당에서 도스토옙스키와 안나 그리고리예브나의 결혼식. 3월 30일 도스토옙스키와 그의 아내 모스크바에 도착. 듀소 호텔로 감. 모스크바에서 보석상 카밀코프가 양갓집 아들 마주린에게 살해당하는 사건이 발생. 도스토옙스키는 이 범죄 사건을 『백치』의 마지막에 이용함. 4월 도스토옙스키 부부, 외국으로 갈 계획 세움. 4월 12일 안나 그리고리예브나, 돈을 빌리기 위해 개인 물품을 저당 잡힘. 빌린 돈의 일부를 도스토옙스키 가족에게 줌. 4월 14일 도스토옙스키 부부, 외국으로 떠나 4년 넘게 체류. 안나 그리고리예브나 일기 쓰기 시작. 4월 17~18일 베를린 체류. 4월 19일 드레스덴에 도착, 미술관에서 라파엘로의 「마돈나」 감상. 책 사들임. 5월 4일 도스토옙스키, 룰렛 게임을 하러 함부르크로 출발. 5월 5일 도박을 하여 처음엔 땄으나 그 후 거액을 잃고 아내에게 여러 차례 돈을 요구하지만 이 돈마저 잃음. 5월 15일 드레스덴으로 돌아옴. 5월 25일 알렉산드르 2세에 대한 폴란드 이민자 베레조프스키의 암살 음모. 파리 체류. 6월 디킨스, 위고를 읽음. 베토벤, 바그너의 음악회 감상. 이달 여러 번의 간질 발작을 일으킴. 6월 21일 도스토옙스키 부부, 바덴바덴으로 떠남. 이후 룰렛 게임을 계속함. 6월 28일 투르게네프를 만나러 감. 러시아와 서양의 관계에 대한 생각 차이로 말다툼. 7월 10일 도박으로 마지막 남은 돈을 잃음. 물건을 저당 잡힘. 7월 16일 도벨린스키에 대한 기사 쓰기 시작. 8월 11일 도스토옙스키 부부, 제네바로 떠남. 바젤에 들러 미술관 방문. 8월 13일 제네바 도착. 8월 28일 가리발디와 바쿠닌의 협력으로 제네바에서 평화와 자유 연맹의 첫 번째 회의 열림. 도스토옙스키,

여러 회의에 참석. 9월 도박으로 또 손해를 봄. 제네바에 싫증을 냄. 경제 사정 매우 악화. 10월 『백치』 집필. 도박으로 돈을 잃음. 물건을 저당 잡힘. 12월 6일 『백치』의 최종 원고 작업 돌입. 〈내 소설의 주요 생각은 지극히 완전한 사람을 그리는 데 있다.〉

• 『죄와 벌』 수정판이 두 권으로 바주노프 출판사에서 나옴.

1868년 47세 2월 22일 딸 소피야 태어남. 3월 10일 한 가족 전체(6명)가 탐보프에서 살해되는 사건 발생. 16세의 고등학생이 용의자로 지목됨. 도스토옙스키는 이 사건을 『백치』 2부에 이용함. 도박 계속. 5월 12일 어린 딸 소피야 죽음. 9월 밀라노 도착. 성당에 감. 11월 피렌체로 출발. 그곳에서 겨울을 남.

• 『러시아 통보』지에 『백치』 게재.

1869년 48세 봄, 러시아의 친구들과 활발한 서신 교환. 무신론에 관한 소설을 구상. 7월 프라하에서 사흘을 보낸 다음 베네치아, 볼로냐를 거쳐 드레스덴으로 돌아감. 9월 14일 딸 류보프 출생. 11월 21일 모스크바에서 혁명 운동가 네차예프를 지도자로 하는 〈민중의 복수〉라는 혁명 단체가 불복종을 이유로 농학과 학생 이바노프를 암살함(소위 네차예프 사건). 도스토옙스키는 이 사건을 주의 깊게 연구하여 후에 『악령 Besy』에 이용함.

1870년 49세 봄, 니힐리즘에 대한 〈악의적인 것〉 작업(『악령』). 6~8월 프랑스-프로이센 전쟁. 도스토옙스키, 자기 일기와 서신에 유럽의 사건들에 대해 언급.

• 『오로라 L'Aurore』에 『영원한 남편 Vechnyi muzh』 실림. 『죄와 벌』, 전집 제4권으로 나옴(스텔롭스키 출판사).

1871년 50세 1월 『러시아 통보』지에 『악령』 연재 시작. 3~5월 파리 코뮌. 도스토옙스키의 편지와 『미성년 Podrostok』의 작가 노트에서 이 사건을 반영했음을 밝힘. 4월 비스바덴에 가서 룰렛 게임. 돈을 잃고 아내에게 편지를 써서 다시는 도박을 하지 않겠다고 약속함. 러시아가 그리워져서 다시 돌아갈 생각을 함. 7월 1일 네차예프의 재판. 재판의 내용이 『악령』 2부와 3부에서 이용됨. 7월 5일 드레스덴을 떠나 페테르부르크 도착. 7월 16일 페테르부르크에서 아들 표도르 태어남.

• 바주노프 출판사에서 〈동시대 작가 총서〉의 하나로 『영원한 남편』이 단행본으로 나옴.

1872년 51세 4~5월 딸 류보프의 팔이 부러짐. 도스토옙스키, 트레티야코프에게 주문받은 초상화를 그리기 위해 피로프의 모델이 됨. 5월 15일 여름을 지내기 위해 스타라야 루사로 떠남. 며칠 후 딸의 잘 낫지 않는 팔을 수술하기 위해 페테르부르크로 다시 돌아옴. 10월 30일 『시민 *Grazhdanin*』지에서 도스토옙스키와 공동 작업할 것임을 알림. 11~12월 안나 그리고리예브나, 『악령』을 직접 출판하기 위해 교섭. 도스토옙스키, 『시민』지의 편집 일을 맡음. 12월 말 도스토옙스키, 『시민』지 1호에 『작가 일기』 제1장 원고 조판 작업. 독감과 폐기종으로 고생하기 시작.

1873년 52세 1월 1일 『시민』지 제1호가 나옴. 편집장을 맡음. 1월 7일 키르기스 대표단이 겨울 궁전으로 알렉산드르 2세를 접견하러 감. 검열 당국의 사전 허가를 받지 않은 점을 변명하기 위해 도스토옙스키도 따라감. 포베도노스체프(성무권의 담당 검사관)가 왕위 계승자 알렉산드르 알렉산드로비치에게 편지와 『악령』 견본 보냄. 2월 26일 안나 그리고리예브나가 출판한 『악령』 판매를 시작함. 2월 27일 슬라브 자선 단체의 회원으로 뽑힘. 6월 11일 검열법 위반으로 25루블의 벌금형과 48시간의 구류(키르기스 대표단 사건) 처분받음. 6월 15일 시인 튜체프 사망. 그에 대한 글을 『시민』지에 기고함.

• 『악령』이 세 권의 단행본으로 나옴. 정치적, 연대기적, 문학적 기사와 중편소설, 일상생활을 묘사한 『작가 일기』가 『시민』지에 연재됨. 『작가 일기』(『시민』지 제6호)에 단편 「보보크」가 실림.

1874년 53세 1월 『백치』, 두 권의 단행본으로 나옴. 3월 11일 『시민』지 10호에 기고한 글 「러시아에 사는 독일인들에 대한 비스마르크 공(公)의 생각과 관련된 두 단어」로 잡지는 첫 번째 경고를 받음. 3월 21일과 22일 센나야 광장의 보초에게 체포당함. 이때 『레 미제라블』을 다시 읽음. 4월 22일 건강상의 이유로 『시민』지의 편집장직 사퇴. 그러나 기고는 중단하지 않음. 6월 4일 스타라야 루사를 떠나 엠스에 온천 요법을 받으러 감. 6월 12일 엠스에 도착. 독감에 걸림. 엠스에 싫증을 냄. 〈엠스가 너무 싫은 나머지 감옥이 더 나을 것 같다.〉 푸시킨을 다시 읽고 『미성년』 작업. 7~8월 제네바에 가서 딸 소피야의 무덤에 감. 8월 10일 스타라야 루사로 돌아옴. 이곳에서 겨울을 나기로 결심함. 10월 12일 네크라소프에게 보낸 편지에서 『조국 수기』지에 소설 『미성년』이 실릴 것이라고 알림.

1875년 54세 4월 9일 안나 그리고리예브나, 쿠르스크 지방에 있는 남동생 아내의 땅을 소작하기로 남동생과 합의. 5월 26일 도스토옙스키, 엠스로 떠남. 처음 왔을 때와 같은 참기 힘든 인상을 받음. 「욥기」를 읽음. 7월 7일 스타라야 루사로 돌아옴. 8월 10일 아들 알렉세이 태어남. 12월 길에서 일곱 살의 어린 거지와 자주 만나며 그의 생활에 관심을 가지고 질문을 함. 현대의 부모들과 아이들에 관한 소설 구상. 12월 27일 비행 청소년을 위한 감화원 방문. 12월 31일 개인 잡지 『작가 일기』의 발행 허가가 내려짐.

• 『죽음의 집의 기록』 제4판이 두 권의 책으로 나옴. 『미성년』이 『조국 수기』(1~12월 호)에 실림.

1876년 55세 1월 월간 『작가 일기』 제1호 발행. 단편 「예수의 크리스마스트리에 초대된 아이」 발표. 2월 『작가 일기』 2월 호에 단편 「농부 마레이」 발표. 3월 영적 경험. 『작가 일기』 3월 호에 단편 「백 살의 노파」 실림. 5월 18일 안나 그리고리예브나, 남동생에게 스타라야 루사에 집을 한 채 사놓으라고 시킴. 7월 도스토옙스키, 엠스로 떠남. 그곳에서 의사는 〈죽으려면 아직도 멀었다〉고 안심시킴. 10월 도스토옙스키가 『작가 일기』에서 말한 계모 코르닐로바의 재판이 열림. 그는 죄수를 두 번 방문함. 『작가 일기』는 점점 더 풍부한 통신란이나 다름없게 됨. 11월 도스토옙스키는 포베도노스체프의 충고에 대해 『작가 일기』의 별책들을 유명해지게 할 것을 제안. 『온순한 여자Krotkaia』 집필, 『작가 일기』 11월 호에 발표. 12월 6일 카잔 광장에서 대학생들의 시위와 난투극. 『작가 일기』에서 이 사건을 상세히 다룸.

• 『미성년』이 세 권의 단행본으로 나옴. 『작가 일기』 계속 발간.

1877년 56세 봄, 스타라야 루사에 안나 그리고리예브나의 동생 명의로 집을 사들임. 4월 러시아 황제의 성명. 러시아 군대가 튀르키예 영토에 진입. 도스토옙스키는 성명을 읽고 카잔 성당에 감. 4월 22일 코르닐로바의 두 번째 재판에 참석함. 피고는 무죄 석방됨. 검사는 처음 선고는 『작가 일기』의 기사에 따라 취소되었다고 말함. 『작가 일기』 4월 호에 단편 「우스운 사람의 꿈」 발표. 도스토옙스키 가족, 여름을 안나 그리고리예브나의 남동생 소유지에서 보냄. 7월 『안나 카레니나』 8부가 단행본으로 나옴. 전쟁에 대한 톨스토이의 반체제적 견해 때문에 거부되었던 책으로 『러시아 통보』지의 편집부에서 펴냄. 도스토옙스키, 그 책을 구입. 7월 19일 쿠르스크 지방으로 떠남. 어린 시절을 보낸 다로보예로 감. 12월 27일 시인 네크라소프 사망. 충격에 싸인 도스토옙스키는 밤을 새워 죽은 시인의 시를 낭독함. 12월 29일 연말 공식 회의에서 도스토옙스키가 과학 아카데미 러시아 문헌 분과의 객원 회원으로 뽑혔음을 알려 옴. 12월 30일 네크라소프 장례식에서 간단한 연설을 함.

• 『작가 일기』 계속 발간. 『죄와 벌』 4판이 두 권으로 나옴. 『우스운 사람의 꿈』이 『시민』에서 나옴. 『온순한 여자』가 『상트페테르부르크 신문』에 프랑스어로 번역됨. 단행본으로도 나옴.

1878년 57세 연초 도스토옙스키, 매달 문학인 협회가 주관하는 저녁 모임 참가. 3월 베라 자술리치의 재판. 베라는 정치범을 하찮은 이유로 채찍질한 트레포프 경찰국장을 저격. 도스토옙스키, 재판 방청. 5월 16일 세 살의 어린 아들 알렉세이 도스토옙스키, 갑작스러운 간질 발작으로 죽음. 아들이 죽은 후 그는 자주 블라디미르 솔로비요프를 만남. 6월 23일 솔로비요프와 함께 러시아 영성의 중심지 중 하나인 옵티나 수도원에 감. 암브로시 장로와 두 번의 대화. 그로부터 『카라마조프 씨네 형제들 Brat'ia Karamazovy』의 영감을 얻음. 12월 계획을 세우고 『카라마조프 씨네 형제들』의 첫 부분 씀. 12월 14일 『상처받은 사람들』의 넬리 이야기를 자선 문학의 밤 모임에서 낭독. 〈문학 기금〉의 저녁 모임에서 푸시킨의 『예언자』를 읽음. 이 겨울 동안 문단에 자주 나옴.

• 『작가 일기』 1877년 12월 호가 1878년 1월에 나옴.

1879년 58세 3월 9일 〈문학 기금〉을 위한 연회에서 도스토옙스키는 『카라마조프 씨네 형제들』의 일부분을 낭독함. 3월 13일 투르게네프 기념 오찬 모임에서 투르게네프와 도스토옙스키 사이의 별로 좋지 않은 이야기들이 회자됨. 3월 20일 어린 딸을 괴롭힌 혐의로 고발당한 외국인 브룬스트의 재판. 도스토옙스키는 이 사건에 매우 깊은 인상을 받아 『카라마조프 씨네 형제들』에 이용함. 도스토옙스키는 술 취한 남자 때문에 길에 넘어져 얼굴에 상처를 입음. 그의 항의에도 불구하고 가해자는 16루블의 벌금형을 받음. 빅토르 위고의 주재로 열리는 런던 문학 회의에 참여해 달라는 요청을 건강상의 이유로 거절함. 7월 22일 엠스로 떠남. 베를린에서 이틀 머무름. 수족관, 박물관, 티어가르텐 구경. 7월 24일 엠스 도착. 그가 이곳에 머무는 동안 그의 아내는 아이들을 데리고 그녀의 친척인 쿠마닌 부인의 토지 분할 문제를 처리하기 위해 랴잔 지방에 감. 쿠마닌 부인은 2백 제곱미터의 산림과 1백 제곱미터의 경작지를 보유. 8월 6일 형수 죽음. 9월 러시아로 돌아옴. 『카라마조프 씨네 형제들』 작업. 10월 알렉세이 톨스토이의 미망인, 톨스토이 백작 부인이 도스토옙스키에게 드레스덴 박물관에 있는 라파엘로의 「시스티나의 마돈나」 사진을 보여 줌.

• 『카라마조프 씨네 형제들』(소설 3부의 제4권까지), 『러시아 통보』에서 나옴. 1876년에 쓰인 『작가 일기』 단행본 제2판. 『상처받은 사람들』 제5판.

1880년 59세 1월 도스토옙스키의 아내가 출판한 작품 판매. 1월 17일 도스토옙스키와 프랑스 외교관이자 작가인 보귀에 사이에 논쟁[보귀에는 후에 유명한 책, 『러시아 소설』(1886)을 씀]. 도스토옙스키는 다음과 같이 말함. 〈우리는 모든 민족이 가진 특징을 가지고 있습니다. 그 위에 모든 러시아의 특징도. 그 이유는 우리는 당신들을 이해할 수 있기 때문입니다. 그러나 당신들은 우리에 미치지 못합니다.〉 자선 문학의 밤 행사에 여러 번 참여, 자기 작품의 몇몇 부분을 읽음. 4월 6일 페테르부르크 대학에서 열린 블라디미르 솔로비요프의 박사 논문 통과 심사에 참석. 5월 11일 모스크바에서 열리는 푸시킨 동상 제막식에서 슬라브 자선 단체의 대표로 임명됨. 5월 23일 모스크바 도착. 5월 24일 도스토옙스키를 축하하는 오찬. 여러 작가 참석. 6월 6일 푸시킨 동상 제막식. 6월 7일 첫 번째 공개 회의, 투르게네프 연설. 6월 8일 두 번째 공개 회의. 도스토옙스키, 대중의 열광을 불러일으킨 푸시킨에 대한 연설을 함. 월계관을 받음. 저녁에 『예언자』 낭독. 밤에 그는 푸시킨 동상에 가서 자기가 받은 월계관을 바침. 6월 10일 모스크바를 떠나 스타라야 루사로 감. 『카라마조프 씨네 형제들』 쓰기 시작. 9월 26일 톨스토이가 스트라호프에게 편지를 보내 『죽음의 집의 기록』은 푸시킨의 작품을 포함하여 새로운 모든 문학 작품들 중 가장 아름다운 책이라고 말함.

11월 8일 도스토옙스키, 『러시아 통보』지에 『카라마조프 씨네 형제들』의 마지막 장을 보냄. 〈내 소설은 끝났습니다. 이 소설에 바친 3년과 출판한 2년, 나에게는 의미 있는 순간입니다. 작별 인사를 하지 않은 것을 용서하시기 바랍니다. 나는 20년은 더 살면서 글을 쓸 작정입니다.〉 11월 29일 한 편지에서 좋지 않은 건강 상태에 대해 불평(폐기종으로 고생). 12월 10일 젊은 메레시콥스키Merezhkovskii의 방문을 허락. 15세의 젊은 시인은 도스토옙스키에게 자신의 시를 읽어 줌. 〈제대로 쓰기 위해서는 고통을 감내해야 한다.〉

• 〈푸시킨에 대한 연설〉이 『모스크바 통보』지에 실림. 『카라마조프 씨네 형제들』, 『러시아 통보』지에 연재(11월 완결). 『작가 일기』 8월 호가 간행됨. 『카라마조프 씨네 형제들』 단행본 며칠 만에 동이 남.

1881년 60세 1월 『작가 일기』 작업. 1월 19일 알렉세이 톨스토이의 미망인 집에서 열린 연극 「폭군 이반의 죽음Smert' Ioanna Groznogo」에서 수도승 역을 맡음. 1월 26일 상속 문제로 여동생이 찾아와 다투고 간 후 도스토옙스키 각혈, 5시 반에 의사 폰 브레첼 도착, 진찰 도중 다시 각혈, 의식을 잃음. 6시경 병자 성사를 받음. 7시경 아내와 아이들에게 작별 인사. 1월 27일 각혈 멈춤. 1월 28일 아침 7시 도스토옙스키는 아내에게 오늘 틀림없이 죽을 것 같다고 말함. 그는 복음서를 아무 데나 펼쳐 「마태오의 복음서」 3장 14~15절을 읽음. 죽음의 전조가 보임. 아침 11시 또 각혈. 저녁 7시 자식들을 불러 아들에게 자신의 성서를 건네줌. 저녁 8시 38분 도스토옙스키 사망. 1월 31일 알렉산드르 넵스키 수도원 묘지에 묻힘. 많은 사람이 긴 행렬을 이루며 그의 죽음을 애도함.

• 『죽음의 집의 기록』 제5판 나옴. 『상처받은 사람들』의 프랑스어 번역이 『상트페테르부르크 신문』에 실림. 『죽음의 집의 기록』 영어로 번역됨. 『상처받은 사람들』 스웨덴어로 번역됨.

열린책들 세계문학 002 죄와 벌 하

옮긴이 홍대화 1965년 서울에서 태어나 고려대학교 노어노문학과를 졸업하고 동 대학원에서 석사 학위를 받았다. 러시아 상트페테르부르크 대학교에서 문학 박사 학위를 받았으며, 현재 경남대학교 의사소통학부 강사이자 도서관 지혜학교 주임 교수로 있다. 논문으로 「보리스 파스테르나크의 소설 『의사 지바고』의 구성과 상징체계」, 「도스또옙스끼의 작품에 드러난 인간의 죄의 문제」 등이 있으며, 저서로 『혼자 배우는 러시아어』(1995), 역서로 『러시아 희곡 1』(1998, 공역), 미하일 불가코프의 『거장과 마르가리따』(2008, 전 2권), 레르몬토프의 『우리 시대의 영웅』(2013), 『리곱스카야 공작부인』(2013), 『러시아 정교 신학 개론』(2017, 공역), 톨스토이의 『사람은 무엇으로 사는가』(2021), 도스토옙스키의 『까라마조프 형제들』(2021, 전 3권) 등이 있다.

지은이 표도르 도스토옙스키 **옮긴이** 홍대화 **발행인** 홍예빈
발행처 주식회사 열린책들 **주소** 경기도 파주시 문발로 253 파주출판도시
전화 031-955-4000 **팩스** 031-955-4004
홈페이지 www.openbooks.co.kr **이메일** literature@openbooks.co.kr
Copyright (C) 주식회사 열린책들, 2000, 2009, *Printed in Korea.*
ISBN 978-89-329-0916-5 04890 **ISBN** 978-89-329-1499-2 (세트)
발행일 2000년 6월 15일 초판 1쇄 2002년 1월 10일 신판 1쇄 2006년 2월 25일 신판 13쇄
2007년 2월 5일 3판 1쇄 2009년 8월 10일 3판 9쇄 2009년 11월 30일 세계문학판 1쇄
2025년 9월 5일 세계문학판 39쇄

이 도서의 국립중앙도서관 출판예정도서목록(CIP)은 서지정보유통지원시스템 홈페이지(http://seoji.nl.go.kr)와 국가자료공동목록시스템(http://www.nl.go.kr/kolisnet)에서 이용하실 수 있습니다.(CIP제어번호 : CIP2009003238)

열린책들 세계문학
Open Books World Literature

001 **죄와 벌** 표도르 도스또예프스끼 장편소설 | 홍대화 옮김 | 전2권 | 각 408, 512면

003 **최초의 인간** 알베르 카뮈 장편소설 | 김화영 옮김 | 392면

004 **소설** 제임스 미치너 장편소설 | 윤희기 옮김 | 전2권 | 각 280, 368면

006 **개를 데리고 다니는 부인** 안똔 체호프 소설선집 | 오종우 옮김 | 368면

007 **우주 만화** 이탈로 칼비노 단편집 | 김운찬 옮김 | 416면

008 **댈러웨이 부인** 버지니아 울프 장편소설 | 최애리 옮김 | 296면

009 **어머니** 막심 고리끼 장편소설 | 최윤락 옮김 | 544면

010 **변신** 프란츠 카프카 중단편집 | 홍성광 옮김 | 464면

011 **전도서에 바치는 장미** 로저 젤라즈니 중단편집 | 김상훈 옮김 | 432면

012 **대위의 딸** 알렉산드르 뿌쉬낀 장편소설 | 석영중 옮김 | 240면

013 **바다의 침묵** 베르코르 소설선집 | 이상해 옮김 | 256면

014 **원수들, 사랑 이야기** 아이작 싱어 장편소설 | 김진준 옮김 | 320면

015 **백치** 표도르 도스또예프스끼 장편소설 | 김근식 옮김 | 전2권 | 각 504, 528면

017 **1984년** 조지 오웰 장편소설 | 박경서 옮김 | 392면

019 **이상한 나라의 앨리스** 루이스 캐럴 환상동화 | 머빈 피크 그림 | 최용준 옮김 | 336면

020 **베네치아에서의 죽음** 토마스 만 중단편집 | 홍성광 옮김 | 432면

021 **그리스인 조르바** 니코스 카잔차키스 장편소설 | 이윤기 옮김 | 488면

022 **벚꽃 동산** 안똔 체호프 희곡선집 | 오종우 옮김 | 336면

023 **연애 소설 읽는 노인** 루이스 세풀베다 장편소설 | 정창 옮김 | 192면

024 **젊은 사자들** 어윈 쇼 장편소설 | 정영문 옮김 | 전2권 | 각 416, 408면

026 **젊은 베르테르의 슬픔** 요한 볼프강 폰 괴테 장편소설 | 김인순 옮김 | 240면

027 **시라노** 에드몽 로스탕 희곡 | 이상해 옮김 | 256면

028 **전망 좋은 방** E. M. 포스터 장편소설 | 고정아 옮김 | 352면

029 **까라마조프 씨네 형제들** 표도르 도스또예프스끼 장편소설 | 이대우 옮김 | 전3권 | 각 496, 496, 460면

032 **프랑스 중위의 여자** 존 파울즈 장편소설 | 김석희 옮김 | 전2권 | 각 344면

034 **소립자** 미셸 우엘벡 장편소설 | 이세욱 옮김 | 448면

035 **영혼의 자서전** 니코스 카잔차키스 자서전 | 안정효 옮김 | 전2권 | 각 352, 408면

037 **우리들** 예브게니 자먀찐 장편소설 | 석영중 옮김 | 320면
038 **뉴욕 3부작** 폴 오스터 장편소설 | 황보석 옮김 | 480면
039 **닥터 지바고** 보리스 파스테르나크 장편소설 | 홍대화 옮김 | 전2권 | 각 480, 592면
041 **고리오 영감** 오노레 드 발자크 장편소설 | 임희근 옮김 | 456면
042 **뿌리** 알렉스 헤일리 장편소설 | 안정효 옮김 | 전2권 | 각 400, 448면
044 **백년보다 긴 하루** 친기즈 아이뜨마또프 장편소설 | 황보석 옮김 | 560면
045 **최후의 세계** 크리스토프 란스마이어 장편소설 | 장희권 옮김 | 264면
046 **추운 나라에서 돌아온 스파이** 존 르카레 장편소설 | 김석희 옮김 | 368면
047 **산도칸 – 몸프라쳄의 호랑이** 에밀리오 살가리 장편소설 | 유향란 옮김 | 428면
048 **기적의 시대** 보리슬라프 페키치 장편소설 | 이윤기 옮김 | 560면
049 **그리고 죽음** 짐 크레이스 장편소설 | 김석희 옮김 | 224면
050 **세설** 다니자키 준이치로 장편소설 | 송태욱 옮김 | 전2권 | 각 480면
052 **세상이 끝날 때까지 아직 10억 년** 스뜨루가츠끼 형제 장편소설 | 석영중 옮김 | 224면
053 **동물 농장** 조지 오웰 장편소설 | 박경서 옮김 | 208면
054 **캉디드 혹은 낙관주의** 볼테르 장편소설 | 이봉지 옮김 | 232면
055 **도적 떼** 프리드리히 폰 실러 희곡 | 김인순 옮김 | 264면
056 **플로베르의 앵무새** 줄리언 반스 장편소설 | 신재실 옮김 | 320면
057 **악령** 표도르 도스또예프스끼 장편소설 | 박혜경 옮김 | 전3권 | 각 328, 408, 528면
060 **의심스러운 싸움** 존 스타인벡 장편소설 | 윤희기 옮김 | 340면
061 **몽유병자들** 헤르만 브로흐 장편소설 | 김경연 옮김 | 전2권 | 각 568, 544면
063 **몰타의 매** 대실 해밋 장편소설 | 고정아 옮김 | 304면
064 **마야꼬프스끼 선집** 블라지미르 마야꼬프스끼 선집 | 석영중 옮김 | 384면
065 **드라큘라** 브램 스토커 장편소설 | 이세욱 옮김 | 전2권 | 각 340, 344면
067 **서부 전선 이상 없다** 에리히 마리아 레마르크 장편소설 | 홍성광 옮김 | 336면
068 **적과 흑** 스탕달 장편소설 | 임미경 옮김 | 전2권 | 각 432, 368면
070 **지상에서 영원으로** 제임스 존스 장편소설 | 이종인 옮김 | 전3권 | 각 396, 380, 496면
073 **파우스트** 요한 볼프강 폰 괴테 희곡 | 김인순 옮김 | 568면
074 **쾌걸 조로** 존스턴 매컬리 장편소설 | 김훈 옮김 | 316면
075 **거장과 마르가리따** 미하일 불가꼬프 장편소설 | 홍대화 옮김 | 전2권 | 각 364, 328면
077 **순수의 시대** 이디스 워튼 장편소설 | 고정아 옮김 | 448면
078 **검의 대가** 아르투로 페레스 레베르테 장편소설 | 김수진 옮김 | 384면

079 **예브게니 오네긴** 알렉산드르 뿌쉬낀 운문소설 | 석영중 옮김 | 328면

080 **장미의 이름** 움베르토 에코 장편소설 | 이윤기 옮김 | 전2권 | 각 440, 448면

082 **향수** 파트리크 쥐스킨트 장편소설 | 강명순 옮김 | 384면

083 **여자를 안다는 것** 아모스 오즈 장편소설 | 최창모 옮김 | 280면

084 **나는 고양이로소이다** 나쓰메 소세키 장편소설 | 김난주 옮김 | 544면

085 **웃는 남자** 빅토르 위고 장편소설 | 이형식 옮김 | 전2권 | 각 472, 496면

087 **아웃 오브 아프리카** 카렌 블릭센 장편소설 | 민승남 옮김 | 480면

088 **무엇을 할 것인가** 니꼴라이 체르니셰프스끼 장편소설 | 서정록 옮김 | 전2권 | 각 360, 404면

090 **도나 플로르와 그녀의 두 남편** 조르지 아마두 장편소설 | 오숙은 옮김 | 전2권 | 각 408, 308면

092 **미사고의 숲** 로버트 홀드스톡 장편소설 | 김상훈 옮김 | 424면

093 **신곡** 단테 알리기에리 장편서사시 | 김운찬 옮김 | 전3권 | 각 292, 296, 328면

096 **교수** 샬럿 브론테 장편소설 | 배미영 옮김 | 368면

097 **노름꾼** 표도르 도스또예프스끼 장편소설 | 이재필 옮김 | 320면

098 **하우즈 엔드** E. M. 포스터 장편소설 | 고정아 옮김 | 512면

099 **최후의 유혹** 니코스 카잔차키스 장편소설 | 안정효 옮김 | 전2권 | 각 408면

101 **키리냐가** 마이크 레스닉 장편소설 | 최용준 옮김 | 464면

102 **바스커빌가의 개** 아서 코넌 도일 장편소설 | 조영학 옮김 | 264면

103 **버마 시절** 조지 오웰 장편소설 | 박경서 옮김 | 408면

104 **10 1/2장으로 쓴 세계 역사** 줄리언 반스 장편소설 | 신재실 옮김 | 464면

105 **죽음의 집의 기록** 표도르 도스또예프스끼 장편소설 | 이덕형 옮김 | 528면

106 **소유** 앤토니어 수전 바이어트 장편소설 | 윤희기 옮김 | 전2권 | 각 440, 488면

108 **미성년** 표도르 도스또예프스끼 장편소설 | 이상룡 옮김 | 전2권 | 각 512, 544면

110 **성 앙투안느의 유혹** 귀스타브 플로베르 희곡소설 | 김용은 옮김 | 584면

111 **밤으로의 긴 여로** 유진 오닐 희곡 | 강유나 옮김 | 240면

112 **마법사** 존 파울즈 장편소설 | 정영문 옮김 | 전2권 | 각 512, 552면

114 **스쩨빤치꼬보 마을 사람들** 표도르 도스또예프스끼 장편소설 | 변현태 옮김 | 416면

115 **플랑드르 거장의 그림** 아르투로 페레스 레베르테 장편소설 | 정창 옮김 | 512면

116 **분신** 표도르 도스또예프스끼 장편소설 | 석영중 옮김 | 288면

117 **가난한 사람들** 표도르 도스또예프스끼 장편소설 | 석영중 옮김 | 256면

118 **인형의 집** 헨리크 입센 희곡 | 김창화 옮김 | 272면

119 **영원한 남편** 표도르 도스또예프스끼 장편소설 | 정명자 외 옮김 | 448면

120 **알코올** 기욤 아폴리네르 시집 | 황현산 옮김 | 352면

121 **지하로부터의 수기** 표도르 도스또예프스끼 장편소설 | 계동준 옮김 | 256면

122 **어느 작가의 오후** 페터 한트케 중편소설 | 홍성광 옮김 | 160면

123 **아저씨의 꿈** 표도르 도스또예프스끼 장편소설 | 박종소 옮김 | 312면

124 **네또츠까 네즈바노바** 표도르 도스또예프스끼 장편소설 | 박재만 옮김 | 316면

125 **곤두박질** 마이클 프레인 장편소설 | 최용준 옮김 | 528면

126 **백야 외** 표도르 도스또예프스끼 소설선집 | 석영중 외 옮김 | 408면

127 **살라미나의 병사들** 하비에르 세르카스 장편소설 | 김창민 옮김 | 304면

128 **뻬쩨르부르그 연대기 외** 표도르 도스또예프스끼 소설선집 | 이항재 옮김 | 296면

129 **상처받은 사람들** 표도르 도스또예프스끼 장편소설 | 윤우섭 옮김 | 전2권 | 각 296, 392면

131 **악어 외** 표도르 도스또예프스끼 소설선집 | 박혜경 외 옮김 | 312면

132 **허클베리 핀의 모험** 마크 트웨인 장편소설 | 윤교찬 옮김 | 416면

133 **부활** 레프 똘스또이 장편소설 | 이대우 옮김 | 전2권 | 각 308, 416면

135 **보물섬** 로버트 루이스 스티븐슨 장편소설 | 머빈 피크 그림 | 최용준 옮김 | 360면

136 **천일야화** 앙투안 갈랑 엮음 | 임호경 옮김 | 전6권 | 각 336, 328, 372, 392, 344, 320면

142 **아버지와 아들** 이반 뚜르게네프 장편소설 | 이상원 옮김 | 328면

143 **오만과 편견** 제인 오스틴 장편소설 | 원유경 옮김 | 480면

144 **천로 역정** 존 버니언 우화소설 | 이동일 옮김 | 432면

145 **대주교에게 죽음이 오다** 윌라 캐더 장편소설 | 윤명옥 옮김 | 352면

146 **권력과 영광** 그레이엄 그린 장편소설 | 김연수 옮김 | 384면

147 **80일간의 세계 일주** 쥘 베른 장편소설 | 고정아 옮김 | 352면

148 **바람과 함께 사라지다** 마거릿 미첼 장편소설 | 안정효 옮김 | 전3권 | 각 616, 640, 640면

151 **기탄잘리** 라빈드라나트 타고르 시집 | 장경렬 옮김 | 224면

152 **도리언 그레이의 초상** 오스카 와일드 장편소설 | 윤희기 옮김 | 384면

153 **레우코와의 대화** 체사레 파베세 희곡소설 | 김운찬 옮김 | 280면

154 **햄릿** 윌리엄 셰익스피어 희곡 | 박우수 옮김 | 256면

155 **맥베스** 윌리엄 셰익스피어 희곡 | 권오숙 옮김 | 176면

156 **아들과 연인** 데이비드 허버트 로런스 장편소설 | 최희섭 옮김 | 전2권 | 각 464, 432면

158 **그리고 아무 말도 하지 않았다** 하인리히 뵐 장편소설 | 홍성광 옮김 | 272면

159 **미덕의 불운** 싸드 장편소설 | 이형식 옮김 | 248면

160 **프랑켄슈타인** 메리 W. 셸리 장편소설 | 오숙은 옮김 | 320면

161 위대한 개츠비 프랜시스 스콧 피츠제럴드 장편소설 | 한애경 옮김 | 280면

162 아Q정전 루쉰 중단편집 | 김태성 옮김 | 320면

163 로빈슨 크루소 대니얼 디포 장편소설 | 류경희 옮김 | 456면

164 타임머신 허버트 조지 웰스 소설선집 | 김석희 옮김 | 304면

165 제인 에어 샬럿 브론테 장편소설 | 이미선 옮김 | 전2권 | 각 392, 384면

167 풀잎 월트 휘트먼 시집 | 허현숙 옮김 | 280면

168 표류자들의 집 기예르모 로살레스 장편소설 | 최유정 옮김 | 216면

169 배빗 싱클레어 루이스 장편소설 | 이종인 옮김 | 520면

170 이토록 긴 편지 마리아마 바 장편소설 | 백선희 옮김 | 192면

171 느릅나무 아래 욕망 유진 오닐 희곡 | 손동호 옮김 | 168면

172 이방인 알베르 카뮈 장편소설 | 김예령 옮김 | 208면

173 미라마르 나기브 마푸즈 장편소설 | 허진 옮김 | 288면

174 **지킬 박사와 하이드 씨** 로버트 루이스 스티븐슨 소설선집 | 조영학 옮김 | 320면

175 루진 이반 뚜르게네프 장편소설 | 이항재 옮김 | 264면

176 피그말리온 조지 버나드 쇼 희곡 | 김소임 옮김 | 256면

177 목로주점 에밀 졸라 장편소설 | 유기환 옮김 | 전2권 | 각 336면

179 엠마 제인 오스틴 장편소설 | 이미애 옮김 | 전2권 | 각 336, 360면

181 비숍 살인 사건 S.S. 밴 다인 장편소설 | 최인자 옮김 | 464면

182 우신예찬 에라스무스 풍자문 | 김남우 옮김 | 296면

183 하자르 사전 밀로라드 파비치 장편소설 | 신현철 옮김 | 488면

184 테스 토머스 하디 장편소설 | 김문숙 옮김 | 전2권 | 각 392, 336면

186 투명 인간 허버트 조지 웰스 장편소설 | 김석희 옮김 | 288면

187 93년 빅토르 위고 장편소설 | 이형식 옮김 | 전2권 | 각 288, 360면

189 **젊은 예술가의 초상** 제임스 조이스 장편소설 | 성은애 옮김 | 384면

190 소네트집 윌리엄 셰익스피어 연작시집 | 박우수 옮김 | 200면

191 메뚜기의 날 너새니얼 웨스트 장편소설 | 김진준 옮김 | 280면

192 나사의 회전 헨리 제임스 중편소설 | 이승은 옮김 | 256면

193 오셀로 윌리엄 셰익스피어 희곡 | 권오숙 옮김 | 216면

194 소송 프란츠 카프카 장편소설 | 김재혁 옮김 | 376면

195 나의 안토니아 윌라 캐더 장편소설 | 전경자 옮김 | 368면

196 자성록 마르쿠스 아우렐리우스 명상록 | 박민수 옮김 | 240면

197 **오레스테이아** 아이스킬로스 비극 | 두행숙 옮김 | 336면
198 **노인과 바다** 어니스트 헤밍웨이 소설선집 | 이종인 옮김 | 320면
199 **무기여 잘 있거라** 어니스트 헤밍웨이 장편소설 | 이종인 옮김 | 464면
200 **서푼짜리 오페라** 베르톨트 브레히트 희곡선집 | 이은희 옮김 | 320면
201 **리어 왕** 윌리엄 셰익스피어 희곡 | 박우수 옮김 | 224면
202 **주홍 글자** 너새니얼 호손 장편소설 | 곽영미 옮김 | 360면
203 **모히칸족의 최후** 제임스 페니모어 쿠퍼 장편소설 | 이나경 옮김 | 512면
204 **곤충 극장** 카렐 차페크 희곡선집 | 김선형 옮김 | 360면
205 **누구를 위하여 종은 울리나** 어니스트 헤밍웨이 장편소설 | 이종인 옮김 | 전2권 | 각 416, 400면
207 **타르튀프** 몰리에르 희곡선집 | 신은영 옮김 | 416면
208 **유토피아** 토머스 모어 소설 | 전경자 옮김 | 288면
209 **인간과 초인** 조지 버나드 쇼 희곡 | 이후지 옮김 | 320면
210 **페드르와 이폴리트** 장 라신 희곡 | 신정아 옮김 | 200면
211 **말테의 수기** 라이너 마리아 릴케 장편소설 | 안문영 옮김 | 320면
212 **등대로** 버지니아 울프 장편소설 | 최애리 옮김 | 328면
213 **개의 심장** 미하일 불가코프 중편소설집 | 정연호 옮김 | 352면
214 **모비 딕** 허먼 멜빌 장편소설 | 강수정 옮김 | 전2권 | 각 464, 488면
216 **더블린 사람들** 제임스 조이스 단편소설집 | 이강훈 옮김 | 336면
217 **마의 산** 토마스 만 장편소설 | 윤순식 옮김 | 전3권 | 각 496, 488, 512면
220 **비극의 탄생** 프리드리히 니체 | 김남우 옮김 | 320면
221 **위대한 유산** 찰스 디킨스 장편소설 | 류경희 옮김 | 전2권 | 각 432, 448면
223 **사람은 무엇으로 사는가** 레프 똘스또이 소설선집 | 윤새라 옮김 | 464면
224 **자살 클럽** 로버트 루이스 스티븐슨 소설선집 | 임종기 옮김 | 272면
225 **채털리 부인의 연인** 데이비드 허버트 로런스 장편소설 | 이미선 옮김 | 전2권 | 각 336, 328면
227 **데미안** 헤르만 헤세 장편소설 | 김인순 옮김 | 264면
228 **두이노의 비가** 라이너 마리아 릴케 시선집 | 손재준 옮김 | 504면
229 **페스트** 알베르 카뮈 장편소설 | 최윤주 옮김 | 432면
230 **여인의 초상** 헨리 제임스 장편소설 | 정상준 옮김 | 전2권 | 각 520, 544면
232 **성** 프란츠 카프카 장편소설 | 이재황 옮김 | 560면
233 **차라투스트라는 이렇게 말했다** 프리드리히 니체 산문시 | 김인순 옮김 | 464면
234 **노래의 책** 하인리히 하이네 시집 | 이재영 옮김 | 384면

235 **변신 이야기** 오비디우스 서사시 | 이종인 옮김 | 632면

236 **안나 카레니나** 레프 톨스토이 장편소설 | 이명현 옮김 | 전2권 | 각 800, 736면

238 **이반 일리치의 죽음·광인의 수기** 레프 톨스토이 중단편집 | 석영중·정지원 옮김 | 232면

239 **수레바퀴 아래서** 헤르만 헤세 장편소설 | 강명순 옮김 | 272면

240 **피터 팬** J. M. 배리 장편소설 | 최용준 옮김 | 272면

241 **정글 북** 러디어드 키플링 중단편집 | 오숙은 옮김 | 272면

242 **한여름 밤의 꿈** 윌리엄 셰익스피어 희곡 | 박우수 옮김 | 160면

243 **좁은 문** 앙드레 지드 장편소설 | 김화영 옮김 | 264면

244 **모리스** E. M. 포스터 장편소설 | 고정아 옮김 | 408면

245 **브라운 신부의 순진** 길버트 키스 체스터턴 단편집 | 이상원 옮김 | 336면

246 **각성** 케이트 쇼팽 장편소설 | 한애경 옮김 | 272면

247 **뷔히너 전집** 게오르크 뷔히너 지음 | 박종대 옮김 | 400면

248 **디미트리오스의 가면** 에릭 앰블러 장편소설 | 최용준 옮김 | 424면

249 **베르가모의 페스트 외** 옌스 페테르 야콥센 중단편 전집 | 박종대 옮김 | 208면

250 **폭풍우** 윌리엄 셰익스피어 희곡 | 박우수 옮김 | 176면

251 **어셴든, 영국 정보부 요원** 서머싯 몸 연작 소설집 | 이민아 옮김 | 416면

252 **기나긴 이별** 레이먼드 챈들러 장편소설 | 김진준 옮김 | 600면

253 **인도로 가는 길** E. M. 포스터 장편소설 | 민승남 옮김 | 552면

254 **올랜도** 버지니아 울프 장편소설 | 이미애 옮김 | 376면

255 **시지프 신화** 알베르 카뮈 지음 | 박언주 옮김 | 264면

256 **조지 오웰 산문선** 조지 오웰 지음 | 허진 옮김 | 424면

257 **로미오와 줄리엣** 윌리엄 셰익스피어 희곡 | 도해자 옮김 | 200면

258 **수용소군도** 알렉산드르 솔제니찐 기록문학 | 김학수 옮김 | 전6권 | 각 460면 내외

264 **스웨덴 기사** 레오 페루츠 장편소설 | 강명순 옮김 | 336면

265 **유리 열쇠** 대실 해밋 장편소설 | 홍성영 옮김 | 328면

266 **로드 짐** 조지프 콘래드 장편소설 | 최용준 옮김 | 608면

267 **푸코의 진자** 움베르토 에코 장편소설 | 이윤기 옮김 | 전3권 | 각 392, 384, 416면

270 **공포로의 여행** 에릭 앰블러 장편소설 | 최용준 옮김 | 376면

271 **심판의 날의 거장** 레오 페루츠 장편소설 | 신동화 옮김 | 264면

272 **에드거 앨런 포 단편선** 에드거 앨런 포 지음 | 김석희 옮김 | 392면

273 **수전노 외** 몰리에르 희곡선집 | 신정아 옮김 | 424면

274 **모파상 단편선** 기 드 모파상 지음 | 임미경 옮김 | 400면
275 **평범한 인생** 카렐 차페크 장편소설 | 송순섭 옮김 | 280면
276 **마음** 나쓰메 소세키 장편소설 | 양윤옥 옮김 | 344면
277 **인간 실격·사양** 다자이 오사무 소설집 | 김난주 옮김 | 336면
278 **작은 아씨들** 루이자 메이 올컷 장편소설 | 허진 옮김 | 전2권 | 각 408, 464면
280 **고함과 분노** 윌리엄 포크너 장편소설 | 윤교찬 옮김 | 520면
281 **신화의 시대** 토머스 불핀치 신화집 | 박중서 옮김 | 664면
282 **셜록 홈스의 모험** 아서 코넌 도일 단편집 | 오숙은 옮김 | 456면
283 **자기만의 방** 버지니아 울프 지음 | 공경희 옮김 | 216면
284 **지상의 양식·새 양식** 앙드레 지드 지음 | 최애영 옮김 | 360면
285 **전염병 일지** 대니얼 디포 지음 | 서정은 옮김 | 368면
286 **오이디푸스왕 외** 소포클레스 비극 | 장시은 옮김 | 368면
287 **리처드 2세** 윌리엄 셰익스피어 희곡 | 박우수 옮김 | 208면
288 **아내·세 자매** 안톤 체호프 선집 | 오종우 옮김 | 240면
289 **폭풍의 언덕** 에밀리 브론테 장편소설 | 전승희 옮김 | 592면
290 **조반니의 방** 제임스 볼드윈 장편소설 | 김지현 옮김 | 320면
291 **의무론** 마르쿠스 툴리우스 키케로 지음 | 김남우 옮김 | 312면
292 **밤에 돌다리 밑에서** 레오 페루츠 지음 | 신동화 옮김 | 360면
293 **한낮의 열기** 엘리자베스 보엔 장편소설 | 정연희 옮김 | 576면
294 **아바나의 우리 사람** 그레이엄 그린 장편소설 | 최용준 옮김 | 392면